平家物語

〔日本〕佚名 著
郑清茂 译注

译林出版社

推荐序

林文月

大風や去りて梢に蝶一羽。(苦瓜生)

这首由“五/七/五”三句,共十七音组成的日本古典短歌“俳句”,无论遣词、造句、趣旨、意境,都明白顺畅,质朴有韵味。作者是我的老同学郑清茂教授(“苦瓜生”是他自取的外号)。在七月二十四日的一封来信末端,他忽由中文改写为古典歌体的日文,结语也顺势以中规中矩的“候文”(敬语体)手笔。

这封以深蓝色原珠笔书写在稿纸上的信,不到三百字,告知他译注的《平家物语》已经大功告成。那稿纸是放在老式的信封内,与近五百张的印刷稿样包装在一起寄来。因为包裹太大,邮差把它放置在我家门口。除了清茂自己和他的家人以外,大概我是最关心这本《平家物语》完译及出版的人吧?三年前,他译完芭蕉的《奥之细道》时,我曾写过一篇短文《细道慢行》,戏称那是他作为《平家物语》翻译的暖身运动。那个戏称,其实是认真的。

一九七二年的深秋,日本在京都举办国际笔会,清茂和我分别自美国与台湾参加那个大会。那是毕业十余年来首次的会面,我们当时都在大学教书,正处在人生最忙碌也最富精力的盛年。异地重逢,有说不完的话。那次国际笔会是日本学界的一大盛事。许多知名学者都在会场上。京都大学的吉川幸次郎教授最是德高望重引人注目，被一群日本较年轻的后辈簇拥恭维着。见清茂和我二人在一边轻谈，白发苍苍的老学者竟摆开众人走过来。“噢，你们在这儿。跟你们讲话，比较有意思。”也许没有刻意的恭维和赞美，反而让吉川先生感到自然吧？何况，清茂是吉川先生为其论著《宋诗概说》及《元明诗概说》的中文翻译指定的译者。在庭园前我们拍了一些相片，也随意谈些近况。从中日两国的文学研究现象，说到文学翻译的问题。吉川先生带着遗憾的语气说：“日本汉学界不但研究中国的古今文学，同时也把中国重要的文学作品几乎全都翻译出来了；反观贵国，对于日本的文学研究和文学作品的翻译都表现得太冷漠了。”这是事实。日本人已将中国重要的古今文学作品自《诗经》以降至《水浒传》《红楼梦》等等，凡具有地位的重要作品都翻译出来了；几家较出名的出版社并且有计划、有规模地出版中国文学名著系列，有些重要的书甚至还不止于一种译作。相对之下，我们对日本文学的译注和介绍，是相当有限，对于他们的古典文学，更是非常陌生的。

那天，清茂和我心中都感觉惭愧。那次会议我所提的论文是与《源氏物语》有关的，所以我对清茂说：“我来翻译《源氏物语》吧。”清茂回答：“很好。本来我也想翻译《源氏物语》的，现在看来，你更应该做这个工作；那么我就翻译《平家物语》吧。”于是我们握手互道：“一言为定！”看似戏言的那些话，两个老同学都牢记在心中，成为日后努力的目标。会后返台，我把那篇日文原稿的论文翻译成中文，发表于《中外文学》月刊。为助读者之了解而又赶先译出《源氏物语》首帖《桐壶》一万字左右的文章，附录论文之后。这事竟成为我不得不提前开始实践那句戏言似誓约的原因。

有些事情真是说来话长，一言难尽。我们受到吉川先生刺激而发出的心愿是真诚的，并非虚诞；当时虽未说出什么时候开始工作，但我们心里总认为应该是退休以后的事情吧，怎么可能边教书边做这样的翻译工作呢。但人生的因缘际会有时并由不得自己。我在会后次年便以逐月刊登的方式开始着手《源氏物语》的译注；而清茂则按部就班回到美国教书、退休、返台任教于台大和东华大学，并担任行政工作。从东华大学二度退休后，他和秋鸿定居桃园，便如约从事翻译工作。

清茂和我是属于小学五年级以前受日本教育，六年级以后才改受中国教育的台湾人。中文起步得稍晚，须加努力；日文停步得稍早，也须加努力。我们同一年考入台大中文系。大概两个人都算是努力的，除了努力学习中文系各科之外，课外也为东方出版社的少年文库翻译了一些日文的书籍读物。清茂是为筹谋学费与生活补贴，他希望有同样教育背景的我分摊一些工作。那些日文的少年读物分为世界伟人传记与世界名著两大类，很长一段时间影响了全台的少年。是学校指定的课本以外最好的书籍。原文都是现代日文，翻译起来完全没有什么困难。我们二人翻译了很多本。当时中文系的学生不多，研究生更少。我们每个研究生在文学院左翼二楼的研究室里分得一个书桌，我和王贵苓在郑骞先生、王叔岷先生的第四室。郑清茂和陈恩绮在孔德成先生、董同龢先生的第五室。董先生专研语言学，他关爱学生，以认真而严格出名。清茂上董先生的课，课后又同处一个研究室里。日子久了，董先生知悉他课外做翻译的事情，警告他："你不好好读书，在报纸上乱写啊。"又说："小心。这样下去，不论你考得再好，我也只能给你及格分数。"那时候日本当代女作家原田康子的成名作《挽歌》的译文正每天在报纸副刊连载。刊了一半不能暂停。考试后，董先生的课清茂果然只得六十分；但研究所是以七十分为及格标准。董先生听了清茂说明后，倒是说到做到，为他改成七十分。当时文学院里中文系和外文系的风格不同，外文系的创作风气颇盛，中文系是鼓励学术研究的。其实，系主任和所有授课的老师都认为郑清茂是优秀的学生，只是，那年代有时会有一些特别"另类"的事情发生，大家也不会十分放在心上。老师们都知道清茂是好学生，同学们也都知道郑清茂是好学生。事情过去了，给平静的校园添增一些变化，反而觉得颇有意思。

当年的台大中文系尚未设置博士学位。硕士班毕业后，清茂服完兵役，赴美继续攻读博士。我结婚、留校教书。各自忙碌，甚少联络；更没有机会一起合作翻译了。但因为教书及写论文，间或做一些必要的翻译是难免的。清茂在美国攻读博士，其后更在美国的大学里教授中、日文学。难得有一次我去日本短期访问，恰值清茂也在东京做研究。当时已婚的他和秋鸿二人借住在也出门旅行中的作家江藤淳先生家中。客中不期而相遇，我们老朋友三人遂在充满书香的日式屋中浅酌欢谈，成为难忘的记忆。

三年前，清茂的《奥之细道》译著出版时，我曾写过题作《细道慢行》的短文，提到他有开始翻译《平家物语》的可能："细道或许是通往平家的暖身运动途径吧。"果然，这两三年来他在桃园的家中书房守着计算机，一字一字打出中文的《平家物语》。而今，郑译《平家物语》堂堂出版了。书才杀青，他就急速寄来上、下两大册素雅精致的洪范书店印制的《平家物语》。（编按：推荐序中提及的版本为台湾洪范书店繁体版，装帧、编排与简体版有所区别。）其实，稍早我就陆陆续续得到他面交或邮递的稿子而开始读前面部分的一些文字了。

现在正式出版的这近千页的两大册《平家物语》堂堂在我书桌上。

我知道老同学的心意。要我分享他又完成一个大工作的释然的心境；我完全体会。我想到吉川先生地下有知，对于曾经翻译他《宋诗概说》、《元明诗概说》的郑清茂如今已先后译成了《奥之细道》与《平家物语》，大概不再会责怪我们对日本文化太冷漠了吧。我甚至也想到董先生地下有知，对于退休后还认真琢磨字句文意的老学生，大概也不会再给勉强及格的分数了吧。

平家物语四字在日本虽然家喻户晓，但《平家物语》却是一部军记物语（以战争为主题的历史小说），属于平安末期的作品，在日本文学史上的地位很重要。书记述十二世纪后半叶的乱象，源氏与平家两大氏族逐鹿天下，兵乱之外，又逢地震、饥馑等天灾。大小战争不断，各地民不聊生。这样的背景，正是小说话本产生的温床；《平家物语》便是取材于这样的时代环境，其人名、地名、战役之名，几乎都属真实。这本以男性为主的军记物语，写赴汤蹈火一刹那，显然富于壮烈阳刚的质素，但是每遇着死生别离之际，则又不免于情愁哀伤唏嘘垂泪。平安朝末期，平家一族于享尽富贵荣华之余，淫逸滥权，谏言难容；一门老少先后被杀；应验了骄奢者不得永恒，跋扈者终遭夷灭，诸行无常，盛者必衰之理。原著的这个文字特质，颇难于琢磨拿捏。郑清茂在翻译《奥之细道》时，以他枯淡的文言文呈现了芭蕉翁的俳文精简古雅风格。至于《平家物语》的翻译，为了配合复杂多变化的原著文体，他用简洁的白话，时则斟酌掺入浅近的文言文，使细心的读者于阅读之际，既容易了解，又能体会到内里的古趣。这一点，是本书翻译的决定性成功因素。文学作品的翻译者不仅需要深度了解原著的内容涵义，并且同时也需要敏锐地感受到原文的表现方式，然后将原著的内容转换成为适度贴切的译著文字。然而，文学作品的翻译，几乎是不可能完美的。不同的文字代表着不同的文化背景、时代因素、思维方式、言语旨趣。至于文字本身则又有其局限与扩张；而译者自身对两种语言文字的掌握和涵养，遂自自然然表现于其笔下了。

由于遣唐使时代以来大量的中国书籍流入日本，其上层社会贵族文士竞相学习汉文、汉学，形成文学深刻化的原因；而中国的诗文便也常常出现在他们的作品之中。对于以中文翻译日本文学的人而言，凡遇到此情况时，无需多费心，只要查明出处还原其字句即可；至于其他的外文译者则除了翻译原著的日文，又得再译日文书中所引用的中文字句。举郑译《奥之细道》的翻译为例。第一章开宗明义之二句："月日者百代之过客，来往之年亦旅人也。"明显的蹈袭着李白《春夜宴桃李园序》。至于军记物语的此《平家物语》也多有类似情形。例如卷第九文中提到的“殿名长生以祈长生；门号不老以求不老”，长生殿指唐朝离宫之一，不老门则是汉代洛阳城门之名；卷第四“人至黄昏后，谁志千里行？”，与曹操诗“老骥伏枥，志在千里；烈士暮年，壮心不已”相关；卷第六则直引白居易《长恨歌》名句：“太液芙蓉未央柳”“对此如何不泪垂？”；卷第二“君虽不君，臣不可不臣；父虽不父，子不可不子”见于《古文孝经》孔安国序。许多类似这样子的字句，遂使得中国的读者们在阅览此日本的历史军记小说时，于异国情调的感受之外，又另有一种熟悉亲切的印象。如此遥远而近，或如此近又遥远的感觉，是我们在读其他外国的翻译小说时所不可能经验到的；至于其他外国读者们在阅览此书的译文时，大概也没有这么奇异的感觉吧。

以教书及研究为终身职志的清茂，每遇到这种情形，必有详细批注。近千年前的古书，时或又不免于众说并存。《奥之细道》与《平家物语》的译著都是注释倍蓰于正文的工作。三年前联经版的《奥之细道》采大字的正文居上，小字的批注在下的排版方式；此书则大字正文在右页，小字批注在左页。阅读时一属上下兼顾，一属左右游目；无需前前后后来回翻看，算是颇方便读者的考虑。如果急于探究后果，无暇细看左方那些密密实实的批注小字，先读右边的故事正文大字也不妨。事实上，翻译那些字数倍蓰于正文的批注时，译者所投注的精力和时间并不少于故事其本身，甚至更有时也可能“倍蓰之”。清茂翻译费时三年，排版时自己校对之后，洪范书店的负责人叶步荣先生和出版社的组员们又再次细心校对，大约一年才告竣事付印。译著者和出版者认真敬业的精神十分令人钦佩，容我谨以此文致意。

目录

卷第一

卷第二

卷第三

卷第四

卷第五

卷第六

卷第七

卷第八

卷第九

卷第十

卷第十一

卷第十二

灌顶卷

附录

译者序

一九七二年十月某日。日本京都。红叶季节。国际会议中心庭园。老同学林文月教授说："好，我翻译《源氏物语》，你来翻译《平家物语》吧。"

这是四十二年前两个老同学之间"一言为定"的诺言。"诺言"一词若太沉重，或可改成"互相勉励"。分别之后，隔着太平洋，鲜通消息。在国内，言而有信、凡事求全的文月果然自勉自励，默默译注了百余万言巨著《源氏物语》；还译了《伊势物语》《枕草子》《和泉式部日记》等古典名著；又选译了明治女作家樋口一叶的小说，辑成集子《十三夜》出版。

至于我的《平家物语》呢？浮生如寄。侨居太平洋彼岸，终于在麻州的某大学小镇定居下来。在教学研究之余，听从吉川幸次郎先生的建议，译其所著《宋诗概说》《元明诗概说》等书。我并没忘记《平家物语》。只是身在海外，教书生活又忙又乱，难得清净，而且总觉得缺乏足够的信心。一直犹疑着，不敢轻易动笔。一九九六年结束了三十多年的海外生活，应聘东华大学中文系。七年后退休，仍然惦记着《平家物语》。但一退休，健康亮起了一个红灯、两个红灯。于是有借口浑浑噩噩、无所事事，虚掷了近五年的垂暮岁月。其实在这段时期，行住坐卧与常人无异。甚至还陪内人远到冰岛、格陵兰、埃及、希腊、马来西亚等地去旅游过。到了二〇〇八年春天，觉得非做点事不可，才勉强坐下来，花了两年左右的时间，完成了松尾芭蕉《奥之细道》的译注稿，并于二〇一一年一月承联经出版社在台湾刊行。

译完了《奥之细道》之后，接着想到的当然是《平家物语》。面对如此重要的经典名著，起初难免戒慎恐惧，字斟句酌，反而窒手碍脚，往往数易译稿而不能定。林文月在《细道慢行——读郑译〈奥之细道〉》一文里说："已经看过清茂译注《平家物语》的一些新稿。"指的就是那些还在挣扎中逼出来的稿子。不过在克服了开头窒碍难行的阶段之后，渐渐变得较能得心应手，翻译起来也就不觉得那么辛苦了。接着约三年时间，只要不出门，一有空闲，就对着电脑搜索枯肠，希望能以最简洁的字句忠实地移译原文的意趣。不过，希望归希望，恐怕也只是高不可及的希望。总之，勉为其难而已。

如此这般，到了去年（二〇一三）的二月中旬，终于完成了《平家物语》的译注初稿。看看月历，才发觉自己刚过了又一个生日。岁月如流，算算已经是八一老翁了。四十多年前，在日本京都偶然说出口的一句诺言，一直在逐渐垂下的暮色里，时隐时现。如今，总算兑现了，可以让这个诺言从此隐去。然而同学的情谊永在。如果没有文月一再提起《平家物语》，我这个疏懒成性、慢条斯理的人，恐怕早就把什么诺言抛到九霄云外了。在此，我要特别向老同学林文月教授致以最高的敬意，并衷心感谢她多年来友善的关注与鼓励。

我也要感谢"中央研究院"中国文哲研究所的廖肇亨博士，还有台湾大学日本语文学系的朱秋而教授。早在我尚未决定要不要译注《平家物语》之前，他们就分别开始帮我搜集相关的文献资料。后来在与林原美术馆交涉期间，他们两人或在台湾代为订购新版的《平家物语绘卷》（二〇一二），或在日本代为垫付绘卷转载费。隆情厚谊，不知何以致谢，只能铭刻在心。感谢台湾清华大学中文系博士生邓怡菁小姐，多年来总是不惮其烦，屡次帮我解决电脑操作上的疑难杂症。

我当然更要感谢内人冯秋鸿。记得在四年多前，《奥之细道》译本初稿完成之后，大概是二〇一〇年晚春吧，我把翻译《平家物语》的计划告诉了她，而且提醒她兹事体大，即使全力以赴，恐怕至少也要三年才能竣工。她微笑着点了点头说："没关系。慢慢来。"是劝慰，也是鼓励。自从我退休以来，老夫妇俩便从花莲迁居台北近郊的桃园。唯一的女儿心欣远在纽约，平日与女婿奎士忙于自己的事业与家务，但仍不忘每个周末设法与台湾通一次视频，让两个小外孙女玉熙与嘉宜，在荧光屏里，隔着半个地球，为阿公阿嬷献技、耍宝、撒娇。除此之外，泰半时间，就只有两老相依为命了。在我平庸的教学生涯中，秋鸿虽然从不干涉我从事任何学术性计划，但我知道，她总是在沉默中关心着我的工作进行得顺不顺利、称不称心。现在《平家物语》的译注完成了，我松了一口气，她心上那块石头也该落了地。

关于本译本插图的取得过程，背后有一个牵涉多人的感人故事，读者也许会有兴趣，不妨在此一提。我一直希望我的《平家物语》汉译本要有些插图，而且一定要彩色的。因此去年二月间，该书的译注一脱稿，我就开始与两三家藏有原著"绘卷"或"画帖"的日本美术馆接触。有一家回信说只准采用一幅，价格另议。另有一家倒是开出了我预定选用的十多幅图片的使用费，却意外的昂贵。一时不知如何是好，不免发了几句牢骚。有人听到了，包括一位曾通书信而素未谋面的日本知名汉学家宇野直人教授。他来信说，自愿代我就版权问题与该美术馆进行交涉，而且准备鼓动他所主持的某学会会员同人，发动募款活动，帮我支付插图的费用。同时在台湾，则先有洪建全教育文化基金会的简静惠女士，继有东和钢铁企业股份有限公司的侯贞雄先生，先后表示慨允赞助。我于是立刻函请宇野先生中止募款活动。稍后，记得是在五月初，恰值日本连休期间，承时任台湾大学日本语文学系的太田登教授提醒，冈山林原美术馆也藏有相当有名的《平家物语》绘卷，使用费说不定会比较便宜。乃请托宇野先生代为询其详情。不久就传来了好消息：林原美术馆的价钱的确相当合理，但希望有人在日本国内当“窗口”，以便居中联系。宇野先生不辞烦劳，表示自愿当此窗口。其后，经由他周到的交涉，终于在去年六月中旬，顺利完成了一切申请手续，支付了绘卷中十四幅图片的使用费，正式取得了该馆签发的转载承诺书。

其实，若一开始就知道林原美术馆的价格，我个人便可自掏腰包，不必惊动这么多人。但是，如今既有洪建全基金与东和钢铁愿意赞助，却之不恭，感激之余，只好顺接了。至于宇野直人先生，天南地北，虽然仅止神交，尚无一面之缘，却从头至尾承他热情的关注与帮忙。他在进行交涉的约四个月期间，光是给我的书面与电子邮件就有三十多通。其风其德，山高水长；异国情谊，永世难忘。人间貌似冷漠，原来处处有温情，其谁曰不然？

前年十一月间，洪范书店的叶步荣先生与我联系，问我《平家物语》的翻译情形，并说译完之后希望能让他们出版。洪范出过林文月译的《源氏物语》《伊势物语》《枕草子》等书，对日本古典名著的刊行似乎颇有心得。常言道恭敬不如从命，于是在去年三月间就把译注原稿交给洪范了。这一年多来，步荣兄在编辑过程中，慢工细活，率其团队校正了一些译文与注释的疏忽与误植、更改了注释中不少古地名的最新今称、协助编制附录中的“平家物语年表”“主要官职与位阶表”、多幅地图与系谱等。孜孜不倦，令人感动。我要在此表示由衷的谢忱。

本译本的封面题签是先师台静农先生的墨宝集字。我先提出构想，也试着集了先生的行书，但总不甚惬意。后来由步荣兄集隶体而成，颇有古雅之趣。窃愿借此以表对先生的感恩与怀念。

二〇一四年岁次甲午仲夏　郑清茂序于台湾桃园

关于《平家物语》

《平家物语》是一部“军记物语”，即以战争为主要题材的历史小说。其在日本文学史上的地位，仅次于《源氏物语》，并列为日本两大物语经典之作。《源氏物语》成书于平安时代中期，约当公元十一世纪初头，一般公认是世界上最早的长篇写实小说。现在已有林文月教授、丰子恺先生等人的不同汉译本，对世界各地的汉语读者并不陌生。至于《平家物语》，虽有周作人先生（未完，申非补译）、王新禧等人的译本；网络上也偶有零星的翻译或介绍，但与《源氏物语》相比，在汉语圈内知之者并不太多。

《平家物语》的历史背景是平安时代末期，即十二世纪后半叶，大约与中国南宋孝宗（一一六二——一一八九）与光宗（一一八九——一一九四）在位时重叠。但其成书则在数十年之后，才出现简单的雏形。据常被引用的吉田兼好《徒然草》（一三三一年前后）第二二六段载有一种说法：后鸟羽天皇让位而为上皇时（一一九八——一二二一），比睿山天台座主慈镇和尚（原名慈圆，一一五五——一二二五）招致有一艺之长的人于门下。其中有退隐修佛的信浓国（一说下野国）前司藤原行长，颇能通晓典章制度与掌故。

> 此行长入道作平家之物语，授之与盲者生佛，使讲唱之。其叙山门（比睿山）之事极为详尽。于九郎判官（源义经）之事，似

亦耳熟能详而据实成说。至于蒲冠者(源范赖)之事则所知有限,故多有遗漏而未克记录者。有关武士与弓马之事,因生佛为东国之人,故可问之于武士而使书之。彼生佛天赋之声调,仍为今日琵琶法师学习之典范也。

如果此说可信,则在十二、十三世纪之交,平家故事经由琵琶法师的讲唱,已开始在日本各地传播开来,而且可以想象相当受欢迎。值得注意的是在《平家物语》的形成过程中,无论在词章的撰写或讲唱的腔法上,从一开始就与佛教徒发生了密切的关系。

有人认为《平家物语》是"镇魂"的文学。因为自保元(一一五六)、平治(一一五九)之乱以来,尤其在源平两家逐鹿天下期间,枉死者不可胜数;又因为陆续发生了饥馑、地震等天灾,世人总以为怨灵作祟所致,于是公家与民间时有安魂的仪式或法会。佛教界大慈大悲,以为责无旁贷,舍我其谁,便由盲人琵琶法师结合讲史与声明唱导的方式,弹唱源平两家盛衰的故事,顺便宣导"欣求净土"的往生思想。一则济度亡魂,祈其往生净土;一则寓教于乐,以娱听众为生。所谓"平家琵琶"或"平曲"于焉产生。

然而,有如《三国演义》或《水浒传》的成书过程,其后平曲也经过了漫长的口授心传的阶段。不一定全有文字记录。只不过在此期间,不断吸收了俗间的传说,又参考了当时陆续出现的相关日记、笔记等公私文字记录,加以讲唱者有意无意的改动或修饰,内容肯定越改越丰富,越讲越引人。以后经过了镰仓时代(一一九二——一三三三),到了室町时代初期,有"沙门觉一"者,在《平家物语》后题跋云:

维时应安四年辛亥三月十五日,《平家物语》一部十二卷(附

《灌顶卷》)。当流之师说、传授之秘诀,一字不阙,令以口笔书写之,让与定一检校讫。抑且愚质余命既过七十,浮生后事难期。而大去之后,诸弟子中若有废忘之辈,虽仅一句,其将引起争论无疑。是以令书而留之,以备今后查证。

(原文为拟汉文体,即和化汉文,略加改动)

应安四年(一三七一)距上举"行长入道作平家之物语",已过了一百五十多年。觉一在平曲的发展史上,不但带头整理了《平家物语》的词章文本,成为后来通行最广的所谓"觉一本"原形,而且组织散漫的盲人琵琶法师为一同业团体,依各人的师承年资,分为检校、别当、勾当、座头四级,奠定了平曲以后长达两百年盛况的基础。有名的五山禅僧中严圆月(一三〇〇——一三七五)有汉诗《与觉一》云:"殷鉴昏昏不拂尘,衰周列国并成秦。白旗赤帜相攘夺,一曲琵琶愁杀人。"(《东海一沤集》)可知觉一等人弹唱的平曲在五山禅僧间也颇受欢迎(按:白旗赤帜分别代表源氏与平家)。

其实在生佛之后,不久平曲就分为八坂流与一方流两大派系。觉一属于一方流,势力较大,流传最久。不过到了十五世纪中叶,觉一的徒孙辈也开始分道扬镳,各立派系,互相竞争,自然导致了弹唱文本的差异。况且还有八坂流等平曲流派。此外更有专供阅读用的许多所谓"读本"系本子。因此,《平家物语》所传异本之多,在日本的古典文学中前所未见。而学者之间,对于参与编写的历代作者(群)像,以及不同传本在各阶段演变的具体情形,虽然各有说法,似乎也言之成理,但多半止于猜测,迄无定论。不像《三国演义》之有罗贯中,《水浒传》之有施耐庵,盖有文献可征也。

现在通行的《平家物语》系属觉一本,共十二卷,附加《灌顶卷》,叙述平安时代末期,平家在与源氏逐鹿过程中由盛而衰而亡的故事。全书大致可以分成前后两大半：第一卷到第六卷为前半，叙述平家兴盛至极而渐露衰象；第七卷到第十二卷为后半，叙述平家屡遭惨败而终至灭亡。叙述方法兼用编年体与纪传体。凡是有关重要事件的呈现，则使用编年之法，即依年月日之先后，往往跨越章节以叙其来龙去脉。对重要角色或特殊人物的描写，则采用纪传之体，多以单一章节结束，而且时时利用倒叙之笔。《平家物语》所用文体合称"和汉混淆体"，即兼采当代和文、和化汉文、汉文训读体、候文等，因时因地因人之宜而用之。各体竞秀，文趣盎然。

物语所涉及的历史时间，虽然始自长承元年（一一三二）平忠盛敕许初登"殿上之间"，终于建久十年（一一九九）源赖朝死去，长达约七十年之久，然而其叙述重心则从治承元年（一一七七）的"鹿谷密谋"（卷第一《鹿谷》）开始，经过治承四年源氏举兵后之一连串战役，到元历二年（一一八五）平家一门亡于坛浦会战为止，前后不到十年，却占了全书约九成的篇幅。因为源平两家争霸的几次大小会战，都发生在治承年间（一一七七——一一八四），所以早期又有"治承物语"之称。

《平家物语》第一卷开宗明义《祇园精舍》章，就提出"诸行无常，盛者必衰"之理；并举"六波罗入道前太政大臣平朝臣清盛公"为"骄奢者不得永恒，跋扈者终遭夷灭"的例证之一。平清盛（一一一八——一一八一）便是《平家物语》的主要人物。至少在前半部，卷第六《入道死去》章之前，专权跋扈，为所欲为；一门荣华无与伦比。然而泰极否生，自从平清盛嫡子重盛赎罪而死之后，死神就紧缠着平家不放。于是，有罹热病而闷死者、有在会战中阵亡者、有投水自尽者、有被捕而后枭首者。死法千变万状。到了平维盛的公子六代被斩之后，"平家的子孙便永远断绝了"（卷第十二《六代被斩》）。使用一连串死亡的意象来夸饰平家的绝灭，也是《平家物语》书写策略之一。

人生无常。有生必有死，谁能无死？是以死亦人生无常之常。但是对生而为人者，无论好人坏人，不管强者弱者，死总是被认为最大的不幸。谁能甘心一死了之？于是佛教唱导者出现了。尤其是净土宗的说法，即使生前恶贯满盈、苦海无边，只需在死前之刹那具无上虔诚心，念佛一遍或十遍，就有阿弥陀佛与众菩萨前来迎接，往生极乐净土，而获得赎罪而摆脱无常之悲。由此观之，在全书最后的《灌顶卷》中，那位经过大风大浪，尝尽人生一切哀乐荣辱的建礼门院，在寂寞的寂光院中，悟出六道轮回之旨而向后白河法皇缕缕倾吐其一生之原委，终于在紫云缥缈中，安安静静地被迎往极乐世界。此时，寂光院的钟声似乎遥遥呼应着祇园精舍的钟声："诸行无常之响。"

无常是《平家物语》的中心主题。然而一部伟大的作品，经过多数作家的参与与长期的演变，在不偏离中心主题的原则之下，有心或无意之间，难免会衍生或附加新的旨趣、面貌或视野。最常被提到的是：时代的反映。平安时代是贵族治国的时代。但是到了末叶，约当十二世纪，地方武士阶级崛起。贵族权势旁落之后，先是源平两家在朝廷分庭抗礼，平起平坐。但不旋踵间平家架空皇室，排除异己，独揽国政；胡作非为，大失人心。最后源氏反败为胜，取而代之，建立了幕府体制，在日本历史上开始了长达六百多年的武家政治。《平家物语》所反映的正是此一大变革的大时代。在如此重大的政治与社会变革过程中，平清盛的所作所为尽管受人诟病，但其历史意义并不下于建立幕府的源赖朝。

其次，值得一提的是所谓战争的意涵。觉一本《平家物语》所写的战争，从个人的对打、氏族间的争斗、地方的暴动，以至全国性的内乱，不一而足。但与其他前此或同代的战争书写相较，却有明显的不同之处。仔细观察书中的战争场面，自第四卷以后，逐卷数而增多。不过每临大小战役固然讲究战术的运用，至于战争场面的描述却能简则简，而偏重不同人物的临场表现与反应，借以塑造人物的个别形象。因此，是勇者或懦夫，是君子或小人，是远谋或短视，往往于此表露无遗。还有一个有趣的特色。战斗厮杀不免流血，但是觉一本《平家物语》的战场几乎见不到任何血迹。战争的过程有时被公式化或抽象化成：互射鸣镝，呐喊开战，经过厮杀后，胜方摘取败者首级，然后游街示众，枭首狱门。仿佛例行公事。不沾一滴血。将血肉横飞的场面交给读者或听者自己去想象。

当然不是完全见不到血。至少有三处，但都不是在战场：一是平清盛奉命整修高野大塔竣工之后，在塔内自刺其头，以所流之血画了东曼陀罗（卷第三《整修大塔》）；一是高仓宫（以仁王）在奔逃园城寺的路上，两脚流血，染红了沙砾（卷第四《竞》）；一是平家自九州撤退时，由于平生不惯跣足赶路，脚底出血染红了白裤下摆（卷第八《撤退大宰府》）。三处的流血都与死无关。不过，另有两处倒是出现在战场：一是描写平家武士败走而争上逃船时，反被船上的自己人或斩腕，或砍肘，将一谷海岸染成“朱色”（卷第九《驰马悬崖》）；一是一谷会战时，东西两城人尸马骸堆积如山，小筱原的绿色退而变成“淡红”（卷第九《东逃西窜》）。明明是溅“血”惨景，原文却以中性的“朱色”或“淡红”轻轻带过，还是回避见血。据小西甚一氏的看法，觉一本之所以死不见血是由于视死为往生净土的过程，将死概念化，仿佛在面对荒漠上夕阳沉海的庄严之美（《日本文艺史Ⅲ》，页三四六—三四七）。

不过，虽然难得一见斑斑血迹，但在另一方面，却可看到处处流着眼泪。尤其在物语的后半部，如：

> 在福原旧都过了一夜。时值孟秋，天上挂着下弦月。更深，空夜闲寂。泪湿旅宿枕畔，露凝窗边草上。泪光与露珠仿佛在一较短长。一片凄凉。……所有目睹耳闻之事，无一不哀。触景便伤情。昨日并辔乎东关之麓，总共十万余骑；今日解缆于西

海之浪，仅剩七千多人。云海沉沉，晴空既暮。孤岛隔夕雾，月浮海上。……日数渐增，帝京已隔在山河之外，远在云天之边矣。旅途来时迢迢，此去遥遥，流不尽者唯有眼泪。

（卷第七《放弃福原》）

又如在卷第十二《六代公子》一章约五千言的译文文本中，便至少有二十五处流泪的场面。要之，流泪者不分男女长幼、上下高低。或嚎啕大哭、涕泗交流；或泪湿衣袖、吞声饮泣。有生离死别之泪，有吾犹彼也之泪，有喜极而泣之泪，有无可奈何之泪，不一而足。连“作恶多端”的平清盛本人、视死如归的敌我勇士、厌离秽土的高蹈僧尼，都免不了要流下几次眼泪。

有人认为《平家物语》是因果报应的故事。的确，在第一卷开头就点出恶人必灭的道理。书中出现的果报之例，并不限于源自前生的业因，似乎更强调现世的报应。最明显突出的例子是平清盛。且看书中的写法：“追根究底，盖因入道相国专权一天之下，独霸四海之内；上不畏一人，下不顾万民；流罪死刑，任意行之；对事对人，肆无忌惮之所致。父祖罪业报在子孙，显然无可置疑。”（《灌顶卷》之“女院逝世”）其实，岂止“报在子孙”而导致了平家一门灭亡的悲剧，也祸及平清盛自己，惨罹怪病，闷绝躄地而死。

相对于平清盛的恶贯满盈，其嫡子重盛则被塑造成“善”的化身。当时所谓末世思想弥漫世上，认为王法（政道）与佛法皆已衰微，无可挽救。重盛一人内佛外儒，显然有中流砥柱之志：为朝臣则忠贞事君，为佛徒则慈悲为怀，为人子则纯诚孝亲。而且不止一次引用“积善之家有余庆，积恶之门有余殃”之语，以劝其父。苦口婆心，却不蒙首肯，只得自愿折寿以救家门，终于赍恨而终。年仅四十三。在重盛的身上可以看到佛儒兼备的理想人格（按：当时流行“本地垂迹”之说，神道与佛教混淆为一，不分彼此；神社与佛寺皆同修佛典。

故在此所谓佛实际上包含神佛二道）。

或有人认为《平家物语》是刚、硬的文学，与《源氏物语》的柔、软恰成对照，强调二者迥然不同。其实并不尽然。的确，两个物语的主要舞台与人物：一是活跃于京都宫廷的封闭空间、不少为情所困的贵胄男女；一是奔驰于东西各国的广大地区、无数赴汤蹈火的武士与僧兵。然而，站在日本文学发展史的观点，两大物语前后相隔二百多年，文学与时推移，其间自然不可能没有鸿沟。只是一有鸿沟就有架桥者，让传统继续走下去，所以即使在此刚硬的军记物语中，也留下了不少平安时代宫廷式的精神风貌与风流韵事，而且明显有迹可循。市古贞次教授指出：

> 《平家物语》是平家的挽歌，是催人哀伤的死亡的文学。……是描写无数人含着眼泪而行动的“哀”的物语。平安时代的文学精神是“哀”。而一般认为《源氏物语》的基调便是“物之哀”，因此本书也可视为继承了“哀”之传统的作品。固然“哀”的内涵随时在变，但也不能因而就忽视平安时代以来物语一脉相承的流风遗韵。（《平家物语·解说》）

所谓“物之哀（物のあはれ）”是日本传统的美学概念。直截了当地说，就是人情的本质。人类外则感于四季八节之推移，而内则困于七情六欲之摇荡，自然而然产生一种人生的兴味。此种兴味本来应该是中立的，代表着和谐、平衡、优美、哀而不伤的境界，不过人“情主于伤痛”（刘勰《文心雕龙·哀悼》），因而“物之哀”的概念，一开始就先天地内含着偏重于“哀”的倾向。在《平家物语》之中，死亡的故事连篇累牍，在感叹诸事无常之余，在流不尽的闪闪泪光下，“哀”俨然变成了全书的主调了。

《平家物语》虽是一群男人所创的男性的军记物语，但在书中却置入了许多可歌可泣的女人轶事，处处还看得到平安女流文学的遗迹。例如祇王、葵姬、小督、小宰相、千手姬、横笛、建礼门院等，都是各有专章的人物。或善和歌，或操管弦。形象特出，各具个性，为全书带来了点点鲜艳的异彩。然而正如某评家所言，《平家物语》在描写男女爱情时，往往陷于单纯化或类型化，对于苦恼背后的无奈与空虚，无暇也未能深入体会观照，自然难与《源氏物语》的纤细致密相比（高木市之助等《平家物语・解说》）。或许可以说，《平家物语》的重点不在谈"情"。就承袭平安王朝贵族文化而言，平家武士其实也不甘落后。文化只有演进、变容，不可能截然而断。平家既然拥有天下，岂能永远当乡巴佬？于是也仰慕贵族的文化生活，而且在一门灭亡之前早已出现了不少文采风流的武士。和歌、琵琶、笛子等皆有名手，可见其在日本文化史上承前启后的角色。

关于《平家物语》的结构，以通行的觉一本而言，在熟悉《源氏物语》或中国章回小说的读者眼里，大概会觉得不够整饬。全书十二卷加《灌顶卷》，每卷皆由长短不齐的章节组成，从五章到二十章不等。在叙述方法上，虽然基本采用编年体，但多处有"介在说话（置入故事）"，借以加强描述某一人物或介绍相关神话传说，所以偶有顾左右而言他的情节，难免影响到物语的平顺进展，致使在结构上显得有松弛之嫌。不过在"诸行无常，盛者必衰"的大前提下，此等故事旨在声援或反衬此一前提而置入。故宏观视之，反而有驰骛乎兼容并包之实。盖屡经历代琵琶法师之唱导后，成效卓著，而终告如此定型也。

降至明治时代（一八六七—一九一二），日本在欧美列强压境，举国一致追求"文明开化，富国强兵"之际，新兴的文学研究也不甘寂寞。在强烈的民族主义影响之下，诸多军记物语都被冠以"国民文学""民族文学"或"武士文学"之名。《平家物语》当然也不例外。当时日本的"国文学"研究，正在积极吸收西方的文学理论，流行采用日欧对比的方法。于是有些学者宣称《平家物语》是一部“史诗”或“叙事诗”(epic)，自诩足以与欧洲的史诗，例如《罗兰之歌》(*Chanson de Roland*) 或《尼伯龙根之歌》(*Niebelungenlied*) 等作，相提并论，毫不逊色。顿时日本国文学界一片赞同之声。第二次世界大战之后，欧美的日本研究兴起，亦有西方学者开始遥相呼应，变成当时在东西比较文学界备受注目的话题之一。

的确，《平家物语》的成立过程同样经过漫长的弹唱阶段，内容同样以谋杀、造反、政变或战争为主。还有神话、俗传之置入等叙述模式，与欧洲某类史诗颇为近似。然而是否一定要将《平家物语》归类为史诗，则迄无定论。如小西甚一氏就认为《平家物语》并无真正的悲剧英雄，难与欧式史诗分庭抗礼。虽说有木曾义仲或源义经等人，刚猛勇悍，舍死忘生，屡建奇功，庶乎近之。但两人的格局既不够宏伟，下场又极端不堪，缺乏英雄气概(参《日本文艺史Ⅲ》，页三三九)。其实，何谓史诗并无确切的界说，所有史诗之类亦互有异同。至于此日本经典杰作《平家物语》能不能称为史诗并不重要，你我他都可以有不同的意见。不过如果改口说，《平家物语》是一种“日本式的史诗”，但最好还是以“军记物语”称之，大概不会有很多人表示异议吧。

例言

一、本译本之底本以杉本圭三郎《全译注平家物语》与市古贞次译注《平家物语》为主，并参考富仓德次郎《平家物语全注释》、高木市之助等校注《平家物语》、佐藤谦三校注《平家物语》等书，以便比对。

二、上举原著底本及参考诸书，皆属所谓“觉一本”系统，但各书之间，章节之多少或有无，及其安排之次序，却不尽一致。本译本偶尔稍作改动。譬如为叙事之连贯，合并二短章为一章之类。唯皆有简短说明，且于内容本身并无改动。

三、《平家物语》虽然起源于说话或唱导文学，自成特殊文类，曰“平曲”或“平家琵琶”，然而书中文体却因时、因地、因人物而有所不同。要之，有汉文训读体、时行和文体、候文、骈俪等，统称“和汉混淆体”。本译本则斟酌配合原文体式，或用简洁白话，或以浅近文言，或采半文半白体译之。

四、书中人物之称谓，或冗赘或简约，且多有前后不一致者。往往只举其人之官位、邸名、住处或法号之类，而不曰姓甚名谁。譬如主角之一平清盛，最初以“六波罗入道前太政大臣平朝臣清盛公”出现之后，在其他章节，又有入道、大纳言、太政大臣、净海、入道相国、禅门、平相国、六波罗殿等称呼。本译本则视其需要，时或径加姓名以助辨识。

五、书中所用公、卿、殿等字，原为分别对各级高官尊称之词，但亦为在下者面禀或提及在上者之敬称。以“殿(との)”一词为例，依关系之不同，可译成：(某) 公、老爷、大人、阁下、先生、主公、主人、夫人、夫君 (妻对夫) 等汉词。唯本译本原则上不一一加以汉译，一仍原著汉字用法。一则省事，一则借以保留原文风貌。

六、原著原为历史故事，其中活跃之人物大都真有其人，叙述之事件多半确有其事，发生之地点亦皆实有其地。本译本则就其人其事其地之要者，各在注释中举出，加以简介或说明。至于有背离或改易史实之处，则乃历史虚构化之必然现象，故除偶然点到之外，不作多余之解释。

七、原著所系年月日皆为阴历，本译本之文本及注释亦从之。注释中所标人物之生卒年、年号之起讫、事件之年代等，皆参考三省堂《コンサイス人名辞典》以及其他历史年表之类，加以括注阳历纪年，以免读者为繁多之年号所困而迷失于时代之先后。唯其阳历年之标示，纯为方便计，则与阴历干支纪年同始同终。而阴历新年泰半始于阳历一月下旬与二月初之间，故凡是阴历元旦之前仍以阳历旧年纪之。至于阴历之月份日期亦一仍其旧。

八、原著中所引和汉历史或人物典故，往往与原典原貌不尽相同，甚至与其他来源混为一谈。此乃文化传播、交流而演变之结果。翻译非比较研究，故在附注中仅指明典出何处，而对其变容之来龙去脉则原则上不作讨论。

九、原著中所引日本人或中国人之汉诗汉文，诸通行本皆已改成训读体。本译本则尽量查对出处，还其原来面目。又书中于写景抒情之处，往往出现训读体对偶，则设法以骈体译之。原著或在附注中所引和歌，一律译成二十言五绝体。并非十全之计，求其简便而已。韵脚则依中华新韵，至于平仄则任其自然，不强作斟酌。

十、原著中之日文官衔名称繁多，本译本除就其重要者略作解释之外，不暇一一作注说明。又有所谓日本国字，其用于专有名词者，姓氏如畠山 (はた

けやま)、地名如俣野(またの)之类，既不能译，原字听之。

十一、译本附图十多幅，皆选自林原美术馆藏《平家物语绘卷》(二〇一二)。日本传统物语绘卷，大都采取鸟瞰式画法，而且在同幅画面上往往可见同一人物出现在不同场景中，其间抹以“霞形”(横披层叠式浮云)以示时空变化，使故事得以连续而无须改变画面。[例如附图《劝说》：平重盛身穿便服，来到西八条邸时，先遇见家臣贞能，晓以大事、私事之辨(右下)；接着找到成亲被囚之处，谆谆加以劝慰(右上)；继而往见父亲清盛，极力为成亲请命，并谏以恶有恶报之理(左上)；最后出现在中门，吩咐众武士，即使奉清盛公之命，亦不可杀害成亲(左下)。说罢离去。]

十二、译本之注释条目尽量删繁就简。但遇有重要之事件、人物、地点、年号等一再出现时，因与物语之进展息息相关，故每常简短重注，以免读者来回翻查前注之烦。又原文中，于服装、盔甲、弓箭、马具、车舆、建筑等之细部均有专名，多数难于译成单一汉词。本译本原则上避免逐一汉译，且除少数例外，亦不作注说明。盖恐陷于繁琐，反致迷惑费解也。

十三、《平家物语》不易译，亦不易读。其原著之所谓“和汉混淆体”：候文有庄重肃穆之气，时行和文则委婉曲折，袅娜有致；骈句具匀称齐整之美，汉文训读则抑扬顿挫，铿锵悦耳。遥想当年，琵琶法师讲唱平曲时，悲壮与婉约必然兼而有之，惜其声音容貌不能移译。读者不妨想象当年盲人法师弹唱之情状，或可稍助物语故事之享受也。

十四、书后附录多种，包括《平家物语》年表、重要官职位阶表、各种地图、皇室、平氏、源氏系谱、参考书目等，以供读者参考。

卷第一

『吾身荣华』

祇园精舍 一

祇园精舍之钟声，有诸行无常之响[01]；
沙罗双树之花色，显盛者必衰之理[02]。
骄奢者不得永恒，仿佛春宵一梦；
跋扈者终遭夷灭，恰如风前微尘。

远寻异域，秦有赵高[03]、汉有王莽[04]、梁有朱异[05]、唐有禄山[06]，皆因不遵旧主先皇之政，淫逸滥权，谏亦难容；天下呈乱象而不能悟，民间有疾苦而无

---

[01] 祇园：或作祈洹、祇桓、祇陀园，祇树给孤独园之略。园林名，古中印度舍卫城祇陀太子所有。长者须达多（给孤独之名）购之以献释尊，并建精舍以为说法修道之处，即祇园精舍。中有无常堂，收容病人。堂之四隅悬玻璃钟。《涅槃经・圣行品》："诸行无常，是生是灭，生灭灭已，寂灭为乐。"

[02] 沙罗双树：印度土生常绿高树。释尊在沙罗林下涅槃时，其宝床四隅原来各自成双之沙罗绿树，忽然枯死，变成白色。《仁王护国经》："盛者必衰，实者必虚。"平安中期汉学家大江朝纲（八八六—九五七）："生者必灭，释尊未免栴檀之烟；乐尽哀来，天人犹逢五衰之日。"（《和汉朗咏集・无常》卷下）

[03] 赵高（前？—前二〇七）：宦官。初仕秦始皇帝。始皇崩，拥立胡亥为二世，揽权怙势。又杀二世，立三世子婴，后为子婴所杀。见《史记・秦始皇本纪》。

[04] 王莽（前四五—二三）：弑平帝，立孺子婴。后篡位自立，改国号曰新。史称新莽。在位十五年。光武起兵讨而杀之。见《汉书・王莽传》。

[05] 朱异（四八三—五四九）：梁武帝臣。善阿谀，为散骑常侍。侯景叛，武帝败死，朱异自杀。见《梁书・朱异传》。《贞观政要・君道》："梁武帝偏信朱异，而侯景举兵向阙，竟不得知也。"

[06] 安禄山（？—七五七）：唐玄宗时平卢、范阳、河东三节度使。天宝年间，举兵反，陷洛阳，入长安。称雄武皇帝，国号燕。不久为其子庆绪所杀。见《新唐书・逆臣传・安禄山》。

所知，是以不久即告灭亡。

近观本朝，则有承平之平将门[07]、天庆之藤原纯友[08]、康和之源义亲[09]、平治之藤原信赖[10]等人，其强横之心、骄奢之态，并不尽相同；晚近有六波罗入道前太政大臣平朝臣清盛公[11]，闻其所作所为，尤其教人心悸，罄竹难书。

寻其先祖，乃桓武天皇[12]第五皇子一品式部卿[13]葛原亲王之九代后裔、赞岐守[14]正盛之孙、刑部卿[15]忠盛朝臣之嫡男。

---

[07] 平将门（？—九四〇）：平安中期武将。第六十一代朱雀天皇承平五年（九三五）前后，举兵东国（约当今之关东），一度席卷常陆、上野、下野诸国。天庆三年（九四〇）兵败身亡。

[08] 藤原纯友（？—九四一）：平安中期官僚。天庆二年（九三九）呼应东国平将门，举叛旗于西海。一度掩有赞岐、备前等濑户内海沿岸诸国，远及九州。同四年（九四一）不敌朝廷镇压，被捕受诛。

[09] 源义亲（？—一一〇八）：平安后期武将。第七十三代堀河天皇康和年间（一〇九九—一一〇三）任对马国守时，扰乱九州。贬谪隐岐。不服，再叛于出云国。鸟羽天皇天仁元年（一一〇八），战败身亡。

[10] 藤原信赖（一一三三—一一五九）：平安后期官僚。平治元年（一一五九），联合源义朝叛变，幽禁后白河上皇，对抗藤原通宪（信西）。事败被斩。是为平治之乱。

[11] 平清盛（一一一八—一一八一）：平安后期武将。为《平家物语》主要角色。于仁安三年（一一六八）二月落发皈依佛法，但仍居家，拥有妻室，称入道（官三位以上始得称之）。筑邸六波罗（今京都市贺茂川东，东山区辘轳町六波罗蜜寺周边）。故有六波罗入道之称。平为氏名。

朝臣：平安时代附于姓名之敬称：三位以下附于氏姓之下，如菅原朝臣；四位者附于姓或名下，如忠盛朝臣；五位者附于姓与名之间，如藤原朝臣定家。

公：对太政大臣、左右大臣之敬称。平清盛曾任太政大臣，故曰“六波罗入道前太政大臣平朝臣清盛公”。按：平清盛以不同名号出现于《平家》中，有：入道、大纳言、太政大臣、净海、入道相国、禅门、平相国、六波罗殿等。

[12] 桓武：日本第五十代天皇（在位七八一—八〇六），又号柏原天皇。约与唐德宗（在位七七九—八〇五）同时在位。延历十三年（七九四）迁都平安京。是为日本平安时代（七九四—一一九二）之始。

[13] 一品为亲王最高品级。式部省：太政官八省之一，掌朝廷祭典仪式。卿为长官。

[14] 守即国守，中央派驻地方藩国国司之长官，往往与国司同义混用。任期通常为四年。

[15] 刑部省：太政官八省之一，掌刑罚诉讼。唯另设体制外之检非违使后，权限大减，形同虚设。

葛原亲王之子高见王，终其一生无官无职。其子高望王时，赐姓平氏，官拜上总介[16]。从此脱离王室，改入臣籍。其子镇守府将军义茂[17]，后改名国香。国香之后，至正盛，共历六代，虽代代出任诸国受领[18]，但迄未蒙召清凉殿上，无缘列名仙籍[19]。

[16] 国司置有守、介、掾、目四等官。介仅次于守。东国上总、常陆、上野三国，例由亲王遥任国守，或用汉名称太守，故“介”为地方实际执政者。

[17] 镇守府：在日本东北陆奥、出羽两国为镇压虾夷而设之军政官署，派驻镇守府大将军。

[18] 受领：为实际在地方执掌藩务之国守，有别于居京遥任之国守。

[19] 谓敕许登“清凉殿”南厢“殿上之间”（简称殿上）参与朝政，共商国是也。仙籍指殿上北面所立公卿（五位以上者）及非藏人（选自六位者）之“日给简”（当值名册）。列名仙籍：指获准升殿者，通称殿上人或云上人。

二 宫中谋害

却说，忠盛还是备前国守时，遵从鸟羽上皇的敕愿，建献得长寿院[01]，有三十三间堂，安置一千零一尊佛像[02]。天承元年三月十三日举行落庆供养法会[03]。论功行赏，谕准忠盛优先递补国守缺额；恰有但马国守出缺，即立刻为他补上。上皇欣悦之余，又下诏许他在宫中升殿伺候[04]。忠盛当年三十六岁。但那些世袭的公卿殿上人等，却忌惮怀恨，密议于同年十一月二十三日五节丰明节会之夜[05]，谋害忠盛。

---

[01] 鸟羽上皇：原文作鸟羽院。院指上皇、法皇、女院之御所、斋院或别邸。亦为上皇、法皇或女院之敬称。院又指寺院、庭院等。要之，以文脉而定其用。按：在古日本天皇制下，天皇退位后称上皇，而上皇皈依佛门者称法皇。天皇退位后，继掌政权，谓之院政。始于白河上皇（一〇八六——一一二九），长达四十多年。继之者为鸟羽上皇（一一二九——一一五六）与后白河法皇（一一五八——一一九二），均为《平家物语》之关键人物。

得长寿院：鸟羽上皇因病敕建。第七十五代崇德天皇（在位一一二三——一一四一）天承二年（一一三二年八月改元长承）行落庆供养法会，上皇之病不药而愈云。

[02] 得长寿院有三十三间堂。间为两柱间之间距，约等于一点八二公尺。三十三间约六〇公尺宽。堂中央安置丈六高千手观音像，左右各置五百尊大小均一之观音，共一千零一尊。原物毁于元历二年（一一八五）地震。今京都莲华王院三十三间堂为后世所仿造者。

[03] 天承元年：实际在天承二年，参本章注1。新筑寺庙落成法会谓落庆供养；新造佛像安奉法会谓开眼供养。

[04] 升殿：谓敕许可升清凉殿“殿上之间”。清凉殿为皇宫正殿，而殿上之间（简称殿上）为天皇与公卿论政议事或赐宴之处。

[05] 五节为歌舞名称。每年在十一月中丑、寅、卯、辰四日，举行新尝祭。最后辰日，天皇尝新谷，召舞伎舞五节舞，且赐宴，谓之丰明节会。

忠盛得此传闻，便道："我并非执笔弄墨之文官。乃出身武勇之家，今若遭此意外耻辱，于家于身，均为莫大憾事。总之，古书上不是说，为人臣者'应全其身以仕君上'吗？"于是拟定因应之策。当他进宫的晚上，准备了一把没有护手的短刀，随便佩在束带下[06]，面向微弱的火光，徐徐拔出刀来，举到鬓边，隐约闪烁着一道冰冷的寒光，引起了众人的注目。

再者，有忠盛的家臣左兵卫尉[07]家贞，本是同姓木工助[08]平贞光之孙、进三郎大夫家房之子。他身穿青黄间色丝缀腹甲，上披浅蓝色狩衣[09]，腋下夹着拴有弦袋的大刀，在殿上的小院子里恭谨地守候着。藏人头[10]的手下不免惊讶，便叫一个六位藏人过去问道："在那空柱内侧、铃索旁边，有穿布衣者是何许人？违法乱纪之徒，快快滚出去。"家贞肃然答道："我家世袭侍奉的主公备前守大人，听说今夜将遭杀害，为了一探究竟，才到这里来。当然不出去。"说罢，恭谨地守候如故。如此这般，当夜的阴谋也不得不中止了。

当忠盛应召在御前起舞时，别人故意改变拍子，齐声唱道："伊势平氏，醋瓨瓶子[11]。"说起来实在令人惶恐之至。提到平氏一族，原是柏原天皇的后裔，只因其间鲜有机缘住在京城，变成了十足的地方人。而且长年住在伊势国[12]，有人便假托该国出产的陶器，称之为伊势瓶子；又因忠盛有斜视的毛

[06] 束带：男子上朝所穿正装。

[07] 左兵卫：六卫府之一，司宫中警备。尉为其三等官。

[08] 木工助：木工寮之次官，管理建材、木工、土工、锻冶等营建相关事务。

[09] 腹甲：原文腹卷，简式铠甲，无袖。狩衣：原为狩猎时所穿，后来变成贵族日常便服。

[10] 藏人头：原文作贯首，藏人所长官。藏人为内务官吏，处理宫中杂务，包括文书、讼状、传奏、节会仪式、侍候天皇日常起居等，故即使六位之卑，亦可在殿上行走。

[11] 平氏与瓶子，日文音读相同（へいじ），意义双关。醋瓨与眇目亦音同（すがめ），意义双关。眇目，谓斜眼、独眼或大小眼。

[12] 平维衡、平正盛、平忠盛各代均为伊势国守。

病，所以嘲笑他是醋缸。

忠盛无可奈何，趁宴会尚未结束时，便悄悄退出御前，走到紫宸殿北厢，故意在殿上人看得见的地方，叫出主殿司[13]，将那柄挂在腰上的刀寄存在那里，然后才走了出去。等候在外的家贞问道："情况如何？"忠盛原想一五一十据实以告，但看他恨不得立刻上殿挥刀的表情，只好说道："别无异状。"

五节宴舞时，往往伴以"薄白纸、浓染纸、缠丝笔杆、涡纹笔管"[14]之类有趣的咏物歌，载唱载舞，向来习以为常。但有一个人，名叫大宰权帅季仲卿[15]，由于脸色长得太黑，人人都称他为黑帅。当他还在藏人头任上，也在五节宴会献舞时，人们也突然改变拍子唱道："好黑好黑呀，真个黑溜溜。是谁抹上漆，好个黑人头[16]。"

另外，花山院前太政大臣忠雅公十岁时[17]，父亲中纳言忠宗卿去世，成了孤儿。中御门藤中纳言家成卿[18]，时任播磨国守，迎他为女婿，让他享尽荣华。他在五节会上献舞时，也遭人揶揄道："播磨有糙米，是用木贼研，或用糙叶树，磨得倍亮鲜[19]。"

人们却纷纷议论道："古代便有如此这般之事，并未引起任何骚动。如今

[13] 主殿司：宫中十二司之一，管理灯油、火烛、薪炭等之女官。

[14] 或以为谣曲之名。

[15] 大宰权帅：代理大宰帅执行大宰府政务之官。藤原季仲：宽治元年（一〇八七）任藏人头，康和四年（一一〇二）中纳言兼大宰权帅。

[16] 从黑人头联想黑脸藏人头。

[17] 藤原忠雅：于仁安三年（一一六八）八月任太政大臣。邸名花山院。其父忠宗死于长承二年（一一三三），享年四十七岁。

[18] 藤原中纳言家成：大治五年（一一三〇）十月任播磨守。其邸在中御门大路北，故以为邸名。

[19] 播磨国所产糙米，惯用木贼或糙叶碾磨成白米。此歌盖喻花山院忠雅如糙米，因中御门家成碾之磨之，终成其可用之材也。

浊世末代[20]，不知将会如何，实在令人不安。”

果如所料，五节会一过，殿上人便同声上奏道：“依格式之礼[21]，凡佩剑列席公宴，或携护卫出入宫禁者，需经敕许，向有定规。然而忠盛朝臣，既携自称世袭家臣之布衣兵士，直入殿上小庭；自己又腰插佩刀，列席节会。此二者违规乱礼，前所未闻。两案并发，罪无可恕。宜从速削其仙籍，解其官职。”

听了他们异口同声的告状，上皇大吃一惊，即刻召见忠盛，亲自垂询。忠盛陈辩道：“首先，家仆在小庭伺候一事，非小臣所能预知。唯近日来，谣传有人欲谋害于我。长年家仆闻知此事，以为谣出有因，故前来助我免受其辱。其暗中私自进宫护主之举，臣忠盛于事前既不能知，亦无由劝止。若仍疑其有罪，或宜召见此当事人。其次，关于该柄短刀，当日已交付主殿司保管。敢请传旨取来，验其真假，再行议处有罪与否。”

上皇道：“言之有理。”旋即传旨取出该刀，御览勘验。原来鞘套上涂以黑色，鞘中有木刀，木刀上贴以银箔。“卿为避免当场受辱，扮成带刀模样；且预料日后必有诉讼，故以木刀冒充真刀。考虑如此周详，真是神机妙算。身为携带弓箭者[22]，理当有此谋略。此外，家臣至殿庭里伺候，亦是随从武士之本分，非忠盛之过。”结果反而感动了上皇，没受到任何责罚。

---

[20] 平安时代末期起，佛家末法思想深入民心，称当代为末世或末代。依佛家说法，释迦灭后五百年为正法；正法后千年为像法；像法后万年为末法。

[21] 律令：如今之宪法，原则上固定不变。格式则为补正律令之不足而定之法令规定（格）与施行细则（式）。

[22] 携带弓箭者：谓武士，相对于执笔弄墨之文官而言。

三 鲈鱼

忠盛的儿子也都补了诸卫佐之职[01]。况且又蒙敕许升殿，那些殿上人再也不敢嫌弃他们而置之不理了。

有一次，忠盛自备前国进京上朝，鸟羽上皇垂询道：“明石之浦[02]如何？”忠盛咏歌答道：

残月欲曙天，明石枕风眠，浦上波逐浪，但见潮回旋。

上皇极为赞赏，传旨收入《金华集》[03]中。

忠盛最爱的红粉知己是仙洞[04]中的一个女官[05]，过从甚密。有一次忠盛离开女官的房间时，忘了带走画着月亮的扇子。女官同事戏谑道：“这是从哪里出来的月光呀？真教人疑惑难解。”那女官却咏道：

[01] 诸卫佐：诸卫即六卫府（左右近卫、左右卫门、左右兵卫），掌皇宫警备。佐为次官。

[02] 明石：播磨国古歌枕（和歌中常被吟咏之名胜古迹），今兵库县明石市。《源氏物语·明石》之舞台。

[03] 《金华和歌集》：敕撰和歌二十一代集第五，白河上皇敕撰，成于大治年间（一一二六—一一三〇）。

[04] 仙洞：喻上皇御所。

[05] 女官：原文女房。在《平家物语》中用以指：（一）在皇室（上皇、天皇、皇后、太后等御所）侍候之女性，有职称位阶，公费；（二）在贵族家使用之侍女；（三）武士女眷；或（四）泛指一般女性。

迢迢云上月，只漏来我看。若问其出处，恕我回答难。

忠盛知道之后，对她更是宠爱有加。她便是萨摩国守忠度的母亲。有道是志同意合，忠盛风流倜傥，而这女官亦颇优雅。

后来，忠盛官至刑部卿。仁平三年[06]正月十五日逝世，享年五十八。清盛是嫡子，名正言顺，成为继承者。

保元元年七月，宇治左大臣赖长叛变[07]。当时清盛为安艺国守，效忠新帝[08]，拨乱有功，转任播磨国守。同三年迁大宰大贰[09]。继之，平治元年十二月，信赖卿谋反时，也拥护上皇，讨平叛贼[10]。谕旨以其屡建勋功，理合厚赐恩赏。乃于翌年叙正三位[11]。其后，经过宰相、卫府督、检非违使别当、中纳言、大纳言等职，终至丞相之位[12]。未经左右大臣而由内大臣直升太政大臣[13]；虽

---

[06] 第七十六代近卫天皇仁平三年，即西历一一五三年。

[07] 左大臣藤原赖长（一一二〇——一一五六），别墅在宇治。后白河天皇保元元年（一一五六）七月，因皇位继承问题，赖长与源为义、平忠正等，联合支持崇德上皇，对抗后白河天皇派之源义朝、平清盛。败北，赖长中矢而死。史称保元之乱。

[08] 指第七十七代后白河天皇（在位一一五五——一一五八）。

[09] 大宰府：管辖九州（包括壹岐、对马二岛）之政务与边防。首长大宰帅例由亲王遥任，而由权帅或大贰代行府务。

[10] 即第七十八代二条天皇平治元年（一一五九）平治之乱。已见本卷《一、祇园精舍》章，注10。去年八月后白河天皇让位后为上皇，即开始院政（一一五八——一一九二）。

[11] 平清盛位阶原为正四位下，越二阶（正四位上与从三位）升至正三位。

[12] 平清盛于永历元年（一一六〇），四十三岁，任正三位参议（汉名宰相，仅次于大纳言与中纳言之要职）；同年为右卫门府督（督为长官）。四十四岁，近江权守兼检非违使别当（别当即首长）、权中纳言。四十八岁，权大纳言。四十九岁，正二位内大臣。五十岁，从一位太政大臣（汉名丞相）。

[13] 太政官官位升迁惯例，需经参议、中纳言、大纳言、内大臣、右大臣、左大臣，而太政大臣。

非近卫大将而许其拥有兵仗，准带随从[14]；且承旨可乘牛车辇车[15]，出入宫禁。简直与执政之臣无异[16]。“太政大臣者，天子之师范，四海之仪型。治国论道，调理阴阳。若不得其人，则从阙[17]。”故又名“则阙之官”。虽说，非胜任之人不宜补其缺，但如今入道相国[18]既然掌握天下，四海之内，莫非其土，也便不宜说三道四了。

平家之所以如此繁荣，据说是由于熊野权现的灵佑[19]。原来清盛公仍任安艺守时，在从伊势国安浓津[20]乘船前往熊野的海上，有一条大鲈鱼跃进船中。伴随的修验者[21]道：“这是熊野权现所显的预兆，赶快吃了为是。”

清盛应道：“古时，有白鱼跃入武王船中之故事[22]。确是吉祥之兆。”于是，

---

[14] 左右近卫府之长，由具大将衔者任之，统率近卫兵，掌宫中警卫、行幸供奉等事务，故随身可带兵仗。其他诸卫府之长为督。清盛为督，非大将，而破例准其兵仗、随从之权。

[15] 谓敕许乘牛车与辇车出入宫廷之特权也。例由上东门乘牛车至朔平门，然后改坐人挽辇车，至玄辉门下辇，进入内里。

[16] 执政之臣：指平安中期以后，辅佐或代理天皇，实际执行政务之摄政关白，为律令体制外之最高官职。终平安时代，概由藤原氏任之。

[17] 引自《职员令》。谓因其人德政，天地感应，风雨得时，寒暑自宜也。

[18] 此时平清盛尚未皈依佛法，但《平家物语》一书，无论前后，常以入道相国称之。相国，即丞相，太政大臣之汉名称呼。

[19] 指和歌山县熊野地方之三所权现，又称熊野三山或三社。依神佛合一、本地垂迹思想，其所祀者虽是日本神道之神，但皆原为佛菩萨在日本随缘济世，权且显现之化身，故曰权现。三社：本宫熊野坐神社（本地为阿弥陀如来）、新宫熊野速玉神社（本地为药师如来）、熊野那智神社（本地为十一面观音）。

[20] 平清盛二十九岁任安艺国守，至三十九岁补播磨国守为止。安浓津：今三重县津市南部，古代日本三津（筑前博多、萨摩坊津、伊势安浓津）之一。

[21] 参拜熊野三社之先导例由修验者担任，谓之先达。修验者即修验道修行者。神佛并重、显密兼修，持念珠、拄锡杖、吹法螺、唱符咒，出没山野间，故又名山伏。

[22] 《史记·周本纪》载，武王伐纣，渡河中流，有白鱼跃入舟中。注者谓：鱼为兵象，白为殷正色。白鱼入舟中，殷之天命将归周之征兆。

虽在参拜途中必须精进洁斋，严守十戒[23]，但还是将鲈鱼杀生料理，不但他自己尝了，也叫子弟与随从全来吃光了。或许因此之故，以后吉事连连，终于高升太政大臣；而其子孙仕途升迁之速，犹胜龙跃云津[24]；超越了先祖九代[25]的先例。诚属可喜可贺。

[23] 佛教十戒：杀生、偷盗、邪淫、妄语、两舌、恶口、绮语、贪欲、瞋恚、邪见。但不同经典之间，互有差异。

[24] 原文直译："龙升于云。"同青云直上，喻官运亨通。《世说新语·赏誉》："君兄弟龙跃云津。"

[25] 平清盛先祖之系谱：桓武天皇→葛原亲王→高见王→（平氏）高望王→国香→贞盛→维衡→正度→正衡→正盛→忠盛→清盛。

四 秃童

其后，清盛公于仁安三年[01]十一月十一日，五十一岁时，罹患重病；当即出家入道，法名净海，以求长生永寿。他的宿疾因之而顿时痊愈，得享天年。众望归顺，如吹风之偃草木；世情景慕，似膏雨之润国土[02]。只要说是六波罗一家的公子，即使是出身华族或英雄的贵胄[03]，也无人敢与肩并肩、面对面者。入道相国的内兄平大纳言时忠卿，便曾宣称道："非我一门者，皆为人非人[04]。"因此任何人都想方设法要与平家拉上关系。从乌帽子怎么折叠，到衣裳怎么穿法，只要说是六波罗式样，天下四海之内，人人都会竞相模仿。

无论圣王贤君有何德政，摄政关白有何措施，总难免有不合时宜、百无聊赖之徒，避人耳目，口出恶言，发发牢骚。这是世上常情，原不足为怪。唯在这位禅门[05]全盛的年代，却仿佛寒蝉世界，竟没有一个敢随便开口的人。

---

[01] 第七十九代六条天皇仁安三年（一一六八）二月让位，八十代高仓天皇三月继位。

[02] 《论语·颜渊》："君子之德风，小人之德草；草上之风必偃。"《左传》襄公十九年："小国之仰大国，如百谷之仰膏雨。"

[03] 华族、英雄：皆贵族名门，或合称清华。其门第出身者，仅次于摄政关白之家，官职可高至大臣、大将，或太政大臣。

[04] 人非人：指护持佛法诸天与龙神等八部，皆作人形而实非人，或称八部鬼众：天、龙、夜叉、乾闼婆、阿修罗、迦楼罗、紧那罗、摩睺罗伽。《法华经·提婆达多品》："天龙八部人与非人，皆遥见彼龙女成佛。"

[05] 禅门指在家落发禅定、皈依佛门者。在此特指入道相国平清盛。

究其原因，其实是出自入道相国一己的诡计。他招募了三百个十四五六岁的年轻人，一律剪成秃发[06]，着红色直垂[07]，供其差遣。这一伙遍布京城中，巡回监视。遇有敢对平家口出恶言者，只要一人听见，便串连同伙，乱入其家，没收资财器具，然后扭进六波罗去。因此，大家固然目睹心知，却也无人口说出来。有人说如果碰到六波罗的秃童，连车马也会急忙闪开让路。甚至出入禁门也不问姓名，难怪京师长吏为之侧目了[08]。

---

[06] 秃发（かぶろ）：沿用原文汉词，今称御河童（おかっぱ），一种孩童发型。头发直垂过耳齐肩，额前刘海，类汉人之垂髫。秃发之童为秃童。

[07] 直垂：服装名称。或汉译为直裰。方领、尢徽、窄袖、有胸扣（纽）、下摆成裤状。原为庶民所穿，后来武家、公家亦用之为家常便装。

[08] 陈鸿《长恨歌传》："出入禁门不问，京师长吏为之侧目。"

五 吾身荣华

入道相国岂但自身极尽荣华，一门子孙也共享昌运。嫡子重盛为内大臣左大将、次男宗盛中纳言右大将、三男知盛三位中将、嫡孙维盛四位少将[01]。一门共有公卿[02]十六人、殿上人三十余人。诸国之受领、卫府、诸司，合计六十余人。环顾官场，除平家外，似乎别无他人。

古昔，圣武天皇在位时，神龟五年，朝廷始置中卫大将[03]。大同四年，改中卫为近卫[04]以来，兄弟并为左右大将之例，仅有三四次。文德天皇时，左有右大臣良房兼左大将、右有大纳言良相兼右大将，都是闲院左大臣藤原冬嗣之子[05]。朱雀天皇时，左实赖小野宫殿、右师辅九条殿，都是贞信公藤原忠平之

---

[01] 平重盛于安元三年（一一七七）正月自大纳言右大将转左大将，三月任内大臣。宗盛实为三男，次男基盛早逝。安元三年正月，任权中纳言右大将。知盛，仁安三年（一一六八）三月为中将，安元三年正月叙从三位。维盛是重盛之长男，嘉应二年（一一七〇）十二月任右近卫权少将，承安三年（一一七三）三月叙从四位下。

[02] 称大臣为公，纳言、参议及三位以下称卿，合称公卿。

[03] 第四十五代圣武天皇（在位七二四—七四九），神龟五年（七二八）七月，始设中尉府，以备大内警卫。置大将、少将各一人。

[04] 第五十一代平城天皇（在位八〇六—八〇九）大同四年，实际应在二年（八〇七）四月，改中卫府为右近卫。

[05] 文德天皇（在位八五〇—八五八）：第五十五代。藤原冬嗣（七七五—八二六）：平安前期官僚。官至二位左大臣，其邸在二条大路南，西洞院大路之西，号闲院。其次男良房，右大臣（八四八）兼左大将（八五四）；五男良相，权大纳言兼右大将（八五四）。

子[06]。后冷泉天皇时，左教通大二条殿、右赖宗堀河殿，都是御堂关白藤原道长之子[07]。又二条天皇时，左基房松殿、右兼实月轮殿，都是法性寺殿藤原忠通之子[08]。此辈人等都是摄政关白之家的公子哥儿，从来没有出自其他门第的例子。原先在殿上备受冷落讨嫌的忠盛，如今他的子孙却可穿着禁色杂袍[09]，身缠绫罗锦绣。甚至兄弟二人，各以大臣而并兼左右大将之职。正是：末法之世怪事时常有，近来特别多了。

此外，清盛还有八个女儿，也都各个福星高照。有一人原先在八岁时与樱町中纳言成范卿订有婚约[10]；平治之乱后，事过境迁，改嫁花山院左大臣殿[11]为夫人，生了多位公子爷。

且说，这位成范卿之所以称为樱町中纳言者，是因为他雅爱风流，心系吉

---

[06] 朱雀天皇（在位九三〇—九四六）：第六十一代。藤原忠平（八八〇—九四九）：平安中期官僚。关白太政大臣，谥贞信公。长男实赖，邸号小野宫殿，由右大将转左大将（九四五）；次男师辅，邸号九条殿，兄实赖迁左大将时，补其右大将缺。按：殿，原指宫殿、馆第、邸宅等，但亦为贵族高官或主公之敬称。直呼时，或用殿样，犹如汉语之殿下。

[07] 后冷泉天皇（在位一〇四五—一〇六八）：第七十代。藤原道长（九六六—一〇二七）：平安中期官僚。官至摄政。出家皈佛，建法成寺，号御堂入道。五男教通，左大将（一〇一七—一〇六二），家在二条南，号大二条殿。二男赖宗，右大将（一〇四五—一〇六四），家在堀川东，号堀河殿。

[08] 二条天皇（在位一一五八—一一六五）：第七十八代。藤原忠通（一〇九七—一一六四），平安后期官僚。任摄政（一一二三）、太政大臣（一一二八）、关白（一一二九），晚年在法性寺出家（一一六二），称法性寺殿。其次男基房任左大将（一一六〇），邸号松殿。三男兼实任右大将（一一六一），有山庄名月轮殿。

[09] 每一位阶各有规定之服色，不合者谓之禁色。正装束带以外之衣冠，而特准穿着参内者，谓之杂袍，如直衣之类。

[10] 藤原成范（一一三五—一一八七）：权中纳言（一一七六），中纳言（一一八三）。平治之乱后，流放下野国，一年后获赦还京。

[11] 藤原兼雅（一一四八—一二〇〇）：花山院忠雅之子。任左大臣（一一九八）。

野山[12]，在宅院里划出一町[13]，种植了一大片樱树，且筑屋其中而居之。所以每年春天来赏花的人，便称之为樱町。樱花盛开七日后便会凋零，来去匆匆，未免可惜。成范卿乃祷告于天照大神[14]，祈愿花季延长三七二十一日。盖当时皇上是贤君，神显神德，花亦有心，花季才得以延长了三七日的寿命。

一人立为皇后。生了儿子，即立为皇太子。太子登基后，母后受封，号建礼门院[15]。既是入道相国的女儿，又是天下之国母，别人更不宜说三道四了。

一人成为六条摄政殿藤原基实[16]的夫人。高仓天皇在位时，代其母后为养母，宣旨赠准三后[17]，号白河殿，备受敬重。一人成为普贤寺殿藤原基通[18]的夫人。一人成为冷泉大纳言隆房卿[19]的夫人。一人嫁与七条修理大夫信隆

---

[12] 吉野：奈良县南部地名，自古为大和国一郡（在古歌中常被吟咏之名胜古迹）。尤以山樱最负盛名。

[13] 町：原为田地或街坊之单位，亦用以指宫殿、邸宅、寺庙内之区划。在此谓在庭园中，划出一区以种樱树也。

[14] 天照大神：依日本神话系谱，为高天原之主神，伊邪那岐命之女，主司太阳。日本以伊势神宫祀之，尊为日本皇室之祖神。按：天照大神与花无关，另有司花之神木花开耶姬命。

[15] 建礼门院：第八十代高仓天皇（在位一一六八—一一八〇）之后，平清盛之女平德子。治承二年（一一七八）十一月十二日生一儿，十二月十五日立为皇太子，四年（一一八〇）即位。是为第八十一代安德天皇。翌年，即养和元年（一一八一），母后受封，号建礼门院，其御所可置院司之职，并享与太上天皇同级之年给年爵。

[16] 藤原基实（一一四三—一一六六）：法性寺殿忠通之长子，基房、兼实之兄（见本章，注8）。任摄政（一一六五），邸在六条大路，故曰六条摄政。娶平清盛之女为妻。享年仅二十四岁。

[17] 平清盛之女，名盛子。养母：原文汉词作御母代。准三后：准同太皇太后、皇太后或皇后之位，其年给年爵与太上太皇同。

[18] 藤原基通（一一六〇—一二三三）：后改姓近卫。六条摄政藤原基实之子，其后母是平清盛之女盛子，二十岁卒。任关白摄政（一一八〇）。承元二年（一二〇八）出家，住山城国缀喜郡普贤寺。

[19] 藤原隆房：任权大纳言（一二〇四）。家住冷泉万里小路，故号冷泉大纳言。

卿[20]。又将与安艺国严岛神社内侍所生的女儿，安排在后白河法皇御所伺候，受到女御般的殊遇[21]。另外与九条院的杂仕常叶之间也生有一女，则在花山院殿当上臈女官，人称廊上贵人[22]。

日本又名秋津岛[23]，全土才六十六国，而平家直辖者便占三十余，已然超过其半。此外庄园[24]田地不计其数。绮罗充盈，堂上如花。车马群集，门前成市。杨州黄金、荆州珠子、吴郡绫缎、蜀江锦绣。七珍万宝[25]，莫不具备。歌堂舞阁之基，鱼龙爵马之玩[26]。即帝阙仙洞，恐亦自叹弗如，有所不及也。

---

[20] 藤原信隆：任修理大夫（一一七一），其家在七条大路坊城小路口，故人称七条修理大夫。修理大夫：掌宫内营造修缮事务之长官。

[21] 内侍：指在严岛神社之巫女。后白河天皇（在位一一五五——一一五八），让位后为上皇（院政一一五八——一一九二）。嘉应元年（一一六九）出家，继行院政。女御：侍候天皇之女官，位在皇后、中宫之后。原则上，由摄政、关白、大臣家点选入宫。

[22] 九条院：指第七十六代近卫天皇（在位一一四一——一一五五）皇后藤原呈子。仁安三年（一一六八）院旨赐号九条院。杂仕：负责杂役之女官。常叶：或作常磐，训读同音。上臈：身份较高之女官（有上臈、中臈、下臈之分）。常叶后来为源义朝所娶，是源义经之生母。

[23] 秋津岛：或作秋津洲、蜻蛉岛，原指大和国，后来亦指日本全土。

[24] 庄园：指奈良时代以后，地方豪族、权贵、寺社之私有地。

[25] 据《法华经》，七珍为：金、银、玛瑙、琉璃、砗磲、珍珠、玫瑰。

[26] 鲍照《芜城赋》：“若夫藻扃黼帐，歌堂舞阁之基；璇渊碧树，弋林钓渚之馆。吴蔡齐秦之声，鱼龙爵马之玩。”鱼龙爵马又称鱼龙漫衍杂戏，或曰鱼龙变幻角抵之戏，但不知其详。

六 祇王*

入道相国一旦掌握了天下四海的权柄，便不怕世间的责难，也不顾人家的嘲讽，尽做些不合情理、难于想象的事。例如当时有一对闻名京城的姊妹，艺名祇王与祇女，是白拍子的歌舞能手[01]。母亲人称刀自[02]，也是个白拍子。姐姐祇王极受入道相国的宠爱；妹妹祇女也因而广受人们的赏识。入道还为刀自盖了一栋华屋，每月致送米一百石、钱一百贯。阖家富贵，其乐也融融。

却说本朝的白拍子，盖起源于古代鸟羽天皇在位时，由岛千岁、和歌前两人所创的歌舞[03]。最早是身穿水干，头戴立乌帽子[04]，腰插白色刀鞘而载歌载舞。所以叫作男儿舞。后来除去了乌帽子与刀鞘，只穿白色水干，才称为白拍子。

京城里的白拍子们听到祇王走运的消息，有羡慕的，也有嫉妒的。羡慕的人说道："啊，祇王真的好运气呀。同样是游女，谁不希望跟她一样。说不定是因为名字里有一个祇字，命才这么好。我们也不妨试试看。"于是有人改名为祇一、祇二，或祇福、祇德的。嫉妒的人却说："这跟姓名文字有什么关系？

---

* 他本或作妓王、义王，皆同音当字，但含义有所不同。

[01] 白拍子：平安时代后期开始流行之歌舞种，亦指其歌舞者。

[02] とぢ：原文不用汉字。一般音译为刀自，或有以"闭"字当之者。

[03] 第七十四代鸟羽天皇（在位一一〇七—一一二三，院政一一二九—一一五六）。白拍子多游女出身。岛千岁与和歌前两人应是善于此道，非其始创者。

[04] 水干：古时服装，类似狩衣而较简。多以绢布缝之。不用糨糊，张贴在板上晒干压平之。乌帽子：平安至镰仓时代，男人所戴黑漆便帽，直立者谓立乌帽子，折弯者为折乌帽子。

命运是前世注定，与生俱来。”所以也有好多人并不采用祇字在姓名里。

这样过了三年，又出现了一个闻名京师的白拍子能手。是加贺国人。单名叫佛，听说今年十六岁。京中上下各界人士皆道：“自古以来，虽然有许多白拍子，但是还没看过这样的歌舞。”而且大加捧场。阿佛却道：“我虽然名满天下，但不幸未蒙当前大权在握的平家太政入道殿召见，真是莫大遗憾。或许可以仿照向来歌姬的惯例，不召而自往，来个毛遂自荐，有何不可？”

于是有一天，阿佛出现在西八条的府邸[05]。有人进去禀报道：“当今轰动京城的阿佛请求晋见。”入道应道：“什么？歌姬之类只有应召才来。岂有说来便来之理？何况已有祇王在此？无论是神也罢，佛也罢，任谁都不准进来。快快叫她滚开。”阿佛听到如此冷峻的回应，正想离去。却听见祇王劝入道殿道：“歌姬不召自来是向来惯例。何况她年纪尚轻，忽然想着要来便来了，竟碰到这般残忍难堪的钉子，实在可怜。如此，连我也觉得非常羞愧，很过意不去。我跟她是同道中人，所以不能完全置身局外。即使不想看舞，无意听歌，只要见一见，便可让她回去，也会叫人感激不尽。敢请委屈一下，叫她回来，与她见一面，如何？”入道相国道：“好好。既然如此说，便快去叫她回来，见了一面后，再叫她走也不妨。”随即派人去将阿佛召回。阿佛被冷言拒见后，原已坐上车，正要离去，没料到竟又转回府里，应召谒见。

入道相国出来，面对阿佛道：“今日，本来并不打算接见，只是不知祇王有何居心，极力劝说，才决定见你。既然见面了，总不能不听听你的歌声。便来一首今样[06]，如何？”阿佛道：“遵命。”便唱了今样一首：

[05] 平清盛别邸在京都八条坊门小路南，栉笥小路西。

[06] 今样：沿用原文汉词。即今样之歌，犹今之所谓当世流行歌谣也。多为短歌形，以七五或八六音节成句，四句成篇。后白河院所编《梁尘秘抄》（一一六九）为今样歌词之集大成者。

与君初遇有前缘，姬松延寿可千年。

喜见庭池龟岗上，群鹤优游逸致闲[07]。

重复唱了三叠，听者莫不动容。入道自己的兴致也来了，说道："你的今样唱得甚好，舞蹈肯定也不会太差。跳一段来看看吧。叫打鼓者出来。"阿佛只得边歌边舞，跳了一曲。

阿佛自头上的发型起，容貌身材，美丽无比，歌声节拍也妙不可言，怎会舞得不好呢？观赏了这段意外精彩的歌舞之后，入道相国为之迷住了心窍，便全心全意移转到阿佛身上了。阿佛道："这是怎么回事呀。我本来是个不速之客，吃了闭门羹，只因祇王恳求，才蒙召见。要是这般叫我留下来，想到祇王的心情，也会觉得愧疚无似。还是赶快让我告退离去吧。"入道相国道："万万不可。你是顾虑祇王还在这里吗？既然如此，便叫祇王搬出去算了。"阿佛道："这怎么行呀？即使让我们两人一起留下，心里都很不安了，何况还要将祇王扫地出门，只留下我一个人，怎么对得起祇王呢？如果以后不忘怀于我，只要下道命令，我一定会再来。今天还是准我告辞吧。"相国道："绝对不准。快将祇王赶出门去。"即令传话者传了三回。

祇王也预感到事有蹊跷，却没料到竟会发生在眼前今日。在两次三番的催促声中，祇王只得赶忙将房间洒扫拂拭，收拾干净，决定离去。共宿一树之阴，同掬一河之水[08]，毕竟已经三年。住惯了，难免依恋不舍，徒自悲伤而潸然泪下。终于面临非走不可的时刻了。但这一走，人去楼空了无痕，总觉得应该

[07] 姬松或姬小松，即小松，阿佛借以喻己。龟鹤均长寿之象，借以贺主人万寿。

[08] 《说法明眼论》："或处一村，宿一树之下，汲一河之流。一夜同宿、一日夫妇、同听所闻、暂时同道、半时嬉笑、一言寒暄、一座饭酒、同杯同酒、一时同车、同席同坐、同床一卧，虽轻重有异，亲疏有别，皆先世结缘也。"

留点雪泥鸿爪。于是,边哭边在障子[09]上写了一首歌:

新芽与枯叶,同是野边生。一旦秋霜至,双双共凋零[10]。

写罢,乘车回到家里,便伏在障子里边,只管哭得死去活来。母亲与妹妹见了,问道:“怎么了?这是怎么回事呀。”却得不到任何回答。问了随从的女孩,才知道发生了什么事。

从此以后,每月赠送的百石米与百贯钱,也不再来了。现在则改由阿佛的亲人享受着这些恩宠。京中上下人人都道:“听说祇王被入道大人辞退,赶出府邸了。去找她玩玩吧,如何?”于是有人亲往投刺,有人遣使传话。尽管如此,祇王再也无心与人调笑戏谑了,所以既不展读书信,也不接待使者。如此这般,更使她悲恨交集,日日以泪洗面而已。

如此过了今年。翌年春天,入道相国派遣使者来传话道:“其后如何?阿佛看来非常无聊,过来唱支今样,跳个舞之类,给阿佛解解闷,如何?”这实在太过分了,祇王并没有回话。入道又遣使来说:“祇王为什么不回话?不想来吗?不想来嘛,便该直说。我净海[11]也自有想法。”母亲刀自听见了,吓得不知如何是好。只能哭哭啼啼地教训道:“祇王呀,你为什么不给回话呢?与其受人责备,倒不如……”祇王道:“假如想去拜访的话,早已说要去了;就是因为不想去,才不晓得怎样回答。此次召了没去,他说自有想法。我想,大概不外两种算计:不是把我们一家赶出京城,就是要我这条小命。即使被赶到京

[09] 障子:沿用原文汉词,即屏风。杜甫《题李尊师松树障子歌》:“障子松林静杳冥,凭轩忽若无丹青。”现代日语则多指纸糊拉门、隔间纸门。

[10] 以新芽与枯叶隐喻两人不同之境遇,而终不免同遭凋零之命运。秋(あき)与饱、厌音义双关,谓一旦秋到,终将被厌弃也。

[11] 净海:平清盛出家后之法名。有时用以自称。

城之外，也没什么值得悲叹；万一要了我的命，我这现世之身也死不足惜。都被人家厌弃了，还有什么脸去相见。”说着，仍然不给肯定的答复。

母亲刀自于是重又训道：“既然住在这个天下，不管你愿不愿意，总不能违背入道殿的意思。男女因缘，前世已经注定，并非今生才开始。有人尽管山盟海誓，千秋万代永不分离，不久竟然变成了陌路；或原以为只是一对露水夫妻，却能白头偕老。世间最无常者乃是男女间的情感。况且你的得宠长达三年之久，也算极为难得了。你说不去应召，便要你的命，大概不至于此吧。不过要将我们驱逐出京，恐怕不是说说而已。一旦被逐出了京城，你年轻，不管多苦的地方，在岩穴树下也好，都可以过日子。但你这个母亲呢，年老体衰，也被放逐，住到人生地不熟的乡下去，只要一想便叫人伤心。求求你让我在城里过完这辈子吧。这才算尽了你对我今生的孝心，来世的供养呀。”母亲说得悲切。祇王虽然觉得痛苦不堪，却不想违背母亲的悲愿。终于改变心意，决定前往，但哭天抹泪，也怪可怜。

独自前往府邸，太难堪了，便带妹妹祇女相陪。还有白拍子两人，一共四人坐在一辆车上，朝西八条而去。一进邸内，却不是以前宴舞的地方，而被引到一间远在下处的简陋座席上。祇王想道：“这到底是怎么回事呀？我自己并没犯了什么错事，敢是被弃之身，连房间也降格了。真教人气愤。该怎么办呢？”不禁悲从中来，怕被人看见，但泪水还是沿着遮着脸的袖子滴落下来。阿佛听见了，觉得太可怜，便道：“为什么这样呢？这里是她曾经住过的地方，还是请她移驾到这边来吧。不然，请准我出去见见她。”入道厉色道：“万万不可！”阿佛无可奈何，只好忍着不敢出去了。

随后入道出去见了祇王，也不体谅她心中的感受，说道：“如何？其后无恙否？阿佛近来似乎极其无聊，你可唱支今样曲子。”祇王想道，既然来了，好歹别再抵触入道的吩咐，强忍着眼泪，唱了一首今样：

佛陀原来也是人，我辈终将变佛身。

你我皆具佛性者，但恨云泥间隔深[12]。

祇王边哭边唱了两遍。许多在座的平家族人，上自公卿殿上人、诸大夫，下至扈从武士，都被感动得流下泪来。入道也显得兴致盎然，言道："虽然是当场即兴之作，却也绝妙。本来还想看看舞，不过今日另有要事。以后不必召唤也可以常常进来，唱个今样曲子，也跳段什么舞，让阿佛开开心。"祇王不知如何回答才好，只管掩着眼泪退了出来，说道："只是为了不想违拗母亲的心愿，应召去了难堪的地方，再度受到难堪的耻辱，多么可悲啊。只要活在这世上，一定会更加痛苦。现在我只想去投水。"妹妹祇女也道："姐姐若要投水，我也想一起跳下去。"

母亲刀自听到姐妹的话，悲苦失措。又哭哭啼啼劝说道："其实，你的怨恨也无可厚非。只怪我不知道会变成这样子，才一再劝你非去不可。我也觉得很难过。但是你如果去投水，妹妹说也要跟你一起跳。失掉了两个女儿之后，我这年迈体衰的老母，即使活到长命百岁，又有什么意义？我想还是一起投水去吧。不过逼使死期未到的母亲走向投水之路，就是犯了五逆大罪[13]。虽说人生如寄，但在人间受辱不受辱，其实没什么大不了的事。可怕的是那地狱里漫长的黑夜。姑且不谈今生，只怕来世要堕入恶道[14]。想着便伤心。"

听了母亲絮絮叨叨的哭诉，祇王忍着眼泪道："如果真的那样做了，无疑犯了五逆之罪，好，那便不再提自杀的事了。但如果继续待在城里，恐怕还会

---

[12] 《梁尘秘抄》卷二："佛昔也是人，我等终将变佛身。三身佛性具，不知此理最悲辛。"祇王所歌今样一曲，盖蹈袭此歌大意，但改最后一句，以喻阿佛与自己境遇有云泥之别。

[13] 五逆大罪：佛教有五大恶罪，即杀父、杀母、出佛身血、杀阿罗汉、破和合僧。犯之者，死后堕入八大地狱中最可怖之无间地狱。

[14] 六道中之三恶道，即地狱道、饿鬼道、畜生道。

遭到更多难堪的耻辱。现在只剩离开都城一条路了。”于是，祇王遂于二十一岁时削发为尼，在嵯峨山深处的山村里，搭了简单的柴庵，开始了念佛的生活。妹妹祇女道：“原已约定好了，如果姐姐投水，我也要跟着一起投。现在她厌世出家，我也不能落在人后。”那年她才十九岁，也落发改装，与姐姐住在一起，为来世念佛修道。母亲刀自看着心酸。“今生今世，连年轻的女儿都剃头改装了，我这年迈体衰的老母还留着白发，所为何来？”便在四十五岁时也削发为尼，陪同两个女儿专心修佛，祈愿来世往生净土。

转瞬间，春过夏阑[15]。秋风初起，仰望天空双星会合，已到摇橹渡河汉，楮叶寄相思的季节了[16]。看着夕阳隐没于西山之外，“日没之处便是西方净土[17]。迟早我们会在那边再生，过着无忧无虑的日子。”想是这样想，却忘不了过去种种苦难悲辛，每日还是以泪洗面。黄昏之后，掩上了竹编的门扉，母女三人正围着微暗的灯光在诵经时，却听到有人敲着竹门的声音。三个尼姑都吓了一跳：“哎呀！难道是恶魔来了，要妨碍我们薄命女子念佛？就连白天也无人到访的山村柴庵，都夜深了，还有什么人会来呢？那只是简陋的竹门，不去开，也容易推破。不如去开了门，让他进来再说。如果来者来意不善，手下不肯留情，硬要我们的性命，那便只好坚信年来仰赖的佛祖本愿[18]，不断唱诵佛号，等

[15] 菅原文时（八九九—九八一）：“春过夏阑，袁司徒家雪路达。朝南暮北，郑太尉溪风人知。”（《和汉朗咏集·丞相》卷下）

[16] 一年一度，牛郎织女双星七夕在天上渡河相会。世上情侣各在楮叶上写下心愿，衷心祈祷。楮可造纸，故与书写通信有关。而在日本，楮字与梶字混用；而梶字训读“かじ”，又与楫、舵字训读同义双关。

[17] 《阿弥陀经·上》：“从是西方，过十万亿佛土，有世界曰极乐。其土有佛，号阿弥陀。……其国众生，无有众苦，但受诸乐，故名极乐。”

[18] 佛祖为济度众生，立四十八愿。中有一愿云：愿念佛十度者，皆得往生极乐。

候圣众寻声来迎[19]，一定会引导我们到西方净土去。总之，一心念佛吧。”这样互相劝诫着，打开竹门一看，出现在眼前的不是什么恶魔，竟然是阿佛。

祇王惊叫道：“呀！什么，是阿佛你啊？这是做梦，还是真的？”阿佛含着眼泪道：“事到如今才说出来，好像在自我辩解，可是不说嘛，又显得我是个不懂情义的人，所以还是从头说起吧。我本来是个毛遂自荐而被拒于门外的人，多亏祇王姐姐替我申诉，才获准进入府邸。生为女人，注定身不由己，无法抗拒，毕竟被留了下来，十分难堪。后来，有一次你应召回府唱今样；私下反省，感受很深。同样的命运迟早也会降到我自己身上。所以只有悲伤，毫无快乐可言。对着你在障子上留下的笔迹，‘一旦秋霜至，双双共凋零’，不免心有戚戚焉。于是开始打听你们的消息，住在何处，却没人知道。后来听说你们都已改装变样，还住在一起，觉得羡慕之余，常常向入道殿请假，总是得不到许可。细想起来，人间现世的荣华仿佛梦中之梦，快乐富贵又有何用[20]。人身难受，佛法难遇[21]。这次若是沉入地狱，无论多少轮回，必将永劫不复，更难往生极乐净土了。年轻是不可靠的。这是老幼无别的世界，谁会先死并无定规。一呼一吸之间，瞬息不容相待，比起蜉蝣或闪电来，更是短暂无常。我一时耽于逸乐，忘记了还有来生后世。真是可悲可叹。所以今天一大早，便设法偷偷逃了出来，变成这个模样，终于找到你们了。”说着，拿下披在头上的盖巾，竟是一个尼姑。

阿佛继又含泪诉说道：“我改了装寻到此处，是为了过去所犯的错误前来赎罪。如果能够得到谅解的话，请让我一起参与念佛，但愿一莲托生，一起往

[19] 念佛者临终时，阿弥陀如来与观音菩萨、势至菩萨等圣众，前来迎往极乐净土。《净土论》：“愿见弥陀佛，普共诸众生，往生安乐国。”

[20] 白居易《自咏五首》：“荣华瞬息间，求得将何用？形骸与冠盖，假合相戏弄。但异睡着人，不知梦是梦。”

[21] 《六道讲式》：“人身难受，佛法难遇。”此语亦见于其他经论。

生净土[22]。如果还是不能得到宽恕，我只好从此漂流四方，不管是伏在苔藓上，或是倒在松树下，只要活一天，便念一天佛，直到完成往生极乐的夙愿为止。”祇王听了，掩泪答道：“你有这样的想法，我真的做梦也不会知道。我总觉得自己所遭遇的苦难，只不过是忧患人生之常，应该看开些，但还是动不动就会怨你恨你，甚至到了怕会妨碍我往生本愿的地步。尽管为了今世与来生而勉力修行，却常常半途而废，自暴自弃起来。然而，现在你竟改装出家，过去的怨天尤人也便烟消云散了。如今无疑可以往生了。这次能够完成夙愿，太高兴了。我们一家出家为尼，有人啧啧称奇，以为世上尚无前例。但仔细一想，我们之所以出家，自有我们出家的道理。不过比起阿佛你的情形来，就不算什么了。你无尤无怨。今年才十七岁，却能厌离秽世，欣求净土[23]，参透大道，真是一位可喜的善知识[24]。请进来，让我们一起修行吧。”

此后四个人便住在同一个尼庵内，朝朝暮暮，供花上香，专心念佛，一无杂念。听说这四个尼姑，虽然有早来迟到之别，却都能修成正果，遂其本愿，往生极乐。因此后白河法皇在长讲堂的过去账上[25]，记下了“祇王、祇女、阿佛、刀自之尊灵”，将四个人列在一起，良可慨叹。

---

[22] 《法华经·药草喻品》：“即往安乐世界，阿弥陀佛大菩萨众围绕住处，生莲华中宝座之上。”又《无量寿经·下》：“诸有众生，闻其名号，信心欢喜，乃至一念，至心回向，愿生彼国，即得往生，住不退转。”

[23] 秽土：与净土相对。人间（娑婆世界）充满苦难、灾害、烦恼。慧心源信《往生要集》：“厌离秽土者，夫三界无安，最可厌离。”按：三界谓欲界、色界、无色界，即众生生死轮回之三种世界。

[24] 善知识：助我修道之师友因缘。《法华经·妙庄严王本事品》：“善知识者是大因缘。”《法华文句·四》：“闻名为知，见形为识。是人益我菩提之道，名善知识。”《摩诃般若经》：“一切种智，令人心入欢喜信乐，是名善知识。”

[25] 长讲堂：法华长讲阿弥陀三昧堂之略。后白河法皇特为长讲《法华经》所建之讲经堂。过去账：指寺庙所藏记录死者法名与忌日之名册。

七 二代皇后

自古迄今，源平两氏共仕朝廷，若有一方不服王政、蔑视朝权，便会互相惩戒制衡，勉强维持了升平之世的表象。但自保元之乱源为义被斩，平治之乱源义朝受诛之后，源氏的晚辈或被流放，或下落不明。当今只有平氏一家昌隆繁盛，没有敢于抬头反抗之人。好像以后世世代代都会平安无事一般。

然而自鸟羽上皇晏驾之后，兵戈迭起，常有死罪、流刑、解官、停职之类的事件发生[01]。海内不靖，世上难安。尤其在永历应保年间[02]，后白河上皇之近臣有被二条天皇治罪者，天皇的近臣也有为上皇所惩罚者。上下恐惧，忐忑不安。简直如临深渊，如履薄冰。本来上皇与皇上父子之间，应该没有嫌隙才对，却明明发生了这些意外事端。许是末世浇薄、人心险恶之故吧。天皇经常忤逆上皇的意旨。其中有一个耸人耳目、备受谴责的事例。

已故近卫天皇的皇后，时称太皇太后，是大炊御门右大臣公能公的女

---

[01] 鸟羽法皇卒于保元元年（一一五六）七月，旋即引起保元之乱。三年后（一一五九）有平治之乱，其间，有谪崇德上皇于赞岐、流源为朝于大岛、收源赖长等人之领地、关白藤原忠通辞职等事件，连续发生。

[02] 永历、应保（一一六〇——一一六二）：第七十八代二条天皇（在位一一五八——一一六五）之年号。根据《百链抄》《愚管抄》等书所载，应保元年（一一六一）九月，有院方（上皇派）平赖盛、平时忠、藤原信隆、藤原成亲等人，被内方（天皇派）解去官职；同二年源资贤、源通家、平时昌、藤原范忠被处流刑。一方面，永历元年（一一六〇）三月，天皇近侍藤原经宗、藤原惟方被院方处以流刑；应保二年五月，藤原重家受到解官处分。

儿[03]。近卫帝驾崩后，离开皇宫，移居近卫河原的御所。身为先帝皇后，离群索居，过着幽静的日子。到了永历年间，大概二十二三岁，可说稍稍过了盛年，但素有天下第一美人之誉。二条天皇生性好色，暗中命令高力士到外宫探寻美女[04]，特别把情书送到大宫[05]那里去。太皇太后根本不予理会。天皇一不做二不休，干脆将此事公开，又遣使至右大臣家，传旨改立太皇太后为皇后，促其火速入宫。这是天下少有的特殊事件，公卿们于是开会审议，各抒己见。

“先查外国的前例，震旦则天皇后原是唐太宗皇后、高宗皇帝继母。太宗崩后，改立为高宗之后[06]。此乃异朝先例，无须特别加以重视。至于我朝，自神武天皇以来，经人皇七十余代[07]，未见有立二代皇后之例。”诸公卿莫不众口一致。上皇也颇不以为然，谆谆加以劝告。天皇却道：“天子无父母。我以十善戒功而得万乘宝位[08]。如此区区小事，难道不能任我做主？”旋即传谕入宫日期。上皇也无可奈何。

---

[03] 太皇太后：藤原多子（一一四〇—一二〇一），右大臣藤原公能三女。久安六年（一一五〇）正月，十一岁，入侍第七十六代近卫天皇，三月封皇后，久寿二年（一一五五），十六岁，近卫天皇崩，为皇太后，出宫居近卫河原。保元三年（一一五八），后白河天皇禅让，二条天皇继位，成太皇太后。永历元年（一一六〇），二十一岁，应二条天皇之召，再度入宫。永万元年（一一六五），二十六岁，二条天皇崩。似又还居近卫河原。

[04] 高力士：唐玄宗所宠信之宦官。此处借高力士以喻奉命探求美女之天皇近侍。陈鸿《长恨歌传》：“诏高力士潜搜外宫，得弘农杨玄琰女于寿邸。”此杨玄琰女即杨玉环（七一九—七五六），原为玄宗子寿王李瑁妃，玄宗夺之以为贵妃。外宫谓宫殿御所之不在内里者。

[05] 大宫：对皇后、皇太后或太皇太后或其宫殿御所之尊称。亦用以称神宫。

[06] 震旦指中国。武则天（六二四—七〇五）废睿宗，临朝称制（六八四），改国号周（六〇九—七〇四），称圣神皇帝。

[07] 据日本历史分期，最早为神代，属诸神统治之世。自神武天皇（在位前六六〇—前五八五）起进入人代，由人皇统治。二条天皇为人皇第七十八代。

[08] “天子无父母”一语，出处不详。戒功：持戒功力也。十善谓不犯十恶，即不杀生、不偷盗、不邪淫、不妄语、不两舌、不恶口、不绮语、不贪欲、不瞋恚、不邪见。万乘宝位：即帝王之位。

皇太后听了谕旨之后，日日以泪洗面，私自悲叹道："如果在久寿初秋先帝逝世时[09]，偕同化为原野之露，或者出家隐遁，与世隔绝，今日便不至于有此难堪之事。"

父亲右大臣却劝解道："古谚云不随俗者为狂人[10]。如今诏命都已下来，多说无益。还是快快进宫为是。若能诞生皇子，汝便是国母，愚老亦将被尊为外祖父矣。岂非可喜可贺之兆？其能善尽孝道于老父者，莫过于此。"

皇太后无言以对。当时正在习字，随笔所之，写了一首歌：

忧患浮世身，恨未伴君沉；河竹任漂泊，丑名何汶汶[11]。

这首歌不知何以传到宫外，世人都说，歌词婉约而优雅，可叹又可悲。

转瞬已到进宫之日。父亲右大臣与前来伴随的公卿们，特别仔细地忙着准备出车的仪式。但是皇太后心中郁结，迟迟不肯上车。天都暗了，直到过了三更半夜，才被扶着勉强上了车子。进宫之后，住在丽景殿中，一心规劝皇上务必勤于政事。在紫宸殿里有一排圣贤障子，画着伊尹、第五伦、虞世南、太公望、甪里先生、李绩、司马等人的画像[12]。尾张守小野道风曾为圣

---

[09] 近卫天皇于久寿二年（一一五五）七月去世，享年十七岁。

[10] 古谚：鸭长明《方丈记》（一二一二？）："不顺于世则似狂人。"无住《砂石集》（一二八三）引行基菩萨："逆俗则如狂人。"

[11] 此歌原文，浮与忧（うき）为挂词（训同义双关）。浮、沉、川、流、竹、世（节）为缘语。故难以固定形式译之。大意谓：先帝死别时，未能陪同沉没；现在就如河边竹，带着难堪可耻之恶名（二代皇后），漂浮在滚滚浊世中。按：译文之汶汶，玷辱、污染也。《楚辞·渔父》："安能以身之察察，受物之汶汶者乎？"

[12] 在紫宸殿正堂与北厢之间，有一排障子（屏风），画中国名臣三十二人，即所谓圣贤障子。此处所列仅其中七人。唯甪里先生并不在三十二人之内。文中所举司马，不知何许人。

贤障子题词，前后多达七回[13]，自是理所当然。还有长臂人、长脚人[14]、骏马的画屏。另外，在鬼间的障子上画着李将军斩鬼的故事[15]。据说清凉殿的画屏上，有古人巨势金冈所画的远山晓月图[16]。当先帝还是幼主时，玩弄笔墨，不小心把残月抹黑了，却还照样保留在原处。皇太后看着这幅画，不禁想起先帝，更加眷恋，咏歌道：

沧海曾经身，幽居一孤魂；不意重入殿，犹看月蔽云[17]。

字里行间流露着两人相爱之情。幽怨绵绵，感人至深，传为佳话。

[13] 小野道风（八九四—九六六）：平安中期名书家，仕六十代醍醐、六十一代朱雀、六十二代村上三帝，官至正四位下内藏权头。菅原文时《小野道风申文》云："然而紫宸殿之皇居，七回书贤圣障子。"（《本朝文粹》六）

[14] 又称荒海障子，画《山海经》长臂人与长脚人故事。《海外南经》："长臂国在其东，捕鱼水中，两手各操一鱼。"郭璞注："其人手下垂至地。"又《海外西经》："一曰长脚。"郭璞注："长臂人身如中人而臂长二丈，以类推之，则此人脚过三丈矣。或曰长脚人常负长臂人入海中捕鱼也。"

[15] 鬼间：在清凉殿西厢。壁上有白泽王斩鬼之图，此处误以白泽王为汉李广。据《史记·李将军列传》："广出猎，见草中有石，以为虎而射之，中石没镞，视之石也。……及居右北平射虎，虎腾伤广，广亦竟射杀之。"可知李广有射虎之事，无斩鬼之实。

[16] 巨势金冈：平安前期名画师，活跃于第九世纪后半。相传于阳成天皇元庆四年（八八〇），为大学寮释奠画先哲七十二弟子像。

[17] 此歌见于《玉叶集》《今镜》等书。《今镜》有小序："昔日居处如旧，云间月色依然。"

八 立嗣争议

且说永万元年春天[01]，有谣传说，二条天皇龙体欠安。到了初夏，病情突然转危，乃有大藏大辅[02]伊吉兼盛之女所生才两岁的第一皇子[03]，将成为皇太子的传闻。果不其然，便在同年六月二十五日，匆匆宣旨立之为亲王，当天晚上便受禅登位[04]。事出意外，天下为之张皇失措。

据当时详于史实掌故的人说，查本朝幼龄为帝的先例有：清和天皇九岁继文德天皇之禅让而登基[05]。外祖父忠仁公为扶助幼主[06]，仿照周公旦辅佐成王的故事[07]，代为临朝而日理万机，执掌实际政务。此乃摄政制之开端。又鸟羽天皇是五岁，近卫天皇是三岁践祚[08]。有人便觉得实在太小了，而这次却只

[01] 第七十八代二条天皇（在位一一五八——一一六五），永万元年即西历一一六五年。

[02] 大藏省：太政官八省之一，管理财政、典铸等事务。大辅为其次官，正五位下。

[03] 若依史实，应是第二皇子。

[04] 第七十九代六条天皇，在位不满三年（一一六五——一一六八），即被逼让位。

[05] 文德天皇（在位八五〇—八五八），第五十五代。清和天皇（在位八五八—八七六），第五十六代。

[06] 忠仁公：平安前期官僚藤原良房（八〇四—八七二）之谥号。官至太政大臣，兼行摄政。幼主清和天皇为其女明子所生。

[07] 周公：名旦，周武王之弟，成王之叔。武王崩，成王年幼，周公摄政。诛贬内忧，扩大版图。改定官制，创制礼乐制度，周朝文物，于焉完备。

[08] 鸟羽天皇（在位一一〇七——一一二三），第七十四代。近卫天皇（在位一一四一——一一五五），第七十六代。

有两岁,根本没有先例可循。如此性急,不知伊于胡底。

同年七月二十七日,二条上皇终于驾崩,享年二十三岁,如同含苞未放而凋落之花。玉帘锦帐之内[09],抽泣之声此起彼伏。便在当天晚上,下葬于香隆寺东北、远入莲台野的船冈山[10]。奉葬之时,延历与兴福二寺[11]的徒众之间,引起了人称立匾争议的事件,直闹到胡作非为的地步。按旧例,凡是天子去世后,在殡葬过程中,由南北二都[12]的僧众送至墓地,并在陵墓周围,分别竖立其本寺匾额。东大寺是圣武天皇所敕建[13],首先竖起匾额,从无异议。淡海公的氏庙兴福寺[14]次之,接着北都的延历寺在兴福寺对面立匾。其次是园城寺,是教待和尚与智证大师奉天武天皇敕愿所兴建[15]。然而,山门[16]延历寺的僧众,不知有什么盘算,却违背了惯例,等在东大寺之后,抢在兴福寺之前,竖立了延历寺的匾额。南都的徒众大为愤怒,于是议论纷纭,开始商讨对策。原来兴福

[09] 玉帘锦帐之内:指后宫及后妃。

[10] 香隆寺在今京都市北区平野八丁柳町附近,已废。莲台野在今京都市北区紫野莲台寺附近。船冈山在今京都市北区,大德寺之南。

[11] 延历寺在京都比睿山上,为天台宗总寺院,传教大师最澄(七六七—八二二)依第五十代桓武天皇敕愿,建于延历七年(七八八)。兴福寺在奈良,属法相宗,初由藤原镰足(六一四—六六九)造于山科,名山阶寺,其子不比等于和铜三年(七一〇)移至奈良,为藤原氏家寺。

[12] 二都:或作二京,南都指奈良,有东大寺、兴福寺。北都指京都,有延历寺。

[13] 第四十五代圣武天皇(在位七二四—七四九)于天平五年(七三三)敕建东大寺,为华严宗大本山。

[14] 淡海公:藤原不比等(六五九—七二〇)之谥号。奈良时代官僚。官至正一位太政大臣。

[15] 园城寺:在今滋贺县大津市。天台宗寺门派总本山,又名三井寺。据传第四十代天武天皇(在位六七三—六八六)时,滋贺郡教待和尚首开园城寺,后让与圆珍智证大师(八一四—八九一)。或以为第三十九代弘文天皇皇子大友与多王所创建。

[16] 山门:延历与园城二寺宗派壁垒分明。延历寺在比睿山,通称山门。园城寺则称寺门。

寺的西金堂中[17]，有两个孔武有力的猛僧，名叫观音房[18]、势至房。观音房身围黑底丝缀腹甲，紧握着白色长柄弯月刀；势至房身围青黄丝缀腹甲，挥舞着黑漆把柄大刀。两人冲了出去，砍下延历寺的匾额，砸成碎片，接着唱道：

有水真好啊，瀑布叫呀叫；
太阳出来了，晒也干不掉[19]。

边唱着，没入南都的徒众里去了。

[17] 金堂：即佛殿。兴福寺有中金堂、东金堂、西金堂。

[18] 房：或作坊。指僧房、僧坊，亦用于称呼居住其内之僧侣。与殿、宫之用法部分相似。

[19] 延年舞歌词。《梁尘秘抄》卷二："瀑布有好多，看了便高兴。瀑布水乱鸣，阳光照不停。"

九 火烧清水寺

兴福寺僧众如此不堪的粗暴行径，山门方面理应还手报复，只因或许另有计谋，竟都三缄其口，不发一语。天皇晏驾之后，无情的草木也带着愁容。此次骚动简直无理取闹，人人不分高贵卑下，莫不惶恐失措，都各自退散了。

同月二十九日午刻时分，据说山门的徒众正大举下山，拥向京城而来。武士与检非违使都赶到西坂本[01]，设法阻挡，但僧众并不以为意，冲破防线，直奔京城。此时有来源不明的流言道："此乃后白河上皇号召山门前来讨伐平家。"因此士兵都集结在大内，固守四方门户。平氏一家则在六波罗紧急聚合。后白河上皇也仓猝临幸六波罗。清盛公当时仍任大纳言，大为惊恐。小松殿重盛卿试着劝慰道："不至于有如此怪事。"不过一门上下还是慌成一团，镇静不下来。

然而山门的僧众并未冲到六波罗来，却拥向好像素无因缘的清水寺去[02]，放火把佛殿与僧坊，一间不留，全部夷为平地。听说是为了洗雪送葬之夜所受的会稽之耻[03]。清水寺原来是兴福寺的末寺，被烧毁的翌日早晨，大门前竖着一块牌子，上面写着："哎呀，观音火坑变成池，如何？"次日，有人另立

[01] 西坂本：与东坂本相对。在比睿山之西，今京都市左京区修学院大原旁。

[02] 清水寺：在今京都市东山区，法相宗，当时为兴福寺所属分寺。

[03] 指越王勾践在会稽山为吴王夫差所败，后来因范蠡之助而得以雪耻复仇故事。《史记·货殖传》："范蠡既雪会稽之耻。"

了一块回应的木牌:“历劫不思议,力所不及[04]。”

延历寺的僧众撤回山上后,后白河上皇也自六波罗还至御所。随驾的只有重盛卿一人。父亲清盛公并未同行,因其心中余惧犹存,云云。当清盛看到重盛卿随驾返宫,平安回来,便说道:“唉,上皇此次御幸我家,真是诚惶诚恐之至。大概是上皇确有此意,偶然露了口风,才会有此类流言。汝亦不可太一厢情愿。”

重盛卿道:“诸如此类之事,绝不可在举止上或语言中露出端倪。如果被人察觉,反而不妙,后果堪虑。总之,最好不可违背上皇谕旨,对人多行施舍与关怀,神明三宝[05]必有加护,父亲大人便不用惴惴不安了。”说罢便起身走开了。

父亲清盛公叹道:“重盛真可谓宽大厚道之人。”后白河上皇回到御所之后,对围在御前侍候的近臣们说道:“不可思议,此次流言不知发自何人,从来连想也没想到会有此事。”

上皇有个宠臣叫西光法师[06],这时正在御前侍候,道:“俗谚云,天无口,人言之[07]。平家之所作所为也未免太过分了。是上天的警告吧。”人人听了,都低声道:“此话不可说不可说。隔墙有耳呀。可怕可怕。”

---

[04] 《法华经·普门品》:“念彼观音力,火坑变成池。”又:“弘誓深如海,历劫不思议。”

[05] 神明:即神佛。佛宝、法宝、僧宝为三宝。

[06] 西光法师:俗名藤原师光(?——一一七七),有后白河法皇第一近臣之称。参卷第二《三、西光被斩》章。

[07] 《文德实录》嘉祥三年(八〇五)五月条:“生民讹言,天假其口。”

十 立东宫

且说此年，即永万元年，因为仍在谅暗期间，御禊、大尝会等仪式都停止举行[01]。同年十二月二十四日，当时仍称东方君的建春门院[02]，与后白河上皇所生的皇子，承旨立为亲王。

翌年改元，号仁安[03]。同年十月八日，去年奉旨封为亲王的皇子，在东三条御所立为东宫[04]。当时东宫六岁，论辈分是六条天皇的叔父；天皇三岁，是东宫的侄子。可谓长幼失序。不过，前有宽和二年，一条天皇七岁即位；三条天皇十一岁立东宫，所以并不是没有先例[05]。

六条天皇二岁受禅登基，今年才五岁。二月十九日，因为东宫践祚，不得

---

[01] 谅暗：亦作谅阴、凉阴，指天子、诸侯居丧。《论语・宪问》朱熹注："谅阴，天子居丧之名，未详其义。"亦指人臣居丧。御禊：每年十月下旬，天皇行幸河边，行祓禊净身之仪式。大尝会：天皇即位后，以新谷供祭天神地祇，亲尝之，并以赐臣下，是每代天皇一度之大礼。

[02] 建春门院：后白河上皇女御（后妃之一，位在皇后、中宫之后），平时信之女平滋子。仁安二年（一一六七）正月女御，同三年皇太后，嘉应元年（一一六九）四月封建春门院号。东方君：原文"东の御方"。

[03] 永万元年（一一六五）第七十九代六条天皇继位（在位一一六五——一一六八），翌年八月，改元仁安。

[04] 东宫：太子御所，亦借以指太子。后白河上皇第七皇子，宪仁亲王，即后之高仓天皇（在位一一六八——一一八〇），第八十代。东三条御所在三条大路之北，东洞院大路之西，又称乌丸御所。

[05] 第六十六代一条天皇（在位九八六——一〇一一）。六十七代三条天皇（在位一〇一一——一〇一六）。

不让位，称为新院。连冠礼都还没行过，便有了太上天皇的尊号[06]。此在汉唐或本朝的历史上，都是前所未见，无例可循。

仁安三年三月二十日，高仓天皇在大极殿举行登基大典。新帝的即位象征了平家荣华的巅峰。母后建春门院是平氏一家人，是入道相国夫人八条二位殿的胞妹[07]。又，平大纳言时忠卿是其长兄，为天皇外戚；显然是掌握宫廷内外大权的人物。此时凡是有关叙位、授官等事之裁决，都唯其马首是瞻。可比杨贵妃得宠时，杨国忠之独揽大权[08]。誉满人间，显赫一时，可庆可贺。连入道相国治理天下，事无大小，也要常与时忠卿商量，所以时人称之为平关白[09]。

---

[06] 太上天皇：对让位天皇之尊称，同上皇、太上皇。新院：谓新上皇，盖已有其他上皇在前也。冠礼：原文元服，男子成人仪式，包括结发、戴冠、束带。皇族贵胄多在十二岁前后行元服之礼。

[07] 八条二位殿：即平清盛夫人，从二位平时子。住西八条邸，故称八条二位殿。后为高仓天皇之岳母。

[08] 白居易《长恨歌》："姐妹弟兄皆列土，可怜光彩生门户。"陈鸿《长恨歌传》："叔父昆弟皆列位清贵，爵为通侯。……天宝末，兄国忠盗丞相位，愚弄国柄。及安禄山引兵向阙，以讨杨氏为词。"按：杨国忠为杨贵妃堂兄，因贵妃而权倾天下。安禄山之乱，玄宗出奔，经马嵬坡，国忠伏法，贵妃缢死。

[09] 平氏非关白世家，不得为关白，而平时忠在朝廷之所作所为，权势之大，较之关白，有过之而无不及，故人称平关白。

十一 争路

且说嘉应元年七月十六日，后白河上皇出了家。出家之后照常日理万机，亲掌政务[01]。因此，院厅与宫廷之间并无区别[02]。在院中随侍左右的公卿殿上人，甚至上下北面的武士[03]，官位俸禄都优厚逾分。然而不满现状是人之常情，时有亲近的同僚聚在一起，便互相私语道："嗳，某人亡了，该国国守便会出缺。某人死了，有人便可补其位。"

后白河法皇也曾在私底下说道："自古以来，为历代朝廷敉平叛乱者人虽然不少，却还没见过现在这般情形。平贞盛与藤原秀乡之讨平将门[04]；源赖义之灭安倍贞任与宗任[05]；又源义家之攻清原武衡与家衡[06]，虽然都有犒赏，最

---

[01] 第八十代高仓天皇嘉应元年（一一六九），后白河上皇出家，时四十三岁，法名行真。后白河于保元三年（一一五八）让位后，即行院政，直至后鸟羽天皇建久三年（一一九二）。其后即由征夷大将军源赖朝当权，进入镰仓幕府时代。

[02] 院厅：指上皇（法皇）御所厅堂，地点不在内里，与天皇之宫廷有异，但名义上均为执行天下政务之处，故谓二者之间并无区别。

[03] 北面：院（上皇）御所之警卫武士，驻扎在御所之北，故曰北面。分上下，上北面由四五位者任之；下北面由六位者任之。

[04] 平贞盛：平安中期武将，天庆三年（九四〇）讨伐平将门有功，叙从五位上右马助，拜镇守府将军。藤原秀乡：平安中期地方豪族，与平贞盛击败平将门，携其首级至京都，叙四位下，拜下野、武藏两国国守。

[05] 源赖义（九八八—一〇七五）：平安中、后期武将，任陆奥守兼镇守府将军。前九年之役（一〇五一—一〇六二）消灭安倍一族，任正四位下伊豫国守。安倍贞任（一〇一九—一〇六二）与宗任为兄弟，平安后期陆奥国豪族武士，与父安倍赖时叛变，混战多年，终为源赖义所平定。

[06] 源义家（一〇三九—一一〇六）：赖义长男，前九年之役有功，任出羽国守，迁陆奥守兼镇守府将军。后三年之役（一〇八三—一〇八七）平定清原氏，奠定源氏在东国之基础。

高也不过地方国司而已。像清盛如此唯我独尊、胡作非为之行径，简直岂有此理。佛法末世，王道不振，也无可奈何啊。”话虽如此，因无适当机缘，从未加以劝诫。

平家对朝廷其实也无所谓怨言。但嘉应二年十月十六日发生的一起事端，却变成了导致乱世的根源。小松殿的次男新三位中将资盛卿[07]，时为越前守，年仅十三岁。那一日下过雪后，枯野上积雪斑斑，景色甚是迷人，乃率领年轻武士约三十骑，到莲台野、紫野，又到右近马场附近[08]，使唤许多鹰隼，追捕鹌鹑、云雀之类。终日放鹰猎鸟，直至薄暮，才启程返回六波罗。

当时的摄政是松殿藤原基房公[09]。他刚离开中御门东洞院官邸，正在进宫的路上。因为要从郁芳门进去[10]，所以由东洞院大路向南，至大炊御门大路转西而去。就在大炊御门猪熊路口，与资盛卿一行不期而遇。摄政的扈从叱喝道：“是何许人，竟敢如此无礼？这是殿下要进宫去。下马，下马！”

但资盛却傲慢不恭，一副旁若无人的样子，而所带领的武士又全都不满二十岁，没有一个懂得礼仪规矩。他们不管什么殿下不殿下，不但不下马回避，反而试图直冲过去。暮色渐黑。摄政殿这边的随扈，没人认得入道相国的孙子，或许有人认得却假装不知，所以一哄而上，把资盛以及那些武士都拉下马来，痛痛快快地加以羞辱了一番。

资盛卿狼狈不堪地回到六波罗，将路上发生的事情说了。祖父入道相国

---

[07] 平资盛（一一五八—一一八四）：平重盛次男。养和元年（一一八一）右近卫权中将，寿永二年（一一八三）从三位藏人头。按：三位中将有二人时，先任者称“本”，新任者称“新”。

[08] 莲台野、紫野：在今京都市北区之原野，均为洛北七野之一。右近马场：右近卫府所属练马场，在今京都市上京区北野神社东南。

[09] 藤原基房（一一四四—一二三〇）：平安后期、镰仓前期之公卿。永万二年（一一六六）摄政，承安二年（一一七二）关白。松殿为其邸名。

[10] 郁芳门：又名大炊御门。大内里外郭东侧最南之门。

听了大怒道："即使是摄政殿下，对我净海家属都该谨言慎行，敬畏几分。何况对待如此幼小孩童，居然也不留情面，横加折辱到如此地步。实在遗憾之至。这么一来，将会被人家欺凌耻笑。此事非同小可，一定要让殿下知道。有冤不报，岂能泄我心中之愤。"

重盛卿道："请不必担心。万一受到赖政、光基等源氏家族之欺侮[11]，才真是平家之耻。小儿资盛遇见摄政殿下出行，竟不下马回避，是自己不守礼法，不能怪别人。"随后召集了参与此一事端的武士，说道："自今以后，要好好记在心中。我正想去向殿下赔礼道歉呢。"说罢便离开了。

其后，入道相国也不与小松殿重盛卿商量，便私下召集了边鄙出身、有勇无谋、天不怕地不怕、只听从他一人的武士，如难波、濑尾等[12]，共六十多人，下令道："本月二十一日，摄政殿下会进宫中去，商议皇上元服仪式事宜。汝等可在路上埋伏，将其前导与随从之发髻统统剪掉，替资盛雪耻。"

摄政殿下做梦也想不到会有这般诡计。此次是为了安排明年皇上元服、加冠、拜官[13]之礼，必须暂住宫中直庐当班[14]，因此仪队比平常讲究，而且改由待贤门进宫[15]，乃从中御门大路一直往西。六波罗的武士三百余骑，全身盔甲，埋伏在猪熊堀河边；一拥而上，将殿下团团围住，前后左右齐声呐喊；将所有服饰整齐的前导与随从，赶到那厢，追到这边，一个个拉下马来，

---

[11] 源赖政（一一〇四——一一八〇）：治承四年（一一八〇）拥护以仁王举兵反平家，败死。源光基：美浓土岐源氏，检非违使源光信（一〇九三——一一四五）之子。

[12] 难波次郎经远：备前国地方豪族。濑尾太郎兼康：备中国人。两人皆清盛近侍。

[13] 拜官：谓授予位阶、派任官职。元服、加冠之礼后，赐宴群臣，宣布官位。

[14] 直庐：摄政、关白、大臣之宫中宿处，在宜阳殿东厢。

[15] 待贤门：又称中御门。在外郭东侧郁芳门之北。

肆加蹂躏；然后剪下每人头上的发髻。在随从十人中[16]，有一个右近卫府的府生[17]名武基者，发髻也难逃厄运。尤其是要剪藏人大夫[18]藤原隆教的头时，还边警告道："别以为剪的是你自己的发髻。应该想象此是你主人的发髻。"接着又将弓弰插进车座里，扯掉车上的帘子，割断套在牛身上的组绳缰带。如此这般，打得七零八落，这才大呼快哉，回到六波罗来。入道相国听了，只说道："妙极了。"

殿下的随车舍人之中[19]，有一个出身鸟羽、当过因幡国的先使[20]、名叫国久丸的男子。身份虽低，情义却厚。他收拾了残破的牛车，一边哭着，一边护送殿下回到中御门的府邸。殿下束带正装，以袍袖掩着眼泪。惨怛悲痛，难以形容。不用提大织冠、淡海公的时代[21]；便是忠仁公、昭宣公以来[22]，也没听说过有任何摄政关白倒运到如此地步。这是平家恶行的开端。

小松殿重盛卿大为惊恐。于是，集合了参加此举的武士，谴责道："入道下了如此不可思议的命令，为什么连在梦中也不让我重盛知道？要怪只能怪

---

[16] 按规定：摄政随从有左右近卫府生各一人、左右近卫番长各一人、左右近卫各三人，共十人。

[17] 府生：六卫府、检非违使厅四等官下之胥吏。掌近卫府之记录，任摄政关白之随从。

[18] 藏人大夫：为五位藏人。指六位藏人勤务六年后，改叙五位，自殿上退下者。

[19] 随车舍人：原文御车副，随侍牛车左右。舍人员额：上皇八人、亲王六人、摄政关白六人、大臣四人、纳言二人、参议一人。

[20] 先使：或作前使。新任国守赴任之前，前往该国宣达训令之使。

[21] 大织冠：指藤原镰足（六一四—六六九），又称中臣镰足，奈良时代名臣。第三十六代孝德天皇（在位六四五—六五四）大化三年（六四七）制定七色十三阶冠之第一冠，但仅在第三十八代天智天皇（称制六六一—六六八，在位六六八—六七一）八年（六六九）授予镰足之外，并无他例。淡海公：镰足之子不比等之谥号。

[22] 忠仁公：太政大臣藤原良房（八〇四—八七二）之谥号。昭宣公：关白太政大臣藤原基经（八三六—八九一）之谥号。基经为良房之子。

资盛太不像话。不是说‘栴檀二叶香’吗[23]？已经都十二三岁了，应该懂得规矩，待人以礼，却不知检点，犯下如此大错，也使祖父入道因而背上恶名。不孝之罪，莫此为甚，全是你一个人惹的祸。”于是暂时把资盛放到伊势国去。听说，左大将重盛卿如此慎重其事，君臣上下莫不表示赞赏。

[23] 栴檀二叶香：喻伟人自幼即露端倪。佛经有故事云，栴檀树刚生二叶，即已发出妙香。

十二 鹿谷

因为发生了争路事件，高仓天皇元服典礼的筹备会议，只得延期，改到同月二十五日，才在后白河法皇御所的殿上举行[01]。对于摄政殿的任劳任怨，理应有所嘉勉，便在同年十二月九日，提前宣旨，于十四日晋升太政大臣。随后在十七日有荣升感恩之宴。然而世间却充满隐忧，毫无普天同庆的喜悦。

这一年便这样过去了。新年，嘉应三年正月五日，举行天皇元服之礼；同月十三日，有行幸法住寺殿的朝觐仪式[02]。后白河法皇、建春门院看到天皇初冠正装的模样，一定觉得不知有多么可爱。入道相公的女儿德子，芳龄十五。以法皇养女的身份，入宫为女御[03]。

几年后，时任内大臣兼左大将的妙音院太政大臣藤原师长[04]，突然上表辞去左大将之职。时人以为德大寺大纳言实定卿可补其缺[05]。又花山院中纳言兼雅卿也盼能接任。此外，故中御门藤原中纳言家成卿之三男新大纳言成亲

[01] 殿上：指后白河法皇御所法住寺殿“殿上之间”。

[02] 朝觐：天皇于年初、即位与元服后，觐见上皇、皇太后之礼。

[03] 女御：后妃之一，地位仅次于皇后与中宫。通常选自摄政、关白或大臣之家。平德子于同年（四月改元承安元年）十二月十四日入宫，二十六日为女御。

[04] 藤原师长（一一三八—一一九二）：后白河上皇亲信，与平清盛对立。精通乐曲，邸内供妙音菩萨，因有妙音院之称。按：师长于安元三年（一一七七）三月任太政大臣前，已于同年正月请辞左大将。

[05] 藤原实定（一一三九—一一九一）：公卿出身。官至左大臣。德大寺为其祖父实能以来之家号。

卿[06]，也频频表示热切的意愿。成亲卿凭着自己是法皇的爱臣，便开始种种如愿成就的祈祷活动。譬如在石清水八幡宫[07]请来了一百个僧侣，连续七天，诵完全部《大般若经》。这期间，有三只山鸠从男山方面飞来，停在高良大明神[08]前面的橘树上，相互咬啄而死。时任检校的匡清法印[09]说道："鸠是八幡大菩萨的第一信使[10]，在宫寺里不该有这种不可思议的怪事。"便把事由上奏了。

宫廷即命神祇官占卜[11]。说是凶兆，且道："唯须谨慎者非皇上，须谨慎者是臣下。"然而，新大纳言对此却不以为意。白天人多，避之若浼，便在晚间从中御门乌丸住处，步行到上贺茂神社去参拜[12]，连续七夜。到了满七夜的晚上，回到家中，疲惫难忍，倒下便睡。迷糊入梦，似睡非睡之间，仿佛到上贺茂神社去参拜，刚推开宝殿的大门，便听到庄严而高亢的声音，咏歌道：

樱花开又谢，莫怨鸭川风。凋零阻不住，要怨怨天工[13]。

---

[06] 藤原成亲（一一三七——一一七七）：平安后期官僚，平重盛之内兄弟。历任右中将、藏人头、检非违使别当、左右卫门督、权大纳言。新任，故曰新大纳言。后白河上皇近臣，与平家不和，后为平家所杀。

[07] 在京都府八幡市八幡高坊男山。奉祀应神天皇、神功皇后、比卖大神。

[08] 高良大明神：在八幡宫内殿西北角回廊之内，祀武内宿祢。

[09] 检校：总掌寺社事务之官。匡清应作庆清。法印为僧位之最高者（其次为法眼、法桥）。庆清于永历元年（一一六〇）叙法印，补别当。文治三年（一一八七）殁。

[10] 石清水八幡之信使（原文使者），依序为鸠、鹰、猪。其他诸神各有传其神意之信使，如鸟、兽、虫、鱼之类。

[11] 神祇官：官厅名，二官之一（另一为太政官）。位于大内里郁芳门南。统辖全国寺社，掌祭祀、大尝、镇魂、占卜等事务。

[12] 上贺茂神社：在今京都市北区，与下贺茂神社同为平安京镇护之神。每年阴历四月中旬酉日（今则固定在阳历五月十五日）之贺茂祭（葵祭），远近驰名。

[13] 鸭川：即贺茂川。鸭字训读与贺茂同音，日本汉文书写多用鸭川。此歌属于所谓托宣歌，神明托歌以宣达神意也。其意盖谓人之盛衰，如花之开谢；生命之没落，若樱花之凋零，完全出于自然天工，非神力所能及，故莫怪罪鸭川神灵云。

新大纳言仍然不知敬畏悔悟。又在神社宝殿后边一株杉树洞里，设了一个祭坛，请来一个修行僧，在里面结跏趺坐，施行百日拏吉尼法[14]。有一日，雷电落在杉树上，燃烧起来，火势乱蹿，眼看即将危及神社。神官们纷纷跑来，合力把火扑灭了。于是，想赶走那个旁门左道的修行僧，他却反驳道："我发了在本社闭关百日的大愿。今日才七十五日，绝不出去。"说着，动也不动。

神社当局便将此事奏请宫中指示。下旨道："唯依法逐之。"神职人员便用白木杖打该修行僧的脖子，将他赶出神社，赶到一条大路南边。古人云："神不享非礼[15]。"但此位大纳言竟非分妄想，向神祈求左大将之职，才引起一连串莫名其妙的怪事来。

当时有关叙位、授官等事宜，上皇或天皇既无权裁夺，摄政与关白也不得过问，全凭平家独断专行。因此，德大寺、花山院两位的期望均告落空，却将入道相国长男小松殿大纳言右大将调为左大将，而由其次男中纳言宗盛，越过数位年功较高的贵族大官，补了右大将的缺。此次结果的确出人意料。其中，尤其德大寺殿官至首席大纳言，华族出身、才学高雅，又身为长男，而竟有人越级挡住了其升迁之路，难免忿忿不平。于是有人窃窃私语道："此次恐怕非闹出家戏码不可。"不过听说，他自己倒要先看看世情的变化再作决定，便辞去大纳言之职，隐居了起来。

新大纳言成亲卿却有耸动的发言，道："如果败给了德大寺或花山院，当然无话可说。但被平家的次男越过头去，实在很不甘心。全是平家专横跋扈、为所欲为的结果。无论如何，一定要消灭平家，以遂本人夙愿。"

成亲卿的父亲家成卿官职只到中纳言。成亲是排行最小的儿子，却位至

[14] 拏吉尼：亦作吒几尔、荼直枳尼，是一种夜叉，神通广大。拏吉尼法，即向拏吉尼天祈求延命长寿、大愿成就之咒法。日本真言宗密教有此一派，以其本尊为狐精，祀于稻荷神社。

[15] 此语出于《论语集解义疏》(八佾篇)。

正二位，官拜大纳言，钦赐大国领地不少，子息与家臣皆沐朝恩。于情于理，应该非常满足，却图谋不轨，不知是何居心。只能说是天魔作祟吧[16]。平治之乱时，他任越后守兼右大将，党同败方藤原信赖卿。乱平后，即将伏诛，幸而小松殿介入关说，总算保住了性命[17]。尽管如此，却忘恩负义，躲在外人不到的地方，暗中整备武器，召集兵士，专心致意于讨伐平家的阴谋。

鹿谷在东山山麓[18]，后面邻接三井寺[19]，有壮丽的围墙，便是俊宽僧都的山庄。成亲一伙经常在此聚会，筹谋消灭平家之计。有一夜后白河法皇，由故少纳言入道信西之子静宪法印随侍[20]，也临幸鹿谷山庄。当夜在酒宴上，继续交换相关意见。静宪法印听了，惊恐之余，不禁大声嚷道："哎呀，这还了得！很多人都听到了，如今要是漏了出去，怕会变成天下一大事件。"

新大纳言脸色一沉，站起身来，以狩衣的袖子扫倒了放在面前的瓶子[21]。法皇问道："此何谓也？"新大纳言回到座位，答道："平氏倒矣。"法皇满意地微笑道："大家进来演一出猿乐如何[22]？"平判官康赖[23]进来，说道："啊哈，因为平氏太多，都喝醉了。"俊宽僧都道："然则如何是好？"西光法师道[24]："不如

---

[16] 天魔：欲界第六天魔王，妨害修行，蛊惑人心。

[17] 小松殿平重盛之妻为成亲之妹，长男维盛之妻为成亲二女，两家两代姻缘，关系极为深厚。

[18] 鹿谷：今京都市左京区鹿谷附近，东山主峰如意岳之麓。

[19] 三井寺：园城寺别称。已见本卷《八、立匾争议》章。

[20] 信西：俗名藤原通宪（一一〇六？—一一五九），宏才博览，以硕学仕鸟羽、崇德、近卫三朝。但官运迍邅，仅至正五位日向守、少纳言。著有《本朝世纪》《法曹类林》等书。晚年为后白河天皇所宠，人称黑衣宰相。死于平治之乱。静宪为信西六男。

[21] 瓶子与平氏，音同义双关，已见本卷《二、宫中谋害》章。

[22] 猿乐：又名散乐、申乐。日本传统滑稽曲艺融合唐散乐而成之一种杂技。

[23] 判官：检非违使尉别称。平康赖原为北面武士，善今样歌曲，得宠于后白河法皇，提拔为检非违使尉。

[24] 西光法师：后白河法皇宠臣，已见本卷《九、火烧清水寺》章。

取其头。”说着敲断了瓶颈，回到座位去。静宪法印听见这些狂言妄行，话都说不出来，只觉得非常惊恐。

参与此阴谋者到底是谁？有近江中将入道莲净俗名成正[25]、法胜寺执行俊宽僧都[26]、山城守中原基兼[27]、式部大辅雅纲[28]、平判官康赖、宗判官信房、新平判官资行、摄津国源氏多田藏人行纲[29]等人。此外，有不少北面武士也在其中。

却说，法胜寺执行俊宽，是京极源大纳言雅俊卿之孙、木寺法印宽雅之子[30]。祖父大纳言虽非弓箭门第出身，但其为人脾气暴躁，动辄发怒。所住三条坊门京极邸宅门口，不轻易让人通过；常常伫立中门，咬牙切齿，怒目注视行人。俊宽便是此人之孙，所以尽管身为僧侣，仍不免生性粗暴，态度傲慢，也难怪会参加如此草率的谋反计划了。

新大纳言成亲卿叫来多田藏人行纲，道：“相信足下是大将之才，可以独当一面。事成之后，要藩国要庄园，任凭挑选。首先，此是制作弓袋的材料。”便送与五十端白布[31]。

---

[25] 源成正：成正应作成雅。官至左近卫权中将。保元之乱受连坐，出家，曾被流放越后国。

[26] 法胜寺：第七十二代白河天皇（在位一〇七二—一〇八六，院政一〇八六—一一二九）于承历元年（一〇七七）所敕建，为六胜寺第一。执行：总管寺务之僧职。僧都：仅次于僧正之僧官。其初仅有一人，后来分为大僧都、权大僧都、少僧都、权少僧都四级。

[27] 基兼：安元三年（一一七七）平清盛所捕六人之一。

[28] 雅纲：亦作正纲或章纲。亦为平清盛所捕，释放后，又逮回重加禁锢。

[29] 行纲：摄津守源赖盛之子。任伯耆守、藏人。住摄津国多田庄。

[30] 源雅俊：保安三年（一一二二）卒，享年五十九岁。其邸在京极大路，故名京极大纳言。宽雅：法胜寺上座、法印权大僧都，号木寺法印。按：上座指监督寺院僧侣，掌管法事等寺务之职，通常由年长者任之。

[31] 原文端，今作反（均读たん），日本计算布匹之单位。长约十三公尺、宽三十四公分为一反。

十三 鹈川之役

安元三年三月五日，妙音院殿内大臣藤原师长卿升太政大臣，小松殿重盛卿越过大纳言定房卿，超迁内大臣之职。内大臣兼左大将，真是可喜可贺。旋即设宴庆祝。听说主客是大炊御门右大臣经宗公[01]。本来以妙音院的家世，应可升任左大臣，然而由于父亲宇治恶左府赖长公不幸的先例[02]，难免有所忌惮了。

北面武士并非古制。自白河上皇在位[03]时开始设置以后，有不少六卫府的武士转职过来。有为俊、盛重两人，小名千手丸、今犬丸[04]，长袖善舞，无人能出其右。鸟羽上皇时，有季教、季赖父子[05]同在宫中侍候，偶亦掌管传旨上奏事宜，都还能循规蹈矩，谨守分际。但到了后白河上皇的当代，北面武士却往往越分妄为，不将公卿殿上人放在眼中，无视礼仪礼节。从下北面升到上

---

[01] 右大臣：应作左大臣。据记载，仁安元年（一一六六）十一月，经宗任左大臣。其邸面对大炊御门。

[02] 藤原赖长（一一二〇——一一五六）：久安五年（一一四九）任左大臣。恶左府，谓秉性刚愎之左大臣。鸟羽法皇宠信。保元之乱主谋，事败，死于木津川。赖长身为左大臣而死于非命，对其子妙音院而言，可谓不幸之先例，故不敢补左大臣之职也。

[03] 第七十二代白河天皇（在位一〇七二——一〇八六，院政一〇八六——一一二九），日本史上院政制度之首创者。

[04] 为俊：出云守章俊之子。盛重：筑前守国仲之子，皆北面出身，均为白河上皇宠童。

[05] 季教：应作季范，鸟羽上皇北面近臣。其子季赖，崇德上皇北面近臣。

北面，又有从上北面获准在殿上行走者。如此这般，自然助长了北面骄慢的气焰，甚至参加了如此狂妄的叛变阴谋。

其中，有故少纳言信西的两个侍从，一个叫师光、一个叫成景[06]。师光是阿波国国府的官员；成景是京都人士。两个都是身份卑贱的下级胥吏。开始时，他们被当作健儿童或恪勤者之类使来唤去[07]，但凭着一点小聪明，又善于察言观色，终于获得提拔：师光为左卫门尉，成景为右卫门尉，同时都变成了卫门府的三等官。信西死于平治之乱后，两人也同时出家，分别取名左卫门入道西光、右卫门入道西敬。出家之后，仍在法皇御所里担任掌管御库的职务。

西光的儿子之中，有一个名叫师高，聪明能干，亦颇善于谄谀弄权，已升至检非违使五位尉。安元元年十二月二十九日，追傩除目时[08]，补加贺国守缺。但在执行政务时，漠视成法先例，没收神社佛寺或权门势家的庄园领地，强行种种残酷措施。虽说召公典范远不可及[09]，至少也该稳重行事，不可胡作非为。同二年夏，其胞弟近藤判官师经，出任加贺国目代[10]。在赴任途中，邻近国府有鹈河山寺[11]。寺僧们正在烧水，准备洗澡。师经带头闯入寺内，赶走寺僧，自己先入浴后，叫随从下马来刷洗马匹。寺僧怒道："自古以来，此处严禁国府官员进入。请遵照旧例，不要乱来，快快出去。"

---

[06] 师光：藤原家成养子、信西乳母之子。成景：藤原盛重之子。

[07] 健儿童：沿用原文汉词，属兵部省，指守护地方官署之年轻武士。恪勤者：指亲王、摄政关白、大臣官邸之杂役武士。

[08] 追傩：除夕宫中驱鬼仪式。追傩之后，继之以除目。除目：原文所用汉语原词，授官诏书。在平安时代，亦指官职任命仪式。除春秋各一次外，又有临时行之者。

[09] 召公：周文王庶子、武王异母弟。名奭，采邑在召，故称召公。武王灭纣，封于北燕，后又与周公旦辅佐成王，有德政，常巡视乡村，倾听庶民之声，广受爱戴。

[10] 目代：国守不在任国时，私派前往国司代行政务之官员。

[11] 国府：诸国所置国司官署，亦指其所在地。鹈河：今石川县小松市鹈川町。国府即在同市古府町。山寺指游泉寺（或书作涌泉寺）。

新任目代却驳道："因为过去所有目代，胆小怕事，才被看不起。本目代可不同，只是坚持依法行事而已。"寺僧们试将国府的官员赶出门去，他们却正想趁机闯进门来。双方打得不可开交之际，目代师经的爱马被打折了腿。其后，互相动起真刀真箭，或斩或射，缠斗了数刻之久。目代眼看一时不能取胜，而且夜幕已垂，便撤出山寺而去了。

过了不久，加贺国府动员了官吏武士一千余骑，冲入鹈河，将寺殿僧舍付之一炬，一间不留。鹈河者，白山之分支末寺也[12]。于是，有些老僧便建议向上奏闻此事，老僧是谁？是智释、学明、宝台坊、正智、学音、土佐阿阇梨等人。白山所属三社八院的僧众[13]，呼应而起，总计二千余人，于同年七月九日黄昏，聚集在目代师经的官邸附近。今日已晚，决定明日开战，当夜便就地露宿休息。秋风凝露，吹翻铠甲之左袖[14]；闪雷穿云，照亮头盔之帽星[15]。目代大概觉得一定会打败仗吧，便趁夜逃到京城去了。翌日卯刻，僧众喊声震天，冲入官邸，里面却静悄悄，空空如也。派人进去搜查，回报说："都逃走了。"僧众别无他法，只得撤退了。

既然如此，有人便建议何不前往山门投诉。于是，将白山中宫的神舆装饰一番，僧众抬着，朝比睿山而去。同年八月十二日午刻前后，白山的神舆刚抵比睿山东坂本时，忽然雷电交加，自北国天空，轰轰隆隆，指向京城。接着降起大雪来，埋没大地。山上京中，甚至常绿树梢，都变成了白茫茫的一片。

---

[12] 白山：跨越加贺（石川县）、飞弹（岐阜县）等国之灵山。主峰御前岳有白山本社禅定本宫，祀妙理大权现。鹈河涌泉寺即其所属末寺之一。

[13] 白山三社，指别宫、佐罗、中宫，为中宫三社；另有本宫、金剑宫、三宫、岩本宫，为本宫四社，合称白山七社。八院指中宫末寺之北四寺：隆明寺、涌泉寺、长宽寺、善兴寺，与南四寺：昌隆寺、护国寺、松谷寺、莲华寺。

[14] 左袖：原文作射向之袖，盖射箭时，左手把弓，右手拉弦，左袖在前，朝向敌人也。

[15] 帽星：原文作甲之星，指盔顶突出之帽钉。

十四 许愿

神舆到了比睿山，便供在客人宫[01]。客人宫所祀白山妙理权现，与白山中宫有父子关系[02]。无论此次诉讼的结果如何，能让原为父子的二位神明意外相会，便值得大家庆幸。其乐之融融，诚然可比浦岛子遇到第七世之孙[03]，或比胎内者终会其父于灵鹫山[04]，有过之而无不及也。比睿山三千僧众接踵而至，七社神官联袂而来[05]。时时诵经施法，刻刻祈愿念咒。壮观无比，难于形容。

比睿山的大众要求，将国司加贺守师高处以流刑，将目代近藤判官师经关进牢狱。但请愿上奏之后，裁决却迟迟不下。身居要职的公卿殿上人窃窃私语道："唉，应该早日做出裁决才好。自古以来，山门的诉讼就不同寻常。像大藏卿为房与大宰权帅季仲[06]，虽贵为朝廷重臣，都因为山门的

[01] 客人宫：山王七社之一，奉祀本地十一面观音与白山妙理权现同体之神。据传，白山妙理权现于延历中（七八二—八〇六）显影八王寺山麓，自称柏木客人。当时无社坛。后人于天安二年（八五八）建社以祀之。

[02] 白山中宫为本宫白山妙理权现之儿宫，故谓客人宫与中宫有父子关系。

[03] 浦岛子：俗称浦岛太郎。浦岛传说主人公。乘大龟至海底龙宫，一住三载，思念故里，回来时人间已历七世，遍寻无亲人，乃开启龙女所赠玉盒，只见冒出一股白烟，顿成老人，云云。

[04] 胎内者：指释迦之子罗睺罗，仍在胎内时，释迦即出家，故不知其父为谁。后来，终于在灵鹫山与亲父相会。

[05] 七社：指山王上七社，即大宫、二宫、八王子、圣真子、十禅师、三宫、客人宫。

[06] 大藏卿：大藏省长官。宽治六年（一〇九二）藤原为房任左少弁时，因山门控诉而遭停职，且左迁阿波权守。前大宰权帅藤原季仲，于长治二年（一一〇五）亦因山门投诉而流放周防国。

控诉而处了流刑。像师高之辈根本不算什么，何必如此小心在意？”然而，正如有人说过：“大臣重禄不谏，小臣畏罪不言[07]。”人人都三缄其口，不敢说出真话来。

相传白河上皇说过：“贺茂河水[08]、双六骰子[09]、山门法师，都不能尽合我意。”鸟羽上皇在位，将越前平泉寺[10]改属山门的末寺时，皈依之心无比虔诚，竟至下旨宣示“以非为是”之理。据说大宰权帅大江匡房[11]曾经奏道：“若山门抬其神舆到宫门口，硬要闯进内里，提出诉求，该如何处置？”白河上皇答道：“是呀，山门有诉讼，的确不能置之不理。”

从前，嘉保二年三月二日，美浓国守源义纲朝臣废除当地新设的庄园时，杀害了曾在比睿山长年修行的释圆应[12]。因为此事，日吉神社的神官、延历寺的僧官，总共三十余人，带着控告义纲的奏疏，冲到宫禁门口。后二条关白藤原师通命令大和源氏中务权少辅赖春[13]，阻止他们冲进宫来。赖

---

[07] 平安中期文人庆滋保胤（？—一〇〇二）《令上封事诏》：“晋平公问叔向曰：‘国之患孰为大？’对曰：‘大臣重禄不谏，小臣畏罪不言，下情不上通，此患之大者也。’”

[08] 贺茂川自古经常泛滥成灾，危害京都居民，虽置防鸭河使以治之，效果不彰。

[09] 双六：奈良时代自唐传入日本之室内游戏。两人隔盘对坐，盘中一线为界，黑白对阵，各有棋子（石马）十二，依二颗骰子摇出之合数，向前推进，先全部越界者为胜。

[10] 平泉寺：白山别当寺，泰澄（六八二—七六七）开山。久安三年（一一四七），经过一番波折后，终于成为延历寺之末寺。按：别当系仅次于检校之社寺僧官，其居住及办事之坊舍即为别当寺。

[11] 大江匡房（一〇四一—一一一一）：平安后期官僚、汉文学者。历仕白河、堀河、鸟羽三朝。著有《江谈抄》《江家次第》《洛阳田乐记》等书。

[12] 源义纲（？—一一三二）：源赖义二男、义家弟。七十三代堀河天皇（在位一〇八六—一一〇七）嘉保二年（一〇九五）十月下旬，义纲奉旨追捕延历寺僧侣时，圆应偶被乱箭射死。

[13] 藤原师通（一〇六二—一〇九九）：嘉保元年（一〇九四）为堀河天皇之关白，与白河上皇对立。其邸在二条东洞院，因前有二条关白教通，故称后二条关白。源赖春：应作中务丞赖治，少辅为次官，丞为判官。按：中务省为八省之一，掌侍从任免、诏敕布告、宣旨上表、监修国史、考课等事务。

春的部下放箭。射杀了八人，伤十余人。神官僧官逃散四方。稍后，听说山门的高层要进宫奏闻此事，武士、检非违使等，立刻驰往西本，将他们赶回山去。

由于上面的裁决迟迟不下，山门僧众便将日吉七社的神舆抬来，一起供在根本堂中[14]；而在神舆之前，前后七日，诵读全部《大般若经》，且齐声诅咒后二条关白。法会第七日的结愿导师仲胤法印，当时称为仲胤供奉[15]，登上高座，鸣钲祈祷，大声诵读表白[16]云："我等自幼供奉之诸位明神呀，请向后二条关白放一支响箭，如何？大八王子权现[17]。"

当日晚间，便出现了不可思议的征象。很多人在梦里看到有一支响箭，从八王子神殿呼啸着飞向皇城。翌日早晨，推开关白官邸的槅子门，就看到一条樒枝竖在那边[18]，好像刚从山上折下来一般还沾着露水。实在令人惶惑。不久之后，后二条关白患了一场大病，人家都说那是得罪了日吉明神，咎有应得。他的母亲是藤原师实公的夫人，哀伤逾恒，居然改变容貌，扮成卑贱的样子，在日吉神社中闭关祈祷了七日七夜。在其所发的誓愿中，比较具体者有：

[14] 根本堂：延历寺本堂，即比睿山东塔之一乘止观院。传教大师最澄草创，祀药师如来。

[15] 结愿导师：法会最后一日，带领信众归纳发愿、总结仪式之高僧。仲胤：权中纳言藤原季仲之子，讲经名手。供奉：内供奉之略，在宫中道场主持讲经、法会等事。定员十名，自诸国智德兼备之僧侣中选任之。

[16] 表白：法会或说经时，导师或讲师诵读旨趣，以告三宝与信众之文。

[17] 大八王子权现：山王七社之一。

[18] 日文中之樒字，与汉字原义（蜜香树）不同，读しきみ，属木兰科常绿小乔木，山中野生，有毒。叶长椭圆形互生，花淡黄白色。日人以其枝叶供佛，故又称佛前草。

芝田乐一百场[19]，同色车阵一百组[20]，赛马、骑射[21]、相扑各一百场，仁王讲坛一百座，药师讲坛一百座[22]，一磔手半高药师一百尊[23]，并塑造等身大的药师、释迦牟尼、阿弥陀佛各一尊，奉献供养。又在心里发了三个誓愿。心中之事别人无法猜测。然而不可思议者是到了满愿的第七日夜里，在许多前来日吉神社参拜的信众中，有一个迢迢来自陆奥国的年轻女巫，忽然在半夜断了气。人们将她移到神社外面稍远之处，为她诵经超生。不久，她居然苏醒过来，而且开始跳舞。人们看得莫名其妙。舞了半刻之后，山王显灵，附在她身上，说出了种种神谕，听者悚然。

"众生[24]注意听着。师实公夫人来我殿上，闭关祈祷，已经七日。此次在其心中许下三愿。首先祈求挽救关白殿下之性命。假使如愿，愿意杂在许多残障参拜者之间，在下殿[25]效劳一千日。身为师实公夫人，本来日常所过是高高在上、远离尘世之生活，居然迷于爱子之情[26]，不顾脏乱，甘愿与卑贱残障之人混在一起，肯在社中当杂役一千日。听来实可怜悯。其次要建赠一条回廊，连接比睿大宫前桥殿与八王子神社[27]。想起三千徒众每受雨淋日晒之苦，有此

---

[19] 芝田乐：原文汉词。日本田乐原指农民插秧季节，笛鼓舞蹈技艺。后亦在寺社前庭草地上表演，谓之芝田乐。芝，草地也。

[20] 同色车阵：原文作一物，各家注释互异，似迄无定解。佐藤谦三以为祭神所用花车或彩车行阵，同一色彩者各自成列（见氏校注《平家物语》），兹从之。

[21] 骑射：原文流镝，为流镝马之略。骑马射箭比赛，多在祭神时举行之。

[22] 设一百座《仁王护国般若经》讲坛及一百座《药师经》讲坛。

[23] 磔：古印度以手量物，张开中指与拇指之长曰一磔手。中国、日本亦用之以量佛像。

[24] 众生：指一切地狱、畜生、饿鬼、人界、天上界等五道之生类。

[25] 下殿：一般信徒聚集参拜之处。

[26] 藤原兼辅有歌云："人亲之心虽不暗，每到思子情便迷。"（《后撰集・杂》）

[27] 大宫指大比睿明神，七社第一。社前大宫川架有阁道，曰桥殿，祀波止土浓明神。按：桥殿与波止土浓训读音同（はしどの）。自日吉神社渡桥上坡，可至比睿山东塔。

回廊，不知有多方便，值得庆幸。第三是如果能保住殿下之性命，愿在八王子神社举办法华问答讲[28]，日日不间断。此三种誓愿皆极重要。前两种姑且不论，至于每日之法华问答讲，正是企盼已久，最感切要之事。然而此次诉讼，原本再简单不过，却因裁决迟迟不下，导致神官、杂役或死或伤，才聚众前来哭诉。僧众心情之悲愤沉重，恐怕将永世难忘。而且射向僧众之箭，竟有射中和光垂迹之神体上者[29]。是真是假，请看此处。”说着，裸露肩膀，只见左腋下有一处陶碗大小的伤口，就像挖了一个窟窿一般。

山王继又说道：“兹事体大，教人心烦。无论如何祈祷，绝不能使其成就寿终正寝之愿。但如果法华问答讲确定举行，可让延寿三年。若如此仍有不满，则无能为力矣。”说罢升天而去。

后二条关白之母许愿之事，从未向任何人提过，所以不可能会有人泄密。但神谕竟一五一十说出了她心中的誓愿，使她深受感动而愈益尊崇，含泪道：“即使只是一日片刻，也值得感激不尽，何况可以延寿三年，更为难得。”于是哭哭啼啼下山去了。急忙回到京城后，便将关白在纪伊国的领地田中庄，永远捐给八王子神社。自此以后，直至现在，据说八王子神社的法华问答讲，日日举行，从未间断过。

不久后二条关白卿的病情果然好转，终于完全恢复了健康。家中上下莫不庆幸。但三年岁月，如梦一般转眼即逝。永长二年六月廿一日，关白的鬓边长了一颗恶性肿瘤，卧倒床上。同月廿七日去世[30]，享年三十八。其脾性

---

[28] 法华问答讲：《法华经》讲解并行问答之法会。

[29] 和光垂迹：在此指八王子权现。和光是和光同尘之略，语出《老子》：“和其光，同其尘。”谓收敛才智光芒，与尘俗混同也。垂迹是本地垂迹之略，谓佛菩萨权且现身为神道神祇，借以普济众生。

[30] 关白藤原师通之死应在承德三年（一〇九九）六月二十八日，非永长二年（一〇九七）六月二十七日。

之激越，理气之倔强，往往逾于常人，但一旦病情转危，却又爱惜性命，紧抓不放。实在令人同情。未满四十岁，先其父而去，当然可悲。虽然人间并无父必先死的定规，却有生死无常的道理。即如万德圆满的释尊、十地究竟的诸位大士[31]，也都力有不逮。慈悲具足的山王权现，为了利泽众生，有过必罚，岂会置之不闻不问？

[31] 大士：菩萨之通称，如观音大士。十地究竟：谓断无明之惑、证真如之果，需经十段，即欢喜、离垢、发光、焰慧、难胜、现前、远行、不动、善慧、法云。

十五 神舆

且说，山门僧众屡次上奏，要求将国司加贺守师高处以流刑，将目代近藤判官师经关进牢狱，却一直等不到任何裁断。日吉神社因而中止了每年一度的大祭典[01]，却有十禅师、客人与八王子三社[02]，装饰了神舆，于安元三年[03]四月十三日辰时初刻，抬往大内门口。下松、切堤、加茂河原、纠森、梅忠、柳原[04]、东北院[05]一带，挤满了下级僧众、神官、神宫杂役、底层法师，不计其数。神舆沿着一条大路向西摇晃推进，仿佛宝光灿然耀天，日月降临地上，惊动京城。于是，源、平两家的大将军下令固守大内四面宫禁，阻止僧众乱党入侵。平家方面，由小松内大臣左大将重盛公，率领军势三千余骑，防守面向大宫大路上的阳明、待贤、郁芳三门。其弟宗盛、知盛、重衡，伯父赖盛、教盛、经盛等，固守内里西边与南向的门口[06]。源氏方面，则以大内守护源三位赖政卿、渡边

---

[01] 日吉神社于每年四月与十一月中旬之申日，举行祭礼，即山王祭。四月为大祭。此年四月十五日正值甲申。

[02] 三社：十禅师、客人、八王子为山王上七社中之三社。

[03] 高仓天皇安元三年（一一七七），八月改元治承元年。

[04] 下松（或写山下里松）：在今京都市左京区一乘寺村口。切堤：指高野川堤之一部分。纠森：今贺茂川与高野川合流处东岸。梅忠：在一条大路与京极大路交界西边。柳原：在大内北方，今上京区柳原东侧。

[05] 东北院：在法成寺东北，一条之南，京极大路之东，原有第六十六代一条天皇（在位九八六——〇一一）皇妃上东门院御所，故名。

[06] 西边有阴明门（右近卫阵），南面有春华门（左马阵）、建礼门（青马阵）、修明门（右马阵）。

省、渡边授父子为主将[07]，总共才三百余骑，负责北边的朔平门、缝殿阵的守卫[08]。地广人马稀，显得相当零落。

山门僧众见防备虚弱，便想从北门、缝殿阵将神舆抬进宫中。赖政卿也不是个省油灯，跃下马来，脱下头盔，便向神舆顶礼膜拜。兵士们也都跟着膜拜。然后派一使者前往传话。使者名叫渡边长七唱[09]。他当日装束：身穿淡黄绿色直垂加黄染樱花革片铠甲，腰挂赤铜护手大刀，背负箭囊插二十四支白翎箭，腋挟缠藤长弓。他脱下头盔，系在肩纽上，仰对神舆，毕恭毕敬诉说道："源三位赖政大人有话转告各位。此次山门之诉讼，可说理所当然，而迟迟等不到裁决，私下亦觉非常遗憾。对各位想将神舆抬入宫内，并无异议。但赖政守在此门，兵微将寡，如果开门让各位进去，日后京中好事之徒，必定拿来当笑柄，而且加以批判说，山门徒众喜欢捡便宜，仅敢从守势最弱之门，轻而易举冲进宫去。如果开门迎入神舆，便是违反圣旨；如果拒之门外，必动干戈，然则赖政大人长年皈依膜拜医王山王之身[10]，今后恐将不得不与弓箭永远告别矣。无论如何皆令人左右为难。小松殿镇守东边，兵多马壮，最好从东边抬进去，似乎比较合适。"

渡边长七唱此番传话，倒使神官、杂役等徒众不禁犹疑起来，尽管在原地踏步。不少年轻人却坚持道："岂有此种歪理？即从此门抬进神舆可也。"但

---

[07] 源赖政（一一〇四—一一八〇）：武将、歌人。仕后白河上皇。保元之乱（一一五六）时，属后白河天皇一边。平治之乱（一一五九）先与源赖朝联手，旋即改投平清盛。乱后任大内守护。治承二年（一一七八）因平清盛之奏请，破格升从三位。余详卷第四《三、源氏名录》章。

[08] 朔平门：内里正北面之门。门北有缝殿寮，故曰缝殿阵。

[09] 渡边长七唱：嵯峨源氏之后，历代居住摄津渡边，因以为氏。终生追随源赖政，至治承四年（一一八〇）与赖政同时战死于宇治川之役。

[10] 医王：指延历寺根本中堂本尊药师如来。以山王大山咋神为药师如来之垂迹，故曰医王山王。

有一位号称三塔辩才第一的老僧,名摄津竖者豪运[11],出来说道:“赖政卿所说的确不无道理。我等既然抬出神舆为先驱,前来抗议申诉,当然要冲破重兵严阵,才能流芳后世。何况此位赖政卿是六孙王以来,源氏之嫡系正统[12]。弯弓射箭,不曾有误。不只武艺,又善歌道。近卫天皇在位时[13],有即席歌会,题目‘深山花’。当别人犹在搜索枯肠时,赖政卿便咏了一首名歌:

深山梢头翘,不知树何名,直至花开了,始知是山樱[14]。

近卫天皇大为赏识。现下岂可无情无义,侮辱如此文武双全、风流儒雅之人?还是应该趁早将神舆抬开此地。”经过讨论的结果,数千徒众,从前阵到后阵,都异口同声道:“正该如此。”

果然,僧众抬着神舆,浩浩荡荡转向东边。正要从待贤门进去,武士们便开始射起箭来,顿时变为杀戮战场,乱成一团。十禅师的神舆竟也中了不少箭。有些神官与杂役中箭而死或被射伤。喊声上震大梵天王,下惊坚牢地神[15]。僧众将神舆遗弃在待贤门口,悲愤填膺,哭泣着跑回山上去了。

---

[11] 三塔:指比睿山之东塔、西塔、横川。豪运:或作豪云,权大纳言藤原雅俊之孙,民部大辅宪雅之子。竖者:佛教论经时,讲义解惑之僧。

[12] 六孙王:指五十六代清和天皇(在位八五八—八七六)六皇子贞纯亲王之子经基王。天德五年(九六一)赐源氏,为清和源氏之祖。

[13] 近卫天皇(一一三九——一五五,在位一一四一——一五五):第七十六代天皇,容姿秀丽,雅好和歌。

[14] 此歌收于《词华集·春》,题曰《题不知》,歌人“源赖政”。

[15] 梵天:指佛教所谓色界十八天中最下之初禅天,其主即大梵天王。坚牢地神:即坚守阎浮(人间大地)之神。

十六 大内火灾

到了黄昏，藏人左少弁兼光[01]奉旨在殿上召开临时公卿会议。从前，保安四年四月神舆入京时，命天台座主移之于赤山社内保护[02]。又保延四年七月神舆入京时，令祇园别当安置在祇园社中[03]。此次则决议援用保延旧例，指定由祇园别当大僧都澄宪[04]，在秉烛时刻，将神舆收集到祇园社内，且指定神官拔去射在神舆上的箭支。山门僧众簇拥日吉社神舆，冲到宫门的事件，自永久以来至今治承年间，已发生过六次[05]。虽然每次都为武士所制止，但箭射神

[01] 藤原兼光：权中纳言藤原资长之子。仁安三年（一一六八）补藏人，承安二年（一一七二）为左少弁。左少弁为直属太政官判官之一。

[02] 第七十四代鸟羽天皇保安四年（一一二三）一月禅让，崇德天皇于同年二月即位，当年并未改元。因平忠盛在越前国逮捕神官，比睿山僧众抬出七社神舆抗诉，为平忠盛、源为义所阻，乃弃神舆于河原，逃入祇园。天台座主：即延历寺住持，天台宗之长，为敕命僧官。赤山社：原为中国道观，祀泰山府君。慈觉大师圆仁入唐归国时迁祀日本，在今京都市左京区修学院。

[03] 崇德天皇保延四年（一一三八）七月，山门僧众与贺茂神社因故起争端，乃联合祇园、北野、京极寺，抬各寺社神舆至宫门抗议。按：实际发生在同年四月二十九日。

[04] 祇园：指祇园感神院，祀牛头天王（素盏呜尊）等神。明治后改称八神社，在今京都市东山区。别当：为寺务总管。澄宪：少纳言入道信西之子，静宪法印之兄。承安四年（一一七四）为权大僧都，寿永二年（一一八三）晋升法印。

[05] 鸟羽天皇永久（一一一三——一一一七）至高仓天皇治承（一一七七——一一八三）年间，山门僧众抬神舆至宫门抗争事件，前后共六次。注家所列，互有不同。据富仓德次郎《平家物语全注释》上卷（页二一二）所举，为指永久元年（一一一三）四月一日、保安四年（一一二三）七月十八日、久安三年（一一四七）四月十四日、同年六月二十八日、嘉应元年（一一六九），与此次安元三年（即治承元年）四月十三日所发生者而言。

舆的事却是首次，前所未闻。人们互相警告道："古人说，神灵震怒，则灾害必生[06]。可怕可怕。"

四月十四日夜半，听说山门僧众又将大举入京，皇上匆匆坐着腰舆[07]，暗中行幸法皇御所法住寺殿[08]。中宫[09]则乘车出门他去。小松殿大臣重盛身穿直衣[10]，肩背箭筒，随侍左右。其嫡子权亮少将维盛则正装束带，背负平胡箓[11]，也扈从在侧。京中上自关白，下至太政大臣以下诸公卿殿上人[12]，莫不争先恐后，追而随之。全城上下都骚动起来。山门方面，一谈到神舆中箭，神官杂役或死或伤之事，便群情激愤。三千同心，决议将大宫、二宫、讲堂、中堂等所有殿堂坊舍[13]，付之一炬，夷为平地；然后远走山野，匿身修行。此时，听说法皇将考虑接受徒众的申诉，山门的高层僧官正要上山转达圣旨，却在西坂本被愤怒的徒众赶下山去了。

---

[06] 唐吴竞《贞观政要·君道篇》："人怨则神怒，神怒则灾害必生。"

[07] 腰舆：亦称手舆，前后两人以手提辕之便轿。大尝会或避难时用之。

[08] 法住寺殿：后白河法皇御所。在今京都市东山区。内有东殿、南殿、北殿、西御所、北御所、莲华王院御所、中新御所等。

[09] 中宫：在此指高仓天皇皇后平德子。

[10] 直衣：即杂袍，平安时代皇族贵族之便服。盖事出仓促，重盛无暇束带，故仅以直衣奔命从公也。

[11] 权亮少将维盛：重盛长子。嘉应二年（一一七〇）补右近卫权少将，承安二年（一一七二）兼中宫权亮，即中宫之次官。平胡箓：胡箓之一种，原为汉词，指箭室或矢藏。《唐书·兵志》："人具弓一、矢三十、胡禄、横刀……皆一。"在平安时代，特指朝仪或行幸时，近卫武官所背之扇形插箭箱，主要为装饰用。

[12] 时关白为藤原基房，太政大臣为藤原师长。

[13] 大宫、二宫：各为山王七社之一。讲堂：在根本中堂西南，为说法讲经之处，主祀大日如来。中堂：即根本中堂。

平大纳言时忠卿，时为左卫门督[14]，担任上卿[15]，登上比睿山安抚。三塔的徒众聚集在大讲堂的庭院中，商议道："先打掉此人乌纱帽！然后捆绑起来，沉到湖底去。"正要开始动手来抓时，时忠卿开口道："请少安毋躁。有话想让各位知晓。"便从怀里取出小砚与诗笺，一口气写了几句话，交给僧众。打开一看，只见他写着："徒众发动暴乱，乃魔障所作祟；天子加以制止，因善逝之加护[16]。"众僧看了，觉得言之有理，引起同感。别说再捉弄对方，人人都陆续下山，各回僧坊去了。时忠卿仅凭片言只语，便平息了三塔三千徒众的愤怒，于公于私，均免受辱。其才智谋略，的确令人刮目相看。而世人对山门僧众，原以为只会群集作乱，没想到也很讲道理，为之感佩不已。

同月二十日，又召开会议，以花山院权中纳言忠亲卿[17]为首席，议决国司加贺守师高革职，流放尾张国井户田[18]，目代近藤判官师经则被判入狱。此外，于十三日向神舆射箭的武士六人，亦以入狱定谳。他们是：左卫门尉藤原正纯、右卫门尉藤原正季、左卫门尉大江家兼、右卫门尉大江家国、左兵卫尉清原康家、右兵卫尉清原康友，都是小松殿重盛的下属。

同年四月二十八日，亥刻时分，从樋口富小路[19]冒出火来。当时正刮着猛烈的东南风，转瞬间京城多处被烧毁。团团火焰滚动如车轮，倏忽跳过三

[14] 时忠：当时为权中纳言兼中宫权大夫、左卫门督。

[15] 上卿：宫中议论公事时之首席公卿。在此则指镇抚山王僧众之特使。

[16] 善逝：佛家语。梵语之意译，又译好去。音译须伽陀。佛陀十号之一。《大乘义章·二十末》："言善逝者，此从德义以立其名。善者名好，逝者名去。好来好去，故名善逝。"在此指药师如来。

[17] 花山院权中纳言忠亲：花山院左大臣藤原家忠之孙、权中纳言忠宗之子。仁安二年（一一六七）权中纳言，安元三年（一一七七）右卫门督兼检非违使别当。补中大纳言后，称堀川。

[18] 井户田：即井户田庄，在今名古屋市瑞穗区井户田町附近。

[19] 樋口小路与富小路交叉口，今京都市河原町五条附近。

条街、五条街，斜向西北延烧过去。恐怖之状，难以言宣。诸如具平亲王的千种殿[20]，或北野天神的红梅殿[21]、橘逸势的蝇松殿[22]、鬼殿[23]、高松殿[24]、鸭居殿[25]、东三条[26]、冬嗣大臣的闲院殿[27]、昭宣公的堀河殿[28]等，古今名胜三十余所、公卿官邸十六处，眼看一一化为灰烬。其他，还有殿上人、诸大夫[29]之家，不胜枚举。火势终于延及大内里，自朱雀门[30]起，沿着应天门、会昌门[31]、大极殿[32]、丰乐院[33]，直至诸司、八省[34]、朝所[35]，顿时变成一片火海。诸家所藏日记、历代文书、七珍万宝，烧毁殆尽。损失之大，难以估计。烧死者数百人，牛

[20] 具平亲王：即后中书王（九六四—一〇〇九）第六十二代村上天皇（在位九四六—九六七）第七皇子。其邸千种殿在六条坊门南、西洞院大路东。

[21] 北野天神：祀菅原道真（八四五—九〇三）之神社。红梅殿为其生前府邸，在五条坊门北、町尻西。

[22] 橘逸势（？—八四二），平安中期官僚，名书法家，尤善隶书，在平安初期与嵯峨天皇、空海号称"三笔"。其邸名蝇松殿（一作蚊松殿）在小路北，堀川小路东。

[23] 鬼殿：一般以为在三条大路南，西洞院大路东，人称恶所。

[24] 高松殿：平安中期公卿源高明（九一四—九八二）之邸，在小路北，西洞院大路东。

[25] 鸭居殿：阳明门院祯子御所，堀河天皇出生处。在二条大路南，室町小路西。

[26] 东三条：东三条殿之省。摄政藤原兼家（九二九—九九〇）之邸。在二条大路南，西洞院大路东。

[27] 藤原冬嗣（七七五—八二六）：平安前期重要官僚。事嵯峨天皇，官至右大臣（八二一）、左大臣（八二五）。其邸闲院殿在二条大路南，西洞院大路西。

[28] 昭宣公：太政大臣藤原基经（八三六—八九一）谥号。其邸堀河殿在二条大路南、堀川小路东。

[29] 诸大夫：指摄政、关白、大臣家之家臣，四位至五位者当之。

[30] 朱雀门：大内里外郭南面正门。

[31] 应天门：朝堂院（八省院）南面外门。会昌门：为朝堂院南面内门，与应天门南北相对。

[32] 大极殿：位于朝堂院北部中央之正殿。行即位、朝贡、年庆等重要仪式之处。

[33] 丰乐院：位于朝堂院西，丰乐殿为其正殿。节会、大尝会等在此举行。

[34] 八省：指太政官所辖之中务、式部、治部、民部、刑部、兵部、大藏、宫内八省。

[35] 朝所：在太政官厅东北角，参议以上公卿公务后会餐之处。

马之类不计其数。岂非山王之惩罚乎？甚至有人梦见有两三千只大猕猴[36]，自比睿山上成群冲了下来，手中各持火把，烧毁了整个京城。

大极殿于清和天皇贞观十八年，初次不幸遭受火灾。同十九年正月三日，阳成天皇的登基大典，不得不改在丰乐院举行。元庆元年四月九日，重新兴建；同二年十月八日落成。后冷泉天皇天喜五年二月二十六日，再逢祝融之祸。治历四年八月十四日，又举行破土典礼，但因后冷泉天皇崩殂而中止。至后三条天皇延久四年四月十五日，终告完成。文人献诗，伶官奏乐，恭迎天皇迁幸[37]。当今佛法末世，国力衰微，终于不再重建了。

---

[36] 传猕猴为山王权现之人间信使。

[37] 此段叙述，回顾大极殿约三百年沧桑，大致合乎史实，唯在年月日上略有差异。在此次（治承元年，一一七七）大内火灾之前，据《玉叶》《百链抄》《扶桑略记》《日本纪略》等书所记，五十六代清和天皇贞观十八年（八七六）四月十日，“大极殿灾”。五十七代阳成天皇元庆元年（贞观十九年，八七七）正月三日，“即位于丰乐殿，大极殿未造故也”；四月九日“始造大极殿”；同三年（八七九）十月八日，“大极殿成”。七十代后冷泉天皇天喜六年（一〇五八）二月二十六日，“内里并中和院、大极殿、东西楼、回廊、朝集堂等，皆悉烧亡”；治历四年（一〇六八）八月十四日“始造大极殿”，但因后冷泉天皇之崩而中止。七十一代后三条天皇延久四年（一〇七二）四月三日，“大极殿并苍龙、白虎两楼诸门等，各悬题额”；同十五日，皇上“行幸大极殿，宴会。王公以下文人以上献诗。奏雅乐、歌舞”。

卷第二

『劝说』

座主流放 一

治承元年五月五日，撤销了天台座主明云大僧正参列朝廷法会的资格[01]，且遣藏人为朝使，取回了如意轮观音本尊，解除了他宫中护持僧的职务[02]。旋又派了检非违使厅的官员，传讯此次煽惑僧众、抬出神舆、骚扰宫禁的幕后祸首。原来座主在加贺国有其名下的地产，国守师高横加没收，因而积怨成仇，才鼓动僧众前来控诉。此一事件已使皇室伤透脑筋，西光法师父子却又如此这般搬弄是非，后白河法皇更加震怒。于是有传言道："必定会处以重罪。"

明云发觉法皇面有不豫之色，便奉还了座主的印钥[03]，上表辞去了座主的职位。同月十一日，鸟羽上皇七皇子觉快法亲王继任天台座主[04]。他是青莲

[01] 治承元年：在此应作安元三年（一一七七），当年八月始改元治承。天台座主：天台宗总部比叡山延历寺住持，为敕任僧官。明云：仁安二年（一一六七）二月天台座主，安元二年（一一七六）五月僧正，同三年，即治承元年（一一七七）五月解职，治承三年（一一七九）十一月复任座主，养和二年（一一八二）正月大僧正。寿永二年（一一八三）木曾义仲攻击法住寺殿时，中流箭而死。

[02] 如意轮：为六观音之一，手持如意宝珠，是普济众生、救苦救难观音菩萨。当时宫中有所谓长日三坛修法：延历寺修如意轮法、东寺修延命法、园城寺修不动法。三体本尊分别托由各寺护持僧供其寺中。护持僧者，应召清凉殿佛间，为皇家健康加持祈祷之高僧。

[03] 印钥：指天台座主之印信与延历寺宝藏之银钥。

[04] 觉快法亲王：天养元年（一一四四）入天台座主行玄之门，久安二年（一一四六）出家受戒，嘉应二年（一一七〇）敕封法亲王，治承元年补第五十六代天台座主，两年后请辞。

院大僧正行玄的弟子[05]。同月十二日，正式解除前座主之职，并派检非违使二人往其居处，加盖井口，浇熄炉火，严格执行断水断火的处置。如此一来，又有谣言说，僧众即将大举下山闹事，使京城再度陷入一片混乱之中。

同月十八日，太政大臣以下公卿十三人应召进宫，列席议事堂中，评议前座主的罪状与处置。八条中纳言藤原长方卿，时为左大弁宰相[06]，虽忝陪末座，却坦然陈述道："根据明法家勘状[07]，应判死罪减一等为远流[08]。然而前座主明云大僧正，显密兼修[09]，净行持律[10]。曾授大乘妙经与皇上，又授菩萨净戒与法皇，是经师亦是戒师[11]。万一科以重罪，不知冥间佛祖将如何看待。还俗远流之事，能免则免，应该审慎再议为是。"

对于长方的直言，座上公卿莫不表示赞同。然而法皇的怒火未熄，最后

---

[05] 青莲院：在比睿山东塔南谷，今京都市东山区粟田口，原为天台座主行玄住处，久安六年（一一五〇）改为祈愿所，号青莲院。行玄：摄政藤原师实之子。保延四年（一一三八）权僧正、天台座主，久安元年（一一四五）大僧正、青莲院始祖。

[06] 藤原长方：养和元年（一一八一）权中纳言。邸在八条堀川，故号八条中纳言。左、右大弁分担太政官庶务：左大弁管辖中务、式部、治部、民部四省；右大弁管辖兵部、刑部、大藏、宫内四省。宰相为参议之唐名。实际上，长方当时任右大弁。

[07] 原文作法家，指明法道博士。式部省所属大学寮分纪传道（历史、文学）、明经道（儒学）、明法道（法学）、算道（数学）诸道，各置博士以授生徒，并应政府之需提供咨询等相关服务。故所谓明法博士，类今之法学教授、检察官与审判官合而为一。勘状：或称勘文，指明法家依律令、格式与先例，经过审问、查证、勘验，针对某一案件所提之检查判决文书。

[08] 流罪：或称流刑，依律令，仅次于死刑之重罪。视其罪状之轻重，有近流、中流、远流之别。

[09] 显密：谓显宗与密教。显宗基于《华严》《大集》《般若》《法华》《涅槃》诸经，弘扬释迦普济众生之教；密教指真言宗，以《大日经》《金刚顶经》为主，修大日如来密法。天台宗属显宗，但有兼修密教之传统，故历代座主多以显密兼学者任之。

[10] 净行持律：勤修身心清净，严守佛法戒律。

[11] 大乘妙经：指显宗主要经典（详前注9）。安元二年（一一七六）八月，高仓天皇以明云为师，写完《法华经》，以御衣一袭赐之。菩萨净戒：安元二年四月，后白河法皇幸比睿山受菩萨戒，明云为其戒师。按：大乘戒为菩萨行为人受持之戒法，故曰菩萨戒，亦曰菩萨净戒；小乘戒则受持声闻、缘觉二乘，故称二乘戒。

还是以远流定谳。太政入道清盛公也进宫来，有意关说，但法皇却推托感冒，不予召见，只好无奈而退。处罚罪僧，按例要收其度牒，使其还俗。明云大僧正从此有了俗名，称大纳言大辅藤井松枝。

提起明云这个人，他是村上天皇七皇子具平亲王[12]的六代苗裔，久我大纳言显通卿[13]之子。诚可谓并世无双之硕德、天下第一之高僧，且兼天王寺、六胜寺别当[14]，君臣同仰。但阴阳头安倍泰亲[15]却责难道："天下无双之智者，居然自称明云，实在令人费解。上有日月并排之光，其下有云遮之[16]。"

仁安元年二月二十日，明云晋升天台座主。三月十五日，行拜堂之礼[17]。开启中堂的宝藏，在诸多贵重宝物之中，有一个一尺见方的箱子，裹以白布。这位一生不犯[18]的座主开箱一看，中有黄纸文字一卷，是传教大师[19]所记未来

---

[12] 具平亲王：善和歌，为六十三代冷泉（在位九六七—九六九）、六十四代圆融（在位九六九—九八四）天皇之皇弟。

[13] 久我显通：右大臣源显房（一〇二六—一〇九四）之孙、太政大臣源雅实（一〇五九—一一二七）之子。保安三年（一一二二）权大纳言。其邸在山城国乙训郡久我，故又以久我为姓。

[14] 天王寺：即四天王寺，圣德太子（五七四—六二二）所创，原为八宗兼修，后专属天台宗。地在今大阪市天王寺区。按：八宗为日本佛教八大宗派，即南都六宗：俱舍、成实、律、法相、三论、华严，加平安二宗：天台、真言。六胜寺指法胜、尊胜、最胜、圆胜、成胜、延胜六寺，均在今京都市左京区冈崎。事实上，明云补四天王寺别当在治承四年（一一八〇），补六胜寺别当在养和元年（一一八一），均在治承三年复任天台座主之后。

[15] 阴阳寮：属中务省，司天文、历数、占卜诸事。阴阳头为其长官。

[16] 汉陆贾《新语·慎微》："故邪臣之蔽贤，犹浮云之障日月也。"李白《登金陵凤凰台》："总为浮云能蔽日，长安不见使人愁。"

[17] 明云补天台座主之实际年月，在七十九代六条天皇（在位一一六五—一一六八）仁安二年（一一六七）二月十五日，拜堂在四月十三日。拜堂：新座主登根本中堂礼拜本尊之仪式（参本章注1）。

[18] 一生不犯：谓终生不犯十戒中之邪淫戒。按：十戒为戒杀生、偷盗、邪淫、妄语、绮语、恶口、两舌、贪欲、瞋恚、邪见。

[19] 传教大师（七六七—八二二）：平安初期高僧最澄谥号。桓武天皇延历二十三年（八〇四）入唐，翌年归国。开创日本天台宗。

历代座主的名单。依照惯例，新任座主在开卷后，看到自己的名字出现，便不得继续往后看去，必须把卷子重新卷好，放回箱子里。这位明云僧正应该也不例外。如此值得尊敬的人，却难逃前世宿业[20]，实在可叹可悯。

五月二十一日，裁定流放伊豆国。虽然人们多方调解，却因西光法师父子的谗谤，究竟无法打破僵局。就在当日，上面下令非将僧正逐出京城不可。押解的官员于是来到白河僧坊[21]。僧正只得含泪离开，移居粟田口一切经谷的别院[22]。

山门僧众认为他们最大的仇敌，莫大于西光法师父子，便将他们两人的名字写在纸上，给踩在根本中堂所供十二神将中金毗罗大将的左脚底下[23]，而且大声诅咒道："十二神将、七千夜叉[24]：请勿犹疑，别再等了，径去取掉西光父子之命。"听来令人毛骨悚然。

同月二十三日，明云离开一切经谷别院，动身前往配所。曾经总管佛法寺务的前大僧正，如此尊贵的人物，却被押解的差役押着，限于今日离开京城。当他越过逢坂关进入关东时，其心中之悲凉落寞可想而知。行抵大

[20] 宿业，指前世所种善恶业因，今生得其果报。

[21] 僧坊：原文御坊，指比叡山东塔青莲院明云住处。在三条大路粟田口。

[22] 一切经谷：在今京都左京区，从三条大路通往东海道出入口。一切经谷有延历寺别院。传奈良时代行基和尚（六六八—七四九），人称行基菩萨，捐献一切经于此，故名一切经谷。

[23] 十二神将：指随侍药师如来左右，守护修行者之十二佛神，安置在根本中堂琉璃坛。十二神将：金毗罗、和耆罗、弥佉罗、安陀罗、摩尼罗、素蓝罗、因达罗、波耶罗、摩休罗、真特罗、照头罗、毗伽罗。其中，金毗罗为神将第一，原为灵鹫山鬼神，鱼身蛇形，尾藏宝玉。日本又奉之为海神，最受航海者崇拜。

[24] 七千夜叉：十二神将各有七千夜叉为眷属。《药师经》："此十二夜叉大将，一一各有七千夜叉以为眷属。"

津打出滨[25]，比睿山文殊楼[26]的高轩仍然清晰可见，但僧正不忍再看，只以衣袖遮脸，不禁潸然泪下。在山门诸多宿老硕德中，当时还是僧都的澄宪法印，依依难舍，一直送到粟津[27]；既不能永远陪伴下去，便要告别返回。僧正有感于他的隆情厚谊，即将年来秘藏心中的一心三观血脉相承传授予他[28]。这是自释尊授予波罗奈国马鸣比丘、南天竺龙树菩萨后，次第相传下来的密法[29]。而今竟也成为情谊的见证。虽然我国是粟散边地[30]，又值浊世末代，但澄宪却有幸受此教义，在返京的路上，泪湿法衣绞不干之余，心中肯定充满着感激敬畏之情吧。

同时在山门方面，僧众又聚在一起，纷纷议论道："自从义真和尚就任初代天台座主以来[31]，直到现在，已历五十五代，从未听说座主遭到流刑之案例。仔细回顾一下，桓武天皇于延历年间，迁都平安京[32]；传教大师登上此山，弘扬

---

[25] 打出滨：琵琶湖上船舶出入之湖港。

[26] 文殊楼：在根本中堂之东，二层楼，安置文殊菩萨像，又称一行三昧堂。慈觉大师圆仁(七九四—八六四)发愿，其弟子承云于贞观十八年(八七六)建成。

[27] 澄宪：已见卷第一《十六、大内火灾》章，注4。粟津：在今滋贺县大津市南边。

[28] 一心三观：天台宗圆教观法，指一心同时能修证"空、假、中"三谛。《天台观经疏》："一心三观者，此出释论。论云：三智实在一心中，得只一观而三观，观于一谛而三谛，故名一心三观。"《法华经科注》："圆巧则修一心三观，圆破三惑，圆证三谛，圆成三德也。"血脉谓一心三观之法统，相承指历代血脉承传之谱。

[29] 波罗奈：中印度古国。马鸣比丘：俗称马鸣菩萨，为佛灭后约六百年之大乘学者，有《大乘起信论》等作。南天竺(印度)龙树菩萨：佛灭后约七百年，出身最高阶级之婆罗门，后皈依佛教，拜马鸣菩萨弟子迦毗摩罗尊者为师。信徒以为佛陀再世，号显密八宗之祖。

[30] 粟散边地：指日本，谓小如粟粒而散在边鄙之地也。对印度或中国而言。

[31] 义真和尚：最澄弟子，随师入唐。五十三代淳和天皇天长元年(八二四)任初代天台座主。

[32] 延历十三年(七九四)桓武天皇自平城京(奈良)迁都平安京，即今京都。

四明教义之后[33]，五障女人绝其踪迹，三千僧侣得以安居[34]。峰上一乘诵声[35]，终年不断；山麓七社灵验[36]，与日俱新。彼月氏之灵山[37]，位于王城之东北，是大圣之幽窟也[38]。我日域之睿岳，耸立帝都之鬼门[39]，护国之圣地也。历代贤王智臣莫不在此设坛礼佛。尽管当今是佛法末世，岂可如此诋毁伤害本山。可悲可恨。”于是，满山徒众同仇敌忾，成群结队，下了山，奔向东坂本而去[40]。

---

[33] 传教大师最澄于延历七年（七八八），在比睿山上设根本中堂（或曰一乘止观院），奉祀药师如来。四明：原指浙江四明山，在此拟称日本比睿山。宋初，有法师号智礼者（后世称四明大师）在四明山弘扬天台佛法，故四明教义即指天台宗。

[34] 五障女人：《法华经·提婆品》：“又女人身犹有五障：一者不得作梵天王、二者帝释、三者魔王、四者转轮圣王、五者佛身。”传教大师严禁女人出入比睿山，故曰女人绝其踪迹，而山上僧众三千，因而得以清净安居，一心修行矣。

[35] 一乘：指一乘妙典，即《法华经》，为天台宗主要佛经。

[36] 七社：指山王七社。已见卷第一《十四、许愿》章，注5。

[37] 月氏：西域国名。亦作月氐、月枝。原在敦煌祁连间，后渐强盛，号大月氏。汉时据有印度恒河流域、克什米尔、阿富汗及葱岭东西地区。释尊曾弘教于此。其地包括印度西北，故日人亦称之为天竺（印度）。灵山：指印度摩诃陀国之灵鹫山。

[38] 灵鹫山：位于摩诃陀国王舍城东北。幽窟：深山中之岩窟，喻释尊居住讲法之处。

[39] 鬼门：阴阳道以东北角为邪门，恶鬼出入之处。比睿山位于京城东北鬼门，故有镇国之效。

[40] 东坂本：山王七社所在处。在比睿山东麓，今大津市北部。

一二 行阿阇梨

僧众又聚在十禅师社前开会讨论[01]。几位老僧肝胆欲碎地祈愿道："本来，我等应该赶到粟津去夺回座主，但有押解差役与领送使[02]护卫，恐怕难于轻易得手。除非依赖山王大师之神助[03]，否则实在无能为力。假如真能顺利成事，请先显些吉兆来看看吧。"

这时，无动寺法师乘圆律师的童仆[04]鹤丸，今年十八岁，忽然身心绞痛，五体冒汗，无端发起疯来。"我是十禅师权现化身。虽然说是末世，岂能让我山座主移往他国？此事将成宿痛，永世难泯。既然如此，我在此山垂迹坐镇，又有何意义？"说罢，以两袖掩面，潸然泪下。

众人莫不诧异。"果然是十禅师权现现身之神托指示，我等仍须印证一下。请将地上之物一一捡起来，一个不差还给原主，如何？"于是，有老僧四五百人，将手上念珠等物抛在十禅师权现的地板上。那个发狂的童仆跑来跑去，全都捡了起来，分别交还给物主，一个也不差。

众僧有感于神明的灵验，敬畏之余，都合掌流下随喜之泪。"既然如此，就一齐去夺回座主吧。"人人相邀，便风奔雨骤般动身前去了。大家成群结队，

---

[01] 十禅师：山王七社之一。

[02] 领送使：特为护送远流重犯至配所之押使。押役或押差则指一般押解犯人小吏。

[03] 山王大师：即比睿山天台守护神山王权现。大师是对神明佛菩萨之尊称。

[04] 无动寺：在比睿山东塔根本中堂之南。乘圆律师：传记不详。律师，次于僧都之僧官。

或沿着志贺、辛崎的海滨前进，或从山田、矢桥湖上泛舟而来[05]。原来几个负责警备、耀武扬威的押解官与领送使，看到了这情形，都七零八落地逃散四方了。

僧众转向国分寺[06]。前座主大感惊慌道："听说，钦定罪犯不准见到日月之光。何况，法皇有院宣[07]下来，必须立刻逐出京城，不得稍有延误。诸位徒众呀，还是快快回山去吧。"随后走到廊边，又道："老衲出身三台槐门之家[08]，自入四明幽溪之窗[09]以来，广学圆宗教义[10]，兼修显密两宗，无非以振兴本山为念。又祈祷国泰民安、发愿培育众徒之心，无时或已。两所三圣定然昭昭在目[11]。反求诸己，并无过错，却因莫须有之罪，蒙判远流重刑。但老衲既不怨世尤人，也不恨神忌佛，只是对于诸位远道来此相伴，高谊盛情，觉得永远难于报答。"说着说着，泪如雨下，湿透了香染衣袖[12]。

僧众也都泪流满面。有人抬来了轿子，催促道："恭请赶快上轿。"

明云却坚持不肯上轿，道："以前，我固然是三千徒众之座主，但现在已变

---

[05] 志贺、辛崎（唐崎）：均在今滋贺县大津市内。山田、矢桥：均在今滋贺县草津市区。

[06] 国分寺：此指近江国国分寺，在今大津市石山。按：第四十五代圣武天皇（在位七二四—七四九）于天平十三年（七四一），诏告诸国设立国分寺，以为祈愿国泰民安之处。奈良东大寺为总国分寺，置僧职，统辖全国寺庙僧尼。

[07] 院宣：即院司宣旨，指上皇、法皇所发诏书。

[08] 三台槐门：三台为三台星之略，指保护紫微星（天帝）之上台星、中台星、下台星，以喻朝廷太政大臣、左大臣、右大臣三公。槐门喻大臣。周时，外朝植三槐九棘，公卿大夫分坐其下。面三槐为三公之位，因以指三公。

[09] 四明幽溪之窗：指天台宗比睿山延历寺之僧堂，在幽深溪谷之中。

[10] 圆宗：圆顿宗之略，即天台宗。圆融诸法，顿得佛果之谓也。

[11] 两所三圣：一般以山王七社中之大宫、二宫为两所，加以圣真子则为三圣。昭昭在目：谓三圣在冥冥中，于明云之冤屈看得一清二楚也。

[12] 香染：即丁子染。丁子为丁香之实，可煮成染料，赤色带黄。僧袍最高贵之颜色。有香气。

成流人之身，岂可让尊贵之修学者[13]与具深智慧之徒众，抬着老衲上山？即使真要上山，也该与大家一样，脚穿草鞋，一起步行上去。”

此时有一个西塔和尚，名叫戒净坊阿阇梨佑庆的莽僧[14]，走上前来。身高七尺，穿厚黑皮块与铁片交缀的铠甲，腿裙故意垂低。脱掉头盔交与法师们[15]拿着，手拄白色长柄大刀，大声喊着“请让路”，便挤开人群，来到前座主面前，睁大眼睛，瞪了片刻，以严厉的口气说道：“就是有这样的心，才会吃这样的亏。请快快上轿吧。”

前座主觉得压力太大，便匆忙坐上了轿子。僧众在夺回了座主之后，兴奋鼓舞之余，也不让低下层法师抬轿，却由尊贵的修学者抢先抬着，一路上欢声雷动，登上山去。有人累了，半路必须换班，只有佑庆例外，始终在轿前抬着，紧紧抓住大刀长柄与轿杆，走在险峻的东坂路上，如履平地。

轿子安放在大讲堂的庭院中，大家又聚在一起，纷纷议论道：“我等已去粟津夺回座主了，但要让敕裁流刑之人重返座主之位，该如何是好？”

戒净坊阿阇梨又与先前一样走出来，说道：“本山乃日本无双之灵地、镇护国家之道场[16]，山王权现神威昌明、佛道王法势均力敌[17]。本山众徒之识

[13] 修学者：在寺院进修之僧侣。学僧。

[14] 戒净坊阿阇梨佑庆：传不详。阿阇梨为天台宗、真言宗敕任僧号。其学养德行足以指导僧徒并为其师范者。佑庆，据《源平盛衰记》云：“此僧原为园城寺之徒，好学者也。自俱舍、成实之性相至法相、天台之奥义，莫不深究。显密双修，可传三院三井之法灯，而傲慢偏激、我执太强。常为我寺山徒所笑，实生生世世之憾。自知妄念难除，盖缘于身在园城。乃决意不如改投山门，遗弃习之已久之三井之流，移至西塔院。”

[15] 法师：原指精通佛法，足以为人师者。在此则为僧侣之通称，类汉语之称出家人为师父。

[16] 《仁王经》《金光明经》《守护国界经》等经，有镇护国家之法，修此法之寺院称镇护国家道场。《延历寺护国缘起》：“桓武天皇御记云，七大寺虽学六宗，镇护国家之道场则留在睿岳灵窟。”

[17] 原文“佛法王法牛角”，牛角或作互角，谓左右牛角互无长短大小之别，不分优劣。意同汉语角觝，亦作角抵，谓旗鼓相当，不相上下也。

见，并世无双；即贱如法师之辈，亦未尝为世所轻。何况座主智慧高深，是我三千之首？德隆望尊，乃比睿一山之戒师。今则蒙此冤罪，非山上洛中之所忿詈[18]，兴福园城之所嘲笑者乎[19]？此时若失显密兼修之主，众多学僧萤窗雪案之功[20]，必将废置，不胜遗憾之至。归根究底，本人佑庆才是此案祸首，因此甘受禁狱流放之罪；即或枭首示众，亦仅关乎今生面子，将可在冥途忆此前世也。”说罢，眼泪簌簌而下。众僧异口同声，善哉善哉，莫不表赞同。从此之后，时人称佑庆为莽僧，称其弟子惠庆律师为小莽僧。

僧众将前座主送进东塔南谷的妙光房[21]。难道连神佛转世的人也逃不过飞灾横祸？昔日大唐有一行阿阇梨[22]，贵为玄宗皇帝护持僧，谣传与杨贵妃有染。人言可畏，无论古代与现代，不管大国或小国，随时随地皆然。虽然查无实证，只凭嫌疑，便被流放到果罗国[23]去了。

要到果罗国有三条路。轮池道是国君行幸之路，幽地道是庶民来往之路，暗穴道是押解重犯之路。一行阿阇梨属于重犯，当然只能走暗穴道：是一条七日七夜间见不到月色与日光之路。冥晦而人空，举步则路迷，阴森而山

---

[18] 山上指比睿山。洛中即京城，日人以洛阳喻其京都。

[19] 兴福寺、园城寺属寺门，与山门素不相和，时起争端。已见卷第一《八、立匾争议》章。

[20] 原文作“萤雪之勤”，喻勤学苦读。唐房玄龄等《晋书·车胤传》：“胤博学多通，家贫不常得油，夏月则练囊盛数十萤火以照书。”明廖用贤《尚友录》：“晋孙康，京兆人，性敏好学。家贫，灯无油，于冬月尝映雪读书。”

[21] 南谷为东塔五谷之一。五谷：东谷、西谷、南谷、北谷、无动寺谷。妙光房（坊），不详。

[22] 一行（六八三—七二七）：真言八祖之一。唐高僧，通天文、历法。著有《梵天火罗九曜》一卷、《大日经疏》二十卷。谥大慧禅师。《旧唐书》《佛祖统记》等书有传，但皆无因杨贵妃而遭流配之记录。在日本，则除《平家物语》外，尚有《太平记》《宝物集》《黑谷源空上人传》等，均载有此事。不知何所据。唯各本之间，其内容略有异同。

[23] 果罗国：亦作火罗国，疑即睹货罗国。《西域记》：“睹货罗国，其地南北千余里，东扼葱岭，西接波斯国，南大雪山，北据铁门。”

深。偶有鸟叫一声，传自涧谷。露沾法衣，长湿不干。因冤罪而蒙受远流重刑，上天怜之，乃显九曜之形[24]，照护一行阿阇梨。一行当即咬破右指，在左袖上描下九曜之象。此和汉两国真言本尊九曜曼陀罗[25]，是也。

[24] 九曜：指日（太阳）、月（太阴）、火（荧惑星）、木（岁星）、土（镇星）、金（太白星）、水（辰星）七星，加以罗睺（黄旛星）、计都（豹尾星）二星，为九曜星。

[25] 九曜曼陀罗：绘九曜星及其眷属诸神之曼陀罗。曼陀罗为梵语之音译，又译为曼荼螺、曼达拿等。意译道场、圆轮具足等。在此指密教诸佛菩萨之图。一行所著《梵天火罗九曜》卷尾附有《梵天火罗图一帐》。

三 西光被斩

且说，法皇得知山门的僧众夺回了前座主后，越发忐忑难安。西光法师却在此时又启奏道："山门大众胡乱控诉之案件，虽非始于今日，但此次不免太过其分。这般无法无天，前所未闻。应该严惩才是。"不知自身性命之将亡，也不顾山王大师之神威，仍然如此说三道四，扰乱圣心。古书云，谗臣乱国[01]，诚哉斯言。"丛兰欲茂而秋风败之，王者欲明而谗人蔽之[02]。"其是之谓乎？

听说，法皇与新大纳言藤原成亲卿及诸近臣商议，正准备攻打比睿山。谣言传来，山门中便有私下认同院宣的人，以为既然生在王土，便不可违背圣旨。前座主明云大僧正住在妙光房，听到有人生二心，颇感不安，说道："不知还会遭到什么罪孽。"然而，无人再提起流罪的事。

因为有这一场山门风波，新大纳言成亲卿便将自己的夙愿暂时搁置下来。虽说种种计谋与筹备都在进行中，但虚有气势，实际上恐难如愿以偿。连他最信赖的多田藏人行纲[03]，也觉得根本没有成功的希望，所以将他所赠缝制弓袋用的布料，都裁成了直垂小裤，给仆从与家臣穿用了。行纲自己则静观形势，眼看平家如日中天，欲加颠覆，绝非易易，而且此事万一泄露，我行纲的性

---

[01] 《诗经·青蝇》："谗言无极，交乱四国。"《史记·赵世家》："奸臣在朝，国之残也。谗臣在中，主之蠹也。"

[02] 原文引自《贞观政要·杜谗篇》。

[03] 多田藏人行纲，已见卷第一《十二、鹿谷》章，注29。

命肯定难保。于是赶在他人泄密之前，先行倒戈告发，盼能保住一己性命。

治承元年五月二十九日，等到深更半夜，多田藏人行纲来到入道相国西八条的别邸，说道："行纲来此，有事禀告。"

"平时不来的人不知何为而来。出去问问他。"入道叫主马判官盛国出去应付[04]。行纲却道："此事不便由他人传话。"入道乃亲自出来，走到中门廊下，问道："深夜来此，到底有何要事？""白天人多，难避耳目，所以才趁夜前来。近来，法皇院中整备兵器，召集武士，不知有所听闻否？"入道不在乎地答道："听说是为了攻打比睿山。"行纲向前靠近，压低声音道："非也非也。全是针对府上一家而来。""法皇也知道此事吗？""当然当然。因为有法皇的宣旨，成亲卿才敢召集兵马呀。"接着，夸夸其谈，将俊宽有这般的行径，康赖有那样的说辞，西光有如此的口气，等等，从头到尾，大肆渲染一番。说毕，一声"告辞"，便退出离去了。

入道大惊，大声召唤武士，严词厉色，听来甚为可怖。行纲则对自己言不由衷的泄密行为，觉得实在太过粗率大意而开始反悔，担心会被传去作证人而受到牵连。越想越怕，心地仿佛野火燎原，虽然无人追赶，却不禁撩起裤腿，飞快逃出门去了。

入道旋即召见筑后守贞能[05]，宣道："京中听说有叛徒，无所不在，阴谋推翻我平家。即刻知会一门全体家人，把武士全都召集起来。"贞能受命，便奔

---

[04] 主马判官盛国：主马为主马寮长官主马首之略。判官即检非违使尉。盛国，平氏，时兼二职。

[05] 贞能：平家贞之子。从五位下，官至筑后守。父子两代均为平氏家臣。

走号召。不久，右大将宗盛卿、三位中将知盛[06]、头中将重衡[07]、左马头行盛[08]以下诸人，便都身披盔甲，携带弓箭，赶来集合。其他人马也如云霞般陆续汇聚起来。当夜集结在西八条的兵力，大约总有六七千骑。

翌日六月初一清晨，天色尚黑，入道便召见检非违使安倍资成[09]，宣道："立刻前往法皇御所，找信业[10]出来，告以法皇近臣刻在进行消灭平家、扰乱天下大阴谋。我方将一一加以传讯与处分。法皇陛下请勿插手干预。"资成急忙驰往御所，请大膳大夫信业转达了入道的话。信业为之惶恐失色，立即晋谒法皇上奏此事。法皇讶异之余，心中忖道："哎呀，这种机密之事怎会泄露出去呢。"但表面上却只反问道："到底是怎么回事呀？"并没给以明确的答复。

资成鞭马回去，禀报御所的反应。入道相国道："果然，行纲所说之事是真不假。假如不是行纲暗来密报，我净海还能安稳度日吗？"说罢，便下令飞驒守景家[11]、筑后守贞能，着即捉拿谋反人等归案。于是，那边二百骑，这边三百骑，各别蜂拥而出，分头搜捕叛党去了。

入道相国先派出杂役[12]，赶往中御门乌丸的新大纳言成亲卿府邸[13]，传

[06] 知盛（一一五一——一一八五）：平清盛四男。仁安三年（一一六八）权左中将，安元三年（一一七七）从三位。

[07] 头中将重衡（一一五六——一一八五）：平清盛五男。治承四年（一一八〇）藏人头，同五年左近卫权中将。藏人头兼近卫中将者称头中将。

[08] 左马头行盛（？——一一八五）：平清盛二男基盛之子。治承三年（一一七九）正五位下左马头。左马头即左马寮长官，掌御所马匹、马具、诸国牧马等事务。

[09] 安倍资成：治承二年（一一七八）正六位上兼检非违使左卫门尉。

[10] 信业：一作信成。平氏，从四位上。官大膳大夫，或称大膳头，大膳职长官，掌宫中饮食与宴会事宜。

[11] 飞驒守景家：上总介藤原忠清之弟。官至飞驒国守，有武勇之名。

[12] 杂役：原文杂色，指藏人所、春宫坊、摄政关白大臣家所用无位之劳工或杂役。

[13] 在中御门大路与乌丸小路口。

话道："有事相商。请快过去。"大纳言毫不知大祸临头，想道："哈哈，大概是对法皇攻打比睿山之计划，希望有所劝阻，但法皇余怒未消，恐怕难以如愿。"便穿上柔软舒服而称身的狩衣，坐着华丽的牛车，带着随侍三四人，连杂役牛倌的穿戴也比平常讲究。怎会知道，这次一离家门，就一去不再回呢？

靠近西八条府邸时，只见四五町[14]内布满了战士。这么多人，到底发生了什么事？心中开始七上八下。下了车，走进大门一看，也是密密层层，挤满了士兵。有一队凶猛可怕的武士在中门守候，看大纳言进来，便冲上去，从左右抓住他的两只手。请示道："要捆绑起来吗？"

入道相国从帘内看着，说道："不必不必。"于是武士共十四五人，前后左右包围着，将新大纳言拖到廊上，关入一间房里。大纳言仿佛在噩梦中，脑海一片茫然。随侍的武士都被隔开，不能互相照应。杂役与牛倌吓得脸色苍白，抛弃了牛车，也都逃之夭夭了。

不久，近江中将入道莲净、法胜寺执行俊宽僧都、山城守基兼、式部大辅雅纲、平判官康赖、宗判官信房、新平判官资行[15]，也都被逮捕归案。

西光法师听到此事，觉得会牵连到自己，便快马加鞭，向法皇御所法住寺殿奔去。平家的武士们挡住去路，叫道："西八条有请。快去。"西光道："有事上奏，先到法住寺殿，再去参见。"

武士们喝道："真个是可恶的和尚。有何要事上奏？不准。"便将他拉下马，捆绑起来，放在马背上，进入西八条别邸。因为他一开始便是首脑人物，所以捆得特别紧，让他坐在中庭里[16]。

[14] 町：日本距离单位。六尺为一间，六十间为一町，约等于一〇九米。

[15] 所列诸人已见卷第一《十二、鹿谷》章。

[16] 中庭：原文作坪，谓围在房屋中间之小庭院。

入道相国站在檐廊上，瞪了一眼道：“妄想毁我入道一家的歹徒，看看今天落到这副模样。将那厮拉到这边来。”西光被拖到檐廊边。入道穿着鞋子，狠狠地往他脸上踹了几脚。“本来，贵户一家老少不过都是下贱人等，只因侍候法皇身边，才得担任不该担任之职。父子狼狈为奸，僭越过度，胡作非为。甚至屡进谗言，流放无罪无过之天台座主，引起天下一大事件。而且还阴谋造反，企图消灭我平氏一门。罪证确凿，从实招来。”

西光原本就是一条倔强过人的硬汉，面不改色，毫无畏缩的样子。只见他端容正坐，理直气壮，冷笑道：“非也差矣。入道公你自己才算僭越胡为吧。就我西光所闻所知，便多得不胜枚举。本人身在法皇院中供职，对执事别当成亲卿[17]借院宣以召集兵马之举，不能说一无所悉。的确也曾参与其中。但有些事可听不可说。别人不管，据西光所知，这种事根本不许外泄。说起来，足下虽是故刑部卿忠盛之子，但直到十四五岁还无缘进仕宫中，只能在故中御门藤中纳言家成卿家出入，所以京中后生才会笑足下是高平太[18]，不是吗？保延年间，令尊官拜大将军[19]，擒拿海贼头目三十多人，论功行赏，足下居然荫补四位兵卫佐[20]，时人便认为未免太过分际。你是殿上人羞与为伍者之子[21]，而竟当上太政大臣。要说僭越，这才算真正僭越也。武士出身而出任受领、检非违

[17] 藤原成亲：时任权大纳言，为后白河法皇近臣，掌院中事务，即执事别当，或称院司别当。

[18] 藤原中纳言家成：已见卷第一《二、宫中谋害》章，注18。高平太：意谓好穿“高”脚木屐之“平”家“太”郎。

[19] 此处所谓大将军盖指平定海贼特遣官军之总指挥官。保延元年（一一三五）四月，忠盛任海贼追讨使。保延（一一三五——一一四一）为七十五代崇德天皇（在位一一二三——一一四一）六个年号之一。

[20] 考诸史实，平清盛于大治四年（一一二九）十二岁时，任从五位下左兵卫佐；久安二年（一一四六），父忠盛追捕海贼有功，荫赏其子清盛四位下中务少辅、安艺国守。

[21] 见卷第一《二、宫中谋害》章，有平忠盛在殿上受辱场面。

使，并非没有先例与惯例。怎么能说是僭越过度呢？”

西光毫不畏缩，侃侃辩驳。入道听得一时气结，说不出话来。稍后才道：“这厮的脖子，可别随便就砍了。好好捆将起来，仔细加以审理。”松浦太郎重俊奉命，用夹棍夹其腿手，严加拷问。西光本来就无意隐瞒到底，而且酷刑难忍，只好一五一十全招了，写成了四五张口供。

随即令下：“撕裂这厮的嘴巴！”西光的嘴巴被撕裂了。然后，他的脑袋也在五条西朱雀刑场被砍掉了。

西光嫡子前加贺国守师高解职后，流放到尾张国井户田，即着该国小胡麻郡司[22]维季奉命取其首级。次男近藤判官师经在狱中，被提到六条河原处斩。其弟左卫门尉师平与随从三人，也都被处以极刑。此种人等原本出身卑微不堪，却长袖善舞，官运亨通，干预不该干预的朝政；甚至屡进谗言，使清清白白的天台座主无辜遭受流罪；或许他们的前世果报已尽，山王大师在冥冥之中大发神威，火速惩罚，才落得如此的下场。

[22] 小胡麻：或写作小熊、小隈。在美浓、尾张国境，今岐阜县羽岛市小熊町附近。郡司：在国司之下，处理郡内事务。

四 劝说

新大纳言成亲卿被关在一间房间里，全身冒汗，湿漉漉的，心中想道："唉唉，许是近来的计划泄漏了。但有谁会泄漏呢？难道是北面[01]那边的武士？"正在左思右想、疑团难释之际，忽然从后方传来了脚步声。唉，我命休矣，只得等着武士前来提他。没想到来者竟是入道本人，踩着地板，噔噔作响，接着唰啦一声，拉开了大纳言背后的障子门。看他身穿短式素绢直衣，白色宽口长裤，下摆触地。腰间随便插着一把木柄刀。怒气形于色，对大纳言瞪视片刻，说道："足下在平治年间，早该处死，只因内大臣说情，甚至发誓愿以身相替，才保住了首级[02]。难道忘了此事？到底有什么深仇大恨，竟要以怨报德，非得灭我平氏一门不可？知恩者人也；不知恩者谓之畜生[03]。幸而我家气数未尽，才能在此恭迎大驾。近来计划细节如何，一一道来，不得隐瞒。"大纳言道："绝无此事。一定是有人进了谗言。请再仔细查问一下。"入道大怒，喊道："来人呀，来人！"贞能进来。"将西光那厮的口供拿来。"贞能去拿来了。入道接过去，提高声音，一读再读，又读了第三遍，怒道："可恶的家伙，还有什么辩解？"说着，将那供状扔到大纳言的脸上，便关上障子门，转身出去了。

---

[01] 北面：上皇御所警卫，驻在御所之北，故曰北面。已见卷第一《十一、争路》章，注3。

[02] 大纳言成亲：已见卷第一《十二、鹿谷》章等处。平治元年（一一五九）平治之乱，成亲任右中将，支持藤原信赖、源义朝等，为平清盛军所败。因身为清盛之子重盛内兄，得免一死。以后官场沉浮，流放，被赦又复职，不止一次。终至权大纳言。

[03] 《智度论》四十九："知恩是大悲之本，开善业初门也。人所爱敬，名誉远闻，死则生于天，终成佛道。不知恩者甚于畜生。"

入道余怒未消，叫道："经远、兼康。"濑尾太郎与难波次郎应声进来[04]。"将该男子丢到院子内去。"两人犹豫不决，迟不动手，畏畏缩缩小声问道："小松殿不知有什么想法？"入道相国听了，更是怒气冲天，道："好，好。你们只听内大臣的命令，我入道的话只当耳边风。那就等着瞧好了。"

两人觉得这事怕会弄糟，立刻站起来，将大纳言拖到院子里放下了。入道的心情终于稍微好转，吩咐道："将他压在地上，要他大声求饶。"两人便分从左右贴近大纳言的耳朵，低声道："请尽量装痛，哀叫几声吧。"

大纳言俯伏在地上，果然发出了哀嚎两声、三声。那哀嚎之惨烈，较之在冥府之中，阿防罗刹拷问娑婆世界的罪人[05]，或放在业秤上，或照在净颇梨镜中[06]，衡其罪状之轻重而动刑的情形，怕有过之。譬如："萧樊囚絷[07]，韩彭菹醢[08]，晁错受戮[09]，周魏见辜[10]。"萧何、樊哙、韩信、彭越等人，都是高祖的忠

---

[04] 二人即濑尾太郎兼康与难波次郎经远，已见卷第一《十一、争路》章，注12。同为清盛近侍，曾奉清盛之命在路上袭击摄政藤原基房参官行列之随从仪卫。

[05] 阿防罗刹：即牛头与马面，地狱阎罗王鬼使。阿防，牛头人手，两脚牛蹄，持铜叉；罗刹即马面。《楞严经》八："牛头狱卒，马头罗刹，手执枪槊，驱入城门。"娑婆世界谓六道所居世界，包括人间界。

[06] 业秤：用以称亡者生前罪业之轻重，《十王经》："五官业秤向空悬。"净颇梨镜：即业镜，用以照亡者生前善恶之业，《楞严经》八："故有恶友，业镜火珠，披露宿业，对验诸事。"二者均在地狱阎魔厅。

[07] 囚絷：拘执狱中也。萧是萧何（前？—前一九三），汉初开国功臣，官至相国。因奏请为民开放上林苑，高祖刘邦大怒，捕之下狱，械系之。樊是樊哙（前？—前一八九），高祖病重，有人密奏樊哙党于吕后，欲杀戚夫人、赵王如意等。高祖乃下令斩之军中，适因高祖崩而免于一死。

[08] 菹醢：谓斩割剁碎成肉酱也。韩彭指韩信、彭越，亦皆汉初功臣。韩信（前？—前一九六）助高祖定天下，封为齐王、楚王，后为吕后所杀。彭越（前？—前一九六）封梁王，后被诬以谋反，夷其三族。

[09] 晁错（前二〇〇—前一五四）：汉景帝时任御史大夫，患诸侯强大，请削夺诸侯封地。后吴、楚等七国反，以诛错为名，景帝遂杀错以谢诸侯。

[10] 见辜：蒙罪也。周魏指周勃与窦婴。周勃平吕氏之乱，封绛侯。迎立汉文帝，拜右丞相。其后免相。有人告勃欲反，帝下诏捕治之。窦婴（前？—前一三一）：汉景帝时，拜大将军，平七国之乱，封魏其侯。武帝时，因其客灌夫骂丞相田蚡不敬，连坐弃市。按：前此四句，原著直接引自李陵《答苏武书》而训读之，兹录其原文。

臣，却因一小撮小人的谗言，而招致祸败之耻，盖此之谓欤[11]？

新大纳言虽然身在缧绁之中，却心系其子丹波少将成经等诸幼儿[12]。不知他们的遭遇如何，一想起来，便焦躁不安。时值盛夏六月，又不能松衣宽带，汗泪交流。溽暑难耐之余，暗自想道："无论如何，小松殿该不会置之不理吧。"却想不出有什么人可以代为传话。

其后，过了很久，小松大臣才叫嫡子权亮少将维盛[13]坐在后座，带着卫府[14]官员四五人、随从二三人，兵士一个也不带，泰然自若、大摇大摆地出现了。入道以下人人都感到相当意外。下车时，贞能上前迎接道："如此大事，为什么连一兵一卒都不带呢？"小松殿道："所谓大事应指天下大事。如此私事岂能说是大事？"身带兵器的武士听了，都显得有些尴尬不安。接着问道："大纳言关在何处？"便走进屋中，处处拉开障子门，望内探看。终于看到一扇门，上面交叉钉着木条。应该在此吧，叫人打开一看，大纳言果然便在里面。只见他垂头低眉，满脸是泪。"怎么啦？"

大纳言听到小松殿来了，仿佛罪人在地狱中恭迎地藏菩萨[15]一般，高兴的神情令人悲酸。诉苦道："不知为何而遭此不测。现在既承枉驾，小命必定可望得救矣。平治年间，原本已该伏诛，承蒙多方关说，才得以保住首领。而

---

[11] 以成亲之受刑比汉初萧何等功臣之遭遇，注家多有以为不类者。盖据卷第一《十二、鹿谷》等章所塑造之成亲性格，有野心而无胆识，岂能与汉初功臣相比？唯有受谗一事稍可相提而论耳。

[12] 成经：即藤原成经，嘉应二年（一一七〇）任丹波国守，承安元年（一一七一）右近卫少将，同四年重任丹波守。时二十一岁。成经之外，成亲尚有成宗、公佐、觉观、尊亲等子女。

[13] 权亮少将平维盛：时任中宫权亮近卫少将。权亮：代理次官。

[14] 卫府：已见卷第一《三、鲈鱼》章，注1。即左右近卫府、左右卫门府、左右兵卫府之总称。掌宫中警卫、行幸供奉等事。

[15] 地藏菩萨：菩萨名。释迦入灭后，弥勒出世前，在无佛世为大悲菩萨，教化六道众生。其安忍之心如大地，禅定深密如秘藏，故名地藏。

且年龄已逾四十，官至正二位大纳言。大恩大德，生生世世，难于尽报。此次务请再救一次。小命虽然已无所用，倘幸能存活，决定出家入道，隐居高野山或粉河寺[16]，专一勤修菩提之道[17]，祈愿来世往生净土。”小松殿道：“有此想法，甚佳。目前虽在牢笼之中，未必便会失去性命。万一有此可能，我重盛既然出面，一定代为请命。”说罢，转头出去了。

小松殿来到父亲入道面前，禀告道：“关于意图处死成亲卿一事，尚请慎重斟酌为是。自其先祖修理大夫显季[18]奉仕白河上皇以来，至成亲卿本人，官位高至正二位大纳言，在其家中首创先例，是当今后白河法皇侧近之臣，宠幸无比。倘率尔砍其头，后果将不堪设想。其实，只消逐出京城，便可了却此案。北野天神菅原道真公[19]，受左大臣藤原时平之诬陷，而濯其罪名于西海之浪；西宫左大臣源高明公[20]，遭多田满仲[21]之谗害，且寄左迁之恨于山阳之云。二

[16] 高野山：在今和歌山县伊都郡。弘法大师开真言宗大本山金刚峰寺于此，亦为遁世者修行之胜地。粉河寺：在今和歌山县纪之川市粉河。天台宗，为观音信仰之灵场。

[17] 菩提：梵语之音译，意译道、觉或正觉。菩提道即菩提心，指追求生命究竟之归宿，以入大觉大悟之境。

[18] 显季（一〇五五—一一二三）：美浓国守藤原隆经之子，成亲曾祖父。七十三代堀河天皇宽治八年（一〇九四）任修理大夫，鸟羽天皇保安三年（一一二二）辞职。修理大夫：掌宫中修缮营造之官。

[19] 菅原道真（八四五—九〇三）：平安中期文人官僚典范。擅汉诗汉文，传有《菅家文草》《菅家后集》等诗文集。醍醐天皇昌泰二年（八九九）任右大臣。同四年遭左大臣藤原时平之谗害，左迁大宰权帅。延喜三年（九〇三）殁于大宰府。其地在筑前国（今九州福冈县北部），为西海道诸国之一，故有“濯其罪名于西海之浪”之语。死后，村上天皇天历元年（九四七）于山城国北野（今京都市上京区马喰町）立社祀之，号天满天神，奉为日本学问之神，香火绵延，至今不绝。

[20] 源高明（九一四—九八二）：平安中期公卿。醍醐天皇皇子，康保四年（九六七）任左大臣，邸在西大宫大路，故曰西宫左大臣。冷泉天皇安和二年（九六九）安和之变，受藤原氏排斥，左迁大宰权帅。前往谪地大宰府，路经山阳道，故曰“寄左迁之恨于山阳之云”。

[21] 多田满仲（九一二—九九七）：多田源氏之祖，居摄津国多田庄，故称多田。安和二年，藤原北家唆使满仲诬告源高明等人密谋不轨，导致高明被贬流放大宰府。

人均清白之士，而蒙流罪之刑。此皆延喜圣代、安和盛世所犯之错[22]。

“古代尚且如此，况乎今日末世？贤王犹有过失，何况我等凡人。成亲卿既遭拘押，已不能为非作歹，似乎不必急于取其性命。古书云：‘罪疑惟轻，功疑惟重[23]。’再说，重盛是此大纳言之妹夫，小儿维盛又是其女婿。如此说来，似有攀亲引戚之嫌。其实不然。无非为天下，为君上，为家门而已。

“我朝自嵯峨天皇时，右兵卫督藤原仲成伏诛之后[24]，以至保元，其间历二十五代君主，未尝施行死刑。直到数年前，故少纳言入道信西掌握大权时，重开杀戒，甚至发掘宇治恶左府之墓[25]，进行验尸。其残暴狠毒，苛政之苛莫苛于此。因而古人有言：‘极刑一施，则海内叛徒不绝[26]。’果不其然，仅过两载，平治年间叛乱又起。信西半埋半躲在土穴中，被挖出砍头，在大路上巡回示众[27]。保元年间之所作所为，转瞬间便回到自己身上。可谓现世报，一想便不寒而栗。且说成亲此人，并非朝敌，亦无叛君之实。无论如何，务请慎重，三思而后行。

“我平家荣华已极，应无有所不满。但愿子子孙孙永承不坠。父祖之善

[22] 延喜为六十代醍醐天皇（在位八九七—九三〇）年号之一（九〇一—九二三）。安和为六十三代冷泉天皇之唯一年号（九六八—九七〇）。

[23] 语出《尚书·大禹谟》。

[24] 五十二代嵯峨天皇（在位八〇九—八二三）弘仁元年（八一〇），平城上皇宠妃藤原药子与兄右兵卫督藤原仲成密谋上皇重祚，事败，仲成受诛，药子自戕。是谓药子之变。

[25] 宇治恶左府：即左大臣藤原赖长（一一二〇—一一五六），已见卷第一《三、鲈鱼》章，注7。邸在宇治，精明强悍，左府为左大臣别称，故人称宇治恶左府。据《百链抄》等书所载，保元之乱败死后，葬于大和国般若野五三昧。信西命泷口往掘其墓，检验遗骸之真假。

[26] 出处不详。注家多举《保元物语》（一二二〇？）所引“死刑行于国则海内谋反者不绝”之句为例。

[27] 平治之乱败阵后，信西逃过源义朝之追捕，挖一洞穴，藏匿其中，但终被发觉，枭首狱门。

恶果报必及于儿孙。俗谚云：‘积善之家有余庆，积恶之门有余殃。’[28]衡情度理，原定今夜斩首之事，有损无益，必须叫停才是。”入道相国听了之后，也觉得不无道理，便打消了处死成亲的念头。

稍后内大臣重盛走到中门，对武士们宣布道：“即使是入道公下令，也不能随便将大纳言说杀就杀了。入道公生起气来，常会做出思虑欠周，事后难免后悔之举。各位也别犯错而受罚，到时可不能怨我。”众武士都张口结舌，惶恐不安起来。“再者，今日早晨，经远与兼康对付大纳言之粗暴举动，无论如何，极不妥当。要知，无论有任何事情发生，反正迟早都会传到我重盛耳中，为什么没想到这一点呢？难道乡下出身者便可如此作威作福吗？”说得经远与兼康两人都战战兢兢，无地自容。内大臣说罢，便回小松殿去了。

且说大纳言的那些随侍跑回中御门乌丸府邸，禀报了所发生的事。夫人以下诸女侍大惊失色，都嚎啕大哭起来。随侍道：“已经有武士向这边来了。听说要逮捕少将殿下以及诸位公子。请赶快找个地方躲起来吧。”夫人却道：“命也如此，即使苟全余生，又有什么意义？但愿与夫君消失如同一夜之露。却争知今晨一别，竟成永诀，可恨可悲呀。”说着，低头哭泣不已。

然而既已听说武士即将到来，又恐自己不免会受到难堪的耻辱，只好带了十岁的女儿与八岁的儿子，坐上牛车，也不知何去何从，便匆匆离开府邸了。如此没有目标，也不是办法，乃从大宫大路北上，来到北山的云林院[29]。护送的人将夫人与孩子扶入僧坊后，也担心自我的安全，都匆匆告辞回去。现在身边只有幼小的子女，而且无人来访，夫人心中孤立无援的悲哀，自是可想而知。眼望着暮色渐垂，心想大纳言命在旦夕，自己也将化为朝露。府里虽有许多女

---

[28] 《易经·坤·文言》：“积善之家必有余庆，积不善之家必有余殃。”《说苑·谈丛》下句作“积恶之家必有余殃”。

[29] 北山：指京都北方丘陵地带。云林院：位于紫野大德寺东南、船冈山东北。

侍与武士，但夫人突然离开后，便没人再去整理房间，收拾杂物。连门户开着也不关。马厩里的马匹依然站成一排，但肯来喂草者却无一人。

过去每日天明，门前车马辐辏，门内宾客满座，或戏谑玩耍，或翩然起舞，吵吵闹闹，也不顾世人观感。近邻的住民反而不敢大声说话，惴栗惶惑，不可终日[30]。昨梦乍醒，一夜之间，竟有天壤之别。盛者必衰之理，显在眼前。江相公所谓“乐尽哀来”之意[31]，今日终能了然于怀矣。

[30] 庆滋保胤（？—一〇〇二）：平安中期文人，有《池亭记》云：“富者未必有德，贫者亦犹有耻。又近势家容微身者，屋虽破不得葺，垣虽坏不得筑。有乐不能大开口而笑，有哀不能高扬声而哭。进退有惧，心神不安。”（《本朝文粹》卷第十二）

[31] 后江相公：参议大江朝纲（八八六—九五七）之通称。相公即宰相之敬称，为参议之唐名。朝纲祖父大江音人（八一一—八七七）称江相公，故称后江相公。平安中期汉诗汉文学者，又善书法。其《为重明亲王室家四十九日御愿文》云：“生者必灭，释尊未免栴檀之烟；乐尽哀来，天人犹逢五衰之日。”（《本朝文粹》卷第十四）引句又见《和汉朗咏集》卷下《无常》。

五 求情

当夜，丹波少将成经[01]在法皇御所法住寺殿宿值，尚未退班，大纳言的武士便跑到御所，请少将出来，告诉他发生了什么事。“然而宰相[02]那边何以无人来通消息？”刚说完，便有自称是宰相府的使者出现了。在此所谓宰相便是入道相国之弟。因为住在六波罗正门内侧，所以有门胁宰相之称，是丹波少将的岳父。使者道：“不知何故，入道相国要有人陪少爷到西八条去。”

少将心中有数，将法皇身边的女官们叫出来，说道：“昨夜外面不平静，吵吵闹闹，想是比睿山的僧众又下山来了，不以为意。现在才知道与成经自身息息相关。大纳言今晚恐将被斩，成经也难逃株连之祸。原想再到御前，拜谒君上一面。但现在身份如此，只好作罢了。”女官们入内上奏此事。法皇大惊。心中想道：“果然如此。今晨入道相国派使者来，便觉得事有蹊跷。唉，如此秘而未宣之事有谁泄漏出去？”然后开口说道：“反正，让他进来。”

少将遵命晋谒。法皇只顾流泪，默然无语。少将也两眼潸然，哽咽以对。过了片刻，少将以袖遮脸，便哭着告辞出来。法皇目送着他的背影，泪痕满面，感叹道：“值此末法之世，忧心何极？以后恐无再见之时。”法皇御所的人们都

---

[01] 丹波少将成经：已见本卷《四、劝说》章，注12。

[02] 宰相：指平教盛（一一二八——一一八五），平忠盛四男、清盛之弟。官至权中纳言。仁安三年（一一六八，高仓天皇即位第一年）任参议。宰相为参议之汉名，俗称相公。其女嫁与成经为妻。

围上来道别，拉着少将的袖口，依依难舍，莫不叹惋泪下。

少将赶到岳父门胁宰相的府邸。其夫人恰值临盆在即，但自今晨起，反而心系丈夫安危，悲叹哀怨，仿佛魂不附体。少将离开御所后，泪水汪汪，一直流个不停。当他看到夫人的模样时，显出无可奈何的神情。有一个叫六条的女官，曾经是少将的乳母，边哭边道："自从将公子抱出产房，开始喂乳以来，光阴荏苒，未尝为自己衰老而悲，倒是见公子长大而喜。转瞬间，不觉已过二十一年，从未分开过。公子在法皇御所或大内执勤，有时回来晚了，就让人担惊受怕。现在不知道会碰到什么事呢。"少将安慰她道："别那么悲哀。既然有宰相帮忙，至少此命应可保住无疑。"说罢，也不顾有人在旁，难过得痛哭起来。

西八条那边屡次派人来催。宰相道："总之，先到那边去，看看情形，再想办法。"便上了车子，少将坐在后座，一起出了门。自保元、平治以来，平家人人都过着尊贵奢华、无忧无虑的生活。只有这位宰相因为有一个命蹇时乖的女婿，才碰到如此烦心费神的事。

来到了西八条别邸，停了车，先请人传话。太政入道却回话道："不准丹波少将进门来。"只得留他在门外一间武士的住处，宰相单独走进了大门。不久便有兵卒出现，将少将团团围住了。一旦被迫与自己所仰仗的宰相分开，少将只觉得孤立无援，茫然不知所措。

宰相进了中门等候，入道却拒绝接见。仅派源大夫判官季贞[03]出来，试图敷衍了事。宰相道："教盛与此一无是处之人有翁婿之缘，固然遗憾之至，但事已至此，后悔无益。小女是其妻室，正要分娩，痛苦不堪；今晨又遭此不测

[03] 季贞：清和源氏满政后代、安艺国守源季远之子。平清盛西八条别邸近侍。大夫五位，判官三等官。保元元年（一一五六）右卫门尉，治承元年（一一七七）检非违使尉。

之祸，苦上加苦，死去活来，实在觉得可怜。可否将少将暂时交与教盛看管？应该无有不便才是。教盛敢保证，绝不至于惹出任何差错。”

季贞入内口头转呈。入道说：“哼，宰相又在胡说八道。”但并未立刻有所回应。过了一会，入道才道：“新大纳言成亲阴谋灭我一门，企图扰乱天下。而此少将乃新大纳言嫡子，无论亲与不亲，绝不宽待。若其阴谋得逞，足下岂能高枕无忧乎？出去传话。”

季贞回来如实传话。宰相听后大失所望，因道：“自保元、平治以来，每逢战役，莫不追随入道，举兵出征，效死疆场。此后再有狂风暴雨，亦当身先士卒以尽保护之责。纵使教盛垂垂老矣，犹有众多晚辈[04]，足以固守一方。然而恳求暂留少将于舍下，区区心愿，竟遭驳回，似以教盛为一向持有二心者。既然如此不获信任，活在人世，又有何用。今后，但愿乞骸骨，入佛门，隐居山村，一心为后世勤修菩提之道而已[05]。浮生若梦境，官场似幻影。有生故有欲，有欲固有恨。厌此忧患人世，真心修彼佛道，乃是不二法门。”

季贞进去禀报道：“宰相殿心志似乎已决。总之，再请三思，应有比较适当之处置方法。”此时入道听了，大惊道：“如此便要出家，岂有此理。既然事已至此，出去传话：可让少将暂时寄居宰相府邸。”季贞回来，据实转达。宰相叹道：“唉，人真不可养儿育女。若非自己女儿之故，也不至于这般提心吊胆、丢人现眼。”说罢便出去了。

少将在外等候。急着问：“如何？”宰相道：“入道盛怒未消，始终不与教盛见面。一再说绝不能原谅。后来提到有出家入佛之意，入道才勉强答应让你暂时住在我处。但此亦非长久之计。”少将道：“如此，成经又蒙大恩，得以暂

---

[04] 教盛有子通盛（？——一一八四）、教经（一一六〇——一一八五）、业盛等。

[05] 菩提道：大觉大悟之境。已见本卷《四、劝说》章，注17。

保小命。但不知听到有关大纳言之消息否？”

宰相道：“还来不及打听此事。”少将泪潸潸然道：“承蒙大恩，才得暂时保住小命。但小婿之所以惜命至今，无非为能再见家父一面。听说今晚大纳言将被处斩，若然，成经此命即使苟活下去，亦毫无意义。宁愿与家父同时受斩。”

宰相不无为难，说道：“哎呀，只顾为你求情，而无暇顾及其他。不过，关于令尊大纳言殿之事，据云今朝经由内大臣重盛公游说求情后，暂时可以不用担心。”少将听了不禁双掌合十，落下喜悦之泪。宰相因而想道：“若非亲生子女，谁肯不顾自身安危，而显得如此喜悦。真正因缘即在亲子关系之中。子女者人所不可或缺也。”于是与今朝一样，两人同乘一车离开了。回到邸里，那些女官们仿佛看见了死而复生之人，都围了上来，喜极而泣。

六 谏诤

太政入道虽然拘捕了许多人，心里还是总觉得很不踏实，便在红地织锦直垂上，覆以黑丝编缀腰甲，紧贴白银雕饰胸板。早年出任安艺国守时，参拜神社之际[01]，曾在梦中，蒙严岛大明神授予实物银丝缠柄小长刀一把，平日带在身上，睡时竖在枕边，片刻不离，今天则挟在腋下，出现在中门的廊上。气势汹汹，凛然可畏。

召唤贞能。筑后守贞能身穿木兰地[02]直垂，上披朱色革片缀甲，应声而至，肃然随侍在侧。过了一会，入道开口道："贞能，汝对此事有何看法？保元之乱时，自平右马助以下，平氏一门泰半拥戴新院崇德上皇[03]。至于第一皇子重仁亲王，乃故刑部卿殿之养子[04]，本来不宜置之不顾，唯不得不遵从故鸟羽法皇遗嘱[05]，拥护后白河天皇，且为其先驱效命。此首次效命之功。其次，平

---

[01] 原文神拜：新国守就任后，例须参拜国内神社，谓之神拜。严岛神社在今广岛县宫岛海滨，合祀市杵岛姬命、田心姬命、湍津姬命等，为航海守护神。严岛大明神于平清盛梦中赐小长刀一事，见卷第三《五、整修大塔》章。

[02] 贞能：多田藏人行纲告密时，清盛亦召见贞能，见本卷《三、西光被斩》章。木兰地：赤黄稍带黑色衣料。

[03] 平右马助：即平忠正。忠盛之弟，清盛之叔。右马助为右马寮次官。保元之乱（一一五六），拥护崇德上皇。平忠正之外，参与其事者，有嫡子院藏人长盛、次男皇后宫侍长忠纲、三男左大臣勾当政纲、四男平九郎通正等，其他兵丄共一丅余骑。败绩，忠正伏诛。

[04] 重仁亲王：崇德上皇第一皇子。故刑部卿：指平忠盛，其侧室曾为重仁亲王乳母，故谊同养父。

[05] 据《保元物语》，鸟羽法皇临终，嘱平清盛、源义朝拥护后白河天皇。

治元年十二月，信赖、义朝幽禁后白河上皇与二条天皇，啸聚大内[06]。在天昏地暗之际，是我入道赴汤蹈火，驱逐叛逆，逮捕经宗与惟方[07]。如此舍身救主，已有多次。无论他人如何诬蔑，平氏七代之命脉[08]岂能任其断绝？法皇竟听无用废人成亲之语、信僭妄贱货西光之言，筹谋亡我平氏一门，诚属可恨可憾。此后若仍有进谗者，法皇或可据之以降旨讨伐我家。一旦成为朝敌，则悔之晚矣。拟在时局安定之前，奉劝法皇暂居鸟羽北殿[09]，否则亦可移驾西八条邸。意下以为如何？此时若有动静，北面武士必有射箭之举。可传令武士准备迎战。我入道之于法皇，情义已尽。人人马上加鞍，披甲待命。"

主马判官盛国火速驰至小松殿，说道："事态不妙矣。"大臣尚未听说何事便道："啊啊，成亲卿已被砍头了，是吗？"主马判官道："非也。是这样：入道殿身披铠甲，武士们亦已聚集完毕，正要进攻法住寺殿。据说将请法皇暂时移居鸟羽北殿，其实暗中却有流放镇西之计[10]。"大臣不敢信以为真，但回想今晨入道的气色，不能保证他不会做出狂悖的事来。于是命驾往西八条。

---

[06] 平治元年（一一五九）十二月四日，平清盛率族人往纪伊国参拜熊野神社。九日，源义朝、藤原信赖趁机幽禁后白河上皇与二条天皇于大内。信赖自拜兼大臣大将，任义朝为播磨国守。十日，清盛路上得报，折回京城，于十四日返抵六波罗。二十五日，顺利救出上皇与天皇。二十七日夺回大内。信赖枭首六条河原；义朝则死于尾张国野间。

[07] 经宗：即藤原经宗，保元三年（一一五八）官至权大纳言。惟方：即藤原惟方，保元四年（一一五九）任检非违使别当。二人原与藤原信赖同伙，谋划幽禁上皇与天皇。其后，背叛信赖，暗助二皇逃至六波罗。二条天皇永历元年（一一六〇）二人为清盛所捕，经宗流放阿波，惟方流放长门。后皆被赦召还京师。

[08] 据云，当时有"凡讨伐帝王之敌者，七代不失朝恩"之说。七代谓孙、曾孙、玄孙、来孙、晜孙、仍孙、云孙。

[09] 鸟羽北殿：在今京都市伏见区下鸟羽，有北殿、东殿、南殿。又称城南离宫。参卷第三《十九、城南离宫》章。

[10] 镇西：筑紫（今福冈县）别称。天平十五年（七四三）置镇西府，故名。古亦泛指九州。

在门前下了车，望门内一看，只见入道本人身穿腰甲之外，其他一门卿相云客数十人[11]，都在各种不同颜色的直垂上，穿着各自喜爱的铠甲，分成两排，端坐在中门廊上。此外，诸国受领[12]、卫府及诸司人等，则被挤下廊缘，成排坐在院子里。有人贴身紧紧握着旗杆[13]，有人在拉紧马匹的腹带，有人刚刚系上头盔的带子；一派整军待发的气势。小松殿却头戴乌帽子，身穿直衣，手拎着大纹指贯裤摆[14]，沙沙作响地走了进来。实在显得格外不合时宜。入道相国低头斜视，忖道："唉，内大臣依然又是目中无人，自以为是。非大加教训一番不可。"然而又想，毕竟是亲生儿子。何况观其为人，内守五戒，慈悲为先；外遵五常，礼义是正[15]。忽然觉得以腰甲相对，似有不宜。尴尬之余，稍稍推开障子门，取出素绢僧袍，匆匆披在腰甲之上。但胸板银饰偶会露出稍许，所以不得不时时以手拢紧袍子领口，以免露出底细。

内大臣进去，坐在其弟宗盛卿上座。入道相国无言，内大臣亦无语。沉默片刻之后，入道终于开口道："其实成亲卿并非罪魁祸首。一切阴谋诡计，从头到尾，皆出自法皇一人之意。因此在时局安定之前，拟请法皇移居鸟羽北殿，或行幸来此静养。高见以为如何？"内大臣不敢听完，便簌簌泪下。入道惊愕道："怎么啦？怎么啦！"

---

[11] 卿相：即公卿。卿指三位以上高官与四位参议。相指诸大臣。云客：即殿上人。

[12] 受领：指实际赴驻任地之国守。已见卷第一《一、祇园精舍》章，注18。

[13] 旗杆：在仪式或出兵时，阵前旗手所持旗帜，代表指挥大将或所属部队。长度不同，有一丈二、一丈五、一丈六等多种。一丈六属天子御旗。

[14] 乌帽子：平安镰仓时代男性贵族所戴，有立乌帽子、风折乌帽子、折乌帽子等不同种类。已见卷第一《六、祇王》章，注4。直衣：已见卷第一《十六、大内火灾》章，注10。又名杂袍，平安时代开始，天皇、贵族所穿便装，比正装束带之袍较短而窄，为社交常服。必须同时戴乌帽子、穿指贯裤。指贯：一种宽摆裤，以带子缠系在脚踝上。原为狩猎用，后成居常便服或略式礼服。

[15] 内：指佛，五戒即不杀生、不偷盗、不邪淫、不妄语、不饮酒。外：指儒，五常即仁义礼智信。

内大臣于是含泪直言谏道:“恭听父亲大人所言,儿以为我平家之运恐将尽矣。人运之将倾,必思为恶。静观尊容,邪而不正。我朝虽谓边地粟散之邦[16],却有天照大神之子孙为其君主,而以天儿屋根尊之后裔主掌朝政以来[17],今竟有官至太政大臣者,身披甲胄,岂非有违礼义乎?况且是出家之人。舍三世诸佛解脱幢相之法衣[18],忽然改穿铠甲,携带弓箭。如此,在内则已犯破戒无惭之罪[19],在外则更违仁义礼智信之旨。惶恐禀陈,但愿知无不言、言无不尽耳。

“世有四恩。天地之恩、君王之恩、父母之恩、众生之恩,是也[20]。其中朝恩最大。普天之下,莫非王土[21]。是以彼洗耳颖川水或采薇首阳山之贤者[22],犹知崇尚礼义,不敢违背王命。何况父亲位极太政大臣,吾家先祖闻所未闻。

---

[16] 边地粟散:指日本,已见本卷《一、座主流放》章,注30。

[17] 天儿屋根尊(尊或作命,二字通用,读音同みこと,均为对神之敬称):神皇产神之子。天照大神自闭岩户后,天下无光。天儿屋根尊奏祝词,祈其再现。天孙降临时,为随天孙降至日向五部神之一(其他四神:太玉命、天钿女命、石凝姥命、玉祖命)。为中臣氏之祖神,掌神道祭祀。中臣镰足(六一四—六六九)于大化革新有功,赐姓藤原。以后至平安时代,藤原氏世袭摄政关白之职,独揽朝政,成为实际之统治者。

[18] 三世诸佛:谓前世、今世、来世所出现之诸佛。解脱幢相之法衣:指袈裟,离脱俗世、断绝烦恼之象征。《地藏十轮经》四:“殑伽沙之佛,被解脱幢相之衣。于此起恶心,定堕无间狱。”

[19] 破戒无惭:谓受戒者破戒,为恶者不知耻。

[20] 《心地观经·报恩品》作:一父母恩、二众生恩、三国王恩、四三宝恩。《释氏要览》则作:一父母恩、二师长恩、三国王恩、四施主恩。

[21] 语出《诗经·小雅·北山》:“溥天之下,莫非王土;率土之滨,莫非王臣。”

[22] 洗耳颖川水:指许由故事。散见于《庄子·逍遥游》《淮南子·说林训》等多种古籍。许由:上古隐士。尧欲让天下,不受,隐箕山之下。《高士传》四:“聘许由为九州长,由不赴,洗耳于河。巢父见而问其故。乃曰:‘吾欲饮牛,污吾牛口。’遂牵牛上流饮之。”采薇首阳山:指伯夷叔齐故事,见于《史记·伯夷列传》等处。伯夷、叔齐,孤竹君之二子。周武王伐纣,扣马谏曰:“父死不葬,爰及干戈,可谓孝乎?以臣弑君,可谓仁乎?”后天下宗周,兄弟义不食周粟,隐于首阳山,采薇而食之。终饿死首阳山。

而重盛以无才愚昧之身，亦至莲府槐门之位[23]。犹有甚者，国郡过半为我一门之所领，庄园悉皆听我一家之所辖。此非希代之朝恩乎？而今竟忘此无上恩泽，且意图不法倾覆法皇，违反天照大神、正八幡宫之神意[24]。日本神国也[25]。神不享非礼。然则，法皇之所作所为，亦非毫无道理。我一门敉平历代朝敌，镇定四海逆浪，可谓忠义无双，但夸大其功，自以为是，旁若无人。圣德太子《十七条宪法》云：'人皆有心，心各有执。彼是则我非，我是则彼非。我必非圣，彼必非愚，共是凡夫耳。是非之理，谁能可定，相共贤愚，如环无端。是以彼人虽瞋，还恐我失[26]。'

"然而谋反未举而走漏，足证我平家气数未尽。况且成亲卿既然在押，法皇已无可供谘议之人，即使再有任何怪诞不经之计，亦莫予毒也，何恐之有？处犯人以应受之刑，然后上奏事由，既可对上皇竭尽忠贞辅弼之心，亦可抚育黎民以行哀穷悼屈之政。则不违佛陀冥虑[27]，必蒙神明加护。神佛若有感应，则法皇亦必改变想法，不至于重蹈覆辙。君亲并列，不宜辨亲疏，理当以君为亲。道理与无理相比，取道理而舍无理，乃理之所当然。"

---

[23] 莲府、槐门之位：并指大臣。莲府，晋王俭故事。《南史·庾杲之传》："萧缅与俭书曰：'盛府元僚，实难其选。庾景行泛渌水，依芙蓉，何其丽也。'时人以入俭府为莲花池，故缅书美之。"槐门：亦喻大臣。即左大臣、右大臣、内大臣。已见本卷《二、一行阿阇梨》章，注8。

[24] 正八幡宫：即八幡宫，祀十五代应神天皇、神功皇后、比卖神。宇佐八幡宫为本社。源氏氏神。有箭神信仰。

[25] 日本之神国思想由来已久。《倭姬命世记》："吾闻大日本神国也。以神明之加护而得国家之安全；以国家之尊崇而增神明之灵威。"

[26] 原文以汉文训读体引之，兹复其原始汉文体。此段为《十七条宪法》之第十条。第三十三代推古天皇（在位五九二—六二八，无年号）十二年圣德太子所定《十七条》，杂采佛经儒典而成，以为公卿殿上人之言行规范，与当今之宪法有别。

[27] 冥虑：神佛在冥冥之中观照众生之慈悲心也。

七 烽火

内大臣重盛续道："关于此事，法皇亦自有其理。因此无论能胜与否，将以守护法皇御所法住寺殿为已任。何则？盖自重盛初次叙爵以来[01]，而今位至大臣兼大将，无一非法皇之所赐也。想其恩之重，逾于千颗万颗之玉；念其恩之深，犹胜一入再入之红[02]，是以决计驻守法皇御所。万一非有此举不可，自信尚有少许武士愿为重盛效命者，可召之同往捍卫法住寺殿。然而此事非同小可。悲哉，欲为君上尽职效忠，则顿忘高于迷卢八万之父恩[03]；痛哉，欲免于不孝之罪，则已成君上不忠之逆臣。进退维谷[04]，是非难辨。总之，但愿现在便取儿重盛首级，则儿既不必守护御所，亦无须奉陪参与院政矣。

"昔，萧何功过侪辈，官至大相国，敕许剑履上朝。但因故触怒高祖，即蒙申斥而受严惩[05]。可谓前车之鉴。乃知所谓富贵、所谓荣华、所谓朝恩、所谓高官，一旦登峰造极，亦必有盛极而衰之时。古书云：'富贵之家，禄位重叠。再

---

[01] 叙爵：重盛于十二岁初叙从五位下。或曰：十四岁藏人，翌年叙从五位下。

[02] 菅原文时《花光水上浮诗序》："莹日莹风，高低千颗万颗之玉；染枝染浪，表里一入再入之红。"（《本朝文粹》卷十）引文又见《和汉朗咏集·花》卷上。意谓水上花影，日照风摇，若千万颗之珠玉；又如一再浓染之红绸，以喻君恩深重也。

[03] 迷卢：苏迷卢之略，即须弥山。山在大海中，高八万由旬。由旬为古印度距离单位，约相当于四十里，或曰三十里。

[04] 《诗经·大雅·桑柔》："人亦有言，进退维谷。"比喻困境。

[05] 萧何：已见本卷《四、劝说》章，注7。

实之木，其根必伤[06]。’令人心虚气短。因为苟且偷生，才逢上乱世。因为生于末代，才如此忧心。此乃重盛前世恶因之果报。如今只需命武士一名，将重盛拖至中庭，一刀砍下头颅，易如反掌。请各位记住今日所言。”边诉说边流泪，湿透了直衣宽袖。一门之人，不管有心无心，都泪滴铠甲袖上。

太政入道听着自己最信任的内大臣，坦然无惧，侃侃而谈，觉得相当沮丧难堪，忙道：“不，不是。其实并未想得那么远。只怕法皇听信恶人煽诱而犯下错误，仅此而已。”内大臣道：“即使法皇犯下错误，亦不可采取任何行动。”说罢站起身来，走到中门，对武士们宣布道：“刚才重盛所说，汝等谅已知悉。自今晨来此，想于此事有所劝阻，然而吵吵闹闹，似乎无济于事。不如先归去。若是仍然有人想随家父攻打法皇御所，请目睹重盛头颅被砍之后再说。回府。弟兄们，来吧。”小松殿于是回府去了。

内大臣立刻召见主马判官盛国，下令道：“重盛闻知一桩天下大事，岌岌可危。凡自以为武勇之士，皆宜武装赶来集合。传令。”盛国巡回传令下去。平时遇事慢条斯理的人，听到此一紧急命令，觉得事态严重，不敢拖沓，莫不披坚执锐，争先恐后，赶来集合。原本分散在淀、羽束师、宇治、冈屋、日野、劝修寺、醍醐、小栗栖、梅津、桂、大原、静原、芹生里[07]的兵士，或穿甲而无盔，或背矢而遗弓，或骑马而单踩一镫，都从各地急忙奔驰而来。

西八条原先动员的数千人马，知道小松殿有事，也不向入道禀明原由，便在嘈杂声中跑到小松殿去了。只要是会拿弓箭的人一个也没留下来。入道大惊，召来贞能问道：“内大臣到底有何算计，将此地众多武士哄诱过去？难道要

[06] 《后汉书·明德马皇后纪》：“常观富贵之家，禄位重叠，犹再实之木，其根必伤。”喻贪多者无好下场。

[07] 皆平安京城郊之地名。淀、羽束师、宇治、冈屋在南郊；日野、劝修寺、醍醐、小栗栖在东郊；梅津、桂在西郊；大原、静原、芹生里在北郊。

言出必行，与我入道为敌，遣人前来攻打？”贞能泪流满面，答道：“此事因人而异。重盛殿当不至于如此轻举妄动。今晨在此所说种种，现在或已悔不当初矣。”入道大概觉得与内大臣唱反调，不但无益，反而有害，便放弃了接待法皇的想法，脱下腰甲，在素绢僧袍上披了袈裟，心不在焉地念起经来。

小松殿吩咐盛国清点人数。驰来集合者共一万余骑。内大臣翻了一下报到名册后，走到中门，向武士们宣称道：“诸位能信守誓约，迅速集合，甚好。外国亦有类似事例。周幽王有宠妃名褒姒，爱之无所不用其极。天下第一美女也。然而褒姒绝无笑容，幽王引为大憾[08]，乃尽千方百计，但求褒姒出声一笑。按中国惯例，天下有战事时，处处举火、击鼓，以召兵马，谓之烽火。有一次，天下有乱，烽火连天，褒姒终于开口笑道：‘好奇怪，竟有这么多火到处冒起烟来。’所谓一笑百媚生[09]者是也。幽王大喜。其后，无事亦常举火。诸侯每见烽火则来，来则无事，无事则散。如此这般，重复多次后，再无来者。后有邻国凶贼攻打幽王京城，虽急举烽火，咸认又为王妃而举，竟无一兵一卒来救。京城终告陷落，幽王亦亡。褒姒则化为野干[10]而不知所终，可怖之至。此后若有类似之事，亦将下令召集，务必皆能集合如今日。重盛因听说将有异常事件发生，才临时颁发此道命令。但经过再度查证后，始知是误会一场。汝等可解散回去。”

---

[08] 幽王：第十二代周王，宣王之子。宠幸宠妃褒姒，不问国政。在位十一年，为犬戎所亡（前七七一）。事见《史记・周本纪》。

[09] 白居易《长恨歌》：“回眸一笑百媚生，六宫粉黛无颜色。”

[10] 野干：狐狸类，同射干，佛经中常用之。《翻译名义集》：“野干，似狐而小，形色青黄，如狗群行，夜鸣如狼。”按：在原始褒姒故事中并无化为野干之说，在日本则与当地俗传结合，衍生金毛九尾狐传说，略谓：九尾狐妖精，在中国为妲己，后化为天竺耶竭国华阳夫人，周时再入中国为褒姒。后至日本，化为玉藻妃，欲加害近卫天皇，为神官安倍泰亲所知，乃逃至那须野，被追杀后化为杀生石，至今犹存。

各路兵马都各回各的营地去了。其实，内大臣并未探得任何异常的消息，只因今日谏诤父亲时，撂下狠话，不能光说不练；而且还想估计一下自己有多大的号召力。本来，从一开始便无引起父子相斗的计划，只希望此举能软化入道相国谋反的心机。

君虽不君，臣不可不臣；父虽不父，子不可不子[11]。于君则忠，于父则孝。重盛之所为乃不违文宣王之教[12]。法皇耳闻此事，道："并非始于今日。内大臣胸怀坦荡，令人羞愧。是以德报怨者也。"时人亦受感动，纷纷道："前世好果报，官至大臣大将，风度仪态，世上无双。才学智慧，无人能及。"又道："国有谏臣，其国必安；家有谏子，其家必正[13]。"真是上古或末世难得的良臣孝子。

---

[11] 见于《古文孝经》孔安国序。

[12] 文宣王：孔子谥号，唐玄宗开元二十七年（七三九）所赠。

[13] 《古文孝经·谏争章》："昔者，天子有争臣七人，虽亡道不失天下；诸侯有争臣五人，虽亡道不失其国；（中略）父有争子，则身不陷于不谊。"

八 大纳言流刑

同年六月二日，新大纳言成亲卿被带到客厅，只见摆着一份大餐。然而胸口郁闷，连筷子碰都没碰。车子来了，催他上车，也无可奈何地上车了。前后左右都是兵士，却看不到一个自家的人。想求见小松殿一面，也不能如愿。便在车上唉声叹气道："纵使犯了重罪，流配远方，何以不许自家人前来陪伴？"押送的武士们听了，都泪滴铠袖之上。

出西八条邸，至朱雀大路往南走，大内便在背后，也不暇回顾。多年来随侍左右的武士，下至杂役、牛倌，莫不泪湿衣袖。尤其留在京城的夫人与年幼的子女，其心中之悲痛更是可想而知，令人哀怜。经过鸟羽殿时，回忆过去法皇驻跸于此，每次总是随侍在侧；经过自家别墅洲滨殿[01]时，只能强忍怨愤，假装视而不见。出了南门[02]，押送者催着快把船只准备好。"不知要押往何方。同样一死，不如死在这京城附近。"大纳言咕哝着谦卑的心愿。回头问跟在旁边的武士道："是谁？"答道："是难波次郎经远[03]。""此地应有熟识之人，在上船之前有事交代。设法去找来。"经远便在附近来回寻找，但找不到一个肯承认自己是大纳言亲友的人。

---

[01] 洲滨殿：成亲别邸。在鸟羽殿附近，原称田中殿。成亲在京中与京郊，拥有多处别邸或山庄。《源平盛衰记》："鸟羽山庄田中殿最系其心，故私号曰洲滨殿。"

[02] 南门：指鸟羽殿南门。当时迁谪者出鸟羽殿南门后，在下鸟羽（草津）乘船。

[03] 难波次郎经远：已见卷第一《十一、争路》、本卷《四、劝说》等章。为平清盛近侍。

大纳言哭道:“当我声势显赫时,追随左右者不下于一二千人。而今沉沦到此地步,竟无一人敢来相送。良可悲叹。”连以勇猛自诩的武士们,也不禁陪着落下男人之泪。一路上寸步不离身的竟是流不尽的泪水。犹忆从前参拜熊野或天王寺时[04],搭乘双龙骨、三间房的大船,且有二三十只小船摇橹护航。而今则是一只奇特而简陋的屋形舟,上披大幕,挤满了陌生的兵士;催着今日必须离京出海。大纳言心灰意冷,哀痛欲绝。当日抵达摄津国大物浦[05]。

却说,以前新大纳言曾被判死刑,后来减轻为流罪,当然与小松殿的谏诤关说有关。此人官至中纳言时,领有美浓国。嘉应元年冬,有比睿山寺领平野庄的神官[06],至目代右卫门尉正友处兜售葛布。目代借酒装疯,拿来墨水,在葛布上信手涂抹。神官不忿,难免发些怨言。这还得了。目代便对神官拳打脚踢、加以百般凌辱。不久之后,神官数百人侵入目代家中。目代依法防御,杀死了十几名神官。

职是之故,同年十一月三日,山门大众蜂拥而起,奏请处罚国司成亲卿以流刑;禁锢目代右卫门尉正友于狱中。结果,成亲卿蒙判流放备前国,而且已被押至西七条大路,却不知法皇有何打算,隔了五日之后竟将他召了回去。山门大众当然忿忿难平,诅咒不已。尽管如此,成亲卿却于同二年正月五日,兼任右卫门督,官拜检非违使别当[07]。此乃奖其建献三条殿之功。如

[04] 熊野:指纪伊国(今和歌山县)熊野神社,为当时寺社信仰之重心。天王寺:即摄津国(今大阪)四天王寺。

[05] 大物浦:今兵库县尼崎市东部海岸,当时位于淀川河口,是往来四国、九州之要津。

[06] 高仓天皇嘉应元年(一一六九)。平野庄:在美浓国安八郡之庄园,今岐阜县安八郡神户町周围。

[07] 督、别当:指不同官署之长。唯右卫门督应作右兵卫督。

此便超越了资贤卿、兼雅卿的官位[08]。资贤卿是老成持重的资深长者；兼雅卿是年富力壮的后起之秀，身为本家嫡子而官职落后，岂不脸上无光，引为憾事？同三年四月十三日，成亲卿叙正二位，越过中御门中纳言宗家卿[09]。安元元年[10]十月十七日，由中纳言晋升权大纳言。世人嘲讽道：“原本是山门僧众所诅咒之人物。”或许不是不报，时机未到，今日终于遭到如此霉运。大凡神明的降罚、人们的诅咒，其灵效虽有迟来早到之别，但总会到来，只是并无常规。

同月三日，有使者从京城来到大物浦，引起了一阵骚动。新大纳言问道：“是否在此砍头？”使者答道：“非也，是流配到备前国儿岛[11]。”另外携来小松殿的手书，写道：“虽极力劝谏，祈能放汝于京城僻郊山村中。屡次进言，皆不蒙采纳。余生于世，亦甚无谓。唯终获准全汝一命耳。”另外有口信转致难波次郎道：“宜善尽侍候之责，不可违逆其心。”且指示准备路上用品，无微不至。

新大纳言终于不得不永别宠信自己的法皇；不得不永别片刻难忘的夫人与幼小。悲从中来，自言自语道：“此后何去何从？欲再回故乡与妻子相见，难矣。年前因山门诉讼，蒙判流罪。法皇不忍，至西七条即被召返。此次应非出于法皇旨意。到底如何是好？”不禁仰天俯地，哭泣起来。

翌日天明，船已滑出浦口，顺流而下。一路上泪眼蒙眬，自分不能长生，

[08] 资贤：或作资方。宇多源氏，源有贤之子。名歌人。文治四年（一一八八）卒，享年七十六岁。藤原兼雅：已见卷第一《五、吾身荣华》章。平清盛女婿。官至左大臣从一位，人称后花山院左大臣。

[09] 中纳言藤原宗家：内大臣宗能之子。文治五年（一一八九）卒，五十一岁。

[10] 据《玉叶》，权中纳言成亲于高仓天皇安元元年（一一七五）十一月二十八日升任权大纳言。

[11] 备前国儿岛：今冈山县儿岛半岛南端。当时为离陆小岛。

而譬如朝露的性命却也不易消失。隔着船尾拖着的白浪，眼看京城越行越远。日数渐增，终于抵达远流之国。船靠备前儿岛岸边，新大纳言住进了民家一间简陋的柴庵。岛居的习惯，住处都倚山临海。每闻矶上松风与浪声，万种凄凉，不禁悲痛欲绝。

九 阿古屋之松

大纳言成亲之外，遭处流刑者还真不少。据说，有近江中将入道莲净至佐渡国、山城守基兼至伯耆国、式部大辅正纲至播磨国、宗判官信房至阿波国、新平判官资行至美作国[01]，等等。

当时入道相国住在福原别业[02]。同月二十日，派摄津左卫门盛澄为使者[03]，驰至门胁宰相教盛邸，传言道："有事想询查。速将丹波少将带过来。"宰相自忖自言道："若在当时有个了结，也就死了心。现在又要为此烦恼，可悲呀。"便转告了来自福原的传话。少将只好哭着准备告别了。女官们哀求道："明知无能为力，不过还请宰相勉为其难，再求求看吧。"宰相道："能求之事、可求之人皆已求过。现在除出家之外，已经无话可求。但纵使贬到天涯海角，只要我一命尚存，必定前去寻访。"

少将有一个幼子，今年三岁。因为自己也还年轻，平常对此小公子并不怎么关心。然而现在，一旦临到永别时刻，才觉得难分难舍，说道："想再看一下小儿。"乳母抱了出来。少将将他放在腿上，抚摩他的头发，哽咽道："原本

[01] 佐渡国在今新潟县、伯耆国在今鸟取县、播磨国在今兵库县、阿波国在今德岛县、美作国在今冈山县，皆平安时代要犯远流之地。当时流罪分为近流、中流、远流三种。

[02] 别业：即别墅，特指园林宅邸。福原别业在摄津国武库郡福原庄（今神户市兵库区）。

[03] 摄津左卫门盛澄：似为平清盛近侍。在《平家物语》中前后出现多次。坛浦之役被俘。传不详。

想你到七岁时，为你办元服之礼[04]，便可以去服侍法皇。如今多说无益。万一能保住性命，长大成人后，希望你出家当法师，为我来世祈求冥福。”小公子虽然懵懂无知，不辨事理，却见他居然点了点头。少将自不用提，母亲、乳母以及在座的人们，无论有心或无意，都沾湿了衣袖。

福原的使者说，今夜必须赶到鸟羽。少将央求道：“绝对不敢赖着不走，至少让我在京中度过最后一夜。”但使者频频催促，不得已，当夜只好离家到鸟羽住了一宿。宰相悔恨交集，此次并未同车同行。同月二十二日抵达福原，太政入道随即命令濑尾太郎兼康，押送少将流放到备中国。兼康怕有人会向宰相说长道短，所以一路上细心照顾，无微不至。少将却感觉不到任何慰藉。日日夜夜只唱佛名，关怀父亲，叹息连连。

新大纳言所住的备前国儿岛，护卫武士难波次郎经远认为离渡头太近，怕不安全，便决定移往内陆。结果在备前、备中两国交界处，看中了庭濑乡的一个山寺，名叫有木别所[05]。丹波少将谪居备中国濑尾[06]，与备前有木别所之间，相距不到五十町。每当遥望备前一方，迎风怀想，不免引起孺慕之情。一日，召来兼康问道：“从此至大纳言所住备前有木别所，路程如何？”

兼康觉得实话实说，恐有不妥，便答道：“单程约需十二三日。”

少将含泪道：“古昔日本有三十三国，其后分为六十六国[07]。今之所谓备前、

---

[04] 元服：在中国古代，指男子二十岁成年初着大人衣冠之礼；在日本则年龄不定，尤其在贵族间，多在十一岁至十五岁间即结发、戴冠、束带，行元服之礼。

[05] 庭濑乡：备中国贺阳郡庭妹乡，在今冈山县冈山市北区庭濑。别所：指脱寺僧侣结庵修行处。

[06] 濑尾：藤原成经之谪居地。在备中国都宇郡妹尾，今冈山县冈山市南区妹尾。

[07] 据《日本书纪》，第十三代成务天皇五年（一三五）九月，“隔山河而分国县”。当时日本仍属传说时代。所谓三十三国之数，所据不详。奈良时代天长元年（八二四），据《延喜式·民部》所记，增至六十六国二岛。

备中、备后，原本同属一国[08]。又东山道[09]之出羽、陆奥两国，前亦同为一国，辖六十六郡；后割出十二郡为出羽国[10]。因此，实方中将贬谪奥州时[11]，颇想一睹当地名胜阿古屋之松[12]，但遍寻国中而无其踪影，乃败兴而归。路上遇一老翁[13]，因问道：'仁翁想是当地前辈。本国有名胜曰阿古屋之松，知之否？' 答道：'并不在本国，或许在出羽国。' 叹道：'仁翁似亦不知其详者。时逢末世，有名胜而无人知之矣。' 失望之余，正想离去，老翁却忙抓住中将之袖口道：'啊啊，有歌云：

阿古屋之松，矗立陆奥中，枝繁叶尤茂，不见月当空[14]。

官大人所谓本国名胜阿古屋之松，盖以此歌之心而知之欤？但此歌作于两国仍为一国时。十二郡分出后，当在出羽国矣。' 实方中将因而越境入出羽国，终能一睹阿古屋之松。鲑使[15]自筑紫大宰府至京都，规定单程为十五日。若有十二三日，几可远至镇西矣[16]。备前与备中之间，最远亦不过二三日，而竟以近为远，岂非不欲成经得知大纳言之所在乎？" 此后，虽然思亲情深，无时或已，却始终不再提问此事。

---

[08] 备前、备中、备后原为吉备国，传于持统天皇在位时（六八六—六九七）分为三国。

[09] 东山道：原文仅一东字，指东山道诸国，涵盖今关东、东北地区。

[10] 四十三代元明女皇和铜五年（七一二）分陆奥为两国：陆奥五十四郡；出羽十一郡，后加由利郡为十二郡。

[11] 藤原实方（？—九九八）：平安中期官僚、歌人。仕圆融、花山、一条三代天皇。官至左近卫中将。长德元年（九九五）左迁陆奥国守。不到三年，殁于任地。

[12] 阿古屋之松：在今山形市平清水千岁山附近。歌枕。

[13] 老翁：或以为盐釜大明神之化身。

[14] 此歌见于《夫木抄》廿九，歌题《松》，歌人不知。

[15] 鲑使：鲑亦写成腹赤，或以为鳟之异称。自圣武天皇天平十五年（七四三）正月，大宰府进献腹赤以来，每年正月均有特使上京进贡，谓之鲑使。

[16] 镇西：天平十五年（七四三）一度改称大宰府为镇西府，泛指九州。

十 大纳言之死

不久，法胜寺执行俊宽僧都、平判官康赖及丹波少将成经三人，又被放逐到萨摩国鬼界岛[01]。该岛远离京师，须经波涛汹涌的海路始能到达。船只往来不易。岛上人烟稀少，偶尔遇见，却不似内地人氏。色黑如牛。全身毛发茸茸，语言不通。男人不戴乌帽子，女人不垂发。不着衣裳，不似人形。没有食物，只靠渔猎维生。无人耕田种稻，故无米谷之类；无人种桑养蚕，故无绢帛之属。岛中有高山，镇日喷火。遍地硫磺，故又名硫磺岛。山中雷鸣，或上或下。山麓不时急风骤雨。人在岛上，别说一日，恐怕连片刻也保不了性命。

且说，新大纳言在谪地定居下来，正想可以稍微放松心情，却听到儿子丹波少将成经流配鬼界岛的消息，只觉得心灰意懒，感叹命运何以如此不济。于是决意出家，乃托便邮向小松殿致意；旋获法皇谕旨允许，不久便出了家。脱下了荣华的装束，换上了墨染的法衣，冷对忧患人世，显得一副落落穆穆的样子。

大纳言夫人在京都北山云林院近旁避世隐居。乍到陌生住处，即使常人也会感到为难与不便；何况又要避人耳目，不能抛头露面，因此每日都生活在愁云惨雾之中。从前虽有许多女官与侍卫，但因怕世人指认或不愿公开露面，

[01] 萨摩国鬼界岛：今鹿儿岛县大岛郡所属硫磺岛，距鹿儿岛湾口西南五十五公里。或以为指距今鹿儿岛南方三百七十五公里、奄美大岛东三十四公里之喜界岛。

所以敢来探访者竟无一人。其中倒有一个名叫源左卫门尉信俊的武士[02]，情深意挚，常来探望。一日，夫人召见信俊，说道："听说夫君原在备前国儿岛，最近又听说搬到有木别所。不知有何方法，只要一次，请人携带我文笔拙劣的书信去给他，也很想得到他的回音。"

信俊含泪说道："从小即蒙主人垂怜关爱。长大后随侍左右，不敢稍离片刻。主公发配时，曾恳求陪伴同往，却得不到六波罗方面的允许，未能如愿。回想主公召见的声音，仍在耳际；训诫的言语，铭之心中，无时或忘。不管此身会遭到什么不测，一定把书信送到主人手上。"

夫人松了口气，高兴异常，赶紧写好了信。幼小的子女也各写一封。信俊携着信函迢迢南下，奔到备前国有木别所。首先与护卫武士难波次郎经远交涉。经远感其至诚，立刻准他进去会面。

大纳言入道[03]正在担忧京城事态、唉声叹气之际，听见有人说道："信俊自京城来到。"惊喜交集，"此，此非梦耶？"站起身道："进来，到这边来。"信俊晋见。居处的简陋固不必说，一看到墨染的法衣，更觉眼昏心碎。一五一十禀报了夫人所交代的口信，然后取出一束信函奉上。打开看时，泪眼昏蒙，信上笔迹显得模糊不清，只见写道："看着孩子念念不忘、愁锁眉间的样子，想到自己无限的相思之情，朝朝暮暮，不堪其苦。"大纳言读到此处，更加悲伤，觉得自己平日的哀叹也不值一提了。

倏而过了四五日，信俊道："小人想留下来伺候大人，直到百年之后。"然而护卫武士经远却期期以为不可。无奈其何，大纳言道："那就回京去吧。"随即又说道："我怕不久便将遭处极刑。听到我已不在此世后，别忘为我祈愿来

[02] 源信俊：传不详。左卫门尉为左卫门府三等官。

[03] 大纳言入道：指成亲，因出家，故称入道。

世冥福。”于是写了回信，信俊接过信函后，便告辞道：“一定再来拜望。”大纳言道：“汝果再来，恐已不在人世矣。的确令人怀念，所以多待一会再走。再待一会。”如此几次，信俊要走了，又叫他回来。

如此欲走不走也不是办法，信俊最后还是含泪返抵京城，立即呈上了携回的书信。夫人打开一看，有一束头发，始知夫君已经出家，再也不忍往下看。又怨又恨，俯伏哭泣。孩子们也随着哭泣起来。

同年八月十九日，在备前、备后两国交界庭濑乡吉备的中山地方[04]，大纳言入道终于被杀了。关于他的死有种种传言。首先在其酒里下毒，未能成事。改在两丈[05]深的山崖下竖了菱形刺叉，从崖上推他下去，刺穿身体而死。其手段之残酷，前所未闻。

大纳言夫人听说夫君已不在人世，说道：“以前想方设法，无非希望有朝一日能再互见一面，所以迟未落发改装。而今而后，生有何用。”便进菩提院[06]削发为尼，循例念佛修道，专一法事，祈愿来生。此位夫人是山城守敦方之女。美色举世无双。据云原为后白河法皇无比宠爱的妃子，后来赐予无比宠信的臣子成亲。年幼的子女也各自摘花、汲水供佛，祈祷父亲来世冥福。时过境迁，世殊事异，与天人五衰并无不同[07]。

---

[04] 吉备中山：属备中国庭濑乡，今冈山市北区吉备津神社后方之小山。有成亲墓。

[05] 两丈：约六公尺。

[06] 菩提院：菩提树院之略。在今京都市左京区神乐冈东。

[07] 天人五衰：凡人行善，得生天上，谓之天人，得享福报。但善报已尽，便有五种衰相。唯各种经论所说不一。《涅槃经・十九》：“释提桓因，命将欲终，有五相现。一者衣裳垢腻、二者头上花萎、三者身体臭秽、四者腋下汗出、五者不乐本座。”据《俱舍论》则为：衣染埃尘、花鬘萎悴、两腋出汗、臭气入身、不乐本座。

十一 德大寺

德大寺大纳言实定卿[01]，因为大将之缺被平家次男宗盛卿越级补上，暂时在家隐居，不出门户，还声称要出家修道，使诸大夫[02]与随侍武士惊惶失措，不知如何是好。其中有个名叫藤藏人重兼的大夫[03]，见多识广。有一夜，实定卿打开南面格子窗，正独自对月吟歌时，藤藏人走了过来，似想有所劝慰。

问道："是谁？""是重兼。""为何而来？""今晚月白风清，透心澄澈，乘兴而来。"大纳言喜道："妙极，来得正好。不知何故，只觉胆怯心虚，无聊之至。"接着谈了些无关宏旨的轶事，借以互相宽慰。然后又道："审视当今之世，平家愈益繁荣，势不可挡。入道相国嫡子与次男为左右大将。尚有三男知盛、嫡孙维盛。若由平氏一家相继出任，则他家之人将与大将之职永远无缘矣[04]。事已至此，理应立地出家为是。"

重兼潸然泪下，禀告道："如果大人出了家，全家上下必将彷徨街头，不知所从。在下重兼倒有一条妙计。平家一向信奉安艺国严岛神社[05]，虔诚无比，

[01] 德大寺大纳言藤原实定：已见卷第一《十二、鹿谷》章，注5。

[02] 诸大夫：指由朝廷派驻亲王、内亲王、摄政、关白及三位以上贵族公卿家之家臣。一般由四位、五位者任之。在武家则为五位之侍。

[03] 藤原重兼：应为五位藏人，传不详。

[04] 德大寺大纳言藤原实定希望升任右大将而落空，事见卷第一《十二、鹿谷》章。

[05] 严岛神社：已见本卷《六、谏诤》章，详注1。

视同自家氏社。大人不必顾忌，专程前去参拜，祈祷立愿。可停留七日，昼夜祈愿。社中有巫女多人，称为内侍[06]，大都能歌善舞，一定会将大人当成稀客，盛情款待。若有人问何事来此祈愿，便可告之以实情。临到辞别时，她们一定会依依不舍，不妨邀几个主要内侍同来京城。她们到京城后，一定会去拜访西八条。入道相国一定会问她们，德大寺殿何故参拜严岛，所求何事。内侍们一定会据实转告。入道相国是极易感情用事之人，知道有人有所求而参拜自家所崇奉的神明，高兴之余，一定会给予妥善的安排。”德大寺殿大喜道：“从未想到如此妙计。难得难得。现在便去。”于是立即开始斋戒，前往严岛参拜去了。

果然，神社中有许多美丽优雅的内侍。斋戒祈祷七日，无论昼夜，都有内侍随在身边，殷勤伺候，无以复加。在七日七夜之间，举行舞乐[07]多达三场。弹和琴、奏琵琶、演唱神乐[08]。实定卿为之兴高采烈，为了娱乐神明，自己也情不自禁吟了今样、朗咏等歌谣[09]；唱了风俗、催马乐等难得的郢曲[10]。

内侍们道：“本社是平家公卿公子们参拜之处。大人来此祈祷，倒是珍奇稀客。到底为什么来此闭居斋戒呢？”答道：“大将的职位被人越级抢去了。为此前来祈求神助。”

---

[06] 内侍：原指内侍司（后宫十二司之一）之女官。此外亦指伊势斋宫、贺茂斋院之女官，或严岛神社之舞姬巫女。

[07] 舞乐：雅乐之一，歌舞曲。伴唐乐者谓左舞；伴高丽乐者谓右舞。

[08] 神乐：为招神、祭神、娱神而演奏之古代舞乐。所奏之歌曰神乐歌。乐器有和琴、横笛、拍子、筚篥等。

[09] 今样：已见卷第一《六、祇王》章，注6。朗咏：将汉诗汉文之秀句（以对句为主）谱曲吟唱，谓之朗咏，流行于平安时代贵族间。和歌之吟咏原称唱歌，后亦谓之朗咏。藤原公任编《和汉朗咏集》（一〇一三）兼收和歌与汉诗文对联，即其集成。

[10] 风俗：风俗歌之略，原指诸国民谣。催马乐：亦为古代民谣。平安时代，风俗歌与催马乐均为宫廷所采用，成为雅乐歌曲。郢曲：原指中国春秋时代楚都郢人所唱歌曲，在日本则用之为神乐、催马乐、朗咏、风俗、今样等歌曲之总称。

且说，前后七日的斋居倏忽已满，便向大明神告辞，准备回京城去。人人离情依依。有年轻的主要内侍十余人，乘船相送。送了一日，正要互道珍重时，德大寺殿却道："如此一别，实在难舍。只送一日，不够不够。""多陪两日吧。"终于一起抵达了京城。德大寺殿安排她们住在府邸，招待极为周到；离开时又有种种馈赠。

内侍们道："既然来到京城，何不顺便拜谒主公太政入道殿？"于是结伴同行，往西八条去了。入道相国急忙出来相迎，问道："内侍们何事联袂来此？"答道："德大寺殿到严岛去参拜，斋居七日。返京时，我等送他一日路程，还是觉得难舍难分。所以多送一日，再陪两日，就到这里来了。"又问道："德大寺参拜严岛，祈愿何事？"答道："说是因为未能升上大将之职。"入道连连点头道："唉，实在值得同情。在京中有无数灵寺灵社，都置之不理，却到我家崇奉之神社去祈祷，极为难得。可见其志高心诚之一斑。"

于是，安排嫡子小松殿内大臣辞去左大将之职，让德大寺越过次男大纳言右大将宗盛，跃升为左大将。确是可圈可点的高着。反之，新大纳言成亲既不讲究贤明之计，却虚骄恃气，策划阴谋叛变，不但自取灭亡，而且祸延子孙眷属与家臣，令人不胜欷嘘。

十二 山门灭亡

且说，后白河法皇已在三井寺以公显僧正为师范[01]，接受了真言《大日经》《金刚顶经》《苏悉地经》三部密法[02]。据说，将于九月四日，也在三井寺，举行传法灌顶仪式[03]。延历寺等山门大众忿忿不平，齐道："灌顶、受戒之礼[04]，按古来惯例，皆在比睿山举行。尤其山王权现之教化开导，本来便是为了灌顶授戒。然而，现在居然要改到三井寺去。就把三井寺烧光吧。"

法皇觉得如此一来，有害无益，因此在完成了灌顶的预备修行后，取消了原定在三井寺举行的灌顶仪式。然而灌顶是法皇怀之既久的心愿，乃召来三

[01] 三井寺：园城寺别称。在近江国，今滋贺县大津市。天台宗寺门派总本山，大友皇子(六四八—六七二)之子与多王始建，贞观元年(八五九)圆珍再兴。参卷第一《八、立匾争议》章，注15。公显僧正：花山源氏安艺国权守显康之子。寿永元年(一一八二)三井寺长吏，文治六年(一一九〇)天台座主，建久四年(一一九三)殁，享年八十四岁。师范：担任受戒之阿阇梨或导师。

[02] 天台宗密教所传三部秘经：一、《大日经》，本名《大毗卢遮那成佛神变加持经》七卷，大日如来说法集。二、《金刚顶经》，全名《金刚顶一切如来真实摄大乘现证大教王经》三卷，金刚顶谓诸经之最高者。三、《苏悉地经》，全名《苏悉地羯罗经》三卷，说明持诵、灌顶、祈请、护摩、成就、时分等事。

[03] 灌顶：天台宗、真言宗受戒或传授密法时，以香水灌洒头顶之仪式。为初入佛道而行者为结缘灌顶；为授阿阇梨之位而行者为佛法灌顶。

[04] 受戒：在此指传法灌顶之前所受三昧耶戒。三昧耶又作三摩耶，梵文音译，意译本誓。

井寺公显僧正，临幸天王寺[05]，建立五智光院[06]，汲取五瓶龟井之水为智水[07]，终于在佛法最早的灵地[08]，完成了佛法灌顶之礼。

本来是为了平息山门的骚动，才取消了原定在三井寺举行的灌顶仪式。但在比睿山上，堂众与学僧之间[09]，却纷争迭起，动辄大打出手。每次学僧方面总是败仗收场。显然是山门灭亡的前兆，无疑是朝廷的一桩大事。所谓堂众，原本只是跟随学僧的童仆，后来出家变成了法师；也指在山上从事杂役而有妻室的中间法师之辈。年前金刚寿院觉寻权僧正[10]为天台座主治理山门以来，指令他们在东塔、西塔、横川三塔轮流值宿，号为夏众[11]，为诸佛供花。近年又自称行人[12]，根本不把僧众放在眼中，何况每次纷争都能得胜而归。堂众违背师主[13]之命，时时惹是生非，引起争斗。山门僧众于是上奏朝廷，并转知武家，建议速加讨伐而严治其罪。太政入道因而奉上皇谕旨，即刻指派纪伊国

[05] 天王寺：即四天王寺，圣德太子于用明天皇二年（五八七）所创。在今大阪市天王寺区。日本最古之大佛寺。原为八宗兼学，后属天台宗寺门派。

[06] 五智光院：治承元年（一一七七）后白河法皇所建，奉祀大日如来。又名灌顶堂。五智，真言宗以为大日如来具有五种睿智：法界体性智、大圆镜智、平等性智、妙观察智、成所作智。

[07] 龟井：在四天王寺内，其水曰龟井之水，一名白石玉山水。智水：灌顶时，受者得大日如来之智慧，故曰智水，需用五瓶，代表金刚界五部。

[08] 四天王寺创于用明天皇二年（参本章注5），推古天皇元年（五九三）迁至难波，诚为日本“佛法最早之灵地”。

[09] 堂众：分属三塔诸堂，从事杂役之下层法师。平安时代末期，往往武装滋事，号为僧兵。学僧：原文学生，或称学侣，又称交众。指在山上修习止观、真言之业已满十二年之正规僧侣。

[10] 金刚寿院：位于比睿山东塔东谷，觉寻于白河天皇承保三年（一〇七六），依后三条法皇之愿而立。觉寻：藤源氏，承保四年（一〇七七）二月七日补天台座主，同月二十六日任权僧正。

[11] 夏众：夏为结夏（或夏安居、夏行、夏笼）之略。佛僧每年夏季，自四月十五日起，笼居寺中九旬，坐禅修行，谓之结夏。夏众指在结夏期间值宿三塔，供花上香之堂众。

[12] 行人：即行者，泛指修行佛道者。在此则特指比睿山之杂役僧。

[13] 师主：对堂众而言，学僧兼教师与主人之双重身份，故曰师主。或以为义同师匠。

人汤浅权守宗重[14]，率领驻扎畿内兵马共二千余骑，支援僧众，向堂众展开攻击。堂众平日聚集在东阳坊[15]，赶快下山到近江国三个庄[16]，会合众多兵力，又登上比睿山，在早尾坂[17]构筑栅垒，准备迎敌。

同年九月二十日辰时一刻[18]，僧众约三千人，官军二千余骑，总共超过五千兵马，浩浩荡荡，拥向早尾坂。此次原以为必胜无疑，只因僧众要官军充当前锋，官军要僧众带头冲刺，让来推去，以致士气低落、斗志消沉。而从栅垒内则弓弩齐发，僧众与官军几乎全军覆没。原来堂众中有所谓恶党，便是来自诸国的小偷、强盗、响马、海贼之徒。他们虽然贪婪无餍，打起仗来，却奋不顾身，难怪学僧一方又被打得人仰马翻、一败涂地了。

自此以后，山门愈益荒废。除十二禅众[19]之外，止住僧侣[20]少之又少。谷中讲诵之声消歇；堂上修行之法退转[21]。修学之窗既闭，坐禅之床亦虚。四教

[14] 汤浅权守宗重：纪伊国（今和歌山县）有田郡汤浅豪族。平氏一门在坛浦之战灭亡后，拥护平重盛之子忠房于汤浅城中，继续抵抗源氏。事见卷第十二《九、六代被斩》章。

[15] 东阳坊：西塔北谷之僧坊。第二十三代座主觉庆所开。

[16] 三个庄：庄园名，在今滋贺县大津市下坂本一带。

[17] 早尾坂：在比睿山东坂坂口。

[18] 古代一日依十二支（子丑寅卯辰巳午未申酉戌亥）分为十二时，每时一百二十分钟。一刻为时之四分之一。辰时一刻即今七点至七点三十分。

[19] 十二禅众：指在比睿山西塔法华三昧堂，一日十二时，轮番各诵“不断经”一时之十二禅僧。按：所谓不断经，谓昼夜不断轮诵《大般若经》《最胜王经》《法华经》诸经，为亡者祈求冥福也。

[20] 止住僧侣：指长期住宿寺院修行佛法之僧人。

[21] 退转：佛家语。谓退失所修道行。《法华经·序品》：“皆于阿耨多罗三藐三菩提不退转。”注：不退转有三：一、位次不退减；二、行动不退怯；三、正念不退出。

五时，春花不香[22]；三谛即是，秋月失明[23]。三百余岁法灯，挑灯无人[24]；六时缭绕香烟，断烟有期[25]。昔者堂舍高耸，三重楼台耸入碧汉之外；栋梁遥秀，四面彩椽秀出白雾之间。今则供佛绝迹，唯有山岚；金容[26]寂寞，且润雨露。夜月流光，仿佛漏隙之灯；晓露垂珠，权充莲座之饰。

暨夫末法俗世[27]，三国佛法亦次第衰微。远寻天竺佛迹，昔日世尊说法处竹林精舍与给孤独园[28]，已成虎狼野干之所栖[29]，仅留础石而已。白鹭池水枯涸[30]，但见野草丛生。卒都婆退凡下乘[31]，亦倾覆而埋没绿苔之中。其在震

[22] 四教五时：天台宗认为释迦一生说教，有藏教、通教、别教、圆教四教；说法分华严时、鹿苑时、方等时、般若时、法华般若时五时（期）。佛法消歇，如春花之不再香也。

[23] 三谛即是：三谛即是实相之略。空谛、假谛、中谛为三谛。谛，真理也。秋月失明：谓明月为云所遮，不再普照众生。

[24] 法灯：指延历寺佛教传统。自嵯峨天皇弘仁十四年（八二三）敕建以来，至当时治承元年（一一七七），延历寺已历三百五十余年。挑灯：喻承传法灯。

[25] 六时：将一昼夜十二时分为六，各二时（今四小时），即晨朝、日中、日没、初夜、中夜、后夜。久传不断之香烟，随时有断烟之虑。

[26] 金容：指佛像金色之容姿。

[27] 末法俗世：原文末代之俗，谓佛法衰微、道德沦丧之俗世。按：释迦死后五百年为正法；其后千年为像法；再其后万年为末法，即佛法衰微期。

[28] 竹林精舍：天竺五精舍之一，在古中印度摩诃陀国王舍城旁。迦兰陀长者皈依世尊，献其竹园，并建精舍，为印度僧园嚆矢。给孤独园：已见卷第一《一、祇园精舍》章，注1。

[29] 虎狼：一作狐狼，与野干重复。野干：狐狸之类。已见本卷《七、烽火》章，注10。

[30] 白鹭池：王舍城竹林精舍园林中之水池。

[31] 卒都婆：梵文，或译作卒塔婆等，略为婆塔或塔。原为奉安舍利，或供养亡者之塔形物。后亦指坟墓碑碣或灵地界碑。退凡、下乘二卒都婆在灵鹫山，当属界碑之类。退凡：谓凡人至此需退，非圣者不得越过此界。下乘：谓需下车马，即王侯亦只许徒步进入。

旦，天台山、五台山、白马寺、玉泉寺[32]，莫不式微，几无住宿之僧。大乘小乘法文[33]，空自朽于箱底。至于本朝，则南都七大寺[34]衰败殆尽，八宗九宗[35]法统已成绝响。爱宕高雄[36]，昔日堂塔连轩，一夜之间顿成废墟，化为天狗[37]之家。揆诸情理，天台佛法固然备受尊崇，但至今治承之世，恐亦难逃消亡之命。有心人无不扼腕叹息。在比睿山僧坊柱上，有离山僧侣留歌一首：

大师祈福地，冥佑我山灵，人去楼空后，灵山任凋零。

昔传教大师草创此山时，祈愿阿耨多罗三藐三菩提[38]诸佛，有"冥佑我山"之语[39]；或因忆及此事，乃有感而作此歌欤？诚然令人感叹。八日是药师如

[32] 天台山：在浙江省天台县，陈、隋间智者大师智顗居天台山说法，称其流派为天台宗。五台山：在山西省五台县东北，中国三大灵山之一，又名清凉山，上有清凉寺、娑婆寺、显通寺等名刹。白马寺：在河南省洛阳之东，古洛阳城西，中国最早之佛寺。玉泉寺：在湖北省当阳市玉泉山，智者大师先居天台山，立天台宗，后居玉泉山玉泉寺，故又称玉泉宗。

[33] 法文：一本作法门，指大乘《华严经》《法华经》《涅槃经》诸经，与小乘《四阿含经》等经典文献。

[34] 南都七大寺：指奈良（南都）东大寺、兴福寺、元兴寺、大安寺、药师寺、西大寺、法隆寺。

[35] 八宗九宗：日本佛教宗派，有俱舍、成实、律、法相、三论、天台、华严、真言为八宗，又加禅宗，共为九宗。

[36] 爱宕：指爱宕护山权现社，在今京都市右京区上嵯峨北部爱宕山。高雄：指高雄山神护寺，在今京都市右京区清泷川右岸。

[37] 天狗：原为汉词，为彗星名、怪兽名、植物名等多义性名词。在日本传说中，则指栖息深山之想象怪物。其形如人，赤颜、高鼻。有翅，手足长爪，戴头巾，持金刚杖、大刀或羽扇。飞行自在，神通广大。其延伸义则指怨灵之化身，或为修验者（山伏）之异称等。

[38] 阿耨多罗三藐三菩提：梵文汉字音译，意译为无上正遍知、无上正等觉，即最上佛智慧、妙悟。《智度论·八十五》："唯佛一人智慧，受阿耨多罗三藐三菩提。"

[39] 比睿山日本天台宗开山祖师传教大师最澄，有歌题《比睿山中堂建立时》："阿耨多罗三藐三菩提佛達我が立つ杣に冥加あらせ給え。"（《新古今和歌集·释教歌》）大意谓："祈请大智大慧诸佛冥中加佑我首开之山。"

来缘日[40]，却无念南无之声[41]。卯月是山王垂迹之月[42]，亦无奉币帛[43]之人。朱漆玉垣，古色苍然，但剩标绳而已[44]。

[40] 此下四句，据富仓德次郎《平家物语全注释》，以为蹈袭平康赖《宝物集》卷二："年之卯月，山王祭月也，然七社之前无奉币帛之人。月之八日，医王缘日也，而上下礼堂法施之声已绝。"八日为根本中堂本尊药师如来之缘日。缘日：结缘日或有缘日之略。如逢神佛降临、显灵或祈愿之日，举行祭典、供养等活动之日。类似华人之庙会。

[41] 南无：梵文音译，意谓归命、归礼，皈依之而虔信之也。

[42] 卯月：即阴历四月。垂迹：佛菩萨为救济众生，权且化身为日本神祇。四月是日吉山王权现垂迹之月，故每年四月中申日举行祭礼。

[43] 币帛：泛指祈神供品如布帛、金钱、酒食等物。币帛之类，后来亦有以纸代替者。

[44] 标绳：或作注连绳，指横在神社或举行仪式处之稻草绳，以示内外净浊有别。其造法，从左搓稻草成绳，中间垂下三根、五根及七根稻草，夹以纸条，故又名三五七绳。一般民家，新年时亦有悬诸门上以防妖驱邪者。

十三 善光寺失火

其时有善光寺失火的传闻[01]。提起善光寺的如来，昔日，中天竺舍卫国发生五种恶疾[02]，庶民死者不可胜数，乃依月盖长者[03]的建议，设法从龙宫取得阎浮檀金[04]，由释迦、目连[05]、月盖长者三人，一德一心，铸成一搩手半[06]大小的阿弥陀如来、观世音菩萨、势至菩萨三尊[07]，号称阎浮提[08]灵像第一。佛灭

---

[01] 善光寺：在信浓国（今长野县长野市）。第三十三代推古天皇在位时（五九二—六二八），筑草堂安置百济传来之阿弥陀如来像。其后皇极天皇元年（六四二）始营造堂宇以祀之。其遭回禄之灾在治承三年（一一七九）三月二十四日。

[02] 中天竺舍卫国：在中印度，迦毗罗卫国西北，传为释迦出生之国。一本作毗舍离国。五种恶疾：指眼出血、耳出脓、鼻流血、舌噤无声、所食之物变粗涩。

[03] 月盖长者：毗舍离国五百长者之首。

[04] 龙宫：龙王宫殿，在深海中，有七宝宫、七宝塔。塔中珍藏诸经及摩尼、颇梨、金银等宝物。阎浮檀金：须弥山南方阎浮檀河所产黄金。《智度论》三十五："此洲上有树林，林中有河，底有沙金，名为阎浮檀金。"

[05] 目连：目犍连之略，释迦十大弟子之一，神通最为广大。

[06] 搩：或作磔，已见卷第一《十四、许愿》章，注23。古印度以手量物，张开中指与拇指之长曰一搩手。一搩手半约一尺二寸，或三十六公分。

[07] 三尊：即中尊阿弥陀如来、左胁侍观世音菩萨、右胁侍大势至菩萨。

[08] 阎浮提：梵文音译，意译秽洲。位于须弥山南方之大洲。引申为印度或泛指人间界。按：阎浮提，一本作三国，即天竺（印度）、震旦（中国）、本朝（日本），似较合乎情理。

度之后[09]，留在天竺五百余岁。因佛法东渐，移至百济国[10]；一千年后，百济圣明王时[11]，当我朝钦明天皇之世，由百济移至日本，在摄津国难波浦几度星霜[12]。经常发出金色光芒，故有年号金光[13]。

金光三年[14]三月上旬，有信浓国麻绩人名本田善光者，在上京途中，遇到阿弥陀如来，便结伴同行。白昼善光背如来，晚间如来背善光，来到信浓国，安置在水内郡[15]。迩来星霜荏苒，已历五百八十余岁，迄未闻有失火之事。语云："王法将灭，佛法先亡[16]。"因而有人说道："如此灵寺灵山，何等尊贵，而竟遭烟消火灭，岂非王法[17]衰微前兆？"

[09] 灭度：灭生死之苦，度烦恼之海。喻死亡。或曰涅槃。《涅槃经》二十九："灭生死，故名为灭度。"

[10] 百济国：《旧唐书·东夷传》有百济条。传建国于汉代。至晋朝四世纪初据有朝鲜半岛西南部。积极接收中国南朝文化，结交日本，与高句丽对立。公元六六〇年为唐与新罗国联军所灭。日本古代文化受其影响甚深。

[11] 据《日本书纪》《扶桑略记》等书所载，百济二十六代君主圣明王（在位五二三—五五三），于钦明天皇（二十九代，在位五三九—五七一）十三年（五五二），以释迦金铜像、幡盖经纶、阿弥陀佛像、观音势至像献与日本。

[12] 据《日本书纪》钦明天皇十三年（五五二）条，百济所献佛像，日人不知信仰，物部尾舆弃之于难波堀江之滨。唯所谓难波浦，注家多以为应在大和国高市郡元兴寺东飞鸟川之入海口，不在摄津国。

[13] 金光：属于私年号，非历史正式年号。按：日本自三十六代孝德天皇起始用年号，称大化（元年六四五）。私年号金光元年当钦明天皇三十一年庚寅（五七〇）。

[14] 金光三年（五七二），钦明天皇已崩，当敏达天皇元年。

[15] 水内郡：今长野县长野市及其周边。

[16] 虎关师链《元亨释书》（一三二二）新罗明神条："佛法是王法之治具也。佛法若衰，王法亦衰。"

[17] 王法：有别本作平家。

十四 康赖祝文

却说流放鬼界岛诸人，命如草上朝露，虽然无足轻重，但丹波少将成经的岳父门胁宰相教盛，经常派人自其领地肥前国鹿濑庄[01]送来衣食，俊宽僧都与康赖也因而得以苟延性命。康赖被流放时，便在周防国室积[02]出了家，法名性照。因为早有出家的心愿，所以咏了一首歌：

此身非我有，营营难自持。已然遗世去，争悔皈依迟？

丹波少将、康赖入道两人，一向虔信熊野权现，商议道："应可设法恭请熊野三所权现[03]迁驾来此岛上，祈求回京之事。"俊宽僧都是天生毫无信仰的人，并不表赞同。于是两人一道同心，觉得岛上该有类似熊野之处，便开始寻山觅水。或有林塘之妙[04]，锦绣红装，争新斗艳；或有云岭之奇，非止碧罗绫一色[05]。山中光景以至树林风致，妙趣横生，无与伦比。

---

[01] 门胁宰相平教盛：已见本卷《五、求情》章。鹿濑庄：平教盛所领庄园，在今佐贺市嘉濑町。

[02] 周防国：山阳道八国之一，今山口县东部。室积：今山口县光市。

[03] 熊野三所权现：已见卷第一《三、鲈鱼》章，注19。在纪伊国（今和歌山县）。即熊野坐神社（本宫）、熊野速玉神社（新宫）、熊野那智神社（泷宫）。

[04] 源顺（九一一—九八三）《秋日游白河院》序："南望则有关路之长，行人征马骆驿于翠帘之下；东顾亦有林塘之妙，紫鸳白鸥逍遥于朱槛之前。"（《和汉朗咏集·山家》卷下）

[05] 小野篁（八〇二—八五二）《春生》："着野展敷红锦绣，当天游织碧罗绫。"（《和汉朗咏集·春兴》卷上）刘禹锡《春日书怀寄东洛白二十二杨八二庶子》："野草芳菲红锦地，游丝缭乱碧罗天。"

南望则海洋漫漫，烟波浩渺遥深[06]；北顾则山岳峨峨，百尺悬瀑飞落。瀑布轰隆，松风飒戾，灵气荡漾，仿佛飞泷权现镇座之那智山[07]。从而名之曰那智。于是指点此峰为本宫，彼岭为新宫。此是某处之某某王子，彼是某某王子，如此这般，每到一处便命某某王子之名[08]；日日以康赖入道为先导，丹波少将随其后，模仿熊野参拜之行程，祈求返京之事，祈道："南无权现金刚童子[09]，祈愿慈悲垂怜，助我返回故乡，再与妻儿相见。"日累月积，又无净衣[10]可供替换，只得身披麻布当净衣；行水垢离[11]时，以泽中之水为岩田清流[12]；登上高处，则称之为本宫之发心门[13]。

每次参拜，康赖入道一定诵读祝文[14]。因无可用以剪裁币帛之白纸[15]，乃改折鲜花以供之。其祝文曰：

---

[06] 白居易《新乐府》第四首《海漫漫》："海漫漫，直下无底傍无边，云涛烟浪最深处，人传中有三神山。"

[07] 飞泷权现：那智地主神，以那智瀑布为神体而祀之。又名泷宫。

[08] 王子：指熊野权现之末社（所属下院）。自京都至熊野参拜路上，共设九十九处，各冠以地名，如藤代王子、切目王子、泷尻王子等。

[09] 金刚童子：熊野三山之护法神，童形怒相。

[10] 净衣：祭神时所穿清净白色狩衣。

[11] 水垢离：以水去垢也。向神佛祈祷发愿前，淋浴冷水，以清净身心。

[12] 岩田：小河名。流经纪伊国西牟娄郡岩田村边（今和歌山县西牟娄郡上富田町岩田），熊野参拜者在此行垢离。

[13] 发心门：即本宫总门。

[14] 祝文：原文作祝言，亦可写作祝词。皆原为汉语词，已见于《周礼》等书。文体名之一，指祈祷或祭祀山川、宗庙、鬼神之文章。《平家物语》所引康赖祝文，原以和化汉文写成。现通行版本多采用训读体。

[15] 币帛：原文御币纸。币为中国先秦用词，指古人用于祭祀或馈赠之绢缯等物，后转为财货、贡品或钱币之意。在日本则专指献神佛所用币帛（ぬさ、みてぐら），以麻纱、棉布、素绢或白纸，剪成曲折细长条，垂挂二条（或以上）于细长杖上，杖头或顶以镜子，以献于神佛之前。

维当岁次治承元年丁酉[16]，月计十有二月，日数三百五十余日，谨择吉日良辰，诚惶诚恐，禀告于日本第一大灵验熊野三所权现、飞泷大菩萨怒相之前[17]。虔诚施主羽林藤原成经并沙弥性照[18]，致一心清净之诚，尽三业相应[19]之志，谨以敬白：

夫证诚大菩萨者[20]，济度苦海之教主、三身圆满之觉王也[21]。又东方净琉璃医王之主，众病悉除之如来也[22]。又南方补陀落能化之主，入重玄门之大士[23]。又若王子者[24]，娑婆世界之本主，施无畏者之大士[25]，现顶上佛面，满众生之所愿[26]。是以上自一人[27]，下至万民，或为现世安稳，或为后生善

---

[16] 高仓天皇（在位一一六八——一一八〇）治承元年：相当于南宋孝宗淳熙四年，西历一一七七年。

[17] 即那智飞泷权现，为千手观音菩萨之垂迹。怒相：原文教令，教令轮身之略，佛三轮之一（其他二轮为正法轮身、自性轮身），显愤怒之相以教化刚强难驯者。

[18] 羽林：近卫府之唐名，成经时任右近卫少将。沙弥：指出家而受戒者。在日本亦指有妻小之出家僧。

[19] 三业相应：谓身、口、意三业因，应和一致。

[20] 证诚大菩萨：又称证诚大权现，熊野本宫四殿之一，本尊为阿弥陀如来之垂迹。

[21] 谓法身、报身、应身三身具足之觉世阿弥陀如来佛。

[22] 东方净琉璃医王：指本宫第二殿早玉宫，为药师如来之垂迹。药师在东方净土，称净琉璃如来。其十二愿中，有重病悉除之愿，赐出离解脱之良药，治众生无明之病苦，故曰医王。

[23] 能化之主：指结宫，千手观音菩萨之垂迹。补陀落（今多作普陀）在印度南海岸，为观音菩萨能化（教化众生）之山。入重玄门：谓菩萨即将成佛（等觉）时，为深究佛门玄理，重修一切化他法门。

[24] 若王子：或称若一王子。本宫第四殿之若王子权现。为十一面观音之垂迹。

[25] 施无畏者之大士：指能使众生在苦难中亦无所畏怖之观音菩萨。

[26] 顶上佛面：指十一面观音头上之佛面。以十一面佛面观照众生，遂其所愿也。

[27] 一人：谓天皇。

处[28]，朝掬净水，涤烦恼之垢；夕向深山，唱宝号之名，无不感应。峨峨高岭，喻神德之高；崄崄深谷，比弘誓[29]之深。拨云而登，凌露而下，若不凭利益之地[30]，争运步于崄难之路？若非仰权现之德，何必祀乎幽远之境？于此，恳请证诚大权现、飞泷大菩萨，并启青莲慈悲之眸[31]，竖小鹿聪敏之耳[32]，闻见我等无二之丹诚，接纳我等每一之恳愿。然则，结宫早玉两所权现[33]，各随机[34]善导有缘众生，且为救济无缘群类[35]，舍七宝庄严之居[36]，和八万四千之光，同六道三有之尘[37]。是故，定业亦能转，求长寿得长寿[38]。礼拜连袖，供币帛礼奠[39]无虚日。

---

[28] 后生善处：祈来世生于极乐净土之谓。《法华经・药草喻品》："现世安稳，后生善处。"

[29] 弘誓：佛菩萨广济众生、救苦救难之誓愿。

[30] 利益之地：喻菩萨利益众生之神力所在。

[31] 青莲慈悲之眸：指佛菩萨眼睛。《往生讲式》："青莲眦鲜，慈悲相现。"

[32] 小鹿之耳：喻神佛之耳。竖耳，谓倾听众生之所愿也。

[33] 结宫是西御前，早玉宫又称中御前，自古两所合殿，故称两所权现。

[34] 随机：谓随其机缘、能力、素质或心意。

[35] 群类：指有生之物，即众生。

[36] 七宝庄严之居：指极乐净土。

[37] 八万四千之光：佛之八万四千相好所放光明。《观无量寿经》："心想佛时，是心即是三十二相、八十随形好。……无量寿佛有八万四千相，一一相中各有八万四千随形好。"六道：指众生轮回所趣之处，即天上道、人间道、阿修罗道、畜生道、饿鬼道、地狱道。三有：即欲有、色有、无色有三界。尘是烦恼。此二句即"和光同尘"，隐知德之光，入俗世之尘，与众生结缘，以救其迷惘。

[38] 《法华文句记》："若其机感厚，定业亦能转。"谓若信仰虔诚，念力深厚，仍可改变已定之业果也。"求长寿得长寿"：语出《药师本愿功德经》。

[39] 礼奠：供奉神佛也，又指其供品。

披忍辱之衣[40]，供觉道之花[41]，动神殿之地[42]，澄信心之水，湛利生之池。倘蒙神明受纳，所愿何有不成？仰祈十二所权现[43]，同展利生之翅，遥翔苦海之天。解我左迁之愁，遂我归洛[44]之愿。再拜。

[40] 忍辱之衣：指袈裟。忍辱：菩萨修行六波罗蜜（布施、持戒、忍辱、精进、禅定、智慧）之一。

[41] 供觉道之花：觉道即大觉大悟之道。

[42] 地：原文作床，即今汉语之地板，故且以地译之。祈愿虔诚，以致神殿地板为之震动也。

[43] 十二所权现：指熊野三山（证诚殿、结宫、早玉宫）、五所王子（若王子、禅师宫、儿宫、圣宫、子守宫）与四所明神（一万宫、劝请十五社、飞行夜叉、米持金刚童子）。

[44] 归洛：返京也。洛为洛阳之略。日人仿中国长安，名其京都为平安。又仿中国东京洛阳，以洛阳称平安京东区。后来成为京都全城之别称。

十五 卒都婆传书

丹波少将成经与康赖入道常往三所权现参拜，有时便在那里守夜。有一日晚间两人又去，通宵唱着今样歌曲[01]。达旦时，康赖入道睡眼迷离，朦胧中，只见一艘白帆小船，自海上划到面前。有二三十个穿着红色衣服的女侍走上岸来，打着鼓，齐声唱道：

万佛祈愿固然好，千手观音最神灵，
瞬间能使枯草木，开花结果证实情[02]。

唱完了三遍，便忽然消失不见了。梦醒之后，康赖入道觉得异乎寻常，因道："此当是龙神显灵。三所权现中，西御前结宫是千手观音之垂迹[03]。龙神则是千手观音二十八部众之一[04]。可知祈祷已蒙受纳。有指望矣。"

又有一晚，两人又一起守夜，又在睡意迷糊时，梦见风从海上吹来，吹来

[01] 今样：当世流行之歌谣曲子。已见卷第一《六、祇王》章，注6。

[02] 此今样歌词见于后白河院撰《梁尘秘抄》卷二《佛歌》、《梁尘秘抄口传集》卷十，又橘成季编《古今著闻集》(一二五四)、《管弦歌舞第七》等处，皆收有此歌，唯其用字略有差异，但其内容则大致相同。《千手千眼大悲心陀罗尼经》："念彼观音力，枯木华更开。"

[03] 西御前结宫：本宫第二殿早玉宫之厢殿。依"本地垂迹"之说，结宫为千手观音之垂迹。反之，可说结宫之本地为千手观音。

[04] 龙神：八大龙王之一，主司雨族与水族。二十八部众：指保护千手观音信徒之孔雀王二十八部仙众。《千手陀罗尼经》："我遣金色孔雀王二十八部大仙众，常当拥护受持者。"

了两片树叶，吹入两人的袖兜中。漫不经心地拿出来一看，原来是梣檀的叶子[05]。在两片梣檀叶上，还看到有一首歌，是昆虫一小口一小口啃雕出来的。

肃穆祷神明，频仍含苦情，神非无感者，定有返京行。

康赖入道思乡心切，无可奈何，想出一计：用木板雕成千支卒都婆[06]，上面各写梵文阿字[07]、年号月日、假名实名[08]，又附歌二首：

萨摩小岛边，残喘苟得延，愿托潮汐便，堂上报平安[09]。
即使短行役，难免念故乡，何况远谪者，能不忆高堂[10]？

雕好了，带到海滨，虔诚唱道："南无归命顶礼[11]。梵天、帝释[12]、四大天王[13]、坚牢

---

[05] 梣檀：原文作梣或南木。或以椰、竹柏当之。常绿树种。熊野三山尊之为神木。已见卷第一《十一、争路》章，注23。

[06] 卒都婆：已见本卷《十二、山门灭亡》章，注31。在此则专指木板卒都婆，即将细长木板上部刻成尖顶五重塔形，上书经文、梵字等，竖在墓后侧，以为供养。至如本章之卒都婆，则用以漂海传达信息。其用虽异，其形则同。按：周作人氏译作"板塔"。

[07] 阿（𑖀）字：梵文（悉昙文）第一字母，是万种语言之源。《大日经疏》："一切法教之本。"

[08] 实名：指本名、真名。假名：指真名之外之通称或俗名。

[09] 此歌收于《千载集》八《羁旅歌》，题曰"遭逢意外在无名小岛作"。又《宝物集》，题曰"在鬼界岛时咏之寄母以报平安"。

[10] 此歌收于《玉叶集》八《羁旅歌》，题曰"在远国寄语京中人"。

[11] 南无：梵文音译，意译归命、顶礼。拜佛祈愿时所唱。在此同义三词连用，以示郑重。《观无量寿佛经疏·观经玄义一》："言南无者，即是归命，亦是发愿回向之义。"

[12] 梵天、帝释：皆佛法守护神。梵天，已见卷第一《十五、神舆》章，注15。指色界十八天中初禅天之主大梵天王。帝释，欲界六天第二须弥山忉利天喜见城之主帝释天王。

[13] 四大天王：帝释天须弥山四护将。持国天在东、增长天在南、广目天在西、多闻天在北。

地神[14]、王城镇守诸大明神[15]，尤其熊野权现、严岛大明神，请至少让一支卒都婆传到京城去。”一边祈愿着，一边趁着每次白浪冲来而又引退时，将卒都婆一一投入海中，任其漂浮。以后每雕一支卒都婆便抛进海洋。如此日复一日，卒都婆的数目也逐日增加。或许康赖的念力助成了顺风，或许由于神佛冥中的保佑，上千卒都婆之中，竟有一支漂到安艺国，在严岛大明神前被打上岸边。

却说，有一个与康赖结过缘的僧人，等着只要有适当的便船，便决定远渡重洋到鬼界岛，设法追寻康赖的行踪，因而出了门，开始了西国修行之旅。首先来到严岛参拜。在此遇到一个看似神官而身穿俗装狩衣的人。两人在闲谈间，僧人问道：“佛菩萨和光同尘，利益众生，形式种种不一。然而此严岛大明神，何以与大海鳞类结缘？”神官答道：“究其原因，娑竭罗龙王第三公主，其本地乃胎藏界大日如来之故也[16]。”继而列举了大明神在严岛显灵以来，自始至今，种种济众利生的轶事奇迹。无怪乎八栋神殿[17]，屋檐栉比，廊阁相连；坐落岸边，海潮涨落，明月澄辉，变幻莫测。满潮时，大鸟居[18]朱漆玉垣，耀眼如琉璃。潮退时，虽在夏夜，殿前沙滨幻成凝霜一片[19]。僧人不禁肃然敬畏，专心施功作法，不觉日没月出，海潮渐涨。忽在随潮漂来的海

---

[14] 坚牢地神：守护大地之神。已见卷第一《十五、神舆》章，注15。

[15] 守护帝都之诸大明神。《二十一社记》云：“定置二十一社为皇城镇守神。”并列举伊势大神宫、贺茂社、住吉社、祇园社、春日社等共二十一社之名。

[16] 娑竭罗：八大龙王第三，或曰天照大神之本地。有三女，皆为严岛祭神。据《园城寺传记》所收《严岛明神御托宣文》：“我是娑竭罗龙王第三公主（丰玉姬），本地胎藏界大日清净光世菩萨。”三女之中，幺妹市杵岛姬最受尊崇。胎藏界与金刚界为真言宗密教两部法门。胎藏显大日如来之慈悲，包容万物；金刚则谓其智慧圆满，能除烦恼。

[17] 八栋神殿：即本社三女神，加厢殿五座。

[18] 鸟居：神社入口所竖牌坊（华表），作开字形。参拜者穿过鸟居，即入神境。

[19] 白居易《江楼夕望招客》：“风吹枯木晴天雨，月照平沙夏夜霜。”此联亦收于《和汉朗咏集·夏夜》卷上。

藻间，发现有一支木雕卒都婆，捡来一看，上面有一首歌，歌中有“萨摩小岛边，残喘苟得延”之句。文字是刀子刻出来的，不怕波浪刷洗，所以还是清晰可辨。僧人觉得实在不可思议，便将卒都婆插在背箱里，赶返京城，来到一条大路北边紫野地方[20]，探访康赖老母尼公[21]及其妻儿隐居之处，拿出来给一家人看。看了，悲叹道：“这卒都婆不向唐土那边漂去，为什么却漂到这边来？更教人想念。”

后白河法皇也耳闻此事，等御览了卒都婆后，泪汪汪地说道：“唉，真可怜啊。原来这些人还活着。”稍后，小松内大臣也接到卒都婆，旋即转呈父亲入道相国卓裁。

柿本人丸咏隐没岛后之船[22]，山边赤人吟满潮芦前之鹤[23]。住吉明神感殿宇之将倾[24]，三轮明神指杉木之矗立[25]。自古素盏呜尊始创三十一字和歌以

[20] 紫野：今京都市北区船冈山附近。

[21] 尼公：对康赖母亲出家后之尊称。

[22] 柿本人丸：即柿本人麻吕。七世纪后半期飞鸟时代代表歌人，《万叶集》收其长歌、短歌共八十余首。三十六歌仙之一，有歌圣之誉。《古今和歌集》卷第九《羁旅歌》：“耿耿欲晓天，明石飘渺间。犹忆晨雾里，船隐海岛边。”有注云：“或曰柿本人麻吕之所作。”按：明石即明石浦，濑户内海古代航运枢纽，今兵库县明石市。

[23] 山边赤人（？—七三六）：八世纪前半期奈良时代歌人，三十六歌仙之一。《万叶集》收其歌约五十首，其卷七有神龟元年（七二四）所作《玉津岛从驾》一首：“若浦涨满潮，浅滩旋不见。鹤唳天外来，飞向芦苇岸。”按：若浦，即和歌浦。

[24] 住吉明神：在今大阪市住吉区住吉町。《新古今和歌集》卷第十九有《神祇歌》云：“迟迟夜已阑，袖薄不耐寒。千木断折后，风霜漏隙繁。”有注云：“盖住吉之御歌。”按：千木或作知木，为日本神社屋脊两端乂形之交叉长木。千木断折，喻殿宇年久失修也。

[25] 三轮明神：指大神神社，祀大物主神。在今奈良县樱井市。藤原清辅（一一〇四—一一七七）著《袋草子》所收《三轮明神御歌》：“若还想念我，携手来相欢。家在三轮麓，门前植一杉。”又《古今和歌集》卷第十八《杂歌下》收有一歌，文字内容近似，但作者为“佚名”。

来[26]，诸神明佛菩萨亦以吟咏寄其千头万绪之思[27]。入道相国并非木石[28]，毕竟也不免嘟哝着可哀啊可怜的话来。

[26] 《古今和歌集·假名序》："（神代之后）降至人世，素盏呜尊始咏三十又一文字。"据《古事记》等书所载，素盏呜尊为天照大神之弟，性情暴躁，在天庭屡起事端，遂被降谪出云国。在此计杀八歧大蛇，即与所救栉名田姬结婚，住须贺宫，乃作歌云："层云耸出云，护妻围重垣。造此八重垣，筑彼八重垣（八雲立つ　出雲八重垣妻籠みに　八重垣造る　その八重垣を）。"按：此歌由五句构成，音节为五·七·五·七·七，共三十一"文字"："やぐもたつ·いづもやへがき·つまごみに·やへがきつくる·そのやへがきを"，成为后来短歌，即和歌传统之主要体式。

[27] 《古今著闻集》五："和歌起于素盏呜尊之古风，久来为秋津洲之俗。以三十一字之丽篇，述千万端之心曲。（中略）因此，神明佛陀亦不能弃置，明王贤臣亦必赏玩之。"按：秋津洲（或秋津岛、蜻蛉岛），平安时代以来，为大和国或日本全国之别称。

[28] 司马迁《报任安书》："身非木石。"白居易《李夫人》："人非木石皆有情。"

十六　苏武

入道相国既然有怜悯之意，京中上下，无论老少，莫不公开传诵着鬼界岛流人之歌。听说雕刻了上千支的卒都婆，形状一定不会太大，而却能迢迢从萨摩湾流传到京城，实在不可思议。语云精诚所至，金石为开，盖此之谓也。

昔时，汉皇拜李少卿为大将军[01]，率三十万骑，远征胡国[02]。但汉军势弱，不敌胡军兵多气盛，全军为之覆没。大将军李少卿且为胡王所生擒。其后又派苏武为大将军，率五十万兵马出征。然而胡兵依然强悍凶猛，汉军又居劣势，惨遭败绩。被俘六千余人。胡王从中挑出位阶较高的六百三十余人，包括大将军苏武在内，各人砍去一脚后，赶了回去。有的当场毙命，有的稍后死去。其中苏武却活了下来，变成了独脚汉。上山则捡树果疗饥，春则摘泽边芹菜，秋则拾田中落穗，苟延朝露般的性命。他与田里的鸿雁已经惯熟而互无猜忌。想起鸿雁南飞，都会飞过故乡，乡情愈益难以排遣。于是写了一条短简，系在

---

[01]　汉皇：指汉孝武皇帝，通称汉武帝，在位五十四年（前一四一—前八七）。李陵：字少卿（前？—前七四），李广之孙。武帝天汉二年（前九九），率步骑五千，深入胡地，与匈奴力战，兵尽援绝而降。苏武：字子卿（前一四〇—前六〇）。武帝时出使匈奴，单于逼降，不屈。先被囚禁，后放逐北海，长达十九年。昭帝与匈奴和亲，始获释归汉。按：本章所述李陵、苏武故事，传入日本后，已经过所谓“变容”阶段，故与《史记·李将军列传》《汉书·李广苏建传》等史籍之相关记载，大不相同。此乃文化传播过程之必然现象。本章以下注释，对于故事原型与《物语》间之异同变化，不再一一作注说明。

[02]　胡国：指匈奴。中国北方民族，又有荤粥、猃狁、鬼方等异称。秦汉时期，匈奴与汉人时战时和，死伤无数。详见《史记·匈奴列传》《汉书·匈奴传》等。

鸿雁的翅膀上，且嘱咐道：“务必转呈汉皇御览。”每到秋季，鸿雁必定如期从北方飞越京城上空。一日，汉昭帝[03]正在上林苑[04]游憩，暮色渐垂，不免触景伤情。抬头忽见一行鸿雁向南飞去。中有一只飞落下来，啄开系在翅膀上的书简抛在地上。随侍官员拾起，呈给皇上。打开一看，信上写道：“昔囚岩窟洞，悲叹度三春[05]；今弃旷野里，胡地独脚身。尸可散异域，魂当归侍君。”此后，书信或称雁书，或曰雁札。

汉昭帝叹道：“唉，真可怜呀。这明明是苏武独特的笔迹。原来仍在胡国犹未死去。”随即命令李广[06]将军率百万骑雄兵，大举出征。此次汉军战无不克，胡方节节败退。苏武听说汉军大胜，便从旷野里现出身来，自称道：“我就是从前的苏武呀。”在胡国忍辱度过了十九星霜，变成了独脚人，而今只能用轿子抬回故乡。苏武于十六岁时出征胡国，当时皇上所赐旗子，也不知如何隐藏身上，居然保存良好。如今取出来献给当今皇上，君臣莫不感叹。由于忠君之功无与伦比，所以除获赐许多大国之外，又官拜典属国之职[07]。

李少卿则滞留异域，不曾还乡。他虽然想方设法，请求准予返回汉朝，但是胡王始终不许，也无可奈何。汉朝皇帝却不审内情，以为不忠于君，竟掘其父母之墓，鞭其尸骸，而且罪及六亲[08]。李少卿听到之后，极深愤恨。唯其怀乡

---

[03] 昭帝（前九四—前七四）：武帝之子。八岁即位，在位十三年。见《汉书・昭帝本纪》。

[04] 上林苑：天子游憩狩猎处。秦始皇首设，汉武帝扩之，周围三百里，中置苑三十六、宫十二、观二十五，集天下珍禽奇兽、百卉异草。司马相如有《上林赋》。

[05] 三春：日本注家皆解作三年，如三秋。非孟春、仲春、季春之三春。

[06] 李广（前？—前一一九）：李陵祖父。一代名将。文帝、武帝时北伐匈奴，屡建奇功。后因故自杀。此处所述，时代错乱，盖昭帝即位时，李广已死三十余年矣。事迹见《史记》《汉书》所载《李广传》等。

[07] 大国：指封国领地之大者。典属国：官名，《汉书・昭帝本纪》注：“典属国，本秦官，汉因之，掌归义蛮夷。属官有九译令，后省并大鸿胪。”

[08] 六亲：有父母兄弟妻子、父子兄弟夫妇等不同说法。或用以泛指血缘近亲。

之情犹且有增无减，不得已，乃写成书札一通，披沥陈词，表示自己绝无不忠于君之事[09]。汉帝御览之后，说道：“原来如此，可怜可悯之至。”而对于处罚掘墓鞭尸之举，不免深深感到后悔。

汉家苏武系书雁翼以寄故土；我朝康赖托歌海潮而达乡里。彼乃一笔小简，此为二首和歌。彼在上代，此值末世。胡国与鬼界岛。地相隔，世代变，而情趣依然同一情趣，诚属难得而可贵。

[09] 所谓书札一通，或以为指传李陵所作《答苏武书》。

卷第三

『皇子诞生』

赦书

一

治承二年正月一日，在后白河法皇御所举行元旦拜贺仪式；四日有天皇驾幸朝觐法皇之礼[01]。固然都是例行如仪，与往年并无不同，但因去夏，自新大纳言成亲卿等许多侧近宠臣，或斩首或流放，法皇至今气愤难平；心灰意懒之余，对于政务已不大过问，一味怨天尤人。太政入道则自多田藏人行纲告密之后[02]，对法皇警惕戒惧，不敢掉以轻心。表面上虽然若无其事，心里却各怀鬼胎，互相猜忌，只能强颜苦笑而已。

正月七日，彗星出于东方。曰蚩尤旗，亦称赤气[03]。十八日其光大明。

却说入道相国之女建礼门院[04]，当时犹称中宫，忽感玉体违和。宫中自不必说，普天之下，人人无不担忧。诸寺院开始诵经，官币使来往诸神宫之

[01] 朝觐：指高仓天皇于年初，依例晋谒后白河法皇，行贺年之礼。

[02] 多田藏人行纲密告一事，见卷第二《三、西光被斩》章。

[03] 蚩尤旗：彗星之一。《史记・天官书》："蚩尤之旗，类彗而后曲，象旗。见则王者征伐四方。"《玉叶》治承二年正月十八日条："去七日见彗星。去年十二月廿四日亦见之。"又云："彗星第一变也。去年荧惑入太微。今年见彗星，乱代之至可以察之。"按：蚩尤为中国史前传说人物。《史记・五帝本纪》："蚩尤作乱，不用帝命，于是黄帝乃征师诸侯，与蚩尤战于涿鹿之野，遂禽杀蚩尤。"注云："蚩尤冢，……有赤气出，如匹绛帛，民名为蚩尤旗。"

[04] 建礼门院：已见卷第一《五、吾身荣华》章。即平德子，高仓天皇之后（中宫），八十一代安德天皇（在位一一八〇——一一八五）之母。养和元年（一一八一）受封，号建礼门院。

间[05]，医家尽其药效，阴阳师大展方术，僧侣勤修所有大法秘法[06]，一法不遗。然而据说并不是什么疾病，而是怀孕了。皇上今年十八，中宫二十二，尚未生儿育女。平家的人都觉得如果生下皇子，不知有多可庆可贺，便仿佛已经诞生了皇子一般，举家充满着兴奋与喜悦。别人也说："平氏正值家运昌隆之时，诞生皇子，殆无可疑。"既经确认身怀六甲，乃敦请卓有效验的高僧贵僧[07]，修行大法秘法，祭星宿[08]，拜菩萨，祈愿诞生一位皇子。六月一日，中宫举行着带之礼[09]。仁和寺御室守觉法亲王[10]急忙进宫，依《孔雀经》咒法给予加持[11]。天台座主觉快法亲王[12]亦进宫中，修持变成男子秘法[13]。

尽管如此，中宫在怀孕期间，随着月份增加，玉体愈感不适。可比原本一

[05] 官币使：指神祇官派往各神社奉献币帛之敕使。

[06] 大法秘法：密教祈祷法分为大法、准大法、秘法、通途法等。关于大法，山门主持大炽盛光法、七佛药师法、普贤延命法、安镇法；寺门主持尊星王法、法华法、金刚童子法；东寺主持孔雀经法、仁王经法、请雨经法。诸山秘法互异，如山门所行者为苏悉地大法、五密秘法、如法爱染法、尊胜法、乌瑟沙摩法等。

[07] 贵僧：盖指皇室出身而位高有德之僧官。

[08] 星宿：指二十八星宿。星座各有所宿，故曰星宿。密教有祭星攘灾之法。

[09] 孕妇于怀孕第五个月，行着带仪式，即缠系腹带（岩田带）于腰身，以保胎儿平安也。

[10] 仁和寺：真言宗。在今京都市右京区。御室：仁和寺别称，又指其管长（住持），例由法亲王（出家亲王）出任，称御室门迹。守觉法亲王：后白河法皇第二皇子，高仓天皇之异母兄，以仁王之同母兄。嘉应元年（一一六九），二十岁，任第六代御室。有《守觉法亲王集》传世。

[11] 修《佛母大孔雀明王经》以息灾、祈雨之法。《孔雀明王画像坛场仪规》之四臂孔雀明王像为其修法本尊。加持：密教所修咒法，祈求佛菩萨之加护保持。

[12] 觉快法亲王：鸟羽天皇第七皇子。治承元年（一一七七）任第五十六代天台座主，两年后请辞。已见卷第二《一、座主流放》章，详注4。养和元年（一一八一）逝世，四十八岁。

[13] 变成男子秘法：密教秘法之一，可借真言威力，变胎内女子为男子。

笑百媚生的汉朝李夫人[14]，竟卧在昭阳殿的病床上一般[15]；较之杨贵妃梨花一枝春带雨[16]，芙蓉因风而枯萎，女郎花承露而低垂[17]，其情更加可悯。而且在中宫茹苦懊恼之际，有可怖的物怪趁机附上其身[18]。于是，乃施不动明王擒缚咒法，将物怪移至灵媒身上使其显露原形[19]。中有自称为赞岐院亡灵[20]、宇治恶左府怨灵、新大纳言成亲卿死灵、西光法师恶灵、鬼界岛流人之生灵者[21]。是故，太政入道以为无论死灵生灵，皆宜厚加安抚。不久，先追封赞岐院，复其帝号崇德天皇。又追赠宇治恶左府赖长官位，至太政大臣正一位。听说敕使是少内记维基[22]。赖长的墓地在大和国添上郡川上村般若野五三昧[23]。保元之秋，惨遭掘墓验尸。其后骸骨散为路边之土，年年只见春草丛生[24]。今有敕使

[14] 白居易《长恨歌》："回眸一笑百媚生，六宫粉黛无颜色。"原为咏杨贵妃之句，在此则借以形容汉武帝宠妃李夫人。

[15] 白居易《新乐府·李夫人》："翠蛾仿佛平生貌，不似昭阳寝疾时。"

[16] 白居易《长恨歌》："玉容寂寞泪阑干，梨花一枝春带雨。"

[17] 芙蓉：即荷花。女郎花：日本花名，别无汉称，一说名败酱。为秋七草之一。按：所谓秋七草，初见于《万叶集》卷八之山上忆良《咏秋野花歌》，指萩花（胡枝子）、尾花（芒穗）、葛花、抚子（瞿麦花）、女郎花、藤袴（泽兰）、朝颜（牵牛花）。源顺有《咏女郎花》诗："花色如蒸粟，俗称为女郎。"（《本朝文粹》）

[18] 物怪：即妖怪、怪物，指物类经久而化成精灵之类，好附人身上作祟。《史记·天官书》："所见天变，皆国殊窟穴，家占物怪，以合时应。"又《封禅书》："依物怪欲以致诸侯。"

[19] 施不动明王擒缚咒法：可将凭依病人之物怪移至灵媒童男童女，使死灵或生灵现其本相。

[20] 赞岐院：第七十五代崇德天皇，败于保元之乱（一一五六），流放赞岐国（今香川县），削其帝号，称赞岐院。长宽二年（一一六四）殁于谪地。

[21] 鬼界岛流人：指丹波少将成经、平判官康赖入道、俊宽僧都。均因参与鹿谷推翻平家之谋而遭流放鬼界岛。

[22] 少内记维基：即藤原惟基。检非违使别当藤原惟方之子。少内记：属中务省，掌诏敕、宣命及档案等事务。

[23] 般若野五三昧：在奈良市东大寺之北、奈良坂之南，传为畿内五所火葬场之一。

[24] 白居易《续古诗十首》之二："古墓何代人，不知姓与名。化作路傍土，年年春草生。"

前来，宣示谕旨。亡魂不知有多欢喜。

怨灵人人惧畏，自古已然。是以追谥早良废太子为崇道天皇[25]；恢复井上内亲王之皇后职位[26]。此皆安抚怨灵之策。冷泉上皇之所以发狂[27]，花山法皇之所以让出十善万乘之位[28]，乃出于元方民部卿之灵作祟[29]。三条法皇之所以失明，是由于观算供奉之灵使然[30]。

门胁宰相平教盛[31]听到了诸多传言，便对小松殿内大臣平重盛说道："传闻中宫身怀六甲，安产祈祷不一而足。其实，最紧要者莫过于颁布非常赦[32]，尤以召回鬼界岛流人为无上善根功德。"小松殿随后谒见父亲太政入道，禀道："丹波少将之事，门胁宰相为之长吁短叹、不堪其苦。中宫玉体违和，若传言属实，定与大纳言成亲卿死灵有关。如欲安抚成亲卿之死灵，宜速召回其子丹波少将。能满足他人之愿，亦可成就自我之愿；中宫必将诞生皇子，而我家

---

[25] 早良废太子：即早良亲王。第四十九代光仁天皇之子、桓武天皇之弟。天应元年（七八一）立为太子，延历四年（七八五）被废，流放淡路国。途中自断水浆而死。据《日本纪略》，于延历十九年（八〇〇）追赠崇道天皇帝号。

[26] 井上内亲王：四十五代圣武天皇皇女，四十九代光仁天皇皇后。因继位争议，诅咒天皇，与其亲生皇太子他户亲王同时被废，死于幽禁中。

[27] 六十三代冷泉天皇：村上天皇第二皇子。康保四年（九六七）即位，发疯，安和二年（九六九）让位。

[28] 六十五代花山天皇（在位九八四—九八六）：冷泉天皇第一皇子。宽和二年（九八六）因女御藤原怟子逝世，悲痛不已，忽让位出家。十善万乘：谓现世皇位乃前生所行十善之果报。万乘即一万辆车。周制王畿方千里，能出兵车万乘，后以万乘指帝位。

[29] 藤原元方（八八八—九五三）：官至民部卿（九四七）、正三位大纳言（九五一）。其女佑姬为村上天皇更衣，生第一皇子广平亲王。但藤原师辅之女所生宪平亲王却被立为东宫（后之冷泉天皇），元方郁郁而死，变为怨灵，在宫中作祟。

[30] 观算：另有桓算、宽算等标记法。所指不详。供奉：为内供奉之略，在宫中内道场供职，夜间在清凉殿伺候天皇，且为皇室行加持祈祷之僧侣。

[31] 门胁宰相：即参议平教盛。鬼界岛流人少将成经之岳父。前已数见。

[32] 赦有三等：常赦、大赦、非常赦。赦免所有犯罪者谓之非常赦。

门亦必愈益荣华无疑。”今日入道相国居然不似常日，心平气和，问道：“然则，俊宽与康赖法师如何？”对曰：“应皆同时召回为宜。如果只留下一人，反而又造罪孽。”入道相国道：“康赖法师尚可原谅，俊宽是我入道极力关说、一路提拔上来之人，而竟然在其鹿谷山庄构筑城砦。每逢事端，便发为怪诞不经之言行。俊宽万不能赦免。”

小松殿返邸后，即请叔父门胁宰相过来，告之以好消息：“少将已蒙赦免矣。请安心可也。”宰相大喜过望，双手合十道：“小婿下放前，每次见面，总是泪流满面，好似怪责我教盛未尽全力为其求情一般，实在可怜。”小松殿接道：“果真如此，情有可原。谁不疼惜儿女小辈？我当向入道大人再好好禀报一切。”说罢便进去了。

不久，召回鬼界岛流人之议便成定案，入道相国的赦书也已下来。敕使即将自京师出发。宰相喜不自胜，加派私使随着南下。虽然日以继夜，兼程赶路，但海路难行，不能随心所欲，日日冒着暴风巨浪前进。七月下旬离开京都，直至九月二十日前后，才抵达鬼界岛。

二 顿足

敕使是丹左卫门尉基康[01]。舍舟登陆，便到处大声问道："从京都流放下来的丹波少将、法胜寺执行法师、平判官入道，是否住在此地？"少将成经与康赖入道二人照例去参拜熊野[02]，正好不在。只剩俊宽僧都一人听见，自言道："朝思暮想，无非重返京城。难道不是在做梦？或是天魔波旬[03]来此蛊惑我心？不可能不可能也。"一时惊慌失措，连跑带颠，来到敕使面前，自称道："有何贵干？本人便是从京都流放在此之俊宽。"

敕使便从挂在杂役[04]胸前的文书袋中，取出入道相国的赦书奉上。打开一看，只见写着："重科者免远流。可急速准备返京。兹因祈祷中宫安产，施行非常之赦。据此，鬼界岛流人少将成经、康赖法师，着即赦免。"却无俊宽名号。或许写在包纸[05]上吧，但看了包纸也不见。从里到外，从头到尾，看来看去，仅写着两人的名字，并无第三人。

稍后，少将与判官入道也回来了。少将读了赦书，康赖入道再读了，都只

[01] 左卫门尉：卫门府三等官。丹（波）基康，其人不详。别本作丹波基安或藤（原）康贞。

[02] 参拜熊野：详见卷第二《十四、康赖祝文》章。

[03] 天魔：指欲界第六天魔王，名波旬（播裨之讹），以破坏众生安宁、妨碍佛道为事。参卷第一《十二、鹿谷》章，注16。

[04] 杂役：原文杂色，指无官无位、在贵族大官之家管杂务、供差遣之仆从。

[05] 包纸：原文礼纸，即包在信札或文件外面之白纸。

写着他们二人，并未写着第三人。如果说是梦中幻影，事实却摆在眼前。说是事实吧，又仿佛是梦。况且从京城便邮带给二人的书信有好几封，而给俊宽僧都者却连一封问候信也没有。因想难道与自己有缘之人皆已不在京城？越想越觉得难堪起来，急道："本来，我等三人所犯同罪，谪居一岛。何以临到赦免时，却只召还二人，唯独留我一人在此？是平家忘记了，或是执笔者犯了错？这到底是怎么回事呀？"说着，仰天伏地，放声大哭，顿足哀求。无可奈何，只得抓紧少将的长袖道："我俊宽之所以落到如此地步，难道与令尊故大纳言殿虚骄恃宠、自以为是的谋反无关？因此，别以为一句干卿何事即可了结。既然未蒙赦免，不能回京，至少让我乘船到九国某地[06]。两位在此期间，春日燕子回来，呢呢喃喃，修筑旧巢；秋天鸿雁南飞，好像故乡总会传来消息[07]。而今而后，可能再也听不到了，如何是好？"边说边扭动着全身，五中焦灼，显得痛苦不堪。

少将劝慰道："有此想望自可理解。我等蒙召返京，固然喜悦，但一看尊容此般模样，实在不忍就此离开。想同乘此船，同回京城，然而京中来使却以为万万不可。未获准而三人同时离岛，当局定会知情，反而不佳。还是让我成经先回京城，征询多方意见，观看入道相国脸色，再派人前来迎接。在此之前，要如往日好好活下去，耐心等待。无论如何，保命最为要紧。此次虽然遗漏，早晚终有点名赦免之日。"尽管慰勉有加，俊宽仍然不顾别人眼光，嚎啕大哭起来。

船将开航时，人声吆呼嘈杂，俊宽僧都上了船被赶下来，被赶下来了又爬

[06] 九国：指筑前、筑后、丰前、丰后、肥前、肥后、日向、大隅、萨摩九国。加壹岐、对马，或称九国二岛。

[07] 春燕与秋雁：盖喻指少将成经之岳父宰相平教盛，以其经常派人送来日用衣食与故乡消息也。见卷第二《十四、康赖祝文》章。

上船去，只盼能如愿同船离开。少将留下寝具给他使用，康赖入道则送他一部《法华经》做纪念。及至解缆起航，僧都紧紧抓住船缆，被拖入海。先是水深及腰，渐及腋下，将及灭顶。水深灭顶时，僧都攀附船舷，哀求道："何以故，终竟忍心遗弃俊宽于此乎？未料居然冷酷到如此地步。平日情谊可以不提，即使是无理要求，亦应许我上船，至少到九国之地。"京城敕使道："断然不可。"便掰开僧都攀在船舷的双手，把船急速划出海去了。

僧都手足无措，踉踉跄跄回到浅滩，俯伏沙滨，仿佛幼孩思慕失去的乳母或亲母一般，翻滚顿足，大声嚷道："让我上船吧。让我同行呀。"然而船已渐行渐远，只拖着一条长长的白浪。虽说船还没远到望不见，但僧都泪眼汪汪、视线模糊，奔跑上高地，对着海洋不住招手。古代松浦佐用姬[08]，挥着领巾，含泪目送唐船的悲哀，恐怕也不过如此。

船已隐形，日已垂暮。但僧都并未回去简陋的居处，只任波浪濯其双脚，露水湿其全身，留在海边过了一夜。事已至此，只好告诉自己，相信少将的为人最重情义，返京后肯定会代为奔走关说；就凭此虚幻的希望，僧都当日才未投水自尽，但还是难免失魂落魄、悲痛欲绝。想起昔时，早离、速离兄弟在海岳山被弃的悲哀[09]，僧都似乎也能感同身受。

---

[08] 佐用姬：或作小夜姬。相传宣化天皇二年（五三七），大伴佐提比古（或作大伴狭手彦）出使任那国（古朝鲜半岛南端小国），其妻佐用姬登上高山，挥领巾送别。山上忆良（六六〇—七三三）有歌数首咏其事（《万叶集》卷五），有序云："大伴佐提比古郎子特被朝命奉使藩国，舣棹言归，稍赴苍波。妾也松浦佐用姬嗟此别易，叹彼会难。即登高山之岭，遥望离去之船，怅然断肝，黯然销魂。遂脱领巾麾之。傍者莫不流涕。因号此山曰领巾麾之岭也。"（原汉文）按：下文所谓唐船，指来往日本与中国或朝鲜间之中国式海船。

[09] 早离、速离：事见《观世音菩萨净土本缘经》。南天竺摩涅婆陀国梵士长那有二子，名早离与速离。母名摩耶斯罗。早离七岁、速离五岁时，母病逝。又值饥馑，父入海觅食。兄弟为继母所弃，放之南海孤岛。兄弟日夜悲哭，遂发愿曰："常在此岛，修菩萨之行，利十方之人。"其父长那乃今之释迦如来、母摩耶斯罗为阿弥陀如来、兄早离为观音菩萨、弟速离为势至菩萨。南海孤岛即海岳山（或作海岩山、海岸山），今之补陀落山也。

三 皇子诞生

且说两人离开了鬼界岛，来到平宰相所领肥前国鹿濑庄。宰相自京派人前来传话道："年内风不平浪不静，路上恐有不测。请就地休憩养生，待来春返回京师可也。"少将便在鹿濑庄过了年。

同年十一月十二日寅时[01]，中宫即将分娩，开始阵痛。京中处处，尤其是六波罗，显得异常热闹。产房设在六波罗的池殿[02]。后白河法皇也亲临探视。上自关白殿、太政大臣[03]，下至诸公卿殿上人，凡是有头有脸，渴望升官晋位，或有领地官职者，莫不赶来关切，争相致贺。古有先例，女御或皇后临盆时，往往举行大赦[04]。大治二年九月十一日，待贤门院临产，有大赦之举[05]。今援其例，重科者皆蒙赦免，唯独俊宽僧都一人不在其中，不胜遗憾之至。

中宫许下誓愿，若皇子分娩平安，诞生皇子，日后将行启八幡、平野、大原

[01] 同年：指治承二年（一一七八）。寅时：今上午三时至五时之间。

[02] 池殿：平清盛异母弟平赖盛（一一三一——一一八六）之邸。传原为七佛药师法坛所。

[03] 当时关白是藤原基房。太政大臣是藤原师长。

[04] 据《山槐记》十一月十二日条所记，因御产而行非常之赦，自鸟羽天皇保安三年（一一二二）至治承二年（一一七八）以前，五十多年间已行七次。

[05] 大治二年（一一二七）后白河法皇诞生，有大赦，"尤为吉例"。待贤门院：鸟羽天皇中宫藤原璋子。永久六年（一一一八）为中宫，天治元年（一一二四）授待贤门院号，久安元年（一一四五）崩。崇德天皇、后白河法皇之母。

野等处[06]。全玄法印[07]恭读了愿文。于是,在伊势大神宫以下二十余处神社,东大寺、兴福寺以下十六所佛寺,皆同时举行诵经法会。诵经使者由中宫近侍而有官位者充任。目睹诵经使者身穿平纹狩衣[08],腰上佩剑,手捧种种布施、御剑、御衣等物,陆续从东厢偏殿出来,跨过南院,走出了西中门。真是一幅难得一见的景象。

小松内大臣照例不慌不忙,对事对人不分善恶,总是沉稳以对,所以过了很久之后,才与嫡子权亮少将维盛[09]等诸公卿,分乘数辆车子,带来各种衣物四十袭、银剑七柄,皆放在广盖中[10]。又牵来了十二匹马。据说宽弘年间,上东门院生产时,御堂殿道长公始有献马之事[11],后世遂援以为例。原来小松殿既是中宫之兄,又有父女之义[12],赠马之事自是理所当然。五条大纳言邦纲卿[13]亦献马二匹。人们不免疑惑,到底是出于诚心实意,或是为了炫耀家财。此

[06] 行启:皇太后、皇后、皇太子出巡曰行启,以别于天皇之行幸。八幡:指石清水八幡宫,祭祀应神天皇,在今京都府八幡市男山。平野:指平野神社,祭祀今木神、久度神、古开神、比卖神,在今京都市北区宫本町。大原野:指大原野神社,在京都市西京区大原野南春日町,祀武瓮槌命、斋主命、天儿屋根命、比卖神等。

[07] 全玄法印:少纳言藤原实明之子。法印乃法印大和尚之略,僧位之最高者。寿永三年(一一八四)座主,文治五年(一一八九)大僧正,建久三年(一一九二)殁,享年八十岁。

[08] 平纹:一本作狂纹,指布纹之每一纹染成三色者。

[09] 权亮:中宫职之副次官。少将:为左近卫少将之略。

[10] 广盖:日制汉语词。原指衣箱盖子,翻之朝上,或仿造其形,以为盛礼物之容器,称为广盖。

[11] 宽弘五年(一〇〇八),御堂殿左大臣藤原道长(九六六——〇二七)之女彰子为一条天皇中宫(封号上东门院)时,生敦成亲王(后一条天皇),道长献马八匹。

[12] 承安元年(一一七一),建礼门院平德子(一一五五——二一三)入宫时,父平清盛已出家入道,其兄重盛代行父职,故曰有父女之义。按:卷第一《十二、鹿谷》章云:“入道相公的女儿德子,芳龄十五。以法皇养女的身份,入宫为女御。”

[13] 藤原邦纲:永万二年(一一六六)参议,安元元年(一一七五)中纳言,治承五年(一一八一)殁,六十岁。邸在五条大路南东洞院大路西,故称五条大纳言。清盛挚友。详见卷第六《十、祇园女御》章。

外，自伊势神宫以至安艺严岛，七十多所神社，分别献上了神马。内里也从御马寮选出骏马数十匹，每匹附上币帛，送了过来。仁和寺守觉法亲王作《孔雀经》法[14]；天台座主觉快法亲王作七佛药师法[15]；园城寺长吏圆惠法亲王作金刚童子法[16]。其他，自五大虚空藏[17]、六观音[18]、一字金轮[19]、五坛法[20]、六字河临[21]、八字文殊[22]，以至普贤延命各法[23]，无法不修。护摩[24]之烟充满殿中，铜铃[25]之音响彻云霄，修法之声令人悚惧。恐怕连所有的物怪也都抬不起头来。

---

[14] 《佛母大孔雀明王经》：见本卷《一、赦书》章，注10—11。

[15] 七佛药师法：比睿山四大法之一。药师佛为济度众生，化身为七，即善名称吉祥王如来、宝月智严光音自在王如来、金色宝光妙行成就如来、无忧最胜吉祥如来、法海雷音如来、法海胜惠游戏神通如来、药师琉璃光如来。七佛同修，可除病、延命、安产、免日月食之灾变。

[16] 长吏：寺之管长（掌一宗一派之事务者）。圆惠法亲王为后白河法皇第五皇子。后因高仓宫以仁王事件免其天王寺别当之职。卷第四《十五、三井寺被焚》章与卷第八《十一、法住寺之战》章，载有相关故事。金刚童子法：以金刚童子为本尊之三井寺秘法，祈安产。按：金刚童子乃西方无量寿佛化身，作愤怒童子形，手持金刚杵。

[17] 五大虚空藏：以法界（中）、金刚（东）、宝光（南）、莲华（西）、业用（北）五虚空藏曼荼罗为本尊之法，可增益、息灾、避祸。

[18] 六观音：天台密教以千手、圣、马头、十一面、不空羂索、如意轮合祀为六观音，以祈安胎、安产等事。

[19] 一字金轮：以金轮佛顶尊为本尊，修“勃噜唵（意译为豕）”一词真言之法，祈安产、避灾等。

[20] 五坛法：设五方坛，祭不动（中）、降三世（东）、军荼利（南）、大威德（西）、金刚夜叉（北）五大明王。主要为后妃临产、立东宫等国家大事祈福。

[21] 六字河临：以六观音或六观音所变六字明王为本尊所行之观音六字法，乃阴阳道河临禊融合密教调伏法而成者。主在行诅咒，平叛逆，祈祷治病或安产之法。

[22] 八字文殊：以文殊菩萨为本尊，唱“唵阿味罗吽佉左络”八字真言，为祈求息灾去病之法。

[23] 普贤延命：以普贤延命菩萨为本尊，祈求利益、长寿之法。

[24] 护摩：设火炉、焚乳木，以祓除不净之秘法。

[25] 铜铃：即金刚铃，密教修法时，摇之以惊醒或愉悦诸佛。

同时又令佛像工房[26]的法师，开始铸造等身大的七佛药师与五大尊像[27]。

虽然各显身手、想尽办法，但中宫仍然阵痛连连，痛苦不堪。胎儿似乎并不急于出来见人。入道相国及其夫人二位殿[28]把手叉在胸前，急得茫然失措，只嘟囔着如何是好，如何是好。有人在旁说三道四，便应道："总之，一定会顺利，一定会顺利。"事后入道还对人说道："即使在战阵前，我净海也从未如此担惊害怕过。"

此次参与祈祷之灵验高僧，还有房觉[29]、昌云[30]两位僧正，有俊尧法师[31]，以及豪禅、实全两位僧都[32]，各诵各的僧伽之句[33]，各向各的本寺诸佛或信奉多年的本尊，精诚祈祷、祈求加护。终于好像有了回响，人人莫不肃然起敬。尤其法皇原本预定巡幸新熊野[34]，正在斋戒期间，现在却坐在锦帐近旁，大声诵起《千手经》[35]来。一而再，再而三，重复多次，果然生效。刚才

---

[26] 佛像工房：原文佛所，雕塑佛像者之工房与住所。不止一处，皆在京城街坊内。

[27] 五大尊：即五大明王。见本章注20。

[28] 二位殿：平清盛之妻平时子（一一二六——一八五），宗盛、知盛、重衡、德子之母。清盛逝世后，以从二位出家，号二位尼，尊称二位殿。坛浦之役（一一八五）抱安德天皇投水。

[29] 房觉：俗姓源氏，权僧正（一一七四），僧正（一一七七），大僧正（一一八三），元历元年（一一八四）殁。

[30] 昌云：一作昌运。长宽二年（一一六四）任法印。其后经权僧正、僧正，至大僧正。

[31] 俊尧：一作春尧。法印，权僧正，文治二年（一一八六）殁，享年六十九岁。

[32] 豪禅：权少僧都豪禅，传不详。实全：一作实专或实诠，俗姓藤原，任权少僧都、权大僧都后，经法印（一一八三）至权僧正（一二〇二），承久三年（一二二一）殁，八十二岁。

[33] 僧伽之句：僧伽为梵文音译，意谓诸僧或僧徒。《大智度论》三："秦言众多比丘一处和合，是名僧伽。"唯注家皆释僧伽之句为：祈祷时，高僧为惊觉本尊以利灵验而特别增加之文句。

[34] 新熊野：永历元年（一一六〇）十月，后白河法皇迎祀熊野权现于京城之神社。社址邻近六波罗池殿，在今京都市东山区。

[35] 《千手经》：说明千手观音内证功德之书，《千手千眼观世音菩萨广大圆满无碍大悲心陀罗尼经》之略与通称。

附在灵童身上狂舞乱跳的物怪，居然平静下来。法皇说道："无论什么物怪，有我老法师在此坐镇，谁敢靠近过来？刚才出现之怨灵皆蒙我朝恩、享受过权位之人。纵使没有感恩图报之心，岂可乱来妨害安产？快快退去。"随着又诵了一段《千手经》云："女人临难生产时，邪魔遮障，苦难忍，致诚称诵大悲咒，鬼神退散，安乐生。"边诵经文边搓水晶念珠。不旋踵间，不但顺利出生，而且生的是皇子。

头中将重衡，当时犹任中宫亮之职[36]，从帘内走了出来，高声宣布道："御产平安。皇子诞生了。"于是自法皇起，关白殿以下诸大臣、公卿殿上人及所带助修[37]，加上灵验高僧、阴阳头、典药头[38]等多人；所有堂中堂下，齐声欢呼，传出门外，久久不息。入道相国欣悦逾常，竟然大声哭泣起来。所谓喜极而泣，盖此之谓耶？小松殿走到中宫身边，置金币九十九文于皇子枕边，道："命中注定以天为父，以地为母[39]。命比方士东方朔之寿[40]，心禀天照大神之灵。"然后以桑弧蓬矢射向天地四方[41]。

---

[36] 中宫亮：属中务省之中宫职次官，掌中宫相关事务。

[37] 助修：作法时辅助大阿阇梨之伴僧，特别勤修护摩诸法。

[38] 阴阳头：时为贺茂在宪，属中务省，阴阳寮长官，掌天文、历法、占卜事务。典药头：时为和气定成，典药寮长官，掌医疗医药相关事务。

[39] 《白虎通》卷一："王者，父天母地，为天之子也。"

[40] 东方朔（前一五四—前九三）：仕汉武帝，性诙谐滑稽，官至太中大夫。见《史记·滑稽列传·东方朔》《汉书·东方朔列传》。后世以为能行仙术者，相传尝偷吃西王母所种仙桃而得以长寿不老。据南齐王俭所撰《汉武故事》，东郡献短人，帝呼东方朔。朔至，短人指朔谓帝曰："西王母种桃，三千年一开花，三千年一结子。此儿不良，已三过偷之矣。"

[41] 《礼记·内则》："国君世子生，告于君。……射人以桑弧蓬矢六，射天地四方。"按：平安时代日本皇室男孩诞生时，仿中国先秦古礼，以桑木作弓，蓬草为箭，共六支，命射人射向天地与东西南北，以示男儿志在四方也。

四 公卿会

新皇子的乳母原定前右大将宗盛卿夫人，但不幸在七月间难产去世，乃改由平大纳言时忠卿夫人担任。后来称为帅典侍[01]。后白河法皇即将还宫，御辇已在门前候驾。入道相国高兴之余，即以砂金一千两、富士绵二千两[02]献给法皇。人们私下议论，以为如此做法并不妥当。

此次御产怪事迭起。首先是法皇自任灵验方士。其次，后妃生产时，向来有从殿脊上滚落陶甑的惯例。皇子诞生向南滚，皇女诞生向北滚，然而此次陶甑却滚落北边。见者大惊，不知何以如此。虽然捡起来重新滚过，但总觉得是个不祥之兆。最可笑的是入道相国慌张失措的样子；最难得的是小松内大臣怡然自得的神态；遗憾的是前右大将宗盛卿丧失爱妻之后，辞去大纳言兼大将两职，在家居丧。假如兄弟能够同时出仕，该多可喜可贺。再者，召来了七位阴阳师，唱诵千遍大祓祝文[03]。其中有一位名叫扫部头时晴[04]的老翁，所

[01] 帅典侍：权中纳言兼大宰权帅藤原显时之女。依惯例以父官名而称帅之典侍。典侍是后宫十二司之一内侍司次官。常侍天皇左右，掌奏请、传宣、陪膳，并监督下级女官、安排命妇朝参、宫中仪式等事务。

[02] 富士绵：骏河国富士郡所产，故名。两：日本古代重量单位，注者说法不一。或以为一贯之千分之一，约等于三点七公克。

[03] 大祓：原为宫中行事之一，每年六月与十二月末日，亲王以下诸公卿大臣集在朱雀门前行祓禊之礼，念诵所谓中臣氏祝文，以去除不祥，祈国泰民安。今则用之以祝中宫安产。七位阴阳师为：安倍泰亲、安倍时晴、安倍季弘、安倍业俊、安倍泰茂、贺茂济宪、贺茂宣平。

[04] 扫部头：扫部寮长官，属宫内省，掌宫中清扫、床席设备等事务。时晴：即安倍时晴。

带随从很少。邸内挤满了人，宛如竹笋丛生，稻麻竹苇遍地[05]，一片乱象。“是来办事，请让路。”边说边推人群往前走去。不意右脚的鞋子被踩掉了，稍微踌躇了一下，竟连帽子也被挤丢了。在如此庄严的场合，一个束带正装的老人居然露出发髻，一摇一摆地踱着方步。年轻的公卿殿上人都忍俊不禁，齐声大笑出来。原来阴阳师有所谓反陪[06]步法，不能随便举足落脚。尽管如此，发生了这般怪事，当时只觉得莫名其妙。但日后回想起来，才恍然大悟，原来事出有因，只是不能未卜先知而已。

因为中宫分娩而趋访六波罗者有：关白松殿藤原基房、太政大臣妙音院藤原师长、左大臣大炊御门藤原经宗、右大臣月轮殿藤原兼实、内大臣小松殿平重盛、左大将藤原实定、源大纳言定房、三条大纳言藤原实房、五条大纳言藤原邦纲、大纳言藤原实国、按察使源资贤、中御门中纳言藤原宗家、花山院中纳言藤原兼雅、源中纳言雅赖、权中纳言藤原实纲、中纳言藤原资长、池中纳言平赖盛、左卫门督平时忠、检非违使别当藤原忠亲、左宰相中将藤原实家、右宰相中将藤原实宗、新宰相中将源通亲、平宰相教盛、六角宰相藤原家通、堀河宰相藤原赖定、左大弁宰相藤原长方、右大弁三位藤原俊经、左兵卫督藤原成范、右兵卫督藤原光能、皇太后宫大夫藤原朝方、左京大夫藤原修范、大宰大贰藤原亲信、新三位藤原实清。以上三十三人。右大弁之外，皆直衣[07]。未趋访者：花山院前太政大臣忠雅公、大宫大纳言隆季卿等十余人，不过听说后来都穿着布衣，到入道相国西八条邸去拜访致贺。

---

[05] 《法华经·方便品》：“辟支佛利智，无漏最后身，亦满十方界，其数如竹林。……如稻麻竹苇，充满十方刹。”

[06] 反陪：或作返闭。日本阴阳道咒法之一。天皇或贵人外出时，为避邪纳福，阴阳师边念咒语，边以独特舞步行走之法。

[07] 直衣：天皇、摄政、关白、公卿、大臣等贵族所穿平常衣服。

五 整修大塔

安产祈愿法会结束之后，开始论功行赏。仁和寺管长守觉法亲王奉旨修建东寺[01]，着并主持后七日修法[02]、大元之法[03]，以及灌顶仪式。又升其弟子觉成僧都为法印[04]。天台座主觉快法亲王获升二品[05]，且许其牛车出入宫门，但因为仁和寺管长提出异议，只得变通，改升其弟子法眼圆良为法印[06]。其他奖赏不胜枚举。

中宫产期日数已满，便从六波罗回到宫中。当初入道相国夫妇想方设法，终于将女儿立为中宫，无非希望能够早生皇子，荣登大位之后，可享贵为外祖父外祖母的尊荣。因此之故，才每月参拜自己所崇奉的安艺国严岛神社，衷心祈祷。中宫果然不久便怀了孕，而且如愿生了皇子，真是喜出望外。

且说平家信仰安艺严岛神社的缘由。当鸟羽法皇在位，清盛公犹任安

---

[01] 东寺：正名教王护国寺。真言宗，在今京都市南区九条町。

[02] 后七日修法：每年一月初八起七日间，在宫中祈祷皇室安宁、国家镇靖、五谷丰收之密教仪式。

[03] 大元之法：每年一月初八起，在治部省以大元帅明王为本尊，为国家镇护所修之法。为期七日。

[04] 若依史实，诸家注释，多以为应作“任法印觉成为权大僧都”。

[05] 二品：品为亲王位阶之称。有一品至四品。

[06] 法眼圆良：藤原氏，觉快法亲王弟子。保元二年（一一五七）为法眼。法印为僧位第一，相当于僧职之僧正。法眼僧位仅次于法印。

艺国守时，奉旨以该国年贡整修高野大塔[07]，乃命渡边远藤六郎赖方总揽其事[08]，经六年而竣工。竣工之后，清盛登上高野山，瞻仰礼拜大塔，走入内院时，只见一位老僧，眉上泛霜，额头叠皱，拄着鹿杖[09]，不知来自何处，忽然现出身来。打过招呼之后，老僧说道："自古迄今，本山乃真言密宗圣地，历久不衰。可谓天下无比。如今大塔已重建完成。其实安艺严岛与越前气比宫，乃金刚、胎藏两界之垂迹[10]；而气比宫兴旺逾于往昔，严岛却日渐衰微，几近名存而实亡。此次在上疏中，务必顺便奏请修缮神社。修缮之后，论官职爵位，将无人能与足下平起平坐矣。"说罢便自离去。只闻从老僧刚才所站之处飘来一股异香。赶快叫人跟随出去，但到了三町[11]之外，便突然无影无踪了。肯定不是凡人，抑或是弘法大师显灵。敬畏惶恐之余，忽然起意，决定在高野金堂描绘曼陀罗[12]，祈愿为此娑婆世界[13]留点痕迹。西曼陀罗商请画师常明法印[14]执

[07] 平清盛于久安二年（一一四六），二十九岁，任安艺国守至保元元年（一一五六），正值近卫天皇在位期间（一一四一——一一五五），又与鸟羽法皇院政（一一二九——一一五六）重叠。高野大塔：指高野山金刚峰寺根本大塔。平安时代弘仁十年（八一九）弘法大师空海建立。经二度火灾。平忠盛、清盛父子二代加以重建，保元元年（一一五六）落成供养。

[08] 原文有其职称之名，谓之杂掌，盖国司厅掌管总务、文书之官。

[09] 鹿杖：谓顶端如双歧鹿角或丁字形之拐杖。

[10] 气比宫：即气比神宫。在越前国，今福井县敦贺市曙町。奉祀伊奢沙别命、日本武尊、仲哀天皇、神功皇后、应神天皇、丰姬命、武内宿祢命等七神。按：依本地垂迹之说，气比宫（金刚界）、严岛神宫（胎藏界）诸神皆大日如来之垂迹。

[11] 町：长度单位。一町为六十间，约一一〇公尺。

[12] 高野金堂：在大塔西南隅，弘法大师之所建立。奉祀阿閦如来、金刚萨埵、金刚王菩萨、普贤延命菩萨、虚空藏菩萨、不动明王、降三世明王。曼陀罗：已见卷第二《二、一行阿阇梨》章，注25。一般指密宗行法时，以一定方式所绘制之诸佛菩萨图像。

[13] 娑婆世界：佛所教化之三千大千世界，亦即众生轮回之世界。

[14] 画师常明法印：《高野春秋编年辑录》保元元年（一一五六）四月，大塔造毕，列有画师常明法印之名。

笔;东曼陀罗则由自己动手[15]。不知何故,听说八叶中尊的宝冠[16]竟是清盛自刺其头,用所流鲜血勾画而成。

返京之后,即将此事上奏。法皇闻之,亦大受感动,便延长清盛任期,责以改建严岛神社之事。于是,重立鸟居,整修社殿,连接回廊一百八十间[17]。改建已毕,清盛参诣严岛。守夜睡梦中,见一结鬟天童从宝殿内走了出来,说道:"我乃大明神手下使者是也。汝可善用此剑,平定天下,保护朝廷。"说着留下一把银丝缠柄小长刀[18]。梦醒后一看,果然便放在枕边。随着大明神又宣谕道:"汝犹记得高野圣僧之言否?或已忘记?但如造恶业,荣华将不及于子孙。"大明神说罢,便转身消失了。实在是值得玩味的趣事。

---

[15] 按:曼陀罗画法,以大日如来为中心,依一定排法与次序,绘出诸多佛菩萨图像。另有金刚界曼陀罗与胎藏界曼陀罗。金刚界曼陀罗依《金刚顶经》有九会;胎藏界曼陀罗依《大日经》有十三院。悬挂两界曼陀罗时,金刚在西,胎藏在东。

[16] 八叶中尊:指大日如来。胎藏界曼陀罗十三大院正中为八叶院。有四如来与四菩萨分坐八枚莲叶上,中间坐大日如来。宝冠:大日如来之宝冠显五智圆满之德,故又称五智宝冠。

[17] 间:古日本长度单位。一间约等于一点八公尺。

[18] 小长刀:已见卷第二《六、谏诤》章:"早年出任安艺国守时,参拜神社之际,曾在梦中,蒙严岛大明神授予实物银丝缠柄小长刀一把。"

赖豪 | 六

白河天皇在位时[01]，京极大殿之女立为皇后[02]，称贤子中宫，最受宠爱。皇上亟盼中宫怀孕、早生皇子。当时，三井寺有高僧赖豪阿阇梨[03]，享有灵验无比之誉，便召来嘱咐道："大师可为皇后施法，祈其能生皇子。一旦成事，奖赏将如所愿。"赖豪道："此事不难。"回到三井寺，剖心析肝，祈祷了百日。而在此百日之内，中宫果然怀了孕，于承保元年十二月十六日，平安产下了皇子。皇上喜出望外，乃召见赖豪阿阇梨问道："大师所愿者何？"赖豪回答曰："愿在三井寺设一戒坛[04]。"皇上道："所愿大出意料。原以为或将请求越级升为僧正之类。凡是皇子诞生而继承皇祚，无非企望四海平靖。今若成就大师所愿，必将激怒山门，则世上永无宁日。两门交战，天台佛法必将灭亡。"终竟未偿

---

[01] 第七十二代白河天皇，延久四年（一〇七二）即位，应德三年（一〇八六）让位，开始院政，直至七十五代崇德天皇大治四年（一一二九）。

[02] 京极大殿：指关白藤原师实，当时为左大臣。其邸在土御门京极，又系关白师通之父，故称京极大殿。贤子中宫：右大臣源显房之女，以师实之犹子（养女）身份，于延久五年（一〇七三）入宫为白河天皇女御，翌年六月为中宫。承保元年（一〇七四）十二月生敦文亲王。

[03] 赖豪（一〇〇四——一〇八四）：俗姓藤原，权僧正心誉弟子。阿阇梨（已见多次）：佛教高僧职称，为授戒师，传授密教秘法。在日本则属敕旨所派天台、真言诸寺之僧位。

[04] 戒坛：为授戒所设坛场。四十六代女帝孝谦天皇在位时，前后在东大寺（七五五），让位后在下野药师寺（七六一）、筑紫观世音寺（同年）设立戒坛，号三戒坛。五十二代嵯峨天皇弘仁十三年（八二二）延历寺亦获准设立戒坛院。长历二年（一〇三八）三井寺明尊补天台座主，奏请建立三井寺戒坛，因山门反对而未准。

其愿。

赖豪极为懊丧，回到三井寺后，决定绝食以明志。皇上惊慌不置，乃召见时任美作守的江帅匡房卿[05]，嘱咐道："爱卿与赖豪有师檀之契[06]。可去好说歹说，婉言劝解之。"美作守谨奉纶言[07]，即往三井寺赖豪宿坊，转达皇上旨意，试行劝说；却只听到从香烟弥漫的持佛堂[08]内，传来严厉可怖的声音道："谚云，天子无戏言[09]，纶言如汗[10]。若连贫衲如此卑微之愿都无法兑现，何妨让一切归零，化为乌有；誓将因祈祷所生之皇子夺回，带到魔道上去。"赖豪始终拒不见面。美作守无计奈何，便据实向天皇回奏。不久赖豪终于饿死。皇上大惊失色，不知如何是好。果然不久之后，皇子身体开始不适，虽然举行了种种祈祷，却毫无灵验。有人常在梦中看见一位白发老僧，拄着锡杖，伫立在皇子的枕边。有时也会在幻觉中出现。骇人听闻，难于形容。

至承历元年八月六日，皇子四岁，终于病逝了。谥号敦文亲王。皇上悲不自胜。当时山门的圆融房僧都，即后来的天台座主西京良真大僧正[11]，是一位以效验知名的高僧，被召进宫问道："如何是好？"答道："如此御愿，只有

[05] 江帅匡房：即大宰权帅大江匡房（一〇四一——一一一一），已见卷第一《十四、许愿》章，注11。延久六年（一〇七四）至承历四年（一〇八〇）为美作国守。

[06] 师檀之契：即师僧与檀那（施主）之关系。

[07] 纶言：沿用原书汉词。意同纶命、纶音、纶宣，即圣旨，天子之言也。《礼记・缁衣》："王言如丝，其出如纶。"

[08] 持佛堂：在本堂外僧房中安置一己所持本尊之堂。

[09] 《史记・晋世家》："史佚曰：天子无戏言。言则史书之，礼成之，乐歌之。"

[10] 纶言如汗：谓天子之言，如汗之既出，不能收回也。《汉书・刘向传》："《易》曰：'涣汗其大号。'言号令如汗，汗出而不反者也。"

[11] 圆融房僧都：俗姓源氏。永保元年（一〇八一）第三十六代天台座主，宽治五年（一〇九一）大僧正，永长元年（一〇九六）卒，七十五岁。因住西京，故称西京座主。

依靠本山之力，才能成就。九条右大臣师辅公[12]，因为与慈惠大僧正有缘[13]，才有皇子冷泉天皇之诞生。此事易如反掌。”于是回到比睿山，在山王大师之前，剖心析肝，祈祷了百日。而便在此百日之内，中宫果然怀了孕，于承历三年七月九日，平平安安产下了皇子。堀河天皇是也。

怨灵之可怕，自古而然。此次建礼门院诞生皇子，可喜可贺，颁行非常赦。但唯有俊宽僧都一人未获赦免，不能不说是一大憾事。同年即治承二年十二月八日，皇子立为东宫。听说东宫傅是小松内大臣[14]，大夫是池中纳言赖盛卿[15]。

[12] 九条右大臣师辅：藤原师辅（九〇八—九六〇）。其女安子为村上天皇皇后，生冷泉、圆融两天皇。

[13] 慈惠大僧正：慈惠为良源谥号。康保三年（九六六）第十八代天台座主，天元四年（九八一）大僧正，永观三年（九八五）殁，七十四岁。与藤原师辅有师檀之契。

[14] 东宫傅：太子导师，汉名太子太傅。东宫或称春宫、青宫。

[15] 东宫大夫：东宫坊长官，掌东宫相关之一切事务。《职员令》：“春宫坊，大夫一人。掌吐纳启令、宫人名帐、考叙、宿直事。”

七 少将还京

翌年，治承三年正月下旬，丹波少将成经与平判官康赖，迫不及待地离开肥前国鹿濑庄，赶路奔向京城。但春寒料峭，海上风浪又大，只能一浦一岛，辗转前行，直到二月十日左右，才抵达备前国儿岛[01]。抵达之后，便出去寻访父亲大纳言谪居处有木别所。在竹柱上或破旧的障子门等处，看到父亲所留感怀遣兴的墨迹，因道："人间可为纪念者，莫过于手迹。若不曾写下，则无由凭吊矣。"便与康赖入道两人边读边哭，边哭边读。只见一处写道："安元三年[02]七月二十日出家，同二十六日信俊自京来此。"才知道源左卫门尉信俊曾来此地。又见在旁边壁上写道："三尊来迎有便[03]，九品往生无疑[04]。"看了墨迹，边想边说道："果然有欣求净土之愿[05]。"从而在无限悲叹中感到些许宽慰。

继之，寻访父亲的坟墓。在一片松林中，只见一堆稍微突起的土堆，根本不像什么坟墓。少将合拢双袖，如对活人，哭诉道："父亲大人谪流异地，

---

[01] 儿岛：已见卷第二《八、大纳言流刑》章。今冈山县儿岛半岛南端。少将成经之父大纳言成亲流放于此。

[02] 高仓天皇安元三年，八月改为治承元年（一一七七）。

[03] 三尊：指阿弥陀佛、观世音菩萨、势至菩萨。谓临终时，三尊定将前来迎往净土，确有讯息也。

[04] 九品往生：《观无量寿经》谓依生前所积功德之多少，往生净土分为九种，即九品往生。净土有上、中、下三品，每一品又分上生、中生、下生，故共有九品。

[05] 欣求净土：谓厌离秽土而欣然追求极乐净土也。

死于非命；消息传至鬼界小岛，亦略有所闻。唯身不由主，欲奔丧而恨未能，徒增内疚。成经流放小岛之后，无依无靠，朝不保夕。譬如朝露之命，经二年而居然犹存。今蒙召回，延生有望，固然可喜；若大人在世，可以禀报膝下，才是真正可喜之事，而今已甚无谓矣。来时急匆匆不可待，此后既无目标，无须赶死赶活矣。”说着涕泗滂沱。大纳言入道倘仍活着，说不定会追问何以言之。人世之悲，莫悲于幽明永隔，青苔黄泉下谁能答之？但闻随风俯仰的阵阵松涛而已。

当夜整晚，少将与康赖入道二人行了念佛行道[06]仪式。天明之后，合力新筑墓坛，围上栅栏，墓前搭建临时草棚，便在里面念佛写经，一连七日七夜。结愿之后[07]，竖立了木雕大卒都婆，上面写道：“过去圣灵，出离生死，证大菩提[08]。”而在年号月日下署“孝子成经”。连那些身份卑微的樵夫无心中看到，觉得世上之宝莫过于儿子，都感动得泪洒衣袖。年去年来，难忘者过去抚育之恩，如梦似幻。不尽者当今孺慕之泪。三世十方[09]诸佛菩萨垂怜，先父亡灵亦谅必欣悦。因道：“本来应该留在此地，再多积点念佛功德，但怕京城有人望穿秋水，不耐久等，只好改日再来。”于是向亡者告别，哭哭啼啼地离开了。草丛阴里的亡魂也该依依不舍吧。

同年三月十六日，少将在天黑之前抵达鸟羽。此处有故大纳言的山庄名洲滨殿。因为多年无人居住，有围墙而无覆瓦，有框架而无门扉。走进庭院一

---

[06] 行道：在佛菩萨周围边诵经，边右绕三匝，以示敬意，谓之行道。在日本亦成为绕佛堂、绕佛塔、绕坟墓之仪式。

[07] 结愿：指法会、修法、祈愿等佛教活动（有一定日数）之最后一日。

[08] 过去圣灵：指死者之灵。出离生死，证大菩提：谓脱离生死之痛苦烦恼，以达佛之大智正觉，即涅槃之境。

[09] 三世：指过去、现在、未来三世。十方：指东、西、南、北四方，艮（东北）、巽（东南）、乾（西北）、坤（西南）四维，与上、下二方，共十方。三世十方即宇宙，包含一切时间与空间。

看，空无人迹，苔深不扫。环视池边，春风拂过秋山[10]，吹起圈圈白色涟漪。紫鸳白鸥逍遥其间[11]。回想当年，有人曾经兴会淋漓，寄情于此，不禁潸然泪下。房屋仍在，但栏门[12]破损，板窗与拉门都已不见。少将说道："大纳言殿在此起居作息。常从此旁门出入。那棵树是其亲手所种。"每提到一桩桩往事，便引起自己对父亲更深的思念。时值三月中旬，樱花尚未全谢。杨梅桃李则正逢花季，枝头五彩缤纷，迎风招展。主人虽不在，花却不忘春[13]。少将走到花下，触景生情，吟咏古人的诗歌来。

桃李不言春几暮，烟霞无迹昔谁栖[14]。

故乡花不语，欲问无一言，从前多少事，只能问青天[15]。

康赖入道也感触良多，不由得悲从中来，泪湿缁衣之袖。他们原想在垂暮时分便启程入京，但实在依依难舍，竟然滞留下来。夜色渐深。明月当空，从荒废的屋檐板隙间漏进房里[16]，处处泛白。鸡笼山曙色已现[17]，却仍徘徊流

[10] 秋山：鸟羽山庄池塘中假山之名。

[11] 源顺（九一一—九八三）《秋日游白河院》诗序："东顾亦有林塘之妙，紫鸳白鸥逍遥于朱槛之前。"（《和汉朗咏集·山家》卷下）

[12] 栏门：原文作羅門，一作栏间，日文建筑用词，在天花板与门楣之间，以细长木板或竹片交叉编成菱形格子，以为采光、通风或美观之用。

[13] 菅原道真（八四五—九〇三）《流放时见家园梅花》歌："东风乍来到，梅花寄清芬。主人虽不在，逢春勿忘春。"

[14] 菅原文时（八九九—九八一）《山中有仙室》诗第三联。见于《和汉朗咏集·仙家》卷下。诗中"春几暮"，可作汉诗和化之例，即"春几度"也。暮者，动词，度过或经过（时间）之谓。

[15] 此歌见于《后拾遗集》春部下。作者出羽弁，题曰《咏世尊寺桃花》。

[16] 佚名（或以为在原业平所作）古歌："自君离去后，楼空已就荒。板隙月光漏，袖湿独怆伤。"似为此句所本。

[17] 鸡笼山：在中国湖北武昌。纪齐名（九六六—九九九）有《望月远情多》诗，序云："酒军在座，兔园之露未晞；仆夫待衢，鸡笼之山欲曙。"（《新撰朗咏集·酒》下）在此盖以鸡笼山喻鸟羽附近之山丘。

连，不急于上回家之路。然而也不能永久留在此地，何况家中已派车子来接，想到家人翘首而望的心情，只好潸然走出洲滨殿，返回京城而去。此时心中一定是悲喜交集吧。

康赖入道亦有车子来接，却未坐上，只觉得难舍难分，便与少将同车，直到七条河原。终于不得不在此告别，但其离情却更觉不堪。花下半日客，月前一夜友。陌生旅人偶遇村雨而同避一树之阴，临别时尚且依依。何况同在孤岛上吃过苦，同在船上浪里漂荡过，可谓共业共果之身[18]。足证自前世以来，两人间的因缘际遇实属匪浅。

少将成经直奔岳父平宰相府邸。少将的母亲原在灵山[19]，昨日便来宰相府邸等候。一看到少将进来的模样，只道："幸而命在……"便欲语无言，以衣袖蒙头，俯伏而泣。宰相家中诸女官与武士都挤进屋里，同洒喜悦之泪。至于少将夫人、乳母六条，更别提心中有多高兴了。六条由于愁绪万端、心力交瘁，一头黑发已露霜白。夫人的天生丽质，不知不觉间，也显得瘦削憔悴，判若两人。少将流放时，才刚三岁的幼子已大到可以结发了。又在夫人身边，见有一个两三岁的小孩，少将问道："咿，此孩是谁？"六条道："此孩便是……"话刚起头，即以衣袖遮面，流下泪来。原来少将下放时，夫人玉体不适，好像又有身孕，却无暇细问；后来便生了一个婴儿，而且抚育成眼前如此健康的孩子。回想过去种种，不由得悲从中来，不胜欷歔。

少将仍回后白河法皇御所任职[20]，晋升为宰相中将。康赖入道在东山双

---

[18] 共业共果：原文一业所感，谓多人（二人或以上）由于前世同一业因而得今生同一果报也。

[19] 灵山：灵鹫山之略，在京都市东山区高台寺东南，有正法寺，一名灵山寺。

[20] 据《公卿补任》，"成经于元历二年（一一八五）转右近卫权中将；文治五年（一一八九）补藏人头"；同六年任参议，仍兼右近卫权中将之职。建仁二年（一二〇二）三月卒，四十七岁。

林寺[21]有自己的山庄，便在那边住下，感怀往事，有歌云：

故里屋檐下，板隙生青苔，有待月光漏，却漏不进来。

于是便隐居于此，忆昔日之苦辛，著有物语《宝物集》[22]一书传世云。

[21] 双林寺：灵鹫山沙罗双树林寺之略。在今京都市东山区下河原鹫尾町。延历二十四年（八〇五）传教大师开创，为延历寺别院。今仅存药师堂，其西南有康赖墓。

[22] 《宝物集》：佛教说话集。今所传有：一卷本、二卷本、三卷本、六卷本、七卷本、九卷本等。传其一卷本为康赖所编。卷首云："治承元年秋，出萨摩国离岛，同二年春重归故里。世事已非，如乘浮木。人逢忧患之时，且隐东山，聊慰我心。"

八 有王

却说，放逐到鬼界岛的三个流人，两个已被召回京师。唯独留下俊宽僧都一人，成了此一苦难之岛的岛主，实在残酷不仁。有一个从小为僧都所喜爱的童仆，名叫有王。听人说鬼界岛的流人将于今日返抵京城，便赶到鸟羽去迎接，却始终看不到自己的主人。问是什么原因，有人答道："因为罪孽深重，还留在岛上。"有王听了，心中悲哀至极，难过得无法形容。以后还常到六波罗附近去徘徊探询，也听不到任何再有赦免的消息。于是往访僧都女儿隐居之处，禀道："此次特赦独漏主公，未能还京。我想设法前往该岛，寻找主公行踪。请写一信，以便带去。"小姐流着眼泪，写好信后交给了他。本来出门应该请假，但知道不可能获准，所以连父母也没通知一声。来回中国的唐船，要等到四五月间才会解缆开航，已是夏季了，未免太迟，因此在三月下旬便从京都出发。冒着多少怒潮激浪，终于抵达了萨摩海湾。

在萨摩国往海岛的渡头上，遭到戍卒见疑。剥衣搜检全身，但有王毫不以为意。只有小姐的手书绝不能让人看见，所以稳妥地藏在发髻里。不久，赶上一只商船，来到鬼界岛一看，与在京城中偶尔听到的传闻，其趣大异。无水田也无旱田；无村庄更无里巷。虽然看到一些居民，但言语不尽相同。有王走向岛上居民，开口道："请问。"应道："什么事？"有王道："此地有一位从京城流放下来的人，名叫法胜寺执行御房，知道他的下落吗？"他们对什么法胜寺、什么执行御房一无所知，所以都尽自摇头说："不知道。"

其中有一人略知其事，说道："是啊，是有三个人，不过听说有两个已被召回京都。现在只剩一人，在岛上到处徘徊，却不知他的下落。”有王想可能在山上，便披榛斩草，攀高峰，下幽谷，深入山中。白云埋迹，已失往来之路；青岚破梦，不见主人之影[01]。山上既然杳无踪迹，便转到海边去找。只见海鸥在滩上印下的爪痕[02]，白色沙洲上成群的海鸟而已。不见人影。

一日清晨，从矶岸那边，有一个瘦削如蜻蜓的人，摇摇晃晃现出身来。以前大概是一位法师吧，头发冲天矗立，上面覆盖着种种藻类，仿佛戴着一顶荆冠一般。骨瘦如柴，皮肤松弛。身上所穿非绢非布。一手握着几片海带，一手抓着一条鱼。虽说是走着，但跌跌撞撞，步履维艰。有王想道：“在京城中曾看过不少乞丐，却还没碰到这般模样的。经上说：‘诸阿修罗等，居在大海边[03]。’佛祖既然指出阿修罗所在的三恶四趣[04]，便在深山大海边界。难道自己已不知不觉迷入恶鬼道[05]了？”边想边向前走，两人越走越靠近。有王觉得说不定此人可能知道主人行踪。乃开口道：“请问。”应道：“有何贵干？”问道：“此地有一位从京城流放下来的法师，名叫法胜寺执行御房，知其行踪下落乎？”童仆有王一时认不出来，但僧都却永远不会忘记，只道：“我便是。”旋即抛下手上之物，昏倒在沙滩上。如此这般，有王终于找到了主人。

有王把主人扶将起来，让他靠在自己的腿上，含泪道：“有王来了。经过了多少惊涛骇浪，排除了千难万险，才终于找到此地。但一切白费了。岂能非让有王尝到这般苦果不可？”

---

[01] 佚名：“山远云埋行客迹，松寒风破旅人梦。”（《和汉朗咏集・云》卷下）或以为纪齐名所作。

[02] 大江朝纲《题洞庭湖》（八八六—九五七）：“沙头刻印鸥游处，水底模书雁度时。”（《和汉朗咏集・水》卷下）

[03] 句见《法华经・法师功德品》。诸阿修罗：指六道之一阿修罗道中之种种阿修罗。阿修罗王常与帝释天为敌。亦为佛法之守护神。

[04] 三恶谓地狱道、恶鬼道、畜生道三恶道。加之以修罗道，即为四趣，亦称四恶趣或四恶道。

[05] 恶鬼道，三恶道之一。贪欲、嫉妒者所堕之世界，常受饥渴之苦。

稍顷，僧都慢慢苏醒过来，有王扶他坐直。只听僧都说道："汝能迢迢来此寻我，心意诚然可感，甚好。遥想京城可眷可亲之人，朝朝暮暮，无时或已。有时出现梦中，偶亦变成幻影。自从身体严重衰弱以来，已分不清是梦是真矣。故汝此来，亦以为幻梦一场。万一是梦，醒后又该如何是好？"

有王道："是真不假。看主公这般模样，居然还能活到现在，真是奇迹，不可思议。"僧都道："确实如此。自去年被少将与判官入道遗弃之后，孤苦伶仃，心情之落寞，可想而知。当时所以未即投身海底，只因百般无奈，听信少将虚夸敷衍之词，以为返京后必能代为关说，而且以耐心等候京使相劝慰，故而苟且偷生，以至今日。但在岛上并无可食之物。气力犹在时，时时入山采硫磺，与九州商人换取食物。身体日衰，如今已力有不逮矣。勉强只能在风和日暖时，走到海滨，向撒网渔夫屈膝合十，乞讨鱼鲜。或在潮退时，捡贝类，拾海带，采矶藻以维譬如朝露之性命，苟存至今。若非如此，岂有其他方法。原想在此向汝倾吐一切，不过先回家再说。"有王稍感好奇，心想落魄到如此地步，居然还有家可以回去，便跟随其后，来到一簇松树之间。只见一个小小的草棚，以几根漂流竹子为柱，以成束的芦苇为桁为梁，上下铺满松叶。其不足以挡风避雨，一目了然。

从前荣任法胜寺执行之职时，掌管八十余所庄园事务。在官厅府邸之内，经常有四五百个仆从、眷属、下僚之类，围绕左右。如今眼看他潦倒丧气、老态龙钟，简直不可思议。业报有种种。有顺现业、顺生业、顺后业之别[06]。僧都过去用之于身上者，无一不是大伽蓝的寺产或布施。此乃信施无惭之罪[07]，可说是一种现世报。

---

[06] 业：指身、口、意所造善恶之因，必受果报。顺现业（现世报），谓现世所造之业于现世得报。顺生业（来世报），谓现世所造之业于来世得报；顺后业（隔世报），谓现世所造之业于再来世得报。

[07] 信施无惭：谓享用信者布施，不积功德以报之，亦不以为耻也。《往生要集》卷上《畜生道》："愚痴无惭，徒受信施，不以他物偿之者，受此报。"

九 僧都之死

俊宽僧都确信有王的出现是真不是梦后，便说道："犹忆去年，京使来接少将与判官入道时，并未携来任何口信或家书。此次汝来，亦无音信，难道无人有话可传？"有王低头抽泣不语。良久抬头，含泪禀道："主公去西八条后不久，便有捕快到来，捉拿家人，问以谋反之罪，全加杀害。夫人为了保护幼小，煞费苦心，最后隐居在鞍马山中[01]。只有我这下人还时时潜往侍候。家中各位悲痛逾常。少爷尤其想念父亲，每次见我，总缠着不放，哀求说：'有王啊，带我到鬼界岛去好不好？'但不幸于今年二月感染疱疹[02]而亡。夫人顿失爱儿，又惦念主公，哀怨无极，痛不欲生。身体日见衰弱，也终于在三月二日与世长辞。现在只剩下小姐一人，藏在奈良姑母[03]家中。有其书信在此。"于是掏出来奉上。

僧都将信拆开一看，所写果然与有王所说无异。末后写道："同时下放的三个流人，何以两人已被召回，而父亲大人却至今仍未返京？唉，无论身份之高低贵贱，最可悲者莫过于生为女人。若是身为男子，不会等到现在，该早已设法前往父亲所在之海岛了。请与有王一起急速回京来吧。"僧都以信掩面，一时哽咽无语。稍后说道："有王呀，你看，此儿所写有多天真。居然还说要我

---

[01] 鞍马山：在今京都市左京区，有鞍马寺。

[02] 疱疹：原文瘡，今日文多称天然痘，即天花。

[03] 原文"をば"，一本作汉字姑，译文从之。按：凡父母之姊妹或伯叔之配偶，皆称をば。或用以称呼父母之女性亲友。

与汝速回京城呢。多可怨恨呀。若是可以随心所欲之身，何必在此岛上度过三年岁月？今年都十二岁了，还如此天真，将来如何嫁作人妇或进宫侍候，又如何过日子，度其一生呀？”说着潸然泪下。父母之心并不糊涂，只因思念子女之一心，往往迷入歧途而不自知[04]。

僧都续道：“流到此岛之后，身边无历，故不知月日之推移。但凭花谢叶落而辨春秋之别，蝉声送麦秋而知初夏已至[05]，看积雪而叹冬季之严寒。观白月黑月之交替[06]，每月三十日。屈指算来，小儿今年应该六岁，却已先我而去。当日往西八条时，小儿吵着定要跟随，只得哄骗他说，去了很快便会回来。当日情景至今历历在目。早知今日如此，悔当初不与小儿多相处些时。为人父为人子，或结为夫妇，并非仅此一生一世之缘。然而，何以妻小皆先我而去，而至今，即在梦中幻里，亦不曾前来相告一声？我之忍尤含垢，苟延性命，无非希望有一日能与家人重聚。现在只剩小女一人，最感忧心，但既然有缘幸存，尽管哀怨，总可勉强度日。至于我这一条命，即使再延残喘，也只会让汝担惊受怕，徒增困扰而已，实在非我所愿。何必呢？”于是，连本来有一餐没一餐的饮食也停止了，只顾称念弥陀佛号，一心祈愿临终正念[07]。

有王来到岛上的第二十三日，僧都终于在其草庵中结束一生。享年三十七岁。有王抱着主人的遗体，呼天抢地，恸哭悲悼。但人死不能复生。尽情大哭之后，对死者说道：“本来应该相伴到后世，继续侍候主公。但是此世仅

---

[04] 藤原兼辅（八七七—九三三）有歌云：“天下之父母，心中不糊涂。一想起子女，便会入歧途。”（《后撰和歌集》杂一）似为此句所本。

[05] 麦秋：指阴历四月麦子成熟时。《礼记·月令》：“孟夏之月，……靡草死，麦秋至。”李嘉佑诗：“千峰鸟路含梅雨，五月蝉声送麦秋。”（《和汉朗咏集·蝉》卷上）按：《全唐诗》不见此诗。但此联似颇为平安时代文人所爱朗咏。

[06] 依印度历法，月之前半（一日至十五日）称白月；月之后半（十六日至三十日）称黑月。

[07] 临终之际，平静其心，不生杂念，以期弥陀来迎，往生净土，谓之临终正念。

剩小姐一人，孤苦伶仃，别无亲人能为主公祈求冥福，所以不得不姑且留在此世，为主公祈愿往生净土。”于是，让僧都卧在原处，拆下草棚，以松树枯枝、芦苇枯叶覆盖其身，就地举行了火葬。荼毗[08]事毕后，拾起白骨，装入袋中，吊在颈上，又乘商人便船，抵达了九州地区。

然后，赶回京城，急赴僧都女儿住处，将所发生的事，一五一十，从头到尾，细加禀报。又道：“看了小姐的手书，令尊大人反而更加悲苦。荒岛上又无笔砚纸张，无法书写回函。主公心中一切所思所念，都已无由得知，全都化为乌有。今后，即使生生世世轮回、多生旷劫[09]为人，再也不能闻其謦欬，瞻其尊容了。”小姐听了，俯伏掩面，大声恸哭起来。当年十二岁，不久便出家为尼，在奈良法华寺修行[10]，为其父母后世祈祷冥福，令人鼻酸。至于有王则带着僧都的遗骨，登上高野山[11]，恭谨纳之于奥院[12]；然后在莲华谷[13]落发为僧，巡回七道诸国[14]，行脚修道，为主人后世祈福。

如此，人世的挟嫌积怨愈深，平家的末路恐有更怵目惊心者。

---

[08] 荼毗：巴利文音译，又译阇毗、阇鼻多、耶旬等，意谓焚烧、烧身或火化。

[09] 多生：指多次生死交替，六道轮回。旷劫：指过去极长之岁月时间。

[10] 法华寺：法华灭罪寺之略。真言律宗尼寺，在今奈良市法华寺町。首建于第四十五代圣武天皇天平十三年（七四一），为大和国总国分尼寺。

[11] 高野山：在和歌山县伊都郡高野町。山上有盆地，东西宽约四公里。明治时代以前，总称金刚峰寺。弘法大师空海（七七四—八三五）开山，为日本真言密教之总道场。

[12] 奥院：在高野山莲华谷之东，有弘法大师庙及诸多堂塔与广大墓场。据《高野春秋编年辑录》治承三年条：“夏五月日，前法性寺执行家大童子有王丸（有王），自鬼界岛赍俊宽灰骨来，敛埋于奥院，而发心入道，专修追荐焉。”

[13] 莲华谷：高野山僧坊聚落之一，在高野大塔之北十六町处。有宝幢院谷、花折谷、清净心院谷等僧舍。

[14] 德川时代及以前，日本全土分为七道：东海道、东山道、南海道、西海道、北陆道、山阴道、山阳道。每道所属国数及国名，因时代而有变异。故七道包含各道诸国，即日本各地，亦即全日本。

十 旋风

治承三年五月十二日午时，京中刮起猛烈旋风，摧毁了不少房屋。风从中御门京极起始[01]，向西南方吹去，一路上卷起栋门、平门[02]，抛到四五町甚至十町之外。房屋的桁架、椽条、柱子等物，在空中盘旋。桧皮瓦[03]与天花板之类，随风乱舞如冬日之树叶。狂飙怒吼，较之地狱业风[04]，恐有过之而无不及。不但房屋受损，丧命之人也不少。牲畜如牛马之亡者更不可胜数。

此事非同小可。咸言宜付占卜，乃命神祇官[05]占之。断云："今后百日内，高官厚禄而居大臣之职者，务必谨言慎行。尤其天下将有大事，且佛法王法俱衰，兵革互兴。"神祇官与阴阳寮[06]所占结果相同。

---

[01] 中御门大路（东西向）与京城东边京极大路（南北向）交接处，在平安京东北角。

[02] 栋门：指盖有山形（人字形）屋顶之垣墙大门，贵人宅邸设之。平门：谓门框上只以平板为顶之简单门扉。

[03] 桧皮瓦：桧一名扁柏。日本古代城市房顶多以桧树皮葺之，即所谓桧皮葺或桧皮屋。

[04] 业风：指将恶业者吹入地狱之风，并指在地狱中肆虐之狂飙。

[05] 神祇官：与太政官并立之最高官厅，掌祭祀、大尝、镇魂、占卜等相关事务，统辖全国寺社。

[06] 阴阳寮：属中务省，主司天文、历数、方位、占卜等事。

十一 医师问答

小松殿内大臣是万般谨慎之人，耳闻此事，随即有参拜熊野之行。在其本宫证诚殿前[01]，终夜虔诚祈祷，敬告曰："窃观家父入道相国之言行，恶逆无道，动辄恼怒君上[02]。重盛忝为长子，屡屡进谏，但力有未逮，不蒙听从。视其所作所为，一代之荣华恐难自保。欲其枝叶扶疏[03]，显亲扬名[04]，难矣。重盛虽不肖，当此时宜，亦尝思前想后，以为勉力列为重臣，与世浮沉，徒增汗颜，并非良臣孝子之道。不如隐身埋名，宁抛今生之威望，祈来世之菩提。但因庸懦无能，犹迷失于是非之间，迄未如愿。南无权现金刚童子[05]，唯愿子孙繁荣不绝，永续出仕朝廷，与人为善。若然，则请缓和入道之恶行恶性，借以取得天下之安宁。如果荣华止于一代，子孙将不免蒙羞，则请折重盛之寿，以济来世轮回之苦[06]。唯此二愿，敢仰冥助。"专诚祈祷，至于肝胆欲碎。突然有一团光焰，好似灯笼之

---

[01] 证诚殿：熊野本宫社殿之一，祀证诚大菩萨，又称证诚大权现，为阿弥陀如来之垂迹。已见卷第二《十四、康赖祝文》章，注20。

[02] 此处君上应指后白河法皇而言。

[03] 枝叶扶疏：谓生枝长叶，繁茂纷披，喻子孙兴旺。宋赵彦卫《云麓漫钞》卷七："三代之臣皆世族大家，枝叶扶疏，根株盘固。"

[04] 《孝经・开宗明义》："立身行道，扬名于后世，以显父母，孝之终也。"

[05] 金刚童子：熊野三山之护法神（护法童子）。

[06] 来世轮回之苦：原文作"来世苦轮"。众生在三界（欲界、色界、无色界）中，有四苦：生、老、病、死，加上怨憎会苦、爱别离苦、求不得苦、五阴盛苦等，即所谓四苦八苦，如车轮之旋转不息，故曰苦轮。

火，从内大臣身上冒出来，倏又消失不见。许多人也看见了，但都不敢说出来。

其后，从熊野还京路上渡过岩田川时，嫡子权亮少将维盛以下诸公卿，因为正值炎夏，不免跑到河边戏水。净衣湿透了，渗到淡紫绢子衬衫，变成了丧服般的淡墨色。筑后守贞能注意到了，慌道："何以有此等怪事？各位净衣看来极不吉祥。赶快换下。"内大臣却道："本人祈愿已经成就。净衣万万不可换掉。"还特别派人从岩田川到熊野去，奉献币帛，表示法悦之情。人们都觉得很奇怪，无法了解其中含意。但这几位公卿，在不久之后，便须穿上正式丧服，真不可思议。

还京后没过几日，内大臣便生病了。因为确信熊野权现已允其所愿，所以既不治疗，也不祈祷。其时，有一个杰出的宋朝名医渡海而来，刻在本朝居留。入道相国人在福原别业[07]，便派越中守盛俊[08]为使者，向小松殿内大臣传话道："听说病情有加无已。恰好有宋朝名医渡来，难得有此机缘。可请来诊疗之。"小松殿在病床上，教人扶起端坐，请盛俊来到面前，谆谆告诫道："请转呈，医疗之事敬悉。汝亦听之。延喜皇上[09]可谓贤君，却因邀请异国相士入京[10]，后世咸以为乃贤君之瑕疵、本朝之耻辱。何况凡人[11]如重盛者，若延异国医师入京城，岂非国之大耻乎？

"汉高祖提三尺剑，取天下而治之。讨伐淮南王黥布时，为流矢所中，痛

[07] 福原：今神户市兵库区。别业：同别墅、别庄。

[08] 越中守盛俊：一本作越中前司盛俊。平清盛心腹。寿永三年（一一八四）二月，战死于一谷之役。卷第九《十三、越中前司之死》章有其相关叙述。

[09] 延喜：第六十代醍醐天皇年号（九〇一—九二三）。

[10] 《古事谈》卷六："延喜时，有相人相者来朝。天皇坐帘中。（相士）闻其声，曰：此人国王欤？上多下少之声也。协乎国体。大皇耻之，终不出见。"

[11] 凡人：在《平家物语》中有二义：一指摄政关白以下之身份者；二指天皇之臣下。在此指后者。

甚。吕后迎良医入见。医曰：'此伤可治。若给金五十斤，当为医之。'高祖曰：'吾天命犹盛时，征战各地，屡次负伤，未尝痛楚。吾运尽矣。命乃在天，虽扁鹊何益？'然而若不使治伤，又似吝惜，乃赐五十斤罢之[12]。古人之言犹在耳，至今铭刻于心。

"重盛忝列九卿，位居三台[13]。考诸运势，莫非天意。岂可不察天意而妄行疗之耶？此病若是定业[14]，医之无益。若非定业，纵不救治，亦可自愈。昔者耆婆[15]医术有所不逮，而大觉世尊终灭度于跋提河畔[16]。是则显定业之病不可治也。若定业犹可医，释尊何以入灭？定业之不能治，明矣。受治者佛体，治之者耆婆也。重盛之身既非佛体，所谓名医亦不及耆婆。然则虽通四部之书[17]，擅长医术，安得救有待[18]之秽身乎？虽详五经之说[19]，善愈众病，岂可治

---

[12] 汉高祖刘邦（前二四七—前一九五）：此段汉高祖故事大致蹈袭《史记·高祖本纪》之所载，云："高祖击布时，为流矢所中，行道病。病甚，吕后迎良医。医入见，高祖问医。医曰：'病可治。'于是高祖嫚骂之曰：'吾以布衣提三尺剑取天下，此非天命乎？命乃在天，虽扁鹊何益？'遂不使治病，赐金五十斤罢之。"按：黥布，英布别名。初从项羽，后从刘邦，封淮南王，叛变被杀。《史记》《汉书》均有其传。扁鹊：中国战国时代名医，《史记》卷一百五有传。

[13] 九卿：中国中央九大臣。各代建置不同。以周朝为例，为少师、少傅、少保、冢宰、司徒、司空、司马、司寇、宗伯。在日本则借以指公卿，即纳言、参议、三位以上诸官职。三台：指太政大臣、左大臣、右大臣三公。

[14] 定业：指前世已定而今生必得其苦乐善恶果报之业因。

[15] 耆婆：或译祇婆、尸溥迦等，意谓能活、寿命。古代中印度摩诃陀国名医，与释迦同时。曾治频婆娑罗王与阿阇世王之病。

[16] 大觉：为大觉大悟之大觉者，即佛。世尊：是佛十称号之一，同释尊。跋提河：流经摩诃陀国拘尸那揭罗城西北，传其西岸即世尊入灭之地沙罗双树林。

[17] 四部之书：指中国四部医书：《素问经》《大素经》《难经》与《明堂经》。

[18] 有待：指凡夫生灭无常之身。以人身必待衣食等资益，始得生存，故曰有待。《高僧传·释道安》："高平郄超遣使遗捐米千斛，修书累纸深致殷勤。安答书云：'捐米弥觉有待之为烦。'"按：有待一语，已见《礼记·儒行》《庄子·逍遥游》等儒道经典，后为佛家所袭用。

[19] 五经之说：医书之五经：《素问经》《灵枢经》《难经》《金匮要略》与《甲乙经》。

前世之业病哉[20]？果依其医术而存命，则本朝医道似有若无矣。如面诊而无效，则不免多此一举。尤以本朝鼎臣之身[21]，竟邀异国浮游之客，既为邦家之羞，且显政道衰微。纵使重盛不死，岂敢不存国耻之念。惴惴此心，请即转呈家严入道大人。”

盛俊回到福原，哭哭啼啼地禀告了原委。入道相国道：“如此关心国耻之大臣，前所未闻；至今末世，更难见之。身为日本大臣，甚矣其不合时宜也。此次唯恐难渡死关。”于是含泪匆匆上京去了。

同年七月二十八日，小松殿出家，法名净莲。到了八月初一，临终正念[22]，溘然与世长辞。享年四十三。正值壮年有为之时，诚然可惜可哀。

京中上下莫不叹惋。入道相国一向言行粗暴，蛮横霸道，幸有此人居中劝说调停，世上才保持平安无事。此后，不知天下会闹出什么乱象来。人人不免忧心忡忡。只有前右大将宗盛卿身边的人，却掩不住喜悦道：“今后，世界即将移到大将殿方面来了。”

为人父母者疼爱子女之情，即使子不肖而先死，也会感到悲哀。何况小松殿重盛卿是当家栋梁、当世贤者。如今白发人送黑发人，想起一家之将倾，更是悲不自胜。是以世人叹良臣之丧亡，平家哀武略之式微。总之，此位内大臣品行端正、心存忠贞、多才多艺、能言善辩，兼具德望[23]，未有伦比。

[20] 业病：因果病也。前世恶业之果报，亦指不治之重症。

[21] 鼎臣：辅佐天子之大臣，即三公。时重盛为内大臣。

[22] 临终正念：已见本卷《九、僧都之死》章，注7。

[23] 《论语·宪问》：“有德者必有言，有言者不必有德。”

十二 无文佩刀

内大臣平重盛天生异禀，能预见未来事。今年四月七日做了一梦，便非常不可思议。在不知何方的海滨路上，信步向遥远处走去，忽见路旁有一大鸟居，因问道："此是何处鸟居？"答曰："是春日大明神鸟居[01]。"旁边人山人海、万头攒动。只见其中有一个法师的首级高高插在刀尖上。问道："谁人首级？"有人答道："是平家太政入道。因为作恶多端，本社大明神已处以极刑，正在枭首示众。"到此忽然从梦中惊醒过来。内大臣想，自保元、平治以来[02]，平家屡次敉平朝敌，犒赏逾分。甚至贵为天皇外戚，一门仕进者六十余人[03]。二十余年所享荣华富贵，难以形诸笔墨。但因入道恶贯满盈，眼看一门好运即将终结。回顾过去，考虑未来，不禁怆然泪下。

便在此刻，忽然听到有人敲着边门，咚咚作响。"是谁？来者谁？"有人应道："濑尾太郎兼康[04]晋见。"问道："有何要事？"答道："刚才梦见怪事一桩，极

[01] 鸟居：日本神社参道入口处所立牌坊，作开字形，汉译或作华表。春日大明神即春日神社，在今奈良市。奉祀武瓮槌命、斋主命（又名经津主命）、天儿屋根命、比卖神等神。为摄政关白世家藤原氏之氏神。

[02] 保元、平治：分别指保元（一一五六）与平治之乱（一一五九）。两次政变，平家皆在胜方。

[03] 有关平家之为外戚及其仕进情形，详见卷第一《五、吾身荣华》章。

[04] 濑尾太郎兼康：平家心腹侍臣。已见卷第一《十一、争路》章、卷第二《四、劝说》章、同卷《九、阿古屋之松》章等处。卷第八《八、濑尾之死》章，记其后来转战各地、被俘、窜逃、举兵败绩而死之种种事迹。

不可思议。不敢等到天明，特来禀告。请屏退左右。”内大臣立刻支开身边的人。兼康进谒，便将梦中所见，从头到尾，一五一十，详细地描述了一番，竟与内大臣所梦一模一样。内大臣发现兼康也有通灵之力，非常感动。

当日早晨，嫡子权亮少将维盛照例前往法皇御所供职，正要出门，内大臣叫过来，说道：“本来为人之父者，要说出这般事理，似乎极为愚蠢可笑。但是汝在儿辈中可算佼佼者。想到当今世态人情，便觉虚怯无奈。贞能在吗？为少将斟酒。”贞能进来斟酒。内大臣道：“此一杯本来应该先给少将，不过怕少将不肯，比父亲先喝，重盛只得先来，再请少将喝了。”便先喝了三杯，然后将杯子传给少将。少将喝完第三杯时，内大臣吩咐道：“贞能，取出赠品来。”贞能拿出了一个锦囊，从中小心翼翼抽出了一把刀。少将看了想道：“啊，此非我家祖传宝刀小乌[05]乎？”正想得高兴时，仔细一看，发现却是大臣葬礼上所佩的无文佩刀[06]。少将脸色顿时大变，心里涌现了不祥的预感。内大臣簌簌落泪道：“唉，少将呀，贞能并未取错。说起缘由来，此乃大臣殡葬时所用之无文佩刀。本来想在入道逝世时，重盛准备佩带此刀，陪其灵柩送葬。然而如今显然重盛将先入道而去，所以取出来送与汝保管。”

少将听了，无言以对，只管低头落泪。当日也没去御所供职，只见他以衣袖蒙面，躺在家里。其后，内大臣到熊野去参拜，返京后病倒，不久便去世了。直到此时，才终于明白原来如此，诚然前所未料。

[05] 小乌：刀柄上雕有乌鸦之形，故名。传原系源氏祖传宝刀，平治之乱源氏败绩，归为平家所有。

[06] 无文：沿用原文汉词，谓在刀柄、刀鞘上皆涂以黑漆，无任何文饰之刀。平时为六位以下官吏所佩带，五位以上佩描金画饰刀；四位以上公卿则仅在参加葬礼时佩无文刀。

十三 灯笼

此位内大臣平常寄情灭罪生善[01]，担心来世祸福，极为虔诚，所以在东山之麓[02]，依阿弥陀六八弘誓之数[03]，建造四十八间[04]精舍；一间一盏，四十八间，一共悬挂四十八盏灯笼。九品莲台[05]浮现眼前，恍如鸾镜辉映，身临净土。定于每月十四日与十五日，从平家与其他高贵人家选出貌体姣好、年华正盛[06]的妇女；每间平均分配六人，四十八间总共二百八十八人，号为尼众。在此两日之间，专心称名之声[07]，不绝于耳。果不其然，仿佛阿弥陀佛来迎引接之悲愿[08]，垂其响应；摄取不舍之慈光[09]，照在内大臣身上。

---

[01] 灭罪生善：谓消灭罪障、积善根功德。

[02] 东山：原山城国地名，今京都市贺茂川以东绵延南北之山地总称。山麓多社寺与贵族别墅。

[03] 六八弘誓：佛为救济众生所发弘大誓愿。《无量寿经・下》列有阿弥陀佛四十八愿。其中第十八愿为“念佛往生之愿”。

[04] 间：日本长度单位，一间约一点八公尺。

[05] 九品：已见本卷《七、少将还京》章，注4。莲台：极乐往生者所坐九种莲台。

[06] 年华正盛：指十六岁至二十岁之年轻女子。过二十岁即被替换。

[07] 称名：即念佛，通常指“南无阿弥陀佛”而言。

[08] 来迎引接之悲愿：引接亦作引摄，谓阿弥陀佛于念佛众生临终时，迎之入极乐净土之愿也。阿弥陀佛四十八愿之十九：“设我得佛，十方众生，发菩提心，修诸功德，至心发愿，欲生我国，临寿终时，假令不与大众围绕，现其人前者，不取正觉。”（《无量寿经・下》）

[09] 摄取不舍之慈光：“无量寿佛，……复有八万四千光明。一一光明，遍照十方世界，念佛众生摄取不舍。”（《观无量寿经・第九观》）盖谓阿弥陀佛济度众生，不忍舍之而不救也。

十五日正午结愿，有念佛大会。内大臣亲自加入行道中[10]，面朝西天，回向发愿[11]道："南无安养教主弥陀善逝[12]，普济三界六道众生[13]。"见者皆起慈悲之心，闻者频催感动之泪。是以有人称此内大臣为灯笼大臣。

---

[10] 行道：是一种修行法，即在佛菩萨周围诵经，且右绕三匝，谓之行道。亦为绕佛堂、绕佛塔、绕坟墓之仪式。已见本卷《七、少将还京》章，注6。

[11] 回向发愿：回一作迴。回向有变化、回转、转移之义，汉译回向。以己所修之善根功德移至他人或众生，祈愿其冥福之谓。其愿文谓回向文，如："愿以此功德，平等施一切，同发菩提心，往生安乐国"或"愿以此功德，普及于一切，我等与众生，皆共成佛道"等，见于《法华经》诸经疏。

[12] 南无安养教主弥陀善逝：南无为皈依信从之意，安养谓极乐净土，教主指佛教开祖。弥陀善逝即阿弥陀佛，善逝是其十称号之一。

[13] 三界六道众生：已前出。三界是欲界、色界、无色界。六道是天上道、人间道、阿修罗道、畜生道、饿鬼道、地狱道。在此三界六道中迷于生死轮回之一切众生。

十四 捐献黄金

此外，内大臣又想道："在我朝，无论种下多大善根[01]，未尝见有子孙克绍箕裘，能为先人祈求冥福者。为能修得后世福报，不如在国外亦积些功德。"乃于安元年间[02]，从镇西[03]召来一个名叫妙典的船主，远远屏退左右，面对面时，取出黄金三千五百两，嘱咐道："闻知汝是一正直人士，与汝五百两。其余三千两携带渡海入宋，一千两赠予育王山[04]僧侣，二千两献与宋朝皇帝，为买地转赐育王山之用，但愿能为我祈祷后生冥福。"

妙典奉命，乘风破浪，迢迢万里，来到大宋国。登育王山，谒见方丈佛照禅师德光[05]。转告来由，方丈随喜感叹不置。便为僧众留下一千两，将二千两呈上皇帝，且详奏捐赠者念兹在兹的心愿。皇帝大为感动，即以五百町[06]

[01] 善根：原梵文，亦译作善本、德本。坚持身、口、意三业善行，如入土深根。善根能生善果。又无贪、无瞋、无痴为三善根。

[02] 安元年间（一一七五—一一七七）：安元为第八十代高仓天皇（在位一一六八—一一八〇）四个年号之一。承安五年（一一七五）七月改元安元，安元三年（一一七七）八月改元治承。当时南宋孝宗皇帝在位（一一六二—一一八九）。

[03] 镇西：即西海道，古行政区划七道之一，今之九州地区。

[04] 育王山：阿育王山之略。有阿育王寺，为宋禅宗五山之一，在浙江省宁波市东。平安末期以后替代五台山，成为日僧入宋巡礼之圣地。

[05] 方丈：原指寺庙住持居室，后亦指住持。佛照禅师德光：宋高僧。孝宗淳熙三年（一一七六），应诏为杭州灵隐寺住持，为帝说法，赐号佛照禅师。

[06] 町：在此指日本土地面积单位，与距离之町有别。一町约等于一公顷。

田地赐予育王山。听说此后，山上为日本大臣平重盛祈祷后生善处之声[07]，至今不绝。

[07] 后生善处：《妙法莲华经 · 药草喻品》云："闻是法已，现世安稳，后生善处。"谓今生可享安稳之福，来世亦可转生极乐净土之中也。

十五 法印问答

入道相国因嫡子小松殿先死，心灰意懒，万事顿失依靠，觉得无所适从。乃慌忙再回到福原别墅，闭门隐居起来。

同治承三年十一月七日夜，戌时，大地震动，持续良久。阴阳头安倍泰亲[01]立刻赶到宫中，上奏道："此次地震，据占卜所示，非严肃慎重以对不可。查对阴阳道三经[02]中《金匮经》[03]之说，论年不出本年，论月不出本月，论日不出今日之内。十万火急。"奏罢，哽咽难言，泪落如雨。传奏者[04]都闻之色变，皇上也惊惶失措。唯有年轻的公卿殿上人却嘲笑道："泰亲哭成如此模样，太不像话。保证不会发生任何事故。"提起泰亲此人，是安倍晴明[05]五代裔孙，穷究天文奥义，推断吉凶，如指其掌[06]。无一差错，所以人称指掌神童。曾遭雷击，烧毁了狩衣袖子，人却毫发无伤。无论上代或末世，都是难得一见的人才。

---

[01] 安倍泰亲：卷第二《一、座主流放》章，有其揶揄明云法号字义之言。

[02] 三经：指《金匮经》《枢机经》《神枢灵经》。或以为指《坤义经》《明道经》《星宿经》。

[03] 《金匮经》：原文作《根器经》，一本作《坤仪经》或《金贵经》，皆同音当字，均指同经。

[04] 传奏：平安后期在宫中，于天皇（或上皇）与亲王、摄政关白、诸公卿、诸寺社之间，转呈奏折或宣达敕命之职。

[05] 安倍晴明（九二一——〇〇五）：平安中期名阴阳家，传奇人物。著有《金乌玉兔集》，为后世阴阳术经典。泰亲为其五代孙。据《安倍氏系图》，其系谱为：晴明—吉平—时亲—有行—泰长—泰亲。

[06] 如指其掌：沿用原文，语出《礼记·仲尼燕居》："治国其如指诸掌而已乎？"《论语·八佾》："指其掌。"言其明且易也。

同月十四日，忽有谣传说，数日来隐居福原的入道相国，不知缘何，将率领数千骑兵马进入京城。虽然还没有任何确切的消息，但京中上下早已陷入恐慌之中。不知谁人传出来的话说："入道相国怨望朝廷，必有报复。"关白基房殿[07]于此素有所闻，匆匆进宫，禀告天皇[08]道："此次入道相国入京一事，无非出于消灭基房之计。也不知会遭到何种厄运。"天皇听了大惊失色，含泪道："卿将遭受之灾难，与朕将遭受者无不同。"诚然，天下之政务本来应由天皇与摄政运筹宫中，如今却有人专权恣肆，体制安在？天照大神、春日大明神[09]的神意也很难预料了。

同月十五日，又有谣传说，入道相国对朝廷怀恨颇深，必定会有报怨泄愤之举。后白河法皇听见后，惊慌不已，乃遣故少纳言入道信西之子静宪法印[10]为御使，往见入道相国，嘱代为传话云："近年来朝廷不稳，人心浮动，世间日益浇薄冷酷。邪恶当道，不能无虑。幸而有汝辅佐，万事唯汝是赖。而今汝却不以天下安宁为念，竟率兵入京，喧嚣放肆，况且听说将对朝廷以牙还牙，绝不宽待，云云。是何居心？"

静宪法印御使奉命来到西八条府邸。但从早晨等到傍晚，都无回应。既然如此，再等无益，乃托源大夫判官季贞[11]进去转达法皇的旨意，然后说一声"告辞"便离开了。不意却在此刻，入道相国现出身来，命人叫回法印。法印转回，听道："嗳，法印大师呀，难道我净海所说会有错吗？先谈内大臣去世之

[07] 藤原基房：已见卷第一《五、吾身荣华》、《十一、争路》等章。在高仓天皇之世，自承安二年（一一七二）十二月至治承三年（一一七九）十一月为关白。

[08] 天皇：原文主上，有译作法皇者，似有不妥。按：自平安时代以来，主上即为天皇尊称，如中国之称皇帝为皇上也。

[09] 天照大神为日本皇室祖先。春日大明神为藤原氏氏神。

[10] 静宪法印：信西六男。后白河法皇近臣。已见卷第一《十二、鹿谷》章。

[11] 源季贞：平清盛侧近部下。已见卷第二《五、求情》章，详注3。

事。因为顾及我平家命运，不能不忍泪含悲，以至今日。请大师谅察。自保元以降，叛乱频仍，君心难安。入道我仅能指点大势之所趋，内大臣则事必躬亲，粉身碎骨，冒险犯难，屡次敢于抚逆鳞[12]而消法皇之怒。他如处理临时大事、朝夕政务，孜孜不倦。旷世功勋，古今有出内大臣之右者乎？

“征诸古昔，唐太宗[13]因魏征先卒，悲恸之余，亲撰碑文曰：‘昔殷宗得良弼于梦中，今朕失贤臣于觉后[14]。’而立之于庙中，以示哀悼。其在我朝，亦有近例焉。民部卿藤原显赖逝世时[15]，故鸟羽法皇悲不自胜，乃延后八幡[16]之行幸，禁止管弦之乐。大凡臣子之死，历代皇上皆有哀唁之礼。是以君臣之缘，有亲于父母而睦于子女者。

“然而内大臣尚在中阴期间[17]，法皇即有八幡宫之行，且奏管弦之乐；不见丝毫哀悼之意。纵使不同情入道之哀思，岂可忘却内大臣之忠贞乎？纵使忘却内大臣之忠贞，岂可不同情入道之哀思耶？我父子皆为法皇所不喜，如今我家面目全失。此其一。

“其次，承赐越前国时，约定子子孙孙，永世不变。但内大臣去世后，却随即收回，是由于何种过失？此又其一。

---

[12] 逆鳞：喻人君之怒。龙为人君之象，颔下有逆鳞，人触之则龙怒而杀人。《韩非子·说难》：“其喉下有逆鳞径尺，若人有婴之者，则必杀人。人主亦有逆鳞，说者能无婴人主之逆鳞，则几矣。”

[13] 唐太宗：李世民，唐朝第二代皇帝（在位六二六—六四九）。

[14] 白居易《新乐府·七德舞》“魏征梦见子夜泣”句自注云：“魏征疾亟，太宗梦与征别。既寤，流涕，是夕征卒。故御亲制碑云：‘昔殷宗得良弼于梦中，今朕失贤臣于觉后。’”按：殷宗指殷（商）第二十二代王高宗武丁，梦中见傅说，求之于野，举以为相，殷国大治。

[15] 藤原显赖：永治元年（一一四一）民部卿。久安四年（一一四八）卒，五十五岁。民部卿为民部省之长，掌诸国户籍、赋役、田地等民政事务。

[16] 八幡指石清水八幡宫：已见卷第一《十二、鹿谷》章等处。在今八幡市，祀应神天皇、神功皇后、比卖大神等。

[17] 中阴：俗称七七。人死后四十九日间为中阴。眷属每七日为死者修佛事，则不生恶趣。

“其次，在中纳言一职出缺时，二位中将基通[18]亟欲得之，入道亦曾极力推荐。然而不但未蒙接受，反而以关白之子[19]补其缺，是何道理？即使入道所言不合情理，勉强听从一次又有何妨？况且中将是摄政家嫡子，论家世位阶，无一不合。条件俱备，而竟置之不理，可谓遗憾之至。此又其一。

“其次，新大纳言成亲卿等人在鹿谷聚会[20]，筹划谋反之策，凭其个人之力绝不足以成事。背后定有法皇之旨意与许诺。说起来又是旧事重提，我平家一门已传七代之久，岂可平白任其断绝。加之以入道年近古稀，垂垂老矣，而法皇动辄意欲灭绝平家一门于我残生之年。然则，愿我子孙援例供职于朝廷之望，更难以为继矣。凡是老人失子，无异枯木无枝。如今浮生所剩无几，再用尽心机，亦等于白费。只好听天由命矣。”入道相国说着，有时怒形于色，有时伤心落泪。法印却觉得又恐惧又可怜，听得全身冒汗。

在此时刻，恐怕任何人都会无言可对，何况法印是法皇身边的近臣。鹿谷的聚会自己也在现场，亲自耳闻目睹。如果被指为同党而就地遭到逮捕，也不无可能。一想到此，觉得好像在捋龙须、踩虎尾一般[21]。但法印也不是易与之辈，不慌不忙地说道：“诚然，平家屡建功勋，卓尔不群。偶有不平之鸣，亦在意料之中。唯论官位，论俸禄，尊驾应不宜有所不满，盖无一非皇上有感于大功而酬报之者。至于说，近臣乱事乃法皇之纵容所致，非也。实乃出自阴谋者

[18] 藤原基通：即近卫基通（一一六〇—一二三三），承安二年（一一七二）右中将，安元二年（一一七六）三月从二位，治承三年（一一七九）十一月为关白。时二十岁。其妻为清盛之女宽子。天福元年（一二三三）殁，享年七十四岁。

[19] 关白之子：指关白藤原基房之三男师家。治承三年（一一七九）十月为权中纳言、正三位。十一月因政变解官，时仅八岁。仁治元年（一二四〇）殁，享年六十九。

[20] 详见卷第一《十二、鹿谷》章。

[21] 二句喻如履薄冰，战战兢兢，盖动辄得咎，极其危险也。大江匡衡《为左大臣供养净妙寺愿文》：“荣余于身，赏过于分，如履虎尾，如抚龙须。”（《本朝文粹》十三）

之谗言。信耳闻而疑目睹[22]是世俗之通弊。身沐无比之朝恩，却听信小人之蜚语，而起背君逆上之意。如此行径，神佛冥鉴，世间明察，最可恐惧。悠悠苍天，其意杳然；法皇之心，深不可测。然而以下犯上，岂是人臣之礼？敬请三思。承教诸事当如实转奏。”说罢，即起身离去。许多在座的人莫不佩服法印，事后都说道：“呀，好叫人担心啊。入道那么生气，他却毫不畏惧，侃侃以对，然后从容离去。”

[22] 谓宁信耳闻之谣言，不信目睹之事实也。

十六 大臣流罪

法印回到御所，如实一一启奏了此行始末，法皇也觉得相国所言极其合理，无可置辩。同月十六日，入道相国按近日来拟定的策略，宣布解除上自关白殿起，太政大臣以下四十三人的官职，并逐之出京。关白殿左迁大宰帅[01]，流放镇西，感叹时乖运蹇，无可奈何，便在鸟羽附近的古河出了家[02]。时三十五岁。其为人也熟谙宫廷礼仪法式，心明如镜，善辨是非，是以时人分外惋惜。远流之人如在中途出家，照例不必前往指定谪地。因此，原定远流日向国，既已出家，便留在备前国府左近叫井迫的地方[03]。

大臣流罪之先例，昔有左大臣苏我赤兄[04]、右大臣藤原丰成[05]、左大臣藤

[01] 关白指藤原基房（一一四四—一二三〇）：治承三年（一一七九）远流大宰府。因出家，改流备前国。大宰帅应作大宰权帅。大宰帅，大宰府长官。大宰府设于筑前国（今福冈县西部），统辖九州及壹岐、对马二岛，掌其防卫与外交。曾称镇西府。平安时代以后，大宰帅多由亲王遥任，由大宰权帅主持实际政务。但大臣左迁大宰权帅者不得干预府政。

[02] 古河：又作古川。今京都市伏见区古川町。《雍州府志》："古川，在下鸟羽之西。古迁谪西国者，多在此乘舟，出孤川。"

[03] 日向国：西海道（九州）十一国之一，今宫崎县与鹿儿岛县之一部分。备前：为山阳道八国之一，今冈山县东南。国府：为首府官厅。井迫：又作汤迫，今冈山县冈山市中区汤迫附近。

[04] 苏我赤兄（六二三—六七二）：天智天皇十年（六七一）左大臣。天武天皇元年（六七二）壬申之乱支持大友皇子，败绩，被流，同年死于谪地。

[05] 藤原丰成（七〇四—七六五）：圣武天皇天平二十一年（七四九）右大臣。孝谦天皇天平宝字元年（七五七）连坐橘奈良麻吕之变，左迁大宰员外帅，因病滞留难波（今大阪府大阪市附近）。

原鱼名[06]，与右大臣菅原道真，便是人人敬畏的北野天神[07]。还有左大臣源高明公[08]、内大臣藤原伊周公[09]。前后已有六人。但摄政关白之受流罪者，则史无前例，盖肇始于此。

故中殿摄政基实之子二位中将藤原基通，是入道相国的女婿，擢升为大臣关白。以前圆融天皇在位，天禄三年十一月一日，一条摄政谦德公[10]去世时，其弟堀河关白忠义公[11]犹任从二位中纳言，比其弟法兴院大入道殿[12]之为大纳言右大将，官位较低。但在此年，终于超过其弟，越级升上内大臣正二位，且蒙内览宣旨[13]，时人惊诧不已。然而此次基通的升格，犹有过之。从非参议[14]二位中将，未经大中纳言，便跃升为大臣关白，的确前所未闻。

---

[06] 藤原鱼名（七二一—七八三）：桓武天皇天应元年（七八一）左大臣。延历元年（七八二）连坐冰上川继谋反事件，左迁大宰府。中途因病召还。不久去世。

[07] 菅原道真（八四五—九〇三）：醍醐天皇昌泰二年（八九九）右大臣。昌泰四年因左大臣藤原时平之谗，左迁大宰权帅。延喜三年（九〇三）死于配所。擅汉诗、汉文、和歌、编史，著有汉诗文《菅家文草》《菅家后集》等。死后被奉为学问之神，号北野天神。

[08] 源高明（九一四—九八二）：醍醐天皇皇子。延喜二十年（九二〇）赐源姓，落为臣籍。村上天皇康保四年（九六七）左大臣。因安和之变（九六九）左迁大宰权帅。圆融天皇天禄三年（九七二）返京隐居。

[09] 藤原伊周（九七三—一〇一〇）：一条天皇正历五年（九九四）内大臣。因箭射花山法皇，且私修大元帅法，于一条天皇长德二年（九九六）左迁大宰权帅。一年后召还。长保五年（一〇〇三）从二位，复其职。

[10] 一条摄政谦德：即藤原伊尹（九二四—九七二）。右大臣、摄政、藤原氏长者、太政大臣。天禄三年殁。四十九岁。谥谦德公。按：伊尹、兼通、兼家为同胞兄弟。

[11] 堀河关白忠义公：即藤原兼通（九二五—九七七）。历藏人头、参议、权中纳言、内大臣、太政大臣等，至关白（九七四）。邸在二条南、堀河东，故称堀河关白。谥忠义公。

[12] 法兴院大入道：即藤原兼家（九二九—九九〇）。历官右大将、大纳言，至摄政（九八六）。永祚二年（九九〇）辞官出家，以其邸二条院为寺，称法兴院。其子道长亦出家入道，故人称大入道，以示区别。

[13] 内览：太政官所奏文书，例由摄政关白先行过目或执行，谓之内览。唯需有宣旨始可行之。

[14] 非参议：谓未经参议之职也。按惯例，须经参议，升中纳言、大纳言、大臣（内、右、左），而后太政大臣、摄政关白。

基通者普贤寺殿[15]是也。上卿宰相、大外记，以至大夫史[16]，莫不显出一副愕然的神色。

太政大臣师长丢了官职，被放逐到东国。以前在保元年间，因为受到父亲恶左大臣的连累，兄弟四人都问成流罪。其兄右大将兼长、其弟左中将隆长与范长禅师三人，等不及被赦返京，便先后分别死于配所[17]。师长则在土佐国幡多[18]度过了九年的谪居生活，终于在长宽二年八月被召回京，复其本位本职。次年叙正二位。仁安元年十月[19]，由前中纳言升为权大纳言。当时大纳言并无缺额，所以成为员外大纳言。从此以后，大纳言增加到六人[20]。又，从前中大纳言升任权大纳言，除了后山阶大臣躬守公[21]、宇治大纳言隆国卿[22]之外，尚无他例。师长精通管弦之道，才艺过人。官位屡升，顺条顺理，终至太政大臣。不知因何业报而再遭流放。以前保元时代谪居南海道土佐国；此次治承之世，说是要流放东关尾张国[23]。

---

[15] 普贤寺殿：基通出家后，住山城国普贤寺，故称普贤寺殿。

[16] 上卿宰相：即首席参议，在此指处理人事升迁之长官。大外记：太政官书记，在少纳言下，负责诏敕奏文之起草、叙位、任官等仪式之杂务。大夫史：太政官之官员，掌文书查证、诸司诸国之庶务。

[17] 三人配所：分别为兼长出云国、隆长伊豆国、范长安艺国。

[18] 土佐国幡多：今高知县幡多郡黑潮町佐贺。

[19] 藤原师长于二条天皇长宽二年（一一六四）被赦返京，次年永万元年（一一六五）正二位，六条天皇仁安元年（一一六六）权大纳言。

[20] 原为四人，其后时有增减。此处六人指：藤原忠雅、源雅通、藤原公通、平清盛、源定房、藤原师长。从此定员为六人。

[21] 后山阶大臣躬守公：即藤原三守（七八五—八四〇）。天长五年（八二八）大纳言，承和五年（八三八）右大臣，同七年殁，享年五十六岁。

[22] 宇治大纳言隆国：即源隆国（一〇〇四—一〇七四）。后冷泉天皇治历三年（一〇六七）权大纳言。享年七十四岁。其别邸在宇治。传为《宇治大纳言物语》（今佚）作者。

[23] 东关：指逢坂关以东诸国，即今关东。尾张国：东海道十五国之一，今爱知县西部。

本来，以无罪之身而赏谪地之月，是稍解风雅者之所愿，所以大臣不以流配为意。一边想着古昔唐太子少傅白乐天谪居浔阳江头的故事[24]，一边眺望鸣海潟的海景[25]。时常望明月，啸潮风，弹琵琶，咏和歌；度着悠然自得的日月。

有一次，参诣尾张国第三宫热田明神[26]。当夜有娱神表演。弹奏琵琶，朗咏诗歌。唯当地民智蒙昧，无人能解风雅之趣。虽然乡老、村女、渔夫、野叟都低头竖耳，认真倾听着，却无能辨音声之清浊、音阶之高低者。然而瓠巴弹琴，鱼鳞跃舞[27]；虞公发歌，梁尘震动[28]。能究万物之妙时，自然理应引起感动。满座人人毛发悚然，觉得实在不可思议。

夜已阑，更已深。奏《风香调》，则花蕴芳香之气；弹《流泉曲》，则月竞清明之光[29]。又朗咏："愿以今生世俗文字之业、狂言绮语之误；……[30]"接着弹起琵琶秘曲。明神忍不住有所感应，宝殿为之震动。师长以为若非平家的

[24] 白居易《琵琶行》："浔阳江头夜送客，枫叶荻花秋瑟瑟。"浔阳江在今江西省九江市北部之一段。

[25] 鸣海潟：今名古屋市绿区鸣海町附近。潟为浅水海湾。

[26] 尾张国有三神宫：第一宫真清田神社，第二宫大县神社，第三宫热田神社，祀日本武尊等。在今名古屋市热田区神宫。其排序指新任国司奉币之先后。

[27] 瓠巴：古楚国人，琴瑟名手。《列子・汤问》："瓠巴鼓琴，而鸟舞鱼跃。"又《荀子・劝学》："瓠巴鼓瑟，而流鱼出听。"

[28] 虞公：汉时善歌者，刘向《别录》："有人歌赋，楚汉兴以来善雅歌者，鲁人虞公发声清哀，远动梁尘。"

[29] 《风香调》与《流泉曲》：皆琵琶曲名。《教训抄》卷七："风香调中，花含芬馥之气；流泉曲间，月浮清明之光。"

[30] 白居易《香山寺〈白氏洛中集〉记》："愿以今生世俗文字之业、狂言绮语之过，转为将来世世赞佛乘之因，转法轮之缘也。"亦见引于《和汉朗咏集・佛事》卷下。按：狂言绮语指文字游戏，即文艺创作，为佛家十恶之一，盖有碍佛法之修持也。又按：日人引用此文时（包括《平家物语》），"过"字多作"误"或"谬"字，训读同音。

恶行恶业，今晚不可能亲历如此妙境，拜见如此吉祥的瑞象，因而流下了感恩的眼泪。

按察大纳言资贤卿之子右近卫少将兼赞岐守源资时[31]，二职皆被撤销。参议皇太后宫权大夫兼右兵卫督藤原光能[32]、大藏卿右京大夫兼伊豫守高阶泰经[33]、藏人左少弁兼中宫权大进平基亲[34]，则各撤其三职。其中，按察大纳言资贤卿、其子右近卫少将、孙右少将源雅贤[35]三人，特令不许稍有迟延，乃命上卿藤大纳言实国[36]、博士判官中原范贞[37]，当日便将三人驱逐出京。大纳言资贤道："三界[38]虽广，不容五尺之躯；一生固短，难度一日之计。"遂趁黑夜溜出九重宫中[39]，远走八重云外[40]。经过歌中有名的大江山生

[31] 源资贤（一一一三—一一八八）：安元元年（一一七五）中纳言兼出羽陆奥按察使，治承三年（一一七九）权大纳言。后白河法皇近臣之一。善今样歌曲。按察使乃巡察地方治绩、诸国民情之官。其子源资时，生卒年不详，亦为后白河法皇近臣。善管弦、郢曲。传文治二年（一一八六）出家，年二十六。法名正佛，或曰生佛。

[32] 藤原光能（一一三二—一一八三）：治承元年（一一七七）皇太后宫权大夫、同三年十月右兵卫督兼参议。十一月解职。但治承五年复任参议。

[33] 高阶泰经（一一三〇—一二〇一）：治承二年大藏卿，兼右京大夫伊豫守，同三年解官，同五年复任右京大夫兼伊豫守。

[34] 平基亲：民部卿平亲范之子。承安二年（一一七二）中宫大进（中宫职之上位判官），安元元年（一一七五）藏人，治承三年（一一七九）右少弁。

[35] 源雅贤（一一四八—一一九二）：生前遭解官复官三次。资贤、资时、雅贤三代皆善管弦、郢曲、鞠球。

[36] 藤大纳言实国：权大纳言正二位。曾任高仓院御笛师。寿永二年（一一八三）卒，四十四岁。

[37] 博士判官：指明法博士而兼检非违使判官者。

[38] 三界：指一切众生轮回之三种世界，即欲界、色界、无色界。在此则泛指广大现实界。全句盖谓世界虽大，却无立锥之地也。

[39] 九重：天子之所居。王城之门有九重，故以喻宫禁。

[40] 八重：日文语词，层层重叠或遥远之意。八重云外喻遥远之地也。

野之道[41]，来到丹波国的村云[42]，暂时歇脚。听说后来终于被找到，流放到信浓国[43]去。

[41] 大江山：京都市西京区大枝之山坡。生野：在今京都府福知山市生野。与大江山同为通往丹波国之要道。歌枕。小式部内侍有歌云："过了大江山，生野道远行。不见来青鸟，天梯云端迎。"（《金叶集·杂》）

[42] 丹波国：山阴道八国之一，约当今京都府中部与兵库县东部及大阪府北部。村云：今兵库县筱山市附近。

[43] 信浓国：东山道八国之一，今长野县。

十七 行隆

前关白松殿的武士中，有一个名叫江大夫判官远成[01]，也是平家所不喜的人物。有谣传说，六波罗会随时派人前来逮捕，便与儿子江左卫门尉家成[02]结伴逃走。但出了门，无所适从。登上稻荷山[03]，父子下了马，商量道："原想到东国[04]去，投奔伊豆国的前右兵卫佐赖朝[05]。但他现在也是敕裁的流犯，恐已自顾不暇。日本国中，到处都有平家的庄园。既然没有逃匿之处，而且若在长年住惯的家中被捕，有人看到也很丢脸。不过，还是宁愿回去，如果六波罗派人来，只好切腹自尽，也可保留面子。"于是，父子两人转回川原坂[06]的家。果不其然，六波罗派源大夫判官季贞[07]、摄津判官

[01] 江大夫判官远成：大江远成，又作远业。大夫判官指检非违使五位尉。仁安三年（一一六八）检非违使左卫门少尉。

[02] 江左卫门尉家成：远成之子。生年、经历不详。

[03] 稻荷山：在京都伏见区。山麓有稻荷神社。

[04] 东国，或简称东。平安时代泛指从京都东望诸国，包括关东地区。

[05] 前右兵卫佐赖朝，即源赖朝（一一四七——一一九九）：源义朝三男。十三岁时从父参加平治之乱（一一五九），败逃。翌永历元年（一一六〇）二月被捕，流配伊豆。平治乱起，任右兵卫权佐，乱平，即被解官，在职不到半月。兵卫佐为兵卫府次官。

[06] 川原坂：当作瓦坂。在京都市东山区阿弥陀峰之南，是从八条通往山科之坂道。

[07] 源大夫判官季贞：已见卷第二《五、求情》、本卷《十五、法印问答》。平清盛近侍。后在坛浦之战被俘。

盛澄[08]，率甲兵三百余骑，拥向川原坂，喧嚣呐喊。江大夫判官站在檐下，大声吼道："请看吧，各位，回去可向六波罗如实禀报。"便放火烧屋，父子同时切腹，烧死在烈火之中。

如此这般，不分官位高低，多有死亡或受害者。究其缘由，据说由于此次就任关白的二位中将基通殿，与前关白松殿之子三位中将师家殿之间，为了争夺中纳言之缺而结下冤仇，已至水火不相容。若是属实，则应由关白松殿一人承担一切后果，没有理由连累四十余人，而受到如此残酷的惩处。虽然，去年为赞岐院追赠帝号，为宇治恶左府追赠官位[09]，世间依然不宁。只靠此等做法，恐怕无济于事。有谣传说，入道相国的心已为天魔所据，动辄怒不可遏。不知天下又将发生什么大事，京中上下人人自危。

其时，有一个前左少弁名叫藤原行隆[10]的人，是故中山中纳言显时卿[11]的长子。在二条天皇时，名列弁官，扬扬得意。但此十余年来，被削了官职，夏冬无衣可换，三餐朝不谋夕；剩下似有若无的生命。不意太政入道派人来传话道："有事相告。可立即前来。"行隆大为恐慌，想道："十余年来，与世隔绝，不管身外事，难道有人进了谗言？"夫人与孩子们也不知会发生什么灾难，都哭成一团。但使者再三前来催促，无计奈何，便向人家借了车子，来到了西八条。入道亲自出迎，真是大出意料；随即面对面道："令尊大人与我是不管大事小

---

[08] 摄津判官盛澄：已见卷第二《九、阿古屋之松》。曾为平清盛使者往见教盛。亦为平清盛近侍，坛浦之役被俘。

[09] 事见本卷《一、赦书》章。

[10] 藤原行隆（一一三〇—一一八七）：永万元年（一一六五）左少弁，同二年解官。治承三年（一一七九）十一月十七日复任正五位下左少弁，同十八日藏人。治承四年兼山城国守，同五年从四位下权右中弁。文治三年（一一八七）正四位下左大弁。

[11] 显时：藤原行隆之父。仁安二年（一一六七）卒，五十八岁。永历元年（一一六〇）权中纳言，仁安二年民部卿。人称中山中纳言。

事、无所不谈之人。你为其子，我当然不能置之度外。多年来，汝离群索居，一直为汝感到不平。但法皇亲掌政务，有意相助而无能为力。如今可再出仕矣。有关官位之事，一定会妥为安排。赶快回家去。”说完，便进里屋去了。行隆回到家中，夫人小孩们仿佛迎回死而复生之人，都在一起流下了喜悦之泪。

太政入道果然派源大夫判官季贞，送来了庄园授受相关的权状等文件。而且考虑到行隆目前的困境，也送来了绢百匹、黄金百两、白米一车。又为其出仕摆门面，还送了杂役、牛倌、牛、牛车等。行隆不觉手舞足蹈起来。是梦吧，不是梦吗？总之，真假虚实，惊疑难明。同月十七日，补五位藏人，恢复了左少弁之职。行隆今年五十一岁。可谓春风再度，神采焕发。但如此荣华，恐怕也会昙花一现而已。

十八 幽禁法皇

治承三年十一月二十日，后白河法皇御所法住寺殿四面为军队所包围。且说平治之乱时，藤原信赖放火三条殿，烧死不少人[01]。此次恐怕也会仿照往例办理。宫中上下，不分女官女童，都顾不及围上头巾，便慌手慌脚地逃走了。法皇也惊恐万分。只见前右大将宗盛卿将车子拉过来，奏请道："恭请快快上车。"

法皇道："到底是何缘故？余自问并无过错。盖欲仿成亲与俊宽故事，将余远流于荒岛乎？只因皇上尚幼[02]，不免偶尔过问政务。若以为不可，今后当自谨慎便是。"宗盛卿回道："并非如此。家父入道说，在世间尚未平靖以前，恭请暂时临幸鸟羽殿[03]而已。"法皇道："然则宗盛，可相陪同往否？"但宗盛怕父亲禅门会不高兴，不敢答应。

法皇道："唉，仅此一事，便知汝远远不如令兄内大臣矣。年前亦遭类似事件，是内大臣挺身制止，始有今日之安定。如今敢谏者已不在人间，故乃出此下策。此后无人可依，如何是好？"说着，不断流下泪来。

---

[01] 平治元年（一一五九）十二月九日，藤原信赖与源义朝举兵叛变，烧毁后白河上皇御所三条殿。

[02] 皇上：在此指第八十代高仓天皇（一一六一——一一八一），八岁即位，在位不满十二年（一一六八——一一八〇），被逼让位。

[03] 鸟羽殿：即鸟羽离宫，或称城南离宫，白河、鸟羽两上皇之离宫。迹在今京都市南区上鸟羽、伏见区下鸟羽一带。

终于上了车。公卿殿上人随从者竟无一人。只有一个北面的下级武士，名叫金行的力者法师[04]跟随。车子后座坐着一位老尼，是法皇的乳母纪伊二位[05]。从七条往西，转入朱雀大路往南。一路上，身份低下的民间男女都叹道："啊，是法皇被流放了。"人人落下泪来，湿透了衣袖。又互相说道，初七夜那次地震就是灾难的前兆。这一震，震到十六洛叉底[06]都有感应，连坚牢地神[07]也都被震惊了。真是天理昭然呀。

进入鸟羽殿一看，只见大膳大夫信业[08]已在殿中候着，也不知如何混进殿中来。法皇吩咐道："总觉得今晚会丧命。很想沐浴净身。以为如何？"信业今日一早起，便神魂颠倒，茫然不知所从；现在听到法皇的吩咐，不禁诚惶诚恐，吊起狩衣袖子，拆矮墙木板，劈廊沿短柱，权当柴火，又汲来了水，照例烧烫了，恭请法皇入浴。

另外，静宪法印赶到西八条府邸来，对入道相国说道："听说法皇临幸鸟羽殿，无人随在身边，难免有无情无义之嫌。敢请勉为其难，准我静宪一人前去伺候。"入道答应道："快快去。看大师不是惹是生非之人。"法印匆匆来到鸟羽殿，在外面下车，穿过大门，听到法皇正在诵经。诵声越来越高，充满着悲苦凄凉。法印倏地进去，看见法皇的泪水簌簌滴在所诵的经页上。法印悲从中来，也潸然泪下，乃用法衣的袖子掩住了脸，走到法皇面前。此时伺候法皇

---

[04] 北面武士：已见卷第一《十一、争路》章。即院（上皇）御所之警卫武士，驻扎在御所之北，故曰北面。力者法师：指剃发为僧，以劳力供职御所、公卿家、武士邸之下级仆人。或牵马，或抬舆，常佩长刀，随从主人左右。

[05] 纪伊二位：纪伊国守藤原兼永之女，少纳言入道信西之妻。名朝子，从二位。

[06] 洛叉：梵文，数量名，意译十万，或译一亿。十六洛叉为一百六十万由旬。按：由旬为古印度距离单位，指军队一日之行程，约十一至十二公里。十六洛叉底，喻世界（地下）最低最深处。

[07] 坚牢地神：即守护土地之神。已见卷第一《十五、神舆》章。

[08] 信业：平氏，已见卷第二《三、西光被斩》章。大膳大夫：或称大膳头，掌宫中饮食与宴会事宜。

的只有老尼一人。看了法印进来，说道："呵，法印大师，法皇自昨日在法住寺殿吃了早餐之后，昨夜与今晨都未进食。长夜漫漫，也不休息睡觉。眼看性命险象环生，恐怕不行矣。"

法印含泪道："凡事都该有其限度。平家享受荣华富贵，已二十余年，然而作恶多端，僭越无度，其将灭亡，早在意料之中。天照大神、正八幡宫[09]，岂能置之不顾？尤其日吉山王七社[10]，素为法皇所虔信，除非改变守护一乘之誓[11]，在恭诵《法华经》八卷之际，定会翩然飘来保护法皇。因此，法皇终将重掌政务，凶徒亦将消失如泡沫，殆可断言。"法皇听了，心中稍感安慰。

高仓天皇因为关白被流，臣下多人死亡，正在怨愤交加之时，又听到法皇被禁闭在鸟羽殿中，更觉万念俱灰，开始拒绝进食。而且自称有病，经常躺在寝宫中。建礼门院以下至御前诸女官都不知如何是好。

法皇被幽禁在鸟羽殿后，宫中举行了临时法事。皇上每夜在清凉殿的石灰坛上[12]，遥拜伊势大神宫，一心只为法皇祈祷。二条天皇虽是贤君，却说"天子无父母"，而常违背法皇的意旨，屡起争执，所以未能成为

[09] 正八幡宫：已见卷第二《六、谏诤》章。主祀应神天皇、神功皇后、比卖神三神。仅次于伊势神宫，是日本第二神社，为源氏与皇室所崇仰。

[10] 日吉山王七社：指比睿山七社，已见卷第一《十四、许愿》章，注5。

[11] 一乘：即一乘妙典《法华经》。守护一乘之誓，谓山王有守护勤诵虔信《法华经》者之誓愿也。

[12] 石灰坛：在清凉殿东厢之南。天皇在此举行祭神或遥拜伊势神宫。

继体之君[13]。受让继位的六条天皇，亦于安元二年七月十七日驾崩[14]，年仅十三岁。良可慨叹。

[13] 卷第一《七、二代皇后》章中，二条天皇曾向后白河上皇顶嘴道："天子无父母。我以十善戒功而得万乘宝位。"所谓"继体之君"，沿用原文汉语词。谓能守成之君。《史记·外戚世家》："自古受命帝王及继体守文之君，非独内德茂也，盖亦有外戚之助焉。"《史记索隐》："继体谓非创业之主，而是嫡子继先帝之正体而立者也。"按：二条天皇系第七十八代天皇（在位一一五八——一一六五），后白河天皇第一皇子。后白河在位仅三年（一一五五——一一五八）即让位，另立中央权力核心，自称上皇，开始院政体制，历经二条、六条、高仓、安德、后鸟羽，共五帝，长达三十四年（一一五八——一一九二）之久。

[14] 六条天皇（一一六四——一一七六）：二条天皇皇子。永万元年（一一六五）二岁即位，仁安三年（一一六八），在位不到三年，即被逼让位于后白河第七皇子高仓天皇。安元二年（一一七六）崩。

十九 城南离宫

语云："百行以孝为先[01]。"又云："明王以孝治天下[02]。"是以唐尧奉养衰老之母，虞舜仰慕顽固之父[03]。皇上有意追随圣主贤王之例，孝心睿智，可感可佩。

其时，宫中有信暗中送到鸟羽殿来。信上写道："值此乱世，虽高居九五之位，深处宫阙之中，又有何用？宁愿仿效宽平之先例[04]，追寻花山之遗踪[05]。出家遁世，幻为行者，浪迹山林之中。"

法皇回道："千万不可有此想法。汝能保有其位，乃余之所凭依。如若避世匿迹，则余将无所措手足矣。汝其少安毋躁，请看愚老[06]结局如何，再议可

[01] 唐玄宗《孝经·序》："虽五孝之用则别，而百行之源不殊。"又《白虎通·考黜》："孝道之美，百行之本也。"

[02] 《孝经·孝治章》："昔者明王以孝治天下也。"

[03] 此处所引尧、舜故事，与中国所传者大相径庭。遍查古籍，皆无唐尧孝母之记载。于虞舜则云："舜父瞽叟顽，母嚚，弟象傲，皆欲杀舜。舜顺适不失子道，兄弟孝慈。欲杀，不可得。"（《史记·五帝本纪》）此盖袭自《尚书·尧典》之说："瞽子。父顽，母嚚，象傲。克谐以孝，烝烝乂，不格奸。"

[04] 第五十九代宇多天皇（在位八八七—八九七）于宽平九年（八九七）让位于醍醐天皇，昌泰二年（八九九）三十三岁出家，号宽平法皇。

[05] 第六十五代花山天皇（在位九八四—九八六）于宽和二年（九八六），十九岁，让位于一条天皇。出家，巡回诸国寺社二十一年。宽弘五年（一〇〇八）崩。

[06] 愚老：老人谦称。当时后白河法皇五十三岁。

也。”皇上将此信札紧贴在脸上，只顾流泪。君者舟也；臣者水也。水能浮舟，亦能覆舟[07]。臣能保君，亦能灭君。保元、平治年间，入道相国保皇有功；而今安元、治承之世，却目无君王，亟欲灭之而后已。与古书所言并无不同。

大宫大相国[08]、三条内大臣[09]、叶室大纳言[10]、中山中纳言[11]，皆已不在人世。现今所剩旧臣，唯有成赖[12]、亲范[13]而已。两人也觉得世态如此，出仕朝廷，即使官至大纳言、中纳言之尊，何用之有。虽然年华方盛，便出家修道去了。民部卿入道亲范在大原与霜为伴，宰相入道成赖则在高野与雾为友，除了一心祈愿后世菩提之外，不再与闻世事。古昔亦有隐其身于商山之云、澄其心于颍川之月者[14]。类此高士，岂非博览通达、洁身自好，因而走上遁世之路？

其中，隐居高野的宰相入道成赖，偶闻世上种种事端，感叹道：“唉，幸亏

[07] 《荀子·王制》：“君者舟也，庶人者水也。水则载舟，水则覆舟。”他者如《孔子家语·一》《贞观政要·政体第二》所载，大致相同。此处所引，以臣取代原典之人或庶人，显然针对平清盛而言。

[08] 大宫大相国：藤原伊通，永历元年（一一六〇）太政大臣，长宽三年（一一六五）殁，七十三岁。其邸在大宫大路，故称大宫大相国。

[09] 三条内大臣：藤原公教，保元二年（一一五七）内大臣，永历元年（一一六〇）殁，五十八岁。其邸在三条大路高仓小路口，故称三条内大臣或三条内府。

[10] 叶室大纳言：藤原光赖，永历元年（一一六〇）权大纳言，承安三年（一一七三）殁，五十岁。曾隐居山城国葛野郡叶室，故称叶室大纳言。

[11] 中山中纳言：藤原显时。已见本卷《十七、行隆》章，详注11。

[12] 成赖：藤原显赖之子。仁安元年（一一六六）参议。承安四年（一一七四）出家。入高野山，号高野宰相入道。建仁二年（一二〇二）殁，六十七岁。

[13] 亲范：平氏。嘉应三年（一一七一）民部卿、参议。承安四年在大原极乐院出家。承久二年（一二二〇）殁，八十四岁。按：大原在今京都市左京区，自平安末期以来，为遁世者之隐居地。

[14] 隐身商山者：即东园公、绮里季、夏黄公、甪里先生。秦末避乱，隐居商山，年皆八十余，须眉尽白，时称商山四皓。澄心于颍川者：指许由。已见卷第二《六、谏诤》，详注22。尧欲让天下，许由不听，洗耳于颍水。大江朝纲《山中自述》：“商山月落秋须白，颍水波扬左耳清。”（《和汉朗咏集·仙家》卷下）

及时逃离俗世。虽然在此所闻，事无不同，但若在京中亲临其境，更不堪入耳目矣。保元、平治之乱诚然可叹，正逢末世，乃在意料之中。不知此后有何大祸临头？但愿再拨云霞而登高，重越山岭以入深，远离尘嚣。”的确，当今之世不是有心人可以驻足的地方。

同十一月二十三日，天台座主觉快法亲王屡辞获准，由前座主明云大僧正恢复原职[15]。入道相国虽然为所欲为，只因女儿是高仓天皇的中宫，关白又是自己的女婿，以为万事大吉，所以声称道：“此后，一切政务将由皇上一人卓裁。”便到福原去了。前右大将宗盛卿随即进宫上奏此事，皇上却道：“除非法皇有所交代，还请宗盛卿与关白相商，径自处理便是。”冷然以对，全然不予理会。

法皇幽闭城南离宫之中[16]，眼看冬季已过大半。山风凛冽，呼啸竟夜；月光澄莹，冷照园林。庭中积雪，越积越深，不见踏访之人；池上冻冰，愈冻愈厚，已无嬉戏之鸟。惊闻大寺钟声，犹如遗爱寺之响；仰望西山雪色，恍若香炉峰之景[17]。霜夜寒砧，捣声微微传至枕边；晓冰车迹，辙痕遥遥横在门前。法皇想起行人征马[18]奔走街巷的情形，凡夫俗子度命浮世的景象，便引起不胜怜惜之感。甚至还说：“蛮夷武士[19]为余守护宫门，日夜警备，恪尽厥职。不知前世有何因缘，乃有今生之际会？”实在令人惶恐之至。法皇于凡百事物，无

[15] 觉快法亲王：卷第二《一、座主流放》章，提到觉快法亲王取代明云为天台座主之事。

[16] 城南离宫：喻鸟羽殿，或系仿司马相如《长门赋》：“奉虚言而望诚兮，期城南之离宫。”

[17] 白居易《香炉峰下新卜山居草堂初成偶题东壁》：“遗爱寺钟攲枕听，香炉峰雪拨帘看。”此联亦见于《和汉朗咏集・山家》卷下。

[18] 行人征马：谓在外东奔西跑之人马。源顺《秋日游白河院……》诗序：“南望则有关路之长，行人征马骆驿于翠帘之下。”（《和汉朗咏集・山家》卷下）

[19] 蛮夷：在此指隼人。隼人原为居住今九州鹿儿岛地区之南部民族，勇猛善战，被大和朝廷征服后，整编为宫门守卫、行幸先驱，大礼之日则演奏歌舞。

不触目伤神。虽然如此，每每回忆过去屡次的行幸游览、不止一处的寺社参拜，还有自己的五十大寿庆典[20]，等等往事，感时怀旧，不由得潸然泪下。年去年来，不知不觉间，已然治承四年矣。

[20] 原文作御贺，指四十岁初老起，每十年一次之寿庆。在此则特指安元二年（一一七六）三月四日，后白河上皇五十华诞，在法住寺殿南殿所举行之寿辰庆典。

卷第四

『信连』

临幸严岛 一

治承四年正月初一，因为没有入道相国的许可，法皇也有所顾忌，所以元旦到初三之间，无人敢到鸟羽殿来恭贺新禧。只有故少纳言入道信西之子樱町中纳言成范卿[01]、其弟左京大夫修范[02]，例外获准前来晋谒。同月二十日，举行东宫着裤与尝鲜仪式[03]。虽然可喜可贺，但在鸟羽殿的法皇听来，反正事不关己，仿佛耳边风一般。

二月二十一日，今上高仓天皇虽然龙体无恙，却被逼让出皇位，以便东宫践祚。此乃入道相国任情恣性、胡作非为之所致。平家人人以为时来运到，热热闹闹，大事庆祝。神镜、神玺、神剑三种神器[04]必须办理移交。诸公卿排序而坐，依循旧规，进行交接仪式。弁内侍[05]托着宝剑出来，走到清凉殿西侧，交

[01] 藤原成范：通宪（信西）之子。承安四年（一一七四）参议，安元二年（一一七六）权中纳言，寿永二年（一一八三）中纳言，文治三年（一一八七）殁，五十三岁。已见卷第一《五、吾身荣华》章，注10。

[02] 藤原修范：信西五男，成范同母弟。已见卷第三《四、公卿会》章。平治之乱（一一五九）后流配隐岐国，翌年召还。嘉应二年（一一七〇）左京大夫，寿永二年（一一八三）正三位参议，出家。左京大夫：为管辖左京区之左京职长官。

[03] 着裤：原文御裤着，男孩始着着裤（和服裤裙）之礼，一般三岁时行之。尝鲜：原文御真鱼始或御味鱼始，谓男孩于三岁始尝鱼肉之仪式也。

[04] 三种神器：神镜指八咫镜，神玺指八坂琼曲玉，神剑指草剃剑（又名天丛云剑），同为皇位代代相传之象征。

[05] 弁内侍：筑前国守高阶泰兼之女，内侍司女官。内侍司为后宫十二司之一，在天皇身边侍候，掌传达，并监督下级女官等事务。按：神社斋宫之巫女亦称内侍，见卷第二《十一、德大寺》章，注6。在此则指在宫中温明殿专司三神器之三等官掌侍。弁为官名，属太政官。

由泰通中将[06]收下。备中内侍[07]捧出御玺盒子,转给隆房少将[08]。内侍们觉得能够亲手捧持宝剑与御玺的机缘,今夜应是最后一次了。一想到此,不禁感慨万千,茫然若有所失。本来神玺按理该由少纳言内侍[09]来拿,只是她听人说,如果今夜亲手碰到神玺的盒子,将永远当不了新帝的内侍,所以临时打了退堂鼓。其实,此位内侍年事已高,却妄想芳华再度,人人皆嗤之以鼻。至于备中内侍,只有十六岁,年纪轻轻,却自告奋勇,实在难能可贵。皇室历代相传的三种神器,各由负责的官吏接过手,送到了新帝的御所五条殿[10]。

高仓上皇的闲院殿[11],如今灯光昏暗,既无鸡人[12]报晓之声;守卫武士的报名唱号,亦成绝响。殿中所有旧人莫不颓然丧志,即在可喜可贺的庆典上,也不免痛心流泪。左大臣经宗殿[13]走到座前,正式宣布让位受禅的原委,听得有心人泪湿衣袖。其实,即使自愿把皇位让给储君,成为上皇,以便在御所悠然度其清净无为的日子,也恐怕会悲从中来,感慨系之。何况此次让位是被逼下台,并非出于自愿,其感慨之深更是一言难尽。

新帝今年才三岁。当时世人见面,便互相言道:"啊,此番让位确有过早

---

[06] 泰通中将:参议藤原为通之子。承安五年(一一七五)左中将。

[07] 备中内侍:备中国守源季长之女。

[08] 藤原隆房:号冷泉。治承三年(一一七九)任右中将。为平清盛之婿,见卷第一《五、吾身荣华》章。又卷第六《四、小督》章,有其迷恋小督之故事。

[09] 少纳言内侍:少纳言平信国之女。

[10] 五条殿:在五条大路之南、东洞院大路之西,原为大纳言藤原邦纲之邸,权当临时新帝御所。

[11] 高仓天皇退位后,即为上皇。闲院殿为高仓天皇御所。原为闲院左大臣藤原冬嗣(七七五—八二六)之邸,在二条大路之南、西洞院大路之西。

[12] 鸡人:原文汉词。在宫中掌鸡牲、报时刻之官。《周礼·春官·鸡人》:"掌共鸡牲,辨其物。大祭祀,夜呼旦以嘂百官。"

[13] 左大臣:指藤原经宗。仁安元年(一一六六)左大臣,直至文治五年(一一八九)出家为止。

之嫌。”平大纳言时忠卿身为新帝乳母帅典侍的丈夫[14]，便加以辩解道：“有谁能说此次让位过早？在异国，周成王三岁[15]、晋穆帝二岁[16]；在我朝，近卫天皇三岁、六条天皇二岁，皆尚在襁褓之中，无冠无带，或由摄政负之以即位[17]，或由母后抱之而临朝[18]。后汉孝殇皇帝生后百日而践祚[19]。天子年幼而继位，和汉不乏先例。”当时，熟悉故实的人都窃窃私语道：“啊，真是说得莫名其妙。不如不说。难道此等先例，便是良好的典范？”

皇太子受禅后，入道相国夫妇既是外祖父外祖母，即获准三后宣旨[20]，加赐年官年爵[21]，并可使唤在宫中值勤的差役。于是，府邸有华冠丽服的武士出入，浑似宫禁或上皇御所一般。相国出家入道之后，显然荣华未减。以前，出家人而承准三后之旨者，唯有法兴院大入道藤原兼家公[22]一例而已。

同年三月上旬，高仓上皇有行幸安艺国严岛之议。依照过去惯例，帝王

---

[14] 卷第三《四、公卿会》章云：“新皇子的乳母，……改由平大纳言时忠卿夫人担任。后来称为帅典侍。”帅典侍，详见该章，注1。

[15] 周成王（在位约前一〇四二—前一〇二一），十三岁即位，非三岁。《孔子家语·冠颂篇》：“武王崩，成王年十有三而嗣立。周公居冢宰，摄政以治天下。”

[16] 晋穆帝（在位三四四—三六一）：据《晋书·穆帝本纪》云：“戊戌康帝崩，己亥太子即皇帝位，时年二岁也。”

[17] 《汉书·霍光传》：“周公负成王朝诸侯。”

[18] 《晋书·穆帝本纪》：“皇太后设白纱帐于太极殿，抱帝临轩。”

[19] 《后汉书·和帝殇帝纪》：“孝殇皇帝，讳隆，和帝之少子也。……元兴元年（一〇五）十二月，和帝崩。是日仓卒，殇帝时生百余日，乃立以为皇太子。其夜即位。”在位不满一年而终。

[20] 准三后：已见卷第一《五、吾身荣华》章，注17。谓准同三后（太皇太后、皇太后、皇后）之例，享有等同年给、特权也。平清盛于治承四年六月承准三后之旨。

[21] 年官：平安时代以后，为变相增加诸皇族公卿之收入，每年在除目（除官）时，每人可推荐若干国司官吏或京官等，而收取其任命费。年爵：太上太皇、三后及皇族公卿，每年可推荐若干从五位下之爵位，而得其叙位费。

[22] 藤原兼家（九二九—九九〇）：别号法兴院或东三条殿。已见卷第三《十六、大臣流罪》章，详注12。

让位之后临幸神社，不是八幡就是贺茂、春日等处[23]，因此为何要远赴安艺国，世人都感到不解而讶异。有人试着解释道："白河上皇临幸熊野权现，后白河法皇临幸日吉神社[24]。由此可知，此次亦应出于高仓上皇一己的睿智；其心中必有深潜的愿望。严岛最受平家尊崇，形同家庙，仰之无极。所以参诣严岛，外则可以表态与平家同心同德，声气相求；内则担心幽闭在鸟羽殿的后白河法皇，解禁无期，祈愿入道相国能淡化其敌忾之心。"

山门大众[25]却忿忿不平，扬言道："如非石清水、贺茂、春日，便应前来我山王权现。临幸安艺之例，到底始于何时？如若属实，誓将抬出神舆下山，阻其行幸。"因为有此争议，行幸便决定暂时延期。经过太政入道的好说歹说，多方劝慰，山门大众才安静下来。

同月十七日，高仓上皇终于出门，开始严岛之行。首先来到入道相国的西八条府邸。当日垂暮时分，召见前右大将宗盛卿，问道："明日，颇想顺路到鸟羽殿去参谒法皇，不知高见以为如何？必须知会入道相国一声否？"宗盛卿泪如泉涌，答道："无此必要。"上皇道："然则宗盛，今夜可将此事转达鸟羽殿。"宗盛卿随即驰往鸟羽殿，上奏此事。因为法皇盼之已久，忽得佳音，又惊又喜，因道："梦耶非耶？"

同月十九日，夜色仍深，大宫大纳言隆季卿[26]便来催驾。日来成为话题

---

[23] 八幡宫本社在宇佐，在此则指石清水八幡宫，祀应神天皇，为源氏氏神，在今京都府八幡市男山。贺茂：有上下二社，京都市北区之贺茂别雷神社（祀贺茂别雷大神）为上社；京都市左京区贺茂御祖神社（祀玉依姬命、贺茂建角身命）为下社。春日神社：在奈良市春日野町，第一殿祀武瓮槌命、第二殿祀斋主命、第三殿祀天儿屋根命、第四殿祀比卖神，为藤原氏氏神。

[24] 白河上皇于宽治二年（一〇八八）二月临幸高野山，同年闰十一月延历寺，四年（一〇九〇）熊野。后白河法皇于永历元年（一一六〇）参诣日吉神社。

[25] 山门大众：指比睿山延历寺之大众。又称众徒，指非贵族出身之僧侣，为僧兵之主要来源。

[26] 藤原隆季：仁安三年（一一六八）权大纳言，承安二年（一一七二）兼中宫大夫，治承四年（一一八〇）新院别当。文治元年即元历二年（一一八五）殁，五十九岁。

的严岛行幸，终于从西八条正式启程了。三月已过其半，黎明前的下弦残月，朦胧云霞之间。飞向北国的归雁，啼过长空，闻者为之肝肠寸断。东方未白之前，抵达了鸟羽殿。在大门前下了车，走进门内。不见人影，但见树木阴森，屋宇寂寥，一片悲凉景象。阳春将尽。夏木成荫。树梢花色早谢，宫中莺语已老。犹忆去年正月六日，行幸法住寺殿朝觐时，乐屋乱声齐奏[27]，诸公卿排列而立，六卫府武士摆开阵式，法皇院司公卿皆来迎驾。幔帐之门大开，扫部寮以长席铺路[28]。然而，今日一无所有。忆往思今，仿佛一场春梦。

成范中纳言禀告上皇的驾临。法皇出来，在寝殿的阶隐间[29]相候。上皇今年贵庚二十。在黎明微芒的月光下，显得容姿俊秀、举止闲雅，越看越像母后建春门院[30]。法皇回想故后生前的种种，不禁泪流满面。法皇与上皇的御座相距，近在咫尺。谁也听不到他们父子间的谈话。仅有老尼一人侍候在侧。对话良久。不觉日上三竿，上皇才起身告辞，在鸟羽草津[31]乘船，航向安艺国而去。

高仓上皇看了法皇所住的离宫，诚然闲静，但陈旧荒凉，必定幽忿难耐，感到极为不忍。法皇则想象上皇的海上行辕，难免惊涛骇浪，为之心神不安。居然撇开宗庙[32]、八幡、贺茂，而迢迢临幸安艺国，严岛明神岂能无动于衷？故其所愿，必得成就，殆无可疑。

---

[27] 乐屋：乃为演奏舞乐而设。乱声：行幸或重要典礼时，舞乐开始前，以笛、鼓、钲等乐器合奏之曲目。

[28] 扫部寮：属宫内省，掌宫中设备、草席、帘幕，以及扫除诸事。长席铺路，以防沾泥也。

[29] 阶隐间：或作桥隐间、目隐间，指位于寝殿正面（向南）中央阶梯后方之房间。

[30] 建春门院：后白河天皇之后。平时信之女滋子、时忠之妹。永历二年（一一六一）生高仓天皇。嘉应元年（一一六九）封号建春门院。安元二年（一一七六）殁，三十五岁。

[31] 草津：下鸟羽地方之渡头，确切地点今已不明。

[32] 宗庙：谓日本皇家之祖庙，指奉祀天照大神之伊势大神宫。或以奉祀应神天皇之八幡宫为日本第二宗庙。

二 回銮

同月二十六日抵达严岛。行宫设在入道相国所宠内侍的宿舍。逗留两日，其间举行了诵经供养与舞乐演奏。三井寺的公显僧正担任导师，升上高座，鸣钟，口唱表白[01]之词曰："出九重之帝都，渡八重之潮汐，远来参诣。皇恩浩荡，诚惶诚恐。"声高入云，君臣莫不感激涕零。除大宫、客人宫[02]外，上皇也巡诣其他宫社。从大宫绕山约五町处，来到泷宫[03]。公显僧正咏歌一首，书在拜殿柱上：

素练云间落，缥缈入泷宫。欲结此缘法，喜悦满空中。

于是神官佐伯景广[04]升从五位上，国司藤原有纲升从四位下，并许登上皇殿上[05]。严岛座主尊永晋级法印[06]。看来明神已有感应，太政入道也显得心软了。

---

[01] 三井寺：园城寺通称，天台宗寺门派总本山。公显于寿永元年（一一八二）为园城寺长吏，文治六年（一一九〇）天台座主，为后白河法皇灌顶师，见卷第二《十二、山门灭亡》章，详注1。建久四年（一一九三）殁，八十四岁。表白：谓法会之旨趣，由主持导师宣读以告诸佛菩萨与信众者。

[02] 大宫：严岛明神本社。客人宫：严岛摄社（附属神社）之一，祀天忍穗耳尊等五神。

[03] 泷宫：已见卷第二《十四、康赖祝文》章，注7，亦为严岛摄社之一，又名限冈宫，祀湍津姬命，社后有瀑布，高十二丈，曰白丝泷。

[04] 神官：原文神主，相当于寺庙之住持。景广：一作景弘。

[05] 谓许其出入上皇殿上之间议事、启奏、备询、宴飨也。

[06] 座主：在此指严岛神社别当（重要寺社最高长官）。法印：为最高僧位，相当于官位僧正。

同月二十九日，上皇御船起航，踏上归途。但是因为遇到狂风骇浪，不得不折回，泊在严岛的有浦[07]。上皇道：“何不作歌，抒发惜别大明神之情？”隆房少将随即咏了一首：

出航又折返，有浦好徘徊。神明诚有意，白浪去又来。

过了午夜，风浪终于恢复平静，御船便又解缆起航。当日安抵备后国，停泊敷名港[08]。从前应保年间，后白河法皇临幸此地时[09]，国司藤原为成为之建造行宫。此次入道相国着人准备成为休息处，但上皇并未上岸使用，只在船上游憩，遥想京城的人情冷暖，忽道：“今日四月初一，正是更衣之日[10]。”抬头望见岸边松树上，有藤萝缠绕松枝，盛开着浓艳的花。上皇召来隆季大纳言，吩咐道：“着人去摘下藤花送来。”恰好左史生中原康定[11]划着小船经过，便叫他去摘。他折下一串缠绕在松枝上的藤花，拿来献上。上皇叹赏道：“真懂得风雅之趣。”接着提议道：“何不以此花为题，各咏所感。”隆季大纳言抢先咏道：

明主无量寿，苍松可千年，藤花竞攀附，缠绕松枝间。

其后，上皇兴犹未尽，聚集众卿随侍，打趣道：“有一个白衣内侍，不是爱恋着邦纲卿吗？”边说边笑，大家也都跟着起哄。五条大纳言邦纲[12]正在辩解

[07] 有浦：或作蚁浦，均为同音当字。严岛渡头，今广岛县廿日市市宫岛町有浦。

[08] 敷名港：原文敷名泊，一作口无泊。在今广岛县福山市沼隈町。

[09] 应保：二条天皇年号（一一六一——一一六三）。应保三年三月改元长宽。后白河法皇于嘉应元年（一一六九）出家。其实际行幸严岛年月为高仓天皇承安四年（一一七四）三月。

[10] 更衣日：日本旧俗，阴历四月初一，换棉衣为夹衣，以送春迎夏，谓衣更日，或称更衣节。

[11] 中原康定：传不详。史生是太政官掌文书之官，左右各十人。

[12] 藤原邦纲：已见卷第三《三、皇子诞生》章，详注13。

时，有使女送来一封书信，说要呈给五条大纳言大人。“果然不假。”在座的又哄然大笑。大纳言接过信来，打开一看，有歌道：

别来意不适，白衣袖难干。思君无日夜，命舞兴阑珊。

上皇道：“果然才女多春思。应该有回音。”便叫人端过笔砚来。大纳言回道：

白浪来又去，仿佛见卿卿。夙夜赴行役，相思泪涕零。

于是御船又起航，来到备前国儿岛港[13]。

四月五日，天空晴朗，风平浪静，御船又解缆起航。许多大小船只也相继出海。御船冲过云浪烟波，于当日酉时驶抵播磨国山田浦[14]。上皇在此登陆，改乘御轿前往福原。六日，诸随侍都希望当日即回京城，但上皇却决定逗留一日，游览福原的各地景物。还参观了池中纳言赖盛卿位于荒田的山庄[15]。七日，正要离开福原时，隆季大纳言忽奉敕命，就地表彰入道相国的家人。入道养子丹波国守清邦[16]升正五位下，入道之孙越前少将资盛[17]升从四位上。当日抵达寺井[18]。八日返抵京师。诸公卿殿上人都到鸟羽草津来相迎。回銮时，并未顺道晋谒鸟羽殿，而径往入道相国的西八条邸。

同年四月二十二日，新帝的正式登基大典。若依照旧规，本来应该在大

[13] 儿岛：或作小岛，已见卷第二《八、大纳言流刑》章，注11。大纳言藤原成亲被杀前，曾流放于此。

[14] 山田浦：今神户市垂水区。东有须磨，西有明石浦。

[15] 荒田：在今神户市兵库区荒田町。山庄：谓山中别墅。

[16] 丹波国守清邦：五条大纳言藤原邦纲之子，为入道相国平清盛犹子。

[17] 资盛：平重盛二男。仁安元年（一一六六）越前守，治承二年（一一七八）右权少将。

[18] 寺井：今大阪市西淀川区附近。

极殿举行。但年前惨遭回禄之灾后[19]，迄未重修，经过商议，定在太政官的厅堂。当时九条殿[20]却说道："太政官厅堂，就臣下府邸而言，不过相当于公文所[21]而已。既然大极殿尚未重建，当在紫宸殿举行即位仪式。"于是便改到紫宸殿了。

然而又有人说道："以前康保四年十一月一日，冷泉天皇即位时，因为龙体欠安，无法临幸大极殿，才改在紫宸殿举行[22]。若援此为例，恐怕不是吉祥之兆。其实，应该仿照后三条天皇延久即位的吉例[23]，最好还是在太政官的厅堂举行。"尽管有此异言，但既然是出自九条殿的建议，别人也不便说三道四了。

中宫为了皇太子的登基，乃自弘徽殿移至仁寿殿[24]。看她在紫宸殿，抱着幼帝登上宝座的样子，仪态端庄，无可比拟。平家所有出仕者均来祝贺。唯有小松殿一家的诸公子，因自去年以来，犹在守丧期内，所以蛰居在家，不便出门。

---

[19] 大极殿：毁于治承元年之大火，事见卷第一《十六、大内火灾》章。

[20] 九条殿：在此指右大臣藤原兼实。其邸在九条坊门小路之南、町尻小路之东，故名。已在卷第一《五、吾身荣华》以月轮殿之名号出现。

[21] 公文所：沿用原文。平安时代设于院厅、摄政关白家、寺院、庄园等，掌管文书、税收、年贡等杂务，类似当今汉语之总务单位。

[22] 康保四年（九六七）十月，六十三代冷泉天皇（在位至九六九）抱病在紫宸殿即位，年十八。

[23] 第七十一代后三条天皇（在位一〇六八——一〇七二）丁治历四年即位于太政官厅，年三十五。大极殿尚未修建故也。次年改元延久元年（一〇六九）。

[24] 弘徽殿：后宫七殿之一，在清凉殿之北。皇后、中宫、女御所住。仁寿殿：在内里中央，紫宸殿之北、承香殿之南，原为天皇休憩之所，后来成为内宴、相扑、蹴鞠之场地。

三 源氏名录

藏人卫门权佐定长[01]将此次即位的盛况，秩序井然、一丝不苟的情形，仔仔细细，记在十张淡黄色厚纸上，呈给入道相国夫人八条二位殿。夫人看了，面露微笑。然而，尽管如意的喜报接踵而来，外面世界却蠢蠢欲动，并不平静。

且说后白河法皇第二皇子以仁王，母亲是加贺大纳言季成卿之女。其邸在三条高仓[02]，故称高仓宫。从前永万元年十二月十六日，贵庚十五，在近卫河原的大宫御所[03]，悄悄地举行了加冠仪式。凭其人品，才高学广，笔迹优美，理应继承皇位。只因招了故建春门院[04]之忌，不得不离群索居。其间，春游花下，则手挥紫毫而咏诗歌；秋宴月前，则口吹玉笛以操雅音。光阴似水，日月如梭，不觉到了治承四年，已经年华三十了。

---

[01] 藤原定长：养和元年（一一八一）十一月为藏人，翌年寿永元年（一一八二）十二月任右卫门权佐（卫门府之员外次官）。

[02] 以仁王（一一五一——一一八〇）：本为第三皇子，其兄守觉法亲王幼年即入佛门，《平家物语》均称第二皇子。其邸在三条大路与高仓小路交叉处，故称高仓宫或三条宫。其母藤原成子颇受后白河法皇之宠，号高仓三位。

[03] 近卫河原：在今京都上京区近卫殿北口町。大宫御所：即二代皇后藤原多子曾隐居之处。参卷第一《七、二代皇后》章。

[04] 建春门院：平滋子（一一四二——一一七六），后白河天皇女御、高仓天皇之母、平时子（平清盛之妻二位尼）之妹。仁安三年（一一六八）皇太后，翌年封建春门院。

当时住在近卫河原的源三位入道赖政[05]，有一夜趁黑来见高仓宫，说了一长串令人悚然的话："殿下是天照大神四十八世之苗裔、神武天皇以来七十八代人皇[06]。本来应该立为太子，继承皇位。但今已三十而依然徒具王号宫名[07]，岂非憾事。环顾当今世态，人人莫不阳奉阴违，憎恨平家者与日俱增。殿下宜举义旗，消灭平家，借以安慰法皇无期幽禁鸟羽殿之怨，殿下则可以登大位。此纯孝之至也。如果确有此意，请下令旨[08]，甘为奔命者，源氏即不胜枚举。"

继又说道[09]："首先，在京都有出羽前国司光信之诸子：伊贺国守光基、出羽判官[10]光长、出羽藏人光重与出羽冠者光能。熊野有故六条判官为义之幺子，以十郎义盛之名，隐居该国。摄津国有多田藏人行纲，此人在新大纳言成亲卿谋反时，先是同心而后倒戈，不屑一提。但有其弟多田二郎朝实，又有手岛冠者[11]高赖、太田太郎赖基。河内国有武藏权守入道义基、其子石河判官代

[05] 源赖政：已见卷第一《十五、神舆》章，详注7。治承三年（一一七九）出家。翌年败死于平等院之役，七十六岁。

[06] 世：父子相传为一世。日本史前神话时代谓之神代，有五世，人皇神武天皇至后白河天皇，有四十二世，共四十七世。以仁王为后白河天皇之子，故相当于四十八世。代：谓皇位继承之顺位，其中有兄弟相继者，又时有短暂之皇位与重祚之例，以仁王是第七十七代后白河天皇之皇子，若直接继其位，则为第七十八代人皇。

[07] 王号宫名：奈良时代，天皇子孙中不封亲王号者，仅能称王或宫，且失去继位之权。如高仓宫虽贵为皇子，却无亲王封号，只能以高仓宫或以仁王称之。

[08] 令旨：指皇太子及三后（太皇太后、皇太后、皇后）所颁命令或其他文书。其后，亲王、法亲王、女院等皇族所颁者亦称令旨。

[09] 按：以下所举源氏名单，不一一作注，其中颇有已出现或将出现于本物语中者。唯对官职或较特殊之名称，将略作说明。

[10] 判官：中央各机关（如官、省、司、府、寮、职等）之四等官（长官、次官、判官、主典）中第三等官之通称。尤指任检非违使、兵卫府、卫门府之三等官者。

[11] 冠者：泛指加冠之年轻人，尤指年轻侍从或尚无官职之武士。

义兼。大和国有宇野七郎亲治之诸子：太郎有治、二郎清治、三郎成治、四郎义治。近江国有山本、柏木、锦古里。美浓、尾张两国有山田次郎重广、河边太郎重直、泉太郎重光、浦野四郎重远、安食次郎重赖、其子太郎重资、木太三郎重长、开田判官代重国、矢岛先生[12]重高、其子太郎重行。甲斐国有逸见冠者义清、其子太郎清光、武田太郎信义、加贺见二郎远光、加贺见小次郎长清、一条次郎忠赖、板垣三郎兼信、逸见兵卫有义、武田五郎信光、安田三郎义定。信浓国有大内太郎维义、冈田冠者亲义、平贺冠者盛义、其子四郎义信、故带刀先生义贤之次男木曾冠者义仲。伊豆国有流人前右兵卫佐赖朝。常陆国有信太三郎先生义宪、佐竹冠者正义及其诸子：太郎忠义、三郎义宗、四郎高义、五郎义季。陆奥国有故左马头[13]义朝幺子九郎冠者义经。以上皆六孙王之苗裔[14]，多田新发满仲[15]之后代也。前此，凡是平定朝敌之功，封官晋爵之荣，源平两家并无轩轾；而今竟有云泥之别，甚于主从分际。源氏族人在国府则从属国司，在庄园则从属预所[16]；专责公务杂役，疲于奔命，苦不堪言。殿下如能下定决心，只需颁发令旨，众多族人必将日夜兼程，驰集麾下，则平家之灭亡，指日可待矣。本入道虽然年逾古稀，亦当率领儿辈赶来听候差遣。”

高仓宫听了此事，不知如何是好，暂时不作任何承诺。因而想起阿古丸

[12] 先生：带刀先生之略。指在春宫坊（东宫）伺候、保护皇太子之带刀长官。

[13] 左马头：左马寮长官。马寮分左右，管理宫中马匹饲育等相关事务。

[14] 六孙王：已见卷第一《十五、神舆》章，注12。第五十六代清和天皇（在位八五八—八七六）六皇子贞纯亲王之子经基王。天德五年（九六一）赐姓源氏，称源经基，为清和系源氏之祖。

[15] 多田新发满仲（九一二—九九七）：即源满仲，经基之长子，历任多国国守、检非违使等。死后追赠正一位。多田源氏之祖。新发谓新发意，或称初发心，指发心出家入佛门也。亦即发心者。

[16] 预所：庄园领主原则上不在庄园，多从京城遥领，故在庄园现地设预所，派人常驻代行人事、税收、年贡等庄园相关事务。

大纳言宗通卿[17]之孙、备后国前司季通之子少纳言伊长，精通相术，人称相少纳言。此人看过高仓宫，而且曾断言道："是必登大位之相。不宜妄自菲薄，放弃天下大事。"现在源三位入道又这般劝进。"必然非如此不可。岂非天照大神之意？"于是不再犹疑。旋即召见熊野的十郎义盛[18]，任为藏人。义盛改名行家，即衔命下东国[19]去布达令旨。

同年四月二十八日，行家自京城出发，从近江国开始，依次寻访美浓、尾张等国的源氏。五月十日到了伊豆国北条[20]，向谪居该地的前兵卫佐[21]呈上令旨。信太三郎先生义宪是兄长，当然应通知一声，便转往常陆国信太浮岛[22]。木曾冠者义仲是侄子，也该让他知道，所以又去了东山道[23]的信浓国。

当时的熊野别当湛增[24]，一向对平家感恩戴德、心怀图报，不知从何管道得此消息，急忙道："传闻新宫十郎义盛奉高仓宫令旨，布达美浓、尾张等国诸

---

[17] 阿古丸大纳言宗通：右大臣藤原俊家之子，幼时即受白河上皇之养育，号阿古丸。其三男季通，官至左少将，天永三年（一一一二）三月备后国守。其孙伊长，原名宗纲或宗长，以相术知名于世，人称相少纳言。

[18] 十郎义盛（？—一一八六）：又名新宫十郎，后改名行家。源为义十男。平治之乱助源义朝，败后一时行踪不明。其后始知隐居熊野。以仁王任为藏人，当属亲王府藏人所。

[19] 东国：平安时代泛指京都以东各国，含有乡下之意。

[20] 北条：今静冈县伊豆之国市四日町。

[21] 前兵卫佐：即源赖朝。已见卷第三《十七、行隆》章，注5。

[22] 常陆国信太浮岛：今茨城县稻敷市，原为霞浦湾中之离岛。

[23] 东山道：日本七道之一，自畿内之东，夹在东海道与北陆道之间，向东北延伸，包括今全东北地区，共有八国。一本作山道，注家以为应仅指东山道中近江、美浓两国之中仙道与木曾街道，盖欲访木曾义仲需经之路也。

[24] 熊野：首见于卷第一《三、鲈鱼》章，详注19。熊野有本宫（熊野坐神社）、新宫（熊野速玉神社）、那智（熊野那智神社）三社。别当：为担当寺社事务之神官。湛增：俗姓藤原，代代世袭熊野本宫别当之职。湛增为第二十一代。在此章虽忠于平家，平清盛死后将叛归源氏。

源氏族人，即将举兵造反。那智、新宫[25]必定支援源氏。湛增蒙受平家之恩，天高地厚，岂可恩将仇报？拟先对那智、新宫社众射箭示威，再向平家详细禀报。"于是亲自率领全副武装者一千人，奔向位于熊野川河口的新宫。在新宫有鸟井法眼、高坊法眼、武士宇井、铃木、水屋、龟甲；在那智则有执行法眼[26]以下人众，合计总共二千余人。双方一阵呐喊，开始互相射箭。源氏这边那样射，平家那边这样射。射箭时的欢呼，中箭时的哀号，镝鸣夹杂其间。喧嚷叫嚣，未尝稍歇。如此三日三夜，熊野别当湛增的子弟与手下伤亡殆尽；自己也受了伤，便逃回本宫，侥幸保住了一条命。

[25] 那智、新宫：熊野三社中之二社。参前注24。

[26] 执行法眼：法眼为仅次于法印之僧位。执行法眼为实际执行寺社事务之法眼。

四 黄鼠狼

且说，后白河法皇经常叹道："大概随时会被流放远国，或者逐到迢迢荒岛之上。"然而不知不觉间，来到城南离宫之后，今年已进入第二年了。

治承四年五月十二日，午时光景，忽然出现许多黄鼠狼，在鸟羽殿中东跑西窜，不得安宁。法皇大惊，立刻亲自贞卜，召来当时人称鹤藏人的近江守仲兼[01]，吩咐道："持此兆象至泰亲处。请其勘验吉凶，且将释文[02]携回。"仲兼接过卜兆，便往见阴阳头安倍泰亲[03]。正巧不在宿所，听说到白河[04]去了，又转往追寻。终于见到了泰亲，说明来意，不久便获得了释文。仲兼回到鸟羽殿，要从大门进入，却被守门武士挡住。反正对鸟羽殿了若指掌，便绕到后面，翻过矮墙，隐身走廊下，爬行到木板间出来，呈上了泰亲的释文。法皇打开一看，只见写着："今后三日内有喜悦，并有忧患。"法皇说道："有喜悦当然好，然此身之苦已够不堪，又有何种忧患要来折磨？"

便在此时，前右大将宗盛卿谈到法皇的境遇，言词恳切，入道相国也开始

[01] 源仲兼：宇多系源氏。历任宣阳门院藏人、河内、加贺、远江、三河等国国司。从四位上。后白河法皇近臣。但在《大日本史》国郡司名单中并无其人。

[02] 释文：原文勘状，判定兆象吉凶之文，如汉语之卜辞或释文。

[03] 泰亲：已见卷第二《一、座主流放》章与卷第三《十五、法印问答》章。

[04] 白河：今京都北部、贺茂川之东一带。

回心转意，于同月十三日让上皇离开鸟羽殿，迁至八条乌丸的美福门院[05]御所。泰亲所言“三日内有喜悦”，原来便是此事。

另一方面，熊野别当湛增派信使抵达京城，告发高仓宫谋反的事故。前右大将宗盛卿大为慌张。刚到福原的入道相国，接到此一消息，话还没听完，便匆匆打道回京，下令道：“莫论是非，不必踌躇，立刻逮捕高仓宫，流放到土佐国乡间去[06]。”于是以三条大纳言实房为上卿[07]，头弁光雅为职事[08]；源大夫判官兼纲[09]与出羽判官光长，奉命驰往高仓宫御所。源大夫判官是三位入道赖政的次男，而却被任命为捕官，是因为平家尚不知高仓宫的谋反，其实出于三位入道的游说。

---

[05] 美福门院：第七十四代鸟羽天皇（在位一一〇七—一一二三）之后藤原得子，近卫天皇之母。永历元年（一一六〇）崩，四十四岁。

[06] 土佐国乡间：指今高知县幡多郡附近，为当时流谪地之一。

[07] 藤原实房：仁安三年（一一六八）权大纳言。上卿：担任负责专案之首席公卿。

[08] 头弁光雅：藤原光雅，寿永二年（一一八三）左中弁、藏人头。头弁：谓弁官而任藏人头者。职事：谓执行公务之值日藏人。按：注家多指出当时（治承四年，一一八〇）任职事者，应非光雅，而是藏人右少弁行隆。

[09] 源兼纲：原为源赖政之弟赖行之子，后来成为赖政之养子。大夫判官：指检非违使五位尉。

信连 五

五月十五夜，高仓宫仰望着云间出没的明月，对于此后动向如何，既然无从推测，也便不去枉费心思。此时，有自称源三位入道的使者，匆匆送来了一封密函。高仓宫乳母的儿子六条佐大夫宗信[01]接过来呈上，打开一看，只见写道："殿下之谋略已被发觉，且声称将流配土佐国幡多[02]乡间。官方将派人前来迎接。请急速离开御所，移驾三井寺。入道亦将立刻赶去。"

高仓宫惊惶失措，不知如何是好。侍从武士长兵卫尉信连[03]在侧，即道："别无办法，只有扮成女装蒙混出去。"高仓宫觉得可行，便在御衣上加穿女服，披下头发，头戴市女笠[04]。六条佐大夫宗信持长柄大伞随行。家童鹤丸头上顶着装满用品的大袋子。三人一行，扮得很像公家年轻武士迎接女官的模样。由高仓小路向北逃去，遇到一条大沟，高仓宫轻易地一跃而过。路人都停住了脚步，讶异道："多么轻佻的女人，看她那跳沟的样子。"还多瞪了高仓宫一眼。一行不敢耽搁，加快脚步，向前急速走去了。

长兵卫尉信连奉命留守御所。还有几个女官也没离开，便叫她们分开躲

---

[01] 六条佐大夫宗信：左卫门佐藤原宗保之子。六条为其家世袭邸号，佐盖为左卫门佐（次官）之略，位阶在五位（或以上）者通称大夫。

[02] 土佐国：南海道六国之一，今高知县。幡多：原文作畑，读同音（はた），今高知县幡多郡附近。

[03] 长兵卫尉：姓长谷部，名信连。长为长谷部之略。建保六年（一二一八）殁，享年不详。

[04] 市女笠：中央尖高如凸字形之女人外出时所戴编笠。

藏起来。信连则到处巡视殿内，收拾凌乱的房间，不意看到高仓宫所珍爱名为小枝的笛子，仍留在平日常用的睡房枕边。“哎呀，不得了。是殿下爱之不忍释手的笛子。”信连怕高仓宫一旦想起来，肯定会折回来取，便急忙追上去，在不到五町远的地方，将笛子呈上。高仓宫深受感动，吩咐道：“余若死，即以此笛置诸棺内。”又道：“此后可相伴同行。”信连却回道：“不久官兵即将来到御所，若殿中无人接待，岂非怪事？信连在御所伺候，无人不知。如果今夜不在，有人必以为摸黑逃走。身为手持弓矢之武士岂可不惜其名？当即回去与官兵周旋，打退之后，再来伺候。”言罢折返。信连当日的装束，在淡蓝色狩衣下围着青黄间色丝缀腰甲，佩着卫府的腰刀。打开了面向三条大路的正门，也打开了面向高仓小路的边门，等着官兵捕快的到来。

源大夫判官兼纲与出羽判官光长，率领军势总共三百余骑，于十五日子时蜂拥到高仓宫御所。源大夫判官似乎别有心思[05]，驻足在离正门较远的地方。出羽判官光长骑马闯入大门，立马庭园当中，大声喊道：“听说有谋反之举，我检非违使厅官兵等，谨奉别当宣旨[06]，前来迎接。请快快出来。”信连走了出来，站在宽廊边上，回道：“殿下此刻不在御所。参拜神社寺庙去了。有何要事，请细细道来。”出羽判官道：“胡说。如不在御所，会去何处？诸位兵众别听此人胡说。进去搜查。”信连听了，怒道：“果然是一群不明事理的家伙。骑马直闯大门，已是礼法难容，又命官兵进来搜查，简直岂有此理。左兵卫尉长谷部信连在此。别靠近来，免得吃亏。”

检非违使厅的下属当中，有一个勇猛有力的武士，名叫金武，向长兵卫尉直冲过去，跳上宽廊。有十四五个同僚见了，也随之而上。信连扯断腰带与襟

---

[05] 源大夫判官：其父源赖政为此次谋反主谋，平家未察，故于逮捕高仓宫之举，不免有所犹疑也。

[06] 别当宣旨：指检非违使厅别当（长官）之命令文书。简称别当宣，或称厅宣。

纽，甩脱狩衣，挥起精心特铸的卫府腰刀，大砍大杀起来。敌方虽以长刀大刀奋战，却被信连砍得七零八落，仿佛狂风扫枯叶，纷纷掉落庭院中。

五月十五夜，明月探出云间，照亮御所。但敌人对御所人生地疏，信连则了若指掌，所以追到走廊尽头，便吧嗒一声；逼到庭院角落，就叮当一响。这里那边，杀得不亦乐乎。却听到有人问道："为何反抗宣旨使者？"信连反问道："何谓宣旨？"腰刀弯了，便闪到一边，用手扯直，用脚踩平。回过头来，只见刀光一起一落，瞬间又砍倒了十四五个倔强的对手。直至刀尖断了三寸许，决意切腹自尽，想抽出短刀，却已丢失，不在腰上。眼看力不能支，便狂舞双手，向高仓小路的边门奔去。忽然杀出一个手挥长刀的武士，信连想用脚踢开对方的刀柄，但说时迟那时快，大腿早被捅了一刀。接着好多人扑了上来。虽然宁死不屈，但寡不敌众，心余力绌，终被生擒。其后，官兵仔细搜查了御所，并没找到高仓宫。结果只捕到信连一人，带回六波罗。

入道相国坐在帘内。前右大将宗盛卿站在宽廊上，着人将信连带进庭中，强使跪坐，斥责道："竟敢说何谓宣旨，而且举刀便砍。众多官兵非死即伤。总而言之，必须严加审讯，详查事件原委，然后押到河原，斩首。"

信连神色自若，嘲笑道："最近，每夜有人窥伺御所，鬼鬼祟祟，心想必有事端，却不知何故，亦未加意戒备。不意竟有武装兵众侵入府中，乃问是谁，答曰宣旨使者。因为近来常有山贼、海贼、强盗之徒，或伪称公卿贵公子，或冒名宣旨使者，诸如此类，时有所闻，所以才质问何谓宣旨，而举刀砍之。如果事先武装齐备，身穿盔甲，手握良刀，官兵之能生还者恐无一人。高仓宫殿下今在何处，确不知情。即使知悉，武士自有武士之约，不论如何拷问逼供，绝无泄漏之理。"说到此处，便闭口不再言语。

许多列队在场的平家武士都互相叹道："啊，多么刚毅的男子汉。实在可惜呀，要把他杀掉，太残酷了。"其中有人说道："几年前，这个男子在法皇武者所[07]任职时，有六个强盗潜入宫中，众多值班卫士都对付不了，他却单独追上前去，砍倒四个，生擒了两人。便在那时，因功升任左兵卫尉。真可谓一以当千的勇士。”大家口口声声叹惜不已。入道相国不知有何算计，居然没砍他的头，只将他流放到伯耆国的日野地方[08]。平家亡后，到了源氏之世。听人说，长兵卫尉信连前往东国，经由梶原平三景时[09]引见，详细禀报了事件的来龙去脉。镰仓殿[10]听得兴味盎然，颇受感动，便赏赐了能登国的一处庄园[11]。

[07] 武者所：保卫御所之武士值班处。

[08] 伯耆：山阴道八国之一。日野：在今鸟取县日野郡日野町边。

[09] 梶原平三景时：平氏，世居镰仓郡梶原，以地名为姓。源赖朝举兵时属平家，后归源氏。

[10] 后鸟羽天皇建久三年（一一九二）拜源赖朝征夷大将军，开幕府于镰仓，号镰仓殿。

[11] 能登：北陆道七国之一，今石川县能登半岛。所赐庄园为大屋庄。

竞 | 六

高仓宫沿高仓小路往北，至近卫大路转东，渡过贺茂川，进入如意山[01]。昔日，清见原天皇[02]身为皇太子时，曾为匪徒所袭，乃改扮少女装，逃入吉野山[03]；而今高仓宫的模样并无不同。夜间走在陌生的山路上，何况从前毫无经验，以致两脚流血，染红了沙砾。夏夜草上的繁露，可能也增添了不少困扰。终于在拂晓时分走进了三井寺。高仓宫说道："虽知生而无益，却因惜命，不得不投奔诸位法师，来到此地。"寺中僧众诚惶诚恐，喜而迎之，便在法轮院[04]设临时御所，按照皇家成规，供奉膳食，礼遇之隆无以复加。

翌日，五月十六日，高仓宫策动谋反的消息，事泄后行踪不明的传闻，传遍京城而引起骚动，人心惶惶。后白河法皇也听到了，叹道："离开鸟羽殿无疑是喜事。但在泰亲释文中，又谓三日内并有忧患，大概指此一事。"

---

[01] 如意山：或称如意岳、如意宝山。东山三十六峰北端之主峰，在京都与滋贺县交界，绕其北，有山路通往三井寺（园城寺）北院。

[02] 清见原天皇：或作净御原、净见。清见、净御、净见，读音同（きよみ），即第四十代天武天皇（在位六七三—六八六），以飞鸟净见原宫为皇居，故名。

[03] 据《日本书纪》所载，第三十八代天智天皇（称制六六一—六六八，在位六六八—六七一）欲让其位于皇弟大海人皇子，因故不受，逃隐吉野山中，乃改由其子大友皇子继之，是为弘文天皇。天智天皇崩，宫中有变，史称壬申之乱（六七二）。大海人皇子举兵，出吉野，大败大友皇子，自立为帝，即天武天皇。此处所谓匪徒，指政敌大友皇子之军兵而言。但史籍中并无大海人皇子扮成女装逃入吉野山之记载。

[04] 法轮院：三井寺南院之僧坊。

且说源三位入道，长久以来，年年月月，过着无忧无虑的日子。今年为何突发奇想，带头策划推翻平家的阴谋？根究起来，事出有因，平家次男前右大将宗盛卿，做了些知其不可为而为之之事。人生于世，即使家门富贵无比，权倾一时，也应该知所节制；至少非礼勿行、非礼勿言，懂得谨言慎行的道理。

原来，源三位入道嫡子伊豆守仲纲有一匹骏马，名闻京城之中。是鹿毛[05]逸品，无可比拟。不论骑姿、步伐、脾性，优美温顺，天下无双。其名木下。宗盛卿风闻此事，即遣使者往见仲纲，传话道："贵府名马，颇想一睹为快。"仲纲回道："舍下确有一匹鹿毛，浪得虚名。但因近日骑乘无度，显然疲惫不堪，故已送至乡间，便于将养休息。"

宗盛卿道："既然如此，亦无能为力。"之后不再提起此事。但平家众多武士们聚在一起，却七嘴八舌，抢着说道："呀，那匹马前日还在。"或道："昨日也看到。"或道："今朝还在庭院中转圈圈哩。"宗盛卿听了说道："原来是舍不得呀。可恨之至。非得到此马不可。"于是，再派武士驰驱前往索取。有时送去手札，一日五六次，甚至七八回。三位入道听到此事，便叫来伊豆守仲纲加以劝道："纵是黄金所铸之马，既然有人非得之不肯罢休，岂可吝惜而不舍？立即将此马送至六波罗为是。"仲纲无可奈何，只得派人把马送去，但附歌一首：

君若爱看马，理宜亲自来。如影随我久，岂忍便分开。

宗盛看了歌，也不作答，只管拍着马，说道："呵，果真是好马。马的确是好马，但其主人实在太吝啬，令人气愤。可将主人名字烙在马身上。"随即烙上仲纲二字，然后拴在马厩中。

每有客人来，要求一睹名马时，宗盛卿便道："为仲纲那厮套好鞍辔，牵出

[05] 鹿毛：指其毛赤棕色如鹿毛，其鬃、尾、四脚为黑色之马。

厩来。骑上仲纲那厮。鞭打仲纲那厮。然后揍之。”仲纲辗转获悉自己居然如此受辱，又气又愤，深为感慨道：“挚爱此马，视若己命，却为权贵夺去，心中已极不甘。如今又因此马，仲纲竟成天下笑柄，是可忍孰不可忍！”三位入道听到了，便对仲纲说道：“平家一族以为如此胡说非为，便可侮辱我家。长此以往，生也无益。然则可暂雌服，以伺良机。”两家有隙，三位入道无法私下解决，乃游说高仓宫策划起事。事后始知有此内情。

因此缘故，天下之人不免想起小松殿内大臣重盛卿，缅怀不已。有一日，小松殿因事进宫，顺路拜访中宫[06]御所。坐不须臾，便见一条八尺左右的长蛇，在其左裤管边蠕动。重盛知道，若是自己慌张，女官们一定跟着乱叫，甚至会使中宫担惊受怕，便用左手压住蛇尾，用右手抓住蛇头，悄悄地放入直衣袖袋中。气定神闲，忽地站起，呼道：“六位藏人[07]，六位藏人在吗？”当时还是卫府藏人[08]的伊豆守跑到前来，自报其名曰：“仲纲在此。”接过了蛇，紧抓着走过了弓场殿[09]，来到藏人所的小院子，叫出一个小舍人[10]，将蛇交他处理。那小舍人大摇其头，转身便跑。无可奈何，只好找来自己的部下，单名叫竞的泷口武士[11]，设法将蛇拿去扔掉了。

其翌日，小松殿将一匹骏马，套好鞍缰，派人赠送伊豆守，并有口信道：“昨日足下之所为，可圈可点。此马乃骑者之上品。夜间退班之后，若欲私访

[06] 中宫：在此指平重盛之妹德子，高仓天皇中宫，赐号建礼门院。

[07] 原文只谓六位，不言其职。按：藏人职多以六位出任，故加藏人二字以译之。

[08] 卫府藏人：六卫府官员而兼藏人之职者。

[09] 弓场殿：宫中天皇观览弓术之殿舍，在校书殿东厢北侧。

[10] 舍人：在宫中、皇族或贵族家中从事杂务之无位胥吏。

[11] 竞：即本章稍后出现之渡边源三泷口竞。泷口右马允源升之三男，故称源三。属于摄津国西成郡渡边武士团渡边党，一族皆归顺摄津源氏源赖政。泷口：指担任宫中警卫之武士，其值勤处在清凉殿东北方之泷口，故通称泷口武士。

心上佳人，可骑之。”伊豆守仲纲给内大臣回信致谢，毕恭毕敬地写道：“承赐名马一匹，敬谨拜收。大人昨日之举，如观还城乐[12]也。”

何以小松殿内大臣如此善良体贴，而宗盛却不但远远不如，还强夺别人的爱马，以致引起天下一大灾难，令人扼腕。

同五月十六日，入夜，源三位入道赖政，集合嫡子伊豆守仲纲、次男源大夫判官兼纲、六条藏人仲家、其子藏人太郎仲光[13]以下，总共军势三百余骑，放火烧其馆邸，结队奔向三井寺。

三位入道家的武士渡边源三泷口竞，并未同去，留在原地。前右大将宗盛卿召来问道：“汝为何不随三位入道之后，却独留在此？”竞恭恭敬敬回答道：“一旦有事，自当身先士卒，舍命以护主人。恒常即奉此为圭臬，不敢或忘。此次不知因何考量，并未下达任何指示。”宗盛卿道：“汝将续与朝敌赖政法师同心乎？汝一向在本府兼事，为此后升官爵、享荣华之计，有意留下在此奉职否？从实招来。”竞泪如雨下，答道：“虽有世代相传之谊，岂可再与已成朝敌之人同谋？情愿留在府中效力。”宗盛卿道：“然则留此奉职可也。汝将所受之恩给，绝不下于赖政法师之处。”说罢转身入内。

当日竞便被派驻武士所[14]。“武士竞在吗？”“在。”又“阿竞在吗？”“在。”如此这般，从早到晚，应付不停。日将垂暮时，右大将宗盛卿又出现。竞毕恭毕敬地申言道：“听说，三位入道殿逃往三井寺。我方势必出兵讨伐。然而不

---

[12] 还城乐：舞乐曲名。源出唐代西域，一人舞。舞者戴赤面深目面具，置木质蛇于地，绕之而舞，以示其见蛇而喜之情。日文汉语词还城乐为见蛇乐之转。或曰应作还京乐，谓唐玄宗诛韦后后，还京所作。

[13] 仲家：源义贤之子、木曾义仲之兄、源赖政养子。其子仲光：官至九条院判官代、藏人太郎。

[14] 武士所：即侍所，原文略作侍。侍从武士值班处。

用过分担忧，因为除三井寺诸法师[15]之外，唯有与渡边有缘之党徒而已。窃想率先择其强者而击之。但是平时所乘临战之马，已被同僚偷去。请赐良马一匹，以便驰驱。不知可否？”

右大将道：“可，理当如此。”便送他一匹自已所珍爱的白苇毛马，名叫暖廷[16]，还给套好了贵重的鞍子。竞骑着回到宿舍，心中焦急道：“希望太阳赶快下去，便可乘此名马驰往三井寺，为三位入道殿之先锋，舍命护主。”夜幕终于低垂，竞把妻儿大小分别安置在熟人家后，骑马往三井寺去了。心中痛恨交加，悲壮之情难于言宣。他身穿缀菊平纹[17]狩衣，外罩祖传绯红丝缀长铠甲，头戴星白兜[18]，腰佩堂皇耀眼大刀，背负矢壶中插着二十四支大中黑翎箭[19]，却也不忘泷口武士的规矩，加插了一对鹰羽的矢[20]。于是，手持缠藤长弓，骑上暖廷，由一个牵着备马的武士跟从，让拉马的舍人挟着手盾[21]。放火烧了自已的宿舍，朝向三井寺扬长而去了。

听说武士竞的宿舍失火，六波罗方面顿时慌张起来。宗盛卿出面问道：“武士竞在吗？”应道：“不在。”宗盛急道：“迟迟未加处分，所谓姑息养奸，竟受其骗。快追杀之。”虽然奉了命令，但竞是精准的强弓射手，擅于快箭连射之

---

[15] 法师：在此为对僧兵或僧众之敬称。

[16] 白苇毛：白色较多之苇毛。苇毛则指白色杂以黑色与棕色者。暖廷：一作南镣。《尔雅·释器》：“白金谓之银，其美者谓之镣。”名之暖廷（南镣）者，以其毛色白如银也。

[17] 平纹：布纹之每一纹染成三色者。已见卷第三《三、皇子诞生》章，注8。

[18] 星白兜：简称星兜，即在铁盔顶前上部嵌以凸形银镔，排列成行，闪烁如星星者。其无镔者谓之筋兜。按：镔之原义谓精炼之铁，日文则用之以指铁盔上所嵌之凸形钉桩，但如用汉字书写时，则以日制简体“鋲”字当之，鲜有用繁体鑌字者。

[19] 大中黑翎箭：指翎箭所用羽毛，上下皆白，中间黑色者，谓之中黑。其黑色部分特大者，谓之大中黑。

[20] 鹰羽的矢：的矢指射靶（标的）所用之鹰毛翎箭，其镞圆钝。实战时所用者谓之征矢。

[21] 手盾：原文持盾，指可用手携带之小型盾牌也。

术，不愧名副其实的大力勇士。有人小声说道："他能用二十四支箭，连续射死二十四个人。还是别出声，不去管他。"竟没有一个敢挺身出去追杀他的人。

恰巧同时，三井寺方面也在惦念着竞的遭遇。渡边党的人忧虑道："本来应该叫阿竞一起来，却让他留在六波罗，不知会受到什么难堪的折磨。"三位入道最理解竞的心地，便说道："不用担忧。此人心明眼亮、处事有方，绝不至于轻易遭人逮捕。他对入道我情深潭水。稍等，便会来此。"话未说完，竞便突然出现了。三位入道喜道："瞧，果不其然。"竞正襟危坐，向伊豆守禀道："伊豆守大人失去木下，现在从六波罗骑来了暖廷。敬请收下。"伊豆守惊喜交集，收下之后，便断其尾毛，剪其马鬃，又在其身上烙了几个字。次日晚间派人骑回六波罗，于子夜时分赶入府邸大门。暖廷寻回马厩，与别的马互咬起来。有舍人见了惊叫道："暖廷回来了。"大将宗盛冲至马厩，却见其身上有"昔名暖廷今名平宗盛"的烙印。大将恨得咬牙切齿道："竞那厮可恶之极。悔不早砍其头，反遭其辱，憾何如之。此次进攻三井寺，誓必生擒那厮，以锯锯其头。"说着怒不可遏，暴跳如雷。然而暖廷的鬃毛不会再长，烙印也不会消失了。

七 牒状往来*

三井寺吹螺撞钟，集合大众开会。纷纷议论道："审度今日世态，正值佛法式微，王法不振之时。清盛入道恶积祸盈，今若不加惩治，更待何日？高仓宫之驾临本寺，非由正八幡宫之保佑、新罗大明神[01]之冥助耶？天神地祇已显其灵矣，又有佛力神力加护，其能伏虎降龙，如探囊取物，有何难哉？盖北岭乃圆宗学法之圣地[02]，南都为结夏得度之戒场[03]。若致牒通好，必无闭门不纳之理。"于是大众一致建议，分送牒状至山门与奈良。其致山门之牒状云：

园城寺谨致牒于延历寺寺衙

特请合力相助俾本寺免于破灭事

净海入道[04]肆意妄为，欲灭佛道而乱王法。愁叹无极。

---

* 此章原著一本分成《山门牒状》与《南都牒状》二章，今合为一章，内容未动，改题《牒状往来》。

[01] 新罗大明神：即素盏呜尊，文殊菩萨之垂迹，率其子至新罗国。智证大师圆珍（八一四—八九一）入唐返国，经过朝鲜半岛时，曾显灵保护，故又名新罗大明神。三井寺（园城寺）北院有其社殿，为寺之镇守神。

[02] 北岭：指比睿山延历寺，即所谓山门。圆宗：圆顿宗之略，即天台宗。圆满圆融、顿极顿足，故曰圆顿。

[03] 南都：指奈良兴福寺，与山门相对则称寺门。结夏：指僧尼于夏季笼居、坐禅修行，共九十日，可以得度。在日本又有夏安居、夏行、夏笼、夏腊等异称。明谢肇浙《五杂俎》："四月十五日，天下僧尼就禅刹搭挂，谓之结夏，又谓之结制，又名安居。"

[04] 净海：平清盛出家后之法名，又号清莲。

十五日夜，法皇第二皇子潜入本寺，则假借法皇圣旨，着即缴人，本寺自难从命。闻将驱遣官兵来袭，本寺之破灭即在眼前矣。寺众能不叹惋？延历、园城两寺，门派虽分为二，而所学则同属天台之教义[05]。譬如鸟之双翼，又似车之两轮；若缺其一，岂非憾事？是以恳求协助，俾本寺免于破灭，早日捐弃多年彼此之嫌隙，恢复昔日同山之情谊。众徒决议如上，爰牒以闻。

治承四年五月十八日　　大众等

山门大众看了牒状之后，恼怒道："竟敢僭越至此。园城寺乃本山之末寺分院，竟说如鸟之双翼、似车之两轮。将本山降格以对，真是莫名其妙。"因此决定拒不作复。况且入道相国已要求天台座主明云大僧正，务必要安抚僧众，座主不得不急忙登上山去，设法稳定众人情绪。在此期间，只能传话给高仓宫说，关于山门是否出面协助一案，尚在讨论之中。入道相国又将近江[06]米二万石、北国织延绢[07]三千匹，赠送山门寺院。寺衙便加以分配到山上山下各僧坊去。因为事出突然，难免分配不均。有人满载而归，有人一无所获。有一首匿名讽刺歌道：

山门有法师，爱穿织延绢。绢衣单且薄，有羞难遮掩。

又有一首，似为未获织延绢者之所作：

---

[05] 延历寺与园城寺均属天台宗，皆奉圆顿一乘教义。自智证大师圆珍于天安二年（八五八）建园城寺为延历寺别院后，分成山门与寺门两派。按：奈良兴福寺亦属寺门。

[06] 近江：国名，今滋贺县。东山道八国之一。

[07] 北国织延绢：指若狭、越前、加贺、能登、越后等国所产长绢。宽一尺九寸、长七丈五尺为一匹，较一般织绢长约一丈，故名织延绢。延，伸长之也。

无缘得织丝，空手无所有。虽无薄绢穿，一样难遮丑。

又致南都之牒状云：

园城寺谨致牒于兴福寺寺衙

特请合力相助俾本寺免于破灭事

夫佛法之殊胜，所以护持王法；王法之永续，无非依赖佛法。今有入道前太政大臣平朝臣清盛公，法名净海，私窃国权，独揽朝政。京城内外，莫不怨恨。今月十五日夜，法皇第二皇子，为避意外之祸，突然驾临本寺。净海旋即以法皇之名，下旨本寺缴人。众徒倍加袒护，誓不应命。传禅门净海欲派武士侵入本寺云。无论佛法王法，正临同被破灭之运。昔唐会昌天子[08]，欲以军兵消灭佛法时，清凉山[09]僧众合力抗拒之。于天子犹可如此，更何况屡犯谋反等八逆[10]之罪者乎？其谁将匡正之？就中南都贵寺，曾有长者无辜被流[11]。欲雪会稽之耻，若非此时，尚待何日？唯愿众徒，内挽佛法之将灭，外退恶逆之徒党。同心合力，是所至愿。众徒决议如上，爰牒以闻。

治承四年五月十八日　　大众等

南都兴福寺大众看了此状，立刻作了答复。其回牒云：

[08] 会昌天子：即唐朝第十五代皇帝武宗（在位八四〇—八四六），会昌为其年号。排佛崇道，在位期间拆毁寺庙、招提、兰若等五万多所，强迫还俗僧尼数十万人。史称武宗灭佛，见《旧唐书·武宗本纪》。

[09] 清凉山：五台山别称，中国佛教三大灵场（五台、峨眉、普陀）之一。道家称紫府山。在山西省五台县东北。

[10] 八逆：或作八虐，即谋反、谋大逆、谋叛、恶逆、不道、大不敬、不孝、不义。

[11] 长者：指藤原基房。其流配事，见卷第三《十六、大臣流罪》章。按：兴福寺为藤原氏之氏寺。

兴福寺谨致牒于园城寺寺衙

来牒敬悉为入道净海欲灭贵寺佛法之事

牒曰：玉泉玉花两家[12]。虽各立宗义，而其金章金句，则同出一代之教[13]。南京北京[14]，共为如来之弟子。自寺他寺，宜合力降伏调达之魔障[15]。夫清盛入道者，平氏之糟粕，武家之尘芥也。祖父正盛[16]仕于藏人五位之家[17]，执诸国受领之鞭[18]；大藏卿为房为贺州刺史[19]时，补检非违使所[20]；修理大夫显季为播磨太守时[21]，出任马厩别当[22]。然而其父忠盛获准升殿时，人无上

[12] 玉泉玉花：玉泉指天台宗，其开山祖师智者大师住玉泉寺，故名。玉花指法相宗，其开山祖师玄奘三藏奉唐高宗之命，译《大般若经》六百卷于玉花宫。兴福寺为法相宗。

[13] 金章金句：谓佛经章句，盖出自佛陀金口也。一代之教：指释迦一生所教诸经之文。

[14] 南京：即南都奈良兴福寺。北京：指京都比睿山延历寺。

[15] 调达：调婆达多之略，或作提婆达多。释迦从弟。虽皈依释迦，却叛逆为敌，终入无间地狱。

[16] 平正盛：生卒年不详。伊势平氏中兴之祖。第七十二代白河天皇（在位一〇七二——一〇八六，院政一〇八六——一一二九）之亲信。鸟羽天皇天仁元年（一一〇八）起，因讨伐源义亲等事功，始补但马、若狭、备前诸国国守。

[17] 藏人五位：指大藏卿藤原为房（一〇四九——一一一五）尚为五位藏人时，平正盛出仕其家。

[18] 执鞭：驾驭马车者，或以喻下贱仆役。《论语·述而》："富而可求也，虽执鞭，吾亦为之。"受领：已见卷第一《一、祇园精舍》章，注18。指实际驻守地方之国守。

[19] 藤原为房于天永三年（一一一二）为大藏卿。宽治四年（一〇九〇）补加贺国守。后因山门控诉而被处流刑，见卷第一《十四、许愿》章。贺州即加贺国。刺史为国守之汉名。

[20] 检非违使所：从属诸国国司，其职务与京都检非违使同，掌地方治安。

[21] 修理大夫：修理职长官，掌宫中营造、修缮事务。藤原显季（一〇五五——一一二三）为白河法皇院政时期之智囊。历任多国国守，嘉保元年（一〇九四）修理大夫。官至正三位大宰大贰。太守为国守汉名。善和歌。

[22] 马厩别当：原文厩别当，在院司或家司之下，主司马厩饲育杂务，别当为其长。

下老少，皆叹上皇[23]之失策；士无内佛外儒，咸悲马台之谶文[24]。忠盛虽振青云之翅，而世人犹蔑之如贱种。爱惜名节之士，无愿仕其家者。然而平治元年十二月，太上天皇感其一战之功[25]，授以不次之赏。以来，高升相国，兼赐兵仗[26]。男子或登台阶，或列羽林[27]；女子或备位中宫[28]，或蒙宣准后[29]；群弟庶子，皆步棘路[30]；诸孙甥侄，悉握竹符[31]。不仅此也，统领九州，进退百司[32]，官吏尽成家仆。丝毫拂其意，虽王侯必遭逮捕；片言逆其耳，虽公卿难逃囚系。因此，或为稍延须臾之性命，或思避免片刻之凌辱，即万乘圣主，犹展谄媚之态；累世华胄，却致膝行之礼。虽夺豪门家传之采邑，宰相惶惧而卷舌；虽取皇族世袭之庄园，慑于

[23] 上皇：在此指鸟羽上皇（院政一一二九——一一五六）。忠盛获准升殿后，引起公卿殿上人不满，甚至阴谋加以杀害。事见卷第一《二、宫中谋害》章。

[24] 马台谶文：马台为邪马台之略，指日本。谶文谓占卜预言之诗文。传梁宝志和尚所述《野马台谶》有诗云："百王流毕竭，猿犬称英雄。"

[25] 平治元年（一一五九）十二月，藤原信赖、源义朝反，是为平治之乱。平清盛救驾有功。太上天皇：指后白河法皇。平治：为二条天皇即位后第一个年号，长仅一年。

[26] 谓许其携带武装扈从出入宫禁也。清盛蒙赐兵仗事，已见卷第一《三、鲈鱼》章，注14。

[27] 台阶：即三台或三公，在日本指三大臣，即太政大臣、左大臣、右大臣。羽林：近卫府汉名，谓列名近卫大将、中将或少将之职也。

[28] 中宫：指平清盛之女德子，为高仓天皇中宫。其子为安德天皇，二岁（虚龄三岁）即位，七岁投海而崩。

[29] 准后：准三后之略，亦名准三宫。准同太皇太后、皇太后、皇后之年爵待遇。平安时代为优遇亲王、诸王、女御、外祖父母而设。初见于卷第一《五、吾身荣华》章，注17。宣：宣旨也。

[30] 棘路：喻公卿。典出《周礼·秋官·朝士》，先秦指九卿。

[31] 竹符：即竹使符，或称符节、剖符。汉代郡国太守信符。以竹刻以文字，剖为两半，右留京师，左与郡国。握竹符，谓出任国守也。

[32] 九州：仿中国古代九州以指日本全土。百司：即百官，进退百司谓随意任免官职也。

权威而无言。胜券在握之余，去年冬十一月，没入太上皇之居，流配博陆公之身[33]。叛逆之甚，诚绝古今。其时我等理应向贼众问其罪，然或惮于神虑，或误为纶言[34]，忍气姑息，虚度光阴。其间，岂知又重起军兵，围攻法皇第二亲王。幸蒙八幡三所[35]、春日大明神，暗中显灵，护佑御驾，送至贵寺，安置新罗明神之下。王法之不废，彰明昭著，无疑矣。而贵寺又舍身以呵护之。含识[36]之类，谁不随喜。我等远在异地，揆情度理，清盛入道之欲动干戈以入贵寺，亦略有所闻，且已预做准备。十八日辰时一刻召集大众，致牒诸寺，通令下院，拟于军士齐集后，再行奉闻。不意青鸟[37]先至，投来芳翰。数日抑郁，顿时云散。彼唐家清凉一山之比丘，犹且击退武宗官兵；况大和国南北两门之众徒，岂难扫荡谋臣邪类哉？宜固梁园左右之阵[38]，以待我等出兵消息。见状谅察，祈勿疑忌。爰牒以闻。

治承四年五月二十一日　　大众等

[33] 博陆公：关白别称。在此指藤原基房。前已数见。在卷第一《十一、争路》章，为平重盛之子资盛伏击之对象，时任摄政。按：汉武帝封霍光为博陆侯。转喻堪任国家大事之人。

[34] 纶言：纶音，天子之诏语、音声也。

[35] 八幡三所：指八幡宫所祀三神：中御前应神天皇、东御前神功皇后、西御前比卖大神。

[36] 含识：指含有心识者，即有情众生。

[37] 青鸟：西王母有三足鸟，名曰青鸟，为其使者。引申为书简、消息之意。薛道衡《豫章行》："愿作王母三青鸟，飞来飞去传消息。"

[38] 梁园：汉文帝子梁孝王所营兔园，亦作梁苑。在此喻高仓宫住处。

评议会 八

三井寺又邀集大众开会。议论道:“山门已经变节,南都尚无回音。此事愈推延则愈不利。何不立刻动员,夜袭六波罗?若然,则可分老少两路。诸位老僧从如意峰抄袭敌人背后,可用步卒四五百人为先锋,沿路放火烧白河民屋,京中武士与六波罗武士,不敢怠忽,必然驰往救火。另外有一队人马在岩坂、樱坂[01]地段,呐喊作攻击状,暂时与之周旋。此时,以伊豆守仲纲为大将军,率领勇猛僧兵,正面直捣六波罗。顺风纵火,出其不意,一举而攻之,岂有烧不出太政入道而灭之之理?”

大众之中,有一如房的阿阇梨真海[02],曾任平家的祈祷师父,偕同弟子与同修数十人,进入会场发言道:“贫僧所言,难免与平家有沆瀣一气之嫌。尽管如此,岂忍弃众徒之义气于不顾,而至于污蔑我寺之名声乎?从前源平两家并驾相竞以辅朝廷,近来源氏命途多舛,平家专权盖世,已二十余年,天下莫不望风披靡。其邸内之馆舍无数,而且戒备森严,非我小小军力所能攻克。是以宜另行计谋,扩大军势后,再图进攻,似为上策。云云。”长篇大论,滔滔不绝,显然有意在拖延时间。

---

[01] 岩坂:不详,当是如意山中近江路之坡道。樱坂:神勒冈边,今京都市左京区净土寺、鹿谷一带。

[02] 一如房阿阇梨真海:传不详。一本作一能房阿阇梨心海。真海与心海,音同。

此时有一位乘圆房的老僧，名曰阿阇梨庆秀[03]，在袈裟下穿着腹甲，腰佩长刀，刀柄朝下。以布缠法师头[04]，手拄白柄长偃月刀，接着走进会场，说道："何必引用其他证据？我寺之创建者天武天皇，尚在东宫之时，为避让大友皇子，逃入吉野山中[05]。稍后复出，路过大和国宇多郡，一行才十七骑，却能顺利越过伊贺、伊势两国，然后结合美浓、尾张之军势，大败大友皇子，终于入京即位。书云：'穷鸟入怀，仁人所悯[06]。'不管他人如何，庆秀与宗门僧众，已定于今夜进攻六波罗，决一殊死战。"圆满院大辅源觉[07]出来说道："多谈无益。夜已阑矣，何不立刻进攻。快呀快！"

---

[03] 乘圆房阿阇梨庆秀：一本作乘因房阿阇梨庆宗，时八十多岁。

[04] 法师头：以白布包缠头脸，只露双眼。僧兵装束。

[05] 关于天武天皇故事，见本卷《六、竞》章，注2—3。

[06] 语出《颜氏家训·省事篇》。

[07] 圆满院：为三井寺之寺庙，原在山城国爱宕郡冈崎村（今京都市左京区），天文年间（一五三二——一五五五）移入三井寺山内。源觉：传不详。

九 大众会合

准备抄袭敌人背后的老僧队伍，以源三位入道赖政为大将军，率领乘圆房阿阇梨庆秀、律成房阿阇梨日胤[01]、帅法印禅智[02]、其弟子义宝、禅永等，总计约一千人，手里各拿着火把，向如意峰出发。

正面的大将军是嫡子伊豆守仲纲，率次子[03]源大夫判官兼纲、六条藏人仲家、其子藏人太郎仲光。众徒有圆满院大辅源觉、成喜院荒土佐、律成房伊贺公、法轮院鬼佐渡[04]，都是拔山盖世、耍起刀枪来，可敌鬼神、一以当千的勇士。平等院有因幡竖者荒大夫[05]、角六郎房、岛阿阇梨。筒井谷[06]的法师有卿

[01] 律成房：或作律静房。据《吾妻镜》（又名《东鉴》）养和元年（一一八一）五月八日条，律静房日胤为千业介常胤之子，曾在石清水八幡宫为源赖朝祈祷。

[02] 帅法印禅智：大宰帅权中纳言藤原俊忠之子，故称帅法印。名歌人藤原俊成（一一一四—一二〇四）之弟。

[03] 次子：在此指源仲纲之弟，源赖政之次子。

[04] 成喜院：即民部卿藤原泰宪所创之常喜院。荒、鬼二字皆形容性情暴躁、孔武有力。荒土佐与鬼佐渡谓来自土佐国与佐渡国之莽和尚也。

[05] 平等院：为村上天皇（在位九四六—九六七）皇子兵部卿致平亲王出家所建，在三井寺中院。因幡竖者荒大夫：一本作强大夫。竖者：已见卷第一《十五、神舆》章，佛徒论经时，讲义解惑之僧。

[06] 筒井谷：三井寺南院三谷（花谷、琵尾、筒井）之一，在总门之南。

阿阇梨、恶少纳言。北院[07]有号称金光院[08]六天狗的式部、大辅、能登、加贺、佐渡、备后等。其他，尚有松井肥后、证南院筑后、贺屋筑前、大矢俊长、五智院但马。在乘圆房阿阇梨庆秀同坊的加贺光乘、刑部春秀等六十位法师中，无人能比一来法师之武勇。堂众[09]有筒井的净妙明秀、小藏尊月、尊永、慈庆、乐住、铁拳玄永。武士则以播磨次郎渡边省、萨摩兵卫授、泷口竞、源大夫劝、右马允与、源太续、清、长七唱[10]等为阵脚。总势一千五百余人，浩浩荡荡开出了三井寺。

自高仓宫进入三井寺后，便在通外的大小路口挖了壕沟，架设了鹿寨[11]。如今却须在沟上架桥，还要除去栅栏，不觉时刻推移，关道上早已处处闻鸡啼了。伊豆守道："在此便闻鸡鸣，则攻击六波罗，已是白昼，如何是好？"圆满院大辅源觉又如以往，趋前说道："昔，秦昭王自齐召孟尝君往秦而囚之。幸得昭王宠姬之助，率三千兵马逃至函谷关。然而，关门依法须待鸡鸣而后开。孟尝君三千食客之中，有能为鸡鸣者曰田甲[12]，亦号鸡鸣。彼田甲登上高处，模仿鸡啼之声；关道之鸡莫不如响斯应。关吏不疑有他，以为天将破晓，便打开关门，让一行人出关而去。现在所闻鸡鸣，恐亦出自敌人之计。且不理会，尽快前进。"但五月夜短，不觉天已发白。伊豆守道："若夜间突袭，或可制胜，但白

[07] 北院：三井寺有三院，即中院、北院、南院。

[08] 金光院：在北院新罗社西南，为刑部少辅源义光（又名新罗三郎，一〇四五——一一二七）所建。

[09] 堂众：寺院诸堂所属从事杂务之下级法师。

[10] 渡边省以下之授、竞、劝、与、续、清、唱诸人，皆单名，属渡边一家，即所谓渡边党。源出嵯峨源氏。参本卷《六、竞》章，注11。

[11] 鹿寨：原文作逆茂木，即汉语之鹿寨、鹿砦或鹿角砦。为防敌人攻击所设障碍物，以竹子或树干削尖，向外斜植，形如鹿角，故名。

[12] 田甲：或作天胜。按：《史记·孟尝君列传》有鸡鸣人而无其名，盖《平家》作者所加或故事变容之所致。原文以假名标之（てんかつ），故汉译本有以田括二字当之者。

昼对打，毫无把握。”便传令迂回敌后的老僧队，从如意峰折回。正面军也自松撤退。年轻的僧徒怨声连连道：“都是一如房阿阇梨长篇大论、没完没了，耽误到天都快亮了才出动。这就去捣毁他的坊舍吧。”于是跑到坊舍，一拥而入，乱砍乱杀。迎战的弟子同修数十人大都被砍倒。一如房阿阇梨一人连爬带走，总算逃到了六波罗，老泪纵横，报告了事由。但六波罗已聚集了军兵数万骑，根本不以为意。

同月二十三日清晨，高仓宫道：“仅凭此寺，恐难济事。山门已然变心，南都迄无回响。日后将更不堪设想。”于是决定离开三井寺，前往南都奈良。高仓宫藏有两支寒竹[13]笛子，名蝉折与小枝。提到蝉折，从前鸟羽上皇时，曾以黄金千两赠送宋朝天子，回礼中有一段寒竹，只有一节而形似活蝉。上皇道：“如此宝物，岂可任意要雕便雕。”乃命三井寺大进僧正觉宗[14]，供在佛坛上，加持祈祷七日，才请人雕成笛子。一日，高松中纳言实衡卿[15]来，试吹此笛。之后，以为只是家常之物，随便放在膝盖下面。或许笛子感到受辱，一气之下，竟自我折断了身上的蝉形。是以有蝉折之名。高仓宫是吹笛名手，因缘际会，继承了蝉折。不过现在大概觉得自己来日无多，便将此笛献于金堂本尊弥勒菩萨，祈愿在邈远的来生，弥勒菩萨在龙华树下说法时[16]，能再邂逅相见。用心良苦，感人至深。

---

[13] 寒竹：原文汉竹。表皮紫色，故又名紫竹。高可二三公尺，径约一公分。竹节多枝，错落有致，为造竹笛之良材。

[14] 大进僧正觉宗：太政官治部少辅藤原家基之子，隆明大僧正徒弟。保延五年（一一三九）任三井寺长吏，在任十三年间，经常与比睿山斗法。

[15] 藤原实衡：保延六年（一一四〇）权中纳言。家号高松，故称高松中纳言。永治二年（一一四二）殁，四十三岁。

[16] 弥勒菩萨先佛入灭，五十六亿七千万年后，将自兜率天内院再降生此世，在龙华树下成道说法，济度众生，谓之龙华会。

诸位老僧都奉命休息，留在三井寺。由可靠而年轻的众徒与莽僧随从。源三位入道率其族人同行。军力号称一千余人。乘圆房阿阇梨庆秀拄着鸠杖[17]，来到高仓宫面前，老眼涌出泪水，如泣如诉地说道："曾经发誓此生永随殿下，不敢或离。天涯海角，在所不辞。然而如今年逾八旬，步履维艰。有弟子刑部房俊秀可陪伴伺候。此人乃相模国人，其父山内须藤刑部丞俊通[18]，在平治之役时[19]，为故左马头义朝下属，战死于六条河原。因为有缘，收为义子而育之成人，故深知其心迹胸襟。敢请准其永远服侍左右。"说罢，自己含泪留了下来。高仓宫感喟不置，言道："不知何世情谊缘分，待我如此其厚。"不禁潸然泪下。

---

[17] 鸠杖：《后汉书·礼仪志》："仲秋之月，县道皆按户比民，年始七十者授之以玉杖，餔之糜粥；八十九十，礼有加，赐玉杖，长九尺，端以鸠鸟为饰。鸠者不噎之鸟也，欲老人不噎。"

[18] 山内须藤刑部丞俊通：原藤原氏，因居相模国镰仓郡山内，改姓山内，家号须藤。刑部丞：刑部省判官，掌诉讼裁判与处罚。

[19] 平治之役，指平治元年（一一五九）平治之乱。

十 桥头之战

高仓宫从三井寺前往宇治的路上[01]，无意中坠马多达六次。盖因昨夜未尝合眼故也。于是将宇治桥桥板拆去三间[02]，让高仓宫进平等院[03]稍事休息。六波罗方面得此密报，即刻下动员令，命道："嘿嘿，听说高仓宫要逃往南都，快去追而杀之。"便以左兵卫督知盛、头中将重衡、左马头行盛、萨摩守忠度[04]为大将军。武士大将[05]则有上总介忠清、其子上总太郎判官忠纲[06]、飞驒守景家、其子飞驒太郎判官景高[07]、高桥判官长纲[08]、河内判官秀国[09]、武藏三郎左

[01] 其间相距三里，约十二公里。

[02] 宇治桥：跨越宇治川，长八十间。孝德天皇大化二年（六四六）通桥。桥桩与桥桩之间为一间。

[03] 平等院：在山城国久世郡宇治町（今京都府宇治市）。原为平安前期公卿源融（八二三—八九五）之别墅，后归藤原道长（九六六—一〇二七）所有。其子赖通于永承七年（一〇五二）捐为寺庙，号平等院。当时院内有阿弥陀堂（凤凰堂）、法华堂、多宝塔、五大堂、不动堂、经藏、宝藏、圆堂、钟楼、钓殿、池殿、泉殿等。

[04] 平知盛：清盛四男。重衡，清盛五男。行盛，清盛二男基盛之子。忠度，清盛异母弟。

[05] 武士大将：原文侍大将，指在大将军之下指挥军团之部将。

[06] 忠清、忠纲父子：藤原氏。忠清传不详。忠纲于治承三年十一月，任左卫门少将、检非违使。

[07] 飞驒守景家：上总介藤原忠清之弟，有武勇之名。景高：景家之子，与忠纲同时任左卫门少将、检非违使（见前注）。

[08] 长纲：越中守平盛俊之子，其领地在纪伊国高桥，因以为姓。

[09] 秀国：传不详。又见于卷第七《六、俱利迦罗谷》章，与武士大将忠纲、景高等，在追讨木曾义仲之战中，战死于俱利迦罗谷。

卫门有国[10]、越中次郎兵卫尉盛继[11]、上总五郎兵卫忠光[12]、恶七兵卫景清[13]等，为其前锋。总军势二万八千余骑，越过木幡山[14]，直捣宇治桥，朝着平等院内的敌人叫阵了三次；高仓宫方面不甘示弱，也应之以呐喊。平家军的先锋警告道："桥面拆断了，别冲下去。桥面拆断了，别冲下去。"尽管声嘶力竭，后阵根本听不清楚，争先拥到桥上，前驱二百余骑通通挤落桥下，淹死或流走了。

于是，两军各据桥头，向对方射出开战的响箭。高仓宫方面，大矢俊长、五智院但马、渡边省、授、源太续所射的箭，不但铠甲挡不住，盾牌也可穿透。源三位入道赖政在白色绢袍上，披着蓝地白染叶纹革缀铠甲。或许自料今日是最后一日，所以连头盔也没戴。嫡子伊豆守仲纲在黑丝织缀铠甲下，贴身穿着赤地锦袍；为了要拉强弓，也不戴头盔。五智院但马大长刀一出鞘，便独自走到桥上。平家军看到了，高声喊道："伙伴们，射死那厮！"一队强悍善射的弓箭手，连箭齐发，大显本领。然而但马毫不慌张，箭从上来则俯身，箭从下来则跳开，箭从面来，则以长刀斩断。所有战士，无论敌我，都看得目瞪口呆。此后，他便有了绰号，叫"斩箭但马"。

堂众之中，筒井净妙明秀内穿褐色直袍，外罩黑革缀丝甲，头戴五枚护颈头盔，腰佩黑漆大刀，背负箭壶中插着二十四支黑色鹰羽箭，一手握着缠藤涂漆长弓，一手拿着珍藏的白柄大偃月刀，大摇大摆，走到桥上。大声自我介绍道："在下乃三井寺内无人不知、一以当千之僧兵，堂众筒井净妙明秀是也。诸

[10] 有国：武士大将，传不详。在卷第七《七、筱原会战》章，战死于加贺国筱原之役。

[11] 盛继：或作盛次、盛嗣。越中守平盛俊之子。武士大将。在卷第十一《七、坛浦会战》等章，与忠光、景清等战败逃命，后被捕，但拒降而遭斩。

[12] 忠光：忠清之子、忠纲之弟。治承四年（一一八〇）五月因功叙左兵卫尉。

[13] 景清：与忠纲为亲兄弟。转战西海（濑户内海）。平家亡后，有流传活跃于各地之传说。恶：形容词，勇猛胆大之谓。

[14] 木幡山：今宇治市，在宇治之北，伏见之东，是京都通往奈良道上一大难关。

位平日或许已有所闻，但耳闻不如目见。自命不凡者，请过来一决胜负。”无人过来，便从箭壶二十四支箭中，抽出一支又一支，上弦便射；一箭接一箭，当场射杀了十二人，射伤了十一人。箭壶中只剩箭一支。净妙明秀干脆扔掉长弓，也将箭壶解下来抛弃了。接着脱了毛皮战鞋，赤脚踩着已无桥板的直梁，轻轻松松地走过桥去。别人胆怯不敢试，他却如履平地，仿佛走在一条大路或两条大路上。挥起偃月刀砍倒五个冲过来的敌人，到了砍向第六来敌时，偃月刀却不意从中折断，只好抛掉；随即拔出腰刀，继续迎敌周旋。但敌方人多势众，尽管使出蜘蛛手、麻花圈、十文字、翻蜻蜓、转水车等妙招，八面挥洒，密不透风，转瞬间又砍倒了八人，到了第九人时，由于用力过猛，砍到对方头盔上，腰刀也折断了，扑通一声掉进河中。不过还有一把匕首，握在手中，便又拼死拼活地刺将起来。

僧兵之中，一来法师是乘圆房阿阇梨庆秀的手下，动作敏捷、力大无比；身在后边想往前冲，但是直梁狭窄，挤不过去。只见他用手按着净妙房的头盔，一声“承让，净妙房”，便从肩上跳到前面厮杀去了。一来法师终于战死。净妙房则连爬带滚，回到平等院门前的草地上。卸下甲胄，仔细检视，铠甲中箭处多达六十三，有五处被射穿。所幸有伤无险，处处加以针灸止血后，以布裹头，换上白色僧衣，手持断弦之弓为杖，足穿矮脚木屐，口念阿弥陀佛，走向奈良去了。

三井寺众徒与渡边党人，目击净妙房如何渡过断桥，有样学样，个个争先恐后，踩着直梁，冲到对方去。有人带着敌人的首级与武器回来，有人受伤而切腹或跳河自尽。桥上缠斗，近身肉搏，轰轰烈烈，仿佛一团火焰一般。

平家武士大将上总守忠清看在眼中，便来到大将军面前说道：“请看，桥上交锋，打得难解难分。现在应该是渡河之时，但正值五月梅雨季节，可恨水势大涨。若强行通过，人马必有大量损失。窃以为何妨绕道淀与一口，或可迂回河内路[15]前去，如何？”

有下野国人足利又太郎忠纲[16]在侧，趋前说道：“如欲绕道淀、一口、河内路，何不商请天竺、震旦武士为之？抑或仍须我等驰骋？现时敌人在此而不讨，而听其安抵南都，则吉野、十津川[17]之兵力已集结，大事将大大不妙矣。武藏与上野国界有大河曰利根川[18]。足利氏与秩父氏[19]交恶时，常动干戈。正面则从长井[20]渡河，绕道则由古河、杉渡[21]前进。上野国人新田入道[22]受邀加入足利党，欲从杉渡渡河进攻，但事前所备船只已被敌党毁损殆尽。他并不气馁，说道：‘今日若不能在此渡过此河，必将长为执弓矢者[23]之耻。淹水而死亦是一死。赶紧渡河！’于是，编成马筏[24]，渡则渡矣，终于顺利渡过。此乃坂东武者[25]之常，敌在眼前，渡水而战，岂能顾其深浅？此河之深度流速与利根

---

[15] 淀：今京都市伏见区内。贺茂川、桂川、宇治川、木津川汇入淀川处。一口：今京都府久世郡久御山町边，淀之东南。河内路：指京都经淀通往摄津国、河内国之路。

[16] 忠纲：镇守府将军藤原秀乡之后。三代前成行移居下野国（今枥木县）足利，故号足利氏。据《吾妻镜》治承五年闰二月二十三日条，略云：去年夏，高仓宫传旨诸国诛灭平相国。忠纲不在其列。愤而改投平氏，渡宇治河，败入道赖政卿军，射高仓宫。

[17] 吉野：指吉野川流域之地。十津川：今奈良县吉野郡南部。十津川流域大峰山麓谷地，土民古来有凶悍之风，为修验道僧军集团基地。

[18] 利根川：源出上野国利根郡（今群马县利根郡）文殊山。古来河道数变，当时流域已不明。

[19] 秩父：武藏国西部山地。平良文四代孙武基，号秩父别当。其孙重纲秩父权守。世居秩父。

[20] 长井：渡口。在武藏国大里郡长井村，今埼玉县熊谷市长井边。

[21] 古河：原文故我，音同。今茨城县古河市边，从上野国往武藏国之重要渡口。杉渡：在古河上游，确实所在，今已难详。

[22] 新田入道：源义家三男义国之子义重，居上野国，号新田三郎。出家后法名上西。土御门天皇建仁二年（一二〇二）殁，六十八岁。上野国新田郡，自源赖义后，成为源氏世袭领地。

[23] 执弓矢者：指武士。

[24] 马筏：将马并排如筏而游，步兵以绳拉住，随马后渡河之法。

[25] 坂东：相当于关东。一般以逢坂关以东为坂东，在此则专指足柄山之东，相模、武藏、上总、下总、常陆、上野、下野、安房八国。坂东武士古来以勇猛善战著称。

河有别乎？恐无不同也。弟兄们，随我来。”说罢，便率先跃马河中。随其后者有：大胡[26]、大室、深须、山上、那波太郎、佐贯广纲四郎大夫、小野寺禅师太郎、边屋子四郎[27]，加之以部属宇夫方次郎、切生六郎、田中宗太等，总共三百余骑，陆续跃入。足利忠纲大声下令道："让强马在上游，弱马在下游。若是马蹄着地，放松缰绳，任其涉水。若是马脚踩空，拉紧辔头，助其浮行。如有脱队者，以弰钩住，免其冲走。人人手牵手，肩并肩，向前游。稳坐鞍桥，紧踏马镫。马头沉下，立刻拉起，但不可拉太高。如果水淹马背，可改骑臀上。对马要体贴，对水要强硬。在河中不准引弓。敌方来箭不必理会。头盔护颈[28]斜戴，但不能太斜，以免盔顶[29]中箭。不可逆流直角游向对岸。顺流斜渡过去。前进，前进。”结果三百余骑，一骑不少，全都渡过了河，安然抵达了对岸。

---

[26] 以下六人：大胡、大室、深须、山上、那波太郎、佐贯广纲，皆上野国势多郡人。平家军坂东武士。大胡、山上为足利氏之后。

[27] 小野寺太郎、边屋子四郎：均下野国人，亦足利氏之后。

[28] 护颈：原文汉字作錣或錏，指盔钵左右后三面所垂护颈用之半轮形甲片。多以铁片或革片缀成，有三枚兜、五枚兜等长短之别。

[29] 盔顶：原文天边，或称天窗。指头盔上正中央通气口。如盔顶前斜太甚，则恐敌箭射入也。

十一 高仓宫之死

足利又太郎忠纲当日的装束，身穿朽叶绫罗直袍，上披赤革编缀铠甲。头戴高角盔[01]，腰佩黄金打造腰刀，背负黑白切斑鹰羽箭[02]，手持缠藤漆弓，跨着连钱苇毛马[03]。鞍桥以柏木雕成鸱鸮状，轮廓饰以镏金。踩在马镫上直起身来，大声自我介绍道："远者请听，近者请看。本人乃昔日歼灭朝敌平将门而辱承恩赏之俵藤太秀乡[04]十代孙、足利太郎俊纲之子，小名又太郎忠纲者是也。今年十七岁。以一无官无位之人，而欲向亲王殿下引弓放箭，诚惶诚恐，天其鉴之。然而今日之事，弓矢神助，皆在平家一方。三位入道大人方面，如有自命不凡者请出来，互相见识见识。"说罢，便一波接一波攻入平等院大门，厮杀起来。

眼看着此情此景，大将军左兵卫督知盛即下渡河之令。于是二万八千余骑，各个唯恐落人之后，陆续跃进河中。人马拥挤，湍急的宇治河为之堙窒，上游因而水涨。偶有间隙，水泻如注，似可冲刷一切。步卒们紧跟在马群下首，

[01] 高角盔：盔上前侧竖以鹿角以代两片上翘锹形（铁片）之头盔。

[02] 黑白切斑鹰羽箭：黑白斑纹段落分明之鹰羽翎箭。通常呈三白二黑五段。

[03] 连钱苇毛：白色杂以黑色与棕色者为苇毛；其上点缀以钱形斑点者为连钱。

[04] 俵藤太秀乡：即藤原秀乡，一作秀里，音同。平安中期豪族。因居相模国田原，称田原氏。故以俵字当之（田原与俵同读たはら）。天庆三年（九四〇）平将门之乱，与平贞盛合力讨之。论功，赐下野、武藏两国国守。其后世居足利。

反而水浅，竟有许多膝盖以上不沾湿者。但不知何以故，伊贺、伊势两国的官兵，马筏被冲散，有六百余骑随流而下，七零八落。只见淡绿、绯红、赤褐等各色各样丝织或革缀的铠甲，载沉载浮，仿佛神南备山[05]的红叶，禁不起山风的诱惑，在秋日黄昏时分，堕落龙田河上，为堤堰所挡而难于流动一般。其中有穿着绯红色铠甲的武士三人，卡在鱼梁上，动弹不得，只能随水左右摇摆。伊豆守仲纲看到，即兴咏歌一首：

伊势猛武者，皆着铠甲红，香鱼过宇治，倒挂鱼梁中。

原来三人都是伊势国住民，便是黑田后平四郎、日野十郎、乙部弥七。其中日野十郎是老兵，听说以弓弰插入岩隙固定，自己先缘弓攀援上岸，然后也将其他二人救了上来。

平家军都已渡到对岸，旋即冲进平等院，一阵接一阵，展开攻击。高仓宫则趁此混战之际，首途前往南都，留下源三位入道一族人马，射箭掩护。

三位入道年逾七十，老马嘶风，奋不顾身。但左膝中箭，伤重难耐，想找个安静的地方切腹自尽，但刚折回平等院门内，又遇敌人来袭。次男源大夫判官兼纲，身穿蓝色锦袍，上披提花织锦片缀甲，骑白苇毛马，试图掩护父亲逃开，瞻前顾后，且战且走；不意被上总太郎判官的来箭射穿了头盔，额头受伤。上总守忠清的家童次郎丸，孔武有力，以为有机可乘，便鞭马上前，并驾扭打。两人同时落马。源大夫判官虽受重伤，不愧号称勇士，压倒次郎丸，取其首级，正要抬头站起，却有平家武士十四五骑，围将上来，层层叠叠，将他压在下面，乱刀砍死。伊豆守仲纲也身受重伤，在平等院的钓殿[06]自杀丧命。下河

[05] 神南备山：在今奈良县生驹郡斑鸠町，又名三室山。龙田川流经山麓，为红叶胜地。

[06] 平安时代寝殿式庭园建筑中，位于西廊最南端，临池而筑，可供纳凉或钓鱼。平等院钓殿则筑在宇治河畔，今已失其踪迹。

边的藤三郎清亲[07]割下其头，抛入宽廊之下。六条藏人仲家与其子藏人太郎仲光[08]，奋勇应战，而且大有斩获，但终究不敌大军，也壮烈牺牲了。且说仲家此人，乃故带刀先生义贤嫡子，变成孤儿后，三位入道收为义子，养育成人。素来感恩图报，终生不移，竟然有缘同日同地往生，可谓可悲又复可悯。

三位入道召来渡边长七唱，命令道："砍我头颅！"受命要活活砍下主人的头颅，一时惶悚失措，泪如雨下，哀禀道："如此，恕难从命。且待主人自尽而后，当遵命砍之。"三位入道恍然道："理所当然。"于是面向西方，大声念佛十遍[09]，还咏了辞世之歌：

此生如埋木，未尝看花开；今将长辞去，绵绵有余哀。

咏完了歌，便拔出腰刀，刺进腹部，上身前俯，刀尖贯穿后背而亡。值此生死之际，诚非咏歌良时，但自小雅好此道，终难忘怀而咏之。渡边唱取下首级，与石头绑在一起，边哭边提着，趁混战中闪开敌人，抛进了宇治河的深渊。

对于泷口竞，平家武士莫不虎视眈眈，誓必生擒之以锯其头而后已。竞当然心知其意，奋战受伤，不支倒地，便慨然切腹自尽。圆满院大辅源觉，心想高仓宫已安然远去，两手各持大腰刀与偃月刀，冲破敌阵，跃进宇治河，沉到河底，潜至对岸。所带武器一无遗失。登上高处，大声喊道："如何？平家公子哥儿们，赶到此处来，够辛苦了。哈哈。"喊罢便走回三井寺去了。

平家军大将飞驒守景家是个老成持重的武士，推测高仓宫定然已经趁乱逃向南都，所以不恋鏖战，率领五百余骑，扬鞭踹镫，追了上去。果然在光明山

---

[07] 下河边：地名，在武藏国北葛饰郡，今埼玉县春日部市庄和。藤三郎清亲：本姓藤原。藤原秀乡之后，属小山氏。世居关东。

[08] 仲家、仲光父子：已见本卷《六、竞》章，注13。

[09] 念佛十遍：谓念南无阿弥陀佛十次也。

鸟居前[10]，追上了高仓宫一行三十余骑，便团团加以围住，一齐射起箭来。箭如雨下。不知何人所射，高仓宫左腹中箭，落马，首级转瞬不见，已被取走。随从目击此一惨状，包括鬼佐渡、荒土佐、荒大夫、理智城房[11]伊贺公、刑部俊秀、金光院六天狗等，以为主人既亡，性命已不足惜，怒吼哀鸣，浴血奋战而死。

中有一人，高仓宫乳母之子六条佐大夫宗信[12]，因为敌人穷追不舍，坐骑又疲顿拖沓，便跳入新野池[13]，用浮草覆盖头上，浸在水中发抖。敌兵陆续从池边经过。不久之后，看到约五百骑兵马闹哄哄地折了回来，有人用格子门板抬着一个身穿净衣的无头尸。端详是谁，原来是高仓宫被砍了。因而摸了摸仍插在腰间的名笛小枝，忆起殿下的遗言："余若死，即以此笛置诸棺内[14]。"亟想跳出水来，追上前去，抱尸痛哭。但毕竟害怕，只管心想而身未动。直至敌军皆已撤回，才爬出水池，脱下湿衣，拧干后再穿上，一路哭哭啼啼地返抵京城。京中知情人士莫不冷言冷语，嗤之以鼻。

且说，南都僧众动员武装七千余人，前往恭迎高仓宫。先阵已达木津[15]，但后阵还滞留在兴福寺南大门口。听说高仓宫已在光明山鸟居前遇害的消息，众徒自知力有未逮，只得含泪止步。无法赶到五十町前迎敌，以致殿下惨遭砍杀。命也如此，良可浩叹。

---

[10] 光明山：真言宗光明山寺，在今京都府相乐郡山城町绮田东之丘陵上。

[11] 理智城房：在本卷《九、大众会合》章作律成房。

[12] 藤原宗信：已见本卷《五、信连》章，注1。

[13] 新野池：或作赘野池、二井野池，在今京都府缀喜郡井手町。

[14] 此遗言见于本卷《五、信连》章。

[15] 木津：在山城国，今京都府木津川市，去奈良二里余。

十二 王子出家

平家的武士们将高仓宫，以及三位入道一族，还有三井寺众徒，总共五百余人的首级，插在腰刀尖或偃月刀上，高高举起，于黄昏时分，回到了六波罗。武士们的狂热欢腾，非比寻常，岂止恐怖骇人而已？其中源三位入道的首级，已被长七唱沉入宇治河深处，当然看不到。但其儿辈的头颅，却在此在那，全给找了出来。至于高仓宫的首级，由于数年来无人晋谒，所以也便无人能作确认。几年前，典药头和气定成[01]曾应召诊治其病，或许还认得；立刻差人去请，却因卧病而不能应命。听说，有一个女官与高仓宫相当亲近，最受宠爱，还为他生过王子，应召来到六波罗；只看了一眼，便以袖遮脸，泪如泉涌，认出了高仓宫的首级。

高仓宫与好几个女人生了不少小孩。有位女官是伊豫国守盛章之女，人称三位局，在八条女院侍候，也为他生了七岁的王子与五岁的公主。入道相国嘱咐由其弟池中纳言赖盛卿，往见八条女院[02]，传话道："据说高仓宫有不少子女。女孩可不必追究，赶快将王子交出来。"女院应道："乳母她们一早听到谣言，也不仔细想一想，便带着王子离开，躲起来了。并不在此御所。"赖盛卿无

[01] 典药头：宫内省典药寮之长，掌医药、医疗事宜。和气定成：文治四年（一一八八）殁，六十六岁。

[02] 八条女院：鸟羽天皇之皇女暲子内亲王、高仓天皇姑母、高仓宫以仁王为其犹子。保元二年（一一五七）出家，应保元年（一一六一）院号，建历元年（一二一一）殁。御所在八条大路北、东洞院大路西。

可奈何，只好向入道相国据实以告。入道相国道："不可能不在御所。难道会往别处？既然如此，即着武士前去搜查。"

中纳言赖盛的妻子叫宰相殿，是八条女院乳母的女儿，所以夫妇两人常在女院御所出入，向来颇受欢迎。但自其丈夫前来催交王子之后，便觉得他们形同路人，面目可憎。王子对女院说道："事已至此，想躲也躲不过。还是将我交出去算了。"女院泪潸潸然道："人家七八岁小孩，仍然懵懵懂懂，而汝却已知道事态严重、祸将临头，说出如此歉疚的话，令人心疼。六七年来，将此本来无缘的小孩细心抚养，却落得今日如此下场。"说着依然泪流满面。赖盛卿一再催着要人，女院无可奈何，不得不将王子送了出来。母亲三位局在此生离之际，固然万分不舍，但因不许推延，只好边流眼泪，边替王子穿好衣服，梳理头发，才依依不舍地让他离开，仿佛做了一场噩梦一般。自女院以下，局[03]中女官与女僮等，莫不泪湿衣袖。赖盛卿接过王子，让他坐上了车，带到六波罗去了。

前右大将宗盛卿看到王子，立即来到父亲入道相国面前，求道："不知何故，见了小王子便觉得非常可怜。有一无理请求，能将王子之命交与宗盛处置否？"入道相国道："可着其早日出家。"宗盛卿将此事转告了八条女院。女院道："岂能有何异议？即刻让他出家。"于是成为法师，列名僧籍，做了仁和寺住持的弟子。后来东寺首席长者安井宫僧正道尊[04]，即此王子也。

---

[03] 局：宫中或贵族邸宅中，上级女官之房间。亦以指局之主人，如三位局。

[04] 仁和寺住持：指后白河法皇二皇子守觉法亲王，建仁二年（一二〇二）殁，五十三岁。安井宫僧正道尊：承元元年（一二〇七）东寺首席长者（有四人，总管寺务），承久三年（一二二一）大僧正。仁和寺莲华光院住持，称安井门迹，道尊为其初祖，故称安井宫。安贞二年（一二二八）殁，五十四岁。

十三 通乘

高仓宫在奈良另有一王子。其养护人赞岐守重秀[01]安排他出家后，带他到北国。木曾义仲攻进京城时[02]，相与图谋立之为君，乃携之入京，行了元服之礼，号木曾宫。还俗后称还俗宫。后来住在嵯峨北边的野依，又名野依宫。

古代有一个名叫通乘[03]的相士，曾经看过宇治殿赖通、二条殿教通[04]的相，断言道："三代天皇之关白，寿各八十。"果然正确。看了帅内大臣伊周[05]，说是"流罪之相"，也不含糊。圣德太子说崇峻天皇有"横死之相"，后来果然为大臣苏我马子所杀[06]。其实即使不是算命专家，只要才识卓绝、灵犀一通，也

[01] 重秀：重季之误，高仓宫乳母之夫、大宰大贰藤原季行之子。

[02] 木曾义仲（一一五四——一一八四）：源氏，已以木曾冠者义仲之名初见于本卷《三、源氏名录》章。安德天皇寿永二年（一一八三）七月率军入京，平家奉天皇西奔。卷第九有专章《四、木曾之死》。

[03] 通乘：传不详。源显兼编《古事谈》（一二一五）卷六有"相人洞昭"，可能是同一人。

[04] 藤原赖通（九九二生）：别邸在宇治，故称宇治殿。为后一条、后朱雀、后冷泉三代天皇（一〇一六——一〇六八）之摄政、关白，承保元年（一〇七四）殁，八十三岁。二条殿教通：赖通之弟。邸在二条大路之南，故称二条殿。为后冷泉、后三条、白河三代天皇（一〇四五——一〇八六）之关白。承保二年（一〇七五）殁，八十岁。

[05] 帅内大臣伊周：藤原伊周（九七三——一〇一〇）。已见卷第三《十六、大臣流罪》章，参注9。正历五年（九九四）内大臣。长德二年（九九六）因误射花山法皇，又因私修大元帅法之嫌，左迁大宰权帅。

[06] 圣德太子（五七四—六二二）：已见卷第二《六、谏诤》章。第三十一代用明天皇（在位五八五—五八七）第二皇子。《圣德太子传历》崇峻天皇元年（五八七）条，记太子应召为天皇相命。太子谓："实有仁君之相，然恐厄运忽至。"其后，果为大臣苏我马子（？—六二六）所弑。

有能够相得极为精准的人。不过对于高仓宫，相少纳言[07]大概看错了。从前兼明亲王、具平亲王，亦称前中书王、后中书王，都是贤君圣主的皇子[08]，却未能继承皇位，但也未尝起意谋反。又后三条天皇第三皇子辅仁亲王[09]，才华盖世。白河法皇仍在东宫时，后三条天皇有遗诏云："汝即位后，可立辅仁为东宫。"然而白河天皇另有打算，并未遵从遗诏的指示。只不过为了表示补偿，赐辅仁亲王之子以源氏之姓，而且从无位一次升至三位，不久又任中将之职。列入臣籍之源氏第一世，从无位直升三位，除了嵯峨天皇皇子阳院大纳言定[10]卿之外，别无所闻。此源氏第一世即花园左大臣有仁宫是也。

高仓宫谋反时，那些奉命修行调伏法[11]的高僧，都获得了奖赏。前右大将宗盛卿之子侍从清宗叙了三位，称三位侍从。今年才十二岁。父卿在此年纪时，才刚升上兵卫佐。年纪轻轻便官至公卿，除来自摄政关白之家者外，前所未闻。其授职状云："追讨源以仁、赖政法师父子之赏。"源以仁便是高仓宫。追讨法皇皇子之举已不胜惶恐，何况又以臣下之名待之，更不伦不类了。

---

[07] 相少纳言：在本卷《三、源氏名录》章中，有关于为高仓宫相命之记事。

[08] 兼明亲王：醍醐天皇第九皇子；具平亲王：村上天皇第七皇子。皆二品中务卿，汉名中书令。以亲王而兼中书令，故称中书王。虽同品同职，时有前后，故称前、后中书王，以示区别。

[09] 第七十一代后三条天皇（在位一〇六八—一〇七二）：后朱雀天皇第二皇子。辅仁亲王：元永二年（一一一九）殁，四十七岁。同年，其子有仁赐姓源氏，列入臣籍，叙从三位右中将。天承元年（一一三一）任右大臣，保延二年（一一三六）左大臣。因居仁和寺花园，故号花园左大臣。

[10] 阳院大纳言定：又称贺阳院大纳言、四条大纳言。天长五年（八二八）赐源氏姓。同九年（八三二）从无位叙三位，贞观元年（八五九）大纳言，同五年（八六三）殁，四十九岁。

[11] 调伏法：以不动、降三世、军荼利、大威德、金刚夜叉等明王为本尊，降伏怨敌、魔障之法。

鵼 | 十四

且说源三位入道。他是摄津守赖光第五代三河守赖纲之孙、兵库头仲政之子[01]。保元之乱[02]时，拥护天皇，率先奋战，却未得到应有的恩赏。又平治之役时[03]，背离亲友而改投平家，功成之后，所获奖掖也乏善可陈。长期竭诚尽其守卫宫禁之职，却仍无升殿的资格。年华垂暮，吟歌一首，抒其胸臆：

人人不注意，大内看山人[04]。躲在树阴下，仰望月伤神[05]。

因为此歌而获准升殿。位在正四位下，已有时日，亟望晋阶为三位，乃吟一首：

---

[01] 源赖光（九四八——一〇二一）：多田源氏源满仲（九一二—九九七）之子。至赖政之系谱为：赖光—赖国—赖纲—仲政—赖政。赖光：历任诸国国守，官至左马权头。赖纲：历任三河国等国守。兵库头：兵部省兵库寮之长，司武器之收藏、进出、修理事宜。

[02] 保元元年（一一五六）因皇位继承问题，崇德上皇与后白河天皇之间引起宫廷政变。源为义、源为朝在崇德上皇一方；赖政随平清盛、源义朝与后白河天皇结盟，得胜。

[03] 平治之役：平治元年（一一五九）藤原信赖、源义朝与平清盛间之宫中权力斗争，实为平清盛独揽朝政之转捩点。赖政原属义朝，因故倒戈，改归平家。

[04] 大内看山人：原文“大内山山守”，大内山山守喻大内宫禁守卫。

[05] 月：喻天子，此句盖谓天皇可望而不可即，只能在暗中遥望之也。

羡彼高树巅，欲攀无由缘。且拾四位子[06]，咀嚼度残年。

因之而得叙三位。不久出家，称为源三位入道。当年七十五岁。

此人曾经名噪一时。近卫天皇在位时，仁平年间[07]，皇上每夜发生梦魇，以致几乎窒息。召来素有灵验的高僧贵僧修行大法与秘法[08]，却不见任何效果。病状经常发生在丑时，每次只见从东三条[09]的森林方面，冒出一团乌云，飘来笼罩在皇宫上面，皇上的梦魇便会开始发作。因此召开了公卿会议。宽治年间，堀河天皇在位时[10]，也同样患了梦魇。当时将军源义家朝臣[11]在紫宸殿厢房侍候，每到皇上梦魇发作的时刻，便鸣弦[12]三次，然后大声唱名道："前陆奥守源义家在此。"听者无不毛骨悚然，但皇上的症状也旋即消失了。

职是之故，此次决定仿效前朝故事，选派武士进宫侍候。于是从源平两家的武士中选出了赖政。当时他还是兵库头[13]。赖政说道："从前有武士驻扎宫中，目的无非是敉平叛乱、剪除抗旨之徒。而今却奉命进宫讨伐无形妖怪，真是前所未闻。"但既然是敕命，只得进宫去了。赖政只带了一个亲信部下，

---

[06] 原文椎，与四位音同（しゐ）意双关，故径以四位译之。按：椎，常绿乔木。寺岛良安著《和汉三才图会·山果类》（一七一二）："椎木，叶似槻而锯齿细强，冬亦叶不落，其子长尖似笔头，紫褐色，仁白色，作两片，味甘。"

[07] 近卫天皇：第七十六代天皇（在位一一四一——一一五五），仁平为其年号之一（一一五一——一一五四）。

[08] 贵僧：指出身皇家之高级僧官。大法与秘法：详见卷第三《一、赦书》，注6。

[09] 东三条：即三条大路东段。有东三条殿，中有森林，置隼、角振二神社。

[10] 堀河天皇：第七十三代（在位一〇八六——一一〇七），宽治（一〇八七——一〇九四）为其七个年号之一。

[11] 源义家（一〇三九——一一〇六）：天喜四年（一〇五六）出任陆奥守兼镇守府将军。有天下第一勇士之称。

[12] 鸣弦：谓驱魔时所射响箭。

[13] 源赖政于久寿二年（一一五五）十月补兵库头。

远江国人井早太，叫他背着翅羽凌风箭同行。赖政自己则穿着表里紫黄色狩衣，携带两支雉尾利镞响箭，挟着缠藤大弓，来到紫宸殿厢房侍候。赖政只带两支箭不是没有原因。当时左少弁雅赖[14]卿推荐他时说道："能捕捉妖魔鬼怪者，唯有赖政一人。"所以才被选上。现在他想，如果第一箭射不中妖怪，便用第二箭射向雅赖卿的头骨。

正如平常人们所说，快到皇上梦魇发作的时刻，果然从东三条森林方面，冒出一团乌云，飘来笼罩在皇宫上面。赖政抬头定睛一看，在乌云中隐约有个怪物的影子。若是射不中，也无脸活在世上了。如此想着，拿起大弓，搭箭拉弦，心中念着"南无八幡大菩萨"，嗖的一声射了上去，便有射中的感觉，不禁大声叫道："射中了。"井早太冲过去，压住落地的怪物，连续刺了九刀。此时宫中上下人等手持火把，走出来看，只见怪物是猿头、狸身、蛇尾、虎手虎脚。啼声如鵼[15]。恐怖二字不足以形容其怪。皇上感叹之余，将一把名为狮子王的御剑作为赏赐，着由宇治左大臣赖长[16]殿转交。左大臣接了御剑走下宫阶约一半时，看见一只子规从四月中旬的空中飞过，啼叫两三声，有感而吟道：

子规飞在天，啼声上云间。

赖政右膝着地，摊开左袖，侧望天上弦月，接着吟道：

弦月云中掩，张弓射未偏[17]。

---

[14] 雅赖：已在卷第三《四、公卿会》章以源中纳言雅赖之名出现。其始任左少弁在久寿三年（一一五六）。

[15] 鵼：怪鸟名。日文读ぬえ，或以鵺字当之。《山海经·北山经》记有白鵺，其状如雉。

[16] 藤原赖长于久安五年（一一四九）七月任左大臣。

[17] 上弦或下弦之月，日文多以弓张月称之，以其形如拉弦之弓也。

于是谨受御剑，退了出来。君臣莫不赞叹，咸道："赖政卿弓矢无人能比，歌道亦飘然不群。"至于所射怪物，听说放在独木舟中，任其漂流而逝了。

且说应保年间，二条天皇在位时[18]，有只名叫鵼的怪鸟常来宫中聒噪，使皇上心神不宁、苦恼不堪。乃援用先例，又召来赖政。时值五月下旬某日，夜幕已垂。怪鸟忽然大叫一声，却再也不叫第二声。昏暗中不见其物，欲射而无的可瞄。赖政眉头一皱，计上心来。先以一支大镞响箭射向鵼刚才叫过的宫殿上方。响箭划过天空，鵼受到惊吓，发出咻咻的叫声；第二支小镝箭随声脱弦而出，只见鵼与镝箭同时落在眼前。宫中为之欢声雷动。皇上的感奋非同寻常，便赏赐御衣一袭。由大炊御门右大臣公能公[19]代领御衣，转交赖政，而为他披上时，赞叹道："昔有养由射云外雁[20]，今有赖政射雨中鵼。"并吟道：

五月今宵暗，足下扬其名。

赖政接着吟道：

人至黄昏后，谁志千里行[21]？

吟罢，将御衣披在肩上，退了出来。

其后赖政蒙赐伊豆国，即以嫡子仲纲为其国守；自己则改叙三位，获封丹波五个庄、若狭东宫河等领地。本来应可悠然安度晚年，却因意气用事，发起毫无把握的谋反。结果不但断送了高仓宫，而且自食其果，全家覆没。悲哉。

[18] 二条天皇：第七十八代（在位一一五八——一一六五），应保（一一六一——一一六三）为其五个年号之一。

[19] 藤原公能：永历元年（一一六〇）右大臣。翌年殁，四十七岁。为卷第一《七、二代皇后》之父。

[20] 《史记·周本纪》："楚有养由基者，善射者也。去柳叶百步而射之，百发而百中之。"

[21] 曹操《龟虽寿》："老骥伏枥，志在千里；烈士暮年，壮心未已。"

十五 三井寺被焚

山门大众向来喜欢惹是生非，动辄兴讼，此次却宁愿息事宁人，居然毫无动静。然而三井寺与兴福寺，或庇护高仓宫，或准备前往迎接，可说均为朝敌。官方不可能置之不理，一定会加以讨伐。果然于同年五月二十七日，指派入道相国四男头中将重衡为大将军，萨摩国守忠度为副将军，率领兵力一万余骑，开往三井寺。寺方也挖了壕沟，布置了盾垣[01]，架设了鹿寨，严阵以待。卯时互射响箭，正式开打。鏖战终日。寺方僧众或法师阵亡者三百余人。入夜续斗。官军趁黑攻入寺院，到处放火。

结果烧毁者有：本觉院、常喜院、真如院、花园院、普贤堂、大宝院、青龙院、教待和尚本坊及其本尊[02]等，还有八间四面大讲堂[03]、钟楼、经藏、灌顶堂、护法善神社坛、新熊野宝殿等，堂舍塔庙，总共六百三十七所。又有大津当地民家一千八百五十三户、智证大师自唐携回之一切经七千余卷、佛像二千余尊，全都付之一炬，化成灰烬，令人痛心无极。诸天五妙之

[01] 盾垣：将盾牌并排成墙以御敌者。

[02] 教待和尚：据虎关师练《元亨释书》(一三二二) 卷十五，教待和尚为近江国志贺人，以三井寺让与智证大师。本坊：在中院护法善神社之北，供传为智证所做之教待和尚像。其本尊为弥勒菩萨。堂内有窟，传为教待和尚隐身处。

[03] 大讲堂：建于贞观十七年 (八七五)。七堂伽蓝之一，在中院五重塔之北，安置大日、释迦、弥陀三佛。为说教、讲义之所。八间四面：即八间见方，指其大小。

乐[04],从此永成绝响;龙神三热之苦[05],以后愈益难堪矣。

且说三井寺,原来是近江拟大领[06]的私人寺院,后来捐献给天武天皇,变成了敕愿寺。其本尊便是天皇所奉的弥勒菩萨[07]。弥勒的生身[08]教待和尚在此修行了一百六十年后,传给了智证大师[09]。据说弥勒菩萨将于遥远的未来,从兜率天摩尼宝殿下凡,降生此世,在龙华树下说法[10]。然其凡间寺院竟被烧毁,不知何以至此。智证大师以此寺为传法灌顶之灵地,每日清晨汲其井花水,故名之为三井寺[11]。如此神圣的宝寺,现在却荡然无存。显密之教[12]亡于

---

[04] 诸天:谓天界诸神。五妙之乐:谓音乐之美妙者。按:五为宫商角徵羽五音。《往生要集》(上本):"五妙音乐,顿绝听闻。"

[05] 龙神三热之苦:一、皮肉骨髓为热风热沙所烧之苦;二、宝冠宝衣为暴风所吹夺而裸身之苦;三、在宫中享福而眷属为金翅鸟掠食之苦。《往生要集》(上本):"诸龙众受三热之苦,昼夜无休。"

[06] 拟大领:即大领(郡司长官)之候补者。据《源平盛衰记》十六:"(三井寺)乃近江国志贺郡拟大领大友夜须良麻吕之私寺。"其开创者,据《园城寺传记》等书,为大友与多。夜须良麻吕即为与多之孙。天武天皇:第四十代(在位六七三—六八六)。

[07] 本尊:原文本佛,指二十九代钦明天皇(在位五三九—五七一)时,传自百济之弥勒菩萨像,高三寸二分。至天武天皇时安置于三井寺。

[08] 生身:诸佛菩萨有法身、生身二身。所证理体为法身,为济度众生而托父母胎生凡世者为生身。亦指神佛一时所化现之肉身。《无量寿经》下:"生身烦恼,二余俱尽。"

[09] 圆珍:谥号智证大师(八一四—八九一),平安前、中期天台宗高僧。已见卷第一《八、立匾争议》章。俗姓和气氏。留唐五年(八五三—八五八),学于天台山。第五代天台座主(八六八)。复兴近江国园城寺(三井寺)以为延历寺别院,号称寺门派,不意竟导致与山门派对立。

[10] 兜率天:一本作都士多天,为欲界六天第四,弥勒菩萨之所居。摩尼宝殿:如意宝珠所造,弥勒菩萨之宫殿。龙华树下说法:已见本卷《九、大众会合》章,注16。

[11] 井花水:早晨无人汲水之前所汲之清净井水。橘成季编《古今著闻集·释教》(一二五四)所收《智证大师御记文》:"余改御井寺为三井寺。何故?此一井水为三皇(注:天智、天武、持统)之所用,此寺为传法灌顶之灵地。汲其井花水,如临弥勒三会之晓,故名三井寺。"

[12] 显密之教:日本天台宗显宗与密教兼修。

须臾，伽蓝更失其迹。三密道场已废[13]，不再闻其铃响。无一夏之花[14]，故少汲水之声。知名宿老大德，怠乎修业问学；受法相承之弟子，则疏于经典说教。三井寺长吏圆惠法亲王[15]被撤天王寺别当之职。此外，有僧纲[16]十三位遭受罢免后，交由检非违使议处。另有猛僧三十余人，包括筒井净妙明秀，被处了流刑。人们都道："天下如此失其道，国内这般动而乱，非同小可，极不寻常。岂非平家已到了末世之兆？"

[13] 三密：指密教身密、口密、意密之三密修持。亦即身结手印、口诵真言、观想本尊，可与佛相合，得即身成佛之果。

[14] 一夏：即结夏，指僧尼于夏季笼居九十日，坐禅修行。详参本卷《七、牒状往来》章，注3。因无结夏，故无供佛之花可插，无须汲水以充花瓶也。

[15] 圆惠法亲王：后白河天皇皇子，号八条宫。第三十六代园城寺长吏。在卷第三《三、皇子诞生》章，以"园城寺长吏圆惠法亲王"之名出现。详见该章，注16。

[16] 僧纲：泛指统辖僧尼，掌管寺务之高等僧官。包括僧正、僧都、律师等职。

卷第五

『迁都』

迁都

一

治承四年六月三日，有天皇即将临幸福原的传言，京中为之骚然。近日来虽然听说有迁都之议，但总觉得不会是今日明日之事，而今却突如其来，难怪京城上下大为惶恐。何况原定在三日，忽然又提前一日，改在二日。二日卯时，行幸的御舆早已准备就绪。皇上今年才三岁，年幼天真，不知就里，乖乖坐上。天皇年幼乘舆时，向来都由母后陪坐，此次却不然。改由乳母平大纳言时忠卿夫人帅典侍[01]同舆。后白河法皇、高仓上皇、先帝中宫[02]，也都一同出发。以摄政殿为首，太政大臣以下诸公卿殿上人，无不竞相追随。三日抵达福原。暂时以池中纳言赖盛[03]卿的山庄为行宫。四日，叙赖盛卿正二位，以赏其让出山庄为行宫之功。如此一来，便越过了九条殿之子右大将良通卿的位阶[04]。摄政家贵胄重臣的子弟在叙位上，居然为非我族类所超越，据说还是以此为首次。

却说入道相国曾经改变心意，让后白河法皇离开鸟羽殿，回到京城居住。但因高仓宫的造反，大为震怒，所以也逼使法皇行幸福原。盖了一间小板屋，

[01] 帅典侍：已见卷第三《四、公卿会》章："新皇子的乳母……改由平大纳言时忠卿夫人担任。后来称为帅典侍。"

[02] 先帝中宫：高仓天皇之中宫，今上安德天皇之母。号建礼门院。

[03] 池中纳言赖盛：平清盛异母弟。其府邸在六波罗池殿。已见卷第三《三、皇子诞生》章。

[04] 九条殿：藤原兼实（一一四九—一二〇七），时为右大臣从一位。后归依源赖朝，官至太政大臣（一一八九），关白（一一九一）。出家后，法名圆证。名歌人。著有《玉叶》（一二〇〇）。其嫡子良通，治承三年从二位右大将，文治二年（一一八六）内大臣。同四年殁，二十二岁。

三间见方，以板墙围之，只开一个门口，加以幽禁。守护武士只有原田大夫种直[05]一人，不许任何人随便进出，所以侍童们称之为牢笼御所。人们听说此事，便有不祥恐怖之感。法皇自道："如今对于政务已了无兴趣。但愿巡回诸山众寺，专注修道，畅我胸怀。"人们互相说道："平家的恶行恶业大概已经做尽。自安元以来[06]，诸多公卿与殿上人，或被流放，或被消除。谪流关白而以女婿代之；幽禁法皇于城南离宫中；追杀第二皇子高仓宫以仁王。最后所剩的恶行便是迁都，现在也都做到了，却如此无情。"

关于迁都非无先例。神武天皇是地神五代[07]帝王彦波潋武鸬鹚草葺不合尊的四王子，母亲是海神的女儿玉依姬[08]。继神代十二代之后，是人代百王之帝祖[09]。辛酉年在日向国宫崎郡登基为天皇[10]，在位第五十九年，岁次己未十月，东征至丰芦原中津国住下，选定当时名叫大和国的亩傍山，建立了帝都，并开辟橿原之地，盖了宫室，名之为橿原宫[11]。尔后，历代帝王迁都到他国别处

[05] 原田大夫种直：大宰大监种平之子，先祖居筑前国御笠郡（今筑紫野市）原田，故改姓原田。始终忠于平清盛之九州武士。

[06] 安元：高仓天皇（在位一一六八——一一八〇）年号，不满三年（一一七五——一一七七）。

[07] 地神五代：指神武天皇以前之五神，即天照大神、天忍穗耳尊、琼琼杵尊、彦火火出见尊、鸬鹚草葺不合尊，为日本皇统之祖神。

[08] 玉依姬：海神绵津见神之女。《日本书纪・神武天皇纪》："母曰玉依姬。海童之少女也。"海童即海神绵津见神。

[09] 神代十二代：地神五代之前统治日本之天神七代，即国常立尊、国狭槌尊、丰斟渟尊（以上三代为独化神）、泥土煮尊（沙土煮尊）、大户之道尊（大苫边尊）、面足尊（惶根尊）、伊诺尊（伊冉尊）（以上四代为偶生神）。地神五代加天神七代为神代十二代。神武天皇（在位前六六〇—前五八五）为人代第一，故谓人代百王之祖。

[10] 据《日本书纪・神武天皇纪》："辛酉年（前六六〇）春正月庚辰朔，天皇即帝位于橿原之宫。"此处所谓在日向国宫崎郡登基，乃依后世传说，与史籍所载不同。

[11] 神武天皇五十九年，岁次己未（前六〇二），一说辛酉年（前六〇〇），即位后开始东征。丰芦原中津国：古代日本美称。亩傍山：在今奈良县橿原市西北之小山，与香具山、耳成山称为大和三山。橿原宫：在今奈良县橿原市。

者，超过三十次，甚至达到四十次。神武天皇至景行天皇[12]共十二代，都分别在大和国各郡中卜地建都，始终未迁他国。然而成务天皇元年[13]，迁往近江国，建都于志贺郡；仲哀天皇二年，迁至长门国，建都于丰浦郡[14]。

仲哀天皇驾崩于该国都城，由皇后神功皇后继其大位[15]，以女帝之身，远征鬼界、高丽，以至荆旦[16]。平定了异国的战乱后，凯旋归来，在筑前国三笠郡诞生了皇子。便命名该地为宇美宫[17]。说起来不免惶恐，此皇子便是八幡明神；即位后便是应神天皇。其后，神功皇后迁至大和国，住在磐余稚樱宫[18]。应神天皇也住大和国轻岛明宫[19]。仁德天皇迁至摄津国难波，住高津宫[20]。履中天皇二年，迁回大和国，建宫殿于十市郡[21]。反正天皇元年，迁至河内国，住

[12] 景行天皇（在位七一——一三〇）：第十二代，住大和国缠向日代宫。其后临幸近江国志贺高穴穗宫，驻跸三年而崩，并未正式建都于此。

[13] 成务天皇（在位一三一——一九〇）：第十三代。景行天皇第四皇子。继父皇居近江国志贺高穴穗宫。

[14] 仲哀天皇（在位一九二—二〇〇）：第十四代，亲征熊袭，路上经长门国丰浦郡（今山口县下关市长府宫内町），建穴户丰浦宫。其后崩于筑前国香椎宫，并非如下文所说之该国（长门国）都城。

[15] 神功皇后：仲哀天皇皇后，并未正式即位，但以摄政之名统治日本（二〇一——二六九），至十五代其子应神天皇（在位二七〇—三一〇）即位为止。

[16] 鬼界：指九州南方海上诸岛。已见卷第二《十、大纳言之死》章，注1。荆旦：即契丹。

[17] 三笠郡：今福冈县粕屋郡。传粕屋郡宇美町八幡宫为宇美宫遗迹。按：宇美（うみ）与生、海为同音双关。

[18] 《日本书纪》："都磐余，是为若樱宫。"若樱宫即稚樱宫。在今奈良县樱井市池之内。

[19] 轻岛明宫：在今奈良县橿原市大轻町。

[20] 仁德天皇（在位三一三—三九九）：第十六代。高津宫：遗迹不详，或以为今大阪城址附近。

[21] 履中天皇（在位四〇〇—四〇五）：第十七代。《日本书纪》："元年，……即位磐余稚樱宫。"十市郡：今樱井市池之内，磐余池边。

柴垣宫[22]。允恭天皇四十二年，又迁回大和国，住飞鸟之明日香宫[23]。雄略天皇二十一年，也在大和国泊濑朝仓构筑宫室[24]。继体天皇五年移至山城国缀喜，十二年后，在乙训筑宫住下[25]。宣化天皇元年，又回大和国住入桧隈入野宫[26]。孝德天皇大化元年，移至摄津国长良住丰崎宫[27]。齐明天皇二年，又回大和国，住冈本宫[28]。天智天皇六年，迁至近江国，住大津宫[29]。天武天皇元年，又回大和国，住冈本南宫，称清见原天皇[30]。持统、文武二代圣朝，皆住大和国藤原

---

[22] 反正天皇（在位四〇六—四一〇）：第十八代。元年（四〇六）冬迁都河内国丹比，筑柴篱宫。柴篱宫即柴垣宫。宫迹在今大阪府松原市上田柴篱神社。

[23] 允恭天皇（在位四一二—四五三）：第十九代。《古事记》："坐飞鸟之宫而治天下。"在位四十二年崩，无迁都记录。明日香宫：在今奈良县高市郡明日香村。

[24] 雄略天皇（在位四五六—四七九）：第二十一代。据《日本书纪》，安康天皇三年（四五六）八月崩，雄略于同年十一月，"设坛于泊濑朝仓，即天皇位"。朝仓宫旧迹在今樱井市大字黑崎与岩坂间。

[25] 继体天皇（在位五〇七—五三一）：第二十六代。《日本书纪》："（继体天皇）五年冬十月，迁都于山背筒城。"又："十二年春三月，……迁都弟国。"筒城即缀喜，弟国即乙训，均同音当字。筒城宫迹在今京都府京田边市多多罗都谷；弟国宫旧迹在今京都府长冈京市今里乙训寺附近。

[26] 宣化天皇（在位五三五—五三九）：第二十八代。《日本书纪》："元年春正月，迁都桧隈庐入野。"桧隈：在今奈良县高市郡明日香村。

[27] 孝德天皇（在位六四五—六五四）：第三十六代。大化元年即位。据《日本书纪》，冬十二月，"迁都难波长柄丰崎"。其地在今大阪市中央区法圆坂附近。

[28] 齐明天皇（在位六五五—六六一）：第三十七代。舒明天皇皇后。于舒明天皇驾崩后继其位，为第三十五代皇极天皇（六四二—六四五）。第三十六代孝德天皇驾崩后重祚，为齐明天皇。《日本书纪》："（二年）于飞鸟冈本，更定宫地。"其地在明日香村附近。

[29] 天智天皇（称制六六一—六六八，在位六六八—六七一）：齐明女皇皇子。第三十八代。齐明驾崩后为执政（六六一），七年后正式即位（六六八）。前一年，迁都近江。大津宫在今大津市内。

[30] 天武天皇（在位六七三—六八六）：第四十代。《日本书纪》："（元年九月）自岛宫移至冈本宫。是岁，营宫室于冈本宫之南。其冬迁居。是谓飞鸟净御原宫。"参卷第四《六、竞》章，注2—3。

宫[31]。自元明天皇至光仁天皇七代，则住在奈良[32]，以为首都。

不过，桓武天皇[33]于延历三年十月二日，自奈良京春日里迁至山城国长冈，十年正月，派大纳言藤原小黑丸[34]、参议左大弁纪古佐美[35]、大僧都贤璟[36]等，勘查该国葛野郡宇多村[37]风水。两人共奏道："看此地形势，乃是左青龙、右白虎、前朱雀、后玄武，四神相应之地也[38]。诚宜定为帝都。"于是禀告爱宕郡贺茂大明神[39]，在延历十三年十二月二十一日，自长冈移至此京。此后春秋荏苒，迎送帝王三十二代、星霜三百八十余载[40]。桓武天皇尤其钟爱新都，说道："自古历代帝王，虽在各国各处建立都城，但未见有如此地之胜者也。"乃命大臣、公卿、诸道才人等，为长久之计，用黏土塑造八尺人偶，穿铁铠甲，戴铁头盔、持铁弓箭，面西直立，埋在东山峰顶之下。且相与约道，后世如有迁都他

[31] 持统天皇（在位六八六—六九七）：第四十一代女皇。文武天皇（在位六九七—七〇七）：第四十二代。藤原宫：在今奈良县橿原市高殿町附近。

[32] 元明天皇（在位七〇七—七一五）：第四十三代女皇。和铜三年（七一〇）迁都平城京（奈良）。七代指元明、元正、圣武、孝谦、淳仁、称德、光仁天皇。

[33] 桓武天皇（在位七八一—八〇六）：第五十代。延历三年（七八四）迁都长冈；延历十三年（七九四）十月迁都平安京。春日里：指平城京。长冈：今京都府向日市。

[34] 藤原小黑丸（七三三—七九四）：丸亦可写作麿或麻吕。延历九年（七九〇）大纳言，同十三年殁。

[35] 纪古佐美：延历四年（七八五）参议左大弁。同十六年殁，六十六岁。

[36] 贤璟（七〇五—七九三）：或作贤憬、玄庆。《元亨释书》有传。尾张（今爱知县）出身，俗姓荒田氏。在东大寺受戒于鉴真。延历三年（七八四）大僧都。延历十二年（七九三）十一月勘查平安城后圆寂。

[37] 葛野郡宇多村：平安京建都前地名，今京都市。

[38] 青龙、白虎、朱雀、玄武：为四方星宿之名，曰四神。《簠簋内传金乌玉兔集》："东有流水曰青龙，南有泽畔曰朱雀，西有大道曰白虎，北有高山曰玄武。又此四物俱足，谓四神相应之地，尤大吉也。"《礼记·曲礼》："行，前朱鸟而后玄武、左青龙而右白虎。"

[39] 贺茂大明神：上贺茂神社，在爱宕郡（今京都市北区），迁都之前即为贺茂氏氏神，当地镇护。

[40] 自桓武天皇至安德天皇，计三十二代；自延历十三年至治承四年，计三百八十七年。

国者，当为守护之神而挺身阻之。因此，后来天下每有事端，据说此冢便会震动轰鸣。今日犹在，名为将军冢[41]。桓武天皇是平家的始祖，特别称此京为平安京，意谓太平久安之都，是平家尤其应该尊崇的地方。将其始祖天皇如此钟爱的京都，竟莫明所以、轻而易举迁到他国别处去，实在令人愕然。嵯峨天皇即位后，平城上皇听从尚侍的阴谋[42]，惹出祸乱时，有意将都城迁至他国，因遭大臣、公卿、诸国人士的反对而作罢。可见即使是一天之君、万乘之主，尚且无法随意迁移的京城，但入道相国竟以人臣之身，说迁就迁。真是匪夷所思，未免太过恐怖了。

旧都是个绝妙殊胜的宝地，使人留恋。镇守王城的神佛，和光四照；灵验卓著的寺社，上下[43]连甍。百姓万民安居乐业，五畿七道[44]畅通无阻。然而现在，路口变成堑沟，不便车辆往来。偶见有人经过，必须坐小车，绕道而行。栉比鳞次的民房日趋荒废。家家拆屋取木，投入贺茂川或桂川上，编成木筏，装载家财用具，顺流运往福原而去。眼看着繁华的京城即将变成荒凉的乡村，悲从中来，感到不忍。在旧都宫殿柱上，不知谁人所作，题着两首歌：

四度一百岁，繁华一京都，难道爱宕里，行将就荒芜[45]？

---

[41] 将军冢：在今京都市东山区华顶山（三十六峰之一）南峰、长乐寺之东。附近多古坟群。

[42] 嵯峨天皇（在位八〇九—八二三）：桓武天皇六皇子（或曰二皇子），第五十二代。大同四年即位。平城天皇（在位八〇六—八〇九），桓武第一皇子，第五十一代。大同元年即位，同四年让位。尚侍：后宫十二司之一内侍司之长，相当于从五位，掌管天皇身边杂务。与女御、更衣同列后宫。在此指藤原药子，平城天皇宠妃。嵯峨天皇即位后，药子于弘仁元年（八一〇），与兄仲成策划平城上皇之重祚与迁都，兵未举而事觉，仲成刑死，药子自杀，平城天皇出家。是谓药子之变。

[43] 上下：指上京下京，即京城之北部与南部。

[44] 五畿：指畿内山城、大和、河内、和泉、摄津五国；七道：指东海、东山、北陆、山阴、山阳、南海、西海七道。

[45] 四度一百岁，按：平安迁都以来，至治承四年，计三百八十七年。四度百年（百年を四かへりまでに），盖大约言之耳。爱宕里：平安京建都前之一村里。

忍弃花之都，花开何寂寞。逐风吹福原，安期高枕卧[46]？

同年六月九日，谓将营建新都，命德大寺左大将实定卿[47]、土御门宰相中将通亲卿为上卿[48]，藏人左少弁行隆为奉行[49]，召集相关官员，会同勘查和田松原到西野地方[50]，拟将其地划成九条衢路的街坊。但从一条划到五条尚可，五条以后便无地可划了。执行官员回来，据实以报。既然如此，何不改到播磨国的印南野？或者摄津国的儿屋野[51]？公卿开会讨论。但讨论之后，始终未见付诸实行。

旧都已被离弃，新都仍未建成。人人觉得身如浮云，飘忽不定。福原当地的居民因失去土地而悲诉；新近迁来的人们为营建住宅而烦恼。凡此种种仿佛一连噩梦。土御门中将通亲卿说道："异国有'披三条之广路，立十二之通门'[52]之说。何况此地乃宽达五条之新都，岂有不可建造皇宫之理。应宜尽速建一小型皇宫为是。"于是达成了决议，入道相国乃着五条大纳言邦纲[53]卿建造进贡，为此还临时赏赐周防国[54]，以便助其经费。其实，此位邦纲卿富可

[46] 吹：与福同音（ふく）意双关。

[47] 德大寺左大将实定：藤原氏。已见卷第一《十二、鹿谷》、卷第二《十一、德大寺》等章。此时大纳言兼左大将。

[48] 源通亲（一一四九——二〇二）：此时为参议右中将。后归源氏，为镰仓初期重要公卿，官至内大臣兼右近卫大将。邸在土御门大路万里小路口，故称土御门。上卿：为特别公共事务而特派主其事之公卿。

[49] 藏人左少弁藤原行隆：已见卷第三《十七、行隆》章，注10。奉行：奉命实际执行事务之官吏。原文奉行之弁，弁有左右大、中、少弁，直属太政官，处理庶务之上报与命令之下达。

[50] 和田（轮田）松原：今神户市兵库区南部。西野：今神户市长田区东南部。

[51] 印南野：今兵库县明石市至加古川市一带。儿屋野：今兵库县伊丹市昆阳边郊野。

[52] 班固《西都赋》："披三条之广路，立十二之通门。内则街衢洞达，闾阎且千。"

[53] 藤原邦纲：已见卷第三《三、皇子诞生》章，详见注13。

[54] 周防国：山阳道八国之一，约当今山口县东部。

敌国,自掏腰包便可应付裕如,不知何以还要浪费公帑,增加人民的负担,不能苦民所苦? 值此乱世,连重要仪式如大尝会[55]都不得不停办,却反而在忙着迁新都、造新宫。其不合时宜,莫此为甚。

据说,古代的圣王贤君,仅以茅草修葺宫室,檐边长短不齐;一看民家炊烟稀少,便敕免应付的年贡岁捐[56]。此乃出自惠民护国之心。楚灵王筑章华台而黎民逃散,秦始皇起阿房宫而天下大乱[57]。然而也有"茅茨不剪、采椽不斫、舟车不饰、衣服无文[58]"的名君治世。有此前车之鉴,唐太宗虽造了骊山之宫,却不愿靡费民脂民膏,所以始终未尝临幸,以致瓦生青松、墙爬茑萝[59]。两相比较,竟有天渊之别。

---

[55] 大尝会:新帝即位后,始供新谷于诸神之礼。天皇一代一次之大事。在此指安德天皇即位后之大尝会仪式。

[56] 《日本书纪》仁德天皇四年条:"朕登高以远望之,烟气不起于城中,以为百姓既贫而家无炊者。……自今之后,至于三载,悉除课役,息百姓之苦。……削心约志,以从事乎无为,是以宫垣崩而不造,茅茨坏以不葺。……三稔之间,百姓富宽。颂德既满,炊烟亦繁。"

[57] 张衡《东京赋》:"七雄并争,竞相高以奢丽。楚筑章华于前,赵建丛台于后。秦政利觜长距,终得擅场,思专其侈,以莫己若。乃构阿房、起甘泉、结云阁、冠南山。征税尽,人力殚。"

[58] 语出李世民《帝范·崇俭》。指帝尧故事。亦见于《淮南子·主术训》等处。

[59] 白居易《骊宫高·美天子重惜人之财力也》:"翠华不来岁月久,墙有衣兮瓦有松。……君之来兮为一身,君之不来兮为万人。"按:白诗中之衣,谓苔藓。《平家》所引改为茑,非一物。而均为覆盖墙面之物,其用则同也。

二 赏月

六月九日开始营建新都，八月十日上梁，预定十一月十三日迁幸新宫。旧都日见荒废，新都愈显繁荣。忙乱的炎夏已经过去，秋风冉冉吹来，不知不觉间又到了仲秋。迁居福原新都的人为了赏月，有人结伴追寻源氏大将昔日之行迹，从须磨沿着明石浦[01]，渡过淡路海峡，到绘岛矶岸上看月[02]；有人则前往白良、吹上、和歌浦[03]、住吉、难波[04]、高砂、尾上[05]观月，至黎明始返。留在旧都的人还是到伏见、广泽[06]去观赏明月。

其中，德大寺左大将实定卿怀念旧都的月光，过了八月十日后，便从福原提早上来。环顾街坊，一片荒芜景象。偶有残存人家，只见门前草深、庭院露浓。处处杂草叠丛成丘，芜秽如茅原，仿佛鸟类之所居。虫鸣如泣如诉，黄菊

---

[01] 源氏大将：指《源氏物语》主人公光源氏，曾谪居须磨、明石，赏仲秋明月。事见第十二帖《须磨》、第十三帖《明石》。须磨：今兵库县神户市须磨区。明石：今兵库县明石市。

[02] 淡路海峡：在明石与淡路岛之间，今称明石海峡。绘岛：在淡路岛北端，今淡路市岩屋港附近。

[03] 以上三处均为纪伊国名胜。白良：即今和歌山县白滨町海岸；吹上：为和歌山市西南杂贺崎北海岸之古名；和歌浦：今和歌山市杂贺崎南至毛见崎一带海岸。

[04] 住吉：今大阪市南部住吉区至堺市北部之古地名。难波：今大阪市及其周边之古称。在此特指淀川河口附近之海滨。

[05] 高砂：今兵库县高砂市，加古川河口之东。尾上：在加古川东与高砂连接地带。

[06] 伏见：今京都市最南端之伏见区，其南边有巨椋池。广泽：今京都市右京区嵯峨广泽町，有广泽池。以上二处，均赏月胜地，名古歌枕。

紫兰之类[07]，已成秋原野草。故都可念者只剩近卫河原大宫一人[08]。大将来到大宫的御所，便叫随从去敲正门，却听到里面有女人问道："是谁呀，敢到这无人肯来拂草沾露的地方？"回道："是福原大将大人前来拜谒。"里面又道："正门上锁了。请从东侧小门进来。"大将乃从东侧小门进去。大宫正独自回忆往事，百无聊赖之余，叫人打开南面格子窗，弹着琵琶自遣，一看到大将出现了，便道："哟，是真的，还是梦？来来，到这边来。"不由得想起了《源氏物语·宇治卷》[09]中的一个场景：优婆塞宫[10]的公主，为了惜别秋意，终宵弹着琵琶，心无杂念，直至黎明之月照了进来，仍然意犹未尽，还以拨子招呼月亮呢。

有一个叫待宵的小侍女[11]也在大宫御所侍候。其所以被称为待宵，是因为有一次大宫问她："待人之宵与送人之朝，何者较富情趣？"小侍女即咏歌一首：

待君中宵后，寺钟告夜阑；晨鸡催人意，离别只等闲[12]。

因为此歌而有待宵之称。大将叫待宵出来，讲说古今逸闻。夜色已深，想到古

---

[07] 黄菊紫兰之类：泛指秋季花草。紫兰或作泽兰，日名藤袴，秋七草之一。详见卷第三《一、赦书》章，注17。

[08] 近卫河原大宫：即卷第一《七、二代皇后》章之二代皇后藤原多子。右大臣藤原公能三女、德大寺左大将实定卿之妹。余详该章注3。

[09] 《宇治卷》：即《宇治十帖》，指《源氏》五十四帖中最后十帖，以宇治为故事之主要背景。

[10] 优婆塞：梵语，谓在家修行之佛弟子或居士。优婆塞宫：指《源氏》中桐壶帝第八皇子，即八亲王。丧妻，隐居宇治山中，养育二女长大成人。

[11] 待宵：人名，实有其人。石清水八幡宫别当大僧都纪光清之女。曾为藤原伊实妻室，死别后入侍二条天皇。二条崩后，服侍太皇太后多子（近卫河原大宫）。身材娇小，故人称小侍女。善和歌。

[12] 此歌见于《续词花和歌集·恋》《新古今和歌集·恋三》，均题《题不知》，字面稍异。等闲：原文"物かは"，意谓不算什么、不能相提并论、不值一提。

都荒废，难免感慨系之，编了一首今样之歌[13]：

重访故都不忍看，花城竟化茅草原。

月光普照如昔日，唯有秋风不胜寒。

重复唱了三遍。自大宫以至御所中的女官、侍女们，无不泪沾衣袖。

东方渐白，大将只得告辞出来，回福原去了。他吩咐同伴的藏人道："辞别时，待宵似乎甚为依恋不舍，汝可回去见她，说几句话，稍加安慰。"藏人便折了回去，毕恭毕敬地说道："奉大将大人之命回来致意。"且咏歌道：

晨鸡催客去，离别只等闲；今朝告辞后，缘何意缠绵？

待宵含着眼泪，返歌道：

待我心所爱，钟声断人肠；淡雅君子去，鸡鸣更神伤。

藏人回来，如实禀报。大将极为赞许，说道："甚好。所以才派汝前去。"自此之后，便有了等闲藏人的称呼。

[13] 今样：平安中期开始流行之新调歌曲，多以七、五音节四句而成。已见卷第一《六、祇王》章，注6。

怪物 三

迁都福原之后，平家的人噩梦连连，心烦意乱，屡有妖异现象。有一夜，入道相国正要入睡，忽见一张庞然怪脸，超过一间[01]大小，向内窥伺。入道毫不惊慌，瞪眼直视，怒形于色，怪物便倏地消失了。冈御所是新建的官邸，旁边并无任何大树。有一夜却发出大树倒下的轰隆巨响，随后传来仿佛二三十人哄然大笑的声音。一般人都说必定是天狗[02]之所为。于是召集蟆目[03]射手轮班警备，夜间百人，白昼五十。然而，将响箭射向天狗的所在，总是寂然悄然，了无反响；射向天狗不在的方位，却可听到哗然喧然，一阵笑声。

又有一日清晨，入道相国从帐台[04]下来，推开角门，往中庭一看，只见无数死人髑髅，挤满庭院之中，上下滚动，忽散忽聚；或从边缘挤进中间，或从中间滚到边缘。翻腾滚动，不断发出嘎吱嘎吱的响声。入道相国叫道："有人吗？有人吗？"但无人应声而来。便在此刻，许多髑髅骤然聚集起来，层层重叠，堆成一颗大头颅，如同小山，高可十四五丈，大到中庭几乎容纳不下。而在

[01] 一间：柱与柱之间距。亦指长度，一间约当一点八公尺。

[02] 天狗：住在深山中之想象怪物。身似人形，红脸、高鼻、长爪、有翼，飞行自在。神通广大，随时随地可引起种种怪异现象。或以为乃怨灵所化。

[03] 蟆目：镞（箭头）之一种。比一般矢镞较大，以桐木雕成，中空，钻有数孔。射之则响。人中之不至于死。多用于弓矢比赛或逐妖驱魔。或以为其形如蛤蟆之头，其孔如目，故名。

[04] 帐台：贵人寝室中高起之床台，如今之固定卧床，上挂绢帐垂四面，供作休息睡眠之用。

大头颅上，却闪烁着活人似的眼光，成千上万，一齐凝视着入道相国。入道并无惧意，目不转睛，眼光如炬，怒瞪对方。大头颅大概受不了入道强烈的目光，便如霜露之当阳，旋即消失得无影无踪了。

此外，在新建马厩的一间极为讲究的马房中，指派许多舍人，夙夜匪懈，照顾着一匹爱马。但有一夜，马尾上却有老鼠筑了窝，还生了一窝小鼠。此事非同小可，便请七位阴阳师来占卜。结果都说："事态严重，必须谨言慎行。"且说此马原是关东八国[05]的第一名驹，由相模国人大庭三郎景亲[06]献给入道相国。全身黑毛，额上白色。名叫望月。现在又转送给阴阳头安倍泰亲。古昔天智天皇时，老鼠在马寮中御马的尾巴上，一夜之间，筑了巢、生了子。占卜说异国将有叛贼蜂起。事见《日本书纪》[07]。

又，源中纳言雅赖卿[08]手下一个青侍[09]所做的梦，听了也教人毛骨悚然。他在梦中，看见好像在宫中神祇官[10]的厅堂里，次第坐着束带正装的贵人，正在开会。平家的同党忝陪末座，却被赶出门去了。青侍在梦中问一老翁道："是何方贵人？"答道："严岛大明神。"稍后，一位坐在上席，看来德劭望重的耆宿发言道："刻下寄放在平家之节刀[11]，可转交与伊豆国流人源赖

[05] 关东八国：相模、武藏、安房、上总、下总、常陆、上野、下野。

[06] 大庭三郎景亲：坂东八平氏之一。世居相模国高座郡大庭庄（今神奈川县藤泽市），故以为姓。源赖朝举兵时，追随平家，破赖朝军。后投降赖朝，于治承四年（一一八〇）被处死。

[07] 《日本书纪·天智纪》天智天皇元年条："夏四月，鼠产于马尾。释道显占曰：'北国之人将附南国，盖高丽破而属日本乎？'"

[08] 源雅赖：已出现于卷第三《四、公卿会》、卷第四《十四、鵼》等章。村上源氏。建久元年（一一九〇）殁，六十四岁。

[09] 青侍：贵族家所使位低、年轻之武士。穿青色袍子，故名。

[10] 神祇官：与太政官同为最高官厅，掌全国神社、祭祀、大尝、镇魂、占卜等事务。

[11] 节刀：节为府节，将军出征时，天皇钦赐之刀。在此指卷第二《六、谏诤》、卷第三《五、整修大塔》等章，以及本章稍后所提之"银丝缠柄小长刀"，系神在梦中所授，非天皇所赐。

朝。”坐在旁边的另一位耆老接着道:“其后,可交给我孙子。”青侍又问说话者是谁。答道:“说将节刀授予赖朝者,是八幡大菩萨。其后说交给我孙子者,是春日大明神。现在与汝说话之老翁我,是武内大明神[12]。”青侍醒来后,便将梦中所见告诉了别人。不久入道相国也有所闻,乃派源大夫季贞[13]至雅赖卿处,传话道:“将那做梦之青侍,火速交出来。”那做梦的青侍吓得早已逃之夭夭了。雅赖卿立刻晋见入道相国,陈诉道:“绝无此事。”此后再也听不到有关此事的传言。

还有更不可思议的事。清盛公犹任安艺国守时,参诣严岛之际,严岛大明神在其梦中,授予一把银丝缠柄小长刀;之后总是竖在枕边,片刻不离。但最近某夜,小长刀却无翼而飞,突然不见了。的确不可思议。平家向来辅弼朝廷、保护天下,而今则违背圣旨,难怪节刀也被收回,当然会忐忑不安了。

隐居高野的宰相入道成赖耳闻此事,便议论道:“噫,平家之盛世临其末日矣。严岛大明神之护佑平家,固有其理。但其明神系娑竭罗龙王第三公主[14],明明是一位女神。八幡大菩萨谓可将节刀转交与源赖朝,也是理所当然。至于春日大明神所说,之后可交给其孙子,不知何所据而言,令人费解。岂谓源氏命衰运尽后,大织冠[15]末裔摄政关白家之公卿,将取而代之,为天下之将军耶?”恰在此刻,有一僧人走了过来,说道:“所谓神佛和光垂迹[16]之法,善巧方便,变化多端。时或现为俗人之身,时或化为女神之体。诚然,严岛大

[12] 八幡大菩萨:源氏之氏神。春日大明神:藤原氏氏神。武内大明神:指石清水八幡宫高良神社所祭武内宿祢,为一传说人物,仕景行至仁德五代天皇,享年三百余岁。

[13] 源季贞:平清盛近侍。初见卷第二《五、求情》章,注3,后又出现多次。

[14] 娑竭罗龙王第三公主:已见卷第二《十五、卒都婆传书》章,详注16。

[15] 大织冠:藤原镰足,通称中臣镰足(六一四—六六九)。已见卷第一《十一、争路》章,详注21。

[16] 和光垂迹:和光同尘与本地垂迹之合称。

明神虽为女神之属，却具三明六通[17]之灵，其能现为俗人，殆无可疑也。”成赖入道之徒厌离秽土、皈依佛道，一心祈愿后世菩提，但俗谛常住，故闻国有善政则喜，闻民有愁苦则悲，是亦人情之常。

[17] 三明六通：明者智也，三明为诸佛及阿罗汉所具三种超能力：宿命通（能知过去之世）、天眼明（能知未来之世）、漏尽明（能断一切苦恼）。六通即六神通，谓六种超越人智、自由自在之通力：天眼通（能见众生之生死苦乐、世间一切形色）、天耳通（能闻一切六道众生之声）、知他心通（能知众生心中所思）、宿命明（能知众生之宿命及其所作所为）、身如意通（能飞行山海、行种种神变）、漏尽通（能绝一切烦恼）。

四 快马

同年九月二日，相模国人大庭三郎景亲，快马加鞭，奔驰到福原，急忙报告道："八月十七日，伊豆国流人右兵卫佐源赖朝[01]，派其岳父北条四郎时政[02]，夜袭山木馆，杀死伊豆国目代和泉判官兼高[03]。其后，土肥、土屋、冈崎[04]等所率三百余骑，驻守石桥山[05]。景亲带领忠于我平家者一千余骑，攻其不意，大败兵卫佐赖朝之军，仅剩七八骑，披头散发，逃入土肥椙山[06]。其后，畠山[07]率领五百余骑来归我方。三浦大介义明[08]带子弟兵三百余骑投奔源氏。两军战于汤井、小坪之浦[09]。畠山败绩，退至武藏国。其后，畠山与同族河越、稻毛、

[01] 源赖朝：平治元年（一一五九）从五位下、补右兵卫佐。平治之乱败绩，永历元年（一一六〇）被捕，流放伊豆国蛭小岛。

[02] 北条时政（一一三八—一二一五）：伊豆国豪族。嫁其女政子与流人源赖朝。镰仓幕府创立之功臣。拥立三代将军源实朝，出任首代执权，独揽幕政。元久二年（一二〇五）出家。北条原为所居地名，在今静冈县伊豆之国市。

[03] 兼高：一作兼隆，桓武平氏。《吾妻镜》治承四年八月四日条："散位平兼隆（前廷卫，号山木判官），伊豆国流人也。因其父和泉守信兼之投诉，配当国山木乡。"山木在今伊豆之国市韭山山木。

[04] 土肥次郎实平、土屋弥三郎宗远、冈崎四郎义实，皆相模国人而具有地方势力者。

[05] 石桥山：今神奈川县小田原市石桥，指小田原市西南沿相模湾之群山。

[06] 椙山：在石桥山之南，与箱根相连诸山之一。

[07] 畠山次郎重忠：武藏国秩父（今埼玉县秩父市）之坂东平氏豪族。原属平家，后归赖朝。

[08] 平义明：三浦庄司平义次之子。大介：在国司下掌杂务之职，例由当地人任之。

[09] 汤井、小坪：指今镰仓市南方由比滨至逗子市小坪附近海岸一带。

小山田、江户、笠井等[10]，会合武藏七党之兵[11]，总计三千余骑，攻击三浦所据衣笠城[12]。大介义明战死。其儿辈则自久里滨[13]乘船，安渡至安房、上总。”

平家的人对迁都早已兴味索然。年轻的公卿殿上人纷纷说道：“哎呀，起事越早越好，便可上阵杀敌了。”真是说话不知轻重。畠山庄司重能、小山田别当有重、宇都宫左卫门朝纲[14]，正轮值禁中警卫，刻在京城。畠山说道：“传言必有误会。北条是赖朝亲戚，不敢断言。其他人士绝不至于伙同朝敌、助奸为虐。不久，此种传言必遭纠正。”听后有人说原来如此；但有更多的人不以为然，私下叹道：“非也非也。当今天下大祸临头矣。”

入道相国更是火冒三丈、怒不可遏，忿忿道：“赖朝原已死罪定谳，只因已故池禅尼殿[15]一再求情，才减为流罪。如今却忘恩负义，竟以弓矢相向。神明三宝[16]岂能容许？赖朝呀赖朝，今将遭受天罚，必矣。”

---

[10] 盖指河越太郎重赖、稻毛三郎重成、小山田别当有重、江户太郎重长、葛西（笠井）三郎清重，皆桓武平氏，皆住武藏国。

[11] 武藏七党：横山、猪俣、野与、村山、西、儿玉、丹治。皆武藏各地豪族乡党武士组织。

[12] 衣笠城：三浦平太夫为通之后，为继、义次、义明历代三浦氏居城。在今神奈川县横须贺市。

[13] 久里滨：相模国三浦郡久里滨村（今横须贺市）。在三浦半岛东岸，与千叶县房总半岛对望。

[14] 畠山平重能：坂东平氏秩父权守重纲之孙、重忠（见本章注7）之父。父子均住武藏国男衾郡（今埼玉县深谷市）畠山庄。庄司：掌庄园杂务。小山田有重：畠山平重能之弟。别当：在此或指官营牧场之长。藤原朝纲：宇都宫宗纲之子，官左卫门尉。世居日光宇都宫（今栃木县宇都宫市）之豪族。

[15] 池禅尼：藤原宗兼之女、平忠盛继室、清盛之后母。生家盛、赖盛兄弟。忠盛死后削发为尼，住六波罗池殿。为源赖朝向平清盛求情，免其一死，改为远流伊豆。

[16] 神明：指日本神道神祇。三宝：即佛、法、僧，意谓佛陀诸菩萨也。

五 朝敌名单

若欲寻究日本朝敌之源流，应始于磐余彦尊[01]在位之第四年，纪州名草郡高雄村出现一只蜘蛛[02]。身躯短而手足长，力能胜人。人民多受其害。乃派官军，宣以圣旨，以葛藤结网而捕杀之。

尔后，包藏祸心，欲灭朝威者有：大石山丸[03]、大山王子[04]、守屋大臣[05]、

[01] 磐余彦尊：即神武天皇，已见本卷《一、迁都》章，注9—10。日本人代第一代天皇。又有日本磐余尊、日本磐余彦尊、神日本磐余彦火火出见尊等称呼。其在位第四年，当周惠王二十年甲子（前六五七）。

[02] 名草郡高雄村：当在今和歌山市名草山。《日本书纪》神武纪戊午（前六〇三）六月："军至名草郡，即诛名草户畔者。"又同己未（前六〇二）二月："高尾（雄）长邑有土蜘蛛。其化为人，身短手足长，与侏儒相类。皇军结葛为网，掩袭而杀之。"或以蜘蛛为未开化之穴居民族，或以为借之以喻地方豪族之不听朝令者。

[03] 大石山丸：疑是文石小麻吕之误。《日本书纪》雄略天皇十三年己酉（四六九）八月："播磨国御井隈人文石小麻吕，有力强心，肆行暴虐。……兼违国法，不输租税。"于是天皇派人持火炬烧其宅，见火中跳出白狗，其体如马，砍之即化为文石小麻吕。

[04] 大山王子：应神天皇之子大山守皇子。觊觎皇位而欲杀太子菟道稚郎子，未成受诛。事见《日本书纪》仁德天皇条。

[05] 守屋大臣：即大连物部守屋。第三十一代用明天皇（在位五八五—五八七）驾崩后，计谋拥立穴穗部皇子，为苏我马子（？—六二六）所灭。事见《日本书纪》崇峻天皇条。

山田石河[06]、苏我入鹿[07]、大友真鸟[08]、文屋宫田[09]、橘逸势[10]、冰上河次[11]、伊与亲王[12]、大宰少贰藤原广嗣[13]、惠美押胜[14]、早良太子[15]、井上皇后[16]、藤原

---

[06] 山田石河：即苏我仓山田石川麻吕（？—六四九），苏我马子之孙。因大化革新有功，升右大臣。大化五年（六四九）遭异母弟苏我日向诬告其谋杀太子而自杀。事后证其清白。详见《日本书纪》大化五年三月条。

[07] 苏我入鹿（？—六四五）：马子之孙。与其父虾夷，狼狈为奸，干预朝政。皇极天皇四年（大化元年六四五）为中大兄皇子（天智天皇）、中臣镰足所谋杀。事详《日本书纪》皇极四年条。

[08] 大友真鸟：疑是平郡真鸟之误。仁贤天皇（在位四八八—四九八）十一年八月，天皇驾崩后，大臣平郡真鸟专擅国政，欲为日本之王。终为大伴金村所诛。事见《日本书纪》武烈天皇条。

[09] 文屋宫田麻吕：平安前期官僚。仁明天皇承和十年（八四三）十二月，与新罗商人谋反，事泄被捕，流放伊豆。见《续日本后纪》。

[10] 橘逸势（？—八四二）：承和九年（八四二）因皇位继承问题，卷入宫廷政争（承和之变），被捕后流放伊豆。死于赴谪地途中。事见《续日本后纪》。名书法家，与嵯峨天皇、弘法大师空海，并称三笔。

[11] 冰上河次：河次或作川继。奈良末期、平安初期官僚。延历元年（七八二）闰正月，谋反未成，被捕，流放伊豆。见《续日本纪》。

[12] 伊与亲王（？—八〇七）：或作伊豫，桓武天皇第三皇子。三品中务卿。平城天皇大同二年（八〇七），藤原宗成政变，拟废太子，拥立伊与亲王。事败，伊与亲王遭软禁，仰药自杀。死后证其清白。见《日本纪略》。

[13] 藤原广嗣（？—七四〇）：圣武天皇天平十年（七三八）以清君侧之名，对抗吉备真备、释玄昉，不成；同十二年（七四〇）九月举兵大宰府，败绩，十一月伏诛。

[14] 惠美押胜：即藤原仲麻吕（七〇六？—七六四）。第四十六代孝谦女皇（在位七四九—七五八）宠臣。官至正一位大师。淳仁天皇（在位七五八—七六四）天平宝字八年（七六四）任“都督四畿内三关近江丹波播磨等国兵事使”，举兵造反，败而伏诛。

[15] 早良太子（？—七八五）：第四十九代光仁天皇（在位七七〇—七八一）第二皇子、桓武天皇之弟。天应元年（七八一）立为皇太子，但与兄帝不和，因涉嫌延历四年（七八五）藤原种继谋杀案，太子位被废，幽禁乙训寺，旋又流放淡路，途中绝食而死。卷第三《一、赦书》章中，言及延历十九年（八〇〇）追谥崇道天皇帝号之事。参该章，注25。

[16] 井上皇后：已见卷第三《一、赦书》章，详注26。圣武天皇皇女、光仁天皇皇后。欲以其亲生他户亲王为皇太子，诅咒天皇。事泄，母子同被幽禁于大和。宝龟六年（七七五）殁。

仲成[17]、平将门、藤原纯友[18]、安倍贞任、宗任兄弟[19]、对马守源义亲[20]、恶左府[21]、恶卫门督[22]等，共二十余人。然而能偿其宿志者，竟无一人；最后不是曝尸山野，便是枭首狱门。

当今之世，皇位固然大权旁落，但在昔日，只要宣达圣旨，连枯木败草也会开花结果，飞鸟也会俯首听命。古今间的逸事，如醍醐天皇驾幸神泉苑[23]，看到池边有鹭鸶，叫来一个六位藏人[24]，命道："将那鹭鸶捉来。"藏人不知如何才能捉到，但此乃圣旨，只得走向鹭鸶。鹭鸶张翅欲飞。藏人忙道："且听圣旨。"只见鹭鸶俯首听旨，不敢飞走。藏人抱来呈上。皇上喜道："汝能听从宣旨而来，可谓灵妙殊胜。可赐以五位。"着即叙此鹭鸶为五位[25]，而且取来一块牌子，亲书"今后当为鹭中之王"，悬其颈上后放走。其实，并非有意重用鹭鸶，不过借此以炫耀帝威而已。

---

[17] 藤原仲成（七七四—八一〇）：种继之子。官至从四位北陆道观察使兼右兵卫督。其妹藤原药子为平城天皇宠妃，平城让位后，兄妹共同谋其重祚。事败，双双伏诛。本卷《一、迁都》章，提到药子之阴谋，详见该章，注42。

[18] 卷第一《一、祇园精舍》章中，已列出平将门、藤原纯友、源义亲、藤原信赖等强横骄奢之辈。参该章注7—10。

[19] 安倍贞任、宗任兄弟：陆奥豪族。后冷泉天皇天喜四年（一〇五六）随父赖时叛变，至康平五年（一〇六二）为源赖义所平定。贞任伏诛，宗任降职。史称前九年之役。

[20] 源义亲（？—一一〇八）：源义家次男。已见卷第一《一、祇园精舍》章，注9。

[21] 恶左府：即见于卷第一《三、鲈鱼》章中之宇治左大臣赖长。详见该章，注7。

[22] 恶卫门督：即藤原信赖。已见卷第一《一、祇园精舍》章，注10。

[23] 神泉苑：平安京建都时宫中所造御苑，位于二条大路南、大宫大路西、三条大路北、壬生大路东。历代天皇之游乐庭园。在今京都市中京区门前町二条城之南。

[24] 六位藏人：简称六位。掌宫中杂事、天皇饮食。编制四名。虽非殿上人，可升"殿上之间"。

[25] 有一种鹭鸶名五位鹭，因其叫声仿佛日语"五位"读音（ごゐ），相传与此逸闻有关。

咸阳宫 六

又寻考异国先例，燕国太子丹[01]成了秦国的人质，监禁了十二年。太子丹含泪恳求道："我在本国尚有老母，请准我回去探望。"始皇帝[02]冷笑道："汝若想回去，等待马生角、乌头白再说。"燕丹乃呼天抢地叹愿道："但愿马能生角，乌头转白[03]，使我还乡再见家母一面。"却说妙音菩萨曾至灵山净土，恭听释尊说法，训诫不孝之辈[04]。后有孔子、颜回出现于支那震旦[05]，开始倡导忠孝之道。冥显三宝[06]怜悯行孝之心，所以使生角的马出现于宫禁中，让白头乌鸦

---

[01] 燕为中国战国时代七雄之一。领土含今河北、辽宁，及朝鲜北部。纪元前二二二年灭于秦。丹为燕王喜（在位前二五四—前二二二）王子。谋刺始皇失败后，燕国斩丹以献秦。

[02] 秦始皇帝：在位三十七年（前二四六—前二一〇）。即位时为秦王。在位第二十六年（前二二一）秦并天下，始称皇帝。故本章所称秦始皇帝、始皇帝或始皇，属历史叙述，当时仍在秦王时代。

[03] 《史记索隐》（《刺客列传》）引《燕丹子》云："丹求归。秦王曰：'乌头白，马生角，乃许耳。'丹乃仰天叹，乌头即白，马亦生角。"

[04] 妙音菩萨：住在东方净光庄严国之菩萨。智慧深远、相好殊妙。现三十四身为众生说法。曾往灵鹫山听释尊说孝行之道，见《法华经·妙音品》。灵山净土即灵鹫山，梵文耆阇崛山，在中印度摩诃陀国王舍城东北，为释尊常住说法之处。

[05] 支那震旦：原文如此。支那与震旦，同义异文之重复。

[06] 冥显：同幽明，指不可知界与可闻见界，即他世与此世，来世与今世，引申为神佛与圣贤之谓。三宝：指佛、法、僧，或佛之泛称。按：佛教有中国圣贤乃菩萨化身之说。《摩诃止观》："我遣三圣化彼真丹。"又《历代法宝记》引《清净法行经》云："天竺国东北真丹国，人民多不信教，造罪者甚众。吾我今遣圣弟子三人，悉是菩萨：摩诃迦叶彼称老子、光净童子彼号仲尼、明月儒童彼名颜回，讲论五经诗书礼乐威仪法则，以渐教化。"

栖在庭树上。始皇帝看到乌头与马角的异变，大惊失色。然而纶言如汗，已无后悔的余地，不得不释放太子丹，许他回其本国去了。

然而，始皇帝却颇以为憾，心存报复。秦国与燕国之间有楚国[07]。其间流着一条大河。跨河之桥名楚国桥。始皇派了兵马，在桥上动了手脚，使燕丹渡河时，确定大桥会断。燕丹行到桥上，果然桥断而掉入河中。但燕丹并未被淹，反而滴水不沾，如履平地，安然抵达对岸。缘何如此？回头一看，只见无数大龟浮在水上，甲并甲，排成一列，让燕丹步行过去。此乃冥显二界神佛圣贤不弃燕丹孝行之所致，当无可疑。

燕太子丹心怀怨愤，不肯臣服于始皇。始皇乃准备派大军讨伐燕国。燕丹大惧，亟求助于游侠荆轲[08]，封以大臣之职。荆轲转而求教于田光先生。田光先生道："足下盖闻吾年富力强之时，而欲有以赖之。然而骐骥盛壮者，一日可驰千里；至其衰老，驽马先之。如今如此老人已无可用。愿推荐可用之人。"荆轲走时，回头吩咐道："此国之大事也，愿先生勿泄。"田光先生道："为人所疑，辱莫大焉。今足下所言，若事泄，必疑此老人也。"说罢，便冲向门前李树，撞碎头骨，自杀身亡。

另有名叫樊於期的武夫，是秦国人。双亲、伯叔、兄弟都被始皇所杀，自己侥幸逃到燕国。始皇宣达四海之内，能取得樊於期之首级来献者，赏金五百斤。荆轲闻之，私下往见樊於期道："今闻将军首级值黄金五百斤。愿借足下头颅以献始皇帝，必喜而召见。乘晋谒时，拔剑刺其胸，必可功到自然成。"樊

---

[07] 战国时代，秦、燕之间有韩、赵、魏三国（三晋）。楚国版图辽阔，盘踞长江、汉水流域，并不与北方之燕国毗邻。此盖不明战国时代各国地理分布之误。

[08] 本章出现之燕太子丹、荆轲、田光、樊於期、秦舞阳等，均属历史人物，见于《史记·刺客列传》《燕丹子》等，叙述荆轲刺秦王之经过与后果。唯《平家》所述，在故事脉络、人物关系等方面，与原典不尽相同。在此不一一指出其间差异或加以比对说明。

於期雀跃而起，仰天太息道："家先父母宗族皆为戮灭，日夜切齿难耐，恨入骨髓。若能借我头以杀灭始皇，易如反掌。"旋即自刎而死。

另有名叫秦舞阳的勇士，亦是秦国人。十三岁时，为了报仇而杀人后，逃到燕国来。勇猛无比。他瞋目相向时，大男人也会气绝；脸上微笑时，小孩子也要他抱抱。荆轲便请他做向导，相伴入秦都。路上有一夜，住在偏僻的山麓小村，听到管弦演奏，便用其乐曲占卜此行吉凶。结果显示敌方是水，我方是火[09]。不觉天已大亮。看到白虹而不贯日[10]。荆轲道："我辈所望恐难成事。"

尽管如此，也不能就此折还，终于抵达了秦都咸阳宫[11]。随即递上奏折，说明呈献燕国地图与樊於期首级事宜。始皇着由臣子收下。但荆轲坚持道："不能经由他人，必须亲自进献。"于是乃改以正式宴会的仪式，召见了燕国的使者。说起都城咸阳，周围一万八千三百八十余里[12]。皇宫建在高达三里的夯实平台之上。有长生殿、不老门[13]。以黄金塑为太阳，用白银雕成明月。地上铺满珍珠、琉璃与金沙。四面筑了四十丈高的铁墙；宫殿上也同样围着铁网，皆为防范冥途之使[14]而设。秋凉来到田畴的群雁，春暖又要还回北国，为了免其来回飞行障碍，便在高墙开了一扇大铁门，名之曰雁门。皇

[09] 听乐曲宫、商、角、徵、羽五音，参酌金、木、水、火、土五行，以占卜吉凶祸福。《源平盛衰记》："平调（商），金声也。始皇金性也。今值仲秋，秋又金也。吾身木性也，金克木。此次欲谋始皇事，难协。"按：吾身，燕太子丹自称。

[10] 《史记·邹阳列传》："昔者荆轲慕燕丹之义，白虹贯日，太子畏之。"《集解》与《索引》均引《烈士传》云："荆轲发后，太子自相气，见虹贯日不彻。曰'吾事不成矣。'后闻轲死，事不就，曰'吾知其然'。"

[11] 咸阳宫：在今陕西省西安西北之咸阳。秦孝公定都于此，后经始皇帝扩筑为大都城。

[12] 里：路程。《谷梁传》宣十五年："古者三百步为里。"按：后以三百六十步为一里。

[13] 长生殿：唐华清宫中之殿名；不老门：汉洛阳城门之一。均非秦朝之物。此处典出庆滋保胤《天子万年》诗："长生殿里春秋富，不老门前日月迟。"（《和汉朗咏集·祝》卷下）

[14] 冥途之使：谓自死亡界来之使者。或曰专事暗杀之徒。

宫中有阿房殿[15]，是始皇经常临幸，处理国事的殿堂，其高三十六丈、东西九町、南北五町。殿堂下竖着五丈的矛头幡，显得矮小。宫顶铺以琉璃之瓦，殿中嵌以金银之饰。

荆轲手托燕国地图，秦舞阳捧着樊於期首级，登上珠辉玉耀的殿阶。眼看如此富丽堂皇的宫殿，秦舞阳不由得感到震撼而发起抖来。秦国朝臣讶异道："武阳有叛逆之心。刑人不在君侧[16]。君子不近刑人，近刑人则轻死之道也[17]。"荆轲回头解释道："舞阳绝无叛逆之心。只因出身乡间，鄙陋粗俗，未尝见过皇宫，所以才如此惊慌失措。"大家也便静了下来。不觉已走到始皇前面。献上樊於期首级与燕国地图。打开装地图的匣子，匣底竟现出一把冰冷的短剑。始皇一看便想逃。荆轲抓住始皇的袍袖，剑尖直指始皇的胸口。万事皆休矣。虽然有数万军队，排排列在殿下庭中，却无法上殿去救助[18]，只能眼睁睁看着君上即将死在逆贼手上，而感到无可奈何的悲哀。始皇求道："请稍待片刻。盼能再听一次爱妃之琴声。"荆轲愕然，短剑停在原处，没刺下去。

始皇后宫有三千后妃。其中有华阳夫人[19]，是一位弹琴高手。凡是听到夫人的琴声，能使猛士怒气全消，教飞鸟落到地上，草木摇摆晃悠。何况现在是最后为皇上死前弹奏，边哭边弹，更是动人心弦。荆轲也不禁侧耳倾听，几

---

[15] 《史记·秦始皇本纪》："乃营作朝宫渭南上林苑中。先作前殿阿房，东西五百步，南北五十丈。上可以坐万人，下可以建五丈旗。"

[16] 刑人：受刑者、罪犯也。《礼记·曲礼篇》："礼不下庶人，刑不上大夫，刑人不在君侧。"

[17] 《公羊传》襄公二十九年："阍者何？门人也，刑人也。……君子不近刑人，近刑人则轻死之道也。"

[18] 《史记·刺客列传》："群臣皆愕，卒起不意，尽失其度。而秦法，群臣侍殿上者不得持尺寸之兵。诸郎中执兵皆陈殿下，非有诏召不得上。方急时，不及召下兵。"

[19] 《史记·吕不韦列传》："安国君有所甚爱姬，立以为正夫人，号曰华阳夫人。"按：安国君为始皇祖父。即位为秦孝文王，以华阳夫人为后。庄襄王立，为华阳太后。实属始皇长辈，既非始皇爱妃，亦无弹琴救主之事。盖以华阳夫人之名所虚构之人物故事也。

乎忘记了谋刺大事。夫人又弹了一曲，且伴唱道：

七尺屏风，可超而越。罗縠单衣，可裂而绝[20]。

荆轲于其歌意不甚了了。始皇却恍然大悟，便扯断袖子，跃过七尺屏风，躲到铜柱后面。荆轲大怒，以剑掷之。正巧有当值的侍医出来，急用药囊扔向飞剑。短剑拖着药囊，刺进口径六尺的铜柱上，深入将半。荆轲手中无剑，不能继续掷击。始皇转过身来，拔出长剑，将荆轲斩成八截。秦舞阳亦惨遭杀害。

秦国随后派遣大军打败了燕国。苍天不许，有白虹而不能贯日。始皇幸免一死，而燕丹注定灭亡。白云苍狗，成者王败者寇。所以有人说，今日之源赖朝未来恐怕也难逃同样的命运。

[20] 《史记正义》(《刺客列传》)引《燕丹子》云："召姬人鼓琴。琴声曰：'罗縠单衣，可裂而绝；八尺屏风，可超而越；鹿卢之剑，可负而拔。'王于是奋袖超屏风走之。"

七 文觉苦修

且说源赖朝其人。从前，在平治元年十二月，父亲左马头义朝谋反失败而伏诛[01]。当时十四岁的赖朝也受到牵连，于永历元年三月二十日被放逐到伊豆国蛭岛。迎春送秋，倏忽已过二十余年。年年无所作为，本可不管身外事，安然度其余生。但到了今年，不知何故，竟起了谋反之心。据说是出自高雄文觉上人[02]的策划鼓动。

文觉是渡边党远藤左近将监茂远之子，俗名远藤武者盛远，原在上西门院[03]藏人所侍候。十九岁时，突发道心，立意出家修行。自道："人言修行之苦，苦不堪言，何妨亲自一试。"便在六月酷暑，草木不动的炎热天，走到一处偏僻山上的草丛，仰卧其中，任凭虻蚊蜂蚁等毒虫爬满全身，忍其刺之而又嚼之，始终一动不动。如是者七日。到第八日才站了起来，问于人道："所谓修行，如此而已乎？"答道："如此苦行，恐难保命。"文觉觉得如此修行，再容易不过，便出门修行去了。

---

[01] 平治元年（一一五九）平治之乱败后，源赖朝随父义朝逃出京城。义朝被杀，赖朝为平家所捕。翌年，即永历元年（一一六〇）流放伊豆国蛭岛。蛭岛（比留岛）：今静冈县伊豆之国市四日町。

[02] 高雄：又作高尾，指高雄山神护寺，文觉为其中兴住持。在今京都市右京区梅畑。文觉上人：《元亨释书》卷十四有其略传。建仁三年（一二〇三）殁，六十五岁。

[03] 上西门院（一一二六—一一八九）：鸟羽天皇第二皇女，名统子。后白河法皇（一说二条天皇）准母。保元二年（一一五七）入内，同三年尊为皇后，同四年（四月改元平治）受封院号。文治五年（一一八九）殁，六十四岁。

行脚至熊野，拟往那智神宫闭关修道，但临时决定在闭关之前，先往有名的那智瀑布去冲水净身。当时刚过十二月十日，雨雪霏霏，水皆结冰。谷中小河都失去了潺潺之声。山上吹来彻骨的冷风，瀑布冻成条条白色的冰柱。望眼莫非银白，连周遭的树梢也难于辨认。然而，文觉还是跳进瀑布下面的水潭中，浸水至肩脖之间，口中不停地念起慈救咒[04]来。头两三日还撑得住，但到了第四、第五日，再也撑不下去了。身体浮上水面。瀑布从数千丈高处奔泻而下，文觉无法固定身体，终于被急流冲走。载沉载浮，在角如刀刃的岩石之间，漂了五六町远。便在此时，有一个面目清秀的童子[05]走来，抓住文觉的左右手，将他拉了上来。人们看了不免诧异，但还是赶快生了火，让他烤暖。大概是命不该死吧，不久便苏醒过来。文觉稍微恢复了意识之后，睁开大眼睛，发怒道："我已发下大愿，在此瀑布下冲洗三七二十一日，念满慈救咒三洛叉[06]。今日才第五日，连第七日亦尚未到，是何人带我到此？"听见的人都毛骨悚然，无话可说。文觉又到瀑布底下冲水去了。

翌日，来了八个童子[07]，合力试将文觉拉上，却遭到激烈的抗拒而未果。第三日文觉终于断了气。或许担心清净的潭水受到死的污染吧，有角发天童二人[08]从瀑布上方飘然而下，伸出温馨的手，从头顶到手掌脚尖，抚摸着文觉

---

[04] 《慈救咒》：指不动明王陀罗尼（咒）。有大咒（火界咒）、中咒（慈救咒）与心咒三种，以梵音唱之，可发神通而除灾患。《大日经·供养仪式品》所载《慈救咒》云："南无三曼多伐折罗赧战拿摩诃路洒亻二萨破陀也吽怛罗迦悍漫。"

[05] 童子：当指不动明王使者八大童子之一，参下注7。

[06] 洛叉：梵文，意译十万。已见卷第三《十八、幽禁法皇》章，注6。满三洛叉谓满三十万遍也。

[07] 八童子：指不动明王八大童子：慧光、慧喜、阿耨达多、指德、乌俱婆迦、清净比丘、矜羯罗、制吒迦。

[08] 角发：发型。将头发从中分开，左右垂下，卷起束在两耳旁边。原为日本上古男人所结，自平安时代以后，则为童子发型。天童二人：指明王八大童子中第七智德之神矜羯罗、第八福德之神制吒迦。二天童恒常随侍不动明王左右。

的全身。文觉慢慢缓了过来，仿佛仍在梦中，问道："到底是何方神圣，如此垂怜于我？"答道："我等乃大圣不动明王[09]使者矜羯罗、制吒迦二童是也。承明王告以'文觉发无上大愿，勇猛精进，正在苦修。可往助成之。'是以奉明王之命而来。"文觉激动之余，大声问道："然则，明王在何处？"答道："在兜率天[10]。"天童随即双双飞上云天而去了。文觉双手合十遥拜，心中觉得非常踏实，不禁兴奋道："原来本人之修行，大圣不动明王亦已知之矣。"便回到水潭中站着，又任瀑布冲刷起来。果然瑞相踵至，风吹身上不再透骨浸心，冲下来的瀑布有如温水一般。

如此这般，终于完成了三七二十一日的大愿。然后便在那智闭关千日，诣大峰[11]三次、葛城[12]二次，并遍历高野[13]、粉河[14]、金峰山[15]、白山[16]、立

[09] 大圣不动明王：密教五大明王（不动、降三世、军荼利夜叉、大威德、金刚夜叉）之中尊，大日如来为降服恶魔所现之愤怒相。面貌狞恶，右手持降魔剑，左手握缚绳，背负火焰，左右侍制吒迦、矜羯罗二童子。能降服一切障碍烦恼。大圣：对佛之尊称。

[10] 兜率天：欲界六天之第四天。欲界之净土。在地上三十二万由旬处，弥勒菩萨所居及说法处。

[11] 大峰：指大和国（奈良县）吉野山中释迦岳、弥山等连峰。今称大峰山脉，山路险岨。是修验道苦行道场。自熊野登山谓顺峰，自吉野登山谓逆峰。

[12] 葛城：在大和国南葛城郡，又名金刚山。修验道灵地。传为修验道祖师役小角（活跃于七、八世纪之交）居住修炼之地。参注23。

[13] 高野：指纪伊国（和歌山县）高野山。有真言宗总本山金刚峰寺，真言密教修行灵场。

[14] 粉河：即粉河寺，在纪伊国那贺郡粉河（今和歌山县纪川市粉河）。观音道场，亦为官僚隐居胜地。已见卷第二《四、劝说》章，注16。

[15] 金峰山：吉野山最高峰。有役小角所创金峰山寺，修验道之重要道场。

[16] 白山：在加贺国（石川县）与飞驒国（岐阜县）交界。有白山神社，修验道灵场。

山[17]、富士岳[18]、伊豆[19]、箱根[20]、信浓户隐[21]、出羽羽黑[22]等日本名山，力行修道。然而故乡毕竟不能忘怀。当文觉返回都城时，听说能以念力坠鸟，已成灵法如刀、神效无比的修验道[23]高僧了。

[17] 立山：越中国（富山县）东部、飞弹山脉西北端连山。中有雄山神社（立山权现），亦为修验道道场。与富士、白山并称三灵山。在此山闭关修行谓之立山禅定。

[18] 富士岳：即骏河国（静冈县）富士山。山顶有浅间神社，祀富士权现。传役小角亦曾在此修炼，修验道道场。

[19] 伊豆：伊豆国（静冈县）田方郡。祀伊豆山权现。

[20] 箱根：相模国（神奈川县）箱根山。祀箱根权现。

[21] 信浓户隐：信浓国（长野县）北部户隐山。祀户隐明神，修验道灵场。

[22] 出羽羽黑：出羽国（山形县）东田川郡（鹤冈市）羽黑山。祀羽黑权现，为东北最大之修验道修道场。与月山、汤殿山并称出羽三山。

[23] 修验道：日本宗教流派。源于日木古来之山岳信仰，结合传统神道与巫术，又受外来佛教（特别是密教）、道教、儒学之影响，自第七世纪末开始流行。其祖师为役小角，又称役行者（生卒年不详）。经平安前半期之演进倡导，至平安末期（约当第十二世纪）而大成，俨然成为日本宗教之主流。

八 募化状

后来文觉上人进入高雄山深处，潜心求道，苦熬苦修。高雄山有山寺叫神护寺[01]。原是称德天皇时和气清麻吕所建之伽蓝[02]。年久失修，春笼霞而秋罩雾。门扇为山风所摧而腐烂于落叶之下；屋瓦为雨露所蚀而佛坛失其遮盖。既无住持僧侣，偶有供奉，只有日月之光而已。

文觉乃发起宏愿，决意加以整修重建。于是手捧募化簿，走来走去，向十方檀那[03]募化。一日，居然来到后白河法皇御所法住寺殿，便上奏恳求布施。适值御所有诗歌管弦之会，并未得到任何回应。文觉者莽和尚也，天性倔强、胆大无比。不明宫中的繁文缛节，只以为传话者不予理会，乃径自闯入御所庭中，大声嚷道："法皇大慈大悲，决不至于不听贫衲之言。"接着，打开募化状，高声朗读起来。

---

[01] 神护寺：延历年间（七八二—八〇六），和气清麻吕（七三三—七九九）始建于河内，号神愿寺。其子和气真纲、仲世兄弟于天长元年（八二四）移至高雄山，改号神护国祚真言寺，以空海为住持。承平年间（九三一—九三八）有根本堂、礼堂、五佛堂、五大堂、根本真言堂。空海高弟真济增建宝塔，安置五大虚空藏。其后一再毁于火，荒废殆尽。仁安三年（一一六八）文觉加以复兴。恢复寺院基本功能，翌年文觉作四十五条起请文（誓愿书），祈愿该寺之兴隆。

[02] 第四十八代称德天皇（在位七六四—七七〇），女帝，为第四十六代孝谦天皇（在位七四九—七五八）重祚。和气清麻吕：清麻吕一作清丸。奈良末期与平安初期之公卿。天平神护元年（七六五）平定藤原仲麻吕之乱，赐号藤野和气真人。因借神托阻止道镜（？—七七二）登皇位，于神护景云三年（七六九）流放大隅。翌年召回，复本位。延历十八年（七九九）殁，六十七岁。

[03] 十方：指东、西、南、北四方，加东南、东北、西南、西北四维，以及上、下。谓到处各地也。檀那：梵文，意译施主。

沙弥[04]文觉敬白：兹特恳求贵贱道俗之赞助，拟整建一院于高雄灵山，勤行二世[05]安乐之大利。请予布施事。

夫以真如[06]广大，众生与佛虽各具其名，实无区别。法性深蔽于妄念之云[07]，叆叇于十二因缘之峰[08]，以来本有心莲之月光[09]幽微，未显三德四曼之太虚[10]。悲哉，佛日[11]早没，生死流转，冥冥暗衢。唯耽于酒色，其谁能离脱狂象跳猿之迷[12]？徒谤人谤法，岂可免阎罗狱卒之罚[13]？兹值文觉厌离尘世，虽饰法衣，而恶念犹猖獗于衷，日夜有增无已；欲听善苗[14]，又感逆耳，

[04] 沙弥：出家僧受十戒者为沙弥，受二百五十戒者为比丘。

[05] 一院：即一寺院，指神护寺。二世：谓今世与来世。

[06] 真如：佛法。真如广大，佛法无边也。

[07] 法性：佛之正觉，万有之本性。与真如、真理同义。以云喻妄念，谓法性为妄念所蔽也。

[08] 叆叇：云层厚而遮日。十二因缘：指过去、现在、未来三世中，轮回迷界之十二种因果相，即无名、行（过去世二因）、识、名色、六处、触、受（现世五果）、爱、取、有（现在三因）、生、老死（未来二果）。

[09] 本有心莲：谓众生本来所具之清净佛性，如月光之明也。

[10] 三德：指大涅槃所具三德，即法身德（佛悟之本体）、般若德（佛之妙音）、解脱德（佛大自在之妙德）。四曼：指真言密宗之四曼荼罗，即大曼荼罗（诸佛菩萨形象之绘画雕刻）、三昧耶曼荼罗（诸佛菩萨所持物件、印契之画）、法曼荼罗（描绘诸尊名号、真言及文字义理者）、羯磨曼荼罗（表现诸尊威仪、作为者）。太虚：即天空、虚空。在此指三德四曼之世界。

[11] 佛日：谓佛能破坏众生痴暗，使观清净业处，如日除昏，故言佛日。

[12] 《遗教经》："狂象无钩，猿猴得树，腾跃踔掷，难可禁制。"盖谓人心之迷妄，如狂象刁猿，难以禁制也。

[13] 阎罗王审判死者之罪，由狱卒（阿防罗刹）执行处罚。

[14] 善苗：出于善根之善言。即种善因之谓。

朝闻暮废。痛哉,但愿再皈三途火坑[15],长回四生苦轮[16]。窃以为牟尼宪章[17]千万轴,轴轴明佛种之因[18]。随缘至诚之法[19],无一不到菩提彼岸[20]。是故文觉落泪于无常之观门[21],劝化上下僧俗结上品莲台[22]之缘,捐建等妙觉王[23]之灵场也。彼高雄山者,山高而显灵鹫山之趣;谷闲而铺商山洞[24]之苔。岩泉咽而成练,岭猿叫而游枝[25]。人里远而绝无尘嚣;境界佳而唯有信心。地形殊胜,尤宜崇拜佛天。少许布施,谁不肯解囊?窃闻聚沙为佛塔[26],亦一功德,即可感其佛缘。况一纸半钱之财宝乎?祈愿建寺成就之后,金阙凤历[27]之御愿圆满,以至都鄙远近、人民不分

---

[15] 三途:指火途(地狱道)、刀途(恶鬼道)、血途(畜生道)三恶道,而以火坑统称之。

[16] 四生:指胎生、卵生、湿生、化生。苦轮:谓轮回四生苦界而难以逃之。

[17] 牟尼宪章(一作无二显章,音同):指释迦牟尼所传经文、佛典。

[18] 佛种之因:成佛之种子因缘。《旧华严经》三十二:"下佛种子于众生田,生正觉芽。"

[19] 随缘是方便,至诚为真实。佛所说方便真实之教也。

[20] 菩提彼岸:因佛智而悟达之无烦恼境地。

[21] 无常观门:观门是教法。诸行无常之教。

[22] 上品莲台:往生净土者有九品莲台,自上品上生、上品中生、上品下生、中品上生……至下品下生,共九品。上品指其最高者。莲台为佛菩萨所坐之莲花台座,喻极净乐土。

[23] 等妙觉王:佛之尊称。菩萨修行五十二阶位中第五十一位之等觉,与第五十二位之妙觉,合称等妙。能极其至,故称等妙觉王。

[24] 商山洞:在今陕西省西安之南。东园公、绮里季、夏黄公、甪里先生四老人,隐居避秦乱之处。已见卷第三《十九、城南离宫》章,注14。

[25] 庆滋为雅:"晓入长松之洞,岩泉咽而岭猿吟;夜宿极浦之波,青岚吹而皓月冷。"(《和汉朗咏集·行旅》卷下)

[26] 《法华经·方便品》:"聚沙为佛塔,如是诸人等,皆已成佛道。"

[27] 金阙:或作禁阙,指皇宫。凤历:指天子年号或年龄。

道俗，同歌尧舜无为之化[28]，齐享椿叶再改[29]之喜。尤愿往生之灵，无论前后贵贱，皆可速至一佛真门[30]之台，共玩三身万德之月[31]。是以谨述募化进修之旨，如上。

治承三年三月　日　　文觉

[28] 白居易《池上闲吟》："幸逢尧舜无为日，得作羲皇向上人。"

[29] 大江朝纲："德是北辰，椿叶之影再改；尊犹南面，松花之色十回。"《庄子·逍遥游》："上古有大椿者，以八千岁为春，八千岁为秋。"

[30] 一佛真门：指一佛乘《法华经》真实净土。

[31] 三身：阿弥陀佛具三身功德，即法身（具永远不变之法或真理）、应身（为救济众生应变而现之身）、报身（因行果德而成佛，具全功德之身）。万德：谓无量功德。佛之三身具无量大功德，如月之光，可供瞻仰皈依也。

九 文觉被流

且说当时，太政大臣妙音院[01]正在法皇御前弹着琵琶，朗咏诗歌，妙不可言。按察大纳言资贤卿[02]打着拍子，唱风俗歌、催马乐。右马头资时与四位侍从盛定二人[03]，操着和琴，高歌不同的今样曲子。玉帘锦帐之中，喜笑欢腾，兴高采烈，十分热闹，法皇也不禁随喜唱和起来。不意文觉进来大声一嚷，调子乱了，拍子不合了。有人呼喝道："是何人？敲其头颅来。"话犹未了，血气方刚的年轻人便争先冲到庭院中。资行判官[04]走在前头，斥责道："何事嚷嚷？快滚出去。"答道："除非捐一所庄园与高雄神护寺，贫衲文觉绝不出去。"不动如山，拒绝离开。资行判官想掐他脖子，文觉却出其不意，挥起募化簿打落了他的乌帽子，接着用拳头揍他胸口，身子仰天倒下。发髻也散了。只好披着一头乱发，尴尬地逃回大厅上去了。

---

[01] 太政大臣妙音院：藤原师长（一一三八——一一九二），已见卷第一《十二、鹿谷》、卷第三《十六、大臣流罪》等章，其人精通管弦之道，才艺过人。著有琵琶谱《三五要录》、筝谱《仁智要录》。承安三年（一一七三）文觉大闹御所时，师长为大纳言左大将。治承元年（一一七七）从一位太政大臣。

[02] 源资贤：已见卷第二《八、大纳言流刑》、卷第三《十六、大臣流罪》（详注31）等章。今样名手。

[03] 右马头资时：资贤之子。四位侍从盛定：藤原氏。二人皆后白河法皇近臣，皆善郢曲及和琴、笛、筝等乐器。按：和琴为日本固有之弦乐器，以桐为体，六弦，以水牛角片弹之。似筝而短，用之于宫廷祭仪、神乐或雅乐。

[04] 资行判官：在卷第一《十二、鹿谷》章以新平判官资行之名出现。后白河法皇近臣。仁安四年（一一六九）正月曾随侍法皇参诣熊野三山。

其后，文觉从怀里抽出一把柄缠马尾毛、冰冷雪亮的短刀来，摆着来则砍之的架势。转而左手拿着募化簿，右手挥起短刀，绕着圈子，迅捷如游龙，刀光闪闪，仿佛左右两手都各有一把刀似的。公卿殿上人看得目瞪口呆，惊问谁人何故闹事。乐曲的弹奏被打断了。御所中沸沸扬扬，一片混乱。

有信浓国人，当时在武者所当差的安藤武者右宗[05]，问是何事，一话不说，便拔出长刀，跑了出去。文觉乐得勇敢迎上。安藤武者觉得当真砍杀对方，恐有不妥；只好改以刀背，在文觉握刀的手臂上，又狠又准地敲了一下。趁文觉挨打发愣的刹那，安藤抛弃长刀，一声“好，成了！”空手扑了过去。两人揪在一起。文觉虽被压住，还刺了安藤右臂一刀。安藤忍痛，仍然抓住不放手。

两人都是凶猛的大力士。扭打缠斗，或上或下，翻滚转动。御所上下人等在旁围观，虽然畏缩不前，但一看到有隙可乘，便上去对文觉手打脚踢，露出得意的样子。但文觉并不在乎，反而破口大骂，终于被拉出门外，交给了检非违使厅的官员，捆绑起来。尽管遭捕押解，文觉气得直跳脚，仍不忘怒目横眼，瞪着御所，大声吼道：“拒绝捐赠，情犹可原。但竟欺侮文觉到此地步，绝不善罢甘休，不久必有报应。三界皆火宅[06]。即如堂堂王宫，亦难逃此劫。夸称十善帝位者[07]，终将走入黄泉路，不免牛头马面刑具伺候。”众人说道：“如此法师，实在太不像话。”文觉毕竟被投进牢中去了。

资行判官因被打落了乌帽子，无脸见人，好久未到御所供职。安藤武者因为逮捕文觉之功，不经武者所长官之职，便蒙径直擢升至右马允[08]。不久，美

[05] 安藤右宗：传不详。武者所：指法皇御所警卫室。服役之武士称武者。

[06] 三界：指众生轮回之欲界、色界、无色界。《法华经·譬喻品》：“三界无安，犹如火宅。”

[07] 十善帝位：已见卷第一《七、二代皇后》章，注8。十善：谓不犯十恶之戒，往往以喻天子之位。

[08] 右马允：右马寮三等官，管理御厩马匹、马具、诸国牧马场等事务。

福门院[09]逝世，颁布大赦。文觉也获得释放，原可暂往某地修行，他却不以为然，又捧着募化簿，到处劝捐。而且不时发出耸人听闻的话道："唉，当今之世，即将大乱，君臣亦将灭亡。"因此，当局下令道："不能让此法师留在都城，应处以远流之刑。"于是被流放到伊豆国去了。

源三位入道嫡子仲纲，时任伊豆国守，向当局建议，让文觉从伊势国经东海道海路乘船押至谪地，而且加派两三个差役[10]护送。差役们说道："检非违使厅下属的惯例，担任此种任务时，自然会偏心，讲人情。如何，此位高僧大师？犯了如此大罪，流放远国，不知大师有没有熟人？不妨请他们送些土产、食物之类来。"应道："文觉并无熟人可以托付此事。但在东山地方倒有一个知己能够帮忙。现在即可将书信送去。"差役随便找出了品质可疑的纸张。文觉接过又掷回去，不屑而怒道："如此烂纸，岂能写信？"差役们设法取得了厚实的好纸送上。文觉笑道："本法师不会写字，只得请各位代笔了。"于是口述道："文觉发愿建造供养高雄神护寺，正行募化，却逢如此君王之世，不但拒绝助成此愿，反而被逮入狱，又判远流伊豆之刑。刻在远流路上。亟需土产食粮，请即交与来人，是所至祈。"差役忠实地笔录完毕，问道："信将寄到何地给何人？"回道："就写清水观音殿。"差役道："难道在玩弄检非违使厅的差使？"文觉解释道："岂敢岂敢。不过，文觉最崇奉观音大士，此外别无可以依赖之人。"

从伊势国安浓津[11]乘船，向东航行。到远江国天龙滩[12]时，忽然风起浪涌，眼看小船即将翻覆。水夫与舵手虽然拼命试加稳住，但无奈风浪越来越

---

[09] 美福门院：鸟羽天皇皇后得子。永历元年（一一六〇）崩，四十四岁。

[10] 差役：原文法便，正确应作放免，指服刑期满之轻度犯人，获释后充当检非违使厅下属，协助犯人之搜查、押解、警卫等事。

[11] 安浓津：今三重县津市安浓川河口。

[12] 天龙滩：即远州滩，指今自静冈县御前崎至三重县大王崎之海域。

大，有人唱着观世音菩萨的名号，有人甚至念起临终的十念[13]。然而，文觉却若无其事般打呼酣睡，直到最危险的刹那，突然跳了起来，走到船头，瞪大眼睛，对着海上大声吆喝道："龙王何在？龙王何在？"又道："明知船上坐着有发了无比宏愿的圣僧，何以还要加以打沉？记住，诸位龙神必将遭受天谴。"或许恫吓生效，不久便风平浪静，安然抵达了伊豆国。

文觉自从被逐出京之日起，便立下了宏愿："若可返回京城，得以建造供养高雄神护寺，绝不能死。若此愿成虚，宁填沟壑。"因此离京后直到伊豆，正值逆风季节，船只好靠近海岸，沿着大岛小岛航行，前后费了三十一日。在此期间，文觉始终拒绝进食。尽管如此，气力却不见衰竭，每日功课照常不断。诚非常人之所能为。

---

[13] 十念：临终时唱阿弥陀佛十遍，可往生净土，谓之十念。

十 福原院宣

到了伊豆国，文觉便被交给近藤四郎国高[01]照顾，住在偏僻的奈古屋山中[02]。听说以后常访前兵卫佐源赖朝，谈古论今，彼此关切，互相安慰。一日文觉忽道："平家仅有小松殿内大臣重盛，禀性刚直、深谋远虑，但因平家命数将尽，已于去年八月去世[03]。当今源、平两家之中，具有将军相者唯有足下，别无他人。请早日兴师谋反，征服日本全国为是。"

兵卫佐道："上人所言，耸人听闻，大出意料。小命实乃故池禅尼殿所救[04]，是以每日转读[05]《法华经》一遍，专心为禅尼殿祈其后世冥福，无意于其他身外事。"文觉又道："古书说：'天与弗取，反受其咎；时至不行，反受其殃[06]。'贫衲如此引经据典，或许以为在试探足下衷曲。其实心存足下，既深且久矣，请看此为何物。"说着从怀中取出一颗白布所包的骷髅。兵卫佐

[01] 近藤四郎国高：传不详。国高，他本作国贤、在国、国澄等。近藤氏世居伊豆国田方郡长崎。

[02] 奈古屋：今静冈县伊豆之国市奈古谷，有奈古屋寺，一名安养净土院。

[03] 事见卷第三《十一、医师问答》章。

[04] 池禅尼拯救源赖朝事，见卷第五《四、快马》章，参注15。

[05] 转读：即诵读佛典。《高僧传·经师论》："咏经则称为转读，歌赞则为梵音。"或解作摘要选读佛经之法，对真读而言。

[06] 语出《史记·淮阴侯列传》。亦见于《史记·越王勾践世家》。

道："是为何物？"文觉答道："此令尊故左马头殿[07]之头骨也。平治之乱后，埋在狱前青苔之下，无人祈其后世冥福。文觉戚然有感，乃向狱吏恳求而得之。十余年来，一直藏在胸前，巡诣诸山寺社，日日祈其冥福。如今应已脱离冥界长年之苦。然则，文觉之于故左马头殿，可谓仁至义尽矣。"兵卫佐殿并不尽信其言，但听说是父亲的头骨，怀念之余，不由得潸然泪下。于是打开心扉，畅其所欲言了。

兵卫佐问道："赖朝身为钦犯、未蒙赦免，岂能谋反？"答道："其实容易不过。贫衲当即上京，代为奏请赦书呈上。"兵卫佐笑道："不合情理之至。上人自己亦是钦案在身，岂能为他人奏请赦免？匪夷所思，不通不通。"文觉不悦，驳道："若为自身要求赦免罪名，可能匪夷所思；但为他人如足下者请命，并无不妥。自此往新都福原不过三日路程。逗留一日，奏请法皇院宣。往返不过七日八日。"说罢，便悻悻离开了。回到奈古屋，告诉诸弟子说，自己将赴伊豆山[08]闭关七日，随即出门而去。

果不其然，文觉在三日之内便出现在新都福原。因与前右兵卫督光能[09]卿素有交谊，所以前往相见，说道："伊豆国流人前兵卫佐源赖朝，若蒙院宣赦免其罪，将联合关东八国军力[10]，消灭平家，安定天下。"兵卫督道："唉，该当如何？在下当今是被罢三官之身，恼在心上，正在苦海中。法皇亦遭幽禁之际，不知能成否？总之，姑且一试。"乃将此事暗中密奏。不意法皇立刻颁下

[07] 故左马头：即源义朝。前已数见。保元元年（一一五六）任左马头。平治之乱（一一五九）事败被杀。

[08] 伊豆山权现：又名走汤权现。在今静冈县热海市伊豆山上野地。祭祀火牟须比命、伊邪那岐命、伊邪那美命。源赖朝谪居期间深致信仰，举兵之前奉纳《般若心经》。

[09] 藤原光能：已见卷第三《十六、大臣流罪》章，注32。其被撤三官职为：参议、右兵卫督、皇太后宫权大夫。

[10] 关东（坂东）八国：相模、武藏、安房、下总、上总、常陆、下野、上野。

院宣。文觉挂在颈上,又在三日内赶回伊豆国。

兵卫佐想道:“噫,文觉上人最爱信口雌黄、胡说乱道,不知将会为我赖朝惹出多少是非来。”正在想来想去想不透时,已然第八日中午,忽然听到文觉的声音:“喏,接法皇圣旨。”兵卫佐听说是院宣,惶恐感激,赶忙洗手漱口,戴上新乌帽子,换了净白狩衣,向院宣拜了三拜,然后披开恭读,只见写道:

近年来,平氏蔑视皇室,专揽国政,肆无忌惮。盖欲灭佛法而亡朝威者。夫我朝神国也,宗庙并立,神德日新。故朝廷开基以来,数千余岁,欲倾皇猷、毁社稷者,无不败北以终。然则,汝可凭神道之冥助,克守敕宣之旨趣,早诛平氏之族类,以退朝廷之怨敌。继历代弓箭之兵略,尽累世奉公之忠勤,庶几立身兴家。院宣如上,相应传达,不得有误。

治承四年七月十七日　　前右兵卫督光能奉敕谨转呈

前右兵卫佐殿

听说,兵卫佐将此院宣装在锦袋中,在石桥山之战时,仍挂在胸前。

十一 富士川

且说，福原方面召开了公卿会议，决定赶在源赖朝动员成军之前，先下手为强。乃派小松权亮少将维盛[01]为大将军，萨摩守忠度[02]为副将军，率领兵力共三万余骑，于九月十八日自新都出发，十九日抵达旧京，二十日开拔入东国。

大将军权亮少将维盛，二十三岁，英姿焕发、威仪娴雅，再高的丹青妙手也难于绘其风采。平家祖传的唐皮铠甲装在唐柜中[03]，叫部属抬着随在其后。在行军路上则穿着赤锦直垂，外罩浅绿色丝缀铠甲，骑着连钱苇毛马[04]，跨在黄金镶边的雕鞍上。副将军萨摩守忠度，身穿深蓝色锦袍、黑色丝缀铠甲。坐骑是一匹黑毛肥壮的骏马，套着涂漆洒金镶银的鞍子。所有战马、鞍鞯、盔甲、弓矢、腰刀、短刀之类，莫不闪闪耀眼，煞是壮观。

近年来，萨摩守忠度与某皇女所生的女官交往甚密。一日，前往相会，却见一位高层女官早已先来，正在大谈阔论，喋喋不休，夜已渐阑，仍然不走。忠度站在屋檐下，故意拍打着扇子，吧嗒作响。只听女友优雅地吟了一句歌道：

---

[01] 平维盛（一一五七—一一八四）：小松殿平重盛嫡子。前已数见。嘉应二年（一一七〇）右近卫权少将，承安二年（一一七二）中宫权亮。官至右近卫权中将、藏人头。

[02] 平忠度（一一四四—一一八四）：已见卷第四《十、桥头之战》章。平清盛异母弟。战死于一谷之役。事见卷第九《十四、忠度之死》章。

[03] 唐皮：平家历代相传之铠甲，以外国（中国）产虎皮，缀以铁片，里面有虎毛。唐柜：木质装衣箱柜，多以桧木制之。长方形、有六足，前后各二、左右各一。盖中国式样，故曰唐柜。

[04] 连钱苇毛：指马毛色。白毛杂以青、黑、浓褐色者为苇毛；又夹有灰色钱形斑纹者为连钱苇毛。

“唧唧野虫叫不停[05]。”萨摩守于是收起扇子，径自回家去了。

其后再见面时，女官问道：“唉，日前何以不再扇扇子？”答道：“啊啊，因为当时有人嫌虫声太吵，所以便不再扇了。”忠度出征时，女官送来了一套窄袖便衣，并附和歌一首，抒发遥念千里征人的悲哀：

东国远行役，草叶沾征衣；潸然叹分袂，思君露凄迷。

萨摩守忠度回了一首：

别离平常事，何必怨东征？关口关关过，先世所曾经。

歌中所咏“先世所曾经”的关口，大概指平大将军贞盛[06]，当年挥军关东，讨伐平将门的故事。藉古咏怀，许多人认为颇有优雅之趣。

往日的惯例，凡将军远征地方朝敌，必先进宫朝见，接受御赐节刀。天皇御幸紫宸殿，近卫府武官列阵阶前，内弁、外弁[07]、公卿依序就座，举行中仪节会[08]。大将军、副将军各别行礼如仪，接受节刀。然而承平、天庆的先例[09]，已经年深岁远，难于遵行。后来，赞岐守平正盛为追讨前对马守源义

[05] 《新撰朗咏集・虫》：“唧唧复唧唧，野虫叫不停。恼我徒眷恋，思君意未宁。”

[06] 平贞盛：平安中期武将。因讨伐平将门，与藤原秀乡联军，出兵关东。后成为下野国豪族。官至镇守府将军、丹波守、陆奥守。从四位下。

[07] 内弁、外弁：登基大典或重要节会时，在承明门内主持仪式之首席公卿为内弁。其在承明门外者为外弁。

[08] 节会：有大仪、中仪、小仪之别。中仪指元旦、白马、端午、丰明等庆典，由六位以上者参与。授节刀与出征将军，应属小仪。

[09] 指承平年间（九三一—九三八）平将门、天庆年间（九三八—九四七）藤原纯友两人之乱，藤原忠文（八七三—九四七）为征东、征西大将军时，接受节刀之先例。

亲[10]，奉命率军下出云国时，只授驿铃[11]，可装在皮袋中，着由杂役挂在颈上。成为新例。古时将军离京出征朝敌，心中须有三种觉悟。接受节刀之日，须忘家庭；一出家门，须忘妻子；临阵对敌，须忘自身[12]。当然，今日平氏的大将维盛与忠度，肯定也有同样的觉悟吧。想起来，实在令人感慨。

九月二十二日，高仓上皇又行幸安艺国严岛。三月间已临幸一次。或许因而有一两个月的国泰民安，值得庆幸。但因高仓宫以仁王的谋反，天下又乱，世上不安。因此，据闻此次临幸祈愿，一是为了天下安宁，一是为了上皇自己的健康。此次由福原动身，可免长途跋涉之苦。高仓上皇亲撰愿文，交由摄政殿基通[13]誊清。

> 盖闻法性云闲，十四十五之月高悬；权化[14]至深，一阴一阳之风旁扇。夫严岛神宫，佛唱遍闻、灵验无双之地也。遥岭绕社坛，自彰大慈之高峙；巨海接祠宇，暗示弘誓之深广。窃以庸昧之身，忝践皇位。今玩冲虚于厉乡之训[15]，乐闲放于射山之

[10] 平正盛：平安后期武将。平清盛伊势平氏中兴之祖。源义亲（？—一一〇八）为对马国守时，横行九州，又窜至出云国作乱，杀害官民。天仁元年（一一〇八）时以因幡守平正盛为讨伐使，取其首级，凯旋回京。

[11] 驿铃：文武官吏在外，朝廷授铃以为征用驿马、人夫之凭证。《百练抄》治承四年九月二十二日条：“承平、天庆之例，幽玄之间，今度乃依嘉承（一一〇六—一一〇八）之例而行之。不授节刀，改赐驿铃。”

[12] 《尉缭子·武议》：“将受命之日忘其家，张军宿野忘其亲，援枹而鼓忘其身。”

[13] 藤原基通：自治承四年（一一八〇）二月至寿永二年（一一八三）为摄政。

[14] 权化：神佛为救济众生，权且化身于世。在此指严岛大明神。

[15] 厉乡之训：谓老子之道也。《史记·老子列传》：“老子者，楚苦县厉乡曲仁里人也。”

居[16]。然穷尽一心之精诚，诣孤岛之幽祠，仰明恩于瑞篱[17]之下；凝恳念而流汗，垂灵托于宝宫之中。特占怖畏谨慎之期，则曰专在季夏初秋之际。病疴忽侵，未见医术之有效；萍桂频转[18]，弥知神感之非虚。虽诉诸祈祷而雾露难散[19]。乃振心府之志，重思抖擞[20]之行。漠漠寒岚之下，卧旅次而破梦；凄凄微阳之前，临远路而极目。遂就枌榆[21]之域，敬展清净之席。色纸墨字书写《妙法莲华经》一部、开结二经[22]、《阿弥陀经》、《般若心经》各一卷，以及手写金泥《法华经・提婆品》一卷，敬谨奉纳。时苍松苍柏之阴，共植善理之种[23]；潮去潮来之响，应和梵呗之声。弟子辞北阙之云八日，虽受凉燠者无多；而凌西海之浪二度，深悟机缘之非浅。晨祷之客非一，夕赛之者成千。唯尊贵之归仰者固多，而院宫[24]之往诣者未闻。禅定法皇[25]初启其仪。弟子

[16] 射山：即藐姑射山，神仙所居。《庄子・逍遥游》："藐姑射之山，有神人居焉。" 在日本则以喻上皇或法皇御所。

[17] 瑞篱：或曰玉垣，喻神宫之围墙。

[18] 萍桂：喻日月。《孔子家语・致思》："楚王渡江得萍实，大如斗，赤如日。"《酉阳杂俎》一："旧言月中有桂。" 沈约《登台望秋月》："桂宫袅袅落桂枝，露寒凄凄凝白露。" 萍桂频转：盖谓光阴似箭、日月如梭也。

[19] 雾露难散：喻病苦郁结难愈。

[20] 抖擞：头陀别称，指苦修行脚僧。《法苑珠林・禅定部》："西云头陀，此云抖擞。能行此法，即能抖擞烦恼，去离贪着，如衣抖擞，能去尘垢，是故从喻为名。"

[21] 枌榆：即榆木。本指汉高祖里社。此指严岛神宫域内。《史记・封禅书》："高祖初起，祷丰枌榆社。" 亦以为故乡之代称。

[22] 《法华经》为法华本经，前有《无量义经》，后有《观普贤经》，合称开结二经。

[23] 善理：或作善利。善利之种，即善根。善报之因也。

[24] 院宫：指法皇、上皇、天皇、亲王之属。

[25] 禅定法皇：指后白河法皇，为其深悟佛道、能至禅定之境也。

眇身，深继其志。彼嵩高山之月前，汉武未拜和光之影[26]；蓬莱洞之云下，天仙徒隔垂迹之尘[27]。仰愿大明神，伏乞一乘经[28]，重鉴丹心之祈愿，垂赐唯一之玄应。

治承四年九月二十八日　　太上天皇[29]

且说平家所率的东征官军，发自九重皇都，开往千里迢迢的东国。将来能否平安归来，人人自危。或借宿荒原之露，或横卧高山之苔。越山涉河，日数渐增。于十月十六日开抵骏河国清见关[30]。离京时三万余骑，路上招兵征马，现已增至七万余骑。先锋已进驻蒲原、富士川；后阵仍滞留手越、宇津屋一带[31]。

大将军权亮少将维盛召来武士大将上总守忠清[32]，亢奋道："依维盛之见，宜越足柄[33]，进入关东，开始讨伐之战。"上总守却道："离开福原时，入道殿曾有吩咐：凡是战斗事宜，一概交由忠清做主。据说关东八国皆听命于兵卫佐，号称几十万骑。我方军势虽云七万兵马，然而多从各国临时征集而来，

---

[26] 嵩高山：即嵩山，中国五岳之一，中岳。汉武帝（在位前一四一—前八七）曾于元封元年（前一一〇）"亲登嵩高。……登礼罔不答。其令祠官加增太室祠。"（《汉书·武帝本纪》）按：汉武之世佛教尚未传入中国，故云："未拜和光之影。"

[27] 蓬莱洞：即蓬莱仙岛，又称蓬壶等。传说是中国东方海上神仙所住之处。秦始皇帝、汉武帝曾派人往求不老长寿之药。神仙非佛菩萨，故无关乎所谓本地垂迹之信仰。

[28] 一乘经：即一乘妙典《法华经》。

[29] 太上天皇：为天皇让位后之称呼，即上皇。在此高仓上皇以之自署。

[30] 清见关：在今静冈市清水区兴津清见寺町附近，有其关迹。

[31] 蒲原：在今静冈市清水区蒲原。富士川：山梨县笛吹川与釜无川合流后，又有早川汇入，由富士山西，流贯静冈县中央，南下在骏河湾入海，日本三急流之一。手越：今静冈市骏河区手越。宇津屋：即宇津谷峠、古歌枕。在今静冈市骏河区丸子与藤枝市冈部町冈部境界。

[32] 藤原忠清：已见卷第四《十、桥头之战》章，亦以武士大将身份出现。上总守应作上总介。

[33] 足柄：今神奈川县西南部，连接箱根山（古骏河、相模两国境界）之越岭坡道。其东即为关东。

形同乌合之众，而且长途跋涉，人马俱惫。伊豆、骏河之军曾答应相助，却犹不见其踪影。愚以为可设阵于富士河岸，以俟我方之增援，乃为上策。”维盛也懒得辩解，只好按兵不动了。

此时，兵卫佐赖朝已越过足柄山，到达骏河国黄濑川[34]。甲斐、信浓之源氏同宗赶来，在浮岛原会师[35]。总计二十万骑。常陆源氏佐竹太郎[36]派其杂役，带信前往京城，为平家先锋上总守忠清所截获，取其信来一看，却是写给妻子的家书。无关紧要，便立即归还，但问道：“现在兵卫佐殿之兵力到底有多少？”答道：“走在路上八九日间，无论野间山边、海上河畔，处处但见武人。在下于数字只知四五百至上千，再多便数不来。有多少兵力在下并不清楚。昨日在黄濑川听人说，源氏军势共有二十万骑。”上总守听了叹道：“唉，总指挥大将军宗盛殿运筹京中，犹疑迟缓，憾莫大焉。倘能早一日传来对策，我军应已翻过足柄山，攻进关东八国，而畠山一族与大庭兄弟[37]必定赶来助阵。军势一振，关东诸国便不至于望源氏之军而披靡矣。”虽然遗憾，悔之莫及了。

大将军权亮少将维盛召见熟识关东的长井斋藤别当实盛[38]，问道：“喂，实盛呀，如足下之弓箭名手，在关东八国中，能有多少人？”斋藤别当失笑道：“主公以实盛为弓箭名手乎？实盛所射之箭，长不过十三束[39]。如此射手，八国

[34] 黄濑川：今静冈县沼津市东部。

[35] 浮岛原：在今静冈县沼津市与富士市间之沙丘地带。

[36] 源赖义之后，有定居于常陆国久慈郡佐竹（今茨城县太田市）者，称佐竹氏，即为常陆源氏。

[37] 畠山一族：指关东平氏畠山重忠（一一六四—一二〇五）及其一族。源赖朝举兵之初，归属平家，后转投源氏。大庭兄弟：指大庭平太景义、三郎景亲、五郎景尚。唯三郎景亲则早归平氏（即本卷《四、快马》报告源赖朝叛变消息之人）。治承四年十月降源氏，被枭首示众。

[38] 斋藤实盛：原为源氏部属，后归平氏。曾任武藏国幡罗郡长井庄别当（庄司）。卷第七有专章《八、实盛》叙其死状。其子斋藤五、斋藤六事平维盛及其子六代，详卷第十、十二。

[39] 束：为量箭长单位。握拳四指并排（不包括拇指）为一束。常人之箭长十二束，约八十三公分。十三束稍长，多一束。

中所在多有。射长弓者不屑于使用短于十五束之箭。长弓必须由壮汉五六人始能拉开。此等壮汉以强弓所射长箭，一箭可穿透两三层铠甲。凡自以为大名者[40]，虽然势力有限，但拥有军力却总不少于五百骑。人骑马上绝不掉下。马行险路绝不颠踬。与敌交战时，即使父死子伤，仍然跳过遍地尸体，愈战愈勇。

“西国人打仗，父亲战死，须守灵供养，服忌期满，再出作战。儿子战死，悲苦痛悼，不再上阵。军粮米尽，则等春耕田、秋收获，饱腹后再打。总嫌夏热冬冷，避免战争。东国却无此现象。甲斐、信浓两国之源氏家族，于关东形势知之甚详，恐将迂回富士山麓突袭而来。如此相告，似乎在灭自己威风，其实不然。传闻道，胜败不因军势之大小，而靠策略之良窳。实盛此次参战，已经觉悟难于活命回京矣。”平家武士听了，都吓得浑身发起抖来。

到了十月二十三日。源氏与平家原订明日在富士川互射响箭，开始交战。入夜后，从平家方面向源氏阵地望去，由于伊豆、骏河国的庶民百姓，为了避免战祸，或逃到田野，或藏入山林，或乘船浮于河海之上，到处可见野炊之光，竟被误为营火。平家武士惊慌道：“哎呀，源氏阵地营火何其多也！漫山遍野，海上河中，莫非敌人。如何是好？”当日半夜，群宿富士沼[41]的无数水鸟，不知受了什么惊吓，突然全都打着翅膀飞了起来。其声如暴风、如迅雷。平家武士更觉恐惧，纷纷道：“糟了，源氏大军突袭来了。正如斋藤别当所猜测，一定是从背后迂回而来。若被包围，困斗难免。还是退守尾张川、洲俣[42]为上

[40] 大名：在地方拥有大量地产之地主豪族。

[41] 富士沼：指浮岛原中之沼泽。

[42] 尾张川：木曾川之古称，发源于御岳山东方，流经长野、岐阜、爱知、三重四县，注入伊势湾。洲俣是今岐阜县大垣市墨町，在长良川（木曾川支流）河岸、美浓、尾张国境，古为东海、东山两道之要冲。

策。”一时仓皇失措，不知该带何物，人人争先恐后逃离了营地。因为太过恐慌，有人带了弓忘了箭，有人带了箭忘了弓；有的误骑了别人的马，有的自己的马被人骑走。或骑着拴住的马，绕着柱子转圈圈。那些从附近客栈叫来作乐的游女们，不是被踢破了头，就是被踹伤了腰。痛呼哀叫，乱成一团。

翌二十四日卯时，源氏大军二十万骑开到富士川边，发出三次宣战呐喊。响彻云霄、震动大地。

五节会 十二

平家营地一无回响。派人过去侦探，回报道："全落跑矣。"有的捡回敌人所忘的铠甲，有的取回敌人所弃的帐篷。又道："敌阵中连苍蝇也没有。"兵卫佐源赖朝立刻下马、脱盔、净手、漱口，朝皇城方向伏倒遥拜道："此非我赖朝一己之功。八幡大菩萨[01]之所计也。"便将唾手可得的骏河国与远江国，分别托付一条次郎忠赖[02]与安田三郎义定[03]去处理。原拟乘胜追击平家军，但总觉得有些后顾之忧，便从浮岛原撤还相模国去了。

那些东海道客栈的游女们嘲笑道："哎呀，到底是怎么回事啊。讨伐军的大将军，一箭未放，便逃回京城去，真太不像话。在交战当中临阵脱逃，已够丢脸了，这简直是闻风而逃嘛。"尔后，讽刺的短歌也陆续出现。京中的大将军是宗盛，出征的大将是权亮维盛，将平家读成平屋。

平屋之栋守，畏尾又畏首。支柱力不支，倒下快滚走[04]。

---

[01] 八幡大菩萨：八幡宫神祇称号。其所祭主神为应神天皇，是源氏守护神。

[02] 一条次郎忠赖：已见卷第四《三、源氏名录》章。又见于卷第九《四、木曾之死》章。世居甲斐国山梨郡一条庄（今山梨县甲府市），故号一条。元历元年（一一八四）在营中闹事，被诛。

[03] 安田三郎义定：已见卷第四《三、源氏名录》章，为甲斐国源氏之一。治承四年任远江国守护，建久五年（一一九四）八月谋反被发，枭首，六十一岁。

[04] 平屋栋守：与平家宗盛，音同（ひらやのむねもり），义双关。支柱与亮同读（すけ），义亦双关。此歌盖讽宗盛为平家之栋梁，处事犹疑迟缓；而其侄权"亮"维盛虽为大将军，却领导无方，不战而走，不堪为其支柱也。

富士急湍水，浅滩岩上流。有人比水急，伊势平家酋[05]。

有人咏上总守忠清丢弃铠甲之事。

逃离富士川，铠甲都可捐。换上缁衣样，且祈来世缘。

骑着二毛马，忠清溜之乎。套紧上总秋，依然老疲驽[06]。

同年十一月八日，大将军权亮少将维盛返抵福原新都。入道相国大怒道："着将大将军权亮少将维盛流放鬼界岛，将武士大将上总守忠清处以死刑。"同月九日，平家武士老少咸集，讨论忠清是否应该处死。主马判官盛国[07]出来说道："忠清自小并非贪生怕死之辈。犹忆渠十八岁时，有畿内五国[08]首恶大盗二人，潜入鸟羽殿宝库中，无人胆敢进去应付。唯有忠清单身只手，白昼越过土墙，格杀一人，逮捕一人，足可留其芳名于后世。此次失利似有隐情，颇不寻常。凡有兵变，宜其谨慎以对。"

同月十日，大将军权亮少将维盛升为右近卫中将。人人窃窃私语道："听说身为讨伐大将军，并未立下任何功劳。如此奖赏真是莫名其妙。"

从前，平将军贞盛[09]与田原藤太秀乡[10]，奉命追讨平将门，率兵出关东。但将门绝非易与之辈。公卿又召开会议，决定加派援军。乃任宇治民部卿忠

[05] 此歌盖讽平家军在大将军维盛带领之下，溃败如流水，比富士川湍流更急也。

[06] 二毛：指黑白二色。二毛马与逃马音读同（にげのうま）义双关。秋：套在牛马臀后之皮带，又称后鞧。据说上总国所产之秋品质甚佳。

[07] 平盛国（一一一三——一一八六）：见卷第二《三、西光被斩》章，注4。官至左卫门尉、主马判官、伊势国守。承安二年（一一七二）出家。文治二年（一一八六）诵《法华经》，断食而死。

[08] 畿内五国：原文五畿内，即畿内山城、大和、河内、和泉、摄津五国。

[09] 平贞盛：平安中期武将。见本卷《十一、富士川》章，注6。

[10] 藤原秀乡：平安中期武将。平将门之乱时，与平贞盛联合讨之。官至从四位下。武藏、下野国守。关东小山、结城两氏武士团皆其后代。

文[11]、清原滋藤为军监[12]。一日夜宿骏河国清见关，滋藤遥望漫漫海洋，朗咏了一联汉诗：

渔舟火影寒烧浪，驿路铃声夜过山[13]。

咏声响彻云霄。忠文感其风雅，不禁潸然。此时贞盛、秀乡已杀死将门，且携其首级正在返京路上，赶巧与滋藤等相遇于清见关口。于是，前后所派大将军便联袂而还。当贞盛、秀乡因功受赏时，公卿开会讨论忠文、滋藤二人是否也该一并予以奖赏。九条右丞相师辅公[14]说道："出兵关东，追讨朝敌将门，难于成事，乃加派二人赴援。未至而朝敌已亡。奉命赴难，其志可嘉，岂能无赏？"当时，摄政关白小野宫实赖[15]却道："《礼记》云，疑事毋质[16]。"结果未赐任何奖赏。忠文为此耿耿于怀，极为憾恨，咒誓道："死后将待小野宫之后裔如奴仆，但永为九条殿子孙之守护神。"从此绝食而亡。或许缘于此咒，九条殿的子孙的确繁荣昌盛，可喜可贺；而小野宫的后代则无一成器，且恐已绝子绝孙矣。

不久，入道相国四男头中将重衡升为左近卫中将。

---

[11] 藤原忠文：平安中期官僚。官至参议、民部卿。其别庄在宇治，故称宇治民部卿。天庆三年(九四〇)任征夷大将军；翌年征西大将军。天历元年(九四七)卒，七十五岁。

[12] 清原滋藤：或作重藤。传不详。《十训抄》第十："清原滋藤其人武艺堪任征夷使军监；文艺亦颇精妙。"按：军监，从属镇守府或征夷使，在副将军之下，担当军中事务之官。

[13] 唐杜荀鹤《秋夜宿临江驿》诗。亦见于《和汉朗咏集·山水》卷下。此联屡为日本物语、随笔、游记文学所引用，可知日本文人雅士爱之之深。

[14] 藤原师辅：已见于卷第一《五、吾身荣华》章，注6，卷第三《六、赖豪》章，参注12。右丞相为右大臣之异称。天历元年(九四七)右大臣，天德四年(九六〇)出家，同年殁。

[15] 藤原实赖(九〇〇—九七〇)：师辅之兄。康保四年(九六七)关白，安和二年(九六九)摄政。承领小野宫惟乔亲王之邸，故号小野宫殿。

[16] 语出《礼记·曲礼上》。意谓对有所置疑之事，不宜遽下定论。

同年十一月十三日，福原皇宫落成，皇上便迁了进去。本来应该有大尝会[17]，但今年已过了期。所谓大尝会是在每年十月下旬，皇上驾临东河[18]举行祓禊。在大内北野筑斋场，备妥祭祀用的神服神具。在大极殿前、龙尾道[19]坛下，设回立殿，天皇在此沐浴。坛边造大尝宫[20]，供奉神膳。有神乐、管弦之游。过去的惯例是：在大极殿行大礼[21]、清暑堂奏神乐、丰乐院设宴会。然而在福原新都，既无大极殿可行大礼，无清暑堂可奏神乐，亦无丰乐院可设宴会。于是公卿会议决定，今年只能举行新尝会[22]与五节会[23]。但新尝会的地点仍设在旧都的神祇官[24]。

谈到五节会。天武天皇在位时[25]，在吉野宫中，月白风高之夜，独自弹琴消闲。有神女从天飘然而降，五度翻袖，翩翩起舞。此即五节之始。

[17] 大尝会：或大尝祭，已见卷第一《十、立东宫》章，注1。

[18] 东河：流经京都东部，即贺茂川，或写作鸭川。

[19] 龙尾道：仿唐含元殿之龙尾道。设于大极殿前东西两边，为登龙尾坛之步道。

[20] 大尝宫：在大极殿南庭。宫中东有祭天神之悠纪殿，西有祭地祇之主基殿。

[21] 大礼：即天皇登基大典。

[22] 新尝会：十一月中卯日，天皇以新谷祭天地，并自尝之之仪式。其于即位后首次举行者为大尝祭（会）。

[23] 五节会：配合新尝祭、大尝祭所设之宴会，有五节舞。于十一月中丑寅卯辰四日间行之。

[24] 神祇官：与太政官并列之最高机关，总司各地神社、神祇祭祀、大尝、镇魂、占卜等事务。

[25] 天武天皇：第四十代。始定八色姓、诸王十二品阶、诸臣四十八位阶之制。

十三 还都

此次迁都福原，君臣无不怨叹。自比睿山延历寺或奈良兴福寺，以至诸寺诸社，不约而同，皆以为荒谬绝伦，齐声反对。于是，一向刚愎乖戾、自行其是的太政入道，也不得不屈从群情，同意迁还旧都。京中为之天翻地覆。

同年十二月二日，突然宣布还都。说起新都，北倚山麓而隆起，南临海滨而低下。浪涛汹涌、潮风肆扰。因此高仓上皇一直龙体欠安，听说要迁回旧都，便立刻离开了福原。上自摄政殿、太政大臣[01]，下至诸公卿殿上人，莫不争先恐后，赶回旧都。入道相国以下，平家一门的公卿殿上人也不例外。新都生活百无聊赖、苦不堪言，谁还愿意多留片刻？

自今年六月起，忙着拆毁京城的房屋，将财货器物运来新都，勉强才盖好了徒具形式的新家，现在又要搬回原地。人慌马乱，都丢三忘四，你抢我夺，发了疯似的竞还旧都。说搬便搬，有政策，无配套。人员回来之后，多无栖身之

[01] 当时，摄政为藤原基通，任期自治承四年（一一八〇）二月至寿永二年（一一八三）十一月。太政大臣：当时从缺。至文治五年（一一八九）始以藤原兼实补之。

处。只得投奔八幡[02]、贺茂[03]、嵯峨[04]、太秦[05]、西山[06]、东山[07]等偏僻之处，寄宿在寺庙的回廊上，或神社的拜殿中。

至于迁都福原的目的究竟何在。听说，只因旧都邻近南都北岭[08]，由于些许小事，动不动便将春日的神木、日吉的神舆抬进城来[09]，喧腾闹事。福原则必须越山涉水，路程较远，类此事件自然不易发生。此乃入道相国之真意云。

同年十二月二十三日，为了讨伐近江源氏[10]的叛变，派左兵卫督知盛、萨摩守忠度为大将军，率军力总共二万余骑，向近江国出发，开往山本、柏木、锦古里[11]各地，扫荡了源氏的散兵游勇，随后推进了美浓、尾张国内。

---

[02] 八幡：今京都府八幡市，有石清水八幡宫。

[03] 贺茂：指贺茂川左岸一带。有北区贺茂本山之上贺茂神社，左京区贺茂泉川町之下贺茂神社。

[04] 嵯峨：今京都市右京区，有清凉寺、大觉寺等寺社。

[05] 太秦：今京都市右京区太秦，秦河胜奉圣德太子之命，建造广隆寺于此。

[06] 西山：古山城国地名。今京都市右京区山地总称。寺社、名胜甚多。

[07] 东山：古山城国地名。今京都市贺茂川以东绵延南北之山地。以如意岳为中心，有东山三十六峰之称。寺社甚多，亦为贵族隐居别墅胜地。

[08] 南都：指奈良兴福寺。北岭：指比睿山延历寺。

[09] 奈良春日神社有神木，神灵所凭，兴福寺众徒举行抗议申诉时，则抬之入京，谓之神木动座。延历寺众徒则抬出日吉神社神舆，进行抗议，造成不安。参卷第一《十五、神舆》等章节。

[10] 近江源氏：属源义光（一〇四五——一一二七）之后，散居常陆、甲斐、信浓、近江诸国。

[11] 已见卷第四《三、源氏名录》章中。山本：远江守源义定，居近江国浅井郡（今滋贺县长滨市湖北町）山本，其子义经号山本冠者。柏木：山本冠者义经之子义兼，住近江国甲贺郡柏木村（今甲贺市水口町）。锦古里：即锦织，柏木冠者义兼之弟义高，居浅井郡锦织庄（今长滨市锦织町），称锦织冠者。

十四 奈良火灾

京中又有一种议论道:“高仓宫潜入三井寺时,奈良兴福寺表示同情,甚至派人前往迎接,等同朝敌行径。是故对兴福寺与三井寺应一并展开攻击。”奈良的僧众风闻此种谣传,不管真与假,便蜂拥而起。摄政殿藤原基通晓谕道:“有何意见,不嫌多,可随时代为上奏。”但听者藐藐,毫无反响。乃派劝学院别当忠成[01]为特使。僧众起哄道:“将那厮拉下来,剪掉发髻。”忠成大惊失色,逃回京城。其后改派右卫门佐亲雅[02]。僧众也嚷着要剪其发髻,同样惊慌失措地逃回去了。但有两个随从的劝学院杂役,还是免不了剪髻的厄运。

在兴福寺,又有人做了一颗蹴鞠的球子,取名“平相国之头”,抛在地上任人践踏,争相嚷道:“踢呀!”“踩吧!”古语云:“言之易泄,召祸之媒也。事之不慎,取败之道也[03]。”提起入道相国来,令人敬畏惶惧,是当今皇上的外祖父。而奈良僧众之所作所为,恐怕是着了天魔邪道之故。

入道相国耳闻此事,当然不会置之不理。首先必须平息奈良的骚动。于

---

[01] 劝学院:平安前期名臣藤原冬嗣(七七五—八二六)为教育藤原氏子弟,于弘仁十二年(八二一)所设学校。其别当兼司藤原氏家寺、氏神等事务。藤原忠成于承安四年(一一七四),以雅乐少允正六位上兼劝学院别当。传不详。

[02] 藤原亲雅:安元三年(一一七七)右卫门权佐,承元四年(一二一〇)殁,六十六岁。

[03] 语出则天武后撰《臣轨·慎密章》。此书在中国元代散佚,但至今仍流传日本。

是任备中国人濑尾太郎兼康为大和国检非违使[04]，着率领五百余骑，向南都出发，吩咐道："注意，即使众徒胡闹，汝等亦不可乱来。不穿铠甲，不带弓箭。"但南都大众并不知就里，捉了兼康所率兵卒六十余人，个个砍下头颅，成排挂在猿泽池畔[05]。入道相国因而大为震怒，决定攻击奈良，便以头中将重衡[06]为大将军、中宫亮通盛[07]为副将军，率领军势四万余骑，驰往南都。兴福寺大众七千余人，不分老少，戴上头盔，掘壕沟、布盾垣、设鹿寨，切断了奈良坂、般若寺[08]两处通路，严阵以待。

平家四万余骑分成两路，拥向奈良坂、般若寺两处，发出呐喊开战。寺众皆徒步，手中只有长刀短刀。官军则骑在马上奔来驰去，到处追杀，箭如雨下。防守的僧众死伤无数。从卯时鸣镝开战，厮杀竟日，直至垂暮，奈良坂、般若寺两处终告陷落。在散落的众徒中，有一个名叫坂四郎永觉[09]的莽僧。无论使刀剑、拉弓矢，其力之强，在七大寺、十五大寺[10]中，无人能及。身围浅绿色护腹，上披黑色丝缀铠甲。头戴五枚护颈帽盔，左右两手各持黑漆大腰刀与茅叶状白柄大长刀，带领同坊十余人，从碾碨门[11]杀了出去。官军暂时受挫。许多

[04] 濑尾太郎兼康：已见卷第一《十一、争路》章。后又出现多次。平清盛侧近部下。在卷第八《八、濑尾之死》章中，与木曾义仲部属今井四郎交战而死。检非违使：地方所设检非违使单位。

[05] 猿泽池：在兴福寺南，旧南大门前之水池。

[06] 头中将平重衡（一一五六——一一八五）：平清盛五男（一说四男，见本卷《十二、五节会》章）。治承三年（一一七九）正月左近卫权中将，翌年藏人头。头中将之头为藏人头之略。其后遭际，见卷第九《十五、重衡被擒》、卷第十《二、宫中女官》、卷第十一《十九、重衡被斩》等章。

[07] 平通盛（？——一一八四）：平清盛弟门胁宰相教盛嫡男。中宫亮属中务省，为中宫职次官。

[08] 奈良坂：由奈良往山城国木津之坡道。般若寺：在奈良坂之南，今奈良市般若寺町。

[09] 坂四郎永觉：传不详。

[10] 七大寺：东大寺、兴福寺、元兴寺、大安寺、药师寺、西大寺、法隆寺。再加新药师寺、太后寺、不退寺、京法华寺、超证寺、招提寺、宗镜寺、弘福寺，即为十五大寺。

[11] 同坊：原义同宿，即同宿一坊之僧侣。碾碨门：在东大寺西面，自南算起第三门。

马脚被砍了，人也被杀了。然而官军毕竟马多兵众，轮番攻击过来。随在前后左右的同坊都已阵亡，仅剩永觉一人，尽管勇猛，无奈孤立无援，只得落荒逃向南方去了。

进入夜战。黑夜黑漆漆。大将军头中将重衡站在般若寺门前，下令放火。平家军中有播磨国人福井庄下司二郎大夫友方[12]，立刻将盾牌劈开，当成火把，在附近民家点起火来。是十二月二十八日夜晚。寒气凛凛，虽然火源只有一处，但风势剧烈，火苗东蹿西飞，许多伽蓝都受到波及而烧毁。

僧徒中知耻惜名者，不是战死奈良坂，便是丧身般若寺。还能走路的都向吉野十津河[13]方面逃去。不能走路的老僧，还有一心向佛的修学僧，以及年幼的男孩女童，都躲入大佛殿二楼，或逃到兴福寺中。大佛殿楼上挤满了一千余人，为了防止敌人登上，竟将楼梯拆掉了。但猛火却直烧过来。人们死前的惊叫惨不忍闻，恐怕不下于焦热、大焦热、无间阿鼻[14]火焰下受刑鬼的哀号。

兴福寺乃淡海公[15]许愿所建，是藤原氏历代的家寺。东金堂所供佛法东渐最初的释迦像[16]、西金堂所祀自然涌出的观世音[17]、琉璃环镶的四面回廊、

[12] 福井庄：在播磨国揖保郡（今兵库县姬路市西、揖保郡太子町边）高野山岭上。友方：传不详。下司是管理庄园事务之职称。

[13] 吉野十津河：熊野川上游，在吉野之南至熊野之间，有十津川乡。修验道众聚训之地。

[14] 指八大地狱（等活、黑绳、众合、叫唤、大叫唤、焦热、大焦热、无间）中之后三种。无间为梵文阿鼻之意译，故无间阿鼻为同意重文。

[15] 兴福寺：原名山阶寺，藤原氏之祖藤原镰足（六一四—六六九）始建于山城国山科。皇室迁都奈良时，其子淡海公右大臣藤原不比等（六五九—七二〇）亦迁之于奈良，改称兴福寺。参卷第一《十一、争路》章，注21。

[16] 东金堂：神龟三年（七二六）圣武天皇发愿所建。本尊药师如来。其后堂所供金铜释迦如来坐像，传为新罗国于敏达天皇在位时（五七二—五八五）赠予日本者。

[17] 西金堂：天平六年（七三四）光明皇后所建。本尊释迦像。另安置等身十一面观音像，即所谓自然涌出之观音。据《诸寺缘起集》所载，有学僧名寿广已讲者，见田中冒出观音头，乃挖出全身，洗其泥，供祀于西金堂。

涂以丹朱的二层楼房、两座九轮耀天的佛塔[18]等，瞬间化为灰烬，诚可悲叹。

在东大寺，有常在不灭[19]、实报寂光[20]之化身，即圣武天皇手磨金铜十六丈高毗庐遮那佛[21]。乌瑟高耸，耸入半天之云霄；白毫膜拜，拜向满月之容姿[22]。而今则佛头烧落地上，佛身熔成一堆小山。

八万四千相好[23]，秋月早掩五重[24]之云；四十一地璎珞[25]，夜星徒荡十恶[26]之风。烟满中天，焰冲虚空。亲见者不敢直视，远闻者为之丧胆。

法相、三论[27]之法门圣典，一卷不存。不提我朝，即天竺、震旦，亦未有类

[18] 九轮：塔顶露盘上有九轮等装饰之尖形高柱，又称相轮。两座佛塔指：天平二年（七三〇）光明皇后发愿所建之五重塔（东金堂塔），与康治二年（一一四三）鸟羽天皇皇后待贤门院发愿所造之三重塔。

[19] 常在不灭：指不生不灭之真如实相。《法华经・如来寿品》："如是我成佛已来，甚大久远。寿命无量、阿僧只劫，常住不灭。"

[20] 实报寂光：指天台宗四土（凡圣同居土、方便有余土、实报无障碍土、常寂光土）之三与四。证佛法之理，行真实之法者，谓实报无障碍土；得解脱与佛智之诸佛如来国土，为常寂光土。

[21] 毗庐遮那：《华严经》《大日经》《金刚顶经》等密教教主之佛名。光明遍照之意。原指太阳，象征佛智广大无边，为华严教本尊。密教则以为与大日如来同体。东大寺毗庐遮那佛坐像实高五丈三尺五寸，但依惯例，多曰十六丈，盖喻其无限高也。

[22] 乌瑟：乌瑟泥沙之略，佛顶肉髻。白毫：佛眉上右旋之白毛，常放光明。乌瑟、白毫各为佛三十二相之一。《往生要集》上："乌瑟高显，晴天翠浓；白毫右旋，秋月光满。"

[23] 相好：相为身面手足之形，好指其佳好之处。相若不好，不能圆满。《观无量寿经》："心想佛时，是心即是三十二相，八十随形好。……无量寿佛有八万四千相，一一相中，各有八万四千随形好。"

[24] 五重：指五逆重罪：杀父、杀母、杀阿罗汉、破和合僧、出佛身血。在此以云喻其恶。

[25] 四十一地：指菩萨修行四十一阶位：十住、十行、十回向、十地及等觉菩萨之位。璎珞：指菩萨所佩戴之不同珠宝装饰，借以表示菩萨修行之不同阶位。

[26] 十恶：指身口意所生十罪，前已数出，在此以云喻之。不犯者谓十善。

[27] 法相：指以唐窥基为祖，修持《解深密经》《成唯识论》之法相宗，兴福寺所修持。三论：指鸠摩罗什所传之三论宗，以龙树《中论》《十二门论》与提婆《百论》为经典。东大寺所传承。

此法灭尽[28]也。优天大王以赤栴檀所雕[29]，或毗须羯磨以紫磨金所塑佛像[30]，高不过等身而已。何况此乃南阎浮提[31]唯一无双之大佛，咸以为永无毁朽之日；而今竟然熔化委地，与尘同污，良可长悲浩叹。

梵天、帝释天、四天王[32]、龙神八部[33]、冥官冥众，定然也大感惊慌。春日大明神拥护法相宗[34]，不知有何感想。据云春日野之露顿变其色，而三笠山[35]之风习习吹来，如泣如诉。

此次死于火灾之人数：大佛殿二楼有一千七百余人、兴福寺八百余人、有一殿堂五百余人、另一殿堂三百余人。详加计算，总共三千五百余人。又在战场上牺牲之僧众一千余人。少数枭首于般若寺前，少数首级则被携回京城。

二十九日，头中将重衡消灭了南都，凯旋北京[36]。入道相国的郁闷为之全消，独自乐不可支。然而中宫、后白河法皇、高仓上皇、摄政殿以下诸人，却叹道："尽管恶僧可杀，何必祸延伽蓝。"

---

[28] 法灭尽：佛法完全亡灭之意。

[29] 优天大王：中印度拘睒弥国国王。释迦为其母登忉利天说法而不归，王不胜思慕，乃以赤栴檀雕五尺如来像。为印度佛像之始。按：赤栴檀又名牛头栴檀，即檀香木。

[30] 毗须羯磨：帝释天之臣，司工艺、建筑。化身工匠，以紫磨金为波斯匿王塑一佛像。紫磨金为带紫色良质黄金。大江匡衡《仁康上人奉造丈六释迦愿文》："昔忉利天之安居九十日，刻赤栴檀以模尊容；今拔提河之灭度二千年，莹紫磨金而礼两足。"（《和汉朗咏集 · 佛事》卷下）

[31] 南阎浮提：须弥山周围四洲之一，在南方。亦称南赡部洲。指人间世界。

[32] 四天王：护法神，配置须弥山四方：持国天（东）、增长天（南）、广目天（西）、多闻天（北）。

[33] 龙神八部：或称天龙八部，即天、龙、夜叉、乾闼婆、阿修罗、迦楼罗、紧那罗、摩睺罗迦。简称八部众，护法之八种异类。

[34] 兴福寺为藤原氏家寺，春日神社则为藤原氏氏社，故皆崇奉法相宗。

[35] 春日野：在兴福寺东、东大寺南，高圆山与嫩草山之间，三笠山与春日山西麓一带之坡原。三笠山：属春日神社之神域。

[36] 北京：即京都，对南都奈良而言。

僧众的首级原拟在巡回大街后，在狱前树上枭首示众，但考虑到东大寺、兴福寺烧毁的惨状，上面始终未有任何指示，只好随便抛弃于处处沟壑之中。

圣武天皇曾有御笔宸文道："若我寺兴福，天下兴福；吾寺衰微，天下衰微[37]。"因而世人皆以为天下之即将衰微，已无可疑。

如此这般，可悲可鄙的一年又到岁暮，进入治承五年了。

[37] 圣武天皇于天平二一年（七四九）下东大寺诏书（即所谓《铜板诏书》）云："若我寺兴复，天下兴复；若我寺衰弊，天下衰弊。"按：日文复字与福、复二字同音，原义当是复字。

卷第六

『入道死去』

一 高仓上皇驾崩

治承五年正月一日，鉴于东国的兵变、南都的火灾，宫中取消了例行的朝拜仪式[01]，皇上也不临朝。无管弦之音，无舞曲之乐。吉野国栖住民不来[02]。藤原氏公卿参见者无一人，盖因家寺兴福寺烧失故也。

二日，清凉殿上亦无宴飨之礼。男男女女噤若寒蝉，禁中一片沉寂。佛法王法皆已亡灭，世态炎凉，令人慨叹。后白河法皇不由得埋怨道："余以十善余荫而得登万乘宝位[03]。四代帝王非子即孙[04]。何以不许插手万机政务，空耗岁月？"说罢叹声连连。

五日，南都的僧纲等人全被解了僧官僧职，撤销其参与宫中法会的资格。寺中老少，或被射杀砍杀，或被火焰吞噬，大多难逃劫数。有少数幸存者，无人

---

[01] 朝拜：天皇于元旦在大极殿接受群臣百官朝贺之仪式。一条天皇正历元年（九九〇）以后，因大极殿烧毁，改在清凉殿东庭举行，仅由皇太子、公卿殿上人行朝拜之礼，谓之小朝拜。

[02] 国栖住民：大和国（今奈良县）吉野郡龙门之南、吉野川沿岸国栖里之穴居民族。自第十五代应神天皇时代（在位二七〇—三一〇）以来，每年元旦节会期间，国栖人照例进宫祝贺，并演奏古笛、风俗曲，以为助兴。

[03] 十善：谓不犯十恶。已见卷第一《七、二代皇后》，注8。万乘宝位即天子之位。

[04] 四代帝王：指二条、六条、高仓、安德四天皇。其中，二条、高仓为后白河法皇之子；六条、安德为其皇孙。

淹留，都遁入山林之中。兴福寺别当花林院僧正永缘[05]，亲睹佛像经卷惨遭祝融之灾，顿时灰飞烟灭。痛心疾首，深受打击，旋即卧病不起，不久终于去世。僧正是情致高雅的人。有一日，听到杜鹃的叫声，即咏短歌一首：

每听杜鹃叫，一叫一番新。声声听不厌，仿佛听初音[06]。

因而获得了初音僧正的称号。

尽管如此，还是决定，即使徒具形式，至少御斋会[07]却非举行不可。于是召集了公卿会议，讨论主司其事的讲师人选。"南都僧纲今已解任，能以北京僧纲代行之乎？"然而，觉得南都方面也不能完全弃之不顾，便将三论宗的大师成宝已讲[08]，从其隐居的劝修寺[09]请了出来，行礼如仪，完成了御斋会。

高仓上皇由于一连串的不幸事故：前年父亲后白河法皇之幽禁鸟羽殿、去年皇兄以仁亲王之惨遭杀害、骚动天下莫名其妙的迁都闹剧等，事事烦心，抑郁成疾。尤其听到东大寺、兴福寺被烧毁后，病情急转直下。法皇焦虑万

[05] 永缘：俗姓藤原氏。别当系兴福寺事务长官。花林院为其住坊之名。康平四年（一〇六一）出家，保安二年（一一二一）兴福寺别当。天治二年（一一二五）殁，七十八岁。名歌人。《堀河院百首》作者之一；《金叶集》等歌集收有其作品二十多首。按：兴福寺被焚于治承四年（一一八〇），其时别当为玄缘，非永缘。

[06] 此歌收于《金叶集·夏》，题"咏杜鹃"，作者"权僧正永缘"。

[07] 御斋会：每年正月八日至十四日在大极殿，为镇护国家，由六宗（三论、法相、华严、律、天台、真言）高僧担任讲师，讲说《金光明最胜王经》之法会。桓武天皇以来，成为重要仪式。大极殿被毁后，改在清凉殿举行。

[08] 成宝已讲：检非违使别当藤原惟方（一一二五—？）之子。建永元年（一二〇六）任东寺长者，承元四年（一二一〇）东大寺别当。安贞元年（一二二七）殁，六十九岁。已讲：对高僧已在两都三会（奈良之兴福寺维摩会、药师寺最胜会、宫中御斋会，京都之法胜寺大乘会、圆宗寺法华会、最胜会）担任过讲师者之称号。

[09] 劝修寺：真言宗。在今京都市山科区。醍醐天皇昌泰三年（九〇〇），母后藤原胤子（藤原高藤之女）发愿，高藤之子右大臣定方所建造。

端，不知如何是好。到了正月十四日，上皇终归晏驾于六波罗池殿。在位仅十二年[10]，德政无数。兴诗书仁义[11]已废之道，继理世安乐[12]早绝之迹。生死之事，三明六通之罗汉[13]所不能免，幻术变化之权者[14]所不能逃；诸行固然无常，但理过于情，不胜唏嘘。当夜便移灵东山脚下清闲寺[15]火葬，遂化为一道暮烟，随着早春的晚霞，飘上天空。

法印澄宪[16]想去送葬，赶忙从比睿山上下来，却只能望见一缕青烟，袅袅飘上虚空，乃咏歌道：

往常拜行幸，瞻仰致微忱。哀哉今上路，已是不归人[17]。

又有一位女官，听说上皇驾崩，作歌一首，咏其哀思：

---

[10] 高仓天皇于仁安三年（一一六八）即位，治承四年（一一八〇）让位，在位十二年。

[11] 诗书：泛指以《诗经》《书经》为主、倡导仁义之道之儒家经典。大江匡衡《弁官左右卫门权佐大学头等申文》："诗书仁义之迹，照然就日；礼乐儒雅之林，靡然向风。兴废继绝，不亦悦乎。"（《本朝文粹》卷六）

[12] 理世安乐：治理天下、使民安乐之意。白居易《序洛诗序》："理世知音安以乐，闲居之诗泰以适。"大江匡衡《净妙寺塔供养愿文》："现世则天下太平、理世安乐之乐。"（《本朝文粹》卷十三）

[13] 三明六通：三明指诸佛及阿罗汉所具三种超能力，六通指其所具六种超神通。已见卷第五《三、怪物》，详注17。

[14] 权者：即权化，谓佛菩萨为济度众生，权且化现于此世者，即佛菩萨化身。

[15] 清闲寺：在今京都市东山区清水寺东南。延历二十一年（八〇二）绍继法师开基。延历寺末寺。境内有六条、高仓二天皇墓陵。

[16] 澄宪法印：藤原通宪（信西）之子。首见卷第一《十六、大内火灾》章，注4；又见卷第二《一、座主流放》章，注27。

[17] 此歌收于《千载和歌集·哀伤》卷九，题：《二条院晏驾供养之夜咏之》。永万元年（一一六五）二条上皇驾崩时之作，事实上与高仓上皇无关。

虚空云上月，永世发其光。如今光不在，哀哀泪沾裳[18]。

上皇享年二十一岁。内则坚守十戒，外则不乱五常[19]，恒以整饬礼仪为念。可谓末代之贤君。举世哀悼，若失日月之光。如此，人之愿望难偿，民之命数不振，人间世界笼罩在愁云惨雾之中。

---

[18] 此歌收于《建礼门院右京大夫集》，题《闻高仓院晏驾回忆平日所见种种》，知是藤原伊行之女建礼门院右京大夫之所作。《新续古今和歌集·哀伤》亦收此歌。

[19] 内佛外儒。守十戒：谓不犯十恶，见卷第一《七、二代皇后》章，注8。五常：即仁、义、理、智、信；亦指父义、母慈、兄友、弟恭、子孝。

红叶 二

高仓上皇为一国之君，文质彬彬，逸兴娴雅，人人仰之慕之之情，胜似追怀醍醐、村上两帝[01]之心。大凡帝王享有贤君之名而行仁义之道者，莫不显现于成年之后能辨是非清浊之时。然而，此位君王却自冲龄起，便具有温柔敦厚、和蔼可亲的天性。

承安年间[02]，在位仅两三年之后，刚满十岁时，因为雅爱红叶，请人在北阵[03]堆筑了一座小山，种了些黄栌、丹枫等会化为美丽颜色的树木，取名红叶山。终日观赏，乐此不倦，且以忘忧。

但有一夜，天上刮起强烈的寒风，刮得红叶飘落遍地，狼藉不堪。翌晨，主殿寮[04]的清洁员将落叶扫得一干二净，丢弃了。天气实在太冷，便将剩下的一些断枝残叶，集成小堆，在缝殿阵[05]当成燃料，暖了酒喝了。当值的藏人在皇上临幸之前，赶来查看，树上树下竟然毫无红叶的影子，急问道："何至如此？"回答说，如此如此。藏人大惊道："这还了得！皇上对红叶怜爱有加，却

[01] 第六十代醍醐天皇（在位八九七—九三〇）、第六十二代村上天皇（在位九四六—九六七）均为天皇亲政时代名君，有圣帝之誉。史称延喜（醍醐）天历（村上）之治。

[02] 承安：高仓天皇年号之一（一一七一——一七五）。

[03] 北阵：指内里外郭正北面朔平门所设兵卫府之营房。邻近缝殿寮，故又称缝殿阵。

[04] 主殿寮：属宫内省，主管宫中清扫、照明、沐浴、染料、车轿等杂务。

[05] 缝殿阵：同北阵，见注3。按：缝殿寮属中务省，主司女官考核、御衣裁制等事务。

弄成这般模样。岂有此理。不知汝等将被判监禁或流放？亦不知皇上将对本人降以何种罪责？”正在慨叹之际，不意皇上较平日提早离开寝殿，来到红叶山，却见不到一枚红叶，乃垂询其故。藏人别无其他借口，只得据实以奏。皇上却意外兴高采烈地说道：“林间暖酒烧红叶[06]。诗趣盎然，是谁教之？风雅韵事，莫过于此。”反而大为赞赏，并无任何责备之言。

又在安元年间，曾有一次避忌方位[07]的巡幸。即使平日在宫中，正所谓“鸡人晓唱，声惊明王之眠”[08]，皇上总会惊醒过来。原本已有失眠之症，况且当夜寒风凛冽，不由得想起延喜圣世，醍醐天皇忧虑百姓如何御寒，而在寝殿中脱下衣服的逸事。相比之下，自己的帝德不如先帝远甚，为之感愧不置。

夜渐阑，人已静，忽然远处有人哭叫的声音。扈从无人听见，但皇上却听到了，问道：“正在哭叫者何人？快去看看。”宿值的殿上人便命轮班的小吏出去查寻。到处找来找去，不久在街口看到一个穷相女孩，拎着衣箱的盖子[09]哭着。问其何以故，答道：“主人是一位女官，在法皇御所伺候。最近好不容易缝制了一套像样的衣服，正要拿去给她，刚才却被两三个男人夺走了。如今失去了这套装束，恐怕主人也不能留在御所当差了。想起主人又无可依靠的亲人，也无可借住的地方。愈想愈伤心，所以才禁不住哭了起来。”于是女孩被带了回来，如实上奏。皇上听了说道：“真可怜。事出有因，理有固然。唐尧之世之

[06] 白居易《送王十八归山寄题仙游寺》：“林间暖酒烧红叶，石上题诗扫绿苔。”

[07] 安元：承安五年（一一七五）改元安元，安元三年（一一七七）改元治承。高仓天皇十五岁至十七岁。避忌方位：原文方违，平安时代以后，依阴阳道之说，凡有外出远行，须回避凶险不吉之方位，先往其他方位暂住一日（或以上），然后改变方位，前往目的地。

[08] 鸡人：宫中夜间报时刻之官吏。明王：为天皇美称。语出都良香（八三四—八七九）《漏刻策》（《和汉朗咏集·禁中》卷下）。陆倕《新刻漏铭序》：“每旦晨兴，属传漏之音，听鸡人之响。”（《文选》卷五十六）

[09] 原文长持，指一种长方形浅底带盖箱盒，用以放置或携带衣物。

民,以尧之心为心,故莫不正直。当代之民,以朕之心为心,故有乖戾之辈在国中犯罪。追根究底,岂非朕一人之耻耶?[10]”乃问道:“然则,被抢衣服是何颜色?”回奏说明颜色是如此如此。当时建礼门院仍为中宫,皇上问道:“有此类颜色之衣服否?”于是,着人取来一套,比被抢的还要美丽,赐给了那个女孩。又道:“夜已深矣。恐会再遭不测。”便派值班小吏将女孩送到她主人的居处。实在令人惶恐。因此,下至卑男贱女,莫不为此位君王祈祷,愿其千秋万岁,长寿无疆。

[10] 《说苑·君道》:“禹出见罪人,下车问而泣之。……曰:‘尧舜之人,皆以尧舜之心为心;今寡人为君也,百姓各自以其心为心,是以痛之。’书曰:‘百姓有罪,在予一人。’”

三 葵姬

另有一桩伤心惨目的风流往事。有一个少女，原是中宫身边某位女官所使用的人，意外地受到高仓天皇的宠爱。其宠爱之情，并非世间常有的那种露水姻缘，而是朝朝暮暮，眷眷缠绵，频频召幸。身为主人的女官眼看皇上如此认真，便也不好再将她当下人使用，反而待之如主子，不敢稍有怠慢。古时谣咏有云："生女勿悲酸，生男勿喜欢。男不封侯女作妃[01]。"将来不是没有承恩策妃封后的机会。女官道："此女以后可能成为妃子、皇后，甚至贵为国母仙院[02]，广受世人仰慕。"于是改呼其名曰葵姬，但私下却称之为葵贵妃[03]。

皇上耳闻此事后，便不再召幸葵姬。并不是失去了宠爱之情，而是顾虑到世人的指责或毁谤。此后变得郁郁寡欢，日夜躲在寝殿中，若有所思。当时的关白松殿[04]觉得此事非同小可，其情可悯，宜加安慰，便趋赴宫中，上奏道："居然牵肠挂肚，如此其甚。其实，此事又有何难？不妨立即将该女子召来，无须查其身份。基房可以随时收之为养女。"皇上婉拒道："如何是好？爱卿所

[01] 语出陈鸿《长恨歌传》："当时谣咏有云：'生女勿悲酸，生男勿喜欢。'又曰：'男不封侯女作妃，看女却为门上楣。'其为人心羡慕如此。"

[02] 天皇生母谓国母，其封院号者为仙院。

[03] 葵贵妃：原文葵女御。女御类似中国之嫔妃，在日本宫中则是仅次于皇后、中宫之女官，通常自摄政关白、大臣之家刷选入宫。

[04] 藤原基房：号松殿。仁安元年至承安二年（一一六六—一一七二）十二月为摄政；其后至治承三年（一一七九）十一月为关白。

言，固然可行，但偶有先例，均在退位之后。若尚在其位而为之，则必遭后世谴责。”关白松殿无能为力，只得含泪退了出去。

其后，皇上曾以深绿的薄纸，写了一首偶然想起的古歌：

暗恋人不知，朝暮无已时，如今人知后，都问何所思。

冷泉少将隆房[05]将此御笔习字题歌，转给葵姬看了。葵姬红了脸，以身心不适为借口，乞假返回故乡。果然在家卧病五六日后，终于与世长辞了。古诗云：“为君一日恩，误妾百年身[06]。”盖指类此之事而言。

古昔，唐太宗欲聘郑仁基之女为充华。魏征上奏，谓郑氏之女与陆氏已有婚约，乃作罢[07]。此种胸襟与高仓天皇的心意，似可比拟并论。

---

[05] 藤原隆房：高仓天皇近臣、平清盛女婿。仁安元年（一一六六）右少将，治承三年（一一七九）右中将，元久元年（一二〇四）权大纳言，建永元年（一二〇六）殁，五十九岁。邸在冷泉万里小路。

[06] 白居易《井底引银瓶》：“为君一日恩，误妾百年身。寄言痴小人家女，慎勿将身轻许人。”

[07] 《贞观政要·直谏》（摘引）：“贞观二年（六二八），隋通事舍人郑仁基女，年十六七，容色绝姝，当时莫及。文德皇后访求得之，请备嫔御。太宗乃聘为充华。诏书已出，策使未发。魏征闻其已许嫁陆氏，方遽进而言曰：‘……自古有道之主，以百姓之心为心。……今郑氏之女，久已许人，陛下取之不疑，无所顾问，播之四海，岂为民父母之道乎？……’太宗闻之大惊，手诏答之，深自克责，遂停策使，乃令女还旧夫。……时莫不称叹。”按：充华系中国女官名称，九嫔之一。始置于晋。（九嫔：淑妃、淑媛、淑仪、修华、修容、修仪、婕妤、容华、充华）。原文作“欲聘郑仁基之女进元观殿”，盖误充华为宫殿。他本亦多以之为宫殿者，故有元华、元和、元花、元观等殿名，皆充华之讹也。

四 小督

皇上恋慕葵姬，情深意挚，无时或已。中宫[01]方面为了安慰皇上，便送来了一个名叫小督的女官[02]。小督是樱町中纳言成范卿[03]之女，有宫中第一美人之誉。弹琴高手。是冷泉大纳言隆房卿犹为少将[04]时，初见而钟情的女子。起初少将不断咏歌写信，屡次三番，传达苦恋之情，却得不到任何回音。但毕竟情网难逃，小督终于接受了少将的求欢。然而，现在竟被召进宫中，伺候皇上。少将难耐离情别恨之苦，日日泪出痛肠，湿透衣袖无干时。

少将心不由主，总渴望再见小督一面，即使只能从远处眺望也好，所以经常来到宫中，在小督居室帘外，来回走动，或驻足观望。小督交代下人道："我既然承蒙皇上召幸之恩，不管少将如何，都不能再酬和歌词、互通书信了。"果然，此后连口信传情也断绝了。少将并不死心，作了一首和歌，投入小督住处的帘子内，觉得或许会有回应也不一定。

---

[01] 中宫：在此指高仓天皇之中宫，平德子（一一五五—一二一三），平清盛之女、平重盛之妹。治承二年（一一七八）生皇子安德天皇。养和元年（一一八一）封院号建礼门院。出家后法名真如觉。《平家》结尾《灌顶卷》之女主角。

[02] 小督（一一五七—？），其父藤原成范为右兵卫督（一一六六），左兵卫督（一一六七—一一七九），故以小督称之。高仓天皇第二皇女范子内亲王之母。

[03] 藤原成范：通宪（信西）之子，卷第一《五、吾身荣华》章有其，所以称为樱町中纳言之轶事。

[04] 藤原隆房：已见上章《三、葵姬》，详注5。

思卿岂有尽，无奈满虚空。虽在咫尺近，如隔山万重[05]。

小督觉得应该立刻回应，但想起皇上，感到不妥，拿在手中，犹疑了一下，终竟看也没看，便叫身边的女僮抛回中庭了。少将既自怜又悲愤，又怕被人看见，只得赶快捡起来塞进怀中，转身便走。但立刻又回过头来，咏了一首：

玉章委尘埃，漠然不一顾。寄语叹绝情，何妨一过目。

今生既然无缘再会，与其生而此恨绵绵，宁愿一死了之，便可一了百了了。

入道相国耳闻此事，心想中宫是自己的女儿，冷泉少将是自己的女婿，现在两个女婿居然都为小督所占有，因道："不，不。小督在此一日，世上便无宁时。须得设法召她出来，使她消失。"小督辗转得知入道相国的用意，觉得自身如何倒无所谓，却万万不能伤及皇上。乃在某日黄昏，离开皇宫，自我消失了。皇上的悲伤难于言喻。白昼关在寝殿中，暗自落泪，晚间便悄悄临幸紫宸殿，观赏月色，聊慰悲怀。入道相国听了，即道："皇上因小督而闷闷不乐。既然如此，本人自有办法。"于是禁止伺候皇上的女官进宫，对晋谒皇上的臣下也表示不悦，上下都慑于入道相国的威权，再无进宫之人。宫中一片阴暗惨淡的景象。

不久，已过八月十日。天空晴朗如洗。皇上泪痕满脸，月光也显得朦胧。夜深了。天皇开口问道："有人吗？有人在吗？"须臾之间无人回答。弹正少弼仲国[06]当日值夜，在稍远处回应道："仲国在。"天皇道："靠近来。有事吩咐。"不知有何要事，只好走到天皇面前听命。"汝可知小督行踪乎？"仲国回

[05] 此歌见于《隆房集·艳词》。

[06] 弹正少弼：为警察机关弹正台三等官，执行京城内外之巡视、风俗之纠察等事。但自检非违使设立之后，弹正台变成有名无实。仲国：源氏，位至正五位下。擅吹笛。历任藏人（一一八四）、木工头、刑部大辅等职。

道："一无所知，无以奉闻。"天皇："倒也是。不过有人说，小督住在嵯峨[07]一家单扇门屋子中。屋主姓名不详，不知可代为寻之否？"仲国："不知屋主是谁，如何寻找是好？"天皇："倒也是。当然当然。"说着泪如雨下。

仲国于是仔细揣想。"是呀，小督最喜欢弹琴，当此明月夜，想起皇上，说不定正在弹琴抒怀呢。犹忆从前在御所弹奏时，仲国曾奉命吹笛相伴，所以小督的琴声，无论在何时何地，一听便可辨认。况且嵯峨野中，民家应该不会太多。若挨家寻访，或许能够听到琴声。"一想到此，便奏请道："虽然不知屋主姓名，仍不妨去寻找看看。但即使找到，若无陛下亲笔书信为证，恐会被误以为假传圣旨。请书一信赐下，以便携去寻访。"天皇道："倒也是。当然。"乃写了一封书信，并吩咐道："可骑马寮御马前去。"仲国骑着御马，也不知确切去向，月下扬起鞭来，便奔出宫门外去了。

古人有咏嵯峨之秋云："牡鹿鸣山里，呦呦任去来[08]。"今夜皓月固然普照大地，但空中仿佛飘荡着一丝丝愁云惨雾。仲国每过单扇门的房子时，总是驻马倾听，但一直听不到有人弹琴的地方。也绕到释迦堂[09]等几处佛堂去看，仍然没有小督的踪影。若是空手回去宫中，还不如根本不要来。如今心想或可从此逃离，使自己迷失。然而普天之下，莫非王土，想逃也无处可隐。正在心烦意乱、无所适从之际，忽然想起了离此不远的法轮寺[10]。小督或许为月光所

---

[07] 嵯峨：今京都市右京区嵯峨，隔大堰川而与岚山相对。古称嵯峨野，为皇族贵人狩猎、度假、游览胜地。名歌枕。

[08] 藤原基俊《过嵯峨闻鹿鸣作》："牡鹿鸣山里，呦呦任去来。嵯峨觅所爱，秋暮最可哀。"按：牡鹿，原文"を鹿"，有解作小鹿者，亦通。

[09] 释迦堂：在今京都市右京区嵯峨释迦堂藤木町。日本五台山清凉寺本堂，其本尊为渡宋学僧奝然（九三八—一〇一六）于宽和二年（九八六）所携回之释迦像。

[10] 法轮寺：在今京都市西京区岚山虚空藏山町。真言宗。和铜六年（七一三）由高僧行基依元明女帝敕愿所建。贞观十六年（八七四）安置虚空藏菩萨像。

诱，前往参拜也不无可能。于是策马驰往法轮寺。

在龟山[11]附近，从一片松林中，隐约传来仿佛弹琴之声。听不清是山风、是松涛、还是琴声[12]。仲国驰马来到一家单扇门的屋子前。的确有人在里面弹琴。驻马倾听，无疑是小督独特的爪音[13]。细听所弹的曲子，居然是《想夫恋》[14]。果然是在怀念皇上。世间乐曲无数，却特别弹奏此曲，幽情绵绵，雅韵悠悠。仲国感动之余，不由得抽出横笛，吹了一下，才咚咚地敲起门来。琴声顿歇。乃大声说道："是宫中使者仲国来了。请开门。"接着又敲了好几次，都无人理会。有顷，好像有人走了出来，便高兴地等着。听到开锁的声音，门扉微微开启，一个年幼的少女探出了头，说道："贵客恐怕找错门了吧。此处并非宫中御使该来的地方。"仲国觉得多说无益，怕被锁在外面，不发一语，径自推门进去了。

仲国走到角门的外廊边，说道："何以躲到此地？皇上日夜思念，抑郁成疾，命将不保。在下所说，绝非虚言。请看御笔信札。"少女接了，转呈小督。打开一览，果然是皇上亲笔。于是立刻写了回信，折叠打结后，附上赠品女装一袭[15]，叫人送了出来。仲国将女装披在肩上，又慨然说道："若来使是别人，既已获得回音，无须多言，便可离去。但从前在宫中弹琴时，仲国时常奉命吹笛伴奏，当时情景，岂能忘怀？如果听不到亲口嘱咐而回去，不免遗憾之至。"小督大概也觉得言之有理，便亲自开口说道："阁下定然亦有所闻。因为入

[11] 龟山：在今京都市右京区嵯峨龟尾町，小仓山东南、天龙寺之后。其形似龟甲，又称龟尾山。

[12] 《拾遗和歌集·杂上》（卷八）有斋宫女御之歌，题《松风入夜琴》。

[13] 爪音：即弹声。爪指弹琴、筝等弦乐器时套在指端之假指甲。

[14] 《想夫恋》：中国传日之雅乐曲名，属无舞平调曲。原名《相府莲》。南齐宰相干俭植莲府中而美之之曲。传唐白居易改题为《想夫怜》云。

[15] 打结：将卷子信札，卷叠为细长条，在中间打结，上加墨记，谓之结文。女装：当时女官对使者往往赐以女装一袭以为酬劳。受者披在肩上或顶在头上，以示感谢之意。

道相国屡放威吓之言，恐惧不安之余，不得不蒙混逃出皇宫，来此暂时栖身。至于弹琴则兴味阑珊矣。然而，又不能长此下去，故已定于明日移居大原山中[16]。此家女主人离情依依，又谓夜阑更深，应无路人偷听，力劝勉为其难，弹奏一曲。往日宫中种种于焉浮现，毕竟难于忘怀。乃援琴抚之，竟被轻易辨认出来。”说着潸然泪下。仲国也湿了衣袖。稍后仲国含泪道：“承告明日将移居大原山中，是否有意落发易装为尼？此事万万不可。如果贸然出家，何以报答皇上之刻骨相思？”于是吩咐同来的马部、吉上[17]等人留下来看守门户，而且吩咐道：“不能让小督殿离此一步。”便独自骑马离开了。回到宫中时，天边已现鱼肚白。

仲国想：“现在皇上应该已入寝宫休息，经由谁人禀报才好。”边想着，边将所骑御马叫人系在马寮中，将小督所赏的女装抛挂在跃马障子[18]上，走到紫宸殿一看，天皇仍坐在昨夜所坐的地方，正在细声长歌：

南翔北向，难付寒温于秋鸿；东出西流，只寄瞻望于晓月[19]。

仲国进去。呈上小督回信。天皇激动无比，嘱咐道：“汝今夜即可将小督带回宫中。”仲国虽怕入道相国终会辗转得知，但此乃天皇纶旨，亦不得不从，便叫来几个杂役、牛僮，备妥牛与牛车，径往嵯峨迎接去了。小督搬出多种不愿回宫的理由，但经不起仲国的万般劝说，终于坐上了车子，重回宫中，被

[16] 大原：京都北郊、高野川流域。在比睿山西北山麓，成一南北向之狭窄盆地。今左京区大原。有胜林院、三千院、来迎院、寂光院等寺院。有出家人或隐遁者聚居之大原别所。

[17] 马部：属于左右马寮，照顾御马之下级员工。吉上：六卫府之下级差役，负责内里诸门之巡逻警卫事务。

[18] 跃马障子：又名马形障子。立于清凉殿渡殿之南、殿上之间入口处。正面画跳跃之马，背面为打球图。

[19] 语出大江朝纲《九条右丞相报吴越王之书》，见于《和汉朗咏集·恋》卷下。

隐藏在人迹罕至的地方。天皇夜夜亲幸，还生了一位皇女，就是后来的坊门女院[20]。

入道相国不知如何得知其事，怒道："小督之失踪，原来是一场骗局。"便将小督逮捕，放逐为尼。小督早有落发之意，而今却出于被逼，年方二十三岁，穿上浓色缁衣，住在嵯峨附近。实在令人叹惋。如此一连串的不如意事，终使高仓天皇病入膏肓，与世长辞，徒留千古遗恨。

后白河法皇也在踵接而来的厄运中苟延余生。永万年间，第一皇子二条上皇驾崩[21]。安元二年七月，皇孙六条上皇去世[22]。曾经私下海誓山盟，指着银河发愿"在天愿作比翼鸟，在地愿为连理枝[23]"的建春门院[24]，也于同年为秋雾所犯，已消失如朝露矣。

岁月荏苒，而一连的死别仿佛是昨日今日之事，泪痕尚未干时，在治承四年五月，第二皇子高仓宫以仁王被追杀身亡[25]。如今，连一向对今生后世寄予厚望的高仓新上皇，竟也先我而去。遗恨踵至，以致愁肠百结，唏嘘终日，唯有

[20] 坊门女院：高仓天皇第二皇女范子内亲王。治承元年（一一七七）十一月生，二年斋院。土御门天皇（第八十三代，在位一一九八—一二一〇）准母。建永元年（一二〇六）封坊门院。承元四年（一二一〇）薨，享年三十四岁。

[21] 永万元年（一一六五）七月二十八日，第七十八代二条天皇（在位一一五八—一一六五）驾崩，享年二十三岁。卷第一《八、立匾争议》章有其下葬相关事件之叙述。

[22] 安元二年（一一七六）七月十七日，当时已为上皇之第七十九代六条天皇（在位一一六五—一一六八）驾崩，享年十三岁。卷第三《十八、幽禁法皇》章提及其让位、驾崩之事。

[23] 语出白居易《长恨歌》："七月七日长生殿，夜半无人私语时：在天愿作比翼鸟，在地愿为连理枝。天长地久有时尽，此恨绵绵无绝期。"

[24] 建春门院：平时信之女滋子。仁安二年（一一六七）女御，嘉应元年（一一六九）院号建春门院。高仓天皇之母。安元二年（一一七六）薨，三十五岁。

[25] 事见卷第四《十一、高仓宫之死》章。

以泪洗面而已。想起朝纲相公[26]因其子澄明先亡而所写的话:“悲之又悲,莫悲于老后子;恨而更恨,莫恨于少先亲。[27]”于我心有戚戚焉,不由得感同身受。尽管如此,法皇依然勤诵一乘妙典《法华经》,深修真言身口意三密行法。因为天下正值谅暗期间,诸公卿殿上人都脱下华丽的装束,换上了黯淡无色的丧服。

[26] 大江朝纲(八八六—九五七):平安中期汉文学者、书法家。祖父大江音人称江相公,故有后江相公之称。文章博士。天历七年(九五三)参议。奉村上天皇之命,撰《新国史》《坤元录》等书。传有《后江相公集》。天德元年(九五七)殁,七十二岁。其子澄明,官至大膳亮兵部丞、民部少辅从五位下。天历四年(九五〇)七月殁。按:白居易《夭老》诗有句云:“谁人断得人间事,少夭堪伤老又悲。”

[27] 语见大江朝纲《为亡息澄明四十九日愿文》(《本朝文粹》十四)。

传檄　五

入道相国对自己如此残酷无情的所作所为，觉得或许会有恶报，不免心存恐惧；而且为了安抚后白河法皇的怨愤，更将自己与安艺国严岛内侍[01]所生、芳龄十八、如花似玉的女儿，献给了法皇。还派许多高级女官[02]随侍，不少公卿殿上人相陪，简直像女御进宫一般。世人都窃窃私议道，高仓上皇驾崩后才过二七，此种做法实在有违纲常，不识大体。

且说，当时谣传在信浓国有一个源氏族人，名叫木曾冠者义仲[03]，是故六条判官为义[04]次男故带刀先生义贤[05]之子。父亲义贤于久寿二年八月十六

[01] 内侍：原指宫中内侍司女官，在此则特指奉侍严岛神社之巫女舞姬。卷第一《五、吾身荣华》章："又将与安艺国严岛神社内侍所生的女儿，安排在后白河法皇御所伺候，受到女御般的殊遇。"

[02] 高级女官：原文上腊女房，指御匣殿、尚侍、典侍（叙二位或三位）之高级女官，多由大臣公卿等贵族之女或孙女等出任。

[03] 木曾冠者义仲（一一五四——一一八四）：源氏。源为义二男义贤之二男。冠者谓已加冠元服之年轻人。寿永三年（一一八四）战死。卷第九《四、木曾之死》章，叙其战死场景。

[04] 六条判官为义（一〇九六——一一五六）：源氏，源义家之孙、义亲四男。邸在六条大路堀川边，任检非违使左卫门尉，故称六条判官。保元之乱（一一五六）时为崇德上皇武将，败绩伏诛。

[05] 带刀先生义贤：源为义二男、义朝之弟。世居上野国多胡郡，故又称多胡先生。久寿二年（一一五五）八月在武藏国大藏馆（今埼玉县比企郡岚山町大藏，馆迹在大藏神社）死于侄子义平之手。带刀：为带刀舍人之略，属于春宫坊，先生为其长官。亦即东宫侍卫长。

日，为镰仓恶源太义平[06]所杀。义仲当年两岁，其母悲愤填膺，哭哭啼啼，抱到信浓国木曾中三兼远[07]住处，恳求道："无论如何，请勉为其难，将此儿抚养成器。"兼远谨受所托，不辞辛劳，加以养育了二十多年。越长越壮、力大超人、性极刚毅。有人赞道：果真是世上绝无仅有、难得一见的强弓射手。不管马上或徒步，皆骁勇善战。即如上古之田村、利仁、余五将军、致赖、保昌[08]、先祖赖光、义家[09]等朝臣名将，也不能与之争锋。云云。

有一日，义仲心中有所思，请来监护人[10]兼远，透露道："兵卫佐赖朝起兵

---

[06] 恶源太义平：即源义平（一一四一——一一六〇）。源为义之孙、义朝之长男。十五岁杀其叔父源义贤之后，即有武勇之名。平治之乱时，随父义朝对抗平家，败逃。后又潜入京都谋杀平清盛，不成被捕，永历元年（一一六〇）被杀。时仅二十岁。按：恶谓刚毅、猛勇，应是亦褒亦贬之词。

[07] 中三兼远：木曾豪族。中原氏。中三：中原三男之略。其子有樋口次郎兼光、今井四郎兼平。

[08] 田村：坂上田村麻吕（七五八—八一一），平安初期武将。延历十年（七九一）至十四年讨伐虾夷；同十六年任征夷大将军。

利仁：藤原利仁。生卒年不详。醍醐天皇延喜十五年（九一五）任镇守府将军。平定下野国群盗，颇有武名。

余五将军：即平维茂，上总介平兼忠之子。镇守府将军。为平贞盛养子，排行十五，故称余五。

致赖：下总介平良正之子。宽弘八年（一〇一一）殁，享年不明。长德四年（九九八）与平维衡战于伊势。翌年，被流隐岐。号平五大夫。与平维衡、源赖信、藤原保昌号称四天王。

保昌：藤原保昌（九五八——〇三六），右京大夫致忠之二男。历任肥前、大和、丹后、摄津国司。左马头。敕许升殿。有善战多谋之誉。《和泉式部日记》作者和泉式部之夫。

[09] 源赖光（九四八——〇二一）：源（多田）满仲长男。历任摄津等国国守、内藏头、左马权头、正四位下。其讨伐怪盗鬼童丸或镇伏魔鬼之英勇故事，见于《古今著闻集》（一二五四）、《御伽草子》（十八世纪初）等说话集中。

源义家（一〇三九——一〇六）：源赖义嫡男。名将、弓马达人。神勇威猛、武略通神。据《尊卑分脉》所记，其父赖义参拜八幡，梦中得灵剑。当月其妻怀妊，生义家。义家七岁（或曰十三岁）之春，在祖神八幡社坛行元服礼，号八幡太郎。随父征战东北，巩固源氏地盘。永保三年（一〇八三）任陆奥守兼镇守府将军。

[10] 监护人：原文めのと，汉字以乳母或乳人当之，在此特指为贵人抚养监护其子女之男子。又称守役（もりやく）、后见人。汉译有以师傅一词译之者。

谋反，已征服了关东八国，且正从东海道推进京都，继续追讨平家军。义仲愿从东山、北陆两道[11]，早日歼灭平家，或可与赖朝并称日本国两大将军。”中三兼远听了，正襟危坐，大喜过望道：“正为此事，才答应养育公子，以至今日。听公子所言，不愧是八幡神[12]之后裔。”于是，立即开始筹划起兵事宜。

其实，在此之前，义仲便经常陪着兼远进京，窥探平家族人的虚实动静。十三岁元服时，参拜石清水八幡，在八幡大菩萨尊前，宣誓道：“我四世先祖义家朝臣，在此成为八幡大菩萨之子，号称八幡太郎。我愿步其后尘。”随即在八幡大菩萨尊前，结髻加冠，取名木曾次郎义仲。兼远便道：“可先传达檄文[13]。”于是与信浓国的根井小弥太[14]、海野行亲[15]接触，均无异议。从此信浓一国的武士莫不服从。在上野国则因故带刀先生义贤的缘故，多胡郡[16]的武士也都起而响应。正逢平家走向末路的机缘，当可一偿源氏长年所怀的夙愿。

---

[11] 东山道：有近江、美浓、飞驿、信浓、上野、下野、陆奥、出羽八国。北陆道：有若狭、越前、加贺、能登、越中、越后、佐渡七国。

[12] 八幡神：原文八幡殿。殿为对神（如对大臣、公卿、殿上人）敬称之词，尊称八幡宫所祭之神。八幡神以应神天皇为主尊，兼祀神功皇后、比卖神等。又称八幡大菩萨。为源氏氏神，亦为日本弓矢武道之神。

[13] 檄文：原文作回文，或作回状，指在特定人士间传阅之急件文书，多与军事活动有关，故以檄文译之。本章原题《回文》，则移译为传檄，传阅檄文之谓也。

[14] 根井小弥太：信浓国北佐久郡根根井（今长野县佐久市）人。信浓国豪族。元历元年（一一八四）战死。

[15] 海野行亲：海野为滋野氏之一族，居住信浓国小县郡海野（今长野县东御市本海野）。行亲：或作行近或幸亲，均读ゆきちか。注家或以行亲与根井小弥太实为同一人物。

[16] 多胡郡：或作田子郡，今群马县多野郡。

六 飞脚传书

木曾之地在信浓国南端，与美浓国交界处，距京都并不太远。平家族人风闻此一消息，极为震惊，纷纷嚷道："东国叛变已够棘手，而今连北国亦举叛旗，何以如此？"入道相国却道："区区木曾其人，何足道哉？即使信浓全国武士归服木曾，我方在越后国，尚有余五将军之后裔城太郎助长、四郎助茂兄弟[01]，拥有强大兵力。只需一道命令，便可代我敉平叛乱。"不过，仍有不少人还在窃窃私语，不知如何是好。

二月一日，任命越后国人城太郎为越后国守[02]。听说是出于追讨木曾之一种谋略。同月七日，自大臣公卿以下，奉命各在家中供养尊胜陀罗尼经文[03]、不动明王画像，也是为了平定兵变的一种祈愿。

同月九日，听说河内国石河郡人武藏权守入道义基[04]，率其子石河判官

---

[01] 城太郎助长：本名资永。余五将军平维茂（参前章注8）之六代孙。维茂三男出羽城介繁茂以后，改姓城。助长或作助永、资长。养和元年（一一八一）八月叙从五位下，任越后国守。同年九月猝死。四郎助茂：或作资茂、永用、长茂。助长、助茂兄弟两人之名号与事迹，常被混同一人，难辨彼此，故注家亦多不甚了了。

[02] 据《吾妻镜》（镰仓幕府之日记体记录）所载，养和元年（一一八一）九月三日除越后国守者是其弟城四郎，非城太郎。

[03] 尊胜陀罗尼：一种佛教梵文咒语，共八十七句。尊胜为佛顶尊胜之略，为佛陀三十二相之一。诵其陀罗尼，有灭罪、延命、除灾之效。

[04] 河内国石河郡：在今大阪府南河内郡河南町边。源义基：已见卷第四《三、源氏名录》章。号石川，从五位，官至武藏权守、下总权守等。在鸟羽之战为平氏所杀。权守：为代理国守，非真除之官。

代义兼[05]，私下心许兵卫佐赖朝，决定背叛平家，且将奔赴东国。入道相国即采先声夺人之计，以源大夫判官季贞、摄津判官盛澄[06]为大将，总共派出了三千余骑。

石河城内守着武藏权守入道义基、其子判官代义兼，兵力只不过一百骑左右而已。双方呐喊射箭开战，进进退退，厮杀长达数时。城内武士奋力勇战，非死即伤。武藏权守入道义基亦战死。其子石河判官代义兼则身受重伤而被俘。

同月十一日，义基法师的首级送到京城，在大路广衢上巡回示众。过去在谅暗中，不是没有将贼寇首级游街的先例。堀河天皇晏驾时，前对马国守源义亲的首级便遭到游街示众的命运[07]。

同月十二日，有飞脚[08]自九州来。宇佐大宫司公通[09]报告道："九州地方，以绪方三郎[10]为首，下至臼杵[11]、户次[12]、松浦党[13]，皆已背叛平家，心归源氏

---

[05] 源义兼：义基之子，已与其父见于卷第四《三、源氏名录》章。判官代：为平安中期以后，上皇院厅之事务官或检非违使尉，多由五位或六位藏人任之。

[06] 源季贞、平盛澄：均为平家侧近部下，均在元历二年（一一八五）坛浦之战被源氏所俘。

[07] 第七十三代堀河天皇（在位一〇八六—一一〇七）于嘉承二年（一一〇七）七月十九日崩，二十九岁。源义亲（？—一一〇八）于康和三年（一一〇一）对马守任期中，横行九州。天仁元年（一一〇八）白河法皇以平正盛为追讨使，取其首级，凯旋回京，巡街示众。

[08] 飞脚：古时快速传递书信之差使。

[09] 宇佐大宫司公通：丰前国宇佐郡（今大分县宇佐市）宇佐八幡宫神职之长。宇佐氏世袭宇佐八幡宫神职。公通为四十四代大宫司。忠于平家。

[10] 绪方三郎维义：丰后国大野郡绪方庄（今大分县丰后大野市绪方地区）人。历代世袭大神神社神职。传维义为大神惟基五代孙。

[11] 臼杵二郎惟隆：丰后国海部郡臼杵庄（今大分县臼杵市）人。绪方三郎之兄。

[12] 户次：丰后国大分郡户次庄（今大分市户次）人。姓大神，与绪方同族。

[13] 松浦党：指居住肥前国松浦郡（今佐贺县东松浦郡与长崎县北松浦郡）诸豪族、武士团之联合组织。镇西九党之一。

矣。”有人听了，愕然若有所失，忿忿击手道：“东国、北国已经叛变，今又有九州，奈何？”

同月十六日，又有飞脚自伊豫国来。自去年冬季，以河野四郎通清[14]为首的四国地方人士，纷纷背叛平家，归附源氏。有备后国人额入道西寂[15]，一向效忠平家，便率兵闯入伊豫国，在道前、道后[16]交界的高绳城[17]，杀死了河野四郎通清。其子河野四郎通信在父亲被杀时，正在安艺国访问舅父奴田次郎[18]，所以不在身边。获悉父亲被杀，怒冲冲、气汹汹道：“可恶之至。非将西寂置之死地，绝不甘心。”乃伺机报复雪恨。额入道西寂杀了河野四郎通清后，镇压了四国的叛乱，于今年正月十五日回到备后国鞆港[19]，招来歌妓游女，宴饮狂欢，喝到烂醉如泥时，河野通信率着敢死队一百多人，突然攻了进去。西寂身边原有三百多随从武士，但事出意外，毫无预警；张皇失措之余，试图抗拒者不是被射伤，便是被砍死。西寂则被生擒，带回伊豫国，到父亲蒙难的高绳城中，以锯锯其头。一说是处以磔刑[20]。

[14] 河野四郎通清：伊豫国风早郡河野乡（今爱媛县松山市河野地区）豪族。一本作河野大夫越智通清。或以为伊豫国造之后裔。

[15] 额入道西寂：备后国奴可郡小奴可（今广岛县庄原市东城町小奴可）土豪。一本作奴可田入道高信法师。

[16] 伊豫国：今爱媛县。道前指其东部五郡，道后指其中部七郡。

[17] 高绳城：在温泉郡与越智郡交界处之高绳山中，又名河野城，为河野氏历代居城。

[18] 奴田次郎：安艺国沼田郡沼田乡（今广岛县三原市本乡町）居民。卷第九《六、六度交战》章，称沼田次郎。平教经攻打四国时，投降平家。

[19] 港：今广岛县福山市鞆浦，古来濑户内海有名港埠。

[20] 磔（はりつけ）：古日本刑罚之一，即将犯人绑在木架或十字形木柱上，从左右以枪刺杀之之刑。与中国古代分裂肢体之原义不同。

七 入道死去

其后，四国的武士都归附了河野四郎通信。熊野别当湛增[01]虽久沐平家恩典，听说也举叛旗而与源氏同心。凡东国、北国皆已易帜。南海、西海[02]亦复如是。夷狄[03]之蜂起，惊耳悼胆；叛乱之征兆，频传屡奏。四夷忽然并起。天下之将亡，即使非平家一族，凡是有心之人，无不叹惋，感慨系之。

同月二十三日，开了公卿会议。前右大将宗盛卿道："关东方面虽然派军平乱，但迄今效果不彰。此次宗盛愿得大将军之职，前往讨伐逆贼。"众公卿随口奉承道："是上上之策，再好不过。"于是法皇降旨：凡公卿殿上人，其身为武官而使弓箭者，也应服从大将军宗盛卿，追讨东国、北国之叛徒。

同月二十七日，听说前右大将宗盛卿为追讨源氏，即将率军开进东国，却因入道相国身体不适而中止。翌二十八日起病情转剧。在京城中，甚至在六波罗，都有人窃窃私语道："要来的终于到了。"入道相国自从卧病以来，连水也咽不下喉咙。身内发烧如同火炉，不可向迩。离其卧处四五间内，人若走近，便觉炽热不可当。病人只管"热呀热呀"地呻吟着。此病看来并不寻常。

---

[01] 熊野别当湛增：俗姓藤原。熊野别当十八代湛快次男，为二十一代别当。别当乃寺社长官。湛增已见卷第四《三、源氏名录》章，参注24。原属平家，后叛归源氏。

[02] 南海：即南海道之略，指纪伊、淡路、阿波、赞岐、伊豫、土佐诸国。西海道指九州诸国。

[03] 夷狄、四夷：均以喻各地叛军，非古之所谓蛮族也。

从比睿山汲来千手井[04]的神水，倒满石凿浴槽，将病人浸泡其中，尝试加以冷却；却只见一阵沸腾，立刻变成了一槽滚水。另外，还想出一种或许有用的办法：以水管引水浇在身上，却像浇到火烧的石头或铁片，瞬即迸散。偶有沾到身体的凉水，也变成火焰。火舌涡旋而上，黑烟弥漫殿中。此情此景，仿佛从前法藏僧都[05]应阎王之邀，寻访亡母转生之地。阎王怜其孝心，着由狱卒引导，前往焦热地狱[06]。进入铁门一看，火焰如流星，蹿升空中，高可数百由旬[07]。

入道相国夫人二位殿[08]梦中所见，更是可怖。梦见一辆烈火熊熊的车子被推进门来。车前车后站着的不是马面，便是牛头。车前竖着一面铁牌，上头写着一个无字。二位殿在梦中问道："车子来自何方？"答曰："来自阎王殿，迎接平家太政入道大人。"又问："然则此牌何谓也？"答道："因烧毁南阎浮提金铜十六丈毗庐遮那佛[09]之罪，阎王殿审理已毕，宣判应堕入无间[10]之底。但仅写无间之无，未及写其间字。"二位殿从梦中惊醒过来，吓出一身冷汗。将此

[04] 千手井：在比睿山东塔西古行光坊下，为山王院千手观音供水之阏伽井。按：阏伽，梵文，意为供佛或灌顶所用之水。

[05] 法藏僧都：康保二年（九六五）第四十六代东大寺别当，安和元年（九六八）少僧都，次年殁，六十四岁。据《元亨释书·法藏传》所载，法藏受阎王之邀，赴忉利天为讲师，感动诸天。问其亡母所在，谓仍在焰王宫焦热地狱接受刑责，乃往访之。归寺后，依母愿书写《法华经》以救其灵，结果其母转生于忉利天。

[06] 焦热地狱：八大地狱之一，以热铁火烧之苦，惩罚犯杀、盗、淫、饮酒、妄语、邪见之罪者。

[07] 数百由旬：喻高不可测。数百，原文作多百，言其多也。由旬：古印度路程单位，相当于二公里或二十公里，多种注解，各不相同。

[08] 二位殿：平清盛之妻从二位平时子。

[09] 南阎浮提：须弥山周围四大洲之一，在南方，指人间世界。金铜十六丈毗庐遮那佛：即东大寺大佛，已见卷第五《十四、奈良火灾》章，中有大佛被烧毁之叙述，并参该章注21。

[10] 无间：指八大地狱最下之无间地狱，即梵语阿鼻地狱。犯五逆罪者（杀母、杀父、杀阿罗汉、出佛身血、破和合僧）与不辨因果、诽谤大乘、虚费布施者堕之。焚烧极苦之地狱。

事告诉别人，听者莫不毛骨悚然。于是，乃向素有灵验的寺院神社，不惜一再奉献金银七宝。甚至将马鞍、铠甲、弓矢、大刀、小刀之类，也一概搬出献纳，祈求病人痊愈。然而毫无效果。平家的公子公主们围在病床周边，不知如何是好。只能望着病床兴叹，人人束手无策。

同年闰二月二日，二位殿冒着热气，走到病人枕旁，边哭边道："贵恙日见恶化，看来恐无痊愈之日。若对此生仍有放不下之事，可趁现在神志尚清时，请予吩咐。"入道相国平日虽然豪横不羁，如今却因病痛而苦恼不堪，上气不接下气，勉强开口道："我自保元、平治以来，屡次平定朝敌，恩赏有加。何况，诚惶诚恐，贵为天子祖父，官至太政大臣。荣华富贵，荫及子孙。今生所望，一无可憾。唯有一大遗恨，未能目睹伊豆国流人前兵卫佐赖朝之首级耳。恨之既久，最难释怀。我在万一之后，不得建造佛堂佛塔以为孝养。径需出兵讨伐赖朝，取其首级，供我墓前，是乃纯孝之至，不可或忘。"临终遗言，犹耿耿于生前仇怨，闻者莫不不寒而栗。

同二月四日，入道相国病情加剧。姑且在木板上洒水，使卧其上而试之，亦不见任何助益。在一阵闷绝躄地[11]之后，终告气绝而身亡。于是，讣讯使与吊唁者的马蹄声或牛车声，交杂在道路上，响彻云天，震撼大地。即使是一天之君[12]、万乘之主，不管发生何事，也从未有过如此盛况。享年六十四岁。虽然不能说是老死，但宿命终究难逃。大法秘法失其灵效，神明三宝丧其威光，而诸天[13]亦不予保佑。至于凡人智虑，当然更无济于事。虽有数万誓死效忠的武士列在堂上堂下，却对肉眼看不见的无常杀鬼[14]，再短暂也毫无抗拒之

---

[11] 闷绝躄地：苦闷气绝而晕倒于地也。《法华经·信解品》："转更惶怖，闷绝躄地。"

[12] 一天之君，与万乘之主同义对句，指天皇。一天为一天之下，即天下或宇内，指日本全国。

[13] 诸天：梵天、帝释天、四天王等在天界守护佛法之诸神。

[14] 无常杀鬼：即无常之杀生者。《摩诃止观》："无常利鬼，不择豪贤。"

力。何况过了一去不返的死亡山、三濑河[15]之后,便进入黄泉中有[16]之旅,恐怕不得不踽踽飘在虚空之中。生前罪业都会化成狱卒赶来迎接。想来实在可叹又可悲。

然而丧葬之事不能拖延。同月七日,遗体在爱宕[17]火化后,骨灰盒由圆实法眼[18]挂在颈下,带往摄津国,葬在经岛。生前固然名震日本宇内,耀武扬威,擅权霸道,不可一世。但一旦命也呜呼,遗体顿时化为一道黑烟,袅袅消失于都城的上空之中。骨灰则暂时留在此世,但不久之后,也将与海滨的沙砾相混,和成尘土,一切又归乎虚无飘渺中了。

---

[15] 死亡山:原文四手山,亦作死出山(四手、死出,同读しで),死者死后七日间,首先经过之险山。三濑河:冥途中须渡山水濑、江深濑、有桥濑三濑,故曰三濑河,又称三途川。

[16] 中有:同中阴。指人在死后尚未决定转生何处或何物之期间,即七七四十九日。日释永观《往生拾因》:"行无常住,只有守尸之鬼。神无常家,独研中有之旅。悲哉冥冥独逝,不从一人。"

[17] 爱宕:在京都东部(今左京区内)之火葬场。

[18] 圆实法眼:左大臣德大寺实能之子。法眼为僧位第二,仅次于法印。

八 筑岛

且说在送葬当日晚间，发生了许多不可思议的怪事。镂金雕玉、镶银嵌珠的豪宅西八条殿[01]，忽然起火，化为灰烬。本来祝融之灾并不稀奇，只是正好发生在此时此刻，难免启人疑窦。听说是有人放火。又同夜从六波罗南边，传来好像有二三十人的喧哗闹声，只听唱道：

有水真好啊，瀑布叫呀叫[02]。

还打着拍子，边歌边舞，断断续续哄然大笑。想到正月高仓上皇才晏驾，天下犹在居丧期间。仅隔一两个月之后，入道相国继而去世。全国上下，甚至匹夫匹妇，也莫不哀悼。而竟有人如此胡闹，肯定是天狗[03]之所为。于是，平家中血气方刚的年轻武士，集合了一百余人，齐向笑声来处寻将过去，竟然到了法皇御所法住寺殿前。其实，两三年来法皇已不在此居住；是留守的备前国前司基宗[04]，趁黑找了亲朋好友前来喝酒。起初大家也知值此居丧之际，不宜喧闹。但越喝越多，酒意越浓，便不禁唱起歌、跳起舞来了。

---

[01] 西八条殿：清盛另一府邸，与六波罗殿有别。在东寺之北、八条坊门小路之南、大宫大路之西。

[02] 延年舞歌词。已见卷第一《八、立匾争议》章，参注19。

[03] 天狗：前已数见。日本传说中之怪物。见卷第二《十二、山门灭亡》章，注37，以及卷第五《三、怪物》章，注2。

[04] 基宗：传不详。《大日本史・国郡司》并无备前国司基宗之名。或以为越中国守从五位下基宗。

平家武士一拥而上，将醉酒的约三十人，一个不漏，全都抓了起来，押回六波罗，带到前右大将宗盛卿居处的中庭，强迫排排坐下。宗盛卿详细盘问了事情的原委，说道："果然是一群醉汉。不可砍杀。"便全都无罪放走了。

通常人死之后，即使身份卑贱之家，也要晨夕敲钲鸣钟；晚诵《阿弥陀经》，早读《法华忏法》，久来习以为常。然而，禅门平清盛去世后，并未举行任何供佛施僧的法会。朝夕所谈只有战争，仿佛世上别无他事一般。

禅门相国的临终诚然惨不忍睹，其实，终其一生，还有许多异于凡人的所作所为。譬如参拜日吉神社[05]时，本家与他家公卿随行供奉者之多，多至不可胜数。当时有人评道："即使摄政关白参拜春日神社，或告祭于宇治平等院[06]，亦未尝有此盛况。"他如在福原筑了经岛，使上下往来的船只免去风波之险，可说功德无量。经岛于应保元年二月上旬动工，同年八月却遭大风狂浪而崩散。乃又于同三年三月下旬，以阿波国民部大辅重能为奉行[07]。大工告竣后，公卿之间有立人柱[08]之议。但入道相国以为罪业深重，改立石碑，刻以一切经，故名之曰经岛。

---

[05] 日吉神社：在比睿山东麓、今滋贺县大津市坂本。全国日吉神社之总本山，祀比睿山地主神，为历代朝廷、公卿大臣所崇拜。

[06] 春日神社：藤原氏氏神。前已数出，参卷第三《十二、无文佩刀》章，注1。告祭于宇治平等院：原文"宇治入"，藤原氏有人就任摄政关白后，祭告宇治平等院之仪式。平等院：已见于卷第四《十、桥头之战》章，详注3。

[07] 二条天皇应保元年为西历一一六一年。奉行：奉命执行特殊任务之官职，类汉语之督办。至镰仓、江户时代，成为固定武家职称，如町奉行、寺社奉行等。重能：田口氏，阿波国豪族。仕平家，官至阿波民部大辅、阿波国守。在坛浦之役叛归源氏。见卷第十一《八、远箭》章。

[08] 人柱：筑港、建堤或架桥等水利土木工程时，为祈求施工顺利，活埋活人以为牺牲，借以安抚河伯海神等水灵，谓之人柱。

九 慈心房

古老传说，总以为清盛公是个恶贯满盈的枭雄，其实是慈惠僧正[01]的投胎转世。究其缘由，摄津国有一座山寺，名清澄寺[02]。该寺住僧慈心房尊惠[03]，原为比睿山学僧，修持《法华经》多年。然而忽起道心、离开本山，来到此寺。光阴荏苒，岁月既久，前来皈依者接踵而至，不可胜数。

承安二年[04]十二月二十二日夜半，正凭着扶肘[05]诵读《法华经》，到了丑时，在如梦似幻中，看见一个年约五十的男子，身穿洁白净衣，头戴立乌帽子，脚踏草鞋，胫裹绑腿，手拿文书，走上前来。尊惠问道："客从何来？"答曰："来自阎魔王宫之使者是也。接旨。"便将文书交与尊惠。打开一看，只见写道：

谨邀阎浮提[06]大日本国摄津国清澄寺慈心房尊惠：订于本

[01] 慈惠僧正：释良源，谥慈惠。已见卷第三《六、赖豪》章，注13。近江浅井郡人。俗姓木津氏。康保三年（九六六）第十八代天台座主，贞元二年（九七七）权僧正，天元四年（九八一）大僧正。永观三年（九八五）殁，七十四岁。著有《百五十尊口诀》《极乐净土九品往生义》等书。

[02] 清澄寺：在摄津国河边郡小滨村，今兵库县宝冢市米谷。俗称清荒神。益信僧正开基，宽平年间（八八九—八九八）创建。

[03] 慈心房：《本朝高僧传》："释慈心，字尊惠。少上睿山，习核台教，修法华三昧。住摄清澄寺。"

[04] 高仓天皇承安二年相当于西历一一七二年。

[05] 扶肘：原文胁息，状如椅子扶手，高约一尺，形狭长，坐时置于侧，以支肘臂，安定全身。

[06] 阎浮提，指人间世界。见本卷《七、入道死去》章，注9。

月二十六日，在阎魔罗城大极殿，召集持经者[07]十万人，转读[08]《法华经》十万部。仰即屈驾出席。阎王宣旨，特此召请如上。

承安二年十二月二十二日　　阎魔王府

尊惠认为既不便推辞，便毫不犹疑地写了回函，在交给来使的刹那，忽从梦中醒来，觉得自己仿佛死去而又复活，便将梦中所见告诉了住持光影房[09]。人人都感到灵妙不可思议。尊惠开始口唱弥陀的名号，心念引接[10]之悲愿。终于到了二十五日夜晚，照常在佛前凭着扶肘念佛诵经。到了子时，困倦难耐，才回居室躺了下来。进入丑时，又出现如前净衣装束的男子二人，催促道："快快前去吧。"明知是阎王的旨意，诚惶诚恐，不敢不从；但若遵命参见，却无衣钵可以穿用。正在踌躇为难之际，却见一套法衣，飘飘然缠在身上，披在肩头。又有金钵从天而降。接着，有童子二人、从僧二人、下僧[11]十人，加上一辆七宝大车，出现在寺坊门前。尊惠喜出望外，立刻上车。从僧等驾车转向西北，腾空而行，不久抵达了阎魔王宫。

面对阎王宫，外廓连绵无垠，其内宽广深邃。有七宝砌成的大极殿。又高又广，金色灿烂，盖非凡夫俗语所能形容。当日法会之后，应邀出席的诸僧都已陆续离去，尊惠却独自立在南方中门，遥望大极殿，看到不少冥官冥众，正襟危坐在阎魔法王面前。

尊惠想道："机缘难得。可趁此时请教来生之事。"便往大极殿走去。童

[07] 持经者：指信奉修持经典而时时诵之者。按：持经之经通常指《法华经》，故又称"法华持者"。

[08] 转读：诵读佛典。或以为摘要选读佛经之法。已见卷第五《十、福原院宣》章，注5。

[09] 光影房：或作光阳房、光养坊。传不详。

[10] 引接：弥陀如来来迎，引导众生前往极乐，谓之引接。

[11] 从僧：随侍住持或高僧之僧徒。下僧：地位身份低下之杂僧。

子二人为他撑盖，从僧二人拿着箱子，带领下僧十人，排成一列。一行走近王宫时，阎魔法王、冥官、冥众都下来迎接。原来多闻天与持国天[12]化为二童子；药王菩萨与勇施菩萨[13]变成二从僧；十罗刹女[14]则化成十人下僧，随在身边，随时随地细心伺候。

阎王问道："众僧皆已离去，大师何以独留在此？"答道："只为请教贫僧后世转生何地。"阎王道："然而能否往生极乐，端在信与不信。"一边说着，一边命令冥官道："此位法师之善行记录文件，收在南方宝藏中。快去取来读之，以见其一生所行之善事，以及教化他人之碑记。"冥官奉命前往南方宝藏，取来文件箱，郑重地打开盖子，仔细地大声读了一遍。尊惠悲叹啼泣，恳求道："唯愿怜我悯我，教我以脱离死生之法，开示证大菩提[15]之捷径。"当时，阎王起怜悯之心，乃诵偈多首，以垂教化之意。冥官染笔一一记录下来。

妻子王位财眷属，死去无一来相亲。
常随业鬼系缚我，受苦叫唤无边际。

阎王诵完此偈，便以冥官所录授予尊惠。尊惠喜出望外，随口言道："日本有平大相国者，选定摄津国和田崎[16]地方，在四面各十余町之中，建造排排僧坊，如同今日之十万僧会，邀请无数持经者，坐满每间僧坊说法读经，虔诚隆重之至。"阎王随喜感叹道："所提入道并非常人。实乃慈惠僧正化身。

[12] 须弥山中腰由揵陀罗山，有四峰，由帝释天外将四天王分守。北多闻天、东持国天、南增长天、西广目天。皆事帝释天，保护皈依佛法之众生。

[13] 药王菩萨：《法华经》二十五菩萨之一。施良药以除众生病苦。勇施菩萨：施法宝以利众生。

[14] 十罗刹女：蓝婆、毗蓝婆、曲齿、华齿、黑齿、多发、无厌足、持璎珞、皋谛、夺一切众生精气之女鬼。

[15] 证大菩提：证得佛之大智大慧。大菩提指佛之正觉大悟。

[16] 和田崎：今神户市兵库区南端、神户港区突出之海角。

为护持天台佛法，转生于日本。因此我每日加以三度礼赞，有偈为证，宜送与其人。”

敬礼慈惠大僧正，天台佛法拥护者。
示现最初将军身，恶业众生同利益。

尊惠恭谨收下，正要走出大极殿南方中门时，冥府官兵等十余人站在门外，请尊惠上车，前后簇拥着上路。又是腾空回来。苏醒了，仿佛一场幽梦。尊惠带着偈语，往西八条邸晋见入道相国。相国大悦，隆重款待，赏赐种种礼物，并任命为律师[17]。此后，世上相传，清盛公乃慈惠僧正之转生，云云。

[17] 律师：僧官之一，次于僧都。相当于官吏五位。

十 祇园女御

又有人说，平清盛并非平忠盛之子，其实是白河上皇的皇子。缘由是永久年间[01]，有一个颇受上皇宠爱的女官，人称祇园女御[02]。住在东山之麓、祇园[03]之边。上皇经常临幸。

有一日，上皇带了殿上人一两人、北面武士数人[04]，又悄悄来访。时当五月二十日黄昏之后，夜幕低垂，目难辨物，而且梅雨连绵，显得更加昏黯。正感到郁闷不堪之际，忽从女官住处附近的佛堂边，出现了一个发光之物。头上好像插满了磨亮的银针，摇荡闪烁。左右两手举起，看来似手非手。一手握着槌子也似的工具，一手拿着火焰般的物体。法皇与臣子都惊慌失措道："可怕呀可怕。大概真的是鬼。手中所持之物，当是夺宝魔槌[05]。如何是好？"上皇于是召来时任下北面的平忠盛，嘱咐道："在此数人中，汝做事最为稳重称职。可将那怪物射杀或砍死。"忠盛恭谨受命，乃走向前去。心想："此物似狐似狸，

---

[01] 永久：第七十四代鸟羽天皇（在位一一〇七—一一二三）年号之一（一一一三—一一一八）。

[02] 祇园女御：白河上皇宠妃，虽无"女御"宣旨，世人多以祇园女御称之。出身不明。众说不一。据《贺茂神主补任史》（一九九一），以祇园女御为神主贺茂重助之女。

[03] 祇园：在今京都市东山区祇园町北侧八坂神社边。八坂神社以前称为祇园感神院或祇园社。

[04] 北面武士：上皇御所之警卫武士，始设于白河上皇之时。位阶四五位者为上北面，六位者为下北面。

[05] 夺宝魔槌：原文"打出小槌"，古来日本传说中，魔鬼所持之宝器，只需一挥打，便可从人身上取得任何所望之物。

似非强悍残暴之类。如若射之砍之，日后必将后悔无已。何不生擒之？”小心翼翼地靠近过去，只见火光闪了一下，又闪了一下，闪了两三次后，忠盛冲上去一把抓住，扭成一团。对方叫道：“这是干什么？”原来不是怪物，是一个人。

其时上下众人都点燃火把，好奇地趋前观看，却是个六十岁左右的和尚。正确地说，是个在佛堂里打杂的法师。他正在巡回点灯，一手拿着装油的瓶子，一手拿着装火苗的陶器。雨越下越大。怕被淋湿了，头上戴着麦秆编成的斗笠。陶器中的火苗映在麦秆上，便显得活像无数发亮的银针了。怪事怪象既已大白，上皇有感而言道：“如果已射死或砍杀此人，朕定将懊悔终生。今日忠盛之所作所为，盖出于深谋远虑。凡执弓箭者理当如此。”于是，将自己最宠爱的祇园女御赐予忠盛，以为奖赏。

且说，祇园女御当时已怀着白河上皇的孩子。上皇道：“所生者若是女孩，将为朕之女；若是男孩，则为忠盛之子，务必养成身持弓箭之士。”结果所生的是个男孩。

忠盛伺机想奏闻此事，却一直等不到方便的时刻。有一日，白河上皇在行幸熊野途中，到了纪伊国丝鹿坂[06]暂时停驾，下舆休息。忠盛看到路边长着许多零余子[07]，摘了些，放进袖兜中，走到上皇面前，吟道：

山芋发珠芽，如今满地爬[08]。

上皇心领神会，当即联句道：

---

[06] 丝鹿坂：在今和歌山县有田市之南、熊野街道之山坡地段。

[07] 零余子：山芋肉芽，又称珠芽，生于枝间。可煮食。

[08] 芋与妹，同训（いも），意双关。妹可用作妻或情人之意。在此喻祇园女御。句意谓：吾妻已生了，已成长如芋藤，能在地上爬矣。

直须折其蔓，可以养身家[09]。

从此之后，忠盛更专心抚养这个公子，视同己出。但小公子却常爱夜哭，上皇听说了，御咏和歌一首赐予忠盛：

夜哭固烦扰，唯须善待之。来日望清华，当有繁盛时。

因而命名为清盛。十二岁为兵卫佐。十八岁叙四位，称四位兵卫佐。不知底细的人议论道："华族[10]世家才会如此。"鸟羽上皇知其内情，便道："清盛之为华族之胤，不下于任何人。"

古时天智天皇将怀孕的女御赐给大织冠[11]时，说道："女御所生若是女婴，则为朕之女；若是男婴，则为爱卿之子。"结果生了男孩。多武峰开山祖师定惠和尚[12]是也。古代既有此例，末世的平大相国说不定真是白河上皇的儿子，因此才敢胡作非为，一意孤行，做出迁都之类荒唐至极的大事。

同年闰二月二十日，五条大纳言邦纲[13]卿去世。此人与平大相国缘分非

---

[09] 直须折，原文ただもりとり，与"忠盛采之"双关。蔓喻小孩。句意谓：只需由忠盛取此小孩而善养之，于其身家将有好处多多也。

[10] 华族：仅次于摄政关白之贵族门第，同清华、英雄。可出任大臣、大将以至太政大臣之职。

[11] 第三十八代天智天皇（称制六六一—六六八，在位六六八—六七一）。大织冠：已见卷第一《十一、争路》章，注21。第三十六代孝德天皇大化三年（六四七）所定最高冠位。在此指中臣镰足（六一四—六六九），日本古代名臣。藤原氏之祖。天智天皇八年（六六九）授大织冠予中臣镰足，并赐姓藤原。天智天皇所赐女御所生男孩，据《大镜》（一一三四），或即藤原不比等。

[12] 多武峰：今奈良县樱井市多武峰。藤原镰足之子定惠改葬镰足遗骨于此，建十三重塔，造妙音寺。谈山神社为其主神。定惠和尚：镰足长子、右大臣不比等之兄。据《元亨释书》，乃孝德天皇（非天智天皇）所赐妃子所生。天智六年（六六七）渡唐，天武七年（六七九）归国。传于和铜七年（七一四）殁，八十余岁。

[13] 藤原邦纲：已见卷第三《三、皇子诞生》章。永万二年（仁安元年，一一六六）正四位下参议，治承元年（一一七七）正二位权大纳言。号土御门或五条大纳言。治承五年二月，因病出家。同月殁。按：自此段起，他本或另设一章，题《须合战》。

浅，情同手足，难分难舍。果然，两人不约而同：同日罹病，同月前后亡故。

五条大纳言是堤中纳言兼辅[14]的八代后裔、前右马助盛国[15]之子。因为尚无藏人资历，便以进士杂役[16]的身份在宫中任职。近卫天皇在位时，仁平年间[17]，宫中突然失火。皇上已经脱险，驾临紫宸殿，却不见任何近卫府的官员。正在惊恐万状、不知所措之际，邦纲叫人抬着腰舆[18]过来，奏道："当此紧急之时，请即用此腰舆。"皇上坐了进去，垂问道："汝是谁？"答曰："进士杂役藤原邦纲。"后来，皇上对时任关白的法性寺殿[19]强力推荐道："居然有如此机警灵敏之人，宜加重用。"乃赐予许多领地，叙任重要官位。又有一次，近卫天皇临幸石清水八幡宫时，乐舞队长酒醉跌入水中，装束全湿。神乐不能及时演奏。邦纲在场，立刻捧出一包衣物来，说道："虽非上品，舞者装束倒有一套在身边。"舞者取来穿上，得以顺利演奏了神乐。时刻虽然稍有延迟，但歌声澄亮，舞袖翩翩，节和拍谐，无不赏心悦目。神乐之兴味盎然，神人同感。因而联想起神代之古昔，天照大神闻神乐而推开天之岩户的故事[20]，时至今日，始知其所以然的道理。

---

[14] 藤原兼辅：延长八年（九三〇）十二月中纳言，号堤中纳言。承平三年（九三三）殁，五十七岁。

[15] 藤原盛国：官阶至从五位上左马助。

[16] 进士：文章生汉名。以大学寮文章生身份充任藏人所杂色（杂役）者，谓之进士杂色。邦纲自长承四年（一一三五）至升任藏人之久安四年（一一四八），为文章生兼藏人所杂色。

[17] 仁平：近卫天皇年号之一（一一五一——一一五四）。

[18] 腰舆：又称手舆。简便轿子，前后各一人夹腰，以手提之。

[19] 法性寺殿：藤原忠通（一〇九七——一一六四），官至太政大臣。仁平间为关白，保安二年（一一二一）至保元三年（一一五八）为摄政。引退后居别业法性寺，号法性寺殿。

[20] 天之岩户：日本神话。素盏呜尊大闹天庭，天照大神叹之，藏身天之岩户中。世界无光，漆黑一片。群神聚集，商讨对策。乃由天钿女命舞神乐。天照大神好奇而开岩户，重现日光。

在邦纲的先祖中，有一人名山阴中纳言[21]。其子如无僧都[22]不但智慧才学兼备，且是一位净行持律的高僧。昌泰[23]年间，宽平上皇行幸大井川时[24]，劝修寺内大臣高藤[25]公之子泉大将定国[26]的乌帽子，忽被小仓山[27]的阵风吹落河中，只得以袖子压住发髻。正在狼狈不堪之际，听说如无僧都即从三衣匣[28]中取出一顶乌帽子。如无僧都之父山阴中纳言除大宰大贰，在南下镇西途中，僧都才两岁，为继母所不喜，急欲除之而后快。于是继母故作紧抱状，旋即丢之入海中，意图加以淹死。却说其生母仍在世时，在桂川[29]遇到一个养鸬鹚的人，捉了一只蠵龟，行将杀来喂鸬鹚，便脱下一件小袖[30]做交换，放走了蠵龟。现在为了报其生母救命之恩，游到小公子落水之处，浮出水面，驮之甲上，救其一命。如无僧都的故事是上代的传说，是否真有其事，只能姑妄听之。至于末代邦纲卿名副其实的声誉，的确难能可贵。

当关白法性寺殿执政时，邦纲卿升为中纳言。法性寺殿去世后，入道相国

---

[21] 山阴中纳言：藤原山阴。并非邦纲之祖。从三位、民部卿，仁和二年（八八六）中纳言。同四年殁，享年六十五岁。

[22] 如无：元兴寺明诠僧正弟子、法相宗学僧。承平元年（九三一）大僧都。天庆元年（九三八）殁，七十二岁。播磨国（兵库县）饰磨郡龟井寺之开山祖师。

[23] 昌泰：第六十代醍醐天皇（在位八九七—九三〇）年号之一（八九八—九〇一）。

[24] 宽平上皇：宽平为第五十九代宇多天皇（在位八八七—八九七）年号之一（八八九—八九八）。宽平九年（八九七）让位于醍醐天皇。大井川：昌泰元年（八九八）九月，上皇临幸流经岚山之大井川。

[25] 藤原高藤（八三八—九〇〇）：昌泰三年（九〇〇）一月内大臣。同年三月殁。劝修寺家元祖。

[26] 藤原定国（八六七—九〇六）：高藤之子，历任按察使、右近卫大将、大纳言从二位。号泉大将。

[27] 小仓山：在今京都市右京区嵯峨大堰川北岸，与南岸岚山相对峙。其东麓为嵯峨野。

[28] 三衣匣：指僧侣携带三衣之箱盒。《圆觉经》："一曰僧伽梨（正衣），即大衣也。二曰郁多罗僧（上衣），即七条也。三曰安陀会（下衣），即五条也。此是三衣。"

[29] 桂川：在京都市西京区，上游有保津川与大堰川，流入淀川。鲇鱼为其名产。

[30] 小袖：窄袖便服，男女皆可穿之。

有事便找他商量。邦纲卿是个大财主，每日无论有事没事，必定赠送一种礼物至入道相国府邸。相国道："现世亲友中，无有过于此人者。"而且收了邦纲子息之一为养子，命名清邦。相国四男头中将重衡则做了此位大纳言[31]的女婿。

治承四年，在福原举行的五节会上，殿上人等争先晋见中宫建礼门院时，有人吟起"竹斑湘浦"[32]的对句来。此位大纳言听见了，惊道："哎呀，真是愚蠢之至。人云此乃一大忌讳。听得此句，且当未尝听见可也。"说着，一拔腿便跑了开去。且说此联所咏者，指古代尧帝有两位公主。姐姐娥皇，妹妹女英，同时嫁给舜帝为皇后。舜帝驾崩，送至苍梧之野火葬。化成一道烟后，姐妹二后悲泣不已，依依难舍之余，相伴追寻舜帝遗踪。来到湘水之浦，挥泪洒在岸边竹上，竟变成了点点斑纹。其后姐妹也常来此处，鼓瑟琤瑽，借以安慰夫君在天之灵，并抒发无限追慕之情。其湘浦鼓瑟之迹，斑竹仍在岸边。但云绕霞蔚，哀怨缠绵，故橘相公乃作一赋以志其事[33]。

至于此位大纳言邦纲大人，虽然文才平平，诗歌又非所长，未见写过任何佳作，但为人却敏感机灵，最会察言观色，迎合权贵，所以连忌讳不忌讳之类的道听途说，倒也都记得一清二楚。邦纲的母亲从未想到儿子会做到大纳言，但曾参拜贺茂大明神，披肝沥胆，祈祷了百日，求道："祈愿我儿邦纲，即使只有一日也好，能升为藏人头。"不久，有一夜梦见一辆槟榔车[34]出现在自家车房间，

[31] 藤原邦纲于治承元年（一一七七），官至权大纳言正二位。其三女辅子嫁与平重衡。一说曾为安德天皇乳母，号大纳言佐（典侍）。平家灭亡，重衡死后，在大原寂光院侍候建礼门院。详见卷第十一《十九、重衡被斩》及《灌顶卷》诸章。

[32] 传张读所作《愁赋》："竹斑湘浦，云凝鼓瑟之踪；凤去秦台，月老吹箫之地。"（《和汉朗咏集·云》卷下引）

[33] 橘相公：即橘广相（八三七—八九〇）：平安前期学者官僚。博览多识。历官东宫学士、藏人头、文章博士、参议等。按：《和汉朗咏集·云》所引《愁赋》之句，作者佚名，非橘相公之作。注家或以为唐人张读所作，但并无确切证据。参上注32。

[34] 槟榔车：以槟榔叶覆盖车厢之牛车，上皇、亲王及大臣、公卿等官位者用之。

便将梦中所见告之于人，有人断定道："是将成为公卿家老夫人之兆。"应道："我已老态龙钟，岂敢再有非分之想。"然而其子邦纲，不止做了藏人头，还高升到正二位大纳言。可谓可喜可贺之至。

同月二十二日，后白河法皇临幸从前的御所法住寺殿。此御所建成于应保元年[35]四月十三日。稍后迎来日吉大明神与熊野权现的分身，便在就近分别造了新比睿、新熊野[36]的分院。庭园中的山水花木，皆依上皇的意趣而设计。但近两三年来，由于平家的横行霸道，无缘临幸。前右大将宗盛卿上奏，建议宜待御所修缮完毕之后，再行迁回。法皇道："不必多此一举。现在便迁过去。"于是立刻决定搬回法住寺殿了。首先，探访故建春门院曾居之处，只见岸松汀柳，都已经年而长高。乃想起"太液芙蓉未央柳""对此如何不泪垂"等诗句；面对南苑西宫的遗迹[37]，缅怀往事，不禁同其感慨，而泪潸潸然矣。

三月一日，有钦命下来：着南都奈良的僧纲[38]等人恢复原职，并归还其末寺与庄园管领之权。同月三日，开始重建大佛殿。听说，藏人左少弁行隆担任重建开工奉行[39]。几年前，行隆参拜石清水八幡宫，诵经守夜时，睡眼蒙眬中，

---

[35] 应保：第七十八代二条天皇（在位一一五八——一一六五）年号之一（一一六一——一一六三）。按：实际应作永历二年。同年九月始改元应保。

[36] 新比睿：即新日吉神社，在今京都市东山区妙法院前侧町，建于永历元年（一一六〇），传为平清盛所捐，以为法住寺殿镇守。新熊野：即新熊野神社，已见卷第三《三、皇子诞生》章，注34。后白河法皇于永历元年所敕造，以迎祀熊野权现于京城。亦为法住寺殿镇守之神。在今京都市东山区。

[37] 白居易《长恨歌》："归来池苑皆依旧，太液芙蓉未央柳。芙蓉如面柳如眉，对此如何不泪垂？……西宫南内多秋草，落叶满阶红不扫。"

[38] 僧纲：泛指统辖僧尼、执行寺务之官派高等僧官。已见卷第四《十五、三井寺被焚》章，注16。

[39] 藤原行隆：已见卷第三《十七、行隆》章，参注10。奉行：奉命执行特定任务之官职。

梦见一个双鬓角发的天童[40]，从宝殿中现出身来，手持一笏赠之，且告之曰："我乃八幡大菩萨之侍者是也。日后出任大佛殿奉行时，身上务必携带此笏。"醒后一看，果然有一片真笏。"啊，真奇怪。当今有何必要出任大佛殿奉行？想不通。"于是将笏塞入怀中，回到宿所，藏在隐秘角落。因想，由于平家恶行累累，南都寺社惨被烧毁。如今行隆从弁官[41]中脱颖而出，担任重建奉行。其宿缘之深厚，实在难得，可庆可贺。

同三月十日，美浓国目代[42]派快马入京报告：东国源氏已攻至尾张国，人马塞路，不让通行。平家遂派出讨伐军。大将军由左兵卫督知盛、左中将清经、小松少将有盛担当[43]，率兵总共三万余骑，开出京城。入道相国逝去后未满五旬之前，便大动干戈；尽管说是动乱之世，也难免令人惊疑。源氏方面以十郎藏人行家、兵卫佐赖朝之弟卿公义圆[44]为大将军，率兵马六千余骑。源平两军隔着尾张川[45]布好了阵势。

同月十六日夜半，源氏六千余骑悄悄渡过了河，喊声一起，冲进平家三万余骑中。明晨十七日寅时，正式鸣镝开战，厮杀到黎明。平家方面毫不惊慌。只听得命令道："敌军渡河过来，马身、铠甲、武器之类，一定潮湿。看到，便当目

---

[40] 角发：原文みづら，他处或作びんづら，汉字则以角子、角发、鬟等词当之。中国无此发型。已见卷第五《七、文觉苦修》章，详注8。天童：指天人或鬼神为守护佛法，化为童子而现身于世者。

[41] 弁：直属太政官，处理诸省、诸国所提庶务、下达太政官命令之官。

[42] 目代：国守不能亲自赴任时，代理国守在任国执行政务之官。

[43] 平知盛（一一五一——一一八五）：清盛之子。治承四年（一一八〇）左兵卫督、春宫权大夫。平清经（？——一一八三）：重盛之子，维盛、资盛之异母弟，官至左中将四位下。平有盛：清经之弟，从四位下右少将。

[44] 源行家（？——一一八六）：源为义十男。已见卷第四《三、源氏名录》章，注18。卿公义圆：源义经同母兄。幼名乙若。久寿二年（一一五五）生。今年二十七岁。

[45] 尾张川：木曾川古称。流经长野、岐阜、爱知、三重四县，注入伊势湾。

标，可砍可射。”于是仗着人多势众，将敌兵包围起来，此起彼落大喊：“通通杀掉。一个也不能留。”源氏困兽犹斗，被打得七零八落，所剩无几。大将军行家侥幸捡回一命，渡过河往东退去了。卿公义圆深入敌阵，奋战而死。平家也立刻渡河，追杀源氏逃兵。源氏且战且退，随地回头反击。但毕竟敌众我寡，终难抗拒。有人评道：“兵法云不可背水泽而阵[46]。此次源氏之谋，可谓陋矣。”

且说，大将军十郎藏人行家退到三河国，拆断矢作河桥，架设盾垣[47]，严阵以待。不久平家军赶到，开始交战。源氏抵挡不住，又被攻陷。如果平家乘胜追击，则三河、远江两国的势力肯定会归附平家。可惜大将军左兵卫督知盛突然生病，便决定班师回京。此次虽然打败了源氏军，但未能歼灭残党，等于功败垂成。平家于前年小松殿内大臣去世，今年入道相国又亡故。家运衰歇，已临末路，显而易见。所以除了长年受其恩惠者外，已无追随平家之人。尤其是关东各国，连草木也迎风披靡，全都倒向源氏了。

---

[46] 《史记・淮阴侯列传》：“兵法右背山陵，前左水泽。今者将军（韩信）令臣等反背水阵。”

[47] 三河国：今爱知县东部。矢作河：发源于木曾山脉南部，流经爱知县中部，注入知多湾。盾垣：将盾牌并排成墙以御敌者。已见卷第四《十五、三井寺被焚》章，注1。

十一 嘶哑声

且说，越后国人城太郎助长擢任越后国守[01]后，感恩之余，急欲图报，决计讨伐木曾义仲，乃集结兵力总共三万余骑，于同年六月十五日先行出门仪式，待翌日十六日卯时正式出发。但到了夜半，忽然来了一阵狂风暴雨，雷电交加。天霁之后，从空中传来了洪亮但嘶哑的声音道："平家烧毁南阎浮提金铜十六丈毗庐遮那佛，其帮凶在此。抓起来！"喊了三遍，便随风而逝，只剩一片静寂。听见的人，包括城太郎自己，都不由得毛发悚然。有部下劝道："既有天谴，何其可怖。请务必收回成命。"城太郎却道："执弓矢者岂可听信怪力乱神？"所以还是照原定的十六日卯时开出城门。但行军才十余町，便见一簇乌云突然涌现，罩在城太郎的头上边，吓得他缩成一团，精神恍惚，掉下马来。用轿子将他抬回官邸，躺下仅约三个时辰，便呜呼哀哉了。随即派出飞脚驰赴京城报告此事，平家的人为之惊恐万状，骚动了起来。

同年七月十四日改元，号养和[02]。当日筑后国守贞能[03]获封筑前、肥后两

[01] 城太郎助长：已见本卷《六、飞脚传书》章，中云："二月一日，任命越后国人城太郎为越后国守。"参该章注1—2。

[02] 治承五年（一一八一）七月十四日起，安德天皇改元养和。与治承年号同时并存。翌年，又改元寿永，直至寿永四年（后鸟羽天皇元历二年，一一八五）。

[03] 平贞能：生卒年不详。平清盛心腹。从五位筑后守。养和元年（一一八一）兼任筑前、肥后国守，出兵镇压九州之乱。晚年出家，法号以典。

国，奉命出兵西国以平镇西[04]之乱。同日，又颁布非常大赦，据说凡是治承三年遭受流罪者[05]，皆蒙召回京师。于是，松殿入道[06]殿下从备前国返都，太政大臣妙音院[07]自尾张国回京，而按察大纳言资贤[08]卿则由信浓国入洛云。

同月二十八日妙音院晋见法皇。犹忆从前长宽二年遇赦归洛时[09]，曾在御前竹簟上弹奏《贺王恩》《还城乐》；而当今养和元年回京，则同样在御前弹奏《秋风乐》[10]曲。每次所奏乐曲都考虑到时节背景，用意可嘉，殊属难得。

按察大纳言资贤卿亦于同日参诣御所。法皇叹道："如何？唉，仿佛一场噩梦。爱卿僻处乡间，诸事不便，种种曲调恐已忘得一干二净矣。无所谓。且来一曲今样，如何？"大纳言打起拍子，唱出今样道："听说信浓国，有河名叫木曾路。"只因曾经亲历其境，故临时改歌词为："看到信浓国，有河名叫木曾路。"即兴改词，才思敏捷，传为佳话。

---

[04] 镇西：原指近畿以西之地，对东国（关东）而言。西国在佛教指印度。在此则指九州，与西国在历史上、地理上为同地异称。

[05] 当年流罪者：参照卷第三《十六、大臣流罪》章。

[06] 松殿入道：藤原基房（一一四四——一二三〇）。初见于卷第一《五、吾身荣华》章。后又数见，号松殿。治承三年左迁大宰权帅，因出家，改流备前国。法号善观。

[07] 妙音院：藤原师长（一一三八——一一九二），官至从一位太政大臣。前已数见。参卷第一《十二、鹿谷》章，注4，及卷第三《十六、大臣流罪》等章节中之有关叙述。

[08] 源资贤：后白河法皇近臣。前已数见。参卷第二《八、大纳言流刑》章，注8等处。文治四年（一一八八）殁，七十六岁。

[09] 藤原师长于保元之乱后，因其父赖长而连坐，远流土佐国。长宽二年（一一六四）遇赦还京。参卷第三《十六、大臣流罪》章相关叙述。

[10] 《贺王恩》（或称《感皇恩》）、《还城乐》（又称《见蛇乐》）、《秋风乐》，皆唐乐曲传至日本者。

十二 横田河原之战

养和元年八月七日，在太政官厅举行了大仁王会[01]。据说是沿袭讨伐平将门时的先例[02]。九月一日，遵循追讨藤原纯友的故事，又向伊势大神宫奉献铁盔铁甲[03]。敕使是祭主神祇权大副大中臣定隆[04]，离开京都后，抵达近江国甲贺驿时[05]，身体开始不适，终于死在伊势的离宫[06]。又为了调伏[07]谋叛之辈，

[01] 大仁王会：在宫中，为护国安民所行讲读《仁王护国般若经》法会，谓之仁王会。其为天皇即位之初所行一代一度者，谓之大仁王会。

[02] 据《日本纪略》，天庆三年（九四〇）二月二十五日，举行平将门追讨法会。讲师净藏在法会上预言平将门必将伏诛。

[03] 藤原纯友：已见卷第一《一、祇园精舍》章，注8。天庆二年（九三九）叛变于西海。同四年（九四一）被捕伏诛。史称天庆之乱。据九条兼实《玉叶》（一二〇〇）所记，养和元年九月中旬"奉献铁胄于大神宫"，并注明"是天庆之例"。

[04] 祭主：掌伊势神宫之祭祀等事务，通常由神祇大副兼任。神祇权大副为神祇官之次官。养和元年（一一八一）之祭主是神祇大副大中臣亲隆。亲隆为定隆之父，或以为此次父子同行。按：大中臣是姓氏，非官位名。

[05] 甲贺驿：今滋贺县甲贺市水口町。《玉叶》九月二十一日条："敕使神祇大副定隆途中顿死。"

[06] 离宫：又称离宫院。斋宫（内亲王）参拜时之宿舍。在伊势国汤田乡宇羽西村（今三重县伊势市小町边）。附设有大神宫御厨、宫司官舍等。

[07] 调伏：调和心口意三业，制服诸恶德恶行之法。平安中期以后，真言宗、天台宗则施之以破灭敌人、消除恶魔、镇压内乱、征服外敌等。已见卷第四《十三、通乘》章，参注11。

特别举行了五坛法[08]，但主持降三世的大阿阇梨[09]，却在大行事彼岸所[10]中，昏睡而亡。显然连神佛都拒绝调伏的祈求了。

又有安祥寺实玄阿阇梨，奉命修完大元法[11]后，呈上法事记录。拿来打开一看，却见写着应该调伏平家的论调。读之者悻悻然惋愕惴栗，责问道："是何道理？"答曰："奉命调伏朝敌。而环顾当今世态，可称朝敌者唯有平家一门，是以调伏之，何罪之有？"有人不以为然，暗中讥刺道："此位法师不识时务。等着瞧，非死即流。"然而，当时大事小事纷至沓来，平家已经穷于应付，在极端忙乱之中，自顾之不暇，并未处之以任何罪刑。听说到了源氏之世，镰仓殿[12]有感于此人所为之殊胜，乃赐以大僧正之职，以为奖赏。

同年十二月二十四日，高仓上皇中宫获赠院号，称建礼门院。皇上尚为幼主之时，母后即封院号者，此为首次，史无前例。

不知不觉间，养和迈入了第二年。二月二十一日太白犯昴星。《天文要录》云："太白犯昴，四夷竞起。"又云："将军奉敕命出国境[13]。"

---

[08] 五坛法：已见卷第三《三、皇子诞生》章，详注20。设五坛以祀密教五大明王，以祈镇乱、息灾、增益之法。

[09] 降三世大阿阇梨：五坛法中，主持降三世明王（五大尊中，配置在东方之四面八臂明王）之大阿阇梨。《百练抄》养和元年（一一八一）十月二十七日条："法印觉算（觉赞）顿死于东坂本。自二十一日起，为调伏东贼，于日吉社行五坛法。降三世阿阇梨也。修法中有此事，众以为奇。"

[10] 彼岸所：山王二十一社中之日吉七社之一，举行大行事权现彼岸会之场所。按：彼岸会是在春分与秋分之日及其前三日与后三日（共七日）所修法会，后来与日本祖灵崇拜结合，成为先祖供养之仪式。

[11] 安祥寺：真言宗，在今京都市山科区御陵平林町。实玄：太政大臣藤原伊通之孙、中纳言伊实之子。大元法：已见卷第三《五、整修大塔》章，注3。以大元帅明王（十六夜叉大将之一，领有四天王、二十八部众等）为本尊，为镇国、降敌所修之法，故又称大元帅法。

[12] 镰仓殿：源赖朝。在《平家》中，向来多以"兵卫佐"称之。建久三年（一一九二）拜征夷大将军，开幕府于镰仓，开始偶以镰仓殿称之。

[13] 《天文要录》：传唐陈卓撰，见于藤原佐世《日本国见在书目录》（八九一年前后成书），今已失传。《帝王编年记》（二十三）引《天文要录》云："太白犯昴星，四夷竞乱，兵革不绝。大将军去国境。"

养和二年三月十日，举行除目仪式。平家大小多半获得升官晋阶。

四月十五日，前权少僧都显真[14]在日吉神社，依照法式惯例，开始转读《法华经》一万部。法皇为了结此佛缘，也起意临幸参与。不知谁人起头，忽有谣言传开说，后白河法皇已下令山门大众讨伐平家。军兵于是集结宫内，严守四方门阵。平氏一家则驰往六波罗。本三位中将重衡卿率兵三千余骑，奔向日吉神社，美其名曰迎接法皇。

山门方面，却听说平家率兵力数百骑，又要进攻山门，正在登山路上。于是诸寺大众下山到东坂本[15]，人人疑团满腹，纷纷问道："如何是好？"无论山上或京中，都陷入极度的恐慌。陪从法皇的公卿殿上人无不骇然失色；北面武士之中竟有紧张过度而口吐黄水者。本三位中将重衡卿在穴太[16]附近接到了法皇，奏请护送返回御所。法皇道："若是长此以往，以后想参拜佛寺神社，恐怕将难上加难，不能如愿矣。"其实此次山门大众并无讨伐平家之计；平家亦无攻击山门之意。全系捕风捉影、无中生有。有人说是天魔在作祟。

同年四月二十日，临时派遣敕使至二十二社[17]，奉献官币[18]，乃因饥馑、疫情漫衍之故也。

五月二十四日再改元，号寿永。同日又任越后国人城四郎助茂为越后守。因为其兄助长逝世不久，死得又很蹊跷，以为不吉之兆；频频推辞而不

---

[14] 藤原显真：承安三年（一一七三）辞去权少僧都之职，退隐大原。文治六年（一一九〇）复出，任六十一代天台座主，官至权僧正。建久三年（一一九二）殁，六十二岁。

[15] 东坂本：在比叡山东麓，今滋贺县大津市坂本本町。

[16] 穴太：今大津市坂本穴太町。日吉神社之南、无动寺之东。

[17] 二十二社：朝廷尊为地方镇护之神，而定期奉献币帛之神社：伊势、石清水、贺茂、松尾、平野、稻荷、春日、大原野、大神、石上、大和、广濑、龙田、住吉、日吉、梅宫、吉田、广田、祇园、北野、丹生、贵船，共二十二社。

[18] 官币：神祇官奉献之币帛。其敕使为官币使。

许。既是敕命，无力抗旨。只好将其名助茂改为长茂。

九月二日，城四郎长茂为了讨伐木曾，统率越后、出羽以及相津四郡[19]的兵马，总共四万余骑，开往信浓国。同月九日，便在该国横田河原[20]布阵。木曾当时在依田城[21]，得到消息，便带领三千余骑，离开依田城，前往应战。木曾采用了信浓源氏井上九郎光盛的建议，裁剪了七面红旗[22]，将三千余骑分成七支。在彼山上、在此洞中，都高高举着红旗。城四郎看在眼中，精神不禁抖擞起来，叫道："哈哈，即在此国亦有归顺于我平家之人。大概已筋疲力尽了。"正在兴奋叫嚷之时，对方越靠越近，忽然一声信号，七支人马瞬间聚成一股，齐声呐喊起来，换上了备好的白旗。越后的兵众大惊失色："看来敌方有几十万骑。如何是好？"慌张起来，或被追入河中，或被推落险崖。获救者少，射死者多。连城四郎倚为左右手的越后山太郎、相津乘舟房[23]等响当当的武士，也都在此阵亡。城四郎自己则身负重伤，逃此一劫，得以苟延性命，退回越后国。

同月十六日，在京城中，平家对此次败绩并不当一回事。前右大将宗盛卿回任大纳言，十月三日又补内大臣之职。七日有庆贺之礼。本家公卿十二人为扈从，藏人头以下殿上人十六人为前驱。正值东国与北国[24]的源氏群起叛变、处处烽火燎原、势将进攻京都之际，却不顾大祸临头，还以为风平浪静，每日依然忙于虚夸无谓的仪式。简直昏庸至极，多说无益，不可救药也。

[19] 相津：或作会津。陆奥国之会津、大沼、河沼、耶麻合称会津四郡。今福岛县西部地区。

[20] 横田河原：信浓国更级郡（今长野县长野市）千曲川西岸，后称川中岛。按：河原相当于汉语河滩。

[21] 依田城：在信浓国小县郡（今长野县上田市南方）依田山上之城堡。

[22] 平氏用红旗，源氏用白旗。

[23] 山太郎：传不详。乘舟房：亦作乘湛房或胜湛房，慧日寺（今福岛县耶麻郡惠日寺）寺僧。慧日寺为真言宗灵场，相津四郡泰半属于其寺有领地。

[24] 东国、北国：泛指东海道、东山道、北陆道诸国。

如此这般，寿永进入了第二年。宫中的节会等仪式照常举行。平家的内大臣宗盛公担任内弁[25]。正月六日，皇上行幸法皇御所法住寺殿，完成了年初朝觐之礼。听说是沿袭鸟羽天皇六岁时朝觐的先例。

二月二十二日，宗盛公叙阶从一位。同日上表请辞内大臣一职。盖因兵变频仍，以示罪己，以便谨言慎行云。

南都北岭[26]之大众、熊野金峰[27]之僧徒、伊势大神宫祭主，下至神官，不但全都背叛了平家，反而誓与源氏同心。固然照常有天皇谕旨下达四方，法皇院宣广颁诸国，但世人皆知，所有宣旨都是平家所指使，因此再也无人理会遵从了。

[25] 内弁：在即位大典、重要节会时，于承明门内主司仪式之上级大臣。

[26] 南都北岭：奈良（南都）兴福寺与比睿山（北岭）延历寺。

[27] 熊野金峰：熊野三社（三所权现）与吉野金峰山寺（修验道道场）。

祇园精舍

开宗明义，揭示《平家物语》一书之主题：诸事无常，盛者必衰。

吾身荣华

平家一门专权怙势、不可一世，享尽荣华富贵。右上角穿墨染僧衣者为平清盛。

劝说

平重盛忠孝两难，语重心长，苦劝其父云：积善之家有余庆，积恶之门有余殃。

皇子诞生

法皇、诸公卿殿上人、高僧等齐集池殿，祈皇子安产。外祖父清盛喜极而泣。

信连

以仁王谋反事泄。侍从长兵卫尉信连劝其扮成女装，蒙混出宫，投奔三井寺。

迁都

迁都之事，突如其来，京中权贵，手忙脚乱，争先恐后，随驾迁往新都福原。

入道死去

卷第六

平清盛独揽大权，炙手可热，却罹患高烧怪病，闷绝躄地而死。享年六十四。

《入道死去》局部

一门出奔

平家一门挟安德天皇出奔西国，但亦有不从者，如赖盛等人，中途折回京城。

临幸山门

卷第八

法皇拒与平家同奔，另立高仓帝四皇子为后鸟羽天皇，并罢免平家一门官职。

小宰相跳海

小宰相确知其夫平通盛已在一谷阵亡，深夜遥拜西天，唱着佛号，跳海殉夫。

验收首级

源氏在一谷之战所取平家将领首级，送抵京都。验收巡街之后，枭首狱前。

坛浦会战

源平两军对峙海上，源氏乘胜追击，安德帝投海，平家灭亡。

六代被斩

平维盛嫡男六代虽已出家，号三位禅师，仍被源赖朝捕杀，永绝平家之后。

「卷第十二」

女院出家

安德天皇母后建礼门院投海被救，了悟六道之旨，削发皈佛，如愿往生净土。

卷第七

『一门出奔』

一 清水冠者

寿永二年[01]三月上旬，兵卫佐源赖朝与木曾义仲反目成仇。兵卫佐为了讨伐木曾，率十万余骑兵马，向信浓国推进。木曾在依田城得到消息，立即离开依田城[02]，在信浓与越后国界熊坂山[03]布好阵势。兵卫佐也抵达了信浓国善光寺[04]。木曾即派其监护人之子今井四郎兼平[05]为使者，往见兵卫佐，传言道："不知何故非讨伐义仲不可。台端已征服东八国[06]，且由东海道攻向京城，追击平家军。义仲亦已征服东山[07]、北陆两道[08]，亟欲早日攻陷平家。台端何故竟与义仲失和，岂不为平家所笑？且说十郎藏人殿[09]，因故怀恨于吾兄，前

[01] 寿永：安德天皇年号之一（一一八二—一一八五）。

[02] 依田城：在今长野县上田市南方依田山上之城堡。

[03] 熊坂山：在今长野县上水内郡信浓町，长野、新潟县境。

[04] 善光寺：在今长野市元善町。已见卷第二《十三、善光寺失火》章，参注1。

[05] 今井四郎兼平：木曾之监护人（乳人）中三兼远之子、樋口次郎兼光之弟。寿永三年（一一八四）一月，在近江国粟津败于源义经军而自戕，享年三十二（一说三十三或三十四）岁，约与木曾义仲同龄，死于同一战役。今井为其所住地名，今长野县松本市今井。兼远：已见卷第六《五、传檄》章，参注7、10。

[06] 东八国：即关东八国，包括东海道的相模、武藏、安房、上总、下总、常陆六国，与东山道的上野、下野两国。

[07] 东山道：东海道与北陆道之间山区诸国，即近江、美浓、飞驒、信浓、上野、下野、陆奥、出羽八国。

[08] 北陆道：中部地区沿日本海诸国，即若狭、越前、加贺、能登、越中、越后、佐渡七国。

[09] 十郎藏人：源行家，本名义盛，又名新宫十郎。源为义之十男，为赖朝、义仲之叔父辈。已见卷第四《三、源氏名录》章，参注18。卷第六《十、祇园女御》章有其在尾张、三河败于平家之叙述。

来投奔；义仲岂可冷漠无情而拒之门外乎？至于义仲我自己，则绝无二心。”

兵卫佐回应道：“尽管如此，确实有人告发，谓已拟定谋反之计，势将讨伐赖朝。传来之言无非口实而已，不可尽信。”乃命土肥、梶原[10]为先锋，派兵准备出击。木曾风闻此事，为了表明实在无怨无仇，便将十一岁的嫡子清水冠者义重[11]，着由海野、望月、诹访、藤泽[12]等知名武士陪同，送到兵卫佐所在之处。兵卫佐道：“如此，可知确无谋反之意。赖朝尚无成人子息。甚好甚好，正好可收养此儿为我之子。”便带着清水冠者径回镰仓去了。

[10] 土肥、梶原：土肥次郎实平、梶原平三景时，均为源赖朝重臣。

[11] 清水冠者义重：清水当是地名。冠者指行过元服之礼而束带、结发、加冠之成人。在日本古代皇室、贵族、大臣家之男孩，往往在十岁前后即行元服之礼。义重：或作义基或义高。此时被送至赖朝为人质，且成为赖朝女婿。但在其父义仲战死（一一八四）后，逃出镰仓，在武藏国被捕，斩于入间河原。

[12] 海野、望月、诹访、藤泽：均为信浓国在地武士，仅举其所住地名，其人名不详。

二 北伐

且说，木曾义仲征服了东山、北陆两道之后，谣传将率五万余骑军力，准备攻占京城。平家去年便向各方透露："明年马吃青草时[01]，必有战事。"因而山阴、山阳、南海、西海[02]诸道官兵，云屯雾集，驰来支援。东山道有近江、美浓、飞弹各国之兵陆续报到。然而，东海道远江国以东却无人响应。北陆道则自若狭国以北，出现者竟无一人。

平家拟定先消灭木曾冠者义仲之后，再去追讨兵卫佐源赖朝，乃挥师北陆道。大将军是小松三位中将维盛、越前三位通盛、但马守经正、萨摩守忠度、三河守知度、淡路守清房[03]。武士大将有越中前司盛俊、上总大夫判官忠纲、飞弹大夫判官景高、高桥判官长纲、河内判官秀国、武藏三郎左卫门有国、越中次

---

[01] 《延喜式·左马寮》："每年四月十一日始饲青草。"

[02] 山阴道：中国山脉北侧临日本海之丹波、丹后、但马、因幡、伯耆、出云、石见、隐岐八国。山阳道：中国山脉南侧临濑户内海之播磨、美作、备前、备中、备后、安艺、周防、长门八国。南海道：纪伊半岛及四国地方之纪伊、淡路、阿波、赞岐、伊豫、土佐六国。西海道：九州地方之筑前、筑后、丰前、丰后、肥前、肥后、日向、萨摩、大隅、壹岐、对马十一国。

[03] 维盛：平重盛长男。通盛：清盛弟门胁中纳言教盛长子。经正：清盛之弟经盛长子。忠度：忠盛末子。知度：清盛六男。清房：清盛七男。以上皆平家人。按：在本卷次章《三、竹生岛》，则以经正、忠度、知度、清房为副将军。知度以及下举武士将军中之忠纲、景高、长纲、秀国、有国，将在此次北国战役中阵亡。

郎兵卫盛嗣、上总五郎兵卫忠光、恶七兵卫景清[04]。以上大将军六人、重要武士三百四十余人，兵马总共十万余骑，于寿永二年四月十七日辰时一刻，开出京城，向北国进军。

由于去程的军费，获准沿途就地征收，所以在越过逢坂关[05]之后，一路上即使权门势家所藏正税或官物[06]，也无所畏惧，一物不留，全部加以没收。循着志贺、辛崎、三河尻、真野、高岛、盐津、贝津[07]路上，肆意掠夺居民财物。人民不堪其扰、忍无可忍，都逃到山中野外躲了起来。

---

[04] 盛俊：主马判官平盛国之子。忠纲：上总介藤原忠清之子。景高：飞驒守藤原景家嫡子。长纲：越中前司盛俊之子。秀国、有国：传不详。盛嗣：盛俊之子、长纲之弟。忠光：忠纲之弟。景清：忠纲、忠光之弟。按：上举忠纲至景清，在卷第四《十、桥头之战》章，亦列名武士大将之中，参注6—13。

[05] 逢坂关：位于山城、近江两国间逢坂山之古关口，南接大津市。延历十四年（七九五）废置。

[06] 正税：依律令制，国郡或庄园所征谷物，藏之官仓，以备贡税、地方预算或贷谷于民之需者，谓之正税。官物：诸国所纳租税与物品，包括正税所收之年贡米等。

[07] 志贺以下皆琵琶湖西岸之地名。志贺：今滋贺县大津市滋贺里，在湖之西岸南端。辛崎：在志贺东北、大津市下坂本町，又作唐崎，古名歌枕。三河尻：今大津市坂本町三津川（辻川）河口，亦为比睿山登山口。真野：今大津市真野町，真野川在此注入琵琶湖。高岛：今滋贺县高岛市高岛，约在琵琶湖中部西岸。盐津：今滋贺县长滨市西浅井町盐津滨，位于琵琶湖最北岸。贝津：今滋贺县高岛市海津，在琵琶湖东北岸，又作海津。

竹生岛 三

大将军维盛、通盛虽已进军北国，副将军经正、忠度、知度、清房却还驻留在近江国盐津、贝津一带。其中，经正擅长诗歌管弦，即使在兵荒马乱之中，犹能心无杂念，寄情风雅。有一日到湖边散步，遥望湖上小岛，问随从藤兵卫有教道："此岛有其名否？"答道："是竹生岛[01]，远近闻名。"经正道："是也，久闻其名矣。何妨一访之。"于是，便在藤兵卫有教、安卫门守教等五六个武士陪伴下，乘小船，渡水到了竹生岛。

时当卯月中旬之八日[02]，春意阑珊，树梢绿叶，迎风婆娑。涧谷中的莺语显然已老。杜鹃仿佛知道春去而夏来，一齐唱出久蛰的初音。缠绕在松树上的藤花款摆如浪，趣味盎然。于是舍船登岛，览其风景，殊胜佳美，难以笔墨形容。彼秦皇、汉武曾遣童男丱女，或命方士，寻求不死之药，且道："不见蓬莱不许归。"但海漫漫、天茫茫，徒然老死船中，一无所得[03]。所谓蓬莱仙岛大概也不过如此而已。某经云："阎浮提中有湖。中有耸立于金

---

[01] 竹生岛：琵琶湖北部之小岛。岛上有都久夫须麻神社，祀浅井比卖命。又有弁天堂祀弁才天。

[02] 四月十八日，卯月是四月。

[03] 此处所述秦皇、汉武故事，除《史记》《汉书》之外，主要依据白居易诗《海漫漫》："海漫漫，直下无底旁无边。云涛烟浪最深处，人传中有三神山。山上多生不死药，服之羽化为神仙。秦皇汉武信此语，方士年年采药去。蓬莱今日但闻名，烟水茫茫无觅处。海漫漫，风浩浩。眼穿不见蓬莱岛。不见蓬莱不敢归，童男丱女舟中老。徐福文成多诳诞。（下略）"

轮际[04]之水精轮山[05],天女所居。”可能即指此岛。

经正跪在明神之前,祈道:“夫大弁功德天者[06],往古如来法身之菩萨也。弁才、妙音二天之名,虽各有别,其实本体同身,以济众生。曾闻人若参拜一度,所愿必得成就圆满。诚然值得信服。”接着诵经说法,进行法施[07]。不久夜幕渐垂,只见十八夜月[08],姗姗来迟,普照湖面。社坛辉映,妙趣横生。此时有该社僧人道:“久仰大人弹奏矣。”便叫人拿来琵琶。经正弹起来。弹着《上玄石上》[09]秘曲时,其声澄湛,响彻神宫;明神感应,化为白龙[10],隐约显现在经正的袖上。感激喜悦之余,潸然泪下,咏歌一首:

神威不可测,祈愿或可成。化身为异物,岂非显其灵。

看来此次北伐,无疑能在近日内平定仇敌,不旋踵间便可消灭凶徒。于是满心欢喜,又乘小船离开了竹生岛。

---

[04] 金轮际:佛教宇宙观中所谓世界之最低处,在水面下八万由旬。轮形,厚三亿二万由旬、经十二亿三千四百五十由旬。其上即为众生所在之须弥四大洲。

[05] 水精轮山:水精山。《本朝神社考》:“竹生岛在江州湖中,其岩石多水精宝珠。本朝五奇异其一也。”又云:“有水精轮山,天女所居,曰大弁才德天女。”

[06] 大弁功德天:《金光明最胜王经》护法之天女,又称大弁天、弁天、美音天、妙音天,为主司弁才、福智、延寿、除灾、胜战之天。琵琶为其象征。

[07] 法施:三种布施之一,即为众生诵经说法。其他二施:财施(施舍财物于众生)、无畏施(使众生无畏惧之心)。

[08] 十八夜月:原文居待月,指十八夜之月,谓坐以待月之出也。又十七夜为立待,十九夜为卧待。

[09] 《上玄石上》:琵琶秘曲名,与《流泉白紫》《扬真操啄木》合称胡渭州三曲。

[10] 白龙:竹生岛都久夫须麻神社所祭地主神,即浅井比卖命,释迦如来之垂迹。

四 火打城之战

木曾义仲虽然身在信浓，却在越前国火打城[01]筑垒布阵。驻守城郭者有平泉寺长吏斋明威仪师[02]、稻津新介[03]、斋藤太[04]、林六郎光明[05]、富樫入道佛誓[06]、土田、武部[07]、宫崎、石黑、入善[08]、佐美[09]等，共六千余骑。城郭极为坚固。外围岩石耸峙，四方连峰。前后皆山。能美河、新道河[10]流过城前。在两川汇合处，砍来大树设置鹿寨、高筑栅栏，挡住了流水，淹到东西山麓，城前仿

---

[01] 火打城：又作燧城，训读同（ひうちがじょう）。在今福井县南条郡南越前町今庄，日野川与田仓川合流处附近。

[02] 平泉寺：在今福井县胜山市，为加贺白山神社之别当寺，修验道灵山。应德元年（一〇八四）为延历寺末寺，属天台宗。已见卷第一《十四、许愿》章，参注10。长吏：一寺之长，掌寺社总务者。斋明：俗姓藤原氏。武者所藤原实信之子。号越前。威仪师：主持受戒、法会之僧师。

[03] 稻津新介：飞骅大和权守藤原景实之子，官越前介，名实澄，自号稻津新介。稻津为地名，今福井市稻津町。

[04] 斋藤太：斋藤左马允实远之子，名实直。实盛（？——一一八三）之父，参本卷《八、实盛》章。

[05] 林六郎光明：藤原光家（自称林大夫）之子，加贺豪族。林为地名，加贺国石川郡拜师乡（今石川县野野市市）。

[06] 富樫入道佛誓：石川郡富樫乡（今石川县金泽市富樫）豪族，俗名斋藤家经，出家后号佛誓。

[07] 土田、武部：二人均能登国武士。

[08] 宫崎、石黑、入善：皆出身越中国之武士。

[09] 佐美：加贺国武士。

[10] 能美河：今板取川，发源于岐阜、滋贺国境，流经福井县北方，与九头龙川汇为日野川，注入日本海。新道河：在火打（燧）城南方与日野川合流。

佛面对着一个湖泊。“影浸南山青滉瀁，波沉西日红奫沦。[11]”彼无热池[12]底铺上金银之砂，昆明池[13]边浮出德政之舟。此火打城之湖，则人工筑堤，且浊其水面，看似深不可测，以欺敌人而已。平家兵马以为无船不能渡，便在对岸山中露宿，浪掷时日。

城内的平泉寺长吏斋明威仪师，私下其实心向平家，乃绕过山麓，将写好的密信塞入空心箭中，偷偷射进平家阵地。只见写道：“此湖并非原有之湖，是临时因山崩阻塞而成。夜半可遣步卒拆除水栅，水位即可降低。骑马方便，请快速渡将过来。本人可作内应。平泉寺长吏斋明威仪师敬启。”

大将军大喜过望，随即指派步卒，拆毁水栅。果不其然，原来看似广袤的湖泊，水位骤降，几乎浅可见底。平家大军毫不犹疑，刹那间都涉水渡了过去。城内士兵暂时挡住了敌人，但对方毕竟人多势众，而己方人寡势微，早知绝对打不过敌军。平泉寺长吏斋明威仪师对平家尽了忠。稻津新介、斋藤太、林六郎光明、富樫入道佛誓，则逃奔出城，依然不服平家，退守加贺国白山河内[14]。不久，平家攻入加贺，烧毁林、富樫两地的城郭。平家军锐不可当，好似天下无敌手。从各处驿站派出飞脚，飞报胜利的消息。大臣殿以下所有留在京都的平家一门，莫不欢欣雀跃、大呼快哉。

同年五月八日，平家军会师于加贺国筱原[15]。军兵总势有十万余骑，

[11] 引自白居易新乐府《昆明春水满》。滉瀁：水广无边貌。奫沦：水势回旋貌。

[12] 无热池：佛教地名，梵名阿耨达池，意译无热恼或清凉池。在南赡部州中心、香醉山之南、大雪山之北。周围八百里。池岸饰以金、银、琉璃、颇胝（水晶）四宝，池水成河，流出四方，远接阎浮州（见《大唐西域记》）。

[13] 昆明湖（池）：在此指汉武帝于元狩三年（前一二〇），在长安西南所筑人工湖，方四十里，训练水师，以备攻打南蛮昆明国。

[14] 白山河内：加贺国石川郡白山（今石川县白山市鹤来地区）与同郡河内庄（今白山市河内町）。

[15] 筱原：今石川县加贺市筱原町。

分成两支，准备从正面与背面夹击敌人。正面军以大将军小松三位中将维盛、越前三位通盛、武士大将越中前司盛俊为首，率兵马七万余骑，推向加贺、越中国界的砥浪山[16]。后面军由大将军萨摩守忠度、三河守知度、武士大将武藏三郎左卫门带头，率兵马三万余骑，往能登与越中国交界的志保山[17]进发。

木曾在越后国国府[18]得到消息，便率五万余骑兼程驰援。援其吉祥先例，将军队分成七支[19]。首先，请其叔父十郎藏人行家率一万骑，奔向志保敌营。派仁科、高梨、山田次郎[20]，带七千余骑进驻北黑坂[21]为后面军。派樋口次郎兼光与落合五郎兼行[22]，领七千余骑开往南黑坂。又将一万余骑分开埋伏在砥浪山口、黑坂山麓、松长、柳原、茱萸树林[23]中。今井四郎兼平以六千余

---

[16] 砥浪山：今写砺波山。位于石川县与富山县县境之山，海拔二七七公尺。山岭名俱利迦罗峠，古北陆道必经之地。

[17] 志保山：一作志保坂。能登国羽咋郡志雄，今石川县羽咋郡宝达志水町所司原。

[18] 国府：地名。所在已不详。或曰今新潟县上越市春日附近。

[19] 木曾前在横田河原之战中，将己方三千余骑分成七支，大败平家大军，故以七为吉祥之数目。见卷第六《十二、横田河原之战》章。

[20] 仁科：定居信浓国（长野县）安昙郡仁科之平氏后裔，名仁科次郎盛家。高梨：定居信浓国高井郡高梨（今长野县须坂市高梨）之源氏后代，信浓源氏井上氏之一族。山田次郎：传不详，疑是清和源氏之后。

[21] 自砥浪山往俱利迦罗岭之登山道曰黑坂，其北路（由越中埴生入加贺）为北黑坂；南路（由松尾入加贺）为南黑坂。

[22] 樋口次郎兼光：木曾中原氏，中山权守兼远次男、今井四郎兼平之兄，住信浓国筑摩郡樋口谷。落合五郎兼行：樋口次郎与今井四郎之弟，住美浓国（岐阜县）惠那郡落合，自号落合。

[23] 松长：越中国砺波郡松永乡（今富山县小矢部市松永），砺波山东麓。柳原：在松永之内。茱萸树林：松永矢立山下山路南侧。

骑渡过鹫濑[24]，布阵于日宫林[25]。木曾本人则指挥一万余骑，从小矢部渡头[26]渡河，在砥浪山北边的羽丹生[27]设阵迎敌。

[24] 鹫濑：射水川支流小矢部川东岸湍流之一，在今小矢部市鹫岛。

[25] 日宫林：越中国砺波郡埴生庄莲沼（今小矢部市莲沼）之神社林地。

[26] 小矢部渡头：在砺波郡石动（今小矢部市）之小矢部川渡口。

[27] 羽丹生：即埴生，在今小矢部市埴生，俱利迦罗岭东边登山口。

木曾义仲道："平家军人众马多，谅其策略，必先越过砥浪山，冲进开阔地段，进行正面作战。而正面作战之胜负，往往决定于军力之多寡。我方岂能任其乘势得逞。可先派骑兵为前驱，举我白旗，作前进攻击状。平家见到，必曰：'啊，源氏先锋来矣。必然是大军。若贸然冲进空旷地区迎战，敌人熟悉地势，我方陌生，定遭围剿。所幸此山四面悬崖绝壁、怪石嶙峋，敌人难从背后突袭。不妨在此下马稍为休息。'如此一说，必定下马休息。此时义仲以为可略加挑衅，但适可而止，仍留附近，待夜幕低垂，可追赶平家大军陷入俱利迦罗谷[01]中。"乃先派人持三十面白旗，竖在黑坂顶上。平家军见了，果然说道："啊，源氏先锋来矣。必然是大军。若贸然冲进空旷地区迎战，敌人熟悉地势，我方陌生，定遭围剿。所幸此山四面悬崖绝壁、怪石嶙峋，敌人难从背后突袭。此处有草有水，便于喂马，不妨下马稍为休息。"便在砥浪山中名叫猿马场[02]的地方停了下来。

木曾在羽丹生布好阵势，环顾四方，在夏日山顶绿色树林间，隐约看到一堵红墙，墙内有神社，社前有鸟居。木曾召来熟稔当地故实者问道："彼社

---

[01] 俱利迦罗谷：另有俱梨伽罗等不同写法，但音读皆同。在砥浪山（砺波山）中，古北陆道经过加贺、越中国境处有俱利迦罗岭，其东南斜面与源氏峰之间有深谷，即俱利迦罗谷。今或称地狱谷。俱利迦罗为龙王名。岭上有长乐寺，以龙身不动明王为本尊。

[02] 猿马场：在砺波山上，俱利迦罗岭北之小平地，有小石祠曰猿堂。

是何神社？所祀者是何神祇？”答道：“是八幡神[03]。而且此处即是八幡宫领地。”木曾喜形于色，召来随军文书大夫房觉明[04]，垂询道：“义仲有幸，即将在新八幡宝殿附近进行会战。此次战役必胜无疑。既然如此，一则为后代子孙，一则为今日之祈祷，可请写一纸祷文否，如何？”觉明道：“理当如此。”便下了马，准备动笔。觉明的装束：深蓝色直垂上披着黑革丝缀铠甲，腰佩黑漆大刀，背后插着二十四支黑鹰翎箭，肋下挟着缠藤涂漆长弓，脱下头盔悬在铠肩纽上，从箭筒中取出小砚与纸张，在木曾殿面前，开始写起祷文来。

觉明原来出身儒学门第。在劝学院[05]时名叫藏人道广，出家之后法号最乘房信救。经常出入奈良兴福寺。约三年前，高仓宫以仁王住进园城寺时，有牒状送至山门与奈良。兴福寺大众的回牒便由信救执笔。其中有“清盛入道者，平氏之糟粕，武家之尘芥”之语[06]。太政入道极为震怒，宣称道：“岂有此理，彼信救法师之辈，竟然敢写净海是平家之糟粕、武家之尘芥。应将此一法师逮捕，处以极刑。”信救于是趁早逃离了奈良，出奔到北国，成为木曾殿之文书，改称大夫房觉明。其所写誓文云：

归命顶礼[07]。八幡大菩萨，日域朝廷之本主[08]、累世明君之曩祖

---

[03] 八幡神：在此指传于第四十四代元正天皇养老年间（七一七—七二四）所创宇佐八幡宫之分社。即现存之护国八幡宫，位于富山县小矢部市埴生。

[04] 大夫房觉明：生卒年不详。曾以进士藏人身份出仕劝学院。出家后为兴福寺僧，法名最乘房信救或信救得业。源赖政举兵时（参看卷第四《三、源氏名录》《十、桥头之战》等章），因执笔致园城寺回牒而被平家追捕，投奔木曾义仲为书记。木曾败死之后，寄住箱根某寺。著有《佛法传来次第》《三教指归注》七卷、《和汉朗咏集私注》六卷等。

[05] 劝学院：藤原冬嗣为藤原氏一门子弟，于嵯峨天皇弘仁十二年（八二一）所设之学问所。

[06] 语见卷第四《七、牒状往来》章。

[07] 归命顶礼：归命于三宝、顶礼膜拜之也。八幡：亦为本地垂迹，故以大菩萨称之。

[08] 日域即日本。八幡主神是应神天皇（第十五代），配祀神功皇后、玉依姬（或比卖神）。

也。为守宝祚，为利苍生，显三身[09]之金容，排三所之权扉[10]。唯顷年以来，有平相国者，管领四海，恼乱万民。已成佛法之怨、王法之敌也。义仲苟生弓马之家，才继箕裘之尘[11]。按彼罪恶，无暇自顾，任运于天道，投身于国家。试举义兵，欲退凶器。然斗战已会两家之阵，士卒未显一致之勇。区区此心，无恃有恐之际，举旗阵前，忽瞻三所和光之社坛[12]。机感[13]纯熟，明矣。凶徒将受诛无疑。欢喜落泪，渴仰铭肝。尤其曾祖父前陆奥守义家朝臣，归附其身于宗庙氏族，名号八幡太郎。尔后，凡其门叶[14]无不归敬。义仲身为其后胤，倾首[15]有年，今起此大功，譬如婴儿以贝蠡测巨海[16]，螳螂以斧挥向高车[17]。然为国为君而起之，不为身为家而起之也。志之所至，神感在空，可凭哉、可悦哉。伏愿冥显加威，灵神合力，决胜败于一时，退怨敌于四方。然则丹祈[18]可协冥虑，玄览必成加护。先赐见一瑞相。

寿永二年五月十一日　　源义仲敬白

---

[09] 三身：原指法身、报身、应身之三种佛身。在此盖指三尊金容。按：八幡三所神之本地为阿弥陀三尊（阿弥陀、观音、势至，或以为药师、观音、弥勒）。

[10] 三所权扉：八幡三所之神，即中御前八幡宫、东御前神功皇后、西御前比卖大神，各为阿弥陀三尊之垂迹，化现于此神宫者。权为权现，权且现身之意。扉指社殿之门扉。

[11] 继承先人之事业。《礼记·学记》："良冶之子，必学为裘；良弓之子，必学为箕。"

[12] 社坛：八幡宫社殿。佛菩萨和其德之光而隐之，化为八幡三所之神，现于此世所居之神社。

[13] 机感：众生有善根之机，能感佛，而佛亦有所感应。《探玄记·一》："机感相应，有形言现。"

[14] 门叶：一门之后代。

[15] 倾首：慕而仰望之也。刘琨《劝进表》："上以慰宗庙乃顾之怀，下以释普天倾首之望。"

[16] 《汉书·东方朔传》："以管窥天，以蠡测海，以莛撞钟。岂能通其条贯、考其文理、发其音声哉？"喻不可能也。而婴儿以贝测大海，更无可能。

[17] 《庄子·人间世》："汝不知夫螳螂乎？怒其臂以当车辙，不知其不胜任也。"喻不自量力。

[18] 丹祈：以丹心诚意祈祷之。

写毕，义仲等十三人各取出一支镝矢，连同誓文，奉献给八幡大菩萨宝殿。果然灵验。大菩萨大概遥见一心不二的真诚，从云中飞来了三只山鸠[19]，在源氏的白旗上空翩翩翱翔。

昔神功皇后征讨新罗时[20]，己方兵力较弱，对方军势甚强。眼看行将败战时，皇后祈于上天，忽有三只灵鸠出现在盾牌上面，异国军势反而溃败。又源氏先祖赖义朝臣攻击贞任、宗任时[21]，也是己方势弱，贼方军强。赖义朝臣向敌阵放火，喝道："此非私人之火，乃神火也。"大风忽起，吹向贼方，贞任的馆舍厨川城全付之一炬。贞任、宗任也随之败战而亡。木曾殿并未忘记类此先例，乃下马卸甲，净手漱口，遥拜灵鸠，心中感到无比的慰藉。

[19] 山鸠：山鸠为八幡之神使，其出现喻有瑞相（吉兆）也。

[20] 神功皇后：传说上日本神代之女性统治者，已见卷第五《一、迁都》章。第十四代仲哀天皇皇后、第十五代应神天皇（初代人皇，在位二七〇—三一〇）之母。仲哀九年（二〇〇）以摄政身份远征三韩，平定新罗之乱后凯旋。新罗：纪元前五十七年建国，为神功皇后征服后，于六六八年灭百济、高句丽，统一朝鲜全土。九三五年为高丽所灭。

[21] 安倍贞任、宗任兄弟：陆奥豪族，随其父赖时叛乱（前九年之役），于康平五年（一〇六二）为源赖义所镇压。厨川城为安倍贞任之居城，在今岩手县盛冈市。

六 俱利迦罗谷

且说，源平两军终于开始对峙。两阵之间仅隔三町[01]左右。源氏不前，平家不进。源氏派出弓箭手十五骑，来到挡箭盾牌前面，十五骑同时向平家阵中射出响箭。平家不知是计，也出十五骑回射十五支响箭。源氏派出三十骑射箭，源氏也出三十骑射三十支响箭。派出五十骑，对方也出五十骑。派出一百骑，也出一百骑抗衡，变成了双方各以百骑对阵的局面。平家气盛，有意趁早一决雌雄，但源氏却按兵不动，不愿立定胜负。源氏使出拖延战术，要等到垂暮之后，将平家大军赶入俱利迦罗谷中。然而平家并无所悟，只管配合对方空等到日暮，不知已临穷途末路。可悲也夫。

夜幕渐垂，义仲便下令后面部队一万余骑，分从南北两路，在俱利迦罗堂[02]边汇合，一齐敲打箭筒，发出呐喊。平家回头一看，白旗飘扬如一片云海。"此山不是说岩石峭立，不可能从背后抄袭吗？何以如此？"全军为之大乱。木曾殿则从正面呐喊呼应。埋伏在松长柳原、茱萸树林中的一万余骑，还有今井四郎所率待机日宫林的六千余骑，也都同时发出呐喊叫战的怒吼。前后四万骑的喊声，惊天动地，仿佛山崩河溃一般。果如义仲之计，平家在暗夜中，腹背受敌，进退失据。有人嚷道："别怕。回来，回来应战。"但大军一旦崩溃，

---

[01] 町：为距离单位。一町为六十间，约一〇九米。三町等于三二七米左右。

[02] 俱利迦罗堂：盖指俱利迦罗岭上祀不动明王之长乐寺，在现存手向神社境内。

很难恢复常态。只见一个接一个骑马跳进俱利迦罗谷中。跑在前头的不见了,后面的以为谷底定有通道。于是,看父亲跳下,儿子随之。大哥跳下,小弟随之。主人跳下,家丁仆从随之。人落在马上,马压在人上。跌下又复跌下。眼看如此深谷,将为平家的七万余骑所埋没。岩泉流血,尸骸成丘。据说直至今日,在此谷中,犹有箭射刀砍之迹可寻。

平家方面,最受信服的主将上总大夫判官忠纲、飞驒大夫判官景高、河内判官秀国,都葬身在此谷底。闻名的大力士备中国人濑尾太郎兼康[03],则在此为加贺国人仓光次郎成澄[04]所掳。在越前国火打城作内应的平泉寺长吏斋明威仪师,也被生擒。木曾殿道:"此法师可恶至极。先斩之。"平家大将维盛、通盛九死一生,退入加贺国。七万余骑只剩二千余骑逃了回来。

翌十二日,奥州藤原秀衡[05]给木曾殿送来了两匹龙蹄骏马。一是黑月毛、一是连钱苇毛[06]。木曾殿旋即套之以镜鞍[07],奉献于白山神社[08]为神马。木曾殿随后说道:"现在此地已无挂碍。但不知十郎藏人殿在志保之战况如何,叫人担忧。何不往观之。"便从四万余骑中挑出人马二万余骑,火速驰往。

---

[03] 濑尾太郎兼康:备中国都宇郡濑尾(今冈山县冈山市南区妹尾)人。平清盛重要家臣。自卷第一《十一、争路》章后,已数见。参卷第八《八、濑尾之死》章。

[04] 仓光次郎成澄:一本作藏光次郎(或六郎)成澄。加贺国石川郡仓光(今属石川县白山市中奥町)人。加贺斋藤一族林氏之支流。林加贺守成家之子。后为濑尾兼康所杀。见卷第八《八、濑尾之死》章。

[05] 藤原秀衡:陆奥国豪族,世居平泉。嘉应二年(一一七〇)任镇守府将军,文治三年(一一八七)殁,享年约七十岁。

[06] 黑月毛:马毛色,稍带灰色之月毛(红底杂白者)。连钱苇毛:灰色而带有圆形斑纹之苇毛(白色而杂有黑色或棕色者)。

[07] 镜鞍:鞍之前轮与后轮饰以金银或赤铜亮片者。

[08] 白山神社:即加贺国白山比卖神社,今石川县白山市三宫町有其本社,白山山顶上有其奥社,祀白山比卖大神、伊弉诺尊、伊弉冉尊等神。

驰至冰见渡头[09]时，正值涨潮，不知深浅，乃驱装鞍之马十四入水。只见水深仅淹到马鞍边，且都平安地渡到了对岸。“水不深。渡过去。”一声令下，二万余骑大军都涉水渡过。恰如所料，十郎藏人行家已被打得落花流水，正在退守一边休息。木曾殿赶到，只道：“果然如此。”便指挥带来的生力军二万余骑，冲入平家三万余骑中，厮杀起来。杀得如火如荼，喊声震天。平家军虽然挡得了一时，却无力支撑到底，此地终于也被攻陷了。平家方面，大将军三河守知度阵亡。他是入道相国的幺儿。武士死伤无数。木曾殿越过志保山，到能登国的小田中[10]，在亲王冢[11]前布下了阵势。

[09] 冰见：今富山县冰见市，在布势湖（今名十二町潟）注入富山湾处。

[10] 小田中：今石川县鹿岛郡中能登町小田中。

[11] 亲王冢：传为第十代崇神天皇（在位前九七—前三〇）皇子大入杵命之墓。

七 筱原会战

于是，木曾殿捐献土地给各处寺社以为神领[01]。捐横江、宫丸[02]二庄给白山神社，能美庄给菅生神社[03]，蝶屋庄给多田八幡宫[04]，饭原庄给气比神社[05]。也将藤岛七乡[06]捐给了平泉寺。

先前石桥之战时[07]，向兵卫佐赖朝殿射过箭的人都跑到京城，归附了平家。其中主要者有：俣野五郎景久[08]、长井斋藤别当实盛[09]、伊东九郎佑氏、

[01] 神领：神社寺院所管理经营之领地。寺院所有者或称寺领。

[02] 横江、宫丸：横江庄与宫丸保，在今石川县松任市内。

[03] 能美庄：在今石川县小松市能美町。菅生神社：即菅生石部神社。加贺国八社之一，在今加贺市大圣寺敷地。

[04] 蝶屋庄：又书朝屋或长屋。在今石川县白山市长屋町内。多田八幡宫：在小松市之多太八幡神社。

[05] 饭原庄：今福井县敦贺市之叶原庄。气比神社：今敦贺市之气比神宫。

[06] 藤岛七乡：原越前国吉田郡藤岛庄（今福井市内），有四十二村，捐其中七村。

[07] 石桥之战：治承四年（一一八〇）八月，源赖朝举兵伊豆，与平家大庭景亲等战于石桥山（神奈川县小田原市近郊），赖朝大败而逃。见卷第五《四、快马》章。

[08] 俣野五郎景久：大庭太郎景忠之子、景亲之弟。住相模国高座郡俣野（今横滨市户冢区内），以地名为姓。《吾妻镜》治承四年十月二十六条："志犹在平家，潜入洛。"

[09] 斋藤实盛（？一一一八三）：出身越前国，但久居武藏国幡罗郡长井庄（今埼玉县熊谷市永井太田）为庄园别当，故称长井斋藤别当。其轶事已见卷第五《十一、富士川》章。又本卷《八、实盛》章有其战死之叙述。

浮巢三郎重亲、真下四郎重直[10]。他们盼在会战之前能稍事休息，所以每日轮流作东，饮酒寻乐，聊以互慰。首先，在斋藤别当实盛处聚会时，实盛说道："细察天下情势，源氏一方渐强，平家已呈败象。各位，同往投奔木曾殿，何如？"人人不约而同道："也好。"翌日，改在浮巢三郎家饮酒。斋藤别当问道："请问各位，昨日所说之事如何呀？"众人默然。俣野五郎自告奋勇，发言道："我辈在东国，皆小有名气，无人不知。如果只因气势之强弱，便投奔来投奔去，吃相岂止难看？他人不知，我五郎景久誓与平家共存亡。"斋藤别当笑道："其实昨日所言，仅为试探各位心中之所怀耳。再者，实盛于此次会战，自度必死，无缘再回京师。此心已向亲友表明，且已禀告大臣宗盛殿矣。"在座者皆表赞同，誓死不二。后来果然都在北国战死，令人心酸。

且说平家让人马休息之后，在加贺国筱原占地布阵。同年五月二十一日辰时一刻，木曾进军筱原，呐喊开战。平家方面的主将畠山庄司重能、小山田别当有重[11]，自治承年间以来一直驻守京城。此次奉命道："汝等老练武将，可往前线指挥作战。"而被派到北国来。兄弟两人率三百余骑出阵。源氏方面由今井四郎兼平率三百余骑与之对峙。起初，畠山与今井各以五骑、十骑决胜负；后来两军便混战起来。当日到了中午时分，草木不摇、烈日当空。双方还是争先恐后，或进或退，厮杀不已。遍身冒汗，如同流水。今井一方伤亡不少，而畠山方面则家丁仆从所剩无几，更觉力有不逮，不得不撤退了。

继之，平家方面由高桥判官长纲[12]率五百余骑进场。木曾殿方则由樋口

---

[10] 伊东九郎佑氏：伊豆、伊东、河津地区豪族。其父伊东佑亲为源赖朝所杀，改投平家。浮巢三郎重亲：传不详。真下四郎重直：居住武藏国儿玉郡真下（今埼玉县本庄市儿玉町）之儿玉党武士。

[11] 畠山重能：桓武平氏。重弘之子、重忠之父。住武藏国男衾郡畠山乡（今埼玉县深谷市畠山）。庄司为主司庄园事务之官。小山田有重为其弟。

[12] 高桥判官长纲：越中前司盛俊之子。已见卷第四《十、桥头之战》章，注8，与本卷《二、北伐》章，注4。

次郎兼光、落合五郎兼行，率三百余骑出阵迎战。高桥所率队伍是从诸国征集而成，形同乌合之众，敷衍打了几个回合以后，一骑不留，全都逃之夭夭。高桥自己尽管精神抖擞，但背后寥落，英雄也会气短，不得已决定一走了之。于是单骑脱出了阵地。在其奔逃的路上，越中国人入善小太郎行重[13]恰好撞见，见猎心喜，便踩镫挥鞭，飞马追了上来。马一并驾，冷不防扑了过去。高桥揪住入善，按在马鞍前轮，问道："是何人？报上名来。"入善答道："越中国住民入善小太郎行重，今年十八岁。"高桥叹道："唉，真可怜。去年我长纲之子若不死，今年活着亦已十八岁矣。汝之首级可随时摘而取之，但姑且饶汝一命。"便将入善放开，自己也下马休息，想着或有己方人马前来应战。入善自忖道："虽然赦我一命，但敌人再好，毕竟还是敌人。非杀之不可。"高桥放松心情闲聊起来。入善手疾眼快，拔刀扑上，在高桥头盔下刺了两刀。此时，有入善的随从三骑正好赶到，出手帮忙。高桥虽然勇猛过人，怎奈时运不济，何况对方人多，而且伤势已重，便在当场被杀了。

平家方面又派武藏三郎左卫门有国，率三百余骑呐喊来袭。源氏派仁科、高梨、山田次郎，率五百余骑迎之。一时半刻互有攻防。平家的兵力死伤泰半。有国只身深入敌阵奋战，矢尽马倒，只能徒步挥刀，砍杀了不少敌人。但终于身中七八箭，瞪眼僵立而死。看到主将如此，平家战士也各以走为上计了。

[13] 行重：宫崎太郎之子。越中国新川郡入善（今富山县下新川郡入善町）人。

实盛 八

且说，武藏国人长井斋藤别当实盛，不顾己方都已逃散，却单独一骑转回头来，进进退退，继续与敌人周旋。他今日的打扮，或许别有用意：只见身穿赤地织锦直垂，上披黄绿丝缀铠甲，头戴锹形翘角盔，腰佩金饰大刀，背插黑白鹫翎箭，手持缠藤黑漆弓，骑着连钱苇毛马，套着饰金马鞍。木曾殿方的手冢太郎光盛[01]看出是个可敬的对手，招呼道："啊，令人佩服呀。不知壮士何人。己方皆已逃散，竟只一骑留后。可敬之至。请报上大名来。"反问道："说话者是谁？"乃告之曰："信浓国住民手冢太郎金刺光盛。"斋藤别当道："看来彼此果然是好对手。不是看不起足下，本人自有理由，实在不便透露姓名。来来，动手吧，手冢。"两匹马刚要并驾齐肩时，手冢的部下正巧赶到，怕主人受伤，便挤进两马之间。"好家伙，竟敢与日本第一猛士挑战。有种。"斋藤别当说着，抓住了其中一人，压在马鞍上，咔嚓一声，斩下其头，抛在地上。

手冢看到部下被杀，一闪闪到对方左侧，掀其铠甲下摆，狠狠刺了两刀。两人揪成一团，双双落下马来。斋藤别当虽然自诩强悍，然而缠斗既久，早已疲惫不堪，况且垂垂老矣，终被压在下面。手冢的部下急跑过来，遵命摘下首级，立刻送到木曾殿面前，禀报道："光盛方才与一奇僻怪人格斗。以为是普通武士，却见身穿织锦直垂；以为是大将军，身后却无所率之兵。几次请其报上

[01] 手冢光盛：当是信浓国诹访神社下社之祝部金刺氏一族。其他不详。

名来，始终不理。听其口音，似带关东腔口。”木曾殿道：“唉，说不定是斋藤别当。犹忆从前义仲经过上野国时，幼眼所见，头上已杂白发。如今谅已白发苍苍矣，而双鬓胡须竟然全黑，岂不可怪？樋口次郎与之交游有年，当可认出。召樋口来。”樋口次郎只一见，便道：“唉，可痛心呀。确实是斋藤别当。”木曾殿道：“然则今年当已七十余岁矣。但头发不白，鬓须全黑，何以故？”樋口次郎簌簌泪下，哽咽道：“正想禀报此事原委，却因哀伤过度，不觉泪下。凡执弓箭之人，无论何时何地、不管大事小事，宜多留下经验之言，借供后人回味。斋藤别当尝对在下兼光说过：‘年过六十而仍须驰骋疆场者，可染黑双鬓胡须，以显身强力壮之貌。如若不然，老态而与年轻者争先争强，有失大人气概；或受他人指指点点，讥诮为老朽武士，是可忍孰不可忍。’看其模样，似乎染过。请洗之以验真假。”木曾答曰应该如此。于是着人洗之，果然现其白发。

斋藤别当之所以身穿织锦直垂，据说在最后晋见大臣宗盛殿时，禀道：“年前征讨东国，我军为水鸟振翅群飞之声所惊吓，一箭不放，便从骏河国蒲原逃回京都[02]。虽然不关实盛一人之事，却一直耿耿于怀，自以为老后唯一之耻辱。此次讨伐北国，必当誓死以报。实盛原是越前国人，近年来因供职庄园，乃居武藏国长井[03]。古有先例，所谓衣锦还乡[04]是也。敢请准予穿用织锦直垂。”大臣殿道：“所请可嘉可喜。”而许其穿用织锦直垂。古之朱买臣[05]翻锦

---

[02] 事见卷第五《十一、富士川》章。

[03] 庄园：原文御领，指平家领地。实盛为其别当。长井：在今埼玉县熊谷市永井太田。

[04] 《史记・项羽本纪》：“富贵不归故乡，如衣绣夜行。”《汉书・朱买臣传》亦有雷同语句。《南史・柳庆远传》：“为雍州刺使。帝饯于新亭，谓曰，卿衣锦还乡，朕无西顾之忧矣。”或作衣锦之荣。欧阳修《相州昼锦堂记》：“仕宦而至将相，富贵而归故乡，此人情之所荣，而今昔之所同也。……一介之士得志于当时，而意气之盛，昔人比之衣锦之荣者也。”

[05] 朱买臣（？—前一一五）：汉会稽吴人。仕汉武帝，官至丞相长史。后因故为武帝所杀。买臣早年家贫，卖薪自给。其妻羞而离去。后买臣显贵，妻惭忿，自缢死。详见《汉书・朱买臣传》。大江举周《详群吏策》：“朱买臣之衣德采也，翻锦于会稽之岚。”（《本朝文粹》三）

袂于会稽山麓，今之斋藤别当扬名于北国里巷。徒留不朽之虚名于后世，身则化为北国远方之尘土。诚可悲痛。

寿永二年四月十七日，当日派遣十万余骑大军，开出京城。浩浩荡荡，壮志凌云，锐不可当。然而到了五月下旬，撤回京城时仅有二万余骑。因此有人引用古书评道："竭泽而渔，岂不获得？而明年无鱼；焚薮而田，岂不获得？而明年无兽[06]。所以应该考虑后果，不可倾巢而出，有所保留，以备将来。"

[06] 语出《吕氏春秋・义赏篇》。

九 玄昉

大前年入道相国逝世时，上总守忠清、飞驒守景家[01]同时出了家。而如今听到自己的儿子都在北国阵亡，忧思难解，怨天尤人，同时郁悒而殁。从此，无论远国近国，到处都上演着亲送子、妻别夫的惨剧。在京中则家家紧闭门扉，念佛悲泣之声，不绝于耳。

六月一日，藏人右卫门权佐定长[02]在清凉殿下口[03]，召见了神祇权少副大中臣亲俊[04]，转达了战事一旦平定，将有行幸伊势大神宫的谕旨。

大神宫是从高天原[05]降临的祖神，于崇神天皇治世第二十五年三月，自

[01] 藤原忠清与藤原景家为兄弟。已见卷第二《三、西光被斩》、卷第四《十、桥头之战》、卷第五《十一、富士川》等章。忠清之子上总大夫判官忠纲、景家之子飞驒大夫判官景高，均以武士大将参加北伐，皆死于俱利迦罗谷之战（见本卷《六、俱利迦罗谷》）。

[02] 藤原定长：已见卷第四《三、源氏名录》章，注1。养和元年（一一八一）藏人，寿永元年（一一八二）兼右卫门权佐，建久六年（一一九五）参议从三位。同年殁，四十七岁。

[03] 下口：在清凉殿殿上之间之东南角、与渡殿相接之门。又称无名门。公卿与非殿上人应对之处。

[04] 大中臣亲俊：养和元年（一一八一）神祇权大副，寿永二年（一一八三）祭主兼皇太后宫权大夫，文治元年（一一八五）非参议从三位，同年殁。

[05] 高天原：日本神话中，以天照大神为主之诸神所住天上之国。

大和国笠缝里迁至伊势国度会郡五十铃川上游[06]，在川沿地下强固的础石上，立起了雄伟庄严的大神殿。迁祀以来，在全日本六十余州，三千七百五十余社大小神祇之中[07]，变成独一无双、最受崇仰。

然而历代天皇无临幸之者。直至圣武天皇[08]之世，在左大臣藤原不比等[09]之孙中、参议式部卿藤原宇合[10]之子里，有名为右近卫权少将兼大宰少贰藤原广嗣[11]者，于天平十五年十月，纠集凶贼数万，在肥前国松浦郡[12]起兵作乱，几乎到了动摇国本的地步。是以在派大野东人[13]为大将军讨伐广嗣时，天皇首次行幸伊势大神宫，创下了先例。

据说广嗣有一匹骏马，一日中能往返于肥前松浦与京都之间。当其己方

[06] 崇神天皇：第十代天皇（在位前九七—前三〇）。《日本书纪》崇神天皇六年（前九二）条："先是天照大神、倭大国魂二神，并祭于天皇大殿之内。然畏其神势，共住不安。故以天照大神托丰锹入姬命，祭于倭笠缝邑。"不过，将天照大神从笠缝邑迁祀伊势国"五十铃川上游"，非崇神天皇时，而是在第十一代垂仁天皇在位第二十五年（前五）三月。笠缝里：今奈良县矶城郡田原本町新木，一说在樱井市内。五十铃川：流经三重县伊势市，别名御裳濯川。

[07] 三千七百五十余社：泛指日本天神地祇总数。《三代实录》天庆元年（九三八）九月二十五日条："五畿七道诸国，境内天神地祇三千一百三十四神。"

[08] 圣武天皇：原文奈良御门，第四十五代。天平为其年号之一（七二九—七四九）。按：御门（みかど），意同天皇。

[09] 藤原不比等（六五九—七二〇）：史称文忠公、淡海公。官至正二位右大臣、赠正一位太政大臣。养老四年（七二〇）去世，六十二岁。

[10] 藤原宇合（六九四？—七三七）：不比等三男。历官遣唐副使、按察使、征夷持节大使、式部卿、参议、西海道节度使等。天平九年（七三七）殁，四十四岁。

[11] 藤原广嗣（？—七四〇）：官至式部少辅兼大养德守（七三八）、左迁大宰少贰。天平十二年（七四〇）八月上表批评时政得失，主张清除玄昉、橘诸兄、吉备真备等君侧，不纳，九月叛于北九州。十一月被捕伏诛。

[12] 肥前国松浦郡：九州西北部，今分属佐贺县东松浦郡、西松浦郡、长崎县北松浦郡。据《续日本纪》，广嗣在丰前国（福冈县）板柜山与官军战败被捕，十一月在肥前国松浦郡被处死。

[13] 大野东人（？—七四二）：官至参议、陆奥按察使兼镇守府将军大养德守。《续日本记》天平十二年九月丁亥条："广嗣遂起兵反。敕从四位上大野朝臣东人以为大将军……"

的凶贼全都或逃或死，而自己被追得前无去路之际，便骑着此马跃入海中。其亡魂怨灵每每兴风掀浪，作祟多端。譬如天平十六年六月十八日，筑前国御笠郡大宰府观世音寺[14]举行供养法会，主持其事的导师是玄肪[15]僧正。玄肪登上高座，正在敲打敬白[16]之钟时，突然空中风起云涌、雷电交加，落在玄肪身上，取其首级，隐入云中。听说是玄肪曾调伏[17]过广嗣之故。

玄肪僧正曾随吉备大臣[18]入唐，是传法相宗[19]于日本的高僧。唐人取笑其名玄肪而断之曰："玄肪与还亡谐音，还国后恐有事端。"天平十九年，同六月十八日，有一颗骷髅写着玄肪二字，落在兴福寺的庭院中；同时从虚空中传来约有千人一齐哄笑的声音。此与兴福寺是法相宗可能有关。玄肪僧正的弟

[14] 大宰府观世音寺：在今福冈县太宰府市、大宰府旧址东北。第三十八代天智天皇（称制六六一—六六八，在位六六八—六七一）为祈其母帝齐明天皇冥福，发愿始建。但堂塔之完成则在七十余年之后，即玄肪于天平十七年（七四五）赴任观音寺别当之时。其后，吉备真备为大宰大贰时，增设戒坛院，成为镇西名刹。与大和东大寺、下野药师寺，并称日本三戒坛。

[15] 玄肪（？—七四六）：他本或作玄房、玄昉。本章或题《还亡》。俗姓阿刀氏。兴福寺义渊僧正弟子。灵龟二年（七一六）随吉备真备入唐、就玄奘弟子智周学法相。天平七年（七三五）归国。同九年僧正。深得圣武天皇、光明皇后崇信，为内道场主。参与政治，与藤原广嗣对立，引起广嗣之乱。乱平后，玄肪亦于天平十七年（七四五）左迁大宰府观世音别当，营造堂塔。落成供养之日横死。《扶桑略记》天平十八年六月："玄肪法师，其命为大宰少贰藤原广嗣亡灵所夺。……流俗相传云，玄肪法师于大宰府观世音寺供养日，为其导师，乘腰舆供养时，俄自太虚捉捕其身而亡。日后其首落在兴福寺唐院。"

[16] 敬白：或作启白、开白、表白、开启。法会或修法开始时，向神佛报告其旨趣之文。

[17] 调伏：祈祷降服怨敌，或使其就范。已见卷第六《十二、横田河原之战》章，注7。

[18] 吉备大臣：吉备真备（六九三或六九五—七七五），本姓下道。灵龟二年（七一六）为遣唐留学生，天平七年（七三五）归国；天平胜宝四年（七五二）以遣唐副使再度入唐。前后在唐逾二十年。其才学与阿倍仲麻吕并称。历官参议、中纳言等职，至正二位右大臣兼中卫大将勋二等。号吉备大臣。平定藤原广嗣之乱与惠美押胜之乱有功。

[19] 法相宗：又称唯识宗。以唐慈恩大师为祖，从唯识观点究明诸法之相，故称法相宗。白雉四年（六五三）道昭传之于元兴寺者为第一传，其后经第二传、第三传，而至玄肪传之于兴福寺者为第四传。第一、二传谓南寺传，第三、四传谓北寺传或兴福寺传。

子为之筑一墓，纳其骷髅，名曰头冢[20]，至今犹在。此皆广嗣亡魂之所致。因而立神社以祭其怨灵，今称松浦镜宫[21]。

嵯峨天皇之世，平城前帝受尚侍怂恿而发动政变[22]时，天皇派其第三皇女有智内亲王，至贺茂斋院祈祷镇乱[23]。此为斋院之始。朱雀天皇时因有平将门、藤原纯友之乱，首次在石清水八幡宫举行了临时祭祀[24]。此次也依照此等先例，开始了种种祈祷。

[20] 头冢：原文头墓。《南都七大寺巡礼记》兴福寺条："又彼僧正（玄昉）十三重大塔在。以僧正头埋此墓，故号头塔。"又："去兴福寺巽方五町余（东南方约六百米）。"

[21] 松浦镜宫：祭祀广嗣者原是肥前国松浦郡镜山（佐贺县唐津市镜）板柜神社，后与同地祭祀神功皇后之松浦宫（一名镜宫）混为一谈，亦称镜宫。

[22] 在此，政变指所谓药子之变，详见卷第五《一、迁都》章，注42。

[23] 第三皇女有智内亲王：当是嵯峨天皇（在位八〇九—八二三）第八（或第九）皇女，首代贺茂斋院。按：侍奉贺茂神社之未婚内亲王（皇女、皇孙女）谓之斋院，侍奉伊势神宫者谓之斋宫，由各代天皇从内亲王中选派之。

[24] 临时祭祀：第六十一代朱雀天皇（在位九三〇—九四六）天庆五年（九四二）四月下旬，在石清水八幡宫行非例行之临时祭。之后亦成例行祭祀，每年三月行之。

十 木曾通牒

木曾义仲来到越前国的国府[01]，召集家人与侍从开会评议形势。“本来义仲考虑经由近江国进入京都，唯恐比睿山僧众出来阻挡进路。如欲冲破其防御，固甚容易，但平家当今无视佛法、毁寺院、杀僧侣，无恶不作。我辈意在守护佛法而试图入京，若对山门大众开战，则无异重蹈平家覆辙，同为一丘之貉。此事看似简单，其实难乎其难。如何是好？”陪侍在侧的文书大夫房觉明言道：“山门众徒三千人，人人各有所思，并非一心同德。僧众中有心向源氏者，亦有忠于平家者。何妨先通牒状，以探其意。回牒便知。”木曾道：“言之有理，事不宜迟。”便请觉明写好牒状，送往山门。牒云：

> 义仲细察平家恶行，保元平治以来，久失人臣之礼。虽然，贵贱束手，缁素戴足[02]。恣意立废帝位，尽情掳掠郡国。无论有理无理，追捕权门势家；不问有罪无罪，刑戮卿相侍臣。夺取其资财，悉与部属；没收彼庄园，滥惠子孙。就中，于治承三年十一月，迁法皇于城南离宫[03]，流博陆于海西绝域[04]。众庶不言，

[01] 国府：在丹生郡，后之南条郡府中（今福井县越前市）。

[02] 缁素：黑衣白衣，谓僧侣与俗人。戴足：谓跪在平家脚下，匍匐膜拜之也。

[03] 指后白河法皇幽禁鸟羽离宫事件。详卷第三《十八、幽禁法皇》《十九、城南离宫》等章。

[04] 博陆：关白汉名。在此指关白藤原基房。海西：或作西海、镇西，即九州大宰府。详见卷第三《十六、大臣流罪》章，注1。

道路以目[05]。尤有甚者，同四年五月，围二宫之朱阁[06]，惊九重之垢尘。于是帝子为逃避不测之灾，潜入园城寺之时，义仲以日前已奉令旨[07]，亟欲扬鞭驰援。讵知怨敌满巷，无从上路。邻近源氏犹不能至，况远在僻处者乎？然园城心余力绌，为之移驾南都途中，有宇治桥头之战。大将三位入道赖政父子，轻生重义，虽励一战之劳，不免众敌之攻。遂曝形骸于古岸之苔，流性命于长河之浪[08]。令旨之志铭肝，同类[09]之悲销魂。是以东国北国之源氏，各谋入洛[10]，誓灭平家。义仲亦于去年秋，为达夙愿，扬旗挥剑出信州。越后国人城四郎长茂率数万军兵来袭，会战于横田河原[11]。义仲才以三千余骑破彼数万之兵。风闻广传，平氏大将率十万大军开向北陆[12]。在越州、贺州[13]之砥浪、黑坂、盐坂、筱原等城郭，数度会战。运策于帷幄之中，得胜于咫尺之下[14]。然击之必覆，攻之必降[15]。不异秋风之破芭蕉，似同冬霜之凋群叶。

---

[05]《国语·周语上》："国人莫敢言，道路以目。"谓只能以目示意也。

[06] 二宫：后白河法皇第二皇子高仓宫以仁王，亦即下出之帝子。朱阁：高仓宫御所美称。

[07] 令旨：指高仓宫以仁王声讨平家之指令。

[08] 关于桥头之战、赖政父子之死，详见卷第四《十、桥头之战》《十一、高仓宫之死》等章。

[09] 同类：指源赖政等同为源氏之一族。

[10] 洛：洛阳，京都之汉称。入洛谓进京也。

[11] 卷第六有专章《十二、横田河原之战》叙此战役。

[12] 指平家大举追讨北陆源氏，见本章《二、北伐》章（原文题《北国下向》）。

[13] 越州：越前、越中、越后三国之总称。贺州：即加贺国。以下所提地名与交战情形，见本卷《四、火打城之战》至《八、实盛》各章所述。

[14] 引自《史记·高祖本纪》："运筹帷幄之中，决胜于千里之外。"但改"千里之外"为"咫尺之下"，以喻胜利之近在眼前也。

[15]《史记·高祖本纪》："战必胜，攻必取。"

是皆神明佛陀之所助，无关乎义仲之武略也。平氏既败北，义仲有入洛之计。今拟过睿岳[16]之麓，以入洛阳之衢。当此时也，窃有疑虑。抑天台众徒与平家同心欤？或与源氏同德欤？若助彼恶徒，势必与众徒交战；若至于交战，睿岳之灭亡不须旋踵间。悲哉。平氏恼宸襟[17]，灭佛法。兹欲起义兵以靖其恶，不意非与三千众徒对敌不可。痛哉。若忌惮医王山王[18]而滞留行程，则必为朝廷怠慢之臣，永遗武略瑕疵之讥。此所以陷入迷途，进退失据，恳请开示者也。伏乞三千众徒，为神为佛、为国为君，与源氏连心，以诛凶徒，以浴鸿化[19]。不胜丹诚之至。义仲惶恐敬启。

寿永二年六月十日　　源义仲谨上

惠光坊律师[20]法鉴

[16] 睿岳：比睿山。

[17] 宸襟：喻天子（天皇）之心。

[18] 医王：延历寺根本中堂本尊药师如来。山王：比睿山地主神，即日吉神社之山王权现。

[19] 鸿化：广大治化，谓天子政教德泽也。《后汉书·孝章帝纪》："朕闻明君之德，启迪鸿化，缉熙康乂。"

[20] 惠光坊律师：传不详。或以为惠光房珍庆，延历寺中反平家之中心人物。一本作明云座主。律师为仅次于僧都之僧官。

回牒 十一

果如所料，山门大众展状阅读之后，议论纷纭。有提议归附源氏的众徒，也有愿意支持平家的大众。意见各异，莫衷一是。老僧共议道："总而言之，我等所祈者，无非金轮圣王之天长地久[01]。平家乃今上之外戚，皈依崇仰山门。是以一向祈其繁昌，以至今日。然而恶行逾法，万人叛之。虽屡遣追讨之军，反为叛贼所灭。源氏近年以来，屡战屡胜，运势大开。何以独我山门支持命数已尽之平家，而背弃运势大开之源氏乎？从此何不一反过去亲近平家之立场，改与源氏同心协力？"评议结果，意见一致。于是写了回牒送去。木曾殿又召集家人与侍从，请觉明打开了回牒，只见写道：

> 六月十日之牒状，同月十六日来到。披览之后，数日郁闷，一时云散。凡平家恶逆，经年累月。朝廷骚动不止。事在人口，里巷传言，罄竹难书。夫睿岳者，乃帝都东北之仁祠[02]，恒为国家静谧而虔诚祈祷。然天下久为妖逆所犯，四海不得安宁。显密法轮[03]形同虚设。护法神威或见废置。麾下适时生于累代武

[01] 金轮圣王：转轮四王之一。统领以须弥山为中心之四州者为金轮王。在此喻天皇。其他三王：银轮王统须弥山东西三州，铜轮王领东南二州，铁轮王管南阎浮提一州。天长地久：《老子》七："天长地久。天地所以能长且久者，以其不自生，故能长生。"在此喻天皇万寿无疆。

[02] 东北：属艮之方角，为阴阳道，俗称鬼门，人多忌之。仁祠：为寺院之美称。

[03] 显密法轮：显密两教之佛法。日本佛教宗派，以天台宗为代表，多显密双修。

备之家，幸喜长大为当世无比之人。运筹奇谋、忽起义兵。忘万死之命，树一战之功。其劳未过两年，其名已流四海。我山众徒闻之大喜。为国家、为累世源氏，感其武功、叹其武略。如此则喜山上之祈愿不虚费，乃知海内之镇护有实德。自寺他寺，常住佛法；本社末社[04]，祭奠神明。欣悦教法之定将再兴，随喜崇信之可以复旧。众徒此心，但祈垂察焉。然则冥中十二神将[05]，忝为医王善逝[06]使者，加入追讨凶贼之勇士。现世三千众徒，暂止修学钻仰之勤，令助诛伐恶徒之官军。止观十乘之梵风[07]，排奸党于和朝[08]之外；瑜伽三密之法雨[09]，复时俗于尧年之昔[10]。众议如此，诸祈谅察。

寿永[11]二年七月三日　　大众等

[04] 本社末社：指山王日吉神社之本社与末社。

[05] 十二神将：药师如来之十二使者，或以为药师如来十二大愿之化身，以助众生者。已见卷第二《一、座主流放》章，参注23。其名号因音译而各有不同。兹另举同组十二神将之不同译名：宫毗罗、伐折罗、迷企罗、安底罗、頞你罗、珊底罗、因达罗、波夷罗、摩虎罗、真达罗、招杜罗、毗羯罗。

[06] 医王善逝：药师如来。善逝又云好去，佛十号之一。悟而去彼岸，不再没入苦海之意。

[07] 止观十乘：《摩诃止关》（隋天台大师智顗说法、弟子章安所记天台三大部之一）所说十乘观法，即观不思议境、发真正菩提心、善巧安心、破法遍、识通塞、道品调适、对治助开、知次位、能安忍、无法爱。梵风：谓十乘观法吹散邪恶迷妄之风。

[08] 和朝：指日本朝、日本国。

[09] 瑜伽三密：瑜伽系梵语，相应之意。三密：身、口、意三业。真言行者身结手印、口诵真言、意念本尊之三业，与佛三密相应之修持法。法雨：喻佛法如雨，润泽众生，与上句梵风成对。

[10] 中国古代尧帝之治世。《史记·五帝本纪》谓帝尧：“其知如神，就之如日，望之如云。富而不骄，贵而不舒。……能明驯德，以亲九族。九族既睦，便章百姓。百姓昭明，合和万国。”

[11] 寿永：安德天皇年号，其二年当西历一一八三年。

十二 平家连署

平家于此却毫不知情，有人乃建议道："兴福、园城两寺仍存怨恨，即使招呼，亦会置之不理。本家与山门尚未结仇，山门对本家又无不忠。何不向山王大师[01]祈愿，收其三千众徒来归我方？"于是，写了一篇祷文，由公卿十人共同连署，送至山门。文云：

敬白者。以延历寺为准氏寺，以日吉社为氏社，一向仰尊天台佛法事。

兹本家一族上下，有特殊祈愿。谨述旨趣：盖睿山乃桓武天皇之御宇，传教大师[02]入唐归国后，弘圆顿之教法[03]于此山、传遮那之大戒[04]于其内。尔后恒为佛法繁昌之灵山、久备镇护国家之道场。方今之世，伊豆国流人源赖朝，不悔其咎，反嘲朝宪。尤有甚者，策划奸计，招募源氏同心如义仲、行家等人，结党有数

---

[01] 山王大师：日吉山王权现。大师：是对佛菩萨之尊称。

[02] 传教大师最澄（七六七—八二二）：日本天台宗开山祖师。延历二年（七八三）得度，两年后东大寺具足戒，延历廿年（八〇一）开法华讲筵于比睿山。同廿三年（八〇四）入唐，受天台付法与菩萨戒于第七祖道邃、受禅于翛然。又受密教付法于顺晓。翌年归国，敕许成立天台宗。

[03] 圆顿：圆满圆融、顿极顿足之意，指完全之教法与修行。亦即圆融诸法、顿得佛果之谓。天台智者大师（智顗）受渐次、不定、圆顿三止观于南岳慧思。故天台宗又称圆顿宗或本愿圆顿一乘。

[04] 遮那大戒：毗庐遮那佛（大日如来）所说大戒，指密教之教。

矣。邻境远境，掠领数国；土宜土贡[05]，掳劫万物。因此，本家或追累代勋功之迹，或凭当时弓马之艺，誓必早日追讨贼徒、降服凶党。敕命频传，屡次出征。爰似鱼鳞鹤翼之阵[06]，官军难得其利；星旄电戟之威[07]，逆贼必乘其胜。若无神明佛陀之加护，争能平息叛徒之凶焰？是以一向皈依天台之佛法，专诚凭依日吉之神恩耳。况乎忝惟臣等先祖，可谓本愿苗裔[08]，弥可尊崇。弥可恭敬。自今而后，山门有喜，即我一门之喜；社家有愤，即我一家之愤。各传子孙，永不失堕。藤氏以春日社、兴福寺为其氏社氏寺，久皈法相大乘之宗[09]。平氏以日吉社、延历寺为氏社氏寺，亲炙圆实顿悟之教[10]。彼昔时之遗迹也，但顾其家之荣华；此今日之信誓也，唯思为君而征罚。仰愿山王七社王子眷属[11]、东西

---

[05] 土宜：地方产物。其上纳朝廷者谓之土贡。

[06] 鱼鳞、鹤翼：均为阵名，见《孔明八阵图》。喻战阵战场。

[07] 星旄、电戟：旄（军旗）布如星，戟（三锋矛）闪如电，亦喻战阵战场。

[08] 本愿：发愿创建佛寺之人。延历寺虽为传教大师最澄所始创，但其所以成为镇国道场，则由于桓武天皇之敕愿。平家为桓武天皇之后，故自称本愿苗裔。参卷第一《一、祇园精舍》章。

[09] 法相大乘之宗：法相大乘应理圆实宗之略，简称法相宗，又称唯识宗。南都六宗之一，以兴福寺为本山。

[10] 圆实顿悟之教：圆满真实顿速证悟之教法，即天台圆顿之教。参本章，注3。

[11] 山王七社：日吉神社分上中下各有七社，而特以大宫、二宫、圣真子、八王子、客人、十禅师、三宫为山王七社。王子眷属：指日吉山王末社，及所属诸社院。

满山护法圣众[12]、十二上愿日光月光[13]、医王善逝[14]，照无二之丹诚，垂唯一之玄应[15]。然则邪谋奸臣之贼，束手于君门；暴逆凶残之辈，枭首于京土。职是之故，本家公卿异口同声，祈愿如上。

从三位行兼越前守　平朝臣通盛

从三位行兼右近卫中将　平朝臣资盛

正三位行左近卫权中将兼伊豫守　平朝臣维盛

正三位行左近卫中将兼播磨守　平朝臣重衡

正三位行右卫门督兼近江远江守　平朝臣清宗

参议正三位皇太后宫大夫兼修理大夫加贺越中守　平朝臣经盛

从二位行中纳言兼左兵卫督征夷大将军　平朝臣知盛

从二位行权中纳言兼肥前守　平朝臣教盛

正二位行权大纳言兼出羽陆奥按察使　平朝臣赖盛

从一位　平朝臣宗盛

寿永二年七月五日　　敬白

天台座主[16]看了祷文，觉得可怜又可悯，并未立刻加以公开，先纳在十禅

[12] 指比睿山东塔、西塔，以及全山拥护佛法之诸佛菩萨。

[13] 十二上愿：指药师如来为救众生之病所发十二大愿：光明普照、随意成弁、施无尽物、安立大乘、具戒清净、诸根具足、除病安乐、转女得佛、安立正见、除难解脱、饱食安乐、美衣满足。此十二大愿，可化成使者，为十二神将。见本卷《十一、回牒》章，注5。日光、月光：药师如来左右胁侍，即日光遍照菩萨与月光遍照菩萨。

[14] 医王善逝：药师如来。见上章，注6。

[15] 玄应：神佛之感应也。

[16] 天台座主：原文贯首，为座主异称。当时座主是于治承三年（一一七九）再度出任之明云大僧正。

师权现[17]的社殿中，加持祈祷三日之后，才让众徒观看。此时，却赫然发现一首前所未见的和歌，写在祷文的包封纸上：

平静谁家院，花开见荣华。经年累月后，零落月西斜。

平家原本祈望山王大师垂怜，能得三千众徒的支援。然而，因其长期以来的所作所为，不但违反神意，而且背离人心，所以求神而乏效，招人而无从之者。僧众虽然为此而感到遗憾，但互相说道："既然已答应支持源氏，如今岂可轻率改变心意？"结果，愿意支持平家者一人也无。

[17] 十禅师权现：日吉山王七社权现之一，今树下神社之古称。地藏菩萨之垂迹，祀国常立尊，为琼琼杵尊后第十代，故名。

十三 圣上出奔

同年七月十四日，肥后守贞能平定了镇西[01]的叛乱，带领菊池、原田、松浦党[02]等三千余骑，返回京师。镇西是镇定了，但东国北国的战乱却仍未敉平。

同月二十二日夜半，六波罗周边骚动异常。套马鞍，束缰绳，将家财运往东西南北藏匿起来。仿佛敌人当夜便要进攻一般。天明后听人说，方知是美浓源氏佐渡卫门尉重贞[03]所引起。原来从前保元之乱时，镇西八郎源为朝事败逃亡；源重贞因为追捕为朝有功，从现职的兵卫尉跃升为右卫门尉。因而为源氏同族所憎恨，只得继续依傍平家，尽其奉承之能事。此日夜半，重贞突然驰来六波罗禀报道："木曾已自北国率五万余骑，企图攻击京城。比睿山东坂本[04]满是军兵。其部属楯六郎亲忠[05]与文书大夫房觉明，带领六千余骑，登上比睿山，会合三千僧众，正向京城攻来。"

---

[01] 平贞能：平清盛心腹。养和元年（一一八一）筑后守，后又兼任筑前、肥前、肥后国守，出兵平定九州之乱。已见卷第六《十一、嘶哑声》章，注3。卷第一《二、宫中谋害》章出现之左兵卫尉家贞即其父。

[02] 菊池：菊池隆直，肥后国菊池郡（今熊本县）豪族。原田：指筑前国御笠郡原田（今福冈县筑紫野市）之原田种直一族，姓大藏氏。松浦党：指割据肥前国松浦郡（今佐贺县）诸氏族（包括嵯峨源氏、安部氏、志佐氏）所组成之联合武士集团。

[03] 源重贞：美浓源氏武者所佐渡源太重实之三男，号山田先生，官左兵卫尉。保元元年（一一五六）逮捕镇西八郎源为朝后，任筑后守。

[04] 东坂本：比睿山东麓登山口，琵琶湖岸，大津北部。

[05] 楯六郎亲忠：信浓国豪族，根井小弥太行亲之子。传不详。

平家人人大为骚动，立刻遣兵调将，四出迎战。派新中纳言知盛卿、本三位中将重衡卿为大将军，率兵共三千余骑出去，先在山阶[06]宿营。越前三位通盛与能登守教经，以二千余骑防御宇治桥。左马头行盛与萨摩守忠度，以一千余骑守护淀路[07]。又听说，源氏方面十郎藏人行家率数千骑，将由宇治桥进京。又有人说陆奥新判官义康之子矢田判官代义清[08]，将经大江山[09]入洛；摄津、河内两国的源氏族人，已经云屯雾集，也将窜入都城。平家于是决定："既然如此，何妨集在一处，以便决一死战。"便将驻守各地的战士召回京城。"帝都名利场，鸡鸣无安居[10]。"治世尚且如此，何况是乱世。虽然有人想隐入吉野山的密林邃谷中，但诸国七道皆已背叛离去。四海之内，再无安身之地。"三界无安，犹如火宅。"此如来之金言、一乘之妙文也[11]。实情如此，岂容有所异议？

同年七月二十四日深夜，前内大臣宗盛公来到六波罗池殿，探望住在殿内的建礼门院，告之曰："环顾天下情势，总以为不至于全盘皆输。但现在显然大势已去，末日即在眼前。或有认为何不任其自然，留在京中听天由命者。然而万一目睹惨状而感到难堪，必成莫大憾事。经过审慎考虑，觉得应该尽早恭请法皇与皇上行幸西国，暂避灾祸。"建礼门院道："当今之事，无论

[06] 山阶：山城国宇治郡山科（今京都市山科区），位于京都至近江国大津之间。

[07] 淀路：通往淀之路。淀在宇治川、木津川、桂川合流处，为往西国之要冲。

[08] 源义康：源义家之孙，官至陆奥、伊豫国守、鸟羽院北面、藏人，号足利陆奥判官。住下野足利，是足利氏之祖。义清为其子，名利太郎，住丹波国矢田庄（今京都府龟冈市），号矢田判官代。后为木曾义仲军大将，死于备中国水岛之战。

[09] 大江山：今京都市西京区大枝沓挂町西北、与龟冈市交界之老坂峠，又名大枝峠。

[10] 语出白居易《常乐里闲居偶题》。盖谓帝都每日鸡鸣之后，人人东奔西跑、争名夺利、纷纷扰扰，不得安居也。

[11] "三界……"二句，语出《法华经·譬喻品》。三界：为众生轮回之欲界、色界、无色界。火宅：喻充满痛苦之世界。一乘之妙文：指《法华经》。

如何，只能听从安排了。”说着以袖遮面，忍不住泪如雨下。大臣殿的直衣宽袖也湿透了。

是夜，法皇大概风闻平家将有出奔京外之计，便只带着按察大纳言资贤卿之子右马头资时[12]为伴，悄悄离开了御所，临幸鞍马寺[13]。人无知之者。有个平家武士橘内左卫门尉季康[14]，为人精明细致，也在法皇御所供职。当夜在法住寺殿值宿，忽然从寝宫方面传来了吵嚷之声。好像有女官们的乞哀告怜，夹杂着喃喃私语。不知到底有何事端，便竖耳倾听，只隐约听到：“法皇突然不见了，不知临幸何方。”季康觉得此事非同小可，立即驰往六波罗报告。大臣殿宗盛听了，说道：“恐怕谣传有误。”但说归说，却还是抢先驰到法住寺殿，果然不见法皇的踪影。平常伺候御前的女官们，自二位殿丹后殿[15]以下，都吓得硬着身子不敢动弹。虽然屡被追问：“何以故。何故如此？”但能回答说知道法皇行踪者，却无一人。只见人人茫然不知所措。

且说，法皇不在京城的消息一传开，京中的骚动沸沸扬扬，不言而喻。尤其在平家，人人慌手慌脚的样子，仿佛敌人已打进家中。但恍然也觉得事事有其限度，最坏也不过如此。近日来平家已决定恭请法皇与皇上行幸西国，正在准备当中。不意在此时此刻，竟先被法皇舍弃，难免引起赖以遮雨的树荫开始漏水的感觉。“尽管如此，至少皇上之行幸不可中止。”卯时，御舆已在门口等着。皇上今年六岁，年幼天真，心无芥蒂，坐了进

[12] 源资贤、资时父子均后白河法皇近臣。已见卷第二《八、大纳言流刑》章，注8，卷第三《十六、大臣流罪》章，注31，卷第五《九、文觉被流》章，注2—3。

[13] 鞍马寺：天台宗、本尊毗沙门天。在京都市左京区鞍马山半山腰。传宝龟元年（七七〇）鉴真弟子鉴祯所创。又有一说，谓藤原伊势人于延历十五年（七九六）所创建。

[14] 季康：传不详。或以为即藤原氏秀乡流尾藤氏之左兵卫季康。

[15] 二位殿丹后殿：二殿指同一人。法印澄云之女荣子，平业房之妻，后为后白河法皇所宠，号丹后殿，从二位。因建净土寺，故又称净土寺二位殿。

去。国母建礼门院同坐一舆。神镜、神玺、宝剑[16]，必须同时迁移。平大纳言时忠[17]还下令道："印钥[18]、时札[19]、玄上、铃鹿[20]等物皆须带走。"但是由于太过慌张而且混乱至极，丢下的物品当然很多。如日间放在御座旁边的御剑便被遗忘了。稍后，只见仅有时忠卿、内藏头信基[21]、赞岐中将时实[22]三人，衣冠束带，正装随驾。抬御舆的近卫司[23]官员、拉辇绳的御纲佐[24]，身穿盔甲，持弓矢随行。行幸的行列在七条向西，到朱雀大路转往南方而去。

翌晨便是七月二十五日。银河闪烁的天空在东山顶上已现了鱼肚白。黎明前的残月何其凄清黯淡。晨鸡啼不住，仿佛在催人赶路。纵使在梦中，也从未见过这般惨淡的情景。年前迁都福原时，那种急迫慌张的往事，现在回想起来，简直便是此次出奔的前兆。

---

[16] 日本皇位象征、历代天皇所传之三种神器。神镜指八咫镜、神玺指八尺（或作八坂）琼曲玉、宝剑（或称神剑）指天丛云剑（又名草薙剑）。已见卷第四《一、临幸严岛》章，注4。按：神镜原文内侍所，又称贤所，温明殿内安置八咫镜之处，后来常以内侍所喻八咫镜。

[17] 平时忠：寿永二年（一一八三）权大纳言，文治五年（一一八九）死于能登谪所，六十岁。曾言："非我一门者，皆为人非人。"（见卷第一《四、秃童》章，参注4）。其姊时子为清盛之妻。其妹滋子（建春门院）为后白河法皇之后、高仓天皇之母。

[18] 印钥：印指御玺等印章。钥指宫殿及诸官厅钥匙。

[19] 时札：或作时简。平安时代为报时刻，在清凉殿殿上之间外所立之时辰牌。

[20] 玄上、铃鹿：玄上或作玄象，琵琶名。铃鹿，和琴名。均为皇室世传名乐器。

[21] 平信基：时忠叔父信范之子。内藏头：内藏寮长官，属中务省，管理宫中金银、财宝、仓库、飨宴等事务。

[22] 平时实：平时忠长男。历官越后、赞岐两国权守、从三位左中将。平家灭亡后，于文治元年（一一八五）流配周防，同五年归京。建历三年（一二一三）殁，六十三岁。

[23] 近卫司：行幸时，抬御舆或凤辇之左右近卫府官吏。

[24] 御纲佐：行幸时，持舆辇纲绳之大舍人寮次官。

摄政殿基通[25]也离开了家，准备随驾行幸。但在七条大宫路口，看到一个结着角髻的童子，忽然从车前横跑过去，而在童子的左袖上现出春日两字。春日所指[26]者当然是传承法相宗的春日大神社，是保护大织冠[27]子子孙孙的藤原氏氏神。摄政殿正在心倾神驰时，却听到一首和歌，好像是刚才那个童子的声音。

藤叶片片落，无力挽其枯。唯有赖春日，且看意何如。

摄政殿叫随从进藤左卫门尉高直[28]过来，说道："仔细考虑此次出幸，有天皇而无法皇。平家将来恐怕祸不单行，不可信赖矣。"高直听了，便向牵牛人眨了眨眼睛。牵牛人会其意，立将牛车折回，沿着大宫大路飞奔向北，进入了北山周边的知足院[29]。

---

[25] 藤原基通：前已数见。治承三年（一一七九）平清盛流放关白藤原基房等公卿时，出任内大臣、关白，治承四年为摄政。

[26] "春日所指"：原文直译应是："写作春日而读成春日（かすが）。"

[27] 大织冠：藤原（中臣）镰足（六一四—六六九），藤原不比等之父。藤原氏之祖。大织冠是大化革新期间，于大化三年（六四七）所定位阶之最高者，相当于后来之正一位。制定后，只授予镰足一人，即告停止，故成为镰足一人之称号。

[28] 进藤高直：传不详。其姓名他本作深藤左卫门信澄、进藤左卫门大夫高范或进藤左卫门尉赖范。

[29] 知足院：确实地点不详。当在今京都市北区紫野船冈山麓，附近有云林院。

十四 维盛出奔

平家武士越中次郎兵卫盛嗣[01]，听说摄政殿折了回去，便奋不顾身，设法阻止。但为别人所制，力不从心，只好作罢。

小松三位中将维盛虽然胸中有数，不过一旦事到临头，却也不免悲伤起来。原来夫人是故中御门新大纳言成亲卿的女儿。恰似桃花凝露、粉面媚眼、垂发依依、随风摇摆。可谓难得的绝代佳人。膝下有一位人称六代[02]的公子，今年才十岁。还有八岁的妹妹公主。每人都不肯留下来，只愿一同出奔。三位中将试图安慰夫人道："平日已多次相告，我将随同一门出奔西国。虽然宁愿长此团聚、永不分离。但沿途敌人处处埋伏，岂能条条是生路？如若耳闻我已捐躯，切切不可易容出家。宜其另结连理，以便自保性命，并借以培育幼小儿女。世上定有有心有情之人。"夫人无言以对，用衣袖掩在脸上，尽管哭泣。

终于到了不得不动身的时刻，夫人紧紧抓住丈夫的袖口，埋怨道："都城中无父亦无母，遭到遗弃后，绝无再婚之理。而夫君竟然说宜其另结连理，可恨哪可恨之至。因有前世宿缘，今生才蒙垂怜，成为夫妻。岂有他人肯无缘而

[01] 平盛嗣（？ —一一九二）：或作盛继，越中守平盛俊之子。已在卷第四《十、桥头之战》、本卷《二、北伐》等章中，以武士大将身份出现。

[02] 六代：平维盛嫡子。自平正盛算起为第六代，故以"六代御前"称之。童名六代丸，文觉上人弟子，法号妙觉。其生平遭际，见卷第十二《七、六代公子》《八、泊濑六代》《九、六代被斩》诸章。

动之以情耶？但愿长相厮守，生则同为原野之露，死则一如水底之尘。夜半细语，眷眷盟誓，竟成谎言。如果仅是妾身一人，既成弃妇，无可奈何，宁可留在京都。然而，请问幼小者将托付与谁？如何安排？居然忍心不顾而去，可恨哪可恨。”对于夫人如怨如慕的倾诉，三位中将道：“诚然，犹忆卿是十三，我十五时结为夫妻，曾经相约：遇火同入火窟，逢水共沉水底，直至死别，勿有先后。但此次出奔并不光彩，如果携带家人同行，何去何从，一无所知，难免遭遇不测。何况此次事前并无计划。且待有安居之处，当即派人回来迎接，如何？”说罢，硬着头皮，转身便走了。来到中门廊下，穿上甲胄，牵马过来，正要骑上时，跑出了公子与公主，抓住父亲的袖口与铠甲的下摆，双双哭道：“呀呀，等一等，要到何处？我也想跟。我也要去。”三位中将觉得此亦无常人生之羁绊，显出更加无可奈何的神情。

便在此刻，其弟新三位中将资盛卿[03]、左中将清经[04]、左少将有盛[05]、丹后侍从忠房[06]、备中守师盛[07]五人，结伴骑马进入门来，在院子中勒住了马，道：“皇上行幸已经去远了，何以至今尚未动身？”听了口口声声的催促，三位中将终于上了马，却又勒回马头，走到廊缘，以弓弰掀起了帘子，说道：“各位请看。

---

[03] 平资盛（一一五八—一一八四）：重盛次男、维盛之弟。已见卷第一《十一、争路》章，参注7。养和元年（一一八一）右近卫权中将，寿永二年（一一八三）从三位藏人头。文治元年（一一八五）在坛浦之战，与其弟有盛牵手跳海自尽，事见卷第十一《十、能登殿之死》章。按：近卫中将由从四位下者任之，如其为三位，则称三位中将。三位中将有二人以上时，新任者称新三位中将。此时，其叔重衡、兄维盛已在三位中将任上。

[04] 平清经：维盛、资盛之异母弟，官至正四位下左中将。已见卷第六《十、祇园女御》章，注43。

[05] 平有盛：平重盛四男。与其兄资盛牵手沉海。见上注3。

[06] 平忠房：重盛之子、师盛之弟。官至五位下丹波守，屋岛之战脱逃，平家灭亡后，仍据纪州汤浅抗源氏。文治元年（一一八五）被捕受斩，事见卷第十二《九、六代被斩》章。

[07] 平师盛（一一七〇—一一八四）：重盛之子。治承二年（一一七八）若狭国守。元历元年（一一八四）一谷之战败绩，被捕受斩，年仅十五。

幼小者太过依恋，紧缠着不让走，为了安抚劝慰，所以耽搁了。”边说边落泪。在院子内等候的人也都湿了铠衣之袖。

家中有兄弟武士斋藤五与斋藤六[08]，兄十九岁、弟十七岁。一左一右，抓住马辔，表示要追随主人，永不分离。三位中将道：“令尊斋藤别当出征北国时，汝等亦频频要求追随。令尊说其想法自有道理，坚持将汝等留下，而径往参加北伐，终于壮烈牺牲。盖老成练达，能知未来事也。六代留在家中，尚无可以安心托付之者。汝兄弟二人可否勉为其难，留下善照顾之。”既然如此，只得含泪留下。夫人却极度烦闷苦恼，怨道：“长年累月以来，从未想到夫君竟是如此无情之人。”公子、公主与女官们连爬带滚，跑到帘外，不顾别人，声嘶力竭地大哭起来。哭声震耳，缭绕天际，仿佛化成西海风起浪涌的泣诉之声。

平家离京出奔时，将六波罗、池殿、小松殿、八条、西八条等地一门卿相之官邸二十余所，及其诸多部属之诸多住家，连同京城白河的四五万间民房，全都付之一炬，烧毁殆尽。

（其烧毁者），或圣上临幸之地也，凤阙[09]空留其础，鸾舆[10]但遗其迹。或

[08] 斋藤五宗贞、斋藤六宗光：平维盛部属武士，长井斋藤别当实盛之子（或犹子）。卷第十二《七、六代公子》章中，有兄弟两人保护平维盛夫人与公子六代之活动叙述。

[09] 凤阙：宫城之门，其两侧高楼上饰以金爵（铜质凤凰），故又名凤门。班固《西都赋》：“设璧门之凤阙，上觚棱而栖金爵。”引申则泛指宫城或宫殿。

[10] 鸾舆：同鸾驾、銮舆，天子所乘辇舆。班固《西都赋》：“于是乘銮舆，备法驾。”

后妃游宴之处也，椒房迎岚咽悲，掖庭[11]承露凝愁。妆镜翠帐之基[12]、弋林钓渚之馆[13]。槐棘之座[14]、鵷鸾之栖[15]。多年经营成空，片时化为灰烬。况乎仆从之蓬荜哉？况乎杂役之陋屋耶？残焰之所及，在此在彼，延烧数十町。强吴忽亡，姑苏台露移荆棘[16]；暴秦既衰，咸阳宫烟隐埤堄[17]。仿佛今日，岂不可悲也夫。昔则固函谷二崤之崄，竟为北狄所破[18]；今则凭洪河泾渭之深，亦为东夷所取[19]。谁能预知，突遭逐出礼仪之乡，而潸然身寄无智之境[20]？昨日为云上

[11] 椒房：后妃之所居。山椒气温、能除恶臭、结实多，以喻平安而多子多孙。《汉官仪》："皇后称椒房，取其实蔓延盈升，以椒涂室，取温暖、除恶气也。犹天子朱泥殿上曰丹墀。"掖庭：即后宫，皇妃、宫女之所居，位于天子左右如肘腋，故名。原称水巷，汉武帝更之曰掖庭。班固《西都赋》："后宫则有掖庭椒房，后妃之室。合欢、增城、安处、常宁、茝若、椒风、……"按：合欢以下为宫女所居宫名。

[12] 妆镜：他本作庄香或藻扃等。鲍照《芜城赋》："若夫藻扃黼帐、歌堂舞阁之基，璇渊碧树、弋林钓渚之馆。"按：他本之藻扃为原文直引；妆镜或庄香则为有意之改变或误用。妆镜：化妆用镜也。庄香：有注者以为馥郁之香气。藻扃：门扇上施藻画也。黼帐即绣帐。其绿地者即翠帐。

[13] 鲍照《芜城赋》："璇渊碧树、弋林钓渚之馆。"按：璇渊，玉池也，指钓渚（池）。碧树，玉树也，指猎鸟之林。

[14] 槐棘之座：大臣公卿之位。周代朝廷植三槐九棘。三公与九卿分别面向三槐与九棘而坐，故转用为三公九卿之义。《魏志・高柔传》："古者刑政有疑，辄议于槐棘之下。自今之后，朝有疑义及刑狱大事，宜数以咨访三公。"参卷第二《二、一行阿阇梨》章，注8。

[15] 鵷鸾之栖：鵷鸾均凤凰之类，喻殿上人。

[16] 源顺（九一一—九八三）《奉同源澄才子河原院赋》（《本朝文粹》卷一・赋）："强吴灭兮有荆棘，姑苏台之露瀼瀼；暴秦衰兮无虎狼，咸阳宫之烟片片。"吴为春秋时代列国之一，纪元前四七三年为越王勾践所灭。姑苏台是吴王夫差宫殿，已成废墟，荆棘丛生，代为承其露矣。

[17] 咸阳宫：秦始皇帝宫殿。已见卷第五《六、咸阳宫》章。埤堄：或作睥睨，城墙上突起之矮墙，即女墙。烟隐埤堄：谓战火弥漫，隐没城上女墙，守城者不能射敌也。

[18] 函谷二崤：指函谷关及其两侧之东崤山与西崤山。班固《西都赋》："左据函谷二崤之阻，表以太华终南之山。"喻自北陆、东国入京时，必经之山险关口。北狄：指木曾义仲。

[19] 洪河泾渭：洪河，大河也，指黄河。泾为泾水，渭为渭水。二水以喻宇治川与濑田川。东夷：指源赖朝。班固《西都赋》："右界褒斜陇首之险，带以洪河泾渭之川。"

[20] 礼仪之乡：指京都。李陵《答苏武书》："身出礼义之乡，而入无知之俗。违弃君亲之恩，长为蛮夷之域。"

之施雨神龙，今朝如肆中之失水枯鱼[21]。祸福同道[22]，盛衰反掌[23]，即在眼前。其谁悲而怜之？保元昔日虽春花盛开[24]，寿永今朝则秋叶尽落矣。

且说，治承四年七月，有地方轮替上京执行警卫的三个武士[25]：畠山庄司重能[26]、小山田别当有重、宇都宫左卫门朝纲[27]，到了寿永年间，依然留驻京师。平家一门离京出奔之际，三人险遭砍头。新中纳言知盛卿说道："我平家气数既然已尽，即使想保有天下，再砍百人千人之头，亦无济于事。此辈在故乡皆有妻小仆从，必然日日翘首哀叹。万一我家出现奇迹，命不该绝，迟早重回京都，则其感恩图报之心，必然天高地厚，可谓人情之最上者。理短情长，宜饬其各回故乡，与家人团聚，方为上策。"大臣殿道："应该如此。"于是准其各回其国。此辈武士感激涕零，匍匐上前，一再恳求道："自治承以来，承蒙照顾小命，以至今日。今后即使天涯海角，仍愿追随左右，参与行幸大事。"然而大臣殿并不为所动，反而劝道："汝等魂魄长系东国，纵许西国相随，亦不过形骸耳。多求无益。尽快离京返回故乡去。"无已，只能含泪离开。二十余年的主从关系[28]，虽是生离，但再会无期，眼泪禁不住簌簌而下。

---

[21] 《庄子·外物》："君乃言此，曾不如早索我于枯鱼之肆。"枯鱼：干鱼也。肆：是市场。

[22] 《淮南子·人间训》："夫惑之来也，人自生之；福之来也，人自成之。祸与福同门，利与害为邻。非神圣人，莫之能分。"

[23] 盛衰反掌：谓世上兴替盛衰之变，若翻手掌之快且易也。

[24] 卷第一《三、鲈鱼》章："保元元年七月，宇治左大臣赖长叛变。当时清盛为安艺国守，效忠新帝，拨乱有功。"从此升官晋爵，终至太政大臣。故保元之乱实为平家荣华之始。

[25] 原文大番：平安、镰仓时代，规定诸国轮流派遣武士团驻京，担任宫禁与京城之警卫。任期三年。镰仓时代改为半年，后又缩短为三个月。

[26] 畠山庄司重能：武藏国男衾郡畠山庄（今埼玉县深谷市畠山）住民，坂东八平氏之一。已见本卷《七、筱原会战》章，注11。小山田别当有重为其弟。

[27] 宇都宫左卫门朝纲：八田权头宗纲之子。藤原氏后裔，住下野宇都宫，故称宇都宫氏，又姓八田。

[28] 自保元、平治之乱后，二十余年间，东国武士多臣服于平家霸权之下，故有其主从关系。

十五 忠度出奔

萨摩国守忠度不知从何处折回来，带着武士五骑、童子一人、连自己一共七骑，来到五条三位俊成卿[01]住处，却见门户紧锁。报名道："是忠度来访。"只听屋内有人说道："逃奔者回来矣。"然后一阵骚动。萨摩守下了马，亲自提高声音解释道："并无特别要求。只因有事禀报三位殿，才折回来。若不便开门，至少请靠近门边。"俊成卿道："既是此人，已在意料中，应不碍事。让进。"于是开了门，请进屋内。面对面，表情哀戚。

萨摩守开口道："多年来于和歌之道，多承教益，从不敢怠慢。但最近两三年，京都不靖，诸国作乱，总与舍下不无关联。虽然无意放弃吟咏，却未能常来请益为憾。皇上已离京师。舍下一门气运殆尽。听人提起早有敕撰歌集之计[02]，倘蒙垂青，选入拙歌一首，终生荣誉，莫过于此。旋因世乱频仍，撰集受阻，唯有自叹时乖运蹇而已。且待天下升平，必有编撰之日。在此卷子中，或有可用者，即使仅选一首，亦是大恩大德。当在黄泉之下，欣喜之余，冥冥之

[01] 藤原俊成（一一一四—一二〇四）：平安末期、镰仓初期代表歌人。其邸在五条京极。仁安二年（一一六七）正三位非参议，故称五条三位。奉后白河法皇敕命撰《千载和歌集》（见下注）。另有歌集《长秋咏藻》、歌论《古来风体抄》等著。按：寿永二年（一一八三）见平忠度时，七十岁。又镰仓初期著名歌人、歌学者藤原定家（一一六二—一二四一）为其嫡子。

[02] 寿永二年（一一八三）二月，后白河法皇有院宣，着即编选永延年间（九八七—九八九）以来之和歌，题《千载和歌集》，由平资盛下达藤原俊成。嗣因战乱，延至文治三年（或四年，一一八八）始成。为敕撰《二十一代集》第七。二十卷，共收歌一二八八首。

中，迢迢加护贵体平安。”于是，从铠甲下取出一个卷子呈给俊成卿。原来是忠度从平日所作和歌中，选出较佳者一百首，录成一卷，临走时带在身边。俊成卿打开卷子，边读边道：“承赠如此贵重难忘之物，当然不敢敷衍了事。请勿置疑。况且此次光临，情厚意挚，志趣可哀，令人感动泪下。”萨摩守喜曰：“而今而后，欲沉身西海则沉之，欲曝尸山野则曝之，浮生已无憾事。告辞。”便骑上马，拉紧盔带，朝西驰去。俊成卿凝眸送其背影，却远远听到忠度朗咏之声：“前途程远，驰思于雁山之暮云[03]。”俊成卿徒增离情依依，忍着眼泪，返回邸内了。

后来世局安定，开始编撰《千载集》时，俊成卿想起当时忠度的风貌、所留下的话语，感慨良深。在其卷子中，可以入选的佳作虽然不少，但碍于生前曾为钦犯，所以只收了其中一首，且隐其姓名，题为《故乡花》：

浪拍古都岸，志贺变蒿莱。但见长良上，山樱依旧开[04]。

其身既为钦定朝敌，固然无话可说，但其遭际令人嗟欷，可堪浩叹。

---

[03] 大江朝纲《鸿胪馆饯北客诗序》：“前途程远，驰思于雁山之暮云；后会期遥，沾缨于鸿胪之晓泪。”（《和汉朗咏集·饯别》卷下引）

[04] 此歌收于《千载集·春下》，有小序：“咏怀故乡花。”作者“读人不知”（佚名）。志贺（滋贺）在琵琶湖南部西岸，第三十八代天智天皇（称制六六一—六六八，在位六六八—六七一）迁都于此，建近江大津宫。壬申之乱（六七二），大海人皇子（第四十代天武天皇）迁至飞鸟净御原宫后，变成废都。长良山：一作长等山，在琵琶湖西岸南端。

十六 经正出奔

修理大夫经盛[01]之子皇后宫亮平经正，幼小时在仁和寺御室[02]的御所中，尝以童侍[03]身份接受过栽培。如今在匆促的剧变下，反而想起当年，便带着随从武士五六骑，驰至仁和寺，在门前下马，说道："平家一门运数已尽，今日不得不离开帝都。余生所念，唯有恩师。自八岁来此，至十三元服，除非罹病，未尝片刻离开尊前。今日之后，远赴西海千里之滨，不知何日何时始能重见，其实已知其不可能，是以恨憾无极也。今日原拟再谒尊前，亲承謦欬，唯以身披甲胄而手持弓矢，奇形怪状，不敢造次耳。"御室怜之曰："何须换装。即请进来。"

经正当日身穿紫地织锦直垂，上披青黄间色丝缀铠甲，腰佩鞘缘饰金长刀，背插黑白鹫翎箭，手挟缠藤黑漆弓，脱下头盔悬在铠肩纽上，走进中庭，恭恭敬敬地端坐等着。不久，帘子高高卷起，御室出现在帘下，招呼道："过来过来。"经正向前走到屋缘廊上，便叫随从藤兵卫有教，拿来了装在赤锦袋中的琵琶。经正接过，转呈御室尊前，含泪说道："此乃年前恩师所赐青山琵琶。固然珍之惜之，不忍释手，但在此后乡间兵荒马乱中，恐此名器朝不保夕，同归于

---

[01] 平经盛（一一二五——一一八五）：平清盛异母弟。经正、经俊、敦盛之父。修理大夫：修理职长官。死于坛浦会战。平经正（？——一一八四）：歌人、琵琶名手。已见本卷《二、北伐》及《三、竹生岛》等章。

[02] 御室：仁和寺住持，例由出家亲王出任，见卷第三《一、赦书》章，注10。此时御室为第六代守觉法亲王（又称北院御室）。经正小时曾随侍第五代觉性法亲王（紫金台寺御室）。当时守觉亦在仁和寺，故早已互相结识。

[03] 童侍：原文童形，或称稚儿姿。垂发、画眉、敷粉。贵族子弟元服前多在大寺院当过童侍。

尘，颇感不安。是以敢请代为保管。如若万一时来运转，而有重返京师之日，将再前来领取。”御室哀而怜之，咏了一首歌：

相见枉断肠，别后参与商。此物最可贵，为君永珍藏。

经正拜借笔砚，亦咏一首：

笕水流日夜，世变今非昔。唯有此宫院，依旧可安息。

终于不得不告辞出来，只见有众多童侍、出世者、坊官、侍僧[04]等在外面等着，或搂住经正的铠衣，或拉紧经正的袖口，恋恋不舍，人人泪流满面。其中有经正幼时的小师大纳言法印行庆[05]，是叶室大纳言光赖卿之子[06]，尤其觉得难舍难分，一直送到桂川[07]近边。然而相送再远，终须一别。两人掩泪低泣，互道珍重时，法印行庆咏歌一首以抒其怀：

可怜山樱花，不管幼与老，花虽先后开，零落免不了。

经正回了一首：

征衣赴行役，夜夜枕袖眠。一旦从此逝，迢迢海角边。

于是，命随从将卷起的红旗倏地打开高举起来。散开各处等候的武士一看到信号，便火速集合起来，共约一百骑，快马加鞭，不久赶上了行幸的队伍。

---

[04] 出世者：又称清僧，无家室，御室身边勤行持佛堂法事者。坊官：或称殿上法师，伺候出家皇族贵族而带妻带刀之僧官。侍僧：在大寺院勤务、留发带妻之武士僧。

[05] 小师：受戒后未满十夏（结夏修行）而尚在师父身边之小僧。大纳言法印行庆：传不详。

[06] 叶室光赖（一一二四——一一七三）：藤原显赖之子。官至权大纳言。已见卷第三《十九、城南离宫》章，注10。

[07] 桂川：流经京都市西南，与大堰川、宇治川合流为淀川。

十七 青山来历

且说平经正十七岁时，曾奉命为宇佐敕使[01]，带着以前御室[02]所赐的青山，在宇佐八幡宫的神殿前，弹奏了一支秘曲。随行官员听来虽不熟悉，但都感动得泪湿绿袍之袖[03]。不懂音乐的仆役也没听成是村雨的声音。真是精彩之至。

青山者琵琶之名也。昔仁明天皇之世，嘉祥三年春[04]，扫部头藤原贞敏[05]渡唐时，会见大唐琵琶博士廉承武，承其传授三曲；回国时又获赠玄象、狮子丸、青山三面琵琶。龙神心生嫉妒，乃兴风作浪，将狮子丸沉于海底，只让其他两面琵琶安然过海，成为本朝皇室传世之宝。

村上圣代应和年间[06]，三五夜半新月色[07]，凉风习习的深夜，天皇在清凉

---

[01] 宇佐：宇佐八幡宫，在今大分县宇佐市。敕使：在此特指奉献币帛之使节。原来三年一次，后来改为一代一次，即新帝即位时遣使报告，并奉币帛。简称宇佐使，例由五位殿上人任之。

[02] 御室：见上章《十六、经正出奔》，注2。

[03] 绿袍：原文绿衣，或称绿衫。六位官员在束带正装上所披绿色外袍。

[04] 仁明天皇：第五十四代（在位八三三—八五〇），嘉祥为其年号之一，其三年当西历八五〇年。

[05] 扫部头：属宫内省，主司宫中清洁、床席设备等事务之扫部寮长官。藤原贞敏（八〇七—八六七）：平安前期琵琶师。入唐，学琵琶于廉承武，且与其女结婚。归国后官至从五位上雅乐助、扫部头。日本琵琶乐之祖。

[06] 村上天皇：第六十二代（在位九四六—九六七）。应和（九六一—九六四）为村上四年号之一。

[07] 白居易《八月十五夜禁中对月》："三五夜中新月色，二千里外故人心。"引于《和汉朗咏集·十五夜》卷上。

殿弹着玄象时,有缥缈的影子飘到御前,以优雅洪亮的声音唱起歌来。天皇放下琵琶问道:“汝何许人? 来自何处?”答曰:“昔日以三曲传授贞敏之大唐琵琶博士廉承武是也。三曲之中有秘曲一曲保留未传,因此沉沦魔道。今恭听拨弦精妙,不请自来。愿以此曲授予皇上,以证佛果菩提[08]。”于是取过竖在御前的青山,调好弦轴,便将秘曲传给天皇。今传三曲中之《上玄石上》是也。

其后,无论君或臣,对此琵琶莫不敬畏而远之,不敢随便拿来弹奏。后来皇上赐给御室做纪念。经正幼小在仁和寺师事御室时,听说在童侍中最受宠爱,御室便将青山转送经正妥为保存。胴是紫藤胴[09],拨面[10]画着一撇晓天残月,挂在夏日山上绿林间,所以名之曰青山。其为绝代之名器并不下于玄象。

---

[08] 佛果:经修行而成佛之证果。菩提:指断绝一切烦恼、得悟佛之不灭真理。

[09] 胴:原文作甲,即琵琶背面,切半茄子形。通常以梧桐为材,在此则谓以紫藤木雕之。紫藤或作紫檀。

[10] 拨面:琵琶正面,可绘图饰。

十八 一门出奔

池大纳言平赖盛离开时，也放火烧毁了府邸池殿。但到了鸟羽殿[01]南门，却停住了马，说道："有事忘记了。"便割掉平氏红色家徽[02]，带着三百余骑折回都城去了。平家武士越中次郎兵卫盛嗣[03]，跑到大臣殿宗盛面前禀告道："请看。池大纳言似已决定留在京城，而其随从武士亦多随之，真是岂有此理。或许不可直射大纳言，何妨射其武士一箭。"大臣殿曰："如此忘却多年大恩，眼看我平家时运不济，便可不顾大义、拒与同生共亡之徒，且勿予理会。"无可奈何，只好作罢。大臣殿忽然想起，问道："小松殿一家诸公子[04]如何？"答道："未见一人同来。"此时新中纳言知盛埋怨道："离京不到一日，便已众叛亲离，岂止寒心而已。况且将来如何更难预测。宁愿留在京城，听天由命。"说着泪如雨下，还狠狠地瞪了大臣殿一眼。

且说，池殿赖盛之所以折回京城，个中不无因由。向来兵卫佐源赖朝恒常表示善意，屡次致书赖盛保证："足下之事绝不敢等闲视之。犹如故池禅尼

[01] 鸟羽殿：白河、鸟羽两上皇之离宫。在今京都市南区上鸟羽、伏见区下鸟羽与竹田一带。又称城南离宫。后白河法皇曾被平清盛幽禁于此。详见卷第三《十八、幽禁法皇》《十九、城南离宫》等章。

[02] 平氏家徽：横椭圆形，红色。贴于盔上者谓笠徽，甲上者为袖徽。按：徽原文作印（しるし）。

[03] 平盛嗣：或作盛继、盛次。以武士大将初见于卷第四《十、桥头之战》章（注11）后，已再出现多次。本卷《十四、维盛出奔》章，曾设法阻止摄政藤原基通脱队而未果。

[04] 小松殿：内大臣平重盛。其诸公子指：维盛、资盛、清经、有盛、师盛、忠房。

殿[05]仍然在世也。八幡大菩萨其鉴之,绝不食言。”信誓旦旦,时有密札往来。而且每次派人追讨平家时,总不忘特别交代:“万万不可向池殿兵士放箭。”可谓有情有义。赖盛前思后想:“平家一门面临绝境,且已逃离京都。今后唯有依靠兵卫佐矣。”于是才决定折回京城,隐居在仁和寺中八条女院的常叶殿[06]。原来八条女院的乳母之女、人称宰相殿的女官,便是赖盛的妻室[07]。赖盛求道:“万一有事,务必救我赖盛一命。”女院道:“如果世态人情依旧。”话中模棱两可。其实纵使兵卫佐确有诚意相助,其他源氏的想法却一无所知。如今赖盛自己贸然脱离了全家,只觉无浪可浮、无岸可靠,了无头绪,忐忑不安。

再说,小松殿的公子三位中将维盛卿等兄弟六人,率兵马千余骑,在淀川六田河原[08]赶上了行幸的行列。大臣殿若有所待,大喜道:“何以如此其迟?”三位中将曰:“幼小者难分难舍,万般劝慰,是以来迟。”大臣殿问道:“心肠之硬竟至于此,何故未携六代公子同行?”维盛道:“前途未卜,茫然不知所措。”不禁悲从中来,潸然泪下,令人同情。

平家出奔者有谁?前内大臣宗盛公、平大纳言时忠、平中纳言教盛、新中纳言知盛、修理大夫经盛、右卫门督清宗、本三位中将重衡、小松三位中将维盛、新三位中将资盛、越前三位通盛。殿上人有:内藏头信基、赞岐中将时实、左中将清经、小松少将有盛、丹后侍从忠房、皇后宫亮经正、左马头行盛、萨摩

---

[05] 池禅尼:藤原宗兼之女、平忠盛继室、平清盛后母。卷第五《四、快马》章,有清盛言及故池禅尼为源赖朝(十三岁)求情免死,改流伊豆一事,参注15。

[06] 八条女院:鸟羽天皇皇女暲子内亲王、高仓天皇姑母。御所在八条大路北,故称八条女院。已见卷第四《十二、王子出家》章,注2。常叶殿:在山城国葛野郡太秦村常盘谷(今京都市右京区)。寿永二年(一一八三)七月,八条女院为避京城之乱,暂时迁居常叶殿。按:常叶通常写作常磐。

[07] 平赖盛与宰相殿为夫妻,经常出入八条女院之事,见卷第四《十二、王子出家》章。

[08] 六田河原:今京都府久世郡淀川沿岸地名,确实地点不明。

守忠度、能登守教经、武藏守知章[09]、备中守师盛、淡路守清房、尾张守清贞、若狭守经俊、兵部少辅尹明[10]、藏人大夫业盛、大夫敦盛。僧侣有：二位僧都全真[11]、法胜寺执行能圆[12]、中纳言律师忠快[13]、经诵坊阿阇梨佑圆[14]。武士有受领[15]、检非违使、卫府[16]、诸司官员一百六十人。总共七千余骑，都是两三年来，几次东征北讨后，所剩仅有的人马。

一行将御舆抬至山崎关户院[17]停下，人人遥拜男山八幡宫。平大纳言时忠卿祈道："南无归命顶礼。八幡大菩萨，祈愿皇上以及我等，皆能再返京都。"听来教人鼻酸。回首来时路，只见云霞蔽日，寂寞的烟尘浮在空中，一片迷蒙。平中纳言教盛卿咏道：

无常人间世，驾幸入云天。匆匆离京后，处处起烽烟。

修理大夫经盛亦咏一首：

回头故里路，无处非焦原。前程烟波邈，何时了尘缘。

---

[09] 知章以下，师盛、清房、清贞、经俊、业盛、敦盛等，均平家子弟，后皆战死于一谷之役。

[10] 兵部少辅：兵部省（太政官八省之一）次官，掌诸国兵马及相关军务。尹明：藤原氏。

[11] 全真：参议藤原亲隆之子、平清盛妻时子之犹子。比睿山僧，僧职至权大僧都，人称二位僧都。歌人，撰有《玉叶和歌集》。

[12] 能圆：藤原显宪之子。治承三年（一一七九）四月，任法胜寺执行。

[13] 忠快：平教盛之子。养和元年（一一八一）十一月任权律师，因其父官名而称中纳言律师。律师为僧正、僧都下之僧官。

[14] 佑圆：平经盛之子，或以为其弟。传不详。

[15] 受领：已见卷第一《祇园精舍》章，注18。实际赴任地而非遥领之国司、国守。

[16] 卫府：六卫府，即左右近卫府、左右卫门府、左右兵卫府，皆宫禁警卫单位。

[17] 山崎关户院：在山城国与摄津国界（今京都府乙训郡大山崎町）之关口官舍。男山（石清水）八幡宫在关户院东南、淀川对岸。

姑且以故乡为一片烟尘而远隔之，而奔赴迢迢万里、渺无垠际之云路。各人心中之悲痛，不言而喻。

肥后守贞能听说有源氏埋伏在淀川河口，斗志顿昂，便带了五百余骑前去攻击。原来是误传。在回营的路上，到宇度野[18]附近时，遇到行幸的行列。贞能跳下马来，将大弓挟在腋下，快步走到大臣殿面前，毕恭毕敬地问道："到底从此将逃往何处？若下西国，变成流亡之徒，将处处惨遭追捕或砍杀，而遗留臭名于后世，是可悲憾也。不如留在京中，决一死战。"大臣殿曰："贞能呀，汝有所不知。木曾率五万余骑，已自北国逼近京都。比睿山东坂本，遍地无非敌军。今日夜半时分，法皇忽然失踪，不知私往何处。如果仅为我等设想，早已置生死于度外。然而极不愿让女院、二位殿[19]等，目睹惨状而担惊受怕，是以决定行幸外地，并携带家人同行，以便暂避灾祸。"贞能道："既然如此，贞能宁愿在此告别，返回京城，与敌周旋，或有可为。"于是将所率五百余骑，交与小松殿诸公子，手下只带三十骑奔回了京城。

贞能回京之后，流言立刻传开。或以为将捕杀平家滞留京中的残党。池大纳言赖盛道："难道是为我而来？"因之大为恐慌而日夜难安。贞能在西八条烧毁后的废墟上，撑起了大帐幕，草草过了一宿。不过，预期中可能返回京城的平家公卿，居然一人也没出现。尽管贞能浩气凛然，有死而后已的悲愿，但是形势落寞，孤掌难鸣。沮丧至极之余，只觉得绝不能受到源氏马蹄的蹂践。于是带人去掘开了小松殿重盛公的坟墓，捡出遗骨，跪在其前，边哭边道："唉，可叹可耻啊。请看平家一门之行径。古来即有'有生必灭、乐尽悲

[18] 宇度野：今大阪府高槻市鹈殿附近，自山崎关户院沿淀川而下，在其西岸之地。

[19] 女院：在此指建礼门院平德子，安德天皇之母。二位殿：平清盛之妻（德子之母）时子。

来’之语[20]，却从未见过当下这般丑态百出，如此不堪入目。主公素有所悟，所以祈求神佛三宝[21]早日来迎，离开此世。实在难能可敬。当时贞能理应义无反顾，追随大人相伴同去，却苟延无谓余生，以至今日，甚而竟陷于目前困境，诚苦不堪言。贞能死时，敢请特来相迎，同至极乐净土。”一边哭着，一边对在他世的主人亡灵倾诉。随后便将遗骨送至高野[22]，周边坟土则倒入贺茂川，付之流水。或许对世态人情终有所悟，乃决定走上与平家相反的方向，逃奔到东国去了。原来贞能曾奉命照顾过宇都宫朝纲[23]，可谓仁至义尽；听说因为有此段情谊，贞能才去投靠宇都宫，而且颇受优遇云。

[20] 大江朝纲《为重明亲王室家四十九日御愿文》：“生者必灭，释尊未免旃檀之烟；乐尽哀来，天人犹逢五衰之日。”（《和汉朗咏集・无常》卷下）

[21] 三宝：佛、法、僧为佛教三宝。

[22] 高野：高野山，有空海所创真言宗总本山金刚峰寺。

[23] 宇都宫朝纲：已见本卷《十四、维盛出奔》章，参注27。

十九 放弃福原

平家中，自大臣殿以下，除了小松三位中将维盛卿之外，都有妻室儿女陪在身边，随同行幸。其下各级员司则不能人人携家带眷，不知后会有期或无，只得置之不顾，忍受别离之苦。世人别离时，常常告以何日何时归来，即使如此，仍然难免离恨绵绵之悲。何况明知此次是生离兼死别，是以无论去者或留者，彼此无不泪垂，沾湿衣袖。但由于先祖累代承传之主从关系，或多年长期以来所受重重大恩，既不可亦难于忘怀。因此不管老少，只能频频回首，踌躇不前。或枕矶边之浪，渡其日于漫漫海洋；或拨原野之丛，避其险于巍巍山峰。有执鞭者、有摇橹者。各有所思。各有所思兮空断肠。

一旦抵达福原旧都之后，大臣殿宗盛卿便集合了主干的武士，都数百人。训道："积善之家余庆已尽，积恶之家余殃及身[01]。神明疏远，法皇见弃。既然离开帝都、漂泊旅途之上，尽管无依无靠，但仍能共宿一树之阴，先世之缘不浅。同汲一河之水，多生之因犹深[02]。何况汝等并非新近所招之门客，而是累世相传之家臣。或近亲情谊异乎他人，或历代恩惠泽及全家。当我家门繁荣时，汝等皆靠重重恩典以顾家计。如今岂可忘恩负义？况且我十善帝王携带

---

[01] 《易经・坤・文言》："积善之家必有余庆，积不善之家必有余殃。"卷第二《四、劝说》章，内大臣平重盛劝说其父入道相国平清盛时，已见引过此语。参该章注28。

[02] 《说法明眼论》："或处一村，宿一树之下，汲一河之流。一夜同宿、一日夫妇……虽轻重有异，亲疏有别，皆先世结缘也。"已见引于卷第一《六、祇王》章，参注8。多生之因：多次轮回所结之缘。

三种神器，所以无论是旷野或深山，我等必须追随护卫，各位以为如何？”老少闻之，无不泪流纵横，说道：“卑微的鸟兽犹有报恩报德之心，况乎生而为人，岂可不知伦常之理？二十多年来，娶妻养子、照顾家仆，无一非主家所赐。尤其我等执弓箭骑马之武士，更恒以有二心为莫大之耻。然则无论如何，誓必追随行幸，即使远至日本之外，新罗、百济、高丽、契丹之遥，甚至云端海涯。”异口同声，无人反对。主家脸上露出难得一见的欣怿之色。

在福原旧都过了一夜。时值孟秋，天上挂着下弦月。更深空夜闲寂。泪湿旅宿枕畔，露凝窗边草上[03]。泪光与露珠仿佛在一较短长。一片凄凉。

既然不知何日是归期，姑且参观故入道相国所建之殿堂。春日有赏花之冈御所、仲秋有赏月之滨御所。泉殿、松荫殿、马场殿、二层宴乐楼、赏雪阁、萱草堂。平家一门各自的邸宅、五条大纳言邦纲卿所捐建的小型皇宫[04]。鸳鸯瓦[05]、玉石阶[06]。荒废三年之后，老苔覆道、秋草封门矣。瓦生松而墙爬茑萝[07]。楼台倾圮而生苔。唯有松风可通。帘落而闺房了然，但能窥伺者只有月光[08]。

翌日天明，将福原宫殿付之一炬，自皇上以下，人人都上了船。虽然恋恋不如离京时，但也依依难舍。黄昏渔户烧藻取盐的青烟、拂晓山巅寻伴的鹿

[03] 参纪长谷雄《夜阴归房》诗：“空夜窗闲萤度后，深更轩白月明初。”（《和汉朗咏集·夏夜》卷上）。大江维时《千载佳句》卷上《夏夜》亦录此联，指系白居易句。见《唐诗续拾》卷二十五。

[04] 卷第五《一、迁都》章云：“‘应宜尽速建一小型皇宫’……入道相国乃着五条大纳言邦纲卿建造进贡，为此还临时赏赐周防国。”参该章注53、54。

[05] 白居易《长恨歌》：“鸳鸯瓦冷霜华重，翡翠衾寒谁与共？”

[06] 白居易《骊宫高》：“迟迟兮春日，玉甃暖兮温泉溢。”按：以玉石砌成之台阶曰玉甃。徐彦伯《温泉宫》诗：“青坛环玉甃，红础铄金光。”

[07] 白居易《骊宫高》：“墙有衣兮瓦有松。”已见引于卷第五《一、迁都》章，参注59。

[08] 白居易《同诸客题于家公主旧宅》：“台倾滑石犹残砌，帘断珍珠不满钩。”

鸣、处处来回拍岸的潮骚、照在泪袖上的月影、躲在草丛中的蟋蟀叫声，所有目睹耳闻之事，无一不哀，触景便伤情。

昨日并辔乎东关之麓，总共十万余骑[09]；今日解缆于西海之浪，仅剩七千多人。云海沉沉，晴空既暮[10]。孤岛隔夕雾，月浮海上。船冲极浦[11]之浪，随潮而去，仿佛登上半天之云。

日数渐增，帝京已隔在山河之外，远在云天之边矣。旅途来时迢迢、此去遥遥，流不尽者唯有眼泪。每见浪上白鸟成群，便想起在原某某在隅田川寻问都鸟的轶事[12]，不禁悲从中来。

寿永二年七月二十五日[13]，平家一门逃出了京城。

---

[09] 东关之麓：当指逢坂关。本卷《十、木曾通牒》章："平氏大将率十万大军开向北陆。"指平氏北伐木曾义仲时军力之雄大。

[10] 陈鸿《长恨歌传》："云海沉沉，洞天日晓。"

[11] 极浦：即远浦，极远之海岸。庆滋为雅："晓入长松之洞，岩泉咽而岭猿吟；夜宿极浦之波，青岚吹而皓月冷。"（《和汉朗咏集·行旅》卷下）

[12] 在《伊势物语》（九段）中，主人公（在原业平）远游东国，在武藏、下总国境隅田川上看见白鸟。因问船夫是何种水鸟。答曰都鸟。乃作歌以咏之。按：都鸟系海鸥之一种。此处盖从都鸟之都联想都城之都也。

[13] 安德天皇寿永二年（一一八三）七月二十五日为平家一门离开京都之日。二十六日放弃福原。自保元、平治之乱以来，平家专权时代终告落幕。

卷第八

『临幸山门』

临幸山门 一

寿永二年七月二十四日夜半，后白河法皇只带着按察大纳言资贤卿之子右马头资时，悄悄离开了御所，临幸鞍马寺[01]。鞍马寺寺僧道："此处去京不远，恐怕有危险。"于是越过了筱峰、药王坂[02]等峻岭险阻，抵达横河解脱谷寂场坊[03]落脚。山门众徒却呼吁道："应该临幸东塔。"乃以东塔之南谷圆融房[04]为御所。众僧徒与武士携手防护圆融房。法皇出仙洞而上天台[05]，皇上去凤阙而赴西海[06]，摄政则隐在吉野山中[07]。女院与诸位皇子皇孙[08]，都逃到

[01] 以上诸句，见于卷第七《十三、圣上出奔》章，参注12、13。寿永二年当西历一一八三年。

[02] 筱峰、药王坂：均在自鞍马山经静原、大原至横川途中。筱峰在横川。药王坂指从鞍马山出静原之陡坡道。

[03] 横河：又写作横川，与东塔、西塔并称比睿山三塔。中堂称楞严院，慈觉大师开基。解脱谷：横川六谷之一。寂场坊：解脱谷三僧房之一，在横川钟楼东北。

[04] 东塔：比睿山三塔之一，为比睿山之中心。有根本中堂、戒坛院等。南谷圆融房：座主明云僧正起居处，在东塔之南面谷中。

[05] 仙洞：喻法皇御所。天台：指比睿山。

[06] 西海：西海道诸国，即今九州。或兼指京畿之西（山阳道、南海道）平家逃亡所经之地。

[07] 摄政：指藤原基通，即近卫基通，参本章注12。随驾行幸，中途脱队后进入北山知足院（见卷第七《十三、圣上出奔》章），之后行踪不明，或以为逃隐吉野山中。

[08] 女院：有八条院暲子、上西门院统子（均后白河法皇之妹）。诸位皇子皇孙：指高仓上皇三皇子惟明亲王、四皇子尊成亲王（后鸟羽天皇），以及后白河法皇之女亮子（殷富门院）、式子（萱斋院）、高仓皇女范子等等。

八幡[09]、贺茂、嵯峨、太秦、西山、东山等处，避世隐居。平家虽已逃出，源氏尚未入京。悲哉京都，竟成无主之城。自建国以来，可说前所未见。圣德太子在其未来记中[10]，不知提及此事否？颇想一睹为快。

后白河法皇驻跸比睿山的消息一传开，趋奉晋谒者便接踵而至。其中有当时人称入道殿的前关白松殿基房[11]、现任关白的近卫殿基通[12]，还有太政大臣、左右大臣、内大臣[13]、大纳言、中纳言、宰相、三位四位五位殿上人等，凡是有头有脸、渴望升官晋阶者、有领地有官职者，一人不漏。只见圆融房内外人挤人，堂上、堂下、门外、门内，一时冠盖云集，挤得水泄不通。显见延历寺空前的昌盛、座主明云无比的声誉。

同月二十八日，法皇返都。木曾率五万余骑随行护驾。近江源氏山本冠者义高打着白旗[14]，担任先驱。二十余年不见的白旗，今日重现京城。罕见的景象。

同时，十郎藏人行家由宇治桥进京。陆奥新判官义康之子矢田判官代义清由大江山[15]入洛。摄津、河内两国源氏族人，已如云屯雾集，窜入都城。只要在

---

[09] 八幡：在今京都府八幡市。下举各地皆在今京都市区。

[10] 未来记：传圣德太子（五七四—六二二）著有《未来记》一书，预言日本未来之事。

[11] 藤原基房：治承三年（一一七九）十一月，解关白职，流罪，出家。已见卷第三《十六、大臣流罪》章，注1。

[12] 近卫基通（一一六〇——二三三）：藤原氏。治承三年（一一七九）内大臣关白，治承四年至寿永二年（一一八〇——一八三）十一月及元历元年至文治二年（一一八四——一八六）三月，两度出任摄政。

[13] 太政大臣：当时阙官。左大臣：藤原经宗。右大臣：藤原兼实。内大臣：后德大寺藤原实定。

[14] 山本冠者：应作锦织冠者，山本为义高之兄义弘之号。白旗：源氏之旗色。平家为红色。

[15] 源义康、义清父子及大江山：见卷第七《十三、圣上出奔》章，注8、9。

京城之中，满街所见无非源氏军兵。勘解由小路中纳言经房卿[16]、检非违使别当左卫门督实家[17]，承旨在法皇殿上之间的外廊，召见了木曾与行家。只见木曾身穿赤地织锦直垂，上披唐绫叠缀铠甲，腰佩堂皇耀眼的大刀，背插黑白鹰翎箭、腋挟缠藤黑漆弓，脱下头盔挂在铠肩上。十郎藏人则在绀地织锦直垂上，披着绯红丝缀铠甲，腰佩金饰大刀，背插大中黑箭[18]，腋挟缠藤黑漆弓，也将头盔脱下悬在铠肩上。两人恭敬地并排长跪着。院宣曰：宜速追讨前内大臣宗盛公以下平氏一门。两人在廊下接旨，谦谦如也。然后各以尚无居处上奏。于是，以大膳大夫业忠[19]府邸六条西洞院赐予木曾；以法住寺殿南殿之萱堂御所赐予十郎藏人。法皇因今上为外戚平家所掳，至今漂泊西海浪上，痛心疾首，无时或已。虽然向西国屡下院宣，要求归还皇上与三种神器，但平家总是置之不理。

高仓上皇所生，除了当今皇上之外，还有三位皇子。平家有意将二皇子立为储君[20]，所以携之同奔西国。三皇子[21]、四皇子[22]仍在京城。同年八月五

[16] 藤原经房：左中弁藤原光房二男。养和元年（一一八一）参议正四位下，寿永三年（一一八四）权中纳言，建久九年（一一九八）权大纳言。正治二年（一二〇〇）殁，五十八岁。其邸在勘解由小路之南、万里小路之东，故号勘解由小路。又住京都东郊吉田，故家号吉田。有日记曰《吉记》。《醍醐杂抄》等书，以经房为十二卷本《平家物语》作者之一。一说为其孙资经。

[17] 藤原实家：右大臣藤原公能二男。实定、多子（二代皇后）同母弟。已以左宰相中将藤原实家之名初见于卷第三《四、公卿会》章，列在“因中宫分娩而趋访六波罗者”名单中。

[18] 大中黑箭：翎箭羽毛上下皆白，中间黑色特大者。参卷第四《六、竞》章，注19。

[19] 平业忠：与其父平信业同为后白河法皇之近臣。文治四年（一一八八）为大膳大夫。大膳大夫：大膳职长官，属宫内省，主司宴会食膳事务。

[20] 二皇子：守贞亲王，母为藤原信隆之女七条院殖子。平家灭亡后，归京。承久之变（一二二一）后，其子即位（后堀河天皇），成为太上法皇。后追谥后高仓院。

[21] 三皇子：惟明亲王，母为宫内大辅平义范之女。治承三年（ 七九）生，承久三年（一二二一）崩。

[22] 四皇子：尊成亲王，与二皇子守贞亲王同母。治承四年（一一八〇）生，寿永二年（一一八三）即位，建久九年（一一九八）让位。承久之变后，迁谪隐岐。延应元年（一二三九）崩于谪所。追号后鸟羽院。

日，法皇召见了在京的两位皇子[23]。三皇子五岁。法皇招呼道："过来，过来。"但仰头一见法皇，便忽然不高兴地哭闹起来，只好让他离开回家去了。其次见了四岁的四皇子。法皇一说"过来"，这个小皇子居然毫不犹疑、不怕陌生，便过去坐在法皇的膝上，仿佛愿被永远抱住一般。法皇潸然泪下，说道："诚然。除非血缘至亲，怎能一见我此老头法师，便如此依依难分。真真是我纯正之孙也。与故高仓上皇幼时模样一般无二。何以从前未尝见此皇孙？"说着又是老泪纵横。当时尚称丹后殿的净土寺二位殿[24]，插口道："所以继位者必定是四皇子吧？"法皇道："无须多言。"又暗中另行占卜，亦断曰："四皇子若继登皇位，身为日本国主，可传百代之王。"

四皇子生母是七条修理大夫信隆[25]卿之女。建礼门院犹为中宫时，曾在宫中伺候，不意高仓天皇时常宠幸，竟连续生了几位皇子。信隆卿有不少女儿，有意让女儿进宫成为女御或皇后。听人说饲养白鸡千只，其家必出后妃，便养了整整一千只白色鸡，或许因此女儿果然生了几位皇子。信隆卿私下虽然庆幸，却忌惮平家，又怕触怒中宫，所以对皇子的养育不敢铺张，只能低声下气。入道相国夫人八条二位殿看不下去，自告奋勇道："不用担心。让老身将他们养大成人，未来立为好储君。"于是，派了好几个乳母来帮助培养诸皇子。

[23] 两位皇子：对后白河法皇而言，属于皇孙辈。

[24] 二位殿：在此指法印澄云之女高阶荣子。后白河法皇宠姬。养和元年（一一八一）生宣阳门院覲子。建久二年（一一九一）叙从二位，晚年隐居净土寺。

[25] 藤原信隆：右京大夫信辅嫡男。平清盛之婿。仁安三年（一一六八）从三位大宰大贰，嘉应三年（一一七一）修理大夫，安元二年（一一七六）正三位。治承三年（一一七九）殁，五十四岁。其女殖子所生四皇子即位后，追赠左大臣从一位。殖子进宫伺候建礼门院，后升典侍，得宠于高仓天皇，为后鸟羽天皇及后高仓院上皇之母。建久三年（一一九二）准三后、封七条院。安贞二年（一二二八）殁，七十二岁。

其中，四皇子的养育者是二位殿之兄法胜寺执行能圆法印[26]。法印追随平家奔亡西国时，由于过分紧急慌张，竟将夫人[27]与四皇子丢在京都，无暇顾及。后来从西国派人来接，催道："请夫人与皇子殿下立即动身。"夫人大喜过望，带着四皇子，来到西七条大路口，巧遇其兄纪伊守范光[28]。范光道："是何邪魔附在身上？皇子当今将走大运，为何离开？"终被挡住折回了家。次日，法皇派车来迎。虽说万事天注定，但此次范光为四皇子报消息，也是一大功德。

然而四皇子登基之后，却忘记了范光的功德。朝恩等不来，岁月徒增。无可奈何，便写了两首表达心意的讽刺歌，散贴在宫中。

杜鹃何悄悄，不肯啼一声。当年森林里，声声叫不停。

瓠藤挂陋屋，山居爱吾庐。宁羡笼中者，有位德不孤。

皇上看了之后，叹道："可悲呀。此人似犹在世。是朕疏忽，至今未予理会。"朝恩浩荡，即叙范光正三位。

[26] 能圆法印：藤原显宪之子。其母为藤原家范之女，后改嫁平时信，生时忠、时子（二位殿、清盛妻）。

[27] 能圆夫人：为刑部卿从二位藤原范兼之女范子，后改嫁源通亲。其与能圆所生女儿在子，即后来之后鸟羽天皇妃、土御门天皇生母，封承明门院。

[28] 藤原范光：范兼之子。承安三年（一一七三）纪伊守，安元元年（一一七五）下野守，寿永二年（一一八三）回任纪伊守，至文治二年（一一八六）。

二 名虎

同年八月十日，在法皇御所殿上之间举行授官仪式。木曾义仲除左马头，赐越后国。另有院宣拜之为朝日将军[01]。十郎藏人行家为备后守。因为木曾讨厌越后，所以改赐伊豫国。行家讨厌备后，改赐备前国。此外有源氏十余人，各除受领、检非违使、卫门尉、兵卫尉之职。

同月十六日，罢免了平家一门一百六十余人的官职，除去了他们殿上人的名牌。唯有平大纳言时忠、内藏头平信基、赞岐中将平时实三人是例外。因为当时常有院宣下达时忠卿，催促平家恭送皇上与三种神器还京。

同年八月十七日，平家抵达筑前国三笠郡大宰府[02]。菊池二郎高直[03]从离京时起，一直忠实地随从平家。此时却道："先去打通大津山关[04]。"便率其军兵进入肥后国，躲在自己的城堡中，几次召唤，再也召不回来。现在只有岩户少卿大藏种直[05]陪从。九州与二岛虽然承诺立刻派军前来，却未见

[01] 木曾于寿永三年（一一八四）正月拜征夷大将军。所谓朝日将军之号盖其自称，非有院宣也。

[02] 大宰府：筑前国筑紫郡大宰府（今福冈县太宰府市）。置有总管西海（九州与壹岐、对马二岛）之大宰府厅。

[03] 菊池高直：又作菊池隆直，初见于卷第七《十三、圣上出奔》，注2。肥后国（今熊本县）菊池郡豪族，藤原氏。平家灭亡后，为绪方维义所斩。

[04] 大津山关：又名松风关。在肥后国玉名郡大津山（靠近筑后国境）。

[05] 岩户少卿大藏种直：原田种直，已以原田大夫种直之名见于卷第五《一、迁都》章，参注5。住筑前国那珂郡岩户，故称岩户。少卿：大宰府次官少贰之汉名。

其一兵一马。平家来至安乐寺[06]，咏歌连句、祭祀神明。本三位中将重衡卿咏道：

故里常居地，恋恋洛都情。昔日神有怨，千古岂能平?

人人听了，无不潸然。

同月二十日，法皇宣命：四皇子尊成亲王即位于闲院殿[07]。摄政不变，由原摄政近卫殿[08]续任。接着任命藏人头与藏人，然后各自退席。三皇子的乳母大失所望，悲泣不已。虽说天无二日，国无二王[09]，只因平家的恶行，竟然在京中与乡下出现了二位天皇的怪事。

从前，文德天皇于天安二年[10]八月二十三日晏驾。诸皇子中有意继承大位者皆在暗中祈祷。大皇子惟乔亲王又称小原王子[11]，颇具王者器识。握四海之安危于掌内，存百王之治乱于心中[12]。显然是贤君圣主之才。二皇子[13]惟

---

[06] 安乐寺：今太宰府天满宫，在观世音寺之东。菅原道真（见卷第三《十六、大臣流罪》章，注7）于延喜三年（九〇三）卒于大宰府后，葬于安乐寺。延喜五年建庙以祀之，号天满大自在天神。

[07] 闲院殿：高仓天皇御所，在二条大路南、西洞院大路西，今京都市上京区。

[08] 近卫殿：藤原基通，原为安德天皇之摄政。

[09] 《礼记·曾子问》："孔子曰：天无二日，土无二王。"《日本书纪》大化二年（六四六）三月："天无双日，国无二王。"

[10] 第五十五代文德天皇（在位八五〇—八五八）天安二年，当西历八五八年。

[11] 惟乔亲王：文德天皇第一皇子，其母为纪名虎之女静子。父皇欲立之为皇太子，因皇后藤原明子反对而未果。历任上野太守、大宰帅、弹正尹等。出家后隐栖大原（小原疑为大原之讹），故称小原王子。宽平九年（八九七）薨。

[12] 白居易《百炼镜》："四海安危居掌内，百王治乱悬心中。"《和汉朗咏集·帝王》卷下，引作："四海安危照掌内，百王理乱悬心中。"

[13] 二皇子：原文二宫。各注皆以为是四宫之误。惟仁亲王：文德天皇四皇子。染殿后藤原明子所生。天安二年（八五八）即位，九岁。即第五十六代清和天皇。

仁亲王是当时摄政忠仁公[14]之女染殿后所生。一门公卿爱之护之，无微不至，亦难于置之度外。彼有继体守文之能[15]，此有辅佐万机之臣。无论彼此，各具优势，取舍为难。当时为大皇子惟乔亲王祈福的柿本纪僧正真济[16]，是东寺第一长者，又是弘法大师的弟子。为二皇子惟仁亲王祈福的比睿山惠亮和尚[17]，是外祖父忠仁公家的祈祷僧。因此世人纷纷窃语道："都是互不上下的高僧，恐难速战速决。"天皇既崩，公卿聚首，共相议论道："如果由臣等商议决定继位大事，取舍之间，难免会有私心。结果必遭万人讥诮。是故拟以竞马与相扑之法，观其运气，定其胜负，然后授之以大位。不知可否？"议决如拟。

同年九月二日，两位亲王驾临右近马场[18]。只见冠盖相属。王公卿相，身着华装，马系玉辔。聚集如云、璀璨似星。此诚稀代之盛事、天下之壮观也。平时关心此事的公卿殿上人，分成两边，个个摩拳搓手、心急如火。负责祈祷的双方高僧也不敢怠慢。真济与惠亮分别在东寺与大内真言院[19]，设坛祈祷。惠亮和尚宣称自己已死。真济僧正因而稍为缓了警惕之心。其实，惠亮在宣称自己死亡之后，更专心祈祷，以致肝胆欲裂。十轮的竞马早已开赛。大皇子

[14] 忠仁公：藤原良房（八〇四—八七二），官至太政大臣（八五七）、摄政（八五七—八六三、八六六—八七二）。

[15] 继体守文：继先帝之业、守其成法、善治其国也。《汉书·外戚传序》："自古受命帝王及继体守文之君，非独内德茂也，盖亦有外戚之助焉。"

[16] 僧正真济：俗姓纪氏。幼年出家，师事空海。通真言密法，为传法阿阇梨。经神护寺别当后，于承和十四年（八四七）为东寺首席长者。贞观二年（八六〇）殁，六十一岁。人称高雄僧正或柿本纪僧正。按：东寺乃教王护国寺通称，在今京都市南区。真言密教道场。

[17] 惠亮：信浓国水内郡人。幼时登比睿山，师事圆澄、圆仁。住西塔院，任十禅师大法师。后移洛东妙法院。贞观元年（八五九）殁，五十九岁。

[18] 右近马场：右近卫府所属马场。每年五月有赛马之会。

[19] 真言院：宫中修法、诵经之处。又称修法院或曼荼罗道场。在八省院之北，承和元年（八三四）空海所创。

惟乔亲王赢了前四轮，但后六轮却全输给了二皇子。

然后相扑上场。大皇子惟乔亲王方面，推出了俊男名虎右兵卫督[20]，膂力无比，可敌六十人。二皇子惟仁亲王家则派出能雄少将[21]，体型小而美，看似不堪对方单手一击，却说有人托梦，坚持非得进场不可。名虎与能雄扭在一起，紧抓对方的双手，倏地各自后退。有顷，名虎冲上，将能雄全身举起，抛出大约两丈之外。然而能雄并未倒下，脚一着地，便挺然直立起来。轮到能雄进攻，发出怒吼，试图压倒名虎。名虎也大叫一声，想压倒能雄。久久难分难解，相持不下。只是名虎毕竟人大力大，屡占优势。能雄时露败象。于是，二皇子惟仁之母染殿后连派使节，密如栉齿，报告道："我方败象已现，如何是好？"惠亮和尚正在施行大威德法[22]，自言自语道："诚憾莫大焉。"便以独钴[23]击碎自己的头壳，挖出脑髓，和之以乳木，焚成护摩[24]，在黑烟迷漫中，手持念珠，拼命祷告。能雄终于赢了相扑。

惟人亲王就了皇位，清和天皇是也。后来又称水尾天皇[25]。

此后，比睿山每有事故，即使微不足道，寺众便说："惠亮碎脑壳，二弟[26]

---

[20] 名虎：惟乔亲王外祖父姓纪名名虎。《平家》借用其名名虎，其实是虚构角色。

[21] 能雄：或作善雄、善男、良雄等，皆同音当字。亦属假托历史人物大伴善男之虚构角色。

[22] 大威德法：以大威德明王（五大明王之一）为本尊之祈祷密法。大威德明王配西方，六面六臂六足，持剑、锋、轮、杵、弓、箭，结印，骑大白牛，现愤怒相。降服一切毒蛇恶龙。盖阿弥陀如来之化身。

[23] 独钴：密教修法所用金刚杵，为破除烦恼之菩提心表征。有三钴（三密三身之义，两端各三叉）、五钴（五智五佛之义，两端各五叉）、独钴（两端无叉）之别。独钴者一真如之表征。

[24] 护摩：梵文，意译燃烧。真言宗密法之一。设护摩坛，堆乳木、段木等所谓护摩木而烧之，投之以五谷、五香等供物，注之以香油而祈祷之，即可为愿主达其所愿云。

[25] 第五十六代清和天皇（在位八五八—八七六）之皇陵在山城国葛野郡嵯峨村水尾（在今京都市右京区嵯峨水尾），故有水尾天皇之称。水尾或作水穗。

[26] 二弟：原文二帝，但注家皆以帝为弟之误。二弟即二宫（二皇子，实为四皇子）。兹从之。

即位；尊意挥智剑，菅丞屈服[27]。”原来皇位继承之事，向来皆由天照大神在冥冥之中安排，唯有此次全靠佛法之力才得以定案。

平家在西国听到四皇子即位的消息，极端后悔道：“真可恨可憾呀。悔不该当初未将三皇子、四皇子一起带出来。”平大纳言时忠卿道：“即使如此，木曾所荐高仓宫之王子[28]，其抚育人赞岐守重秀虽使其出家，且携至北国居住；仍可扶此王子登大位。”又有人道：“已出家之王子，岂能继承皇祚？”时忠道：“不妨不妨。还俗国王异国早有先例。至于我朝，先有天武天皇[29]仍在东宫时，因不愿冒犯大友皇子[30]，乃剃其鬓发，隐入吉野山中；不久之后，灭大友皇子而登极。又有孝谦天皇[31]忽起大菩提心，削发皈佛，法名法基尼；后来再登大位，号曰称德天皇。如今木曾欲拥立还俗王子，并无不妥。”

同年九月二日，法皇派公卿敕使赴伊势神宫。闻敕使是参议藤原修范[32]。

---

[27] 尊意：延长四年（九二六）为第十三代天台座主。其加持祈祷之灵验，举世无双。传曾镇抚菅丞相（菅原道真）之怨灵。道真因谗左迁大宰权帅，死于谪所。见卷第三《十六、大臣流罪》章，注7。又参本章注6。

[28] 有关高仓宫王子出家又还俗之事，见卷第四《十三、通乘》章。

[29] 第四十代天武天皇（在位六七三—六八六）：第三十四代舒明天皇（在位六二九—六四一）三皇子（初称大海人皇子）、第三十八代天智天皇（称制六六一—六六八，在位六六八—六七一）之弟。虽一度立为东宫，但不愿卷入继位之争，出家入吉野山，以示无异心。天智天皇崩后，引起壬申之乱（六七二），灭大友皇子而自继其位。

[30] 大友（或作大伴）皇子（六四八—六七二）：天智天皇长子，初称伊贺皇子。天智四年（六六五）立东宫，同十年太政大臣。天智天皇崩后，败于壬申之乱而自杀。《日本书纪》等正统史籍，不承认其皇位，直至明治三年（一八七〇）始正式追谥为第三十九代弘文天皇。

[31] 孝谦天皇（七一八—七七〇）：圣武天皇二皇女。天平胜宝元年（七四九）即位，为第四十六代天皇（在位七四九—七五八）。天平宝字二年（七五八）出家入法华寺，让位于淳仁天皇。同八年（七六四）追究藤原仲麻吕叛变之责，废淳仁天皇，流之于淡路岛。自己再登皇位，是谓称德天皇，第四十八代（在位七六四—七七〇）。

[32] 藤原修范：已见卷第四《一、临幸严岛》章，注2。藤原通宪（信西）五男。原名修宪，平治之乱后，改成修范（读音不变）。寿永二年当时是三位参议左京大夫。

太上天皇派公卿敕使至伊势，虽然朱雀、白河、鸟羽[33]三代已有先例，但是皆在各帝出家之前。出家以后之例[34]，则以此为首次云。

[33] 朱雀：第六十一代天皇（在位九三〇—九四六）。白河：第七十二代天皇（在位一〇七二——一〇八六）。鸟羽：第七十四代天皇（在位一一〇七——一二三）。

[34] 伊势神宫忌避僧尼之故。

三 麻线圈

且说平家奔抵筑紫[01]后，即有建造皇宫之议，不过都城要设在何处，却尚在考虑中。皇上暂以岩户少卿大藏种直[02]的官邸为行宫。其他的人都分散在野中或田间，虽然不闻捣衣之声，却也觉得很像在远地十市[03]之宿。行宫位于山上。遥想昔日以原木所造的木丸殿[04]，大概也与此相似吧。如此一想，反而多了一丝思古之幽情。

首先，天皇行幸宇佐宫[05]。大宫司公通[06]的宿坊成为行宫。公卿殿上人睡在社殿中。五位、六位官员占据了回廊。四国、镇西的军兵露宿庭院中，人人身穿甲胄，手持弓箭，队伍整齐，一片云屯雾集。神宫陈旧的朱垣仿佛也有了

---

[01] 筑紫：筑前、筑后两国合称，今福冈县。又为古来九州之总称。

[02] 岩户少卿大藏种直：大宰大监原田种平之子，已见卷第五《一、迁都》章，注5，及本卷《二、名虎》章，注5。

[03] 十市：大和国（今奈良县）十市郡。十市与远地音同（とをち）意双关。式子内亲王歌："更深夜沉寂，孤月出山清。旅次十市里，卧听捣衣声。"（《新古今和歌集》秋下）

[04] 木丸殿：以连皮原木（圆木）所造之简陋宫室。第三十七代齐明天皇（女，在位六五五—六六一）远征新罗期间，将皇太子中大兄皇子（后之天智天皇）留在九州筑前国临时御所木丸殿。在今福冈县朝仓市山田。

[05] 宇佐宫：即宇佐八幡宫。祀应神天皇、比卖神、神功皇后。为全国八幡宫之总本社。在今大分县宇佐市。

[06] 大宫司公通：宇佐八幡宫第四十四代大宫司。宫司是热田、鹿岛、香取、宇佐、阿苏、气比等社之世袭神官，大宫司为其长。公通已见卷第六《六、飞脚传书》章，注9。

光彩。

斋戒第七日清晨，有神灵来向大臣殿托梦。梦中看见宝殿大门打开了，传来高雅的咏唱声：

人间不如意，神明管不了。烦恼由心生，何事徒祈祷。

大臣殿猛然醒来，只觉得忐忑难安。乃小声咏了一首古歌：

今逢此逆境，盼有转圜时。可怜虫声薮，齐唱暮秋词[07]。

……于是一行回幸大宰府。

不知不觉间，九月份已过十日。黄昏时分，在荻叶摇曳的瑟瑟秋风中，人人各自和衣躺下。抑不住的眼泪，竟沾湿了权当垫被的衣袖。虽说秋夜迟迟，触景生悲，处处皆然，但在离乡背井的天空下，尤显凄迷惨淡，情更何以堪。

九月十三的夜月，虽有名月之称[08]，但人人都怀念着京城而潸然。泪眼望明月，只是一片朦胧。回忆在宫中赏月咏歌，犹历历在目。萨摩守忠度咏道：

去年今夜月，宫中不独看。京城诸亲友，可念我孤寒？

修理大夫经盛继咏一首：

去年今夜月，终宵笑语欢。念此平生契，遥隔几重山？

皇后宫亮经正也咏一首：

---

[07] 藤原俊成（一一一四 一一二〇四）之歌，见于《千载和歌集》秋下。

[08] 名月：特指阴历八月十五夜之月，无论阴晴，皆称名月。有时指九月十三日之月，亦行赏月之会，谓之后名月。

拨丛向前走，野露竟未干。行行到山里，仰首月将圆[09]。

丰后国是刑部卿三位藤原赖辅[10]卿的领地，以其子赖经朝臣为代官[11]。京都有信致赖经云："平家已为神明所弃，亦为法皇所抛。逃出京城，漂浮海上，已成亡命之徒。而镇西之人竟有迎接之且厚待之者，岂有此理。贵国万万不可追随平家。务须一心一德，追而讨之。"赖经便将此事告知本国住民绪方三郎维义[12]。

绪方维义是怪物的子孙。详言之：古代丰后国乡下有一个姑娘，是某家的独生女。尚未婚配，但有一男人却瞒其母，夜夜前来私通。年深月久，女儿终于有了身孕。其母怪之，问道："常来汝处者何许人也？"答曰："来时见之，归时不知。"母亲道："既然如此，可在男人离去时，作一记号，跟随其后，至其住处。"女儿便依母亲所教，早晨男人要离开时，在其所穿淡蓝色狩衣领子上插了一针，穿针的麻线缠在倭文麻线圈[13]上。当日沿着麻线寻去，在丰后国与日向国界的优婆岳[14]山麓，发现一个大岩窟，麻线便被拉入其中。姑娘伫立

[09] 人生如野露而竟未干，喻苟延残生也。

[10] 藤原赖辅（一一一二—一一八六）：大纳言藤原忠教之子。永历元年（一一六〇）丰后守，永万二年（一一六六）辞任，嘉应二年（一一七〇）刑部卿，寿永元年（一一八二）从三位，翌年周防权守。寿永二年之丰后守其实是以其孙为养子之宗长。

[11] 藤原赖经：赖辅长男。永万二年（一一六六）壹岐守，不赴，留在丰后国。治承四年，其子宗长（赖辅养子）为丰后守。代官：国守代理。

[12] 绪方维义：丰后国大野郡绪方庄（今大分县大野市绪方町）豪族，本姓大神氏，传其始祖大物主神为蛇神。维义为大神惟基五代孙。或作伊荣、伊能、惟能、维荣等，皆同音当字。

[13] 倭文：日本古代固有织物之一，以麻或楮之纤维揉成细线，染以青、红等颜色，当横线织成不规则纹样，称倭文织。麻线圈：原文绪环，或作小手卷、苎环（均读をだまき），即用以缠绕麻线之中空麻线球。

[14] 优婆岳：或作姥岳、祖母岳、妪岳。即丰后国（大分县）与日向国（宫崎县）交界之祖母山。海拔一七五七公尺。绪方庄在其北麓。山上有妪岳神社，奉祀建男霜凝日子神。或曰所祀者乃丰玉姬（海神之女、彦火火出见命之妃）或蛇神。

洞窟外头，听到里面有粗重的呻吟。姑娘道：“我已寻到此处，请见一面。”里面道：“我非人形。汝若见我形体，一定会吓破胆子。快快回去。汝所怀者是男子。其弓矢刀剑在九州二岛将无敌手。”姑娘一再哀求道：“无论形体外貌如何，过去的情分岂能一笔勾销？请出来互见一面。”听到有声音道：“既然如此。”只见一条蜷曲五六尺宽、身长可十四五丈的大蟒蛇，从岩窟中摇摇摆摆地滑了出来。原以为插在狩衣领上的针，却恰恰刺在大蛇的喉管上。姑娘一看，吓得胆破心惊、魂飞天外。随从的十余人，或腰瘫腿软，或狂呼大嚷，连滚带爬，都争先恐后地逃之夭夭了。

姑娘回家后不久，果然生了一个男孩。外祖父太大夫自愿承担抚养之责。不到十岁，便显得身高脸长，魁梧力壮。七岁元服。因外祖父名太大夫，故名之曰大太。每逢夏暖冬寒，手足便会满满长出鳞状皲痕来，因而又名皲大太。原来此条大蛇是日向国所祀高知尾明神[15]的神体。绪方三郎则是皲大太的五世孙，可说是可怕怪物的后代。绪方将国司的命令以院宣名义，传檄九州与壹岐、对马二岛后，居然云奔雨骤，皆来归附。

---

[15] 高知尾明神：在优婆岳南麓、宫崎县西臼杵郡高千穗町之高智保皇神社。又名二上神社。但其所祀是琼琼杵尊，并非蛇神。

四 撤退大宰府

平家正在计划定新都、造皇宫之际，听到绪方维义谋反的传闻，顿时慌成一团，不知如何应付。平大纳言时忠卿道："维义原是小松殿家臣。可选派小松殿公子一人，前去安抚，试行说服，如何？"众口道："主意甚佳。"于是，小松新三位中将资盛卿率五百余骑，进入丰后国，百般劝说。维义不但不为所动，反而劝道："本来现在可将足下就地逮捕，但在办大事之前不管小事[01]，即使捉了足下，也是小事一桩，无补于大局。快快赶回大宰府，可与平氏一门同生共死，面对天命才是。"便将资盛及所带兵马赶回去了。

维义旋即派其次男野尻二郎维村[02]为使者，前往大宰府，宣称道："平家是我家大恩主，原应除去甲胄弓箭，才可晋谒。但此次有后白河法皇谕旨，着从速将平氏逐出九州。所以请立刻离开此地。"平大纳言时忠卿身穿绯线系袖直垂、葛布裙裤，头戴立乌帽子，出来面对维村曰："夫我君王乃天孙四十九世正统、人王八十一代天皇[03]。是以天照大神、正八幡宫必加护我君。尤其故太政大臣入道殿，平定保元、平治两度逆乱，招纳九州诸国为朝廷效力。如今

[01] 追讨平家一族才是大事，捕捉资盛只是小事一桩。谓不能以小事碍大事也。

[02] 野尻：指肥后国阿苏郡野尻村（今熊本县阿苏郡高森町野尻），当是维村之居住地。

[03] 我君王：指安德天皇。天孙四十九世：即天照大神四十九世孙。世：指正统血缘世系（如父为一世、子为二世、孙为三世）。人王八十一代：人王以神武天皇为第一代，依继位次序，安德为第八十一代天皇。

竟追随大鼻丰后守之后，听信东国、北国凶徒赖朝、义仲之虚言巧语，以为如果成事，即可授予国守或赐予庄园。胡说八道，岂有此理。”丰后国守刑部卿三位赖辅卿有庞大的鼻子，所以时忠卿才如此说。

维村回来，向父亲如实禀报。维义道：“莫名其妙。古是古，今是今。既然如此，最好趁早驱之出境。”乃准备出击。平家武士源大夫判官季贞、摄津判官盛澄[04]却道：“为今后同僚设想，不能再受其辱。盍往生擒之？”便率三千余骑驰往筑后国竹野本庄[05]，奋战了一日一夜。无奈维义军势如云，毕竟寡不敌众，只好撤回了。

平家风闻绪方三郎维义率领三万余骑，即将来攻。人人张皇失措，未及带走应带之物，便匆匆退出了大宰府。沮丧地离开了赖以护持的天满天神。一时找不到轿夫，所谓葱花辇、凤辇[06]也因而只能闻其名、不见其物了。皇上不得不坐着腰舆[07]上路。自国母建礼门院以下，身份高贵的各位女官，都撩起裙子下摆；大臣殿以下诸公卿、殿上人，也都卷上裤管。跣足徒步，走出了水城户[08]，唯恐落在人后，抢先逃到了箱崎津[09]。恰逢骤雨，滴如车轴[10]。风卷沙

[04] 季贞：初见于卷第二《五、求情》，注3。盛澄：初见于同卷《九、阿古屋之松》章，注3。两人均为平清盛近侍；后来同在坛浦之战被俘。

[05] 竹野本庄：筑后国竹野（福冈县浮羽郡田主丸町）之庄园。后来又有新庄，其原有者称本庄。

[06] 葱花辇、凤辇：均天子乘舆。葱花辇在顶上有葱花金饰；凤辇顶上有金凤凰，各用于即位、朝觐、节会、行幸、大尝会等仪式。

[07] 腰舆：又名手舆。一种简便轿子，前后各一人以双手提之。已见卷第六《十、祇园女御》章，注18。

[08] 水城：在今福冈县太宰府市。天智天皇三年（六六四），为备外敌（朝鲜），在大宰府北方所筑蓄水堤坝。现已排水成田。户：指堤坝水门。

[09] 箱崎津：筑前国粕屋郡箱崎，今福冈市。距大宰府直线约十九公里。

[10] 车轴：喻雨滴之粗大。《阿含经》：“渐降大雨，滴如车轴。”《法苑珠林》：“注大洪雨，其滴甚粗，或如车轴。”

尘。落泪与雨水不分，模糊了眼光。虔诚拜过住吉[11]、筥崎[12]、香椎[13]、宗像[14]等神社，但愿天皇早日回幸旧都。越过垂水山[15]巍峨峻岭，侥幸抵达鹑滨险滩[16]，走向渺渺平沙。平生不惯跣足赶路，只见脚底出血滴染了沙砾，红裤增浓其色，白裤下摆变红。遥想当年，玄奘三藏[17]翻越流沙葱岭之苦[18]，再苦也不过如此。然而，玄奘是为了求法，利他又利己。平家则为怨敌所逼，一想到后世恐怕仍然苦海无边、回头无岸，更悲不自胜，不由得感慨万千。

原田大夫种直率二千余骑正赶来随行。山鹿兵藤次秀远[19]也以数千骑之众出迎平家。只因种直、秀远两人一向不和，彼此视如寇仇，种直觉得有所不便，便在途中折回家去了。

平家一行经过叫作芦屋津[20]的地方时，想起过去在京城通往福原的路

[11] 住吉神社：在福冈市博多区。祀表筒男命、中筒男命、底筒男命、神功皇后等。

[12] 筥崎（箱崎）：筥崎八幡宫，在福冈市东区箱崎。祀应神天皇、神功皇后、玉依姬。又称八幡大菩萨筥崎宫，号称筑前国第一宫。

[13] 香椎宫：在福冈市东区。祀仲哀天皇、神功皇后。

[14] 宗像神社：有三座，即边津宫，祀多岐都姬命，在福冈县宗像市田岛；中津宫，祀市寸岛姬命，在同市大岛；冲津宫，祀多纪理姬命，在同市大岛冲之岛。

[15] 垂水山：又写作樽见峠。筑前国宗像郡与远贺郡境之坡道，在海藏寺山与孔大寺山之间。

[16] 鹑滨：垂水山东部内浦海岸，古称名切之宿，自京都往大宰府多经此地。内浦至芦屋有沙滨，长约十公里。海边有松林，曰冈之松原。

[17] 玄奘三藏：唐代名僧。姓陈名祎，法名玄奘。三藏是对精通经、律、论三藏者之称号。唐太宗贞观三年（六二九），二十九岁，经西域入印度，修行十余年，于贞观十九年（六四五）携带佛典多种返国。其所译述佛经七十五部一千三百三十卷。著《大唐西域记》。唐麟德元年（六六四）圆寂，六十五岁。

[18] 流沙：沙漠，应包括今新疆塔克拉玛干沙漠。葱岭：帕米尔高原与喀喇昆仑山之古称。传说山上生葱或山崖葱翠而得名。

[19] 秀远：藤原秀远，住筑前国远贺郡山鹿，故以为姓。其先祖剿寇有功，获封九州兵头，子孙用以为号，或写作兵藤。

[20] 芦屋津：位于远贺川河口之港口，今福冈县远贺郡芦屋町。

上，也有同名的村里，更觉可怀可念，不禁悲从中来。原来还想流亡到新罗、百济、高丽、契丹，甚而远至云边海角，却逢逆风逆浪，未能如愿，只得跟随兵藤次秀远到山鹿城[21]中。但听说敌人也将进攻山鹿，乃彻夜分乘许多小舟，摸黑划到了丰前国的柳浦[22]。在此又有建造皇宫之议，只因地面太窄而作罢。旋又风闻源氏将经由长门国攻来，便又分乘渔人小舟浮到海洋去了。

小松殿的三男左中将清经，本来便好沉思冥想，自忖道："京都已被源氏占据，在九州又被维义赶走。身如网中之鱼，欲逃而不得其门。苟且以延一时之命，亦不长久矣。"乃在月光下，走出船舱，心澄如镜，吹了横笛，咏了诗歌，诵了经，念了佛，便投海自沉了。男女悲泣哀悼，又有何用。

长门国是新中纳言知盛卿的领地。当时的目代[23]是纪伊刑部大夫道资，获悉平家分乘小舟正在海上漂浮，当即献上了大船百余艘。平家改乘大船之后，便航向四国之地。阿波民部重能[24]下令，着召集四国人士，在赞岐屋岛[25]建造板屋宫殿与皇居。造成之前，既不能让皇上住在简陋民房，所以决定留在船上为暂时御所。大臣殿以下诸公卿殿上人，则在渔夫的蓬屋中度日，在卑贱人家的床上过夜。龙头鹢首[26]浮在海上，但海上行宫绝无宁静之时。心怀深愁，如浸月之浪潮；命逢危殆，似凝霜之芦叶。浅滩群鸟呼噪，徒增晓天之恨；

---

[21] 山鹿城：在远贺川河口东岸，山鹿氏居城。

[22] 柳浦：丰前国企救郡柳之浦，今属福冈县北九州市门司区，关门海峡西口，对岸是彦岛。

[23] 目代：国守私人所派常驻任国代行政务之代理人。

[24] 重能：田口重能（又作成能、成良），本姓纪氏。阿波国名西郡樱间乡（德岛县德岛市与名西郡石井町交界）豪族。在卷第六《八、筑岛》章，已以修筑经岛奉行出现，参注7。

[25] 赞岐屋岛：又作八岛（同读やしま），今香川县高松市东北部，原为濑户内海小岛，今已与四国陆地相连。按：原文屋岛与八岛并用，本译本则一律以屋岛译之。

[26] 龙头鹢首：大船、天子乘船。《淮南子·本经训》："龙头鹢首，浮吹以娱。"注云："龙舟，大船。刻以龙文，以为饰也。大鸟，画其像着船首，故曰鹢首。"日本注家多以为二艘拼连成一之船，且各在舳上分别雕饰龙头与鹢首者。

矶岸摇橹声响，空扰终夜之悲。望远松白鹭聚集，疑源氏之军旗高举；闻辽海夜雁齐鸣，恐敌兵之舟队来袭。潮风侵肤，翠黛红颜之色渐衰；苍波穿眼，怀土望乡之泪难抑。红闺翠帐变成土房芦帘，锦炉熏香转为陋屋炊烟。女眷女官们触景伤情，血泪交流，眉黛漫漶，简直判若不同之人。

五 征夷大将军

且说，在镰仓的前右兵卫佐源赖朝[01]，便在镰仓当地，奉到了封为征夷将军[02]的院宣[03]。听说敕使是左史生中原康定[04]。十月十四日抵达关东。兵卫佐道："赖朝多年来为敕勘[05]之身，而今以武勇之名日盛，竟蒙就地宣赐征夷将军之衔。岂可在私人家中受之？当在若宫[06]接旨为宜。"于是来到若宫神社。八幡宫建在鹤冈，地形与石清水八幡宫几乎一般无二。有回廊、有楼门。往下看，新修参道十余町长。众人讨论该由何人奉接院宣。决定："应请三浦介义

[01] 前右兵卫佐：源赖朝于平治元年（一一五九）十月，平治之乱前，官至从五位下右兵卫权佐。

[02] 征夷将军：征夷大将军之略。平安时代初期，延历十三年（七九四）开始，为征伐东北虾夷而特派之临时将军职。弘仁二年（八一一）以后废止。自源赖朝起，征夷大将军为幕府之长，日本全土之实际统治者。按：根据史实，赖朝之正式拜征夷将军，是在此九年后之建久三年（一一九二）七月十二日，不是本章之寿永二年（一一八三）十月。

[03] 院宣：前已数见。上皇、法皇所颁发之宣旨，有别于天皇之敕诏。在院政时期，院宣效力往往超越天皇之敕命敕谕。

[04] 中原康定：传不详。已见卷第四《二、回銮》章，注11。史生是太政官掌文书之官，左右各十人。

[05] 敕勘：谓经敕命勘定且蒙天子判罪定谳也。

[06] 若宫：若，新也。在此指鹤冈八幡宫新宫。八幡宫前已数见，总本社宇佐神宫在今大分县宇佐市，祀应神天皇、履中天皇、神功皇后、仲媛命、磐之媛命等神。其后石清水八幡宫（在今京都府八幡市）成立（八五九），其地位与影响凌驾宇佐神宫。康平六年（一〇六三）源赖义迎请石清水八幡宫，建分社于镰仓郡由比滨鹤冈。治承四年（一一八〇）源赖朝迁之于小林乡北山麓，仍用原地名，称鹤冈八幡宫若宫。建久二年（一一九一）烧毁，同年重建，且在山上新造大宫（本宫）。

澄[07]出来接之。盖渠乃关东八国闻名武士三浦平太郎为次之后裔，且其父大介义明已为圣上舍身成仁，亦可慰其徘徊在黄泉路上之亡灵。”

院宣敕使中原康定带来家臣二人、随扈十人。院宣放在文袋中，由杂役挂在颈项上。三浦介义澄也带来家臣二人、随扈十人。两个家臣是和田三郎宗实[08]与比企藤四郎能员[09]。十名随扈是临时着由十位大名[10]各出一人而成。三浦介当日装束是：身穿褐色直垂，上披纯黑丝缀铠甲，腰佩富丽堂皇的大腰刀，背插二十四支大中黑箭，腋下挟着缠藤长弓。脱下头盔挂在肩纽上，蹲身屈腰，准备奉接院宣。中原康定问道：“接宣者何人？报上名来。”三浦介报其本名曰：“三浦荒次郎义澄。”

院宣是放在文卷盒中。转呈兵卫佐。少时之后，归还文卷盒。康定觉得相当沉重，打开一看，见盒中有沙金一百两。接着，便在若宫拜殿[11]上设宴，向康定敬酒。斋院次官亲能[12]在旁伺候。有五位官一人端膳。又馈赠良马三匹，其中一匹配有马鞍，由大宫武士狩野工藤一臈佑经[13]牵着。还特别整修了

---

[07] 三浦介义澄：属相模国（神奈川县）三浦坂东平氏一族。正治二年（一二〇〇）殁，七十四岁。其曾祖父三浦为次（或写作为继、为嗣），于后三年之役（一〇八六）追随源义家，立下大功。其父三浦大介义明，于治承四年（一一八〇）八月战死衣笠城。

[08] 和田三郎宗实：三浦大介义明之子义宗之三男、义澄之甥。和田（三浦半岛西南部）人。

[09] 比企藤四郎能员：源赖朝乳母比企禅尼之养子。武藏国比企郡（今埼玉县比企郡）豪族。

[10] 大名：平安时代末期，武士并拥有大量私有耕地在其名下者。此种私有耕地谓之名田。

[11] 若宫：一本作大宫，则指建久二年（一一九一）新造之大宫（本宫）。参本章注6。拜殿：神社本殿之前所建礼拜神明专用之厅堂。

[12] 中原亲能：中原广季之养子（生父是藤原光能，养父广季是外祖父）。源赖朝近臣，官至贺茂斋院司次官、式部大夫、扫部头。承元二年（一二〇八）殁，六十六岁。

[13] 佑经：原姓藤原氏。其先祖为宪为木工助，故号工藤。为宪曾孙维职移居伊豆狩野，故又称狩野工藤。一臈为上皇下北面武士所首席长官。

一座古色古香的茅顶老屋，恭迎敕使住宿。屋里衣柜中备有厚棉袍二袭[14]、十层狭袖便服一套。另有绀蓝染织与纯白布料一千端[15]。酒肴丰美无比。

翌日，康定拜访兵卫佐公馆。内外皆有武卫所[16]，各约十六间宽[17]。外卫由家臣、随扈等盘腿并肩，排成一行。内卫则源氏一门就上座，大名、小名[18]列末座。康定进来，先在源氏座位的上座暂坐。不久便被引到寝殿厢房，客座上铺着紫边席垫，请康定坐下。上座的席垫有镶绫黑色纹边。帘子高高卷起处，只见兵卫佐殿从里间走了出来。无纹狩衣、立乌帽子。脸大、身材矮小。容貌俊美、言语清亮。首先具体陈述所见道："平家已慑于赖朝威势而离京逃亡。随后有木曾冠者、十郎藏人进入京师，自诩其功，加官晋阶，予取予求，无不如愿。甚至拒受所封领国，要求更换。无理取闹，莫此为甚。又如任奥州秀衡为陆奥国守[19]，佐竹四郎高义为常陆国守[20]，皆不从赖朝之命。恳请立刻颁下院宣，以便从速痛加追剿。"

左史生康定道："此次康定原应呈上名簿[21]，只因身为敕使，有所不便，俟

[14] 厚棉袍二袭：可当寝具，一铺一盖。

[15] 端：同反。一般指一套衣服所需布料之长度。参卷第一《十二、鹿谷》章，注31。

[16] 武卫所：原文"内外有侍"，侍为侍所之略，即武士警卫所之类。内侍所设在馆邸东西廊上，外侍所则设在别栋屋内。

[17] 间：为长度单位，前已数见，一间约一点八公尺。

[18] 大名：见本章注10。小名：所拥私人土地较少之武士。

[19] 秀衡：陆奥豪族藤原基衡之子。养和元年（一一八一）出任陆奥守。平家灭亡后，赖朝追杀其弟义经，秀衡庇护之。文治三年（一一八七）殁。同五年（一一八九）其子泰衡杀义经，拟归附赖朝，但亦被赖朝追讨而死。

[20] 佐竹四郎高义：或作隆义，清和源氏。历代世袭常陆介，住常陆国久慈郡佐竹乡（今茨城县常陆太田市），故称佐竹。治承五年（养和元年，一一八一）平家任高义为常陆国守。赖朝来讨，高义败逃邻国奥州。

[21] 名簿（名符）：记录姓名、字号、官位、生年月日等自己相关资料，呈给主人或师匠，以示归顺效忠之意。

返京后，当即写好呈览。舍弟史大夫重能[22]对此亦已表示同意。”兵卫佐抿嘴笑道：“当今之下，虽然以我赖朝身份，从未想过收受诸位名簿。不过既然有人提起，免不得恭敬不如从命矣。”康定说今日必须离此返京，但经不住主人极力挽留，终于决定多逗留一日。

翌日，康定一行再访兵卫佐馆邸告辞。获赠黄绿丝缀腹甲一套、白银腰刀一柄、缠藤弓与狩猎箭一组、马十三匹。三匹配有马鞍。其家臣、随扈十二人，亦各得直垂、小袖、大口[23]、马鞍等赠品。驮货之马多达三十匹。离开镰仓后，直至镜宿[24]，在每一驿站都备有白米十石。听说太多吃不完，便拿去施舍了。

[22] 史大夫重能：传不详。史大夫是五位史生。

[23] 小袖：狭袖便服。大口：大口裤之略，即宽口裤裙，通常以绢类裁制，穿在正装束带之下，武士、僧侣皆用之。

[24] 镜宿：近江国蒲生郡（今滋贺县蒲生郡龙王町）之驿站，在镜山北麓。

六 猫间

中原康定返京后，立即晋谒法皇御所，便在御所中庭，详细上奏了关东的形势。法皇颇受感动。公卿殿上人也笑逐颜开。兵卫佐源赖朝文质彬彬，风度温文尔雅。反之，木曾左马头义仲虽负京城治安重责，而其举止无方、言语粗鲁，却常常使人咋舌。不过从两岁起，便生活在信浓国木曾山中，直到三十，也难怪不懂得处世为人的礼貌了。

某日，有一位名叫猫间中纳言光隆[01]的人来访，说有要事必须与木曾见面相商。家臣禀报道："猫间殿求见，说有事相商。"木曾大笑曰："猫想见人乎？"答道："是一位公卿，名叫猫间中纳言殿。猫间大概是所住地名。"木曾道："既然如此。"便出来接见。但仍然无法称呼猫间殿，却大声道："难得猫殿光临，准备饭食招待。"中纳言听了，赶忙道："现在？不用不用，岂敢相烦。""正值午餐时刻，岂可不用吃饭？"木曾以为只要新鲜便是无盐[02]，乃道："恰好有无盐平菇[03]。快快！"催人准备。根井小弥太[04]侍膳。只见端出一个

[01] 藤原光隆：或作光高，猫间中纳言藤原清隆之子。仁安二年（一一六七）中权纳言，同三年请辞。建仁元年（一二〇一）殁，七十五岁。猫间为其所住地名壬生之异称。其子藤原家隆（一一五八—一二三七）为《新古今和歌集》编撰者之一。

[02] 无盐：尚未以盐腌渍之新鲜鱼介类。亦可作形容词。

[03] 平菇：菌类植物。生在枯木上，扇形，长径约五到十三公分，灰褐或黄褐色，肉白而厚，茎粗短，可供食用。

[04] 根井小弥太：木曾近臣、信浓国人。已见卷第六《五、传檄》章，注14。

又大又深的农村盖碗，盛满如山的米饭。菜肴三样，另有平菇汤一碗。木曾前面也端来同样的饭菜。木曾拿起筷子便吃。猫间殿嫌碗肮脏，一直没敢动筷子。木曾道："此乃木曾供佛所用之碗也。"中纳言觉得都不吃也太不给面子，便拿起筷子，假装吃起饭来。木曾看了，说道："猫殿原来是小饭量。听说猫最喜欢留下剩饭。快快，大口大口往嘴里扒。"中纳言被如此一再催促，为之兴味索然。搁下筷子，一言未及所欲相商之事，便匆匆离开了。

木曾是新近加官晋阶的人，自以为不能穿直垂上朝，平生首次改穿无纹狩衣出门。看其装束，从头上的乌帽子到裙裤的下摆，看起来都很不合身，有点不伦不类。若对照他身穿铠甲、负箭挟弓、骑在马上的雄姿，更不免相形见绌。但现在也只能请他屈身弯腰，坐上车子了。

木曾所坐牛车原是屋岛[05]大臣殿宗盛的牛车；牛倌是随车留下的牛倌。按照世上惯例，被俘之后，当然不得不伺候新主，但总觉得气愤不过。牛是百里挑一的好牛。平日养在牛棚中，无所事事，然而一旦拉车出门，只抽一鞭，便奔跑如飞。木曾在车中仰卧翻倒，张开两袖如蝴蝶之展翅，想坐起来却坐不起来。木曾一时叫不出牛倌两字，只管喊道："嗨小牛健儿[06]，嗨小牛健儿。"牛倌以为嗨嗨是喊着要快跑，所以让牛拉着车狂奔了五六町路。

今井四郎兼平看到，挥鞭踢镫、奔驰过来，斥责道："何以如此飙车？"答道："只因牛鼻[07]难于控制。"牛倌或许有意示好，又解释道："车上有把手可以抓稳。"木曾紧紧抓住把手，问道："把手设计甚好。是出于牛健儿之创意，或来自宗盛殿之高见？"

---

[05] 屋岛（八岛）：当时内大臣平宗盛一行逃亡到屋岛，故以屋岛大臣殿称之。

[06] 牛健儿：奈良时代称地方军团兵士为健儿，后来又用以称跑腿等杂役。木曾则急中生智，加一牛字以称牛倌。

[07] 牛鼻：驭马缰绳套在马口，驾牛缰绳则系在牛鼻链上，以控其方向与速度。

终于抵达法皇御所，让牛卸下车辕。木曾要从后面下车。有一个出身京城的杂役劝道："坐车有规矩。上车请从后面上，下车请从前面下。"木曾道："即如坐车，规矩亦何其多耶？"还是从后面下了车。此外可怪可笑之事举不胜举，但人人都戒慎恐惧，守口如瓶，不敢说三道四。

七 水岛之战

平家转进赞岐国屋岛后，整军经武，收复了山阳道八国与南海道六国[01]，共十四国的领土。木曾左马头认为事态严重、非同小可，立刻派出讨伐军团。大将军是矢田判官代义清[02]，以武士大将信浓国人海野弥平四郎行广[03]为先驱，率军七千余骑，驰下山阳道，径抵备中国水岛渡[04]，正在准备乘船攻击屋岛。

同年闰十月一日，水岛渡口浮现了一艘小船。看不出是渔船或是钓船，其实是平家递送牒状的邮艇。源氏方面发现是平家之船，便大喊大叫，将晒在海滨的五百余艘大小船只放到海上。

平家以千余艘来攻。其正面大将军是新中纳言知盛卿，背后大将军是能登守教经。能登殿曰："诸位将士，临阵不可松懈。若为北国贼辈所掳，岂不可悲可耻？速将我方船只连接起来。"于是以绳索将千余艘船只首尾连系在一起，并铺上桥板。走在船间如履平地。

[01] 山阳道八国：播磨、美作、备前、备中、备后、安艺、周防、长门。南海道六国：纪伊、淡路、阿波、赞岐、伊豫、土佐。

[02] 源义清：源义康之子，住丹波国矢田庄，号矢田判官代。已见卷第七《十三、圣上出奔》章，注8，与本卷《一、临幸山门》章，注15。

[03] 海野弥平四郎行广：滋野氏。信浓国海野（今长野县东御市本海野）住民。卷第六《五、传檄》章出现之海野行亲（注15），即其父亲。

[04] 水岛渡：在备中国浅口郡柏岛（今冈山县仓敷市玉岛柏岛）、高梁川注海口西岸之地，当时为一深入海湾之战略要地。

源平两方发出呐喊，互射响箭，推船向前，开始海战。远敌射之以箭，近敌砍之以刀。有用钉耙捕人或被捕者。有扭在一起而双双落海者。有互刺而死者。各尽心力以定胜负。

源氏武士大将海野弥平四郎奋战阵亡。大将军矢田判官代义清看在眼里，即带部属六人，乘上一艘小船，冲锋直前。却不知何故，小船竟被踩翻，主从七人都落海淹死，无一幸免。

平家在船上早已准备了上鞍的战马，划船靠岸，牵下马来，一个接一个骑上去，发出呐喊，向前突进。源氏军失去了大将，群龙无首，只得四散逃走。水岛之战平家大胜，一雪会稽之耻[05]。

[05] 会稽之耻：春秋时代，越王勾践在会稽山败于吴王夫差。其后，勾践破夫差而报其会稽败北之仇。故以喻败而复胜其敌者，谓之雪会稽之耻。

八 濑尾之死

木曾左马头听到战败的消息，觉得不能置之不理，便亲自率领一万余骑，奔向山阳道而去。

平家武士备中国人濑尾太郎兼康[01]，在一次北国之战中[02]，为加贺国人仓光次郎成澄所掳后，交由其弟仓光三郎成氏[03]负责看守。濑尾是闻名的刚烈之士，力壮身强。木曾殿云："不可失去此一男子汉。"惺惺相惜，并未砍杀。而且濑尾之待人接物，显得心地善良，仓光也因而慎重地加以照顾。但对濑尾而言，恰似苏武之被囚于胡国，李陵之不能回返汉朝。远托异国，昔人所悲。韦鞲毳幙，以御风雨。膻肉酪浆，以充饥渴[04]。夜不能寐，昼勤终日。尽管免于伐木刈草之劳，也只能奉命行事，权当顺民。但暗中却窥闲伺隙，盼能乘其不备，杀敌逃回，再谒旧主一面。濑尾如此煞费苦心，实在可悯又可怖。

有一日，濑尾太郎求见仓光三郎曰："自去年五月以来，承免贱命于一死，今后无论对方是谁，一旦有战事，当率先上阵，为木曾殿捐躯疆场。兼康所领备中

[01] 濑尾：一作妹尾或妹尾。太郎兼康为平清盛近臣，初见于卷第一《十一、争路》章后已数出。其为成澄所掳一事，见卷第七《六、俱利迦罗谷》章，参注3、4。

[02] 北国之战：指寿永二年（一一八三）五月俱利迦罗谷战役。见卷第七《六、俱利迦罗谷》章。

[03] 仓光三郎成氏：传不详。可能纯为虚构人物。

[04] "远托异国"以下，引自李陵《答苏武书》。苏武、李陵故事，参卷第二《十六、苏武》章。

国濑尾[05]是马草丰饶之地，何不告诸木曾殿而受领之？”仓光以告。木曾殿道：“其言也感人至深。然则汝可以濑尾为先导，前往备中，顺便备妥马草。”仓光三郎恭谨奉命，高兴之余，立刻率兵约三十骑，以濑尾为先导，驰向备中国。

濑尾嫡子小太郎宗康臣事平家，听说父亲已被木曾殿释回，便召集年来家臣部属约五十骑，驰往迎接。在播磨国国府[06]遇见，乃相伴同行。一行在备前国的三石[07]驿站投宿。濑尾的亲友送来了酒。当夜终宵饮酒作乐。仓光三郎以及看管濑尾的武士三十余人，都被灌得醺然大醉，卧倒不起，个个糊里糊涂丢掉了脑袋。备前国是十郎藏人的领国，在其国府[08]的代理国司也受攻击而死。

濑尾于是散播传言道：“兼康获释回来。所有愿意尽忠平家之人，等木曾殿下来时，应该在兼康领导之下，请各以一箭射之。”备前、备中、备后三国的高龄武士，原已让备有战马、武器的家人出去参加平家军，自己留在家中过着隐退的生活。但是现在，或穿上涂抹柿漆的直垂，用绳子牢牢缠紧；或卷起窄袖布衣的下摆，塞在腰带下面；或围着铁环连边的简单布缀腰甲。背上的猎用箭袋或竹编箭筒中，插了几支箭。一个接一个驰至濑尾的麾下，总共聚集了两千余人。于是在濑尾太郎带领下，在备前国福隆寺绳手[09]的筱迫[10]筑起了

[05] 濑尾：指兼康所领庄园濑尾庄，在今冈山县冈山市南区妹尾。

[06] 播磨国国府：在播磨国饰磨郡，今兵库县姬路市。

[07] 三石：备前国和气郡三石村，今冈山县备前市三石，靠近播磨国国境。

[08] 备前国国府：在御野郡，今冈山市中区国府市场。

[09] 绳手：即田埂，在此亦为地名，故沿用原文。指福隆寺（备前国御野郡津岛、今冈山市北部）周围田地，至御津郡一宫町（妹尾北约五公里处）附近，称福隆寺绳手。

[10] 筱迫城：城址在今冈山市北部笹濑川流域、坊主山与乌山之间。

城堡，而且还挖了宽二丈[11]深二丈的壕沟、设下鹿寨、筑射箭高楼、布置盾垣。箭头一致对外，时时刻刻等着敌人的出现。

备前国的代理国司被濑尾党徒杀死之后，十郎藏人的下属多人在逃往京城途中，在播磨与备前国界，名叫船坂[12]的地方，遇见了木曾义仲，便禀报了事件的原委。木曾后悔道："岂有此理！早该砍其头颅。"今井四郎道："所以才屡次提醒，此人面相气概不同常人。几度建议，请加以处死，皆因主公惜其才干而延其性命。"木曾曰："想一想，亦无甚大不了。可追而杀之。"今井四郎便道："总之，先去看看。"乃率三千余骑出去。福隆寺绳手的田埂仅有一张弓宽、幅员约西国一里[13]。田埂两侧皆软泥水田，马足不能踩入。三千余骑兵士的心都已跑在前头，而马却只能一匹跟着一匹，慢慢前行。靠近城堡一看，只见濑尾太郎走上箭楼，大声喊道："自去年五月以来，承免贱命于一死，各位高情厚谊，准备以此报答。"说罢，一声令下，出现强弓射手数百人，搭箭引弓，连连发射。逼使对方无法抬头正面前进。

今井四郎之外，还有楯、根井[14]、宫崎三郎[15]、諏访、藤泽[16]等血气方刚的武士，斜着盔下护颈，收集已被射死的人体与马尸，填埋壕沟。然后喊声震天，开始进攻。或跃进田埂左右的泥沼中，深及马胸马腹，仍不以为意，成排推进。

[11] 一丈：约三公尺。

[12] 船坂：播磨国（今兵库县）赤穗郡船坂村西边之山。岭上有通往备前国三石之山坡道。

[13] 一张弓宽：指大弓一张之长度，标准七尺五寸，约二点三公尺。西国一里：一说相当于六町，约七百公尺。按：西国指近畿以西之诸道诸国，其度量衡与关东、北国有所不同。

[14] 楯：楯六郎亲忠，已见卷第七《十三、圣上出奔》章。其父根井小弥太。信浓国豪族，皆木曾义仲部属，传不详。

[15] 宫崎三郎：即卷第七《四、火打城之战》出现之宫崎，当时驻守火打城。越中国下新川郡宫崎人。

[16] 諏访、藤泽：均已见卷第七《一、清水冠者》章，名不详。諏访当是信浓国諏访神社之神职武士。藤泽为信浓国伊那郡藤泽人，亦属諏访神职一族。

或不避深沟与险壑，一再冲进冲出，鏖战终日。入夜之后，濑尾太郎所募集的临时武士都被击溃，存命者少而战死者多。只得在筱迫城沦陷后，退至备中国板仓川畔[17]，设置盾垣，准备最后一战。不久，今井四郎果然来攻。濑尾一方虽然勉强抵抗了一时，无奈箭筒中已无剩箭，便各自争先恐后逃散四方了。

濑尾太郎只剩主从三骑，沿着板仓川逃向绿山[18]，在路上却遇到仓光次郎成澄。仓光曾在北国生擒过濑尾，心中自忖道："小弟为濑尾所杀，憾恨难消。别人不管，非再活捉此人不可。"于是单骑脱队追了上去。追到约离一町时，高呼道："喂！濑尾殿，何其卑劣胆小，只能让敌人看到背影。回来，转回头来。"濑尾正要渡板仓川西去，便在水中勒马回头停住。仓光立刻驰进河中。双马一齐肩，两人便扭在一起。双双从马上落下。彼此都是不相上下的大力士，两人你上我下、我上你下的翻来滚去，终于掉进了河边的深渊中。仓光不谙水性。濑尾则如蛟龙得水，潜入水中，压住仓光，掀其腰甲，刺了三刀，深至刀柄。又取其首级，才浮上水面来。

濑尾自己的马已不堪驱策，便骑上敌人仓光的马，继续逃走，居然遇见其嫡子小太郎宗康。看他无马可骑，正与家臣仆从们徒步逃亡中。宗康今年二十二三岁，因为身子太胖，连一町[19]也走不了。虽然脱掉了盔甲，还是走不动，远远落在他人之后。父亲濑尾原想弃之不顾，向前跑了十余町。停了下来，向家臣仆从道："我兼康面对千万敌人作战时，四面八方仿佛晴空万里，然而此次有意遗弃小太郎之后，眼前却只见一片黑暗。因而想起，即使兼康得

[17] 板仓川：流经备中国贺阳郡板仓宿（今冈山县冈山市高松町），又名辛川。今称细谷川，与笹濑川合流入濑户内海。

[18] 绿山：原文假名みどろ山，或以汉字三户山、弥度吕山当之。确实地点不详，或以为在从板仓通往万寿庄（仓敷）路上。

[19] 一町：约一〇九公尺。

以保全此命，再度回归平家，唯恐会有同伴相讥，以为兼康年过六十而仍惜其有限余生，竟忍心遗弃唯一之子而逃亡。则其羞辱将更难堪矣。”家臣等回应道：“是以屡次禀告，企望同心同德、同在一处，决一死战。请即折回。”濑尾道：“既然如此。”便折回去了。

小太郎两腿肿胀，躺在地上。濑尾太郎道：“因汝追不上，落在人后，所以才转回来，宁愿同在一处战死。如何？”小太郎泪如雨下，哭道：“孩儿无能无力，早该自杀。而今父亲却因孩儿而丧命，岂不犯上五逆之罪[20]？但请赶紧逃离此地。”答道：“已有觉悟矣。”正想休息时，只见今井四郎率兵约五十骑，大喊大叫，攻上前来。濑尾太郎将仅剩的七八支箭，一箭接一箭，连续射出，瞬间射倒了敌方五六骑。然后拔出刀来，先砍下嫡子小太郎的头。然后冲入敌阵中，奋不顾身，大肆砍杀。砍倒了不少敌人，但自己也终于不免被杀。两个随从都负了重伤，都想自杀，却都被生擒。到第二日也都不治而死。主从三人的头颅都在备中国鹭森[21]枭首示众。木曾殿看了之后叹道：“果然刚烈无比。是所谓一以当千者，惜乎无人能救之。悲哉。”

---

[20] 五逆罪：违逆人伦或佛道之五大恶罪：杀父、杀母、出佛身血、杀阿罗汉、破和合僧。犯之者堕无间地狱。已见卷第一《六、祇王》章，参注13。

[21] 鹭森：位置不详，疑在万寿庄（冈山县仓敷市北部）附近。

九 室山

且说，木曾殿在备中国万寿庄[01]会师，准备攻击屋岛。便在此刻，留守京城的樋口次郎兼光[02]派来使者，传话道："十郎藏人行家殿乘大人不在京时，通过法皇近臣，进奏种种谗言。请暂停西国战事，从速回京为是。"木曾道："既然如此。"便日以继夜，驰向京都。十郎藏人大概为了避免与木曾会面的尴尬，乃由丹波路[03]前往播磨国。木曾则从摄津国进入京师。

平家又有攻击木曾之计，乃以新中纳言知盛卿、本三位中将重衡为大将军，越中次郎兵卫盛嗣、上总五郎兵卫忠光、恶七兵卫景清为武士大将，军势总共二万余骑，乘坐千余艘船只，渡至播磨国，在室山[04]布下了阵势。

十郎藏人或许觉得藉攻打平家，可与木曾重修旧好，便带着五百余骑拥至室山。平家摆成五层阵势。一阵越中次郎兵卫盛嗣二千余骑、二阵伊贺平

---

[01] 万寿庄：新熊野社领庄园。有万寿本庄、万寿东庄、万寿西庄，合称万寿三庄。在今冈山县仓敷市北部。

[02] 樋口次郎兼光：今井四郎之兄。已见卷第七《四、火打城之战》章，参注22。

[03] 丹波路：自京都越大江山通往丹波国之要道。

[04] 室山：今兵库县龙野市室津港背后之山丘。室津为古来濑户内海重要港口。

内左卫门家长[05]二千余骑、三阵上总五郎兵卫忠光与恶七兵卫景清[06]三千余骑、四阵本三位中将重衡三千余骑、五阵新中纳言知盛卿一万余骑。层层巩固。十郎藏人行家以五百余骑呐喊进攻。一阵的越中次郎兵卫盛嗣奋力迎战,不久假装败退,让敌人从阵中缺口冲了过去。二阵的伊贺平内左卫门家长同样奋战不支,让对方破阵而入。三阵的上总五郎兵卫与恶七兵卫也依样画葫芦。四阵的本三位中将重衡卿亦不例外。一阵到五阵早已约定,便将敌人包围起来,大声喊打厮杀。十郎藏人欲逃无门,知是中计。忿恨之余,目不斜视,舍生忘死,仿佛是此世最后一战。平家武士虽然人人抢先上阵,大喊:"揪住源氏大将。"但敢上前与十郎藏人并骑扭打者竟无一人。新中纳言所倚重的纪七左卫门、纪八卫门、纪九郎[07]等武士,皆在此战役中为十郎藏人所杀。

十郎藏人的五百余骑只剩约三十骑。四面八方依然被敌人重重包围。已方已大败,不知有何逃生之路。忽然决定直捣密集如云的敌阵,竟然杀出了重围。自己虽然并未受伤,然而幸存的家臣或随从二十余骑,无不浑身伤痕累累,惨不忍睹。一行逃到播磨国高砂[08]乘船,经由海路,抵达和泉国[09]。然后转到河内国长野城[10]住下。平家在室山、水岛两次战役中,大获全胜,气势也因而旺盛起来。

---

[05] 平内左卫门家长:伊贺国(今三重县)服部出身。平氏重臣、平知盛乳母之子。或因身为平氏而任内舍人,其后又任左卫门尉,故称平内左卫门。文治元年(一一八五)坛浦会战时,与平知盛携手跳水自溺。

[06] 忠光、景清两人为兄弟,上总介藤原忠清之子。

[07] 疑是纪姓兄弟三人,但其系谱与生平不详。

[08] 高砂:今兵库县高砂市。

[09] 和泉国:今大阪府南部。

[10] 长野城:在今大阪府河内长野市,当富田林市之南、金刚山(葛城修验道道场所在)之西麓。有金刚寺寺领庄园长野庄。

鼓判官 十

京城满地都是源氏的人马，而且处处发生抢劫勒索的案件。不管是不是贺茂或八幡的领地[01]，只要看到田中有青苗，便割来当马草。或强入私人仓房夺取财物，或拦截行人剥其衣裳。人们叹道："平家在京时，一般人只怕六波罗殿，从未听过剥人衣裳之事。源氏替代平家，反而有百害而无一益。"

后白河法皇遣使往见木曾左马头，传旨着其平定京中乱象。御使壹岐守平知亲之子壹岐判官平知康[02]，是天下闻名的好鼓手，所以时人称之曰鼓判官。木曾对于上谕并不作回应，却问道："人称足下为鼓判官，是万人所打之鼓，抑或拳击而肿胀之鼓？"知康不便作答，即回法皇御所，面奏道："义仲跋扈蛮横、目中无人，必将成为朝敌。宜及早讨伐之。"但法皇却无意发动适任的武士，只嘱咐延历寺座主与园城寺长吏[03]，召集两寺中勇悍好斗的莽僧。至于公卿殿上人所招募的人员，只是卑贱的街头无赖、流氓、乞食和尚之类而已。

---

[01] 贺茂、八幡：指贺茂神社或石清水八幡宫之社领庄园。再加伊势神宫所属庄园，则称三社领，皆免付租税。在京畿地区，贺茂社领有猪熊庄、赤目庄、小山庄；八幡社领有河原崎庄等。

[02] 平知康：官至检非违使、左卫门尉。其父知亲（朝亲）为壹岐守，故人称壹岐判官。后白河法皇近臣。寿永二年（一一八三）十一月，奉命保护法皇御所，败逃。解官。

[03] 当时延历寺天台座主为第五十七代明云大僧正。原为第五十五代座主，于治承元年（一一七七）解职，治承三年还任。园城寺（三井寺）长吏为圆惠法亲王。长吏：特指园城寺、劝修寺等寺总理寺务之最高僧职。圆惠是后白河法皇皇子之一、高仓天皇之兄，号八条宫。

畿内五国[04]原本拥护木曾左马头的武士，听到木曾得罪了法皇的消息，皆倒戈转而臣事法皇。信浓源氏村上三郎判官代[05]，也背叛木曾而归附法皇一边。今井四郎劝道："当今情势意外险恶。然而尽管如此，岂可向十善帝王[06]进行挑战？请卸甲弃弓，立即降顺为上策。"木曾大怒道："我自信浓国麻绩、会田[07]之战以来，在北国砺浪山、黑坂、筱原[08]，在西国福隆寺绳手、筱迫、板仓城[09]，攻城略地，从未背向敌人。纵使、即使对方是十善帝王，岂能甘心卸甲弃弓，乖乖屈服投降？何以故？武人而守卫京城者，谁不饲一马以骑之？而在无数田园中，割取几处青苗为马草，法皇有何道理加以苛责？军中无粮米，年轻人有时跑到城郊夺人财物，又有何理由硬说是违法乱纪？如果是抢劫大臣家或亲王府，确属恶事，可以另当别论。总而言之，一切皆出于鼓判官之恶意谗害。誓必击破此鼓而丢弃之。此次恐是义仲此生最后之战。赖朝虽不能目睹此一壮举，定将耳闻此事。各位，勇往直前，戮力攻之。"于是，便率领军队出发了。

然而，北国随来的武士多半已逃离京都，只剩六七千骑。木曾仍不忘其吉祥先例，将军势分成七支。先派樋口次郎兼光率二千余骑至新熊野[10]为后

[04] 畿内五国：原文五畿内，即山城、大和、摄津、河内、和泉五国。

[05] 村上三郎：名基国。官至高阳院判官代、八条院藏人，号村上判官代。其父为国，崇德院判官代，住信浓国村上，始以村上为姓。判官代为法皇院厅五位或六位官员，负责诸国行政事务等。

[06] 十善帝王：初见于卷第一《七、二代皇后》章，详注8。后又数见。在此指后白河法皇。

[07] 麻绩、会田：均在信浓国筑摩郡。今长野县东筑摩郡麻绩村与松本市会田。此地会战之事不详。

[08] 砺浪山、黑坂、筱原诸战役，见卷第七《四、火打城之战》《六、俱利迦罗谷》《七、筱原会战》等章。

[09] 福隆寺绳手、筱迫、板仓川之战，见本卷《八、濑尾之死》章。

[10] 新熊野神社：今京都市东山区内。永历元年（一一六〇）后白河法皇所建，在法住寺殿东南。

方。其他六支则奉令各从驻处,绕经街巷小路到河原,在七条河原[11]汇合。

战斗发生在十一月十九日早晨。据说法皇御所法住寺殿中,也集结了二万余战士。己方盔上都贴着印有松针的笠徽[12]。木曾麾军拥至法住寺殿西门一看,只见鼓判官奉旨领军,身披赤地织锦直垂,故意不穿铠甲,只戴头盔。盔上贴着四天王画像。站在御所筑垣[13]顶上,一手持矛,一手拿金刚铃[14]。摇着摇着金刚铃,时时还跳起舞来。年轻的公卿殿上人笑道:"不成体统。知康天狗附身了。"知康以训斥口气,大声说道:"从前每逢宣读圣旨,枯草枯木恭听之后,亦必开花结果[15]。即如恶鬼恶神,无不遵从。当今,虽说正值末世,岂可因而向十善帝王引弓射箭?汝等所射之箭必将返射于己;所拔之刀必将砍到自身。"木曾道:"不许任其胡说乱言。"于是齐声乱喊乱叫,淹没了知康的声音。

便在此时,担任后方的樋口次郎兼光,也自新熊野赶来与正面军会合,正式呐喊开战。响箭中藏了火苗,射进法住寺殿御所。风势正强,旋见火焰冒起,顿时弥漫虚空之中。指挥官知康一见情势不妙,便一溜烟先逃之夭夭了。指挥官一逃走,二万余官军有样学样,也都争先恐后、一走了之。由于慌张过度,拿弓者忘了箭,拿箭者忘了弓。或倒提长刀而刺穿自己的脚板;或弓弰卡住他物而取不下,只能弃之不顾。原来驻守七条东端的摄津国源氏[16],成群

---

[11] 七条河原:七条大路东与贺茂河滩交会处。

[12] 笠徽:家徽之贴于盔上以便识别者。已见卷第七《十八、一门出奔》章,参注2。按:此处之"己方",因原文无主语,译注者或以为法皇一方,或以为木曾一方,莫衷一是。

[13] 筑垣:或书作筑墙、筑地。今称土塀。家园土墙,上作屋顶形而铺之以瓦者。

[14] 金刚铃:密教所用金刚杵一端系铃者。摇之可唤醒众生佛心,破除烦恼,进入菩提。

[15] 卷第五《五、朝敌名单》章有类似语句:"在昔日,只要宣达圣旨,连枯木败草也会开花结果……"

[16] 七条东端:即京城七条大路东郊,贺茂川边。摄津国源氏:盖指居住摄津国多田庄之源氏后代,如多田藏人行纲等。

结队沿着七条往西逃去。法皇御所在交战前便下达命令："若有逃兵，格杀勿论。"所以当地的住民都在屋顶上排好盾牌，收集一堆堆镇瓦的石头，耐心地等着。看到摄津国源氏兵马跑了过来，大喊："来啦，都是逃兵。"人人拿起石头便扔，扔得不亦乐乎。有人阻止道："是法皇兵马，请勿误事。"应道："无须多言。法皇有令，只说格杀、格杀勿论。"石头仍如雨下。于是弃马匍匐而逃者有之，为乱石击死者有之。比睿山僧兵守护八条大路东端，知耻者皆战死，不知耻者皆逃亡。

主水正亲业[17]在淡青色狩衣下，穿着淡绿丝缀腰甲，乘白苇毛骏马，从河原向北逃去。今井四郎兼平急追而上，射一箭中其颈骨，落马而死。亲业是清原大外记赖业之子。世人评道："明经道博士[18]不该穿戴甲胄。"背叛木曾而归附法皇的信浓源氏村上三郎判官代，也被砍杀。在法皇方面，还有近江中将为清、越前国守信行[19]，也被射杀而失其首级。伯耆国守光长及其子判官光经[20]也同时毙命。按察大纳言资贤卿之孙播磨少将雅贤[21]，身穿铠甲、头戴立乌帽子出战，却为樋口次郎生擒。天台座主明云大僧正与园城寺长吏圆惠法亲王，都躲在法皇御所避难，眼见黑烟袭来，躲无可躲，乃骑马急向河原方面驰

[17] 主水正：宫内省主水司之长，掌水、粥、冰室等事务。亲业：清原赖业二男，正五位下。寿永二年（一一八三）十一月殁，三十二岁。其父赖业，文章博士。任大外记，为太政官外记局少纳言所属书记官。文治五年（一一八九）殁，六十八岁。

[18] 明经道博士：在大学寮讲授《四书》《五经》之博士。平安时代，清原、中原两家世袭其职。亲业仅是直讲，类似今之助理职，非博士。

[19] 为清：姓高阶，大舍人头正四位下家行之子。信行：藤原信辅之子，历官越前守、右京大夫。

[20] 光长：源氏。历官出羽、伊豫、伯耆国守、从五位下。已以出羽判官光长之名见于卷第四《三、源氏名录》《四、黄鼠狼》与《五、信连》等章中。法住寺殿之役，在木曾义仲方。其次男光经，则在法皇一边，皆战死。光经官至检非违使、带刀、左卫门尉。

[21] 资贤：源氏，后白河法皇近臣。其孙雅贤，历任右少将、土佐守、备中守、正四位下右中将。文治元年（一一八五）参议，建久二年（一一九二）出家，同年殁，四十五岁。善管弦。

去。武士们见了，乱箭齐发。明云大僧正、圆惠法亲王双双中箭坠马，首级都被取走。

丰后国司刑部卿三位赖辅[22]也在法皇御所避难，也为了逃离火灾，紧急跑到了河原，却被身份低下的武士剥光了衣服，全身赤裸，站着不敢动弹。是十一月十九日早晨，河原寒风凛冽。赖辅卿有出家的小舅越前法眼性意；法眼性意有个中间法师[23]来到河原，想见识见识打仗的情形。但首先所见者竟是赤身裸体的赖辅卿，惊道："太不像话了。"便跑了过去。这位法师身穿两件白色窄袖裤裙，外罩一袭法衣；本该脱下一件裤裙相让，却只脱下法衣抛给赖辅卿。法衣较短，从头套上，没有腰带可系。看其背后一定相当滑稽。赖辅陪着白裤裙法师，也不快步赶路回去，沿途不断问此问彼道："彼是谁家？是何人所居？此是何处？"漫步街头，悠然自得。观者莫不拍手大笑。

法皇坐了御舆，准备行幸他处。武士们见有动静，便射箭以对。随侍者丰后少将宗长[24]，身穿深褐色直垂，头戴折乌帽子，急忙宣道："是法皇法驾。不可误射。"武士皆下马，惶恐不安。法皇问："是何人？"有人答云："信浓国人矢岛四郎行纲[25]。"便着其共抬御舆至五条行宫[26]，并负起随驾护卫之责。

---

[22] 赖辅：藤原赖辅，已见本卷《三、麻线圈》章，注10，《四、撤退大宰府》章。其鼻子特大，故有大鼻丰后守之称。

[23] 法眼性意：传不详。法眼为法印之下第二位僧官。中间法师：从事杂务、身份较低之僧侣。

[24] 宗长：刑部卿三位藤原赖辅之孙、刑部卿赖经之子。亦为祖父赖辅之养子。治承四年（一一八〇）丰后守，寿永二年（一一八三）右少将。后白河法皇宠臣。家禄元年（一二二五）殁，六十二岁。

[25] 行纲：信浓国佐久郡（今长野县北佐久郡）矢岛之滋野氏一族。

[26] 五条行宫：原文五条内里。在五条大路东洞院大路口，原为藤原邦纲官邸，后为高仓天皇御所。

皇上[27]乘船离开。武士不断射之以箭。七条侍从信清[28]、纪伊守范光[29]在船上伺候，宣道："此乃皇上御船。不可误射。"武士皆下马，诚惶诚恐。便从旁协助天皇行幸闲院殿[30]。其行幸仪式之惨状，非言语所能形容。

---

[27] 皇上：在此指第八十二代后鸟羽天皇（一一八〇——一二三九，在位一一八三——一一九八）。高仓天皇四皇子。寿永二年（治承七年，一一八三）即位时仅四岁；时八十一代安德天皇仍在世，亦未退让，与平家奔亡西国。寿永四年（一一八五）安德崩，改元文治元年。

[28] 信清：修理大夫藤原信隆之子。其邸在七条大路西坊城小路口，故号七条。法皇近臣。官至正二位内大臣。其妹七条院殖子为高仓天皇妃子、后鸟羽天皇生母。

[29] 范光：刑部卿藤原范兼之子。平家逃离京都之际，阻止四皇子（即后鸟羽天皇）出京。事见本卷《一、临幸山门》章，参注28。

[30] 闲院殿：在二条大路南，西洞院大路西。后鸟羽天皇在此即位。事见本卷《二、名虎》章，参注7。

十一 法住寺之战

法皇方面有近江守源藏人仲兼[01]，带领约五十骑，坚守着法住寺殿西门，不让敌人出入。近江源氏山本冠者义高[02]驰马过来，告之曰："各位仍然在此，为谁而战？法皇与皇上皆已驾幸他处，不在殿中矣。"仲兼道："既然如此。"便大声呐喊，带队冲进大敌阵中，左砍右斩。等到杀出重围时，只剩主从八骑。八骑之中，有一个属于河内日下党、名叫加贺房[03]的法师武士，骑着一匹极难驾驭的白苇毛悍马，言道："此马过于粗暴，极难驯服。"源藏人道："然则改骑我马可也。"便让加贺房改骑其白尾栗毛马，发出呐喊，冲向根井小弥太防守川原坂[04]的二百骑阵中。结果，八骑中五骑阵亡，只剩主从三骑。加贺房嫌其悍马难驭，改乘主人之马，却也不免在此壮烈牺牲。

源藏人有部下叫信浓次郎藏人仲赖[05]，在交战乱阵中被敌人隔开，不知

---

[01] 仲兼：主殿头源光远之子。已见卷第四《四、黄鼠狼》章，参注1。其兄仲国见于卷第六《四、小督》章，参注6。

[02] 义高：近江源氏山本义经之子，号锦织冠者。山本冠者是其兄义弘之号。在本卷《一、临幸山门》章中，为后白河法皇还京之先驱，参注14。

[03] 日下党：居住河内国河内郡日下（今大阪府东大阪市日下町）地方之武士团。日下或作草香。加贺房：一本作加贺房源秀，传不详。

[04] 根井小弥太：木曾义仲起兵之初，即开始追随。见卷第六《五、传檄》章，参注14、15。川原坂：自今京都市东山区八条经阿弥陀峰南麓，通往山科之坡道。

[05] 仲赖：系谱、传皆不详。他本作赖成、赖经、赖纲、赖直等。

主人的去向。看到一匹白尾栗毛马跑了出来,便叫来下人,说道:“此马看来是源藏人之马无疑。主公可能已经阵亡。曾有誓约,要死当死在一处,如今却非分别战死不可。可悲呀。看到源藏人攻入何处阵地否?”答道:“驰入川原坂敌阵。此马亦从该阵中跑出来。”仲赖道:“然则汝可回去矣。”并吩咐可向故乡转达其临终情形。旋即匹马单身,冲入敌阵中,大声报名道:“敦实亲王九代苗裔、信浓守仲重次男[06]、信浓次郎藏人仲赖是也。行年二十七。凡有自命不凡者请上前来,愿接高招。”于是,上蹿下跳、左闪右拐,使出蜘蛛手、十文字等绝招。奋勇应战,杀伤不少。无奈我单敌众,终告不支,当场毙命。

源藏人仲兼对于此事却一无所知,正与其兄河内守及随从一人,主从三骑逃往南方。来到木幡山,巧遇因怕战争而离京奔赴宇治的摄政殿[07]。摄政殿以为木曾余党追来,停车问道:“来者何人?”答道:“是仲兼。”“是仲信。”摄政殿喜道:“何其巧合。原以为北国凶徒。来得正好,可就近协助保护之责。”仲兼等唯唯诺诺,护送至宇治富家殿[08],然后奔向河内国。

翌二十日,木曾左马头站在六条河原,着人悬挂清点昨日所斩首级,共计六百三十余人。其中也有明云大僧正、园城寺长吏圆惠法亲王的头颅。见者莫不落泪。木曾率领军势七千余骑,马鼻朝东,呐喊三次,震天撼地。京中又骚动起来,以为又有战事。不过传言说,此次是庆祝胜利的呐喊。虚惊一场。

故少纳言入道信西之子宰相修范[09],前往法皇所住的五条行宫,求道:“有要事上奏法皇,请开门让进。”但守门武士不准其请。出于无奈,便到一小

---

[06] 敦实亲王:第五十九代宇多天皇皇子,宇多源氏之祖。康保四年(九六七)殁,七十五岁。仲重:不见于宇多源氏系谱。传不详。

[07] 摄政殿:藤原基通。木幡山:宇治市木幡山。在宇治之北、伏见之东,自京都往奈良路上。

[08] 富家殿:原为藤原忠文邸,后为基通曾祖父忠实别庄,名富家殿,在平等院西约三百公尺处。

[09] 藤原修范:信西五男。后白河法皇近侍。已见卷第四《一、临幸严岛》章,注2。

屋，立即落发为僧，穿上缁衣，再上前求道："这般模样应无大碍矣。请让进。"总算获准进门。修范来到法皇御前，面奏昨日受害主要人名及其细节。法皇听得双眼潸然，叹道："明云死于非命[10]，未尝料及。此次当是替代应死之我而死。"说着抑不住簌簌泪下。

木曾召集家臣部属等开会议事，宣示道："我义仲向一天之君宣战而大获全胜。如今不知该当天皇，或当法皇。若想当天皇，必须垂发穿童装，不好；若想当法皇，必须光头披僧衣，可笑。对对，可当关白。"但一直陪在身边的书记大夫房觉明，却提醒木曾道："关白只有大织冠[11]后代藤原氏始可任之。大人是源氏出身，显然不妥。"木曾无计奈何，便自封为法皇御厩别当[12]，且以丹后国为其领国。对于上皇在出家后称法皇，幼帝在元服前不能束带之事，木曾似乎并不甚了然，也够难为情了。此外，还看上前关白松殿[13]的公主，强娶过来，自诩是松殿的女婿。

同年十一月二十三日，解除了三条中纳言朝方[14]卿以下，大臣、公卿、殿上人共四十九人的官职。平家所解职者是四十三人。此次竟有四十九人之多。其专权恶行已超过了平家。

且说，镰仓前兵卫佐源赖朝为遏止木曾的暴行，已指派其弟蒲冠者范

[10] 死于非命：原文非业之死，谓非因前世恶业而因现世灾难而死也。

[11] 大织冠：藤原镰足，初见于卷第一《十一、争路》章，注21。

[12] 御厩别当：管理法皇（或上皇）牛棚马厩之长官。

[13] 前关白松殿：藤原基房。治承三年（一一七九），平清盛解其关白之职，故云前关白。事见卷第三《十六、大臣流罪》章，参注1。

[14] 朝方：权中纳言藤原朝隆之子。治承三年权中纳言，号三条。文治四年（一一八八）为权大纳言。

赖[15]与九郎冠者义经[16]，准备随时挥军进京。但两人听说法住寺殿已被烧毁，法皇正被幽禁中，天下仿佛黑夜，觉得似乎不是进京戡乱的良机。

两人想向关东报告法住寺事件，经过尾张国热田大宫司[17]家打尖时，供职法皇北面的宫内判官公朝[18]、藤内左卫门时成[19]，也正好赶到尾张国，便将事件的经过曲尽委细地做了报告。九郎义经道："此事应由宫内判官亲下关东。若遣不知详情之使者，如蒙垂询，恐有答非所问之虑。"于是公朝乃驰往镰仓。家中下人怕战争，都逃走了，所以只有十五岁的嫡子宫内所公茂相伴同行。

公朝赶到关东，禀报了京中惨状。兵卫佐大惊道："鼓判官知康先是进谗挑拨，又在阵前乱发议论、语无伦次，以致烧毁御所，高僧贵僧[20]双双遇害，真是岂有此理。知康已严重违反圣旨，如任其留在朝中，必将再次引起大祸。"便派快马驰京上奏。鼓判官想为自己辩解，日夜兼程，来到镰仓。兵卫佐交代道："绝不见此小子。不可交谈。"尽管如此，鼓判官还是不死心，日日现身在兵卫佐的官邸门口。结果丢尽了面子，怃然离开了关东。听说后来住在稻荷

[15] 源范赖（？——一九三）：源义朝六男。生于远江国蒲御厨，号蒲冠者。养和元年（治承五年，一一八一）驰援赖朝，追讨木曾、平家有功。但最后亦难逃其兄赖朝追杀之下场。

[16] 源义经（一一五九——一八九）：已见于卷第四《三、源氏名录》章。源义朝九男，幼名牛若丸。曾任检非违使，故号九郎判官。年轻时受奥州平泉藤原秀衡庇护。其兄源赖朝举兵，驰往支援。追讨木曾义仲后，在一谷、屋岛、坛浦等会战，屡建奇功，终于消灭平家。但功高震主，不见容于赖朝，终被追讨而自杀。是一悲剧英雄。

[17] 热田大宫司：热田神宫神官之长，藤原季范以后为世袭之职。神宫在今名古屋市热田区，主神热田大神，配祀天照大神、素盏呜尊等，以草薙剑为神体。

[18] 大江公朝：或作公友。后白河法皇近臣，正六位上，历任左兵卫尉、院北面、左卫门尉、检非违使等职。

[19] 藤内左卫门时成：后白河法皇近臣。系谱、传不详。

[20] 高僧贵僧：德望高者谓高僧；身份贵者谓贵僧。

神社[21]附近，悄悄地度过了后半余生。

木曾左马头派遣使者往见平家，传话道："请速来京师，以便联合阵线，征讨东国。"大臣殿宗盛极为兴奋。平大纳言时忠、新中纳言知盛却不以为然，劝道："当今虽临末世，如为义仲所诱而贸然返回京都，万万不可。我方十善帝王[22]保有三种神器，反而应该诏谕木曾曰：'卸甲弃弓，来此降服。'"平家便如此作复，木曾当然不加理会。

松殿入道[23]请木曾到府邸来，劝说道："清盛公虽然作恶多端，但亦种下不少稀有大善根，故能保持治世二十余年。只有恶行，不能治国平天下。日前所解多人官职，皆无非解职不可之过。宜乎各复其原职，幸甚幸甚。"木曾尽管野蛮任性，此一劝诫倒听进去了，于是恢复了各人原来的职位。

松殿之子藤原师家[24]，时任中纳言中将，由于木曾居中干涉斡旋，晋升为大臣摄政。当时大臣并无悬缺，只好借用德大寺左大将实定公所兼内大臣之位，使师家顺利当上内大臣。口口相传，乃人之常情，不久新大臣摄政殿便有了"借用大臣"的绰号。

同年十二月十日，法皇离开了五条行宫，移至大膳大夫业忠[25]的府邸六条西洞院。同月十三日有岁末法会[26]，顺便行了叙位封官之礼。因为木曾的介入，人人都得到了所求的官位，皆大欢喜。如今平家在西国，兵卫佐在

[21] 稻荷神社：在今京都市伏见区，祀仓稻魂神、猿田彦命、大宫女命。创于和铜四年（七一一）。

[22] 十善帝王：在此指安德天皇。

[23] 松殿入道：藤原基房。治承三年（一一七九）流放太宰府路上出家，故又称入道。

[24] 师家：藤原基房三男。寿永二年（一一八三）八月已任权大纳言，非中纳言。晋升大臣摄政时，年仅十二岁。

[25] 平业忠：后白河法皇近臣。法皇曾以其邸西洞院赐予木曾义仲，事见本卷《一、临幸山门》章，参注19。

[26] 岁末法会：每年十月十五日至十七日，在宫中举行之定期法会。唱诸佛名号，行罪障忏悔。

关东。木曾则占据京畿，有如前汉与后汉之间，王莽篡国十八年[27]一般。京城四周的关口都紧闭不准通行，因而诸国的年贡进不来，私领的岁收也被挡在关外。京中上下诸人不异少水之鱼[28]。险象环生的一年已暮，不觉迎来了寿永的第三年。

---

[27] 王莽（前四五—二三）：其名已见卷第一《一、祇园精舍》章。汉东平陵人，字巨君。平帝时为大司马。弑平帝，立孺子婴，自称摄皇帝。不久，篡位自立，改国号曰新。法令烦苛，民不聊生。光武起兵讨之，莽败被杀。在位十五年（非十八年）。详见《汉书·王莽传》。

[28] 《法句经》："是日已过，命则随灭。如少水鱼，斯有何乐？"

卷第九

『小宰相跳海』

一 生食与拓墨

寿永三年[01]正月一日，后白河法皇御所还设在六条西洞院大膳大夫业忠的府邸，以该御所缺乏应有的格局与设备为由，并未举行任何正月的例行庆典，也没有拜年之礼。法皇取消了拜年，宫中也跟着取消了小朝拜[02]。

平家在赞岐国屋岛海滨辞旧迎新。虽是年初，元旦至初三的诸多仪式，却因不合时宜，也未便举行。虽有天皇在此，既无飨宴之会，亦无遥拜四方之礼[03]。鳆鱼不进贡[04]，吉野国栖不来[05]。人人异口同声道："虽逢动乱之世，但仍在京城时，其凄凉落寞，尚不至于此。"

阳春已到，海风和煦，日光渐暖。但平氏家人却觉得永远冻在冰中，如同

[01] 安德天皇寿永三年，亦即第八十二代后鸟羽天皇元历元年（一一八四）。当时日本有二君，平家挟安德天皇流落在赞岐国屋岛。

[02] 小朝拜：元旦，在法皇御所行拜年之礼后，在清凉殿东庭，由太子、关白以下公卿殿上人向天皇拜年之礼。参卷第六《一、高仓上皇驾崩》章，注1。

[03] 遥拜四方：原文四方拜。元旦寅时，天皇在清凉殿东庭遥拜伊势神宫、天地四方诸神、山神水神等，以祈天下太平、皇运永昌之仪式。

[04] 鳆鱼：已见卷第二《九、阿古屋之松》章，注15。

[05] 吉野国栖：族群名称。已见卷第六《一、高仓上皇驾崩》章，详注2。

寒苦鸟[06]。“东岸西岸之柳，迟速不同；南枝北枝之梅，开落已异[07]。”过去每当花朝月夜，便有诗歌、管弦、蹴鞠、小弓、比扇、较画、竞草、赛虫等雅集。往事犹历历如在眼前。俱往矣，而今只能回味。永日活在记忆中，诚堪哀怜。

同年正月十一日，木曾左马头义仲晋谒法皇，上奏其出兵西国，追讨平家之计。原订十三日挥师出京，却闻前兵卫佐源赖朝，为了惩治木曾的胡作非为，已自东国派军数万骑上京，且已开至美浓国、伊势国。木曾大惊，下令拆除宇治与势田两桥[08]的桥板，然后分别派遣军兵防守。只是当时所剩兵马已经不多。

势田桥是战阵正面，命今井四郎兼平率八百余骑前往迎敌。宇治桥方面派仁科、高梨、山田次郎[09]共五百余骑。一口[10]则由其叔父信太三郎先生义宪[11]带三百余骑前去。自东国进京的正面大将军是蒲御曹司[12]范赖，后面大将军是九郎御曹司义经，加上重要大名三十余人，估计军势总共有六万余骑。

当时镰仓殿赖朝有两匹名马：生食与拓墨[13]。梶原源太景季[14]一直盼能

---

[06] 寒苦鸟：又名雪山鸟。栖天竺雪山中，终夜风寒。雌曰杀我寒苦，雄曰夜明造巢。夜明则浴日暖而忘造巢。鸣曰：何故造作栖，安稳无常身，今日不知死，明日不知死。因以喻众生不求佛道、得过且过之惰性。

[07] 庆滋保胤之句。引自《和汉朗咏集·早春》卷上。

[08] 宇治桥：跨越宇治川，已见卷第四《十、桥头之战》章，参注2。势田桥：跨越宇治川上游濑田川，连接濑田与大津市。二桥均为进入京都之要冲。

[09] 此三人一起初见于卷第七《四、火打城之战》章，注20。又见于同卷《七、筱原会战》章。

[10] 一口：在今京都府久世郡，已见卷第四《十、桥头之战》章，参注15。

[11] 义宪：已见卷第四《三、源氏名录》章中。又作义教。常陆国人，源为义三男。

[12] 御曹司：或作御曹子。贵族、武家子弟之尊称。后来专用以称呼源氏嫡系子息。

[13] 生食：马名。原文いけずき之当字，或以生飧、池月、生逸、生数奇等汉字当之。拓墨：亦马名。原文するすみ，或以摺墨、磨墨、薄墨等汉字当之。

[14] 梶原源太景季（一一六二—一二〇〇）：梶原平三景时（？—一二〇〇）之长男。源赖朝近侍。镰仓幕府时代，正治二年（一二〇〇），与其父景时因故连坐被诛。参本卷《十一、二入敌阵》章，注6。

获赐生食。镰仓殿道："万一有事，此马乃赖朝所骑，不能片刻分离。拓墨亦是名马，与生食不相上下。"即以拓墨赠予梶原。佐佐木四郎高纲[15]出征前赶来辞行，镰仓殿不知有何用意，竟将生食送给了佐佐木，且道："世上欲得此马者甚多。宜其铭记于心，不可忘之。"佐佐木诚惶诚恐，随即应道："高纲将以此马领先渡过宇治川。如果听说臣下已死于宇治川，便可断定未能争得先驱；如果听说臣下安然无恙，便可确言已偿先驱之愿。"说罢，退了出去。在座的大名与小名都互相耳语道："满口豪言壮语。"

于是各自离开镰仓。或经由足柄[16]，或取道箱根[17]，分头前进京都。在骏河国浮岛原[18]，梶原源太景季勒马登高，驻足眺望，只见战马无数，皆各依所好，套着不同的马鞍，束着形形色色的緧带，或单手控双缰，或两人牵一马。浩浩荡荡，仿佛千万百万，不知其数。在不断接踵而过的战马中，梶原看不到任何胜过自己所骑的拓墨。正在得意扬扬之际，有一匹马忽然出现在眼前，好像是生食。背上安置金覆轮鞍，背后紧束垂穗緧带，口喷白沫。虽有马夫数人，显然难以控驭，只见跳跃而来。梶原源太走了过去，问道："是谁人之马？"应道："是佐佐木大人之马。"当时梶原自忖道："岂有此理。共事一主，而今主人变心，自景季移至佐佐木。诚可憾愤。待攻进京城之后，原拟与木曾手下四大天王，大名鼎鼎之今井、樋口、楯、根井[19]，决斗而死；不然，便转至西国，向号

[15] 佐佐木四郎高纲（？—一二一四）：宇多源氏。佐佐木庄园庄司秀义之四男。追讨木曾、平家，屡建奇功，补长门国守护。建久六年（一一九五）出家，法号西入、信龙坊。

[16] 足柄：指经过箱根山北侧、越足柄岭而往沼津之通路。古代连接相模国与骏河国之要道。已见卷第五《十一、富士川》章，注33。

[17] 箱根：指自小田原越过箱根岭至三岛之通道。

[18] 浮岛原：今静冈县沼津市西部至富士市之海岸沙丘地带。已见卷第五《十一、富士川》章，注35。

[19] 楯：即见于卷第七《十三、圣上出奔》章中之楯六郎亲忠，注5。根井：即见于卷第六《五、传檄》章之根井小弥太，参注14。

称一以当千之平家武士辈，挑战而亡。然而，主人如此偏爱，所谓忠不违主，已无甚意义。何不在此与佐佐木一决胜负，双双同归于尽，使兵卫佐殿尝尝失去忠良之苦。”

梶原正自嘟哝着，只见佐佐木四郎心不在焉地漫步骑马过来。梶原心想，应该与他并驾扭打缠斗呢，还是从正面将他撞下马去？但在动手之前，却先动了口道：“喂，佐佐木殿，果然获赐生食马。可喜可贺。”佐佐木心生警惕：“听说此人亦是私下亟欲得此名马者。”乃应道：“提起此事来，只因此次京城有大难，私下推测宇治、势田两桥桥板，定然已被除去，而又无可骑以渡河之良马。虽然私下希望能获赐生食，但已知梶原殿曾经求过而不获垂准，高纲岂敢造次再试？于是不管日后将受何种惩罚，便在出发前夜，在下人协助下偷得主人所珍藏之生食，正在上京路上。”梶原听罢，愤懑顿消：“早知如此，景季应先偷之。”说罢，便大笑一声走开了。

二 宇治川争魁

佐佐木四郎承赐之马，黑栗毛[01]，极为肥壮。无论是人是马一靠近，便张口欲咬，故名生食。马高四尺有八寸[02]。梶原所得拓墨亦极肥壮，毛色漆黑，故名拓墨。两马不相上下，皆名马也。

东国的兵马分成正面与后面二支，拟从尾张国分两路进攻京城[03]。正面大将军蒲御曹司范赖，率领部将武田太郎信义[04]、加贺美次郎远光[05]、一条次郎忠赖[06]、板垣三郎兼信[07]、稻毛三郎重成[08]、榛谷四郎重朝[09]、熊谷次郎

[01] 黑栗毛：杂以黑色之茶色毛。

[02] 四尺八寸：原文仅言八寸。马之身高自蹄至背计之，以四尺为标准，超过四尺者则以一寸、二寸计而称之，故八寸实为四尺八寸。一寸约三公分。

[03] 从尾张国稻泽（今爱知县稻泽市），在此分为二道：一经美浓、近江入京；一经伊势、伊贺出宇治。

[04] 武田太郎信义：居甲斐国，为甲斐源氏，或称武田源氏。已见卷第四《三、源氏名录》章。

[05] 加贺美次郎：或作镜美次郎。武田太郎信义之弟。已以加贺见二郎远光之名，见于卷第四《三、源氏名录》章。

[06] 一条次郎忠赖：武田太郎信义之子。亦见于卷第四《三、源氏名录》章。

[07] 板垣三郎兼信：亦武田太郎信义之子。一条次郎忠赖之弟。亦见于卷第四《三、源氏名录》章。

[08] 稻毛三郎重成：坂东八平氏之一秩父氏一族。畠山重忠从兄弟。已见卷第五《四、快马》章。

[09] 榛谷四郎重朝：稻毛三郎重成之弟。

直实[10]、猪俣小平六则纲[11]等人，总军势三万五千余骑，到达了近江国野路与筱原[12]。后面大将军九郎御曹司义经，率领部将安田三郎义定[13]、大内太郎维义[14]、畠山庄司次郎重忠、梶原源太景季、佐佐木四郎高纲、糟屋藤太有季[15]、涩谷右马允重资[16]、平山武者所季重[17]等人，总军势二万五千余骑，经过伊贺国，推进到了宇治桥边。宇治与势田两桥皆被抽去了桥板，河底打着乱桩，水中拉着粗绳，系着鹿寨尖木，任其浮沉在河中。

此时已过正月二十日，比良峰、志贺岭、长等山上[18]的积雪，开始融化；涧水谷溪的结冰，也正在解冻。河水顿涨。白浪滔滔，冲过湍滩，涌起如瀑布，其声隆隆。夜色渐白，但河雾弥漫，分不清马毛或铠衣的颜色。

大将军九郎御曹司义经走到岸边，凝望着滚滚河水，似乎有意试探部属的心意，说道："如何？其实可迂回淀或一口[19]渡河，或在此等待水势减弱？"畠山重忠，当时才二十一岁，上前禀道："在镰仓时，已就此河详加研议矣。此河发源于近江国琵琶湖，并非突然出现之陌生河流，即使再左等右等，亦难望

[10] 熊谷次郎直实：桓武平氏。平直贞次男。居武藏国大里郡熊谷乡（今埼玉县熊谷市）。

[11] 猪俣小平六则纲：资纲之子。居武藏国那珂郡猪俣（今埼玉县儿玉郡美里町）。属武藏七党之猪俣党。

[12] 野路、筱原：均在势田之北。近江国栗太郡野路（今滋贺县草津市）与同国野洲郡筱原（今滋贺县野洲市内）。两地相距约十五公里。

[13] 安田三郎义定：已见卷第四《三、源氏名录》章中。

[14] 大内太郎维义：信浓国人。清和源氏。已见于卷第四《三、源氏名录》章中。

[15] 糟屋藤太有季：居相模国大住郡糟屋庄（今神奈川县伊势原市）。在《平家物语》中仅出现一次。

[16] 涩谷右马允重资：元历二年（文治元年，一一八五）任右马允。居相模国高座郡涩谷庄（一说今神奈川县大和市与绫濑市毗连地区）。

[17] 平山武者所季重：居武藏国多摩郡平山（今东京都日野市内）。属武藏七党之西党。

[18] 比良与志贺：琵琶湖西岸连山。长等山：在志贺山北。山北有延历寺，南有园城寺（三井寺）。

[19] 淀、一口：地名。已见卷第四《十、桥头之战》章，详注15。

其水势减弱。难道有谁肯来造桥渡人？治承之战时，足利又太郎忠纲[20]岂有鬼神之助而渡之耶？重忠愿入河中试其流速浅深。”于是率领以丹治党[21]为主的五百余骑，正在并辔准备出发时，从平等院东北方的橘小岛崎，见有武士二骑争先奔驰过来。一是梶原源太景季，一是佐佐木四郎高纲。看在别人眼里，虽不以为奇，但两人心中都只顾向前冲刺，显然在争先夺魁。梶原领先佐佐木约一段[22]远。佐佐木四郎喊道：“此河乃西国第一大河也。贵骑腹带显已松脱，必须勒紧。”梶原觉得不无可能，便踢开左右脚镫，将缰绳挂在马鬃上，解开腹带重新勒紧。便在此刻，佐佐木忽然超到前面，只闻轰然一声，早已跳进了河中。梶原恍悟上了当，随后也跳了下去，警告道：“喂喂，佐佐木殿，虽为争名建功，不可一时疏忽而遗恨终生。水中有暗绳。小心。”佐佐木拔出大刀，一一砍断绊在马脚的粗绳。何况所骑的是天下第一名马生食。尽管宇治河湍流滔滔，佐佐木却在顷刻间横渡到了彼岸。梶原所骑拓墨则在河心被急流冲斜，游到稍远的下方才上得岸来。佐佐木踩镫直立，大声报道：“宇多天皇九代苗裔佐佐木秀义之四男、佐佐木四郎高纲、宇治河先驱，是也。有自命不凡者请上前来，高纲愿接高招。”然后大喊一声，瞬即冲入了敌阵之中。

畠山率着五百余骑随之渡河。畠山的坐骑被对岸山田四郎所放的箭射中了额头，不堪再骑，便以弓为杖，在河中下了马。拍打岩石而起的浪沫溅到了头盔护颈，畠山毫不以为意，立刻潜水游到了对岸。正要上去，却觉得有人紧紧搂在自己腿上。问道：“是谁？”答道：“是重亲[23]。”“何以在此？是大串

---

[20] 指治承四年（一一八〇）五月桥头之战。足利又太郎忠纲：见卷第四《十、桥头之战》章，参注16。

[21] 丹治党：武藏七党之一。结合分散在秩父、儿玉、入间、比企、高丽等地多治比氏后裔而成之同族武士团。

[22] 段：为距离单位。一段约十一公尺。

[23] 重亲：大串次郎孝保之子，名次郎重亲。大串氏属武藏七党之横山党。大串为武藏国地名。

乎?”“正是。”原来大串次郎是畠山的乌帽子子[24],又道:“水流湍急,马被冲走。无计可施,乃抱住大人。”畠山道:“难道诸位公子总须我重忠之辅助乎?”说着,提起大串抛到岸上。大串被抛到岸上后,立即站直了身子,自报姓名道:“武藏国人大串次郎重亲、宇治河先驱是也。”敌方与己方听了,都同时哄然大笑。

随后畠山改乘新马上岸。只见敌阵前锋有一武士,身穿鱼纹淡绿泛黄直垂,上披绯红革缀铠甲,骑连钱苇毛马,坐在黄覆轮鞍上,直冲过来。畠山问道:“在此驰骋者何人?报上名来。”只听答道:“木曾殿家臣长濑判官代重纲[25]。”畠山道:“可当今日祭军神[26]之供物。”便驰前并骑,拖之下马,拧断其头,挂在本田次郎近经的鞍纽上。从此之后,木曾防守宇治桥的军势,虽然挺得一时,但东国大军陆续渡河而来,终于无法抗拒,便向木幡山、伏见方面逃逸而去。同时在势田方面,则用了稻毛三郎重成的策略,从田上供御之濑[27]渡过了濑田川。

---

[24] 乌帽子子:武士元服时,为之戴乌帽子、取新名号者,称乌帽子亲,元服者称乌帽子子。

[25] 重纲:疑是信浓国(今长野县)小县郡长濑人。判官代为出仕院厅之五位或六位藏人。

[26] 军神:即武神。祭军神须以敌人鲜血头颅供之。

[27] 田上:为濑田川东岸地名。供御之濑在势田桥下游约一里(约四公里),与大户川(田上川)合流处。此处产冰鱼,每年进贡朝廷,故有供御之濑之称。

河原会战

三

东国军大败木曾军之后，便派飞脚携带军中日记[01]，向镰仓殿源赖朝禀告作战经过。镰仓殿却先问使者道："佐佐木如何？"答道："是宇治河先驱。"翻开日记一看，果然写着："宇治河先驱佐佐木四郎高纲。二阵梶原源太景季。"

木曾左马头义仲获知宇治、势田皆已战败之后，想到应向法皇最后告别，便立刻驰往六条西洞院御所。此时在御所中，法皇正与多位公卿殿上人，互相哀叹道："世界已到末日。如何是好？"一边搓着手，一边只顾祈祷立大愿。木曾刚到御所门前时，又得了东国军已攻进河原[02]的消息，觉得本来也没什么特别的事要上奏，门也不进，便折回去了。

在六条与高仓路口附近，住着一个最近才开始交往的女人[03]。木曾忽然起意顺道进去会面，诉说最后惜别之情。但进去后久久不出来。有个新来的随从叫越后中太家光[04]，朝屋内喊道："为何如此其优哉游哉耶？敌人已攻至河原。难道宁愿贱如狗命，白白送死？"但还是不见出来。"既然如此，容在下

[01] 日记：指作战现场纪实日录。

[02] 河原：在此特指贺茂川（鸭川）河滩。

[03] 注释者或疑此女为松殿入道之女。卷第八《十一、法住寺之战》章："（木曾）还看上前关白松殿的公主，强娶过来，自诩是松殿的女婿。"参注13。

[04] 中太家光：传不详。中太疑为中原太郎之略。

先走一步，在死出之山[05]相候。”便切腹而死。木曾道：“是以死谏我也。”乃立刻动身。以上野国人那波太郎广纯[06]为先锋，但所率不过百余骑。

到了六条河原[07]一看，只见东国兵马约三十骑前来迎战。其中有武士二骑跑在前头。一是盐谷五郎维广[08]、一是敕使河原五三郎有直[09]。盐谷问道：“须待后阵前来支援否？”敕使河原道：“先破敌方先锋，其残党必难全身而退。尽管前进！”便呐喊前冲。木曾觉得今日必是最后一战，诛灭东国舍我其谁，也便呐喊着冲向敌阵去了。

大将军九郎义经将战事委由其他将士负责，自己则惦记着法皇的安危，便带了五六骑全副武装的部属，驰往六条行宫执行护驾。御所方面，大膳大夫业忠站在御所东边筑垣上，战战兢兢，东张西望。忽见武士五六骑竖起白旗，斜戴着头盔，飘着左手铠袖，作射箭状，踢起黑尘奔驰过来。业忠惊道：“木曾又来矣。这还得了。”君臣同悲道：“此次世界必亡无疑。”不胜恐慌之至。不过业忠又道：“现在朝御所而来者，笠徽不同，或恐是今日进京之东国武士。”话未说完，九郎义经早到门前，下马敲门，大声通报道：“东国前兵卫佐赖朝舍弟九郎义经前来晋谒。请开门。”业忠喜出望外，急从筑垣跳下时，不慎跌倒，闪了腰。但在极度高兴之余，全然忘了疼痛，爬到御前面奏此事。法皇大喜，即令开门，让义经进来。

---

[05] 死出：原文以四手（しで）当之。死者在冥途中必须越过之险岭曰死出之山。

[06] 那波太郎广纯：上野国那波郡那波庄（今群马县伊势崎市）人。足利氏。疑与见于卷第四《十、桥头之战》之那波太郎为同一人。当时属平家军，后来似改投木曾义仲。

[07] 六条河原：六条大路东端贺茂川河原。

[08] 盐谷五郎维广：一作盐屋惟弘。武藏国儿玉郡若泉庄（今埼玉县本庄市儿玉町）盐谷人。属武藏七党之儿玉党。死于文治五年（一一八九）之奥州会战。

[09] 敕使河原五三郎有直：武藏国贺美郡敕使河原（今埼玉县儿玉郡上里町）人。属武藏七党之丹治党。敕使河原弥四郎直兼之子。

当日九郎义经的装束是：赤地织锦直垂、丝缀紫裾铠甲、锹形犄角头盔。腰佩黄金雕饰的大刀，背插黑白分明的翎箭。缠藤漆弓上端向左绕着宽约一寸的纸条，正是今日会战的大将军标识。

法皇隔着中门的窗棂往外看，说道："果然威风凛凛。一一报上名来。"首先是大将军九郎义经，接着安田三郎义定、畠山庄司次郎重忠、梶原源太景季、佐佐木四郎高纲、涩谷右马允重资，陆续报了各自的名号。义经等武士六人，所穿铠甲虽然样式有异，但其神色气质却不相上下。

大膳大夫业忠奉旨引导九郎义经至寝殿厢房，垂询会战详情细节。义经诚惶诚恐禀奏道："义仲谋反之事，赖朝极为震怒，乃派范赖、义经等主要武士三十余人，率领军势六万余骑，前来京师。范赖由势田迂回而来，尚未抵达。义经在攻陷宇治敌阵之后，立即赶来保护御所。义仲从河原向北逃窜，已令兵士继续追剿，此刻或已得其首级矣。"语气冷静，仿佛事不关己。法皇大喜，感叹道："殊功可嘉可奖。义仲残党或恐再来作乱。汝等守护御所，不得有失。"义经敬谨受命，固守四方门禁。不久，兵士赶来汇集者竟达一万骑之多。

木曾原计若有万一，将挟持法皇奔逃西国与平家联合，而且招募了力者[10]二十人，以备不时之需。然而，听说九郎义经已到御所保护法皇，既然如此，绝望之余，便大声呐喊，冲进了数万骑敌军大阵之中。多次险被砍杀，但每次反而击倒敌人，终于突破重围而出。木曾流泪道："早知如此，不该派今井到势田。自幼竹马之友，相约死则死在一处。而今恐难同死于同时同地，岂不可悲。非查出今井之去向不可。"乃沿河原向北驰去，却在六条河原与三条河原之间[11]，遇到敌军围攻。木曾所带少数残兵面对云集大敌，尽管进而又退、退

---

[10] 力者：力者法师之略。在御所、公家、武家之剃发苦力男仆，多用于抬舆、牵马等劳力杂事。

[11] 六条与三条河原之间，相距约一点五公里。

而又进；进退拉锯五六回合，终究寡不敌众。只得边打边走，在乱战中渡过了贺茂川，逃到了粟田口[12]、松坂[13]。

去年出师信浓时，号称五万余骑；今日经过四宫河原[14]时，主从只剩七人。何况想到中有[15]孤独之旅，更感悲愤交集，哀痛无似。

[12] 粟田口：今京都市三条通之东、蹴上附近，由此经山科通大津。

[13] 松坂：在今京都市山科区内，由粟田口至山科途中、日冈峠附近。

[14] 四宫河原：在山城国宇治郡山科（今京都市山科区四宫）、逢坂山西口。有琵琶法师所拜之诸羽神社（四宫神）。按：琵琶法师指弹唱《平家物语》之盲目和尚。

[15] 中有：人死后四十九日间，尚未转世前，彷徨冥路之迷惘状态。

四 木曾之死

木曾殿离开信浓时，带了两个侍女，名叫阿巴与山吹。后来山吹因病留在京都。阿巴肤白发长，才貌过人。强弓射手。拿起刀来，无论在马上或徒步，能以一当千，是个连鬼神都敢面对的女英雄。喜欢野性难驯的烈马，而且善于陡坡险道滑落。一有战事，穿上坚实的金革夹缀铠甲，持长刀，挟大弓，俨然便是一方大将，随时可以挥军驰往疆场。难怪屡建奇功，无人能比。此次交战，多数不是脱逃便是阵亡。但在最后所剩的七骑中，可以见到阿巴矫健的身影。

谣传木曾将经长坂[01]奔向丹波路。又风闻将过龙花越[02]进入北国。其实，木曾还在关心今井的下落，正朝着势田的方向奔去。一方面，今井四郎兼平原以八百余骑防守势田，现在仅剩约五十骑，叫人卷起了战旗；担心主人安危，居然于赶回京城的路上，在大津打出滨[03]遇到了木曾。

彼此走到隔离约一町[04]时，互相已经认出，主从二人各奔向对方。木曾殿紧握今井之手道："义仲原已决定在六条河原一死了之。只因不知汝在何方，极想再见最后一面，乃与大敌周旋，幸能突破重围，逃到此地。"

---

[01] 长坂：今京都市北区鹰峰西北约二公里处之坡道，通丹波国，曰长坂越。

[02] 龙花越：自京都东北经八濑、大原与近江国滋贺郡龙华（今滋贺县大津市坚田）通往北陆之道路。因须越过京都与滋贺县境之途中峠，又名途中越。

[03] 打出滨：琵琶湖西岸地名。今大津市松本石场町边。

[04] 一町：距离单位，约一〇九公尺。

今井四郎道："承蒙关切，愧不敢当。兼平在势田亦理应奋战而死，但念兹在兹者，无非主人，终能在此重逢。"木曾道："死则死在同地之誓，犹未成空。我军为敌人隔开驱散，逃进山林中，可能仍在附近。汝可打开卷起之旗，高举而挥之。"今井遵命将旗举起。看到今井所挥号旗，无论是来自京城之兵，或来自势田之卒，竟有三百余骑驰来会合。木曾不禁大悦道："有此军势，何不再行交战，以决生死。彼方密集者谁人之军？""听说是甲斐国一条次郎[05]。""军势大小如何？""大约六千余骑。"木曾道："是好敌人。棋逢对手，死而无憾。向前冲呀。"便带头冲过去了。

木曾左马头当日装束是：赤地织锦直垂、唐绫叠缀铠甲、锹形犄角头盔。腰佩堂皇耀眼大刀，背后高插今日所剩数支射石箭[06]，手持缠藤黑漆弓。骑在闻名的鬼苇毛[07]马上，剽悍肥壮，垫以黄覆轮鞍。踩镫直身，大声自报名号道："昔日应该听过木曾冠者，是否如雷贯耳？目前可睹其本尊。左马头兼伊豫守朝日将军源义仲在此。甲斐一郎听着：彼此好对手，请来取下义仲首级，归去夸示兵卫佐可也。"接着呐喊顿起，开始进击。一条次郎道："此乃敌方大将军。不得遗漏一人。年轻壮士们，前进，杀呀！"于是，即以优势军力包围对方，想亲自砍杀义仲，以立大功。木曾三百余骑在六千余骑包围中，上砍下斩、左闪右拐，使尽了蜘蛛手、十文字等绝招。厮杀一会，稍稍退后一看，己方只剩不到五十骑。企图冲破敌阵，却被土肥二郎实平[08]所率二千余骑挡住。强行

[05] 一条次郎忠赖：甲斐国山梨郡一条庄（今山梨县甲府市）人。武田太郎信义嫡子。其名已见卷第四《三、源氏名录》章。

[06] 射石箭：鹫翎箭，大将军所用。按：名为射石，盖出自中国射石饮羽故事。

[07] 苇毛：白色杂黑或褐色马毛。鬼为形容词，谓马之奇强如鬼也。

[08] 土肥二郎实平：平宗平之子。坂东八平氏之一。相模国土肥（今神奈川县足柄下郡汤河原町）人。参与源赖朝举兵。卷第五《四、快马》章已见土肥之名。

突破之后，仍在敌阵中，又面对彼处四五百骑，此处二三百骑、一百四五十骑、一百骑等团团敌人，不得不来回与之周旋。结果，变成了只有主从五骑。五骑之中，阿巴仍然健在。

木曾道："汝乃女流之辈，可设法冲出，尽快离此他往。我已决意在此奋战至死。若为敌人所擒，亦当自杀了断。只怕有人谣传，木曾到最后一战尚有女人相陪。人言可畏呀。"然而，阿巴起初并未所动，却也经不住一再的催促，因而说道："哎呀，真盼有好敌人出现，以便让各位观赏最后一场决斗。"说罢，作等待状。旋见誉满武藏国的大力士御田八郎师重[09]，率着约三十骑出现在眼前。阿巴冲了过去，倏与御田八郎并骑齐驱，猛然拉下对方，压在自己的马鞍上，不让稍有动弹，挥刀砍下了头颅，抛在地上。阿巴然后才脱掉铠甲，向东国逃去。手冢太郎[10]战死。手冢别当[11]落荒而逃。

如今一主一从，只剩二骑。木曾殿曰："从前身穿铠甲不以为意，今日忽觉沉重起来。"今井四郎道："贵体并非疲倦，坐骑亦未困顿。只因一领铠甲，何至于感到沉重？是因我方军势全灭而心生胆怯之故。兼平虽仅一人，请视之为武者千骑可也。尚有剩箭七八支，可稍事防卫片刻。近处有粟津松原[12]，敢请速至林中自尽为是。"说罢，扬鞭前冲。只见出现了敌方新兵约五十骑。今井道："请主人快至松林中。兼平在此掩护。"木曾殿道："义仲原以战死京城为荣。其所以苟延至今，只因死则愿与汝死在同地之一念。与其各别战死各地，毋宁在同一阵地同时阵亡。"便并马齐驱，硬要一起迎击敌人。今井四

[09] 御田八郎师重：传不详。御田：或为恩田之异写，武藏国（今埼玉县）大里郡地名。

[10] 手冢太郎光盛：信浓国（今长野县）诹访神社下社祝部金刺氏一族。在筱原之战杀死斋藤别当实盛，事见卷第七《八、实盛》章。

[11] 手冢别当：传不详。或以手冢太郎为手冢别当之甥。

[12] 粟津松原：在滋贺县大津市膳所边之松林，今已不存。附近有义仲寺与今井兼平墓。

郎跳下了马，抓住主人坐骑的马口，求道："执弓矢之人，年来英勇之名再高，平日无与伦比，人人钦仰。但在最后，如果万有一失，犯忌违戒，必将遗臭万年。贵体已疲倦不支。我方已无后援。若敌人趁隙而入，难免为无名之辈所杀，且将到处宣称，闻名日本全国之木曾殿，已死于某某人部属之手。岂不难堪？但请逃入松林。"木曾道："既然如此。"便向松林驰去了。

今井四郎单骑冲入敌方五十骑中，脚踩马镫，站直身子，大声喊道："平日定已耳闻久矣，今日可以目睹。木曾殿养父之子今井四郎兼平，是也。行年三十三。镰仓殿亦知有我此人。可上来取我兼平首级以献镰仓殿。"说罢，便将剩箭八支，一支连一支，接连射出，转瞬间只见八人落马，也不知是死是活。然后拔出刀来，左右奔驰，来回砍杀，无人敢于正面对抗。战果极为丰硕。敌方围将起来，杀气腾腾。但是尽管箭如雨下，却射不透坚牢的铠甲。瞄不准铠甲的空隙，便伤不到人身。

木曾殿一骑驰入粟津松原，时值正月二十一日日落时分，地上结着薄冰，也不知有沼田，一跃而进，马竟沉入泥沼中，连头也不见了。以镫一再踢其腹，以鞭再三抽其背，马好像黏住了，一动也不动。此刻还在担心今井的动静，不由得仰首后顾，只见三浦石田次郎为久[13]正好赶到，趁隙引弓发箭，射其头盔内侧。木曾头部中箭，脸庞连盔伏在马上。石田手下二人一起砍下其头，插在刀尖上，高高举起，大声宣告道："年来闻名日本全国之木曾殿，已为三浦石田次郎为久所杀矣。"今井四郎在混战中听到了，悲道："今后将为谁而战？东国诸位将官，请看日本第一勇者自杀榜样。"便将刀尖含在口中，从马上倒栽下去，穿透脑壳而死。

职是之故，并无所谓粟津之战。

[13] 石田次郎为久：三浦氏一族。相模国大住郡糟屋庄石田乡（今神奈川县伊势原市石田）人，以地名为姓。

樋口受斩 五

今井四郎之兄樋口次郎兼光，决意讨伐十郎藏人行家，便率军往河内国长野城[01]，却扑了个空。听说已转移至纪伊国名草[02]，便改道继续追踪下去。但是听说京中有战事，便又折回都城。回到淀川大渡桥[03]时，遇见了今井的下人。下人禀告道："啊，好惨呀。请问将往何处？主人已经阵亡，今井殿饮刀自尽。"樋口次郎簌簌泪下，说道："将士们听着。诸位一向对主人输诚尽忠，而今而后，请离开他去，或可出家入道以修乞食头陀之行[04]，为主人祈其冥福。兼光将上京赴战，但求一死。在冥途上定能拜谒主公，再逢今井四郎。"在上京路上，原来五百余骑的军势，随时有人脱队离去，到鸟羽南门[05]时只剩二十余骑。

樋口次郎今日进京的消息传开之后，各族党团与豪族武士都向七条朱

---

[01] 长野城：卷第八《九、室山》谓十郎藏人行家，在室山败于平家之后，一行"抵达和泉国。然后转到河内国长野城住下"。参注10。

[02] 名草：纪伊国名草郡。今和歌山市大部分与南海市之一部分。

[03] 大渡桥：桂川、宇治川、木津川合流处曰淀。淀稍下游处有桥曰大渡桥。

[04] 乞食头陀：十二头陀行之一，僧侣托钵乞食修行也。《十二头陀经》："食有三种。一受请食、二众僧食、三常乞食。"《法集经》："行乞食者，破一切骄慢。"

[05] 鸟羽殿：为白河、鸟羽上皇离宫，又称城南离宫。后白河法皇曾被囚于此。事见卷第三《十八、幽禁法皇》章，参注3，同卷《十九、城南离宫》章。

雀、四冢[06]方面拥去。樋口有个部下叫茅野太郎[07]，忽然冲入集在四冢的敌方大军之中，大声问道："贵队中有甲斐国一条次郎之部属否？"有人回道："难道只愿与一条次郎殿手下对打？可向任何人挑战呀。"接着一阵哄然大笑。笑声过后，只听此人自报其名道："本人乃信浓国诹访上宫[08]居民、茅野大夫光家之子茅野太郎光广是也。并非有意打听一条次郎殿之军情。舍弟茅野七郎便在其军中。在下光广有子二人，现住信浓国，总是担心为其父者如何战死。是从容就义、壮烈牺牲；或懦弱贪生、丢人现眼。因此，只希望能在舍弟七郎面前奋战至死，可让小孩听到父亲如何英勇杀敌之状。岂敢择敌而战？"说着，便骑着马东驰西奔，斩落敌人三骑。到了第四人，并马缠斗，一起落下了马，互刺而死。

樋口次郎与儿玉党[09]素有联系。儿玉党人聚会讨论道："执弓矢者之常，其所以与人广结善缘者，盖为万一有事之时，盼能舒困解厄，暂延性命。樋口次郎与我等结缘多年，岂无此意？此次我等当为樋口请命，以替勋功之赏。"乃派使者往见而告之曰："过去时闻木曾殿左右有今井、樋口二人，名满天下。如今木曾殿已逝，难道仍有顾虑？何不向我等投降。愿奏请以足下之命，替代我党应得之勋赏。留得青山在，亦可出家入道，为木曾殿祈求冥福。"樋口次郎虽然曾经名震一时，但感到运势已尽，最后同意成为儿玉党的降者。此事传到九郎御曹司义经，即向法皇御所上奏，取得免其一死之旨。然而，御所的公卿殿上人、女官们却口口声声发言道："木曾攻击法住寺殿，呐喊放火，惊扰法

[06] 七条朱雀：七条大路与朱雀大路交叉口。四冢：在朱雀大路之南、罗城门边。

[07] 茅野太郎光广：信浓国（今长野县）诹访神社上社之神职一族，以诹访郡千野（茅野）为基地。

[08] 诹访上宫：诹访神社上社，祀建御名方命、八坂刀卖命。在长野县诹访市。在此指其社领。

[09] 儿玉党：武藏七党之一。以武藏权守家行为其始祖，其子家弘居武藏国（今埼玉县）儿玉郡儿玉庄，号儿玉庄大夫。后代分散儿工、秩父、比企、入间各地，其共组之武士团曰儿玉党。

皇，多人死伤。当时处处所听者，莫非今井与樋口之叫声。如果赦免其罪，岂能消此仇恨。”最后仍以死罪定谳。

同月二十二日，新摄政藤原师家解职，原摄政藤原基通还任[10]。在职仅六十日便被取而代之，仿佛一场未完之梦。昔日，粟田关白[11]在就任仪式后，仅七日而殁。此次六十日，其间曾有节会、除官拜将之礼，并非无所事事。

同月二十四日，木曾左马头义仲及其同党五人的首级，在京城各大路上巡回示众。樋口次郎身为降将，却屡请愿与首级相伴，便准其穿蓝染狩衣，戴立乌帽子随同游行。翌二十五日，樋口次郎终于伏诛。尽管范赖与义经多方设法、从中关说，但据云法皇另有特旨曰：“今井、樋口、楯、根井为木曾之四大天王，若赦免其罪，必有养虎之患[12]。”所以非诛锄不可。史载，虎狼之国[13]衰微、诸侯群起如蜂时，沛公刘邦先入咸阳宫，唯恐项羽随后便到，乃谨守份际，不犯人妻美女，不掠金银珠玉[14]。坚守函谷关，得以次第消灭敌人，终于完成统治天下之大业。准此以观，木曾左马头先入京城，若能谨遵赖朝朝臣之命，其所能成就者当不逊于沛公之谋也。

平家自去冬以来，离开赞岐国屋岛海滨，渡至摄津国难波湾[15]，定居于福

[10] 藤原师家：因木曾居中斡旋，晋升大臣摄政，事见卷第八《十一、法住寺之战》章，参注24。原摄政藤原基通于平家离京出奔时，未出京城，即中途折回，事见卷第七《十三、圣上出奔》章。

[11] 粟田关白：藤原道兼。继其兄道隆于长德元年（九九五）五月二日就任关白，同月八日殁。

[12] 《史记・项羽本纪》：“今释弗击，此所谓养虎自遗患也。”

[13] 《史记・屈原列传》：“秦，虎狼之国，不可信。”

[14] 《史记・项羽本纪》：“今（沛公）入关，财物无所取，妇女无所幸，此其志不在小。吾令人望其气，……此天子气也。”沛公即汉高祖刘邦。西纪前二〇二年灭项羽，建立大汉王朝。

[15] 难波湾：原文难波潟。今大阪市淀川河口一带海湾之古称。

原旧都。西控一谷[16]城郭，东以生田森[17]为正面出入口。其中驻防福原、兵库[18]、板宿[19]、须磨[20]等地的军势，听说即多达十万余骑，都是从山阳道八国、南海道六国，共十四国招降或征召而来之兵。一谷北方依山，南面临海。入口狭窄而腹地奥深。海岸悬崖，矗立如屏风。从北方山麓至南面海浦浅滩，一直堆着高高的石墙。砍来大树，布下层层鹿寨。水深处停泊着一排大船，有如巨型的盾垣。城上高耸的箭楼中，守着一可当千、闻名四国与镇西的武士；人人甲胄弓箭，全副武装，密集如云。在箭楼之下，排排列着置好马鞍的战马，有十排二十排之多。鼓声时响，呐喊常起。"一张弓势半月当胸前；三尺剑光秋霜横腰间[21]。"高地上处处竖着红旗，在春风中翩翩飘展，仿佛火焰延烧一般。

---

[16] 一谷：摄津国地名。今兵库县神户市须磨区西部。源平会战之古战场。夹在铁枴、钵伏二山与海之间，地形狭长。其北有鹎越。

[17] 生田森：今神户市中央区，有祀稚日女神之生田神社。地当福原旧都东大门。

[18] 兵库：今神户市兵库区。古称轮田泊。

[19] 板宿：今神户市须磨区板宿町。

[20] 须磨：今神户市西部南海岸地带，包括一谷在内。已见卷第五《二、赏月》章，注1。

[21] 陆翚《赠李都使》："三尺剑光冰在手，一张弓势月当心。"（《和汉朗咏集·将军》卷下引）

六 六度交战

平家渡海迁到福原后，四国的兵士不肯臣服。其中，尤其阿波、赞岐两国的国府官员，还策动背叛平家而归附源氏，商议道："说来我等直至昨日今日，犹属平家。如今却要投效源氏，断难获其信服与任用。何不向平家放一箭，以交战为借口，然后奔赴源氏。"听说门胁中纳言教盛[01]、其子越前三位通盛、能登守教经[02]父子三人，正在备前国下津井[03]，便分乘兵船十余艘，前往攻击。

能登守闻讯，忿忿道："可恶鼠辈。直至昨日今日，此等鼠辈仍在割我马草喂马，竟敢离心离德，背弃主从之约。既然如此，杀之无赦，一个不留。"于是喊道："全都杀了。不得漏一人。"便分乘许多小船，大举攻击。四国的兵士们原以为只要作态放出一箭，便可依计撤离逃开。岂料敌方反击意外强烈，其锐难当，不敢近接，算是战败了，便成群逃往京城。先到了淡路国福良港[04]。

[01] 平教盛：平清盛之弟，前已数见。卷第二《五、求情》章："因为住在六波罗正门内侧，所以有门胁宰相之称……"参注2。

[02] 平教经（一一六〇—一一八五）：其名初见于卷第七《十三、圣上出奔》章。其后已数出。此后更加活跃。平家勇将，足智多谋。官至民部大辅、能登守、从五位下。文治元年（元历二年，一一八五）坛浦之战，追击源义经不成，反而与源氏武士缠斗，落海淹死。其长兄通盛（？—一一八四），官至左兵卫佐、越前守、中宫亮、从三位。元历元年（一一八四）死于一谷之战。

[03] 下津井：港口。在今冈山县仓敷市内、儿岛半岛之西南端。

[04] 福良港：在淡路岛南部，面对鸣门海峡。今兵库县三原郡南淡町。

该国有源氏二人，听说都是故六条判官为义[05]之子。一为贺茂冠者义嗣、一为淡路冠者义久。四国兵士拜二人为将军。于是修筑城堡，以待敌兵。能登守不久攻来。交战一日，贺茂冠者阵亡。淡路冠者伤重自尽。能登守捉了断后的兵士一百三十余人，取其首级，编成名册，送到了福原。

门胁中纳言随即前往福原。其子因为伊豫国河野四郎[06]抗命拒召，所以率军赴四国征伐。为兄的越前三位通盛卿，先抵阿波国花园城[07]。谣传能登守已渡至赞岐国屋岛。河野四郎因为安艺国的沼田次郎[08]是其舅父，计划与之联合起来对抗平家，便奔往安艺国。能登守风闻其事，立即离开赞岐屋岛，抵达备后国蓑岛[09]。次日攻击沼田城。沼田次郎、河野四郎联合抗敌。

能登守攻进城中，鏖战了一日一夜。沼田次郎大概觉得大势已去，干脆脱盔投降。河野四郎仍不屈服。其军势原有五百余骑，现在只剩约五十骑。脱出城门后，为能登守武士平八兵卫为员[10]所率二百骑包围起来，杀得只剩了主从七骑。企图乘船脱逃，在沿着小径走向水边时，被平八兵卫之子神弓手赞岐七郎义范追上，瞬间射倒了七骑中的五骑。如今河野四郎只剩主从二骑。河野看到赞岐七郎驰了过来，与一向忠心耿耿的随从并骑缠斗，从马上拽下，压着正要砍其头颅。河野迫不及待，策马转回，反而摘下了赞岐七郎的首级，

---

[05] 源为义（一〇九六——一一五六）：保元之乱（一一五六）时支持崇德天皇，败而被斩。馆邸在六条堀川，曾任检非违使左卫门尉，属判官级，故号六条判官。源义朝之父，赖朝、义经之祖父。为义之子义嗣与义久，其他传本所举名号各不相同，难得其详。

[06] 河野四郎通信（一一五六——一二二三）：已见卷第六《六、飞脚传书》章。通清之子。反对平氏，转战濑户内海各地。协助源义经消灭平家。其后任职镰仓幕府，贡献良多。承久之乱（一二二一）属后鸟羽上皇一方，被流奥州，殁于平泉。

[07] 花园城：今德岛市国府町花园，在阿波国府与吉野川之间。

[08] 沼田次郎：已以奴田次郎之名见于卷第六《六、飞脚传书》章，参注18。

[09] 蓑岛：位于今广岛县福山市芦田川河口，或写作箕岛。

[10] 平八兵卫为员及其子神弓手七郎义范：系谱、传记皆不详。

抛进深水田中，大声叫道："河野四郎越智[11]通信，行年二十一。请看交战好榜样。有自命不凡者，可上前来阻挡看看。"说着，将随从扛在肩上，逃到海边，坐上小船，安抵伊豫国。能登守虽让河野成了漏网之鱼，却还有降者沼田次郎，带着回到了福原。

另有淡路国人安摩六郎忠景[12]，也背叛了平家，心寄源氏。一日以大船二艘装满军粮武器等物，将运往京城。能登守在福原得到消息，便率小船约十艘下海追踪。安摩六郎在西宫[13]海上折回迎战。但终于挺不住猛烈的攻势，只得退至和泉国吹饭浦[14]。

纪伊国人园边兵卫忠康[15]也有意背叛平家，归属源氏。听说安摩六郎为能登守所击败，如今退居在和泉国吹饭浦，便率领约一百骑之势，驰往会合。不久能登守乘胜来攻，抗御一日一夜，安摩六郎与园边兵卫终觉难敌，乃命部属仆从断后，自身则逃离现场，奔向京都去了。能登守砍杀了断后的兵士二百余人，枭首示众，然后才回到福原。

伊豫国人河野四郎通信，又联合丰后国人臼杵二郎维高[16]、绪方三郎维义[17]，军势共二千余人，渡海进入备前国，驻扎今木城[18]。能登守一有所闻，便自

[11] 越智：河野四郎之本姓。

[12] 安摩六郎忠景：淡路国（今兵库县）三原郡阿万人。他本作阿万六郎宗益、阿间六郎宗员或天野六郎忠井等。

[13] 西宫：今兵库县西宫市。

[14] 吹饭浦：又作吹井浦。今大阪府泉南郡岬町深日。

[15] 园边兵卫忠康：纪伊国名草郡园部（今和歌山县和歌山市内）人。

[16] 臼杵二郎维高（一作惟隆）：丰后国海部郡臼杵（今大分县臼杵市）居民。绪方三郎维义之兄。

[17] 绪方三郎维义：丰后国豪族。九州反平家中心人物。曾追击落难九州之平家军，事见卷第八《三、麻线圈》章，参注12，与同卷《四、撤退大宰府》章。

[18] 今木城：在备前国邑久郡今城，传今冈山县濑户内市邑久町向山有其遗迹。

福原率三千余骑，驰往攻击今木城。听说能登守道："此等鼠辈果然是劲敌。须有增援，方可制胜。"福原随即调来了数万骑援军。城中兵士勉强应战，虽然不无俘获，但尽其所能，战功难展，乃相商道："平家军人多马众，声势浩大。我等小军，绝难对抗。何不逃出此地，以便稍事休息。"于是臼杵二郎、绪方三郎乘船至镇西。河野四郎奔往伊豫国。能登守曰："无敌可战。"便还福原去了。

在福原，自大臣殿宗盛[19]以下，平家一门的公卿殿上人都聚在一起，对能登殿的屡建战功大加赞赏。

[19] 平宗盛于寿永元年（一一八二）十月出任内大臣，寿永二年（一一八三）二月辞职。但在《平家物语》中则一直称之为大臣殿。

七 三草点将

寿永三年正月二十九日，源范赖、源义经晋谒御所，上奏前进西国以追剿平家事宜。法皇下诏曰：“本朝自神代传下三种神器[01]。神镜、神玺、宝剑是也。宜设法送回京师，不得有误。”两人承旨，诚惶诚恐，退了出来。

同年二月四日是故入道相国的忌辰[02]，在福原佛事法会行之如仪。年来朝夕战事不断，不知不觉间，日月消逝，去年变成了今年，迎来了忧郁的春天。如果时势不变，也许为了修建供养塔，或拜佛施僧，正在百忙之中，而今公子公主们除了相对涕泣之外，别无所事。

于是，趁此机会举行了叙位封官的仪式。无论是僧是俗，或升位阶、或晋官职，皆大欢喜。门胁中纳言教盛晋升正二位大纳言，特由大臣殿宣布此事。中纳言教盛咏歌应道：

迍邅无常世，此生又逢春。虚名本如梦，梦中何处寻？

结果婉拒了大纳言之职。大外记中原师直之子周防介师澄为大外记[03]。兵部

[01] 三种神器：亦称御宝。初见于卷第四《一、临幸严岛》章，参注4。

[02] 入道相国平清盛死于三年前，即治承五年（一一八一）闰二月四日。事见卷第六《七、入道死去》章。

[03] 师直、师澄父子：中原有象后裔，代代世袭外记之职。师直殁于建久九年（一一九八），七十二岁。其子师澄，仁安元年（一一六六）少外记，同三年周防介（外记补任）。外记属太政官，置大外记、少外记各二名，掌起草奏文、文书记录、规划仪式等事务。

少辅尹明[04]为五位藏人，号藏人少辅。昔日，平将门征服关东八国，建新都于下总国相马郡[05]，自称平亲王，任命百官，独缺历博士[06]。此次在福原则有所不同。平家固然落难在外，但其拥戴的天皇仍在万乘之位，且保有三种神器。其所以举行叙位封官之礼，理所当然，并无不合之处。

平家已攻克福原，可能入京的消息不胫而走。留在京城的人欢欣雀跃，振奋无比。二位僧都全真[07]与梶井宫[08]是多年的同寺同修，常时互有书信往返。梶井宫写道："每忆他乡游子，愁肠百结。京都城中，依然不靖。"并附歌一首：

思君人不知，怅怏难怿悦。何以寄远情，唯有西倾月[09]。

僧都将信纸贴在脸上，不禁悲极落泪。

且说小松三位中将维盛卿，过了年后，随着日月消逝，更加惦念留在京都的夫人与幼小，只顾唉声叹气，不知如何是好。虽说偶尔有商人吉便带来书信，但听了夫人在京的起居情形，更显愁眉紧锁，恨不得立刻迎接过来，同住一处。继而又想，自己固然无所谓，但要夫人来此同其甘苦，总觉得未免太过残忍。如此这般，度日如年，暗自忍受相思之苦。伉俪之情，关怀之意，表露无遗。

---

[04] 藤原尹明：平治之乱（一一五九）时随从平清盛，而后一直为平家近臣。已见卷第七《十八、一门出奔》章，注10。兵部少辅为兵部省次官，掌武官人事、诸国兵马、禁中护卫等事务。

[05] 平将门（？一九四〇）：已见卷第一《一、祇园精舍》章，注7。相马郡：今茨城县北相马郡。

[06] 历博士：属中务省阴阳寮，主司编撰历书、教授历法等事务。《将门记》："左右大臣、纳言、参议、文武百官、六弁八吏，皆已点定。……但令人狐疑者，无历日博士。"

[07] 全真：平清盛妻时子之犹子。延历寺僧。已见卷第七《十八、一门出奔》章，注11。

[08] 梶井宫：后白河法皇皇子之一承仁法亲王。比睿山东坂本梶井圆融院（今三千院）住持。建久八年（一一九七）殁，二十九岁。

[09] 此歌收于《新古今和歌集》卷第十八《杂下》，题"寄前大僧都全真在西国"。

且说源氏原定于四日开始进攻，听说是故入道相国的忌辰，只得按兵不动，让对方办完佛事法会。五日是西塞日[10]，六日是道虚日[11]，乃决定于七日卯时，在一谷东西城门，源平两军开始鸣镝交战。不过，因为四日是吉日，源氏已分成正面军与后面军开出了京城。

正面大将军是蒲御曹司范赖，随行部将[12]有：武田太郎信义、加贺美二郎远光、加贺美小次郎长清、山名次郎教义、山名三郎义行。武士大将有：梶原平三景时、其嫡子源太景季、次男平次景高、梶原三郎景家、稻毛三郎重成、榛谷四郎重朝、榛谷五郎行重、小山小四郎朝政、小山中沼五郎宗政、结城七郎朝光、佐贯四郎大夫广纲、小野寺禅师太郎道纲、曾我太郎资信、中村太郎时经、江户四郎重春、玉井四郎资景、大河津太郎广行、庄三郎忠家、庄四郎高家、小代八郎行平、久下二郎重光、河原太郎高直、河原次郎盛直、藤田三郎大夫行泰等。军势总共五万余骑，于二月四日辰时一刻开出京都，当日申酉时分，在摄津国昆阳野[13]扎营，布设了阵势。

后面大将军是九郎御曹司义经。随行部将有：安田三郎义定、大内太郎维义、村上判官代基国、田代冠者信纲。武士大将有：土肥次郎实平、其子弥太郎远平、三浦介义澄、其子平六义村、畠山庄司次郎重忠、畠山长野三郎重清、三浦佐原十郎义连、和田小太郎义盛、和田次郎义茂、和田三郎宗实、佐佐木四郎高纲、佐佐木五郎义清、熊谷次郎直实、其子小次郎直家、平山武者所季

---

[10] 西塞日：西塞原为西方营塞之意。《易林》："山陵西塞，遏我径路。"《水经注·江水》："江水又东历荆门、虎牙之间。……此二山，楚之西塞也。"在日本平安时代，据其阴阳道说法，西塞指历八将之一太白（金星）精将军之方角，忌出门旅游。五月五日正值西向方角。

[11] 道虚日：据日本阴阳道，指凶日，不宜外出。每月初一、初六、十二日、十八日、二十四日、晦日为道虚日。

[12] 本章所举部将名号，或已前见，或将后出，或仅出现于此，均不一一作注。

[13] 昆阳野：今兵库县伊丹市昆阳周边。

重、天野次郎直经、小河次郎资能、原三郎清益、金子十郎家忠、金子与一亲范、渡柳弥五郎清忠、别府小太郎清重、多多罗五郎义春、其子太郎光义、片冈太郎经春、源八广纲、伊势三郎义盛、奥州佐藤三郎嗣信、佐藤四郎忠信、江田源三、熊井太郎、武藏坊弁庆等人。军势总共一万余骑。与正面军同日同时开出了京都,沿着丹波路,日夜兼程,一日当两日,当日便抵达了播磨与丹波两国交界的三草山[14]东麓,一个名叫小野原[15]的地方。

[14] 三草山:在今兵库县筱山市与加东市交界西胁市东方,标高四二四公尺。

[15] 小野原:今兵库县筱山市今田町小野原。

八 三草会战

平家方面，大将军是小松新三位中将资盛[01]、少将有盛、丹后侍从忠房、备中守师盛，武士大将有平内兵卫清家[02]、海老次郎盛方[03]。军势总共三千余骑，在距小野原三里处的三草山西麓布好了战阵。

当夜戌时，九郎御曹司义经召见土肥次郎实平[04]，问道："平家离此三里，在三草山西麓聚集众多人马。今夜夜袭之，或等明日交战，如何？"田代冠者信纲[05]上前进言道："若延至明日再战，平家必将扩其军势。今夜平家才三千余骑，我军一万余骑，大大有利于我。窃以为夜袭是上策。"土肥次郎道："田代殿言之有理。然则何不立刻进攻？"便要挥鞭出发。兵士们纷纷道："暗中摸黑，何以作战？"九郎御曹司曰："照例用大火炬[06]，如何？"土肥二郎道："是。此计大妙。"于是放火燃烧小野原的民家。随之也在草原上、山林中，处

---

[01] 平资盛：初见于卷第一《十一、争路》章，参注7。平重盛次男。以下有盛、忠房、师盛，皆资盛之弟。

[02] 平内兵卫清家：应是平氏一族，系谱不详。其名仅见于本章。

[03] 海老次郎盛方：或作江美次郎守方、江见太郎清平等。美作国英多郡江见（今冈山县英田郡作东町）人。美作菅家党一族。

[04] 土肥次郎实平：桓武平氏。坂东八平氏之一。相模国（今神奈川县）人，住足柄下郡汤河原土肥。已见卷第五《四、快马》、卷第七《一、清水冠者》等章。此后将屡屡出现于物语中。

[05] 田代冠者信纲：伊豆国田方郡田代（今静冈县田方郡函南町田代）人。参本章文本稍后对其家世、出生之简单介绍。

[06] 大火炬：原文大松明。烧民家以取光之战法。

处点了火。黑夜仿佛变成了白昼，全军安然越过了三里的山路。

说起田代冠者此人，父亲是伊豆国前国司中纳言为纲[07]，母亲是狩野介茂光[08]之女。生后便托寄外祖父[09]，养成弓箭武士。寻其家世，原来是后三条上皇第三皇子辅仁亲王[10]之五代孙。家世既好，执起弓箭来，也不落人后。

平家方面，万万想不到当夜会有夜袭，嘱咐兵士道："交战肯定在明日。打仗瞌睡会惹大祸。今晚应该好好睡一觉。"因此，除了前阵有少数夜游子睁眼警戒外，在后阵则有人枕着头盔，有人枕着铠袖或箭筒，都睡得迷迷糊糊。到了夜半，源氏一万余骑突然来袭，喊声震天。平家军惊惶失措，取弓者忘其矢，取矢者忘其弓。又怕被马蹄践踏，只得躲开让敌人进来。源氏追来追去，追杀逃散的敌兵。转瞬间，平家军丧失了五百余骑。负伤者不可胜数。大将军小松新三位中将资盛、少将有盛、丹后侍从忠房，大概觉得丢了面子，从播磨国高砂[11]乘船，渡到赞岐国屋岛去了。备中守师盛则与海老次郎前往一谷。

---

[07] 中纳言为纲：传不详。或谓为纲所任官职为伊豆守或伊豆国司。

[08] 狩野介茂光：藤原氏之后，狩野四郎大夫家次之子，住伊豆国田方郡狩野（今静冈县伊豆市修善寺）。

[09] 外祖父：原文母方祖父，即狩野介茂光。

[10] 后三条：第七十一代天皇（一〇三四——一〇七三，在位一〇六八——一〇七二），第六十九代后朱雀天皇（在位一〇三六——一〇四五）第二皇子。辅仁亲王：或作资仁亲王，元永二年（一一一九）殁，四十七岁。

[11] 播磨国高砂：今兵库县高砂市加古川河口。

九 老马

大臣殿宗盛派了安艺右马助能行[01]为使者，向平家诸位武官将领分别传达命令道："九郎义经攻下三草阵地后，听说早已窜入一谷。山手方面最为险要。各人宜速往设防御敌。"然而，人人都辞而不应。乃又派人往见能登殿教经曰："屡次相烦出征，可再烦一次前去御敌否？"能登殿答道："身在战场，如临生死关头，志不可夺，方能制胜。若如狩猎渔捞之辈，尽自争往方便之地而拒往不便之处，则绝无战胜之理。无论次数多少皆不妨。教经甘愿迎战劲敌，至少可破其一面之势。敢请放心。"言谈间似乎信心满怀。大臣殿大喜过望，即以越中前司盛俊[02]部下一万余骑，置于能登殿麾下。其兄越前三位通盛[03]卿自愿加入，协助固守山手之阵。山手者，鹎越[04]山麓也。

通盛卿将夫人迎到能登殿的营房中，依依难舍，倾诉永别衷情。能登殿见了大怒道："教经奉命守此一方，最为艰险。敌人定然强悍。如果现在源氏攻下山来，我方兵士欲取武器，恐为时已晚。取得弓者不及搭箭；搭上箭者不

---

[01] 能行：传记、系谱不详。其名他本作能康、基康等。或作安艺右马丞而不名。

[02] 平盛俊（？—一一八四）：已见卷第三《十一、医师问答》章。平家近臣。死于一谷之战。本卷有专章《十三、越中前司之死》叙其事。

[03] 平通盛（？—一一八四）：已以中宫亮通盛之名，见于卷第五《十四、奈良火灾》章，参注7。官至从三位、越前守兼中宫亮。死于一谷之战。本章以后将再出现多次。

[04] 山手：靠近山丘之地区。鹎越：在今神户市兵库区内，并不位于一谷背后。据考证，源平一谷会战古战场，当在自多井畑经铁枴山至一谷之间。

及拉弓。有人却犹如此悠然自在，其有何所用哉？”通盛卿大概觉得自己理亏，立刻穿戴甲胄，全身武装起来，送走了夫人。

五日黄昏时分，源氏发自昆阳野，逐渐接近了生田森。遥望雀松原[05]、御影杜[06]、昆阳野方面，只见源氏队伍各自分开扎营，远远地燃烧着篝火。到了深更半夜，一眼望去，仿佛山上出现了月光。平家方面也下令起火，于是在生田森依样画葫芦，燃起营火来。望着望着，直到天明，好像是晴空下的繁星。古时有人咏歌，喻为泽边萤火[07]，今始恍然。源氏或在彼布阵，让马休息；或在此扎营，喂马吃草。慢条斯理，好整以暇。在平家方面则为防敌之随时来袭，严阵以待，战战兢兢，不得安宁。

六日黎明，九郎御曹司将一万余骑分成两支。土肥二郎实平率七千余骑开向一谷西侧。自己则拟从一谷后面鹎越进攻，便率三千余骑，迂回丹波路来到敌人后方。兵士们忧形于色，说道：“此是恶名昭彰之地。宁愿与敌人迎战而死，却不愿坠落山崖，一命呜呼。喂，有无熟悉此山之人？”武藏国人平山武者所季重进前道：“在下季重知之甚详。”御曹司曰：“足下在东国出生长大，今日始见西国之山，而竟愿为向导其中。岂非虚言？”平山重又道：“此话似不应出自贵口。将军知之否，吉野、初濑之樱花[08]，歌人知之；敌城背后之情形，勇者知之？”听其语气，简直旁若无人。

又有武藏国的年轻人别府小太郎清重[09]，今年才十八岁，进前说道：“先

[05] 雀松原：今神户市东滩区鱼崎西町附近之松林。

[06] 御影杜：今神户市东滩区御影町附近，位于雀松原之西。

[07] 在原业平歌：“晴夜星在空，河边萤火虫。上下交辉映，疑是渔灯笼。”（《伊势物语》八十七段、《新古今和歌集》十七收）

[08] 吉野、初濑：今奈良县东部大峰山脉北部之吉野山。同县樱井市初濑，均樱花胜地。

[09] 别府小太郎清重：已见本卷《七、三草点将》章名录中。武藏国幡罗郡别府（今埼玉县熊谷市）人。其父义重法师亦同地住民。

父义重法师曾有遗教：无论是为敌所袭，或越山狩猎，而迷失于深山中时，可放开老马缰绳，任其信步前行，必能寻得出路。”御曹司道：“可谓殊胜之言。确有雪覆原野，而老马识途之说[10]。”于是牵来白苇毛老马一匹，安置镜鞍[11]，套上白色嘴套、系以缰绳而挂在鞍上，然后驱之进入陌生的深山之中。

此时正值二月上旬，山雪初融，见有白花冒地而出。谷莺啼春，或迷失于彩霞。上则白云皓皓而高耸，下则青山峨峨而崖深。松雪未消而在枝[12]，绿苔小径隐约可辨。暴风来时，飘雪狂舞，疑为瓣瓣梅花[13]。左右扬鞭，驱策前进。但不觉日已垂暮，便下了马，在山路边扎营布阵。

武藏坊弁庆[14]带了一位老翁进来。御曹司问道：“来者何许人也？”答曰：“是此山中猎人。”因道：“然则，必定熟知当地情形。请如实说来。”“岂有不知之理？”“拟从此骑马下山，前往平家一谷城堡。如何？”答道：“万万不能。深谷三十丈、峭壁十五丈，非人所能通过，何况骑马，更匪夷所思。而且城中处处设有陷阱，插满菱形刺叉，以迎敌人。”“如此悬崖，鹿能过否？”“鹿能过之。世间天气一暖，播磨之鹿便由此迁往丹波，安卧青青深草中；世间天气一冷，丹波之鹿便经此移至播磨印南野[15]，在雪浅处觅食。”御曹司道：“然

[10] 《韩非子·说林上》：“管仲、隰朋从于桓公而伐孤竹。春往冬返，迷惑失道。管仲曰：‘老马之智可用也。’乃放老马而随之，遂得道。”

[11] 镜鞍：前后轮上贴以金银光片之马鞍。

[12] 佚名歌：“深山雪未融，松枝半银色；京郊采菜忙，春满农家乐。”（《古今和歌集》春上）

[13] 纪友则歌：“花香乘风便，飘荡春阳天。迟迟黄莺到，齐唱翠微巅。”（《古今和歌集》春上）

[14] 弁庆（？—一一八九）：号武藏坊。平安末、镰仓初之武僧。终生追随保护其主源义经，渡过多次难关，抵达奥州平泉。但受陆奥出羽国押领使藤原泰衡（一一五五—一一八九）之追讨，义经于文治五年（一一八九）奋战力竭，自尽于衣川高馆。弁庆则全身中箭，直立而死。为日本民间传说中，象征忠义之无上英雄。有《弁庆物语》（一四三四）等小说，与多种谣曲演述其事。

[15] 印南野：今兵库县明石市与加古川市间一带之原野。

则此地形同马场[16]也。凡鹿能过之处，马无不能过之理。汝可作向导。”急应道：“此身垂垂老矣，力不从心，难于胜任。”“有子否？”答道：“有。”乃献其子熊王，行年十八。即在当场行了元服之礼。因父亲名号鹫尾庄司武久[17]，故而取名曰鹫尾三郎义久。然后骑上马，带头出发，变成了向导。

平家灭亡后，御曹司义经与镰仓殿赖朝失和，在奥州战败自杀时，有一个同死的兵士，名叫鹫尾三郎义久。

[16] 马场：养马、训马之练马场。

[17] 武久：传系桓武平氏平贞衡孙鹫尾三郎清纲之子。传不详。鹫尾为丹波国多纪郡（今兵库县筱山市内）之地名。

十 一二之争

直到六日午夜时分，熊谷次郎直实与平山武者所季重[01]，都在后面军本部待命。熊谷直实叫儿子小次郎直家来，说道："由此进攻，非得滑落险崖，难于分清谁夺头阵。何不改由土肥次郎奉命前进之播磨路，赶至一谷为先驱。"小次郎曰："应该如此。儿直家亦有此想，正欲禀告。然则可即动身前去。"熊谷道："当然当然。平山亦在此军中。此人最喜单打独斗，不喜群战。谁去窥探平山动静？"于是派了一个下人前去。果不其然，平山早已准备出发，正在自言自语道："别人不知，我季重绝不落人后，非打头阵不可。"马夫喂着马，不耐烦道："此马吃草何其慢也。"乃以鞭鞭之。平山道："不可如此。此马一生，今夜恐怕是最后一夜。"说罢便骑马出发了。

下人跑了回来，急忙报告此事。熊谷道："果然不出所料。"说着，也立刻出发了。熊谷身穿褐色直垂，外罩茜红革缀铠甲，背负红色防箭布袋[02]，骑着人叫权太的栗毛骏马。小次郎身穿薄染泽泻叶纹直垂，上披纯白、淡绿、藏青三色革绳排缀铠衣，骑着名叫西楼的白月毛[03]马。掌旗手身穿淡黄绿色直垂，

[01] 熊谷直实、平山季重：两人之名已见本卷《二、宇治川争魁》章，参注10、17，与《七、三草点将》章等处。

[02] 防箭布袋：原文母衣（ほろ），或以保侣、母庐等汉字当之。防箭用鼓起袋状物，负在背后铠甲上。前进向敌时，则套在马头与头盔上。后来或以竹片为骨架，以布包成笼状。

[03] 白月毛：月毛谓白中杂有红褐色之马毛。其白色特显者为白月毛。

上披黄地染樱革缀铠甲，骑着黄瓦毛[04]马。他们左边俯瞰直落的深谷，靠右边行进，沿着年来人迹罕至的田井畑[05]古道，来到了一谷海岸。夜色已深，只见土肥次郎实平所率的七千余骑，已在一谷附近的盐屋[06]扎了营。熊谷从海边趁黑悄悄地溜过了盐屋，出现在一谷城堡西门之前。其时夜色更深，城中敌人毫无动静，己方亦无一骑跟来。

熊谷直实叫儿子小次郎过来，告道："有意争头阵者甚多，人人皆自诩非我莫属。勿以为只有直实我一人。虽然多已攻到近处，但皆在等待天明。即在此时此刻，附近定然亦藏有伺机而动之人。总之，先通报名号再说。"便骑马靠近盾垣[07]，大声自报名号道："武藏国人熊谷次郎直实、小儿小次郎直家，一谷前阵是也。"平家方面则交代道："嘘。别出声。让敌人马足站到疲乏不堪，让敌人射尽所有箭支。"完全置之不理。

不久，背后来了一个骑马的武士。问来者是谁。答道："是季重。""问者是谁？""是直实。""喔，熊谷殿何时到此？"答道："直实垂暮即来。"平山道："季重亦早该来此，却为成田五郎[08]所欺，因而耽误至今。成田虚情假意，发誓死则同处，愿为心腹。相伴同行时，又相劝道：'太不该。平山殿，请放弃欲打头阵之念。若有意争为先锋，须有我方军势跟随在后。如此，无论立功或阵亡始有人知。如果单人匹马冲入敌阵，死无见证，有何意义？'细听其言，似颇有理。便先登上小坡，让马头朝下，等待我方军队。成田亦随后上来，以为将并

[04] 黄瓦毛：或作黄河原毛（均读まかはらげ）。为黄、白、赤三色相杂之马毛。

[05] 田井畑：今神户市须磨区多井畑，自鹎越通往一谷后方之古道。

[06] 盐屋：今神户市垂水区盐屋町海岸。在一谷之西约二公里。

[07] 盾垣：前已出。在阵前排盾如墙以防敌者。

[08] 成田五郎：成田太郎助弘之子，名助忠。居武藏国幡罗郡成田（今埼玉县熊谷市成田）。寿永二年（一一八三）投效源义经。

辔而行，谈论会战之事，却非如此，仅冷冷瞪我季重一眼，倏而向前驰去。至此才知受骗。此人大概自己有意抢得先锋。不觉已超前五六段[09]。唯其所骑之马似甚羸弱，不如我马强壮，故只加一鞭，瞬即追上。斥之曰：'卑鄙之徒，竟敢骗我季重此人。'便不再理会，想已远远抛之在后，不见我背影久矣。"

熊谷、平山等五骑[10]耐心伺机而动。不觉东方发白。熊谷虽已通报名号，却觉得也应让平山听见，所以又上前到盾垣边，再度大声喊道："前已通报过，武藏国人熊谷次郎直实与小儿小次郎直家，愿为一谷前阵。平家武士中有自命不凡者，可向直实冲来，冲出来，一比高下。"平家武士们听了，互相点头道："时机已到，可将通宵达旦，在门外自报名号的熊谷父子捉来。"于是，自愿参与者谁？以越中二郎兵卫盛嗣[11]、上总五郎兵卫忠光、恶七兵卫景清[12]、后藤内定经[13]为首，共有武士二十余骑，打开城门冲了出去。

今日，平山身穿鹿斑细目纹染直垂，上披绯红革缀铠甲，背挂二条圆纹防箭布袋，骑着人称目糟毛[14]的名马。旗手身穿黑革缝缀铠甲，头戴护颈盔帽，骑着锈月毛[15]马。平山通报道："保元、平治两次会战先锋，武藏国人平山武者所季重是也。"便与旗手二骑，大喊大叫，齐驱冲向敌人。熊谷驰前，平山随之。平山驰前，熊谷随之。两人你前我后、我推你撞，互不相让。气势如火熏

[09] 段：长度单位。六间为一段，约十一公尺。

[10] 五骑：熊谷父子与平山，加以旗手二，共五骑。

[11] 平盛嗣：以越中次郎兵卫尉盛继之名，初见卷第四《十、桥头之战》章，参注11。以后数见。

[12] 忠光、景清：均上总介藤原忠清之子。自卷第四《十、桥头之战》章以来，经常与平盛嗣（又作盛继、盛次）联名出现。

[13] 后藤内定经：传不详。他本作后藤内兵卫定纲、后藤兵卫尉贞纲或后藤内贞纲等。

[14] 目糟毛：糟毛为灰色杂白之毛色。一说：因其左眼周边有白斑棋布如星，故曰目糟毛。

[15] 锈月毛：白毛杂以铁锈赤褐色之马毛。

天。平家武士始终受制于人，被打得落花流水，眼看毫无胜算，一转身迅急退入城内，将敌人挡在城门外。

熊谷的马腹部中箭，痛极而狂蹦乱跳。熊谷趁势跃下，站在地上。儿子小次郎直家自报“行年十六岁”之后，进攻到盾垣前边，马鼻几乎碰到敌人。不幸左腕中了敌箭，跳下马来，与父亲站在一起。父问：“如何小次郎，受伤乎？”儿答：“然。”父教之曰：“时时抖动铠甲，必使片片扣紧，不得留有穿箭之隙。头盔护颈斜垂。谨防敌箭射进盔内。”熊谷拔下还垂在铠甲上的箭，抛在一边，双眼瞪着城内，大声喊道：“自去冬离开镰仓以来，直实此命已献与兵卫佐殿，决心曝尸一谷矣。在室山、水岛二战立下大功之越中次郎兵卫在否？上总五郎兵卫与恶七兵卫在否？能登殿何在？功名因所遇敌人而定高下。非人人可为对手而立其功也。直实在此，过来，请过来。”叫喊不已。

越中次郎兵卫盛嗣听得不耐其烦，身穿所爱装束：斑染藏蓝直垂，罩以红色丝缀铠甲。骑着白苇毛马，慢步朝熊谷走来。熊谷父子怕被分散，紧紧并肩站在一起，举刀横在额前，一步不退，只顾前进。越中次郎兵卫大概自认难敌，倏地折了回去。熊谷看到，急道：“喂，彼非越中次郎兵卫耶？与直实对打有何不好？来。一对一，一比高下。”应道：“岂能尽如君意？”还是转回去了。恶七兵卫景清看在眼中，说道：“真是公子少爷，懦弱行径。”便要骑马出去对打。有人挽其铠袖，劝阻道：“主将[16]为顾全大局，不在乎此种单一对手。个人胜负并不重要。”所以终于没出去应战。

其后熊谷换乘了备骑，驰来奔去，大声叫阵。平山则在熊谷父子激战时，趁隙让马休息片刻，然后又上阵厮杀。平家武士骑马者不多。箭楼上的兵士虽然集中目标，射箭如雨下，但敌人寥寥无几，己方人多势众，难于瞄准。平家

[16] 主将：原文君。主上、主子、主君之意。在此指平家主将能登守教经。

方面虽然一再下令出马应战，只因平家之马骑时多而喂食少，且在船上站立过久，都显得呆钝不灵。熊谷与平山的坐骑都是细心饲养的壮硕大马，只要一鞭，便可踢倒对方，所以平家武士敢出来对抗者一骑也无。平山因其贴身旗手中了箭，一怒之下，冲进敌阵，取下了该射箭兵士的首级。熊谷也大有斩获。

熊谷虽然先到一谷城堡，但是城门未开。平山虽然后到，城门开时却抢先进去。因此熊谷与平山在一谷冲锋中，谁是第一谁是第二，意见分歧，迄无定论。

十一 二入敌阵

不久，成田五郎也出现了。土肥次郎自为先导，率领七千余骑，举着各种颜色的旗帜，呐喊进攻敌阵。

源氏正面军五万余骑，也在生田森严阵固守。军中有武藏国人河原太郎高直与河原次郎盛直[01]兄弟。河原太郎呼来其弟次郎，告之曰："大名[02]自己不必动手，以家臣之功为己之功。我辈若非自己动手为之，难建功名。如今敌人在前而不放一箭，耗时空等，令人焦躁。高直意图混入城内，射出第一箭。生还之机恐无千万之一。汝当留在世上，日后可作见证。"河原次郎簌簌泪下道："何以口出此言？不近情理之至。仅有兄弟二人，而听由阿兄战死，小弟独活，有多少荣耀可言？与其分开阵亡，宁可死在一处。"于是叫来下人，交代如何向家人报告最后就义的情形。然后马也不骑，只穿着草鞋，以弓代杖，又爬又钻，越过生田森鹿寨，进入了城内。

在星光下，铠甲的颜色模糊不清。河原太郎大声报名道："武藏国人私市党[03]河原太郎高直、胞弟次郎盛直，源氏正面军生田森先锋是也。"平家人听

[01] 河原太郎、次郎兄弟：已见本卷《七、三草点将》章名单中。武藏国北埼玉郡河原庄（今埼玉县行田市北河原）人。私市党。

[02] 大名：平安末期，名下拥有庞大私有地产者，往往养有家臣、武士团。江户时代则称领地一万石以上之武家。类中国封建时代之诸侯。

[03] 私市党：河原兄弟所属武士团，有时亦列为武藏七党之一。分布于武藏国埼玉郡与男衾郡。

了，说道："东国武士极端可怖，无人能比。仅仅二人而入我大军之中，岂能让其为所欲为？好，姑且善待之。"因而无人出去应战。

河原兄弟极擅弓箭。搭箭便射，射了又射，射个不停。平家道："可恶。射杀之。"备中国人真名边四郎、真名边五郎兄弟[04]是西国闻名的超强弓手。四郎驻守一谷。五郎刻在生田森，见到对方，便嗖的一声射出一箭，射中了河原太郎的胸甲，直透至背。太郎撑着长弓站着，摇摇欲倒。次郎跑过去扶住，扛在肩上，试图越过鹿寨逃出。此时真名边的第二支箭射来，穿过腿甲间隙而射入腰身。兄弟两人倒在一处。真名边下属赶来取去河原兄弟的首级。新中纳言知盛一看，叹道："果然刚烈无比。是所谓一以当千者，惜乎无人能救之。悲哉[05]。"

当时河原的下属忽然大声叫道："河原殿兄弟方才率先进入城内，恐已被杀矣。"武士大将梶原平三景时[06]听到，曰："是私市党粗心之过，以致河原兄弟丧了性命。现在时机已到。开始攻击！"于是喊声大起。接着，五万余骑也同时呐喊出动。步兵团除去鹿寨，梶原带五百余骑呼啸而过。次男平次景高远远跑在前面。父平三派人追上，传话道："大将军有令：欲争先驱而无后阵随之者，不得奖赏。"平次勒住马，托来人回歌一首道：

"此生为武士，梓弓先祖传。箭已在弦上，岂能无功还？"

吟罢，继续呐喊前冲。父平三、兄源太、弟景家紧随其后，大声叫道："别让平次

---

[04] 真名边四郎、五郎：备中国小田郡真锅岛（今冈山县笠冈市真锅岛）人。弟名助光。其他不详。

[05] 按：此段引语与卷第八《八、濑尾之死》章中，木曾义仲看到濑尾首级后，所言字句雷同。

[06] 梶原景时（？——二〇〇）：已见卷第四《五、信连》章，注9。先仕平家，后归源氏。追随源范赖、源义经，屡建勋功。后与义经失和。晚年出仕镰仓幕府，因阴谋政变，被杀。

中箭，大家快追上去。别让景高[07]受伤，大家快追上去。”梶原率着五百余骑冲入大军之中，狠狠地打了一仗，却见己方打得只剩五十骑左右，便迅速从敌阵撤退出来。不知何故，总不见源太景季的影子。问道：“各位，源太何在？”有人答道：“深入敌阵，恐已成仁。”梶原平三听了，说道：“苟延性命于世，无非子女之故。源太既亡，虽生亦无谓也。回去。”便又折回敌阵中去了。

梶原大声通报名号道：“往昔，八幡殿[08]于后三年之役[09]，攻击出羽国千福金泽城[10]时，先祖镰仓权五郎景正[11]，年仅十六而驰为前锋，左眼中箭受创，犹能回箭射杀其敌，因而扬名后世。我梶原平三景时，有一以当千之勇，即其后裔也。凡自命不凡者，请来与景时一比高下。可取我头以见贵大将军。”

大将军新中纳言道：“梶原乃闻名东国之武士，不可留下，不可漏掉，必杀之。”便采取围攻策略。梶原已置生死于度外，只顾寻找源太在何处。在数万骑大军包围中，上蹿下跳、左闪右拐，使出蜘蛛手、十文字等绝招，奋勇迎战。跑来跑去，终于看到了仍在厮打的源太。头盔被打歪了，滑落挂在脑后，马也受了伤，只得徒步应敌。背后是两丈深的悬崖，被五个敌人包围着。两个随从站在左右。目不斜视，舍生忘死，仿佛此是最后一战。

梶原看到，口念“犹未战死”，便匆匆翻身下马，大声叫道：“景时在此。

---

[07] 平次、景高：指同一人，即梶原平次景高。

[08] 八幡殿：指源义家。在石清水八幡宫行元服礼，号八幡太郎。有天下第一勇士之称。初见于卷第一《十一、争路》章，注6。又参卷第四《十四、鵼》章，注11。

[09] 后三年之役：白河天皇永保三年（一〇八三）至堀河天皇宽治元年（一〇八七）之间，奥羽豪族清原氏内乱。源义家应清原清衡之请，平定清原武衡、家衡之变。是谓后三年之役。

[10] 千福金泽城：千福当作仙北。出羽国郡名。金泽城为清原氏所居，在仙北郡金泽（今秋田县横手市）。

[11] 镰仓权五郎景正：桓武平氏。镰仓权守景成之子。活跃于后三年之役。住相模国镰仓。梶原景时为其五代孙。

嗨，源太，即使就死，亦不能背向敌人。”父子终于合力杀死了敌兵五人中之三人，砍伤了其他二人，说道：“执弓矢之人进退有时。来。源太。”于是两人一起骑在马上，奔出了敌阵。梶原二入敌阵的故事便是由此而来。

十二 驰马悬崖

自此以后，秩父[01]、足利[02]、三浦[03]、镰仓[04]各地人马，加上猪俣[05]、儿玉[06]、野井与[07]、横山[08]、西党[09]、都筑党[10]、私市党[11]等各党的党徒，齐起进攻。源平两军开始混战起来。我进你退，你进我退。武士们争相通报名号。呐喊之声撼山震谷，马蹄之响轰隆如雷。两军互射之箭交飞如雨下。有捎着

[01] 秩父：桓武平氏。居武藏国秩父郡（今埼玉县秩父市）。畠山、小山田氏属之。以下所举至镰仓，属大名级豪族。

[02] 足利：源义家之子源义国之后代，住下野国足利。足利幕府（或称室町幕府，一三三六—一五七三）首代征夷大将军足利尊氏（一三〇五——三五八）之祖。

[03] 三浦：桓武平氏。住相模国三浦郡（今神奈川县横须贺市、三浦市）。三浦氏，和田氏一族。

[04] 镰仓：桓武平氏。住相模国镰仓，含有梶原氏、大庭氏。源赖朝举兵时属平家。

[05] 猪俣：以武藏国那珂郡猪俣（今埼玉县儿玉郡美里町）居民为主之武藏七党之一，号猪俣党。乃横山党之支流。

[06] 儿玉：已见本卷《五、樋口受斩》章，注9。

[07] 野井与：桓武平氏。分布于武藏国埼玉郡野与（今埼玉县莲田市及白冈市边）、羽生（同县羽生市）、骑西（同县加须市骑西）、岩槻（同县埼玉市岩槻区）一带。武藏七党之一，号野与党。

[08] 横山：传为平安初期著名文人官僚小野篁（八〇二—八五二）之后。居住武藏国横山（今东京都八王子市内）。武藏七党之一。

[09] 西党：分布于武藏国西部、西多摩、北多摩一带。武藏七党之一。平山武者所季重即属西党。

[10] 都筑党：斋藤氏一族。以武藏国都筑郡（今横滨市西北部）为地盘之武士团。有时亦被列在武藏七党之中。

[11] 私市党：已见本卷《十一、二入敌阵》章，注3。

伤兵而退者。有受了轻伤而仍奋战不已者。有身负重伤而阵亡者。有并骑扭斗落马，互刺而死者。有压敌人于地上，取其首级或反而被杀者。双方攻紧防密，不见有隙可乘。

如此激战下去，估计仅靠源氏的正面军，似无取胜的把握。九郎御曹司义经的后面军，已于七日清晨，迂回抵达一谷后方的鹎越[12]，正准备下山攻击，却见公鹿二只、母鹿一只，或许受到源氏兵马的惊吓，滑落悬崖，跑进了平家的一谷城中。城中兵士看到，讶异道："在村里附近有野鹿，平时总是惧怕我等而躲入深山。而今却下山逃到我大军之中，岂非大大怪事？想来想去，只怕源氏已在山上陈兵，且将攻下山来。"人们纷纷议论当中，有伊豫国人武智武者所清教[13]进前说道："无论何人何物，从敌方过来者不可任其逃出。"说着，便拉弓射倒公鹿二只，母鹿则让其通过。越中前司盛俊[14]颇不以为然，乃制止道："诸位射此逃亡之鹿，无乃无谓之甚乎？刚才所射一箭，原可防敌十人。耗箭以杀生，罪过罪过。"

御曹司遥望着一谷城堡，道："可让马下去试试看。"乃将数骑上鞍之马驱下山去。有断足而滚落者。有安然滑下到底者。有上鞍之马三匹落在越中前司的营房上，直挺挺站着发抖。御曹司见状，下令道："马只要骑者小心掌控，便会无事。好，下去。瞧瞧义经榜样。"先下者约三十骑，带头驰落。全军随后。后阵下来者的马镫，几乎碰到前面骑士的盔甲。上段是小石沙砾的陡坡，所以瞬间滑落二町左右，停在稍微平坦的段面。望下一看，覆苔大磐石垂直如

---

[12] 鹎越：已见本卷《九、老马》章，参注4。

[13] 武智武者所清教：橘氏之后、伊豫国越智郡高市乡（今爱媛县今治市内）之新居民一族。武智或作武知、高市。清教：或作清章。武者所：警卫上皇或法皇御所武士之勤务处。

[14] 越中前司盛俊：初见于卷第三《十一、医师问答》章，参注8。本卷有专章《十三、越中前司之死》叙其阵亡情形。

吊桶，其深可十四五丈。兵士们退不能，进不得。有人说："此是葬身之地矣。"正面临进退两难、不知所措之际，佐原十郎义连[15]走出来，说道："在三浦地方，我等为追捕一鸟，早晚常在峭壁间爬上爬下。此处仅如三浦之马场而已。"于是率先骑马落下。兵士继其后。人人爱护其马，低声吆喝鼓励。实在太恐怖了，只好闭目任马滑落。仿佛不是人间之事，简直是神鬼之所为。

全军落定不定之时，便一齐发出呐喊。虽然只有三千余骑，但山谷回响，听来好似不止十万余骑。村上判官代基国[16]的下属放了火，烧毁了所有平家的营房与假屋[17]。当时风势正烈，黑烟弥漫。平家士兵惊慌失措，四处逃窜。人人心想，若能跑到前方海滨，或许有救，所以跑来者不计其数。

海边的确备有不少船只。无奈一艘船中挤上武装兵士四五百人，甚至一千多人，必会出事无疑。离开海岸仅只三町的海上，便见有三艘大船在眼前沉没。其后下令："只准贵人乘坐，不许贱者上来。"而且挥舞腰刀、长刀加以驱逐。明知坐不上去，还是有人揪住攀上不准坐的船。结果，或被斩腕，或被砍肘，浮沉一谷岸边，染成朱色。

能登守教经屡经战役，每战必胜，未尝败过。然而，此次不知有何远虑，却骑着名叫薄墨的马，独往西方逃去。在播磨国明石浦坐上了船，渡海到了赞岐国的屋岛。

[15] 佐原十郎义连：三浦介义澄之弟。桓武平氏。相模国三浦郡佐原（今神奈川县横须贺市佐原）人。其兄三浦介义澄以"三浦大介义明子弟兵"之一（未明举其名），初见于卷第五《四、快马》章，参注8。又参卷第八《五、征夷大将军》章及注7。

[16] 村上判官代基国：清和源氏。高阳院判官代，八条院藏人，号村上判官代。其父为国，为村上党之祖。

[17] 假屋：临时所盖以应急需之用，如营房、救灾屋之类。

十三 越中前司之死

无论是在生田森的正面战场，或在一谷海滨方面，武藏、相模的兵士都斗志昂扬，舍命奋战。新中纳言知盛正在向东迎战，从山崖突袭而来的儿玉党，派人过来传话道："足下多年前曾任武藏国司[01]，故儿玉党人特来提醒。请回头看看后面。"新中纳言与所率部下，人人回头一看，只见一片黑烟翻滚过来。惊道："哎呀，西阵破了。"一边惊叫，一边争先落跑，不带一物。

越中前司盛俊是山手[02]方面的武士大将，大概觉得在此关头，逃得出去又有何用，便干脆勒住了马，等着敌人过来。猪俣的小平六则纲[03]看出是好对手，便踩镫挥鞭，飞马过来。马一并驾，立刻扭打起来。双双落地。猪俣是关东八国无人不知的大力士，听说能轻易掰开鹿角的粗枝。越中前司看来似有可抵二三十人的膂力，其实他膂力之大，能将六七十人才移得动的船只，只靠自己一人便可拉上推下。只见瞬间将猪俣压倒在地，不让动弹。

猪俣俯伏地上，想拔刀，双手十指不听使唤，抓不住刀柄。想说话，身体在重压下，发不出声来。猪俣明知头将被斩，但力虽疲惫，气却刚强。毫不慌张，稍作调息之后，一副从容不迫的样子，坦然自若，问道："请问，听过在

[01] 平知盛于永历元年（一一六〇）任武藏国守，年仅九岁，历两任，至仁安元年（一一六六）。

[02] 山手：防守一谷城后山麓之军队。参本卷《九、老马》章，注4。

[03] 猪俣：猪俣党，参本卷《十二、驰马悬崖》章，注5。小平六则纲：参本卷《二、宇治川争魁》章，注11。

下通报名号否？未也。凡欲取人首级者，必自报姓名，亦求对方报之，然后砍其头，是乃大功。不知其名而摘其首，是何谓也？”越中前司觉得理所当然，便道：“本人原属平家一门[04]，生而不肖，现下是武士之身，名越中前司盛俊者是也。足下何人？报上名来。愿洗耳恭听。”回报道：“是武藏国人猪俣小平六则纲。”继而又道：“细察当今形势，源氏渐强，平氏败象已现。如果贵方主君尚在，取敌人首级以献之，可求功名奖赏。敢问能否勉为屈节，救我则纲一命？无论府上一门几十人，则纲可请以功名奖赏为交换而救之。”越中前司大怒曰：“盛俊虽不肖，终究是平家之人。从无仰赖源氏之念。源氏亦绝无利用盛俊之计。足下之言，可恨之至。”便要挥刀斩其首。猪俣急道：“真卑鄙呀。岂有杀害降者之理？”越中前司道：“然则，救之可也。”乃将猪俣扶起。前面是干涸的旱地，显得极为坚硬，后面却是深水泥田。两人在田畔坐下喘气休息。

少顷，有身穿黑革丝缀铠甲的武士，骑着月毛马驰来。越中前司以疑惑的眼光望着。则纲道：“是则纲亲近之人，名叫人见四郎[05]。大概见则纲在此，前来问候。请勿在意。”一边却想，等待人见四郎靠近，即与越中前司揪斗，肯定会出手相助。等着等着，已到眼前一段[06]左右。越中前司轮番各看两人一眼。越来越近，一心只顾驰来的敌骑。猪俣乘其不意，倏地站起身来，大喊一声，用力以双手猛推越中前司的胸甲，推得他仰天倒进了后面的水田之中。越中前司想站起来，猪俣奋力跳下，压在其上，拔其腰刀，掀其腰甲，深深猛刺三刀，摘下了首级。此时人见四郎刚好赶到。猪俣怕会有人争功，便将首级插在

---

[04] 平盛俊之父平盛国，为平清盛曾祖父正衡兄弟季衡之子。

[05] 人见四郎：武藏国榛泽郡人见（今埼玉县深谷市）人。属猪俣党。

[06] 一段：六间为一段，约十一公尺。

刀尖上，高高举起，大声宣布道：“近来人人视同鬼神的平家武士越中前司盛俊，已为猪俣小平六则纲所杀矣。首级在此。”在战争日志上，便记此事为当日战功第一。

十四 忠度之死

萨摩国守忠度[01]是一谷西阵的大将军。身穿藏青色锦织直垂，上披黑色丝缀铠甲，骑着一匹黑色壮硕骏马，配以金银粉漆雕鞍。所率部下为敌方一百余骑所包围，但他还是泰然自若、从容应付。边打边退，边退边打。猪俣党冈部六野太忠纯[02]认定他是一个大将军，便扬鞭踢镫，追了过去，问道："大驾何许人？报上名来。"答道："是自家人。"不过当他仰头时，从盔下看去，看见牙齿染成黑色[03]。六野太恍然大悟，是呀，我方并无染齿之人，一定是平家公子。于是与之并骑，揪斗起来。萨摩守的部下一百余骑，都是从各国招募的武士，看着主帅与敌格斗，却无一骑靠近助战，反而各自逃之夭夭了。

萨摩守出身熊野，力大无比、敏捷过人，忿忿道："此厮可恶至极。告以自家人，何不将就信以为真。"一怒之下，拔出刀来，砍向六野太。马上两刀，落马后又补一刀，一共三刀。起初两刀砍在甲上，皮肉无损；其后一刀虽刺入头盔之内，只是轻伤，不至于死。抓将过来按在下面，正要取其头颅时，六野太的部下赶到，拔出长刀，咔嚓一声，将萨摩守的右胳膊砍断了。想到此生休矣，便

[01] 平忠度：前已数见。官至左兵卫佐、萨摩国守、正四位下。武士歌人，有《平忠度朝臣集》。《千载和歌集》《新敕撰和歌集》《玉叶和歌集》等亦收有其歌。

[02] 冈部六野太忠纯：武藏国榛泽郡冈部（今埼玉县深谷市冈部附近）人。其父冈部六郎行忠曾追随源义朝，参与保元、平治之乱。

[03] 原文铁浆黑：以酸化铁液将牙齿染成黑色。又称齿黑。古代女性化妆之一，以示成人。平安末期，朝廷公卿、殿上人之间亦颇流行，为高贵身份之表征。

道:“少安毋躁。让我念佛十遍[04]。”忽然抓起六野太,抛出数尺之外,然后大声唱了十次佛号,结束道:“光明遍照十方世界,念佛众生摄取不舍[05]。”六野太走到背后,砍下了萨摩守的首级。杀了一个重要的大将军,却不知姓甚名谁。幸好在其箭筒所附的文袋中,发现了一首短歌,题《旅宿花》:

行行日云暮,且在花下宿。今宵好居停,竟是老樱树。

下款忠度,才知道原来是大名鼎鼎的萨摩守。六野太将首级插在刀尖上,高高举起,大声宣布道:“近来平家方面鼎鼎大名的萨摩守殿,已为冈部六野太忠纯所杀矣。首级在此。”敌我双方听见了,都叹道:“可怜呀,一位兼擅武艺与歌道之人。可惜呀,一位可敬的大将军。”人人泪湿衣袖,几无例外。

[04] 原文十念。已见卷第四《十一、高仓宫之死》章,注9。谓人死之前,唱佛号十次,以求往生极乐也。

[05] 念佛之后所唱文句,出自《观无量寿经》。

十五 重衡被擒

本三位中将重衡卿为生田森的副将军，所率兵马都已四处逃散，只剩主从二骑。当日三位中将的装束：褐地黄绣岩上千鸟图直垂、紫裾浓染[01]铠甲。骑着闻名的童子鹿毛马。乳母之子后藤兵卫盛长[02]，身穿鹿斑细目纹染直垂，上披绯红革缀铠甲，骑着三位中将宝藏的无夜目月毛马[03]。

梶原源太景季、庄四郎高家[04]一看，便认定是个大将军，当即挥鞭踢镫，追了上去。海边虽然泊着不少救护船，但敌人紧追在后，无暇逃到船上，只好渡过凑川[05]、刈藻川[06]，右望莲池[07]，左眺驹林[08]，经过板宿[09]、须磨，朝西奔去。

三位中将所骑者是极负盛名的骏马，普通的马跑得疲惫不堪，穷追不上，

---

[01] 裾浓染：上淡往下渐浓之染色法。

[02] 后藤兵卫盛长：一本云："曾发誓死则同处之武士后藤兵卫盛长。"

[03] 夜目：暗夜中能见物如昼之眼。或以为指马前脚膝内侧白斑，有之者善跑。无夜目：盖谓虽无夜目而善跑之马欤？不知其详。月毛：白中杂有红褐色之马毛。已见本卷《十、一二之争》章，注3。

[04] 庄四郎高家：儿玉党庄三郎忠家之弟，其名已见本卷《七、三草点将》章名单中。据《武藏七党系图》："一谷战时，取但马守经正首级。承久二年（一二二〇）十月十七日出家。"

[05] 凑川：发源于六甲山，流经神户市入海。

[06] 刈藻川：流经神户市长田区，在东尻池入海。

[07] 莲池：在今神户市长田区之西。

[08] 驹林：今新凑川西岸之长田区驹林町。

[09] 板宿：今神户市须磨区板宿町。

被抛在后，越离越远。梶原源太景季踩着马镫直立起来，自忖何妨一试，远远地射了一支远箭，居然射中了三位中将坐骑的背脊，深入尾骨，坐骑顿时慢下，终于举步维艰。后藤兵卫盛长见状，心想可能会叫自己让马，便挥鞭逃开了。

三位中将呼道："何以故，盛长？多年以来，平日并无互不帮助之约。如今弃我而去，将往何方？"盛长假装没听见，摘掉铠甲上的红色平氏家徽，只管逃呀逃的逃为上计了。

三位中将眼看敌人逼近，马已寸步难行。勉强跃入海中，却是一片浅滩，想淹也淹不死。乃从马背跳下来，切断身边上下纽带，脱掉铠甲头盔，正要切腹自尽，庄四郎高家比梶原先看到，急忙踢镫扬鞭跑了过去，飞身下马，阻止道："万万不可。愿相伴离开此地。"将他扶上自己的马背，与马鞍绑在一起，自己则改乘备马，回到了己方的阵地。

后藤兵卫骑着千里不倦的骏马，轻易逃离了现场。其后投靠熊野法师尾中法桥[10]。法桥死后，其遗孀尼君[11]因诉讼而上京时，盛长作陪。许多人都知道盛长是三位中将乳母之子，难免指指点点。"啊，无耻盛长。那般得宠受惠，却不愿与主公同忧共死，竟有颜面陪伴尼君来京。可憎可恶呀。"听说盛长也感到万分惭愧，常以扇子遮住了自己的脸。

[10] 尾中法桥：传不详。法桥为僧位，仅次于法眼。相当于僧官之律师。

[11] 遗孀尼君：原文后家尼公。后家谓与夫死别之女性，即未亡人。尼公是对尼之敬称，亦称尼君。

十六 敦盛之死

平家一谷会战大败，熊谷次郎直实忖道："平家公子少爷想坐船逃走，皆往海岸方面撤退。是呀，盼能与其某高级将领一决雌雄。"便往海边驰去，只见一骑武士，身穿练贯[01]绣鹤直垂，罩以上浓下淡黄绿缀甲，紧系锹形觭角头盔带，腰佩金饰腰刀，背插黑白相间鹰翎箭，骑着配有金色轮鞍的连钱苇毛马，跳进了海中，朝着泊在海上的船游去，约游五六段远[02]。熊谷举扇招呼道："看来是一位大将军。岂可逃之夭夭，背向敌人？果真难看。请转回来。"对方居然应其招而转回。刚要上滩时，熊谷驰马过去，并驾揪打。双双落马。熊谷将对方压在下面，使翻身仰卧，正欲取其首级，掀其铠甲，眼看却是一个十六七岁的少年，薄施脂粉，牙齿染黑。年龄与自己的孩子小次郎相仿，容貌极为俊美。举起刀来，居然砍不下去，叹道："究竟是何许人？请报上名来，有意相救。"问道："汝是谁？"报曰："并非屈指可数中人。武藏国人熊谷次郎直实是也。"对方道："然则更不能告汝以名号矣。虽不报名，于汝却是贵重敌人，可取下此头问人，必有知之者。"熊谷心中想道："不愧是一位堂堂大将军。即使杀死此人，无助于应败而转胜；不杀此人，不关乎当胜而反败。自家小次郎稍受轻伤，直实便难过不安。此公子之父若知其子被杀，将如何悲伤？唉，应救其

[01] 练贯：以生丝为经，练丝（以灰汁煮柔之绢丝）为纬所织成之绢布。

[02] 五六段：六间为一段，约十一公尺。五六段，约五十五公尺至六十六公尺之间。

命。”正在想着，忽然回头一看，只见土肥、梶原率领约五十骑，陆续来到。

熊谷掩泪道：“极欲相救，但我军处处如云霞，恐怕难逃一命。与其借由他人，直实宁愿自己动手，以便供奉足下，祈愿后世冥福。”却只听道：“请快动手，取下我首级。”熊谷觉得实在可怜，不知何处下刀，眼前一片漆黑，失魂丧魄，茫然不辨前后。然而也不能长此下去，只好哭哭涕涕，狠一狠心，砍下了对方的首级。接着絮聒道：“唉，执弓矢之身最为可悲。若非生于武士之家，何必犯此罪过。居然忍心杀了人。”说着以袖掩面，泪如雨下。

有顷，熊谷觉得也不能只管哭泣，正欲脱下死者直垂以裹其首级，见有锦袋藏着一支笛子。想道：“唉，真可怜。今日清晨在城内弹奏管弦者，此人必在其中。当今东国军势虽有几万骑，但携笛上阵者定无一人。平家高官贵胄毕竟饶有风雅之趣。”后来将笛子送呈九郎御曹司义经过目，见之者无不落泪。

其后经过询问，方知年轻武士是修理大夫平经盛[03]之子，无官职大夫，名敦盛，行年才十七岁。经历此事后，熊谷出家皈佛的心愿愈益坚定起来。

关于笛子的来历，由于敦盛的祖父是吹笛高手，鸟羽上皇赐以此笛。经盛承之，又传之与敦盛。敦盛亦擅吹笛，经常带在身上。笛名小枝[04]。虽云狂言绮语之类，终成熊谷礼赞佛乘之因[05]，令人感慨殊深。

---

[03] 平经盛：忠盛三男，清盛之弟，教盛、忠度之兄。经正是其嫡男，敦盛为其幺儿。

[04] 小枝：高仓宫以仁王生前所持笛子，亦名小枝。见卷第四《五、信连》与《九、大众会合》等章。

[05] 白居易《香山寺白氏洛中集记》：“我有本愿，愿以今生世俗文字之业，狂言绮语之过，转为将来世世赞佛乘之因，转法轮之缘也。”在此则试将音乐（笛）与狂言绮语同一视之。

十七 知章之死

门胁中纳言教盛卿之幺儿藏人大夫业盛[01]，与常陆国人土屋五郎重行[02]交战而遇害。修理大夫经盛嫡子皇后宫亮经正[03]，奔向海滨，想搭乘救护船，却被河越小太郎重房[04]部下围攻而死。若狭守经俊[05]、淡路守清房[06]、尾张守清贞[07]，三人连骑冲入敌阵，大开杀戒，颇有斩获。但敌众我寡，终于同在一处阵亡。

新中纳言知盛卿是生田森的大将军，但其兵马都已逃散，只剩儿子武藏守知章、武士监物太郎赖方[08]，主从三骑奔向海滨，也想搭乘救护船。此时约

---

[01] 业盛：他本或作成盛。似非幺儿。据《尊卑分脉》，门胁中纳言平教盛有子嫡男通盛、次男教经，之后列有业盛、法印权大僧都忠快、得业盛缘之名。

[02] 土屋五郎重行：别本土屋或作泥屋、质屋等。重行：或作高光。传不详。土屋：桓武平氏，世居相模国大住郡土屋（今神奈川县平冢市土屋），故以土屋为姓。谓之常陆国人，不明其故。

[03] 平经正（？—一一八四）：初见卷第七《二、北伐》章（参注3）。后又数见。平安后期武士、歌人。官至左兵卫佐、但马守、正四位下。《新敕撰集》《玉叶集》《新拾遗集》等和歌集皆收有其歌。卷第七有专章《十六、经正出奔》与《十七、青山来历》章，叙其出奔情形。在本章以皇后宫亮经正之名死于一谷之战。

[04] 河越小太郎重房：武藏国入间郡河越（今埼玉县川越市）人。属坂东八平氏之秩父氏。畠山氏同族，河越太郎重赖之嫡男。

[05] 经俊：平经盛四男、经正之弟。

[06] 清房：平清盛之子、知度之弟。

[07] 清贞：中原师元之子、平清盛养子。

[08] 赖方：传不详。监物属中务省，监察内藏、大藏等出纳之职。此以职名为姓。

有十骑看似儿玉党人，身插团扇[09]旗帜，紧追在后。监物太郎乃无敌弓手，一箭射中了前头掌旗的颈骨，从马上倒栽下去。有一个大将模样者驰马过来，转瞬即与新中纳言并骑。其子武藏守知章冲进两骑之间，揪住敌人落下了马，压在下面，取了首级之后，正要站起，却被赶来的敌兵砍掉了头颅。武士监物太郎扑在杀死武藏守知章的敌兵身上，也将其首级摘了下来。此后，监物太郎射尽了所有的箭，拔刀奋战，杀死了不少敌人，但因左腿膝盖中了敌箭，想站也站不起来，便坐在地上挨砍而死。

在纷乱之中，新中纳言知盛骑着名贵的骏马，在海面上游了二十多町[10]，到了大臣殿宗盛的坐船。船上已挤满了人，根本没有立马之处，不得不将坐骑赶回海岸。阿波民部重能[11]走了出来，弓上搭着一箭，说道："贵骑不能落入敌人之手。宜射杀之。"新中纳言劝阻道："此马刚救我一命。无论落入谁人之手，万万不可杀之。"无可奈何，只得收起弓箭。

此马与主人分开后，依依不舍，一直跟船游着。但落在船后，越来越远，不得已，只好游回主人已去的海滨。游到足可着底的浅滩，还频频回头望着远去的船，嘶鸣了两三声。然后，登上岸来休息时，为河越小太郎重房所捉，呈献后白河法皇，养在法皇的御厩中。原来此马是法皇所珍秘之马，藏在一之御厩[12]内。据说，宗盛荣任内大臣，在行升官感恩之礼时，法皇即以此马当贺仪而赐之。后来委由新中纳言照顾。新中纳言非常珍爱此马，惜之如命，每月初

---

[09] 团扇：军配团扇之略。原指在战场上，将军用以指挥军阵配置与进退之团扇。多以皮革做成，上绘日月星辰，铁柄。或称军扇。在此则特指儿玉党以军扇为党徽之旗帜。

[10] 二十多町：一町有六十间，约一〇九公尺。二十多町约二一八〇公尺，即二点一八公里。

[11] 阿波民部重能：阿波国名西郡樱间乡（今德岛县德岛市与名西郡石井町交界）豪族。田口氏。已见卷第六《八、筑岛》，参注7。

[12] 一之御厩：御所中马厩第一，专饲名马。

一必定祭拜泰山府君[13]，为马祈祷平安无恙。或许因而有了灵验，马龄得以延寿，也好像对饲主的命数也有所助益。可谓可喜可贺。此马生长于信浓国井上[14]，故称井上黑。后来因系河越捉来所献，又称河越黑。

新中纳言知盛谒见大臣殿宗盛，叹道："我儿武藏守先我而去矣，监物太郎亦已堂堂阵亡。抚躬自问，沮丧难安。缘何眼看自家儿子出来相救，正与敌人缠斗，死战不已，而为其亲父者竟不顾子之将死，反而脱出阵地，逃亡来此。何以故？如果是他人，必定痛加谴责，岂可原谅了事。然而发生在我身之上，方知自己贪生怕死，居然至此地步。每想到他人心中将如何评说，便觉羞愧难堪。"说罢以袖遮面，泣不成声，泪如泉涌。大臣殿道："武藏守代父舍命，的确难能可贵。不愧是优秀大将军，手腕利落，心志刚毅。今年十六岁，与清宗[15]同龄，是也不是？"说着向儿子卫门督清宗所在瞥了一眼，双眼含着泪水。许多列坐在侧的平家武士，无论有心无心，也都不禁泪下，沾湿了铠衣之袖。

---

[13] 泰山府君：中国泰山神，俗称东岳大帝。主司人间生死祸福，为道教之神祇。在日本经神道与佛教结合后，化为阎罗王侍者或地狱之一王。其本尊乃地藏菩萨云。

[14] 井上：信浓国高井郡井上（今长野县须坂市井上）。井上黑谓在井上出生、培育、训练之黑毛马。

[15] 平清宗：宗盛长男。寿永二年（一一八三）正月二十二日任右卫门督，时十四岁。

十八 东逃西窜

小松殿平重盛的幺儿备中守师盛[01]，主从七人坐着小船刚要逃离时，有新中纳言知盛卿的武士名叫清卫门公长[02]者，举手喊道："喂，是备中守殿之船吧？很想能坐上来。"船于是划回岸边。此人身高体壮，又穿着整套铠甲，从马背上跃进船中。小船怎承受得了，摇了一大晃，便船底朝天了。备中守师盛在水中载沉载浮。畠山的部下本田次郎[03]带着十四五骑赶到，用钉耙钩上岸来，终被砍下了首级。听说才十四岁。

越前三位通盛卿是山手[04]方面的大将军。当日身穿赤地织锦直垂，上披唐绫叠缀铠甲，骑着安有银覆轮鞍的黄瓦毛[05]骏马。不意盔内中箭，头部受伤，被逼与弟弟能登殿分开。自忖该找个安静之处自尽，正要向东逃去，却撞见近江国人佐佐木木村三郎成纲[06]、武藏国人玉井四郎资景[07]，约有七骑，忽然包围过来，取走了首级。当时还有武士一人随在身边，但在最后时刻却不见踪影。

---

[01] 师盛：非平重盛幺儿。据《尊卑分脉》，师盛为五男，其下尚有忠房、重真、行实、清云诸弟。

[02] 清卫门公长：传不详。此一角色之名称在各本中多有异同。

[03] 本田次郎：其名已见本卷《二、宇治川争魁》章。武藏国男衾郡本田（今埼玉县深谷市本田）人。传不详。

[04] 山手：防守一谷城后山麓之军队。见本卷《十三、越中前司之死》章，注2。

[05] 黄瓦毛：原文黄河原毛。已见本卷《十、一二之争》章，参注4。

[06] 成纲：近江国蒲生郡佐佐木庄木村（今滋贺县近江八幡市安土町）人。宇多源氏。资经之子。

[07] 资景：武藏国幡罗郡玉井（今埼玉县熊谷市）人。传不详。已见本卷《七、三草点将》章。

此次东西两城[08]的会战，持续了将近一个时辰，源平双方死伤皆极惨重。在箭楼前、鹿寨下，人尸马骸，堆积如山。一谷的小筱原绿色退而变成淡红。在一谷、生田森、山崖、海滨被射杀或砍死者，不计其数。仅只源氏兵士所摘的首级便有二千余人。此次阵亡之主要平家武将，据说有越前三位通盛、其弟藏人大夫业盛、萨摩守忠度、武藏守知章、备中守师盛、尾张守清贞、淡路守清房、修理大夫经盛嫡子皇后宫亮经正、其弟若狭守经俊、其弟大夫敦盛，以上共计十人之多。

会战既然大败，平家只好伺候安德天皇，人人坐船出海，又开始漂泊不定的日子。其心中之悲痛不言而喻。有逐浪顺风，驶向纪伊路的船。有划到芦屋海上，随波摇荡的船。或由须磨沿着海边漂往明石之浦[09]，泊无定所，枕楫独睡，泪湿衣袖。在春月朦胧下，莫不椎心怨怼。或穿过淡路海峡[10]，浮在绘岛矶边[11]，倾听离群的黄鹂掠过水面，发出求伴的软声细语，仿佛便是自己的同类。也有不知何去何从，还在一谷海上踟蹰不前的船。如此这般，各别任凭风吹浪打，漂流在处处海岸与小岛间，难于互通生死消息。本来臣服于平家之国十四国、军势十万余骑，距离京城仅剩一日行程。人人都以为此次必定可以重返京都，莫不拭目以待。岂知在一谷败得如此之惨，反而变得心虚沮丧、不知如何是好。

---

[08] 东：指生田森城。西：指一谷城。

[09] 纪伊路向南，芦屋向东，明石向西。各奔不同方向。芦屋：摄津国地名，今兵库县芦屋市。

[10] 淡路海峡：在明石与淡路岛之间，今称明石海峡。

[11] 绘岛矶：淡路岛北端，今兵库县津名郡淡路市之东海岸。已见卷第五《二、赏月》章，参注2。

十九 小宰相跳海

越前三位通盛卿之侍卫武士中，有名叫君太泷口时员[01]者，来到夫人所乘的船上，禀报道："主公在凑川下游，为敌人七骑所围，终遭杀害。其中主要凶手自报姓名，便是近江国人佐佐木木村三郎成纲、武藏国人玉井四郎资景二人。时员本来应陪主公同生共死，只因过去屡承吩咐说：'通盛如有万一，汝绝不可舍生。宜尽量设法活命，寻访夫人所在，并予照拂。'因而敢于苟全性命，觍颜脱逃，前来晋谒。"夫人听了，不回一语，便以衣蒙面，俯伏痛哭起来。

夫人虽然亲耳听到通盛卿阵亡的消息，但总觉得说不定是一种误传，说不定犹有生还的机会，所以头两三日，还抱着仿佛等待短期出门者回来的心情。然而过了四五日之后，觉得说不定的想法无非自欺欺人，指望全空，愈益心虚。唯一随侍在侧的乳母，也伏枕哭泣，沉入悲哀之中。

自从听到噩耗的七日[02]黄昏起，到十三日的晚上，夫人一直躺在床上不肯起来。翌十四日，即将抵达屋岛的夜晚，夫人仍然卧着。等到长夜已阑、船上人静时，夫人才对乳母说道："几日来，听到夫君三位[03]阵亡消息，不愿信以为真，但从今日黄昏起，觉得可能确有其事。人人皆说在凑川下游遇害，而其

[01] 君太泷口时员：传不详。君太，他本作宫泰、宫田、郡田或见田。泷口：属藏人所，在清凉殿东北，禁中警卫值勤处。亦指当值泷口之武士。

[02] 寿永三年（一一八四）二月七日。当日一谷会战，平家大败，平通盛被杀。

[03] 三位：指其夫越前三位通盛。

后的确无人再见过三位。犹忆出战前夕，在阵地营房会面，三位显得异常忐忑不安，只听他感叹说：‘明日交战肯定会败北身亡。我死之后，汝将何以自处？’当时想，打仗是武人常事，此次不一定便会一去不还。天真无知，懊悔之至。

“如果知道那是最后一面，只是当时的确不曾想到，何以未定后世相偕往生净土之约？而今思之，何堪伤悲？妾身有孕，平日秘而不宣，当日鼓起勇气告以此事，则大喜过望道：‘通盛年逾三十而膝下犹虚。若是男孩，幸甚。算是在此忧患人世所留之遗孤。有身已有几月？感觉如何？长期漂在浪上，住在船中，能否安静分娩，不能无虑。’谆谆其言，毕竟只是虚幻之约而已。

“据云女人临褥，死者十之九。不知确实否？若因生子而蒙羞且死，绝非所愿。虽然亦想能平安产下孩儿，专心养之育之，借以怀念亡者身影，只怕每见孩儿，便恋慕亡者，徒增悲悼，反而难于释怀。人生在世，不免一死。

“即使万一能在此世隐居度日，只是有愿难偿而不能为所欲为，乃是人世之常，说不定还会横生枝节，引起意外之事来[04]。思之心有余悸。睡时亡者现身梦中，醒时遗容浮现眼前。乃下定决心，与其苟全性命于人世，忍受追忆往事成空之苦，宁愿自沉水底。但念乳母孤零零留在世上，必然悲苦难堪。所遗装束首饰之类，可分赠予任何僧尼，以祈亡者冥福，顺便助我后生。务必将此手书信札送至京城。”娓娓诉说，悲痛欲绝。乳母泪汪汪道：“老身为伺候夫人，只得丢下亲生小儿，且将老迈双亲留在京城。区区此番心意，倘蒙体谅，不知将作何感想？况且此次一谷会战中，诸位阵亡将军之诸位夫人，其悲痛哀悼之情皆非比寻常。所以请别认为是夫人一己之事。应该在平安生产后，好好养育小孩，可到任何偏远地方变装出家，勤念佛号，为亡者祈求冥福。

“夫人或许确信死后一定能与亡者同道轮回，其实转世之后，亡者在六道

[04] 意外之事：注家多以为指被求或被逼而再婚，或再坠入情网而自寻苦恼等足以伤害贞节之事。

四生[05]之间，都有可能转生任何一道。因此，能否相会既不确定，跳海殉情，便毫无意义。况且说要跳海，还留在京中之事与亲人，以后将托谁照顾？恭听夫人所言，至以为憾哪！”乳母哭哭啼啼，苦口婆心，试图说服。夫人也许觉得刚才多讲了不该讲的话，但还是试加辩解道：“此类事情总希望有人能设身处地，为我设想。大概世上有恨而想投海之人比比皆是。如果我心已决，必当相告。夜已阑矣，可就寝矣。”乳母注意到夫人四五日来，连汤水都不大喝，而现在居然会劝人睡觉，觉得夫人去意已决，不禁悲从中来，求道：“如果经过深思熟虑，已作决定，愿意相陪至千寻海底。如果夫人先走一步，万无片刻苟且偷生之理。”说着，显然困极而闭上了眼睛，昏睡起来。夫人趁此机会，静静地站起，蹑手蹑脚走到船舷。只见海上漫漫无边，不知何处是西方。只凭明月西倾的山巅，认定便是极乐净土的方向，小声开始念佛。从海上白洲传来的黄鹂声里，在驶过海峡船只的摇橹声中，声声悲切，愁肠寸断。小声唱完佛号一百遍后，接道：“南无西方极乐世界教主弥陀如来，本愿不误，必垂引接往净土。使我俗缘未尽之夫妇，一同往生一莲[06]之上。”边哭边向远处祈求，随着“南无”之声，跳进了海中。

此事发生在夜半从一谷航往屋岛的海上。船中悄然，无人知觉。只有一个未睡的舵手看见，惊叫道：“怎么回事呀，刚才有一位非常美丽的女郎跳进海中去了。”乳母闻声惊醒，搜查舱间，夫人不在，只管“哎呀哎呀”地叫着，不知所措。有许多人下水搜救。只是春季夜间，海上雾浓，加以云脚低垂，视界模糊。虽然有人一再潜水搜索，却因月色朦胧，久寻而不得。好久之后，终于捞

---

[05] 六道：众生依生前善恶业因而轮回转生之六种世界，即地狱、饿鬼、畜生、阿修罗、人间、天上。四生：六道轮回时有四种生法，即胎生（如人类）、卵生（如鸟类）、湿生（如蛙类）、化生（如蝶类）。

[06] 《往生讲式》：“南无西方极乐化主阿弥陀佛，本愿不误，必垂引接。”又《法华经·药草喻品》：“即往安乐世界，阿弥陀佛大菩萨众围绕住处，生莲花中宝座之上。”

上船来，但已非此世之人。身穿白色裤裙，下贴练贯[07]二重内衣。头发与白裤都湿漉漉滴着水，虽然捞上来了，却无济于事。乳母握着夫人的手，脸贴着脸，哭道："既然决定非走不可，为什么不带老身同沉千寻海底？请说啊，再说一声给老身听一听。"尽管呼天抢地、悲痛欲绝，却听不到一声回答了。本来好像还有非常微弱的呼吸，也早已断绝了。

在忙乱中，春夜之月也斜向西空，昏暗的海面开始云消雾散，天上露出了一抹曙光。面临死别，固然一言难尽，但也不能割舍不得，拖延搁置。于是，取出故三位通盛殿所留下的一套重铠甲，包住遗骸，推落海中，免其浮上海面。乳母此次怕又跟不上，随着便要跳下去，却被拉住劝阻，终难如愿。无可奈何，不知所措之际，忽然拿起剪刀剪短了自己的长发，然后恳请故三位殿之弟中纳言律师忠快[08]为之剃度，哭哭啼啼地受了戒，决心为主人后生祈求冥福。

自古以来，女人之后男人而死者多，但以变装出家为常，难得有投水殉情之例。忠臣不事二君，贞女不嫁二夫[09]，盖此之谓欤？

提起此位夫人，原来是头刑部卿藤原宪方[10]之女、上西门院[11]之女官，有宫中第一美人之誉。人称小宰相殿。安元[12]春，女官芳龄二八，在法胜寺[13]随

---

[07] 练贯：以生丝与练丝所织绢布。已见本卷《十六、敦盛之死》章，参注1。

[08] 忠快：平教盛之子、慈镇弟子。养和元年（一一八一）权律师。已见卷第七《十八、一门出奔》章，参注13。

[09] 《史记・田单列传》："忠臣不事二君，贞女不更二夫。"

[10] 头刑部卿宪方：藤原为隆之子。小宰相为宪方第三女。头为藏人头，刑部卿为刑部省长官，司诉讼之裁判、罪人之处罚等事务。

[11] 上西门院：鸟羽天皇第二皇女统子。母为待贤门院璋子。后白河天皇之姊。后白河天皇准母。保元三年（一一五八）二月尊为皇后，保元四年（一一五九）二月赐院号，文治五年（一一八九）殁，六十四岁。已见卷第五《七、文觉苦修》章，详注3。

[12] 安元：第八十代高仓天皇年号（一一七五——一一七七）。安元三年八月改元治承元年。

[13] 法胜寺：白河天皇敕愿寺，在今京都市左京区，六胜寺之一。

侍女院临幸赏花，当时任职中宫亮[14]的通盛卿，惊为天人，一见钟情。从此以后，朝思暮想，倩影仿佛便在身边，拂之不去。开始时，试以歌咏书信传其情愫，但只见页数徒增，未蒙青睐。

不觉已过三年，通盛卿决定写最后一封信，派人送到小宰相处。居然见不到平常代为收转信件的女官。使者只好携带信件，怅然而返，却在路上巧遇小宰相殿正要进宫。使者不达目的不肯休，假装赶路跑过车边，将通盛卿的信札投入小宰相殿的车帘之中。小宰相问车外的随从，信札是谁所投。答曰不知。将信札捡起来一看，是通盛卿所写。既不能将信留在车中，也不便丢到路上，便挟在裤腰里面，径赴御所值勤去了。但在御所当班时，却不慎将信札掉了，而且不偏不倚，正好掉在女院的面前。女院看见，立刻捡起来，藏在袖口中，问道："拾得稀罕信件，不知失主是谁？"女官们都对所有神佛发誓说不知道，只有小宰相一人，满脸通红，不发一语。其实，女院早知通盛卿一直在单恋小宰相，拿出信札，打开一看，只闻浓香扑鼻，阵阵诱人。笔致亦非泛泛。写道："铁石心肠，太过冷漠，如今思之，反而可喜。"然后倾吐衷曲，不厌其详。最后附歌一首：

我心一独木，跨谷便往还。每见青鸟去，含泪空手旋[15]。

女院道："此信盖怨不能相见也。如若太过薄情，反足以害己。"

---

[14] 中宫亮：属中务省，司中宫有关各种事务之中宫职次官。平通盛于治承三年（一一七九）十月为中宫亮，此时尚未就任此职。

[15] 此歌直译："我之恋，细谷河之独木（丸木、原木）桥，重复踩过，泪湿衣袖。"细谷河喻男女间难于（而必须）逾越之间隔。独木桥喻跨越间隔而联系两地（两人）之一心。在独木桥上信使重复往来送信，迄未获得回音，每次空手而回。伤心落泪，滴在独木桥上，也沾湿了衣袖。按：歌中"踏みかへされて"，意为"重复踩过"，与"文（信）被退回（文かへされて）"，句义双关。译文中之青鸟即信使。杜甫《丽人行》："杨花雪落覆白苹，青鸟飞去衔红巾。"薛道衡《豫章行》："愿作王母三青鸟，飞来飞去传消息。"

古时有一位绝代美女，情场圣手，名叫小野小町[16]。见者闻者趋之若鹜，莫不为情所恼。只因小町心高气傲，惹来冷漠薄情的声名。人人积怨成仇，不再加以理会，最后落得无处可避风吹雨打。住在简陋的房屋中，对着透过破屋顶漏进来的月色星光，双眼含泪，自怨自艾。日日靠着野生的嫩菜、泽中的芹根，勉强维持了譬如朝露的生命。女院道："此信非回不可。"便叫人拿来砚台，亲自代写了回函。

独木诚可依，细谷河上卧。人若勤来回，岂能不陷落[17]？

接到回信，通盛卿胸中恋慕之情，仿佛冒出富士山之烟；袖上感奋之泪，强似拍打清见关之浪[18]。美貌乃幸福之所倚，通盛卿终于获赐小宰相，结为连理。恩深义重，誓必百年。因此在奔亡西海之后，无论在船中或在波上，两人同行同止，结果分别到了同一个世界。

门胁中纳言平教盛失去了嫡子通盛，幺儿业盛亦已先亡。如今可依赖者唯有能登守教经、出家的中纳言律师忠快而已。原以为小宰相会留下来，可以稍解对故三位通盛殿的哀思，现在竟也撒手尘寰，怎不令人心唏嘘。

---

[16] 小野小町：平安前期著名歌人。生卒年不详。三十六歌仙之一。六歌仙中唯一女歌人。绝世美女。歌才拔群，时与同代名歌人文屋康秀、遍昭、在原业平、安倍清行等吟歌赠答。镰仓时期以来被仰为歌神。据传晚年极为潦倒没落。《古今和歌集》等敕撰歌集收有其歌六十余首。其生平事迹载于《古今著文集》《十训抄》等书，后世编成谣曲等文类，有"小町物"之称。

[17] 此歌直译："请相信细谷河之独木桥，重复踩过，难免有坠下之时。"按：歌中"重复踩过，不免有坠下之时（踏み返しては、落ちざらめやは）"句，与"既然回信（文返），自无不坠入（情网）之理"，句义双关。有关歌中之隐喻与双关，参本章注15。

[18] 平佑举有歌云："胸是富士山，袖是清见关。无日无烟起，无日无波澜。"（见《词花集·恋上》）此处所述盖据此歌而来。清见关：骏河国歌枕。在今静冈县静冈市清水区兴津清见寺町。

卷第十

『验收首级』

一 验收首级

寿永三年二月七日在摄津国一谷所取的平氏首级，于十二日送抵京都。向来与平家有缘的人，都觉得自己不知将会遭到如何难堪的处置，只能互相叹惋、彼此衔悲。就中小松三位中将维盛卿的夫人，隐居大觉寺[01]，更感坐立不安。听人说道："此次一谷会战之后，平家一门所剩无几。有一个公卿叫三位中将，听说被俘，也已押到京城来了。"认为"此人可能是维盛"，便以衣蒙脸，俯伏哭泣起来。有个女官出来劝道："所说之三位中将殿并非本家维盛卿，而是本三位中将殿[02]。"夫人道："然则当在首级之中。"仍然不能放心。

同月十三日，大夫判官仲赖[03]来到六条河原验收首级。蒲冠者范赖、九郎冠者义经上奏，坚持首级须经东洞院大路[04]向北，送到监狱门前，悬挂在楝树上示众。后白河法皇不知如何处理，左右为难，便请来太政大臣、左右二大

[01] 大觉寺：真言宗。在今京都市右京区嵯峨大泽町。

[02] 本三位中将平重衡：三位中将有二人时，先任者加本字，以示区别。重衡，治承三年(一一七九)正月左近卫权中将，同年十二月辞职，治承五年五月还任。其被擒经过，详卷第九《十五、重衡被擒》章。平维盛则于治承五年六月任右近卫权中将、同年十二月叙从三位。

[03] 大夫判官仲赖：源资远之养子，后白河法皇北面武士。大夫判官：为五位检非违使尉。

[04] 东洞院大路：注释家多以为是西洞院大路之误，盖狱舍在西洞院大路之西、近卫大路之南。

臣、内大臣[05]、堀河大纳言忠亲卿[06]，进行商议。五公卿分别说道："自古以来，尚无公卿首级游街示众之例。尤其此次，此辈皆先帝[07]外戚之臣，久在朝中伺候。故范赖与义经所奏，万万不可照准。"各抒所见，意见竟然一致，乃决议不准所奏。然而范赖与义经重复上奏曰："忆昔保元之乱，平氏乃先祖父为义之仇；忆昔平治之变，平氏乃先父义朝之敌[08]。年来源氏为抚慰君上[09]之怒，为洗雪父祖之耻，舍命奋战，欲灭朝敌。此次平氏首级若不经大路示众，今后将何以激励同仇敌忾而继续讨伐凶贼？"由于两人频频申诉，法皇无法拒绝，终于准其游街示众。观者不计其数。想当年联袂列席宫廷时，作威作福，人多避之唯恐不及。如今见其首级经过京城大路，观者莫不悲悯嗟叹，感慨万千。

小松三位中将维盛卿之子六代的侍从斋藤五、斋藤六[10]，放不下心，换上卑贱衣装，跟着众人去参观察看，确认并无三位中将的首级。然而场面实在惨不忍睹，难掩泪下如雨，怕被人看见，赶紧回到了大觉寺。夫人问道："如何，有讯息否？"答道："小松殿家诸位公子中，仅见备中守师盛殿[11]首级。其他是此谁彼谁之头。"夫人道："无论是谁人，不能以为事不关己。"说着，哽咽抽泣起来。稍后，斋藤五含泪禀道："近一两年来隐居在此，与世形同隔绝，已不甚为

---

[05] 太政大臣：自治承三年十一月藤原师长解官后，至文治五年（一一八九）十二月，悬缺。寿永三年（一一八四）二月当时，左大臣藤原经宗、右大臣藤原兼实、内大臣藤原实定。

[06] 堀河大纳言忠亲：太政大臣藤原师实之孙忠宗之子。寿永二年官居权大纳言之职，建久六年（一一九五）殁，六十五岁。

[07] 先帝：指安德天皇（在位一一八〇—一一八五），当时流亡西国，但京都已于寿永二年（一一八三）另立新帝后鸟羽天皇。安德于元历二年（一一八五）三月在坛浦跳海身亡。

[08] 保元之乱（一一五六）：源为义拥护崇德上皇，为后白河天皇与平清盛所败，自首被斩。平治之乱（一一五九）：源义朝败于平清盛，在逃亡东国途中被杀。

[09] 君上：原文君。在此指后白河法皇。

[10] 斋藤五宗贞、斋藤六宗光：已见卷第七《十四、维盛出奔》章，参注8。

[11] 备中守师盛：平重盛幺子。死于一谷会战，见卷第九《十八、东逃西窜》章。

人所知。本想多待片刻，看能否寻出蛛丝马迹，却巧遇一位人士，于会战情形知之甚详，承相告曰：‘小松殿诸位公子少爷，在此次会战中，防守位于播磨与丹波国界之三草山，为九郎义经所破。据云，新三位中将资盛殿、小松少将有盛殿与丹后侍从忠房殿，皆从播磨国高砂乘船渡至赞岐国屋岛。在诸兄弟中，唯有备中守殿不在一处，独自在一谷阵亡，不知何故？’问曰：‘然则小松三位中将殿何如？’答道：‘传闻此位将军在开战前，突生大病，无法出阵，被送到屋岛去休养了。’不惮其烦地将详情一一相告。”

夫人听得心有不忍，说道：“必定是思念家中大小，悲哀过度，才会生出病来。日日是风吹浪打之日，今日又非得乘船不可，随时都有不测。如有交战，恐怕此时此刻也在面对死神。何况现在身患重病，有谁能善加照护，叫人不放心。愿闻其详。”此时公子与公主插进来问道：“为什么不打听父亲患了什么病？”听来令人鼻酸。

三位中将虽然远隔在外，却也人同此理，心系家小，想道：“京中家人不知如何忧心。既然找不到首级，可能认为溺水或中箭而死，早已不在此世矣。宜写平安家信，报以此朝露般性命仍在苟延残喘中。”于是派了武士一人上京。携了三封书信。第一封给夫人，写道：“京中敌人满街，汝一人之处境堪忧，又须照顾幼小，不知有多悲苦也？虽想接来此地，是福是祸，共度残生。我身如何不必在意，只恐对汝太过残酷，颇以为难。”接着情话绵绵。最后附歌一首：

身如浪上藻，何时去复来？珍惜漂藻意，真情最可怀[12]。

给幼儿幼女各写一封，字句完全相同：“寂寞时如何排遣？应该早日接来团聚。”使者带着三封书信件到了京城，呈给夫人。夫人重又悲叹起来。

---

[12] 藻：有诗歌文章之意。漂藻盖谓漂泊如海藻之人寄自海上之书信也。

使者停留了四五日便要离开。夫人哭哭啼啼地写了回函。公子公主也拿起笔来，问道："给父亲大人写回信，写什么？怎么写？"答道："只要将心中所想写出来即可。"于是两人写道，字句也相同："为什么还不来迎接呢？好想念父亲大人。请快来接我们去住在一起。"使者带着书信回到了屋岛。

三位中将先打开了幼小的来信，越看越难受，几乎到了无法忍耐的地步。终于忍着悲哀，边哭边道："而今而后，对于厌离秽土、出家修道一事，已经兴致索然矣。在此世上为人，亲子夫妻之情如此难断，而侈言往生极乐净土，谈何容易。但愿由此沿山渡水，偷回京城，与爱妻儿女互相再见一面，然后自尽，才是上策。"

二 宫中女官

同月十四日，俘虏本三位中将重衡卿在六条大路上，向东游街示众。坐在小八叶车[01]上，前后车帘卷起，左右车窗打开。土肥次郎实平身穿木兰地[02]直垂，上披简便铠甲，从者三十余骑，围在囚车前后护卫。京中之人，不分贵贱，看了都道："啊，真可怜。不知是何业报？在所有平家公子少爷中，唯有此人遭受此种耻辱。听说最受入道殿、二位尼殿[03]宠爱，一家人亦无不另眼相看。每进法皇御所或宫中时，无论老幼，皆虚席以待。此次蒙羞，应是烧毁奈良寺院之报[04]。"游街到六条河原，然后折回到八条堀川路口，押在故中御门藤中纳言家成[05]卿的佛堂中。着由土肥次郎看管。

法皇御所派了藏人左卫门权佐定长[06]为御使，前往八条堀川。定长整套

[01] 小八叶车：车厢顶上饰有小型八瓣莲花之牛车。

[02] 木兰地：稍带黑色之橘黄色染布。通常用于缝制狩衣、直垂。其浓染者呈褐色。

[03] 入道、二位尼：指入道相国平清盛、其妻二位尼时子，或称二位殿。承安元年（一一七一）叙从二位。元历二年（一一八五）三月，坛浦会战失利，抱幼帝安德天皇投海。事见卷第十一《九、安德帝投海》。

[04] 按：平重衡为攻击烧毁奈良寺院之平家大将军。事见卷第五《十四、奈良火灾》章。

[05] 藤原家成：参议藤原家保之子、成亲之父。其邸在中御门东洞院大路口，故称中御门。初见于卷第一《二、宫中谋害》章，参注18。

[06] 定长：藤原光房五男。养和元年（一一八一）藏人，寿永元年（一一八二）右卫门权佐。已见卷四《三、源氏名录》章，参注1。

绯衣正装[07]，佩剑持笏。三位中将重衡身穿浓淡斑染藏青直垂，头戴立乌帽子。对于平时根本不看在眼里的定长，现在却像罪人在冥途上遇到鬼官一般。只听定长宣道："圣上有旨，如欲返回屋岛，可即与平氏一门联系，责其将三种神器归还京都。若然，则准予返回屋岛。"三位中将应曰："欲以重衡一条之命换取三种神器，纵使有千条万条，内大臣宗盛以下一门绝对无人敢于做主。家母二位尼殿是女人，或可告之以此事。总之，既有院宣，诚惶诚恐，亦不能全然置之不理，自当勉为其难，转达圣旨。"

三位中将的私使是平三左卫门重国，法皇的御使是御坪召次花方[08]。因为不许携带私人信件，只好利用托捎口信的方式。捎给夫人大纳言佐[09]殿的口信是："从前出游，汝慰我，我慰汝，彼此关切。此次别后，互相惦念，何其悲苦。语云夫妻缘不断，后世转生，当可重聚。"哭着交代了口信。重国含泪离去。

三位中将长年使用的武士中，有一个木工右马允，名叫知时[10]，当时在八条女院[11]供职，往见土肥次郎道："在下某曾是三位中将殿家仆人，原想追随其后，浪迹西国，只因在八条女院处兼职，无法分身，不得不留在京都。今日在大路上见其尊容，惨不忍卒睹。能否网开一面，准予进去相见，以便问候叙旧。在下并非正规执弓矢之士，所以未尝参与任何大小战役，只能朝夕在其身边伺候而已。尽管如此，若是仍有疑虑，愿留短刀于此。不情之请，尚祈曲宥。"土

---

[07] 绯衣：绯色袍，五位者上朝时所穿正装。

[08] 平重国：桓武平氏，传不详。御坪召次：在御所中庭伺候、负责报时等杂务之职。花方：姓氏、传记均不详。

[09] 大纳言佐：指平重衡之妻辅子。父亲大纳言藤原邦纲、佐为内侍司次官典侍，故称大纳言佐。

[10] 木工右马允知时：传不详。诸本作友时、朝时或信时等。木工右马允：为木工允兼右马允之职者。按：木工允属木工寮（掌宫中营造、修理、采材等事务）。右马允属右马寮，均为三等官职。

[11] 八条女院：八条院。鸟羽天皇皇女暲子内亲王。已见卷第四《十二、王子出家》章，参注2。

肥次郎是有情有义之人，慨然答道："只有一人，无妨。不过为防万一。"便顺手接过短刀。右马允知时大喜过望，立即入内，只见三位中将忧容满面、垂头丧气、憔悴不堪。知时抑不住双眼落泪。

三位中将抬头一看，仿佛在梦中做梦。不发一言，只管哭泣。稍久之后，在谈往说今之际，忽然问道："且问一问，从前因汝传话而结缘之女官，不知尚在宫中否？"答曰："据说尚在。"中将道："出奔西国时，匆匆未寄书信，亦无传话。当年两人今生后世之誓，对方或许认为只是虚与委蛇，甚感不安。如今想再通音问，可代为送达否？"应道："如有信件，一定设法送到。"中将不禁喜形于色，不久便写好了书信交与知时带走。守卫的武士问道："是何信件？如不经检查，不准带出。"中将道："可使观之。"武士看了，道："不碍事。"将信递还给知时。

知时带着书信来到宫中，但日间众目睽睽，只好躲在附近一小屋中。等到暮色已垂，才蹑手蹑脚，靠近此位女官居处后门，伫立倾听动静。只听得一人，声音极像女官，说道："在众多平家将领中，居然只有三位中将被俘，且遭受游街示众之辱。世人皆以为乃烧毁奈良之恶业恶报。中将亦曾自云：'虽非自己蓄意为之，然而军中恶徒所在多有，人手一把火，不幸烧毁许多佛堂佛塔。俗云：叶梢凝露汇成干上水珠，究竟之罪当然在我一人[12]。'似乎并非毫无道理。"嘟哝自语，怨声连连。还可听到哭泣之声。

右马允知时才知女官也在思念，觉得可怜，开口道："有人在家否？"屋内问道："何方谁人？"回道："三位中将有信呈上。"平时害羞不见人的女官，也许压不住切骨之思，问道："何处，在何处？"飞快跑了出来，亲自接过了书信。

---

[12] 《论语・尧曰第二十》："百姓有过，在予一人。"本卷《五、受戒》章有"按理责归一人"句，亦平重衡语，均据《论语》而来。

打开信封，只见信上描述着在西国如何被俘的经过，对性命不知有今日何况明日的感叹，等等，不厌其烦，情见乎辞。最后附歌一首：

忍辱在缧绁，含垢泪成流。盼能见一面，不见不甘休。

女官读了信，一言不发，将信塞进怀中，只管哭泣。过了很久，觉得不能老是哭泣，才写了回信。在信中诉说了两年来衔悲度日的苦衷，也附歌一首：

爱君永无悔，不怕名沉沦。携手随流去，同化水底尘。

知时带回了回信。守卫武士又道："必须检查。" 看了说："不碍事。" 便将书信交还。三位中将读了信，终于抑不住思恋之情，向土肥次郎求道："年前与一女官相识而结契，很想再见一面，以便叙旧。不知可否？" 土肥次郎不是无情无义之人，回道："如果确实与女官有关，应无不可。不碍事。" 中将大喜过望，向人借了车，托人驾去迎接。不久女官乘车来到。中将听说车子来了，便到门廊相见，对女官道："有武士在观望，不用下车。" 自己将头伸入车帘内，手握着手，脸贴着脸。久无一语，但闻哭泣之声。久之，中将才道："年前下西国时，虽想在离开前能见一面，唯以世态混乱、情势紧张，即令派人传话，为时已晚。其后，时想通信，亦极望盼得回音，却因旅途不靖，不能随心所愿，而且战事频仍，无日无夜，徒然浪掷岁月。今日竟以俘囚之身，有缘再会，实在羞愧难当。" 说罢以袖掩面。两人互诉衷情，密意幽悰，可堪唏嘘。

看看夜色渐阑，倏已夜半。中将催道："近来京中不靖，大路荒乱，应早归去。" 但车要走了，却泪满双眶，拉住女官的衣袖，咏歌道：

相逢一瞬间，命也如朝露。今晚会有缘，只恐难再续。

女官回了一首：

虽说此一别，今后难再续。妾亦朝露身，或恐先消去。

女官回到宫中。其后，守卫武士不准两人再度见面，无可奈何，只好时时互通书信。提起此位女官，其实是民部卿入道平亲范[13]之女。是一个容貌出众、极重感情、很讲义气的人。因此，后来听到三位中将重衡已被押到奈良行刑[14]时，毫不犹疑，立刻改装出家，换上墨染缁衣，为重衡后世祈祷冥福。令人感慨至深。

[13] 亲范：桓武平氏。平范家之子。卷第三《十九、城南离宫》章，曾提到亲范隐居大原之事：“民部卿入道亲范在大原与霜为伴，……不再与闻世事。”参注13。

[14] 平重衡在奈良伏诛，详见卷第十一《十九、重衡被斩》章。

三 屋岛院宣

且说，平三左卫门重国与御坪召次花方抵达屋岛，下达法皇院宣。大臣殿宗盛以下，平氏一门的公卿殿上人，都集合起来恭听院旨。

圣躬一人[01]，奔离北阙宫禁，巡幸诸州[02]。神器三种，流落南海四国，辗转数年矣。此尤为朝廷之叹、亡国之本也。彼重衡卿者，盖烧失东大寺之元凶。依赖朝朝臣所奏，原应立施极刑。唯远隔亲族，独为俘掳。笼鸟恋云之思[03]，遥飞南海千里；归雁失友之心，定通中途九重[04]。因此若以三种神器归还宫中，彼重衡卿当获宽宥。院宣如上，下达无误。

寿永三年二月十四日　　大膳大夫业忠[05]承旨谨上

平大纳言[06]殿

---

[01] 圣躬一人：原文一人圣体。他本作一人圣帝、一仁先帝等。指安德天皇。

[02] 诸州：诸国。谓安德天皇随平氏流落山阳道、南海道、西海道诸国也。

[03] 平兼盛（？—九九〇）："只有笼鸟恋云之思，未免辙鱼近肆之悲。"（《本朝文粹》卷六）陶潜《归田园居》："羁鸟恋旧林，池鱼思故渊。"

[04] 中途九重：谓旅途遥远，如上九重之天。九重亦喻宫城，在此指安德天皇行在赞岐国屋岛。

[05] 平业忠：后白河法皇近臣。已见卷第八《一、临幸山门》章，参注19。

[06] 平大纳言：平时忠（一一二七——一一八九），初见于卷第一《四、秃童》章后，已再现多次。累官检非违使别当、权大纳言、正二位。人称平关白。平氏灭亡后，被源赖朝流放能登岛。

复文 四

大臣殿宗盛与平大纳言时忠处，三位中将重衡也转达了院宣的谕旨。母亲二位殿则接到一封写得密密麻麻的信札，其中有道："如欲再见一面，请就神镜一事，向大臣殿委曲关说。否则此生再无仰望慈颜之缘矣。"二位殿读到此处，不发一语，将信揣在怀中，垂下了头。心中之悲哀，不言而喻。

于是，以平大纳言时忠卿为首，平家一门的公卿殿上人聚在一起，讨论院宣的复文事宜。二位殿将中将的信覆在脸上，拉开一排座位后的障子，匍匐在大臣殿面前，边哭边道："中将自京来信所言，何其悲惨。不知会不会想不开。看在老身面上，请将神镜归还京都吧。"大臣殿曰："诚然，宗盛亦有同样想法。然而世人之冷嘲热讽，不能不顾。何况不知源赖朝又有何诡计，一想便感到屈辱而难安，岂可随便将神镜立刻送回宫中。况且帝王之保有天下，正因保有神镜之故。儿子固然可爱，仍须因时因势以制宜。难道只为中将一人，可将其他子女亲族置之不理乎？"二位殿重又道："故入道相国谢世后，便了无生趣，只愿随时断此性命。但想到皇上蒙尘，长年流落在外，觉得十分不舍；又盼能亲眼看到平家子弟重掌天下之日，才忍辱偷生，苟延至今。自闻知中将在一谷被擒后，肝心若裂，亟欲此生再见一面，然而即在梦中亦难如愿。胸中郁结，汤水难入。如今读过此信后，愈益思念，无时或已。如若听到中将已死，决定相伴同行。请即杀我，以免再度让我伤心。"说罢嚎啕痛哭起来。旁人觉得二位殿言出由衷，真情流露，极受感动，也都陪着垂头掩泪。

新中纳言知盛申辩道："即使将三种神器皆奉还京都，并不一定能换回重衡性命。只需在复文中径直言明之即可。"大臣殿曰："此事本应如此。"便着手撰写复文。

二位殿也给中将重衡写了信，只因泪眼模糊，看不清下笔处。最后总算写好了，密密麻麻，都是想念儿子的点点滴滴，交给重国带回京去。重衡的夫人大纳言佐殿哭泣不已，无情无绪，连信也没写。其心中之悲苦，不言可知。实在可悯。重国也湿透了狩衣之袖，红着眼眶退了出来。

平大纳言时忠召见御坪召次花方："汝花方欤？"答曰："然。"时忠道："贵为法皇御使，乘风破浪，来到此地，诚属难能。宜其留下证物，以为此后生涯之纪念。"便在花方颊上烙上了浪方两字。回到京城，法皇看了，笑道："好、好。既然如此，以后可改称浪方。"

复文如下：

本月十四日院宣，二十八日送达赞岐国屋岛之矶。恭谨承旨，奉悉种切。

但按之彼此情势，本家通盛卿以下数人，已在摄州一谷受诛，重衡一人之宽宥，有何可喜哉？夫我君王[01]受禅于故高仓上皇，在位四载于兹。正欲勤行尧舜古风仁政之际，东夷北狄[02]结党成群，侵占京师。其间，一则因幼帝母后悲叹不置，一则因外戚近臣忿恚难平，乃暂幸九国[03]。若非还幸京都，三种神器岂能

[01] 君王：在此指安德天皇。

[02] 关东与北国之野蛮人。东夷：指源赖朝，北狄：指源义仲。

[03] 九国：九州。西海道九国（不含对马、壹岐、琉球），即筑前、筑后、丰前、丰后、肥前、肥后、日向、萨摩、大隅。

离开玉体？夫臣以君为心，君以臣为体。君泰则臣泰，臣泰则国泰。君忧于上则臣不乐于下。心中有愁则体外不悦[04]。

自先祖平将军贞盛[05]追讨相马小次郎将门[06]以来，平靖关东八国，传之子子孙孙。诛罚朝敌逆臣，代代世世卫护皇家圣运。职是之故，先父故太政大臣[07]，于保元、平治两度会战之时，重敕令而轻性命。一心为君而不为已。

就中彼源赖朝者，于平治元年十二月，坐其父左马头义朝谋反之罪，虽屡有上谕促速诛之，而故入道相国慈悲为怀，求其免死，改为流罪。然竟浑忘昔日大恩，糟蹋多年善意，忽以流刑之身，蜂起作乱。愚不可及之甚也。岂其暗中已期早晚难免神罚天谴，而将惨遭败绩以亡灭者耶？

夫日月不为一物而晦其明；明王不为一人而枉其法[08]。不以一恶而舍其善；不以小瑕而掩其功。若不忘我家数代之效劳，先父屡次之忠节，诚惶诚恐，圣上理宜巡幸四国。到时臣等可承院宣，重返旧都，以雪会稽之耻。若不然，可往鬼界岛[09]，以至高

[04] 武则天《臣轨・同体章》："故知臣以君为心，君以臣为体。心安则体安，君泰则臣泰。未有心瘁于中而体悦于外，君忧于上而臣乐于下。"

[05] 平贞盛：生卒年不详。平国香之子。任镇守府将军，人称平将军。天庆三年（九四〇）平定平将门之乱。历任丹波守、陆奥守、从四位下。

[06] 平将门（？—九四〇）：平国香之弟、良将之子。承平五年（九三五）在常陆叛变。有《将门记》记其事。相马小次郎为其通称。

[07] 太政大臣：指平清盛，亦即下出之入道相国。

[08] 《孝经・三才章・孔氏传》："天地不为一物枉其时，日月不为一物晦其明，明王不为一人枉其法。法天合德，象地无缺。"

[09] 鬼界岛：九州南方海上诸岛。已见卷第二《十、大纳言之死》章，参注1。

丽、天竺、震旦等地。悲已夫！当人王八十八代，我朝神代灵宝，终成异国之宝乎？区区此意，尚祈上奏。宗盛诚恐顿首。

寿永三年二月二十八日　　从一位平朝臣宗盛谨复

受戒 五

三位中将重衡闻知此事，叹道："不获同意，自是理所当然。但一门之人亦太薄情，居然见死不救。"虽然悔恨不已，也无可奈何。其实，早已猜到不可能因为爱惜重衡一人之命，而同意归还我朝重宝的三种神器。但在尚无正式回答之前，在无望的挣扎中总还保住一丝希望，现在不但复文已经送达，而且知道自己将被押往关东。一切渺茫的期望顿成泡影，百无聊赖之余，更觉得与京城难分难舍。此去之后，不知能否再度回来。

三位中将请来土肥次郎实平，问道："亟想出家，如何而可？"实平转告九郎御曹司义经。义经向御所上奏此事，后白河法皇道："先让赖朝见之之后再说。或可或不可，现在不便定夺。"三位中将得知上旨后，问道："既然如此，有一位高僧，多年来结有师弟之缘，想再见一面，请教死后来生之事。不知可否？"实平道："所谓高僧者何人？"答道："是黑谷之法然房[01]。"实平曰："既是此人，应无大碍。"便准予他们见面了。

中将大喜过望，便托人请来法然大师，边哭边诉道："此次被擒，乃有机缘再度拜谒上师。然而，敢问重衡于来生如何是好。回想起来，身居要津时，迷

[01] 黑谷：比睿山延历寺所属西塔别所。法然房：日本净土宗开山祖源空（一一三三——一二一二）之房号。久安三年（一一四七）登比睿山学天台佛法。安元元年（一一七五）移至神乐冈金戒光明寺（在今京都都市左京区）开净土宗道场，号新黑谷，故称黑谷法然房。建历二年（一二一二）圆寂，八十岁。寿永三年（一一八四）当年五十二岁，已在新黑谷。

于仕途，忙于政务，傲睨得志，从未考虑来世之遭际。何况平家运尽，举世变乱以来，东战西斗，只存杀人以保身之念，毫无善心可言。

“就中有关烧毁奈良寺院一事，既有君命，身为武人，事君从公，责无旁贷，乃率军平定僧众恶行。不意竟至烧毁寺院，绝非始料所及，无可如何。然而身为当时之大将军，按理责归一人，重衡甘愿单独承此罪业。加以今日遭此人所难料、人所不屑之耻，方知亦是同一罪业之报应。

“如今，虽然意欲落发受戒，专修佛道，只是身在囹圄之中，亦不易从心所欲，偿此夙愿。其实，以不知今日何去明日何从之身，无论任何修行，皆难救我诸多罪业于万一。每想及此，总引以为憾。

“仔细反顾一生之所为，罪业高于须弥之山[02]，善根无微尘之积。此生虚度后，必遭火血刀之苦果[03]无疑。但愿上师慈悲垂怜，开示救此恶人之法。”

此时，上人泫然泪下，哽咽不语。良久，才开示道：“诚然，难得受身为人而竟又徒然返回三途[04]，悲莫大焉。然而，如今厌离秽土而祈望净土；舍弃恶心而发下善心，三世诸佛[05]亦必随喜不置。

“有关出离[06]之道，固然形形色色，唯在末法浊乱之机，莫过于称名念佛[07]。志分九品[08]，行在六字[09]；无论智愚皆便念诵。罪深者不可卑屈。虽十

---

[02] 须弥：佛经中山名，又称迷卢。已见卷第二《七、烽火》章，注3。

[03] 火血刀：火途、血途、刀途之略，合称三途，亦即地狱（火）、畜生（血）、饿鬼（刀）三恶道。

[04] 三途：火血刀三途。见上注。

[05] 三世诸佛：过去世、现在世、未来世三世各有一千佛，通称诸佛。

[06] 出离：走出俗界、脱离迷妄、进入佛门。

[07] 称名即念佛。通常指“南无阿弥陀佛”六字名号。

[08] 九品：净土分为九级（品）。有上品、中品、下品三品；各品分上生、中生、下生，共得九品。

[09] 六字：修行之道只在称念“南无阿弥陀佛”六字之中。

恶五逆[10]，只一回心[11]，亦可遂其往生。不可因功德少而绝其望。若有一念十念[12]之诚，必蒙来迎[13]。所谓'专称名号至西方'[14]者，谓专称南无阿弥陀佛，便可抵达西土也。'念念称名常忏悔'者，谓不停称诵阿弥陀佛名号，便如同不时在忏悔也。'利剑即是弥陀号'者，谓佛号可比利剑，称之则恶魔不敢近也。'一声称念罪皆除'者，谓只需虔诚念佛一声，便可除去一切罪业也。净土宗终极之教，已去繁就简，逐一略加说明，旨在提其大要而已。至于能否往生净土，则端视有无信心而定。必须虔诚，不得犯疑。

"若能深信此中教义，无论行住坐卧，不分时处诸缘[15]，凡是三业四威仪[16]，不忘心念口称[17]，则在临终之时，必能脱离此现世苦界，往生彼不退之土[18]，殆无可疑。"

中将恭听开示，法悦油然而生，因道："窃想趁此良机受戒，是否非出家人不可？"上人道："不出家而受戒者，乃世上常事。"于是拿出剃刀，在中将额上

---

[10] 十恶：身口意三业所生十罪，即杀生、偷盗、邪淫、妄语、绮语、恶口、两舌、贪欲、瞋恚、邪见。已见卷第五《十四、奈良火灾》章，注26。五逆：五逆罪之略，指杀父、杀母、出佛身血、杀阿罗汉、破和合僧。犯之者堕无间地狱。已见卷第一《六、祇王》章，注13。

[11] 回心：放弃邪念、皈依佛教也。菅原道真《叙意一百韵》："合掌皈依佛，回心学习禅。厌离今罪网，恭敬古真筌。皎洁空观月，开敷妙法莲。"

[12] 一念十念：称念佛号一次或至十次之谓。

[13] 来迎：净土宗信仰者相信人在临终时，佛菩萨会前来迎接，往生净土。平安中期以后，来迎思想逐渐定形，故有迎接会等仪式之产生。

[14] "专称名号至西方"：语出善导《往生礼赞》日中偈。以下"念念""利剑""一声"三个七字句，均引自善导《般舟赞》。按：善导（六一三—六八一），中国净土教集大成者。净土五祖第三、净土真宗七高僧第五，又称终南大师。

[15] 时处诸缘：时间与处所之因缘际会。

[16] 三业：谓身口意三业，导致种种果报之因。四威仪：指日常行住坐卧之所作所为。

[17] 心念口称：心中念佛号，开口称其名。

[18] 不退之土：极乐净土。永住之地。一旦达到不退之土，将永住其中，不再退转，轮回秽土。

作削发状，并授予十戒[19]。中将流下随喜之泪。上人胸怀悲天悯人之志，以沉重严肃的语气授了戒律。黯然泪下。

中将觉得应该有所布施，想起有一方砚台，长年以来寄存在熟识的某武士家中，便叫知时去拿来，献与上人，说道："此砚切勿转送他人，请常时置于眼光所及之处，每见一次，即为重衡称念一声佛号。若有余闲，倘承诵经一卷，则更感激不尽矣。"说着，涕泗交流。上人一语不答，将砚台放进怀中，拧了拧缁衣袖上的泪水，一转身，便哭着回去了。

据说，此方砚台是其父入道相国清盛，曾以大量沙金献与宋朝皇帝时所得的回礼，指名送给"日本和田平大相国[20]"。砚名松阴。

[19] 十戒：不杀生、不偷盗、不淫佚、不妄语、不饮酒、不涂饰香鬘、不观听歌舞、不坐高广大床、不非时食、不蓄金银宝。

[20] 和田：今神户市兵库区南端地名。平清盛在此筑经岛，行十万僧法会。其事分见于卷第六《八、筑岛》与《九、慈心房》章。

六 东海道上*

且说，镰仓的前兵卫佐源赖朝频频催着要人。既然如此，也不必再拖，便将本三位中将平重衡，从土肥次郎实平手中，先移到九郎御曹司义经的住处。同年三月十日，着由梶原平三郎景时陪伴，押往镰仓。以前在西国被俘而押解京都时已够难堪，如今又要被送往关东。心中之悲哀可想而知。

经过四宫河原[01]。古时醍醐天皇第四皇子蝉丸[02]，便在此地一草庵中，耳闻吹过逢坂关的风声，心澄气清，日日弹着琵琶。有一位名叫博雅三位的人[03]，无论有风无风，无论有雨无雨，不分昼夜，必来门外伫立倾听，长达三年之久，终于学会了三支秘曲。想起那间草庵，感慨良深，怅惘无既。

越过了逢坂山，马蹄哒哒踩过了濑田唐桥[04]，抵达云雀高翔的野路之里[05]，

---

* 原题“海道下”。海道在此为东海道之略。改题“东海道上”，谓行在东海道上也。在日文中，进京谓上，离京谓下，不关东西南北。“海道下”，谓离京下东海道，或经海道离京也。

[01] 四宫河原：在今京都市山科区四宫。

[02] 蝉丸：传说人物。据《东关纪行》（一二四二）：“或人曰，蝉丸者延喜第四宫（醍醐天皇第四皇子）。故名此关（逢坂关）近边为四宫河原。”另有异说，不一一列举。

[03] 博雅三位：源博雅（九一八—九八〇）。醍醐天皇之孙、克明亲王之子。官至非参议从三位、皇后宫权大夫（九七四）。好音乐，琴、琵琶、笛、筚篥、大筚篥等管弦，莫不得心应手。所学三曲，传为《流泉》《啄木》与《杨真操》。

[04] 唐桥：有栏杆之桥，在琵琶湖南流之濑田川上。濑田为地名时多作势田。二词音同（せた）。

[05] 野路之里：近江国地名。今滋贺县草津市野路町。

便听见志贺浦的春浪，看到云霞缭绕的镜山[06]。北向比良高根[07]前进，不久伊吹岳[08]现在眼前。破烂的不破关屋[09]板厢，虽然非关幽情，却颇饶古雅之趣。沿着鸣海沙滩[10]，想着自己命若悬丝，泪潸然而下，沾湿衣袖。不觉来到三河国八桥[11]。遥想当年，在原某某[12]在此咏“唐衣穿已惯”[13]，不由得心烦意乱，繁如蛛手[14]。渡过滨名桥后，松梢迎风以冷啸，湾潮拍岸而骚鸣。此情此景，即使平常旅客，亦必触目伤神，况乎缧绁中人。正在千思万虑、悲不自胜时，看看黄昏时分，已抵池田驿馆[15]。当晚便住在驿馆长者[16]女儿之处，人称侍从。

侍从见到三位中将，说道：“昔日即使想托人传话，亦无门路可通。不意今日竟在此处不期而遇，真真不可思议。”并献歌一首：

旅途遥遥夜，且寄小土屋。土屋脏又乱，盍不念京都？

---

[06] 镜山：在近江国蒲生郡安吉（今滋贺县蒲生郡龙王町镜），海拔三八五公尺。

[07] 比良高根：在今滋贺县西部，蜿蜒琵琶湖西岸之连山。主峰蓬莱山海拔一一七四公尺。

[08] 伊吹岳：伊吹山。在今滋贺、岐阜县境，海拔一三七七公尺。

[09] 不破关屋：遗迹在今岐阜县不破郡关原町松尾，延历八年（七八九）废关。藤原良经（一一六九—一二〇六）歌：“不破关已废，人去板厢空。破屋与荒院，瑟瑟秋风中。”（《新古今和歌集・杂中》）

[10] 鸣海：今名古屋市绿区鸣海町。

[11] 三河国八桥：在今爱知县知立市。逢妻川流经知立市西与刈谷市北，有桥多座。

[12] 在原某某：指在原业平（八二五—八八〇），平安初期歌人。官至右近卫权中将。已以“在原某某”见于卷第七《十九、放弃福原》章，参注12。

[13] 在原业平在八桥咏歌云：“唐衣穿已惯，亲昵如吾妻。迢迢征途远，回首何依依。”（《伊势物语》九段、亦见于《古今和歌集》羁旅）

[14] 蛛手：蜘蛛手（脚）。谓思绪纷乱如蜘蛛之八脚，多且繁也。八脚联想八桥。

[15] 池田驿馆：在今静冈县磐田市池田。即古时位于天龙川西岸之宿驿。

[16] 长者：驿馆等处游女屋之女主人。鸨母。

三位中将答歌曰：

土屋虽简陋，何必怀故闾。京都固可念，不得长安居。

中将问道："歌趣优雅。此歌作者是何许人？"景时恭恭敬敬回答道："足下有所不知。此人正是当今屋岛大臣殿[17]在京遥领远江国守时，最宠爱之女人。被召入京时，将老母留在驿馆。因思母心切，屡次申请省亲假，均遭驳回。时当三月上旬，呈歌一首云：

京城花烂漫，淑景堪流连。东国所亲者，寂然独枯残。

终于获准回到东国来。是东海道第一名歌人。"

离开京都后，日数渐增，三月也将过半。远山的樱花仿佛残雪。海滨与诸岛皆在一片云霞朦胧中。三位中将回顾过去，想到将来，私自言道："是何前世业因，致使自己如此不堪？"说着，只见脸上泪水涟涟。

三位中将膝下犹虚。母亲二位殿与夫人大纳言佐殿，叹惋失望之余，到处求神拜佛，迄无灵效。中将道："无子无女，反而省事。如有子女，不知将如何操心受累也？"想法倒颇切实，却也姑且聊以自慰而已。

靠近佐夜中山，想到以后再无翻越此山的机缘[18]，不禁感慨万端，泪湿衣袖。到了宇津山边[19]，提心吊胆，穿过了茑萝小路，抵达了手越[20]。遥望北方，

[17] 大臣：指内大臣平宗盛，时奉安德天皇避乱赞岐国屋岛。宗盛于平治元年（一一五九）十二月为远江守。时仅十三岁。翌年正月为淡路守。皆遥领。

[18] 佐夜中山：在今静冈县南部，自挂川市日坂往岛田市菊川之坡道。西行歌："岁月催人老，恐难再攀援。斯人有斯命，佐夜中山缘。"（《新古今和歌集·羁旅》）

[19] 宇津山边：宇津或作宇都（音同うつ）。今静冈市骏河区丸子与藤枝市冈部町交界之宇津谷岭。

[20] 手越：在今静冈市内。

只见雪白的山岭蜿蜒天边。问之于人，说是甲斐国的白根山[21]。三位中将忍住眼泪，心中有所思而歌曰：

命已不足惜，苟活到今日。冥思若有因，终见白根峙。

穿过清见关[22]，走在富士山麓的原野上。北望青山峨峨，松风簌簌。南眺沧海漫漫，岸浪茫茫。经过了足柄山，想起此地明神曾有“思慕令人瘦，不瘦是无情”之咏[23]。接着，小余绫森、鞠子河[24]、小矶浦、大矶浦[25]、八松、砥上原[26]、御舆崎[27]等地，也在不知不觉间抛在身后。此次行程从从容容，不必赶路。但日数徒增，终于进入了镰仓。

---

[21] 白根山：泛指绵延于山梨、长野、静冈县境之高山。最高峰北岳海拔三一九二公尺。

[22] 清见关：在今静冈市清水区兴津清见寺町附近。

[23] 林罗山（一五八三——一六五七），德川初期儒者，倡朱子学为官学，影响深远。其《本朝神社考》：“昔足柄明神赴唐。其妻神独守三载。明神归朝。妻神色白肥美。明神曰：‘如有思慕之情、待归之心，必瘦而衰。今何以肥而丽耶？不思我之故也。’遂去妻神。”足柄山：在今神奈川县西南部南足柄市矢仓泽之山，南连箱根山。山上祀足柄明神。

[24] 小余绫森：在今神奈川县大矶町海岸。鞠子河：酒匂川古名。

[25] 小矶浦、大矶浦：均在今神奈川县中郡大矶町。

[26] 八松：今藤泽市辻堂附近海岸。砥上原：今藤泽市鹄沼边。

[27] 御舆崎：在今神奈川县镰仓市七里滨西端，为稻村崎之古名。

七 千手姬

兵卫佐源赖朝即刻加以召见道:“原本为安抚圣上之怒,洗刷先父之耻,立誓消灭平家,不意竟能在此相见。然则欲与屋岛大臣殿会面,应亦不难。提及烧毁奈良寺院一事,无论是遵从故太政入道殿之命,或出于当时临机应变之策,皆祸害无穷,罪不容诛。”三位中将平重衡应道:“关于奈良火灾一事,既非故入道之指示,亦非重衡愚见之所致。原来仅为镇定僧众恶行而出兵,竟至毁灭寺院,无可奈何,实非始料所及。

“昔日,源平两家平起平坐,竞相辅弼朝廷。但无可讳言,近年来源氏气数衰微,而我平家则自保元、平治以来,屡次剿灭朝敌,所蒙恩典无数。况且诚惶诚恐,贵为天子外戚。一族之中,晋官受爵者[01]六十余人。二十余年来,荣华富贵,言之难尽。而今福星已去,重衡不但被俘,甚至押来此地。

“所谓讨伐帝王之敌者,七代不失朝恩之说[02],实属一派谎言。事实上,故入道为君上出生入死,几至丧命者,不止一次。然而荣华止乎其身,未及子孙后代。是以运尽离京之后,已有曝尸山野、名沉西海之志,却从未梦想竟成俘虏,押解来此。岂非前世宿业之报,每思及此,恨憾难消。

“然古书云:帝桀乃召汤而囚之夏台;帝纣乃囚西伯于羑里[03]。上古尚

---

[01] 晋官受爵者:谓官阶至公卿、殿上人者。

[02] 此说已见卷第二《六、谏诤》章,参注8。

[03] 二语分别出自《史记》《夏本纪》与《周本纪》。

且如此，况乎末世。执弓矢之士死于敌人之手，虽似耻辱而实非真耻。请立刻斩我头颅，不胜感恩戴德之至。”侃侃而谈后，便闭口不发一语。景时听其言，感叹不已，私道：“啊，果然是了不起的大将军。”不禁泪下。在场列席的人也都湿了衣袖。兵卫佐道：“其实源氏未尝视平家为私人之敌。只遵帝王之命而已。”

重衡烧毁奈良寺院，僧众视之为仇敌，迟早必定要求引渡，故暂时交由伊豆国人狩野介宗茂[04]看管。重衡觉得如同一个裟婆世界的罪人，在冥途上，七七日之间，要轮流交给十王[05]审判似的，不由得悲哀起来。

不过狩野介却是个有情有义之人，既不严加管束，反而待之如上宾。甚至准备热水，请其入浴。重衡想，路上一身汗垢，大概洗净之后，便要行刑。正在想着，忽然有一个年约二十的女子，开了浴室的门进来。肤色雪白，仪态娴雅，美丽绝伦。身穿蓝色斑染单衣，上披蓝色浴袍。不久之后，进来一个十四五岁的少女，身穿藏青斑染单衣，发长及腰，端来了放着梳子的脸盆。女子侍候重衡洗了澡，梳了头，然后告辞回去。临去时说道：“兵卫佐殿以为男人笨手笨脚，怕会令人不快，对女人比较放心，所以奉命前来伺候。又吩咐说，若有任何要求，请尽管提出来。”重衡道：“当今身为俘虏，并无任何要求。心中所念者唯有出家一事。”归去后如实禀报。兵卫佐道：“此话大出意外。若是赖朝一己之私敌或可考虑。然而其人身为朝敌，暂时押解在此。出家之事万万不可。”

---

[04] 狩野介宗茂：伊豆国田方郡狩野（今静冈县伊豆市修善寺附近）人。工藤介茂光之子、工藤佑经从兄弟。

[05] 十王：在冥土（地狱）中，轮流裁判死者罪业之十王。即死者于初七日至秦广王、二七日至初江王、三七日至宋帝王、四七日至伍官王、五七日至阎罗王、六七日至变成王、七七日至泰山王、一百日至平等王、一周年至都市王、三周年至五道转轮王，接受审判、决定轮回之路。

重衡问守卫武士道："刚才女子洵美且都，何以称之？"答曰："是手越某长者[06]之女。容貌气质均极优雅，两三年来在邸中伺候。人称千手姬。"

当日晚上，细雨连绵，天地萧然。千手姬又来了。随身携带着琵琶与琴。狩野介劝酒。也带来了自家子弟、侍从十余人，坐在三位中将重衡旁边。千手姬斟酒。重衡接杯，沾了沾唇，脸上似有不豫之色。狩野介道："或许已有所闻，镰仓殿曾特别嘱咐：'务必善加安抚。若因怠慢而受到责备，别怨赖朝。'宗茂原是伊豆国人，目前旅居镰仓，一定尽心相待。"转向千手姬道："何不朗咏吟唱，以助酒兴。"千手姬放下手中的酒壶，朗咏道：

罗绮之为重衣，妒无情于机妇[07]。

而且重复了一两遍。重衡道："传闻朗咏此诗者，北野天神[08]必每日回翔天空三次，誓加保护。无奈重衡此生人神共弃，不敢伴吟和咏。若罪孽减轻，或可为之。"千手姬随即朗咏"虽十恶兮犹引摄"之句[09]，然后唱今样道：

如愿往生极乐者，可唱阿弥陀名号。

连续唱了四五次。重衡至此才倾了酒杯。千手姬接过杯子，递给狩野介宗茂。宗茂在饮酒时，千手姬平心静气弹起琴来。三位中将重衡道："此曲通称《五

---

[06] 长者：游女屋女主人。已见本卷《六、东海道上》章，参注16。

[07] 语出菅原道真《早春内宴，侍仁寿殿，同赋春娃无气力，应制一首并序》："彼罗绮之为重衣，妒无情于机妇；管弦之在长曲，怒不阕于伶人。"（《菅家文草》卷第二。又见引于《和汉朗咏集·管弦》卷下）

[08] 北野天神：北野天满宫祭神菅原道真。已见卷第三《十八、大臣流罪》章，参注7。

[09] 具平亲王（后中书王）《西方极乐赞》："虽十恶兮犹引摄，甚于疾风排云雾；虽一念兮必感应，喻之巨海纳涓露。"（《和汉朗咏集·佛事》卷下，又《本朝文粹》卷十二）谓即使犯十恶之人，阿弥陀佛亦将迎往极乐净土，其速如疾风之卷云雾也。

常乐》，但对重衡而言，宜视之为《后生乐》[10]。然则可弹《往生》之急。”于是拿起琵琶，扭了扭弦轴，便弹起《皇麞》之急[11]来。

夜已深。重衡心中一片澄明，赞叹道：“真是意外之至。东国居然亦有如此优雅之人。任何歌唱皆可，再来一曲。”千手姬唱了一段白拍子[12]：

同宿一树阴，共掬一江水，皆是前世因[13]。

合拍中节。刚一唱完，重衡接着朗咏道：

灯暗数行虞氏泪，夜深四面楚歌声[14]。

提起此联所咏故事，指古代楚王项羽与汉高祖逐鹿天下，会战七十二次，每战必胜。然而到了最后战败时，有骏马名骓，日行千里，项羽想与美人虞姬共乘逃亡。但不知何故，骓却裹足不前。项羽流泪道：“余之威势已尽。如今竟至欲逃而无方。敌军来袭无所谓，但与虞姬别离为难。虞姬虞姬啊，可奈何？”又怨又愤，终宵不寐。灯火黯淡，虞氏衔恨暗泣。夜尽天曙，敌军开始叫阵，四面皆楚歌之声。橘相公[15]将此事赋成一诗。三位中将偶尔想起，朗咏出来，优雅感人。

---

[10] 《五常乐》：雅乐，属唐乐平调曲。或以为原名《虞韶乐》。后生读音与五常同（ごしょう）。后生乐意谓祈愿后生（死后）安乐之乐曲。

[11] 急：雅乐或能乐三部曲（序、破、急）之终章，拍子细密而急促。《皇麞》：雅乐，唐平调舞乐曲，用于庆贺。皇麞与往生音同（わうじょう），故重衡弹往生之急，以喻急于往生也。

[12] 白拍子：开始流行于平安末期之一种歌舞杂技。初见于卷第一《六、祇王》章，参注1。

[13] 《说法明眼论》：“宿一树之下，汲一河之流。……皆先世结缘也。”已引于卷第一《六、祇王》章，参注8。

[14] 语出橘相公（广相）《赋项羽》（《和汉朗咏集·咏史》卷下引）。

[15] 橘相公：原名博览，改名广相（八三七—八九〇），平安前期学者官僚。历官文章博士、藏人头、参议、正四位下左大弁。

且说夜已天明，武士们都陆续离开。千手姬也告辞回去。清晨，兵卫佐正在持佛堂[16]念完《法华经》。千手姬晋见。兵卫佐对千手姬微笑道："昨夜所绍介者雅人高致，情趣盎然，非耶？"斋院次官亲能[17]正在旁边执笔缀文，问道："所谈何事？"兵卫佐道："一向以为平家除甲胄弓箭之外，一无所知。唯昨夜伫立倾听良久，方知此三位中将实乃风雅之士，其琵琶拨音或诗歌朗咏，均极优美，恐怕无人能及。"亲能道："昨夜人人皆应前往听之。只因凑巧身体不适，未能前往为憾。此后不宜错失类此良机。其实平家代代均有歌人才子。年前有人以花卉比拟平家诸才子时，便以牡丹花喻此三位中将。"兵卫佐道："无疑是极为优雅之人。"接着又对其琵琶拨音、朗咏之美，赞叹备至，似乎认为以后将成绝响。

在千手姬心中，当夜种种却种下了相思的种子。因此，后来听说三位中将被押解奈良行刑[18]，便立刻变装出家为尼[19]，穿上墨染袈裟，在信浓国善光寺[20]一心修行，为中将后世祈愿冥福，自己也完成了往生极乐的夙愿。

---

[16] 持佛堂：安置佛菩萨与先祖牌位之堂。

[17] 中原亲能：源赖朝近臣。已见卷第八《五、征夷大将军》章，详注12。斋院次官为贺茂斋院司次官。

[18] 事见卷第十一《十九、重衡被斩》章。

[19] 据《吾妻镜》，千手姬并未出家，而于文治四年（一一八八）四月二十五日病逝，云："前与故三位中将重衡相见，不意生情。彼入洛后，恋慕之思，朝夕不已。忆念所及，或为发病之因，人皆疑之。"

[20] 善光寺：在长野市元善町。卷第二《十三、善光寺失火》章，于善光寺建寺之来龙去脉有所描述。参注1。

八 横笛

且说小松三位中将维盛卿，虽然身在屋岛，心思却早与京城相通。留在故乡的夫人，还有年幼子女的身影，似乎一直缠在身边，无暇忘怀。自忖道："有身而无用，何以生为？"便于元历元年[01]三月十五日破晓时分，偷偷溜出了屋岛邸舍，带着与三兵卫重景[02]、童仆石童丸[03]，加上行船熟手舍人武里[04]三人，从阿波国结城浦[05]乘着小船，穿越鸣门海上[06]，划向纪伊路。经过和歌、吹上[07]、奉祀衣通姬[08]的玉津岛明神[09]、日前、国悬[10]二神宫之前，终于抵达了纪伊港[11]。维盛心想："从此沿山路进京，便可与相思中之妻小再度相见。然而本

---

[01] 元历元年：寿永三年（一一八四）四月十六日改元元历。

[02] 与三兵卫重景：父景泰仕平重盛，死于平治之乱。本卷《十、维盛出家》章有重景身世之自述。

[03] 石童丸：传不详。高野山之传说人物。

[04] 舍人武里：传不详。舍人为管理牛马饲养、驾驭、执鞭等事之杂役。

[05] 结城浦：今德岛县海部郡美波町海岸。

[06] 鸣门海上：原文鸣户冲或鸣户浦，指今淡路岛与德岛县间之鸣门海峡。

[07] 和歌、吹上：均为纪伊国（今和歌山县）名胜。已见卷第五《二、赏月》章，详注3。

[08] 衣通姬：第十九代允恭天皇（在位四一二—四五三）之妃，传其肌肤之美可透射衣外，故名衣通。

[09] 玉津岛明神：在今和歌山市和歌浦。与住吉明神、柿本人麻吕合称和歌三神。祭神原为稚日女命，后来亦有祀衣通姬之说。

[10] 日前、国悬：位于和歌山市秋月之神社。同一社境内有日前宫、国悬宫二神社左右并立，分别奉祀天照大神之日矛（日前）与日镜（国悬）。

[11] 纪伊港：原文纪伊凑，在和歌山市内、纪川河口附近。

三位中将[12]被俘后，在京城大路上游行示众，又在镰仓负屈受辱，可怨可恨，岂可遗忘。如果连自己亦被生擒，必然辱及先父之名，将更可悲。”千思万想，烦闷挣扎之后，结果却终于进入了高野山。

在高野山有一位相识多年的法师。是三条斋藤左卫门大夫以赖[13]之子，名斋藤泷口时赖[14]。原先是小松殿重盛的侍从武士。十三岁时在泷口武者所当差。建礼门院有一个杂役下女名横笛。泷口爱之入迷。其父辗转得知，严饬道：“本以为宜当权门之婿，仕途便可一帆风顺，却爱上身份卑贱之女。”泷口辩道：“听说古有西王母，今已不在。又有东方朔[15]，但闻其名而未见其人。在此老少不定之世，无异石火之光[16]。即使人得长命，亦不过七十、八十。而其间身强力壮之期，仅有二十余年。人世如梦似幻，若与丑女相伴，即使片刻，又有何用。如与恋人见面，则等于违背父命。是善知识也[17]。厌离此世，进入佛道，此其时矣。”于是落发出家，年仅十九，在嵯峨往生院[18]静心修行。

横笛耳闻此事，怨道：“将我遗弃，无话可说。但竟至变装出家，实在可恨

---

[12] 本三位中将：指平重衡。其升任三位中将先于平维盛，故称本三位中将。

[13] 以赖：藤原利仁之后代以成（疋田太左卫门）之子。建永二年（一二〇七）殁，七十三岁。

[14] 泷口：前已数见。在清凉殿东北御沟水口武士所（警卫站）之武士，通称泷口。属藏人所。

[15] 西王母：中国神话中女神。《穆天子传・三》注：“西王母，如人，虎齿，蓬发，戴胜，善啸。”在《汉武帝内传》中，则已变成年可三十许、容颜绝世之美女。东方朔：仕汉武帝，官至太中大夫，相传偷食西王母所种仙桃而得长生。已见卷第三《三、皇子诞生》章，参注40。

[16] 石火之光：喻短暂之生命如击燧火花之一现。白居易《对酒五首之二》：“蜗牛角上争何事，石火光中寄此身。”（《和汉朗咏集》卷下《无常》引）

[17] 善知识：可助人修道向善之师友或机缘。《法华经・妙庄严王本事品》：“善知识者，是大因缘。”《法华文句・四》：“闻名为知，见形为识。是人益我菩提之道，名善知识。”已见卷第一《六、祇王》章，参注24。

[18] 往生院：净土宗。在今京都市右京区嵯峨清凉寺之西，承元年间（一二〇七——一二一一）法然弟子念佛坊良镇所创。传为祇王等人出家隐栖之地，参卷第一《六、祇王》章，有祇王寺。

之至。既然决定遁此俗世，为何不先告我一声？不管此人如何绝情，誓必访之以泄我愤。”于是有一日黄昏，横笛离开了京都，步履蹒跚地往嵯峨走去。

时当二月中旬，在春风摇荡的梅津里[19]，飘溢着不知何来的花香，引人幽思。大井川[20]上的月光，霞蔚而朦胧。恋慕之情无端无限，究竟为谁而来？到了往生院，因为不知其所住是何坊舍，问来问去，毫无结果。只得走走停停，未免教人心疼。忽然从一间残破的僧坊中，传来了念佛诵经之声。不错，是泷口入道的口音。横笛便叫同来的女伴前去传话道：“妾今到此相访，君虽已变装，仍盼能再见一面。”泷口入道胸口一阵骚动，从障子门缝中偷偷往外看去，只见横笛孤零零无人理会的可怜模样。此时道心再强的人也难免不会崩溃。但犹疑片刻，便叫人出来说道：“此处并无此人。可能找错门了。”终于还是不肯相见。横笛无可奈何，只好含怨忍气，掩泣而归。泷口入道对同坊的僧侣说道：“住在此地，念佛修道，极为清净，一无障碍。但既为藕断丝连之女所知，即使能忍心一次，如果再恋慕而来，难保不为所动。告辞。”便离开了嵯峨，登上高野山，住进了清净心院[21]。后来听说横笛也出家为尼，泷口入道因咏歌一首以赠之：

厌离秽土前，怨我日缠绵。可喜剃度后，修道结善缘。

横笛答歌云：

削发而出家，无怨亦无恨。君肠如木石，何苦为情困？

---

[19] 梅津里：今京都市右京区四条尽处、桂川东岸边。

[20] 大井川：即大堰川，桂川上游，流经嵯峨山下。

[21] 清净心院：属金刚峰寺，在高野山莲华谷。天长年间（八二四—八三四）弘法大师所创建。

横笛在奈良法华寺[22]出家，但情海难渡，郁郁成疾，不久便离开了尘世。泷口入道闻知此事，更加深其信仰，专心修道。父亲终于许其出家。亲人亦莫不尊而信之，称之曰高野圣僧。

三位中将平维盛便是为了寻访此人而来。回想仍在京都时，看他身穿无纹布衣[23]，头戴立乌帽子，穿着整洁，双鬓平贴，俨然是翩翩一俊男。出家之后，今日首次再会，只见年未三十而瘦骨嶙峋如老僧，墨染衫上披着墨染袈裟，显然已成修心积德极其高深的有道之人，实在不能不教人仰慕。汉代四皓之商山[24]，或晋朝七贤之竹林[25]，想来也不过如高野而已。

---

[22] 法华寺：真言律宗尼寺。在今奈良市法华寺町。天平十三年（七四一）光明皇后所建。总国分尼寺。僧都俊宽之女亦在此寺出家为尼。见卷第三《九、僧都之死》章，参注10。

[23] 布衣：以葛或麻纱所缝制之狩衣，为六位以下者所穿。

[24] 四皓：秦汉之际，有甪里先生、绮里季、夏黄公、东园公四人，避乱隐居陕西商山。四人须眉均白，故称四皓。

[25] 七贤：《晋书·嵇康传》：“所与神交者，惟陈留阮籍、河内山涛，豫其流者，河内向秀、沛国刘伶、籍兄子咸、琅邪王戎，遂为竹林之游，世所谓竹林七贤也。”

九 高野山

泷口入道见了三位中将平维盛道:“不敢相信此是真,不是幻。如何逃出屋岛而来到此地?”维盛答道:“总之,当时与平氏一门离开京都,流落西国,只因妻小留在故里,想念不已,难于忘怀。大臣殿与二位殿[01]看在眼中,以为维盛与池大纳言[02]乃一丘之貉,胸怀异志,而显有歧视而疏远之意。虽有此身,似存而实虚,生而无所用之。心已不在屋岛,恍若游魂,居然逃到此地。有意再翻山越岭,偷入京城,一见妻小,以解相思之苦,然想起本三位中将重衡之被俘受辱,憾恨难消,只好作罢。莫若在此出家,干脆跳入火中水底。唯素有参拜熊野之愿,尚未得偿。”泷口入道曰:“此生无常,如梦似幻,不必在乎。只怕地狱中漫漫长夜,永劫不复,最是可悲。”于是引导维盛巡礼诸堂各塔,然后进入了奥院[03]。

高野山距帝都二百里,远隔尘寰,渺无人声。翠岭迎风而吟啸,夕阳映山

[01] 大臣殿:平宗盛。二位殿:又称二位尼,平清盛妻平时子。

[02] 池大纳言:平赖盛(一一三一——一一八六),前已数见。平清盛异母弟。与清盛貌合神离。官至正二位权大纳言。源义仲入京,未与平家出奔西国,反而投靠后白河法皇。平氏灭亡后,深受源赖朝厚遇。文治元年(一一八五)在东大寺出家。

[03] 奥院:可译作内院或深院,谓寺社深邃处。通常祭祀主要神灵或开山祖师。高野山奥院在莲华谷墓场之东,有弘法大师庙。

以静幽。八叶岭与八谷[04]，足以澄心。花色招展雾林之中，铃[05]声响彻云峰之外。瓦顶长松，墙垣生苔。不知几度星霜矣。

却说，从前醍醐天皇在位时[06]，曾依弘法大师[07]所托之梦，捐献一袭紫红带黑的神袍。敕使中纳言资澄[08]卿伴同般若寺[09]僧正观贤[10]，登上此山，打开庙门，准备为大师披上神袍，却为一团浓雾所隔，看不见大师。观贤含泪道："小徒自出慈母之胎，入恩师之室[11]以来，未尝犯一禁戒，而今何以不许礼拜？"便五体投地，忏悔涕泣。旋即烟雾渐散，如月之出，得以膜拜弘法大师之像。观贤流着随喜之泪，即为大师披上御赐神袍。看到大师头发长得太长，便诚惶诚恐地加以修剪。观者法悦无限。

敕使与僧正均得膜拜大师，然而僧正随身弟子，当时仍为童僧的石山内

---

[04] 八叶岭与八谷：高野山有八峰九谷，以喻密教胎藏界曼荼罗之八叶九尊。九谷亦作十谷。原文作八谷，不知何所据而来。按：关于曼荼罗，详卷第二《二、一行阿阇梨》，注25。

[05] 铃：密教法具之一，僧侣所摇之金刚铃。

[06] 第六十代醍醐天皇（八八五—九三〇，在位八九七—九三〇）：日本名君之一，号称延喜之治。

[07] 弘法大师（七七四—八三五）：其名前已两三见。平安初期名僧、日本真言宗始祖。俗姓佐伯氏、赞岐国多度郡人。延历二十三年（八〇四）随遣唐使入唐，就长安青龙寺惠果受密教大法。大同元年（八〇六）返日，创金刚峰寺于高野山。承和二年（八三五）入定，年六十二。谥弘法大师。虎关师链撰《元亨释书》（一三二二）有详传。著作甚多，包括《文镜秘府论》《三教指归》《秘藏宝钥》等。实为中日文化交流史上之关键人物。

[08] 资澄：传不详。他处作少纳言惟扶或中纳言扶闲。

[09] 般若寺：真言律宗，在今京都市右京区鸣泷。传苏我日向于白雉五年（六五四），为祈孝德天皇病愈而立。延喜年间（九〇一—九二三）观贤再兴。

[10] 观贤：赞岐国人，师事圣宝。东人寺第儿代长者、金刚峰寺第四代座主、醍醐寺首代座主。弘法大师五代弟子。延长三年（九二五）三月权僧正。同年六月殁，七十三岁。按：圣宝（八三二—九〇九），大和人。真言宗小野流元祖、修验道当山派之祖、醍醐寺开创者。

[11] 入室：入师僧之室而为弟子。拜师修道。在真言宗，谓入灌顶室受法、灌顶。

供淳佑[12]，由于不能随喜参拜而郁郁不乐。僧正乃执其手置之大师膝上。此后其手便发香气，终生不绝。据称后来移至石山寺所藏经典上，传至今日，余香仍在。

大师又在醍醐天皇梦中道："我昔日会见金刚萨埵[13]，就地承传印明[14]。乃发无比誓愿，远至边地异域[15]。日夜怜悯万民，履行普贤之悲愿[16]。证三昧于肉身[17]，以待弥勒之下生[18]。"听来好像摩诃迦叶[19]隐居鸡足山洞[20]，期待着弥勒出现于翅头[21]的春风中。

---

[12] 石山：石山寺，真言宗，在今滋贺县大津市。天平宝字六年（七六二）前后，良弁所创。内供：内供奉，在宫中道场勤行佛事之供奉僧。淳佑：菅原道真之孙、淳茂之子。师事观贤僧正。天历七年（九五三）圆寂，六十四岁。

[13] 金刚萨埵：原文萨埵，当指萨埵金刚，亦即普贤菩萨，曾受大日如来亲自灌顶。真言密教付法八祖之二。按：付法，传授法门而付托之之意，亦称付法藏。换言之，师尊选定高弟，授之以宗派法门教义，付之以宗派传承使命，往往需有衣钵印信以为证明。

[14] 印明：印通称手印，以左右十指交叉，形成种种印相，以表示不同祈愿。真言宗所行三密之身密。《菩提心论》："身密者，如结契印，召请圣众是也。"明在密教为真言、明咒之意。《演密钞》一："明者明咒，真言之别称。梵语，尾尼也。此译云明，破暗为义，……亦持亦明，持即是明。"又《大日经疏》九："持明者梵云陀罗尼。持明谓总持一切明门明行。"

[15] 边地异域：远在天边之地，指日本（特指高野山）。日本真言密教以弘法大师为天竺龙树菩萨之化身，故有远至异域之说。

[16] 普贤悲愿：普贤菩萨为释迦之胁侍，掌佛之理、定、行，有济度一切众生之大悲愿。按：悲愿为大悲愿力之略。

[17] 证三昧于肉身：证，悟也。以肉身而入三昧之境，即入定。弘法大师入定时，自谓将上生兜率天，下观真言宗之进展状况。按：三昧者，谓宁静一心、集中一物而不散乱之境界或一切止灭之状态。

[18] 弥勒：原文慈氏，弥勒菩萨之异称。下生：佛菩萨为救济众生而化身下界之谓。弥勒菩萨在释迦入灭后，经五十六亿七千万年，将再下生此世。

[19] 摩诃迦叶：又称大迦叶。释尊十大弟子之一、十六罗汉之一。头陀第一阿罗汉。按：头陀者，谓抖落烦恼之尘垢、断绝衣食住之贪欲、净修佛道也。

[20] 鸡足：印度摩诃陀国之鸡足山。迦叶在此山洞窟中入定，静待弥勒之出现。

[21] 翅头：印度古地名。弥勒从兜率天下生时，将在此地华林园龙华树下行三度说法。

弘法大师入定于承和二年[22]三月二十一日寅时一刻，已过了三百余年。今后再过五十六亿七千万年，弥勒菩萨才会三度出现说法。简直遥遥无期。

[22] 承和二年（八三五）入定，六十二岁。

十 维盛出家

“我维盛此身，直像雪山寒苦鸟[01]，不管今日明日，日日得过且过，只会悲鸣，不肯行动。”维盛想着，不禁悲从中来，双眼含泪欲滴。望其容貌，因潮风而黝黑，因相思而憔悴，虽然优雅不如从前，但风采犹存，较之他人，还是稍胜一筹。

当晚，泷口入道回到庵室，通宵达旦，畅谈古今往来事。观其修行仪态，信仰至极甚深，如琢真理之玉，和蔼生光。后夜、晨朝之钟声[02]，可以唤醒生死之迷梦。若能遁世，亦当如斯。

天明，请来了东禅院高僧智觉上人[03]，准备削发出家。于是叫来与三兵卫重景与石童丸，嘱咐道：“维盛此生，胸怀难解之秘，而世道狭窄，无从遁逃。因循苟且，死期当已不远。近来，先前与平家有缘而仍享荣华者，所在多有。汝等无论营何生计，必能过活。待我过去之后，速往京城，娶妻养子，各自营生，亦可为维盛后世祈求冥福。”两人泣不成声，好久说不出话来。

良久，与三兵卫含泪禀道：“先父与三左卫门景康[04]，于平治之乱时，随故大

[01] 寒苦鸟：栖天竺雪山中，又名雪山鸟。已见卷第九《一、生食与拓墨》章，详注6。

[02] 将一昼夜分成晨朝、日中、日没、初夜、中夜、后夜六个时段，行六次念佛诵经，谓之六时。后夜、晨朝均有催促勤行之钟声。

[03] 东禅院：在高野山南谷，传为理觉坊心莲开基。智觉上人：传不详。

[04] 景康：或作景泰、景安。重盛家臣，同二十三岁，其救主重盛而被恶源太砍杀之事，见于《平治物语》《待贤门之役》章。

臣殿[05]并肩作战，在二条堀河边与镰田兵卫[06]对斗之际，为恶源太[07]所杀。重景岂可不如先父？当时重景才两岁，毫无所忆。七岁时先母弃养。举目无亲，无依无靠。故大臣殿怜而惜之，谓此儿乃舍命救我者之子，而承蒙收在身边养育。犹忆九岁时，主公元服之夜，在下亦被梳发结髻[08]，惶恐之至。故大臣殿曰：'盛字属于家人，已为五代[09]所用。重字可与松王。'于是赐名重景[10]。

"至于小名松王，亦因生下五十日时，先父抱去晋见。故大臣殿谓其邸名小松，乃以松王呼在下，以示庆祝之意。父亲凛然死节，为子者与有荣焉。同僚相待，亦极亲切。

"大臣殿临终之前，妙悟澄澈、觉行圆满，无一语道及世俗之事，却召重景至其前云：'唉，可怜呀。年来汝视重盛如父，重盛视汝为景康。原想在下次任官仪式[11]上，擢汝为左卫门尉，可与令尊同职同称。但时不我待，无能为力矣。悲哉。此后应听从少将殿[12]之意，不得有违。'然而近日来听主公所言，似乎认为万一有事，在下必定弃之不顾而远走高飞。若确以为如此，则错在在下，必然羞愧无地。拜聆'近来仍享荣华者所在多有'之说，当系指源氏党羽而

---

[05] 故大臣殿：原文故殿，指已故小松殿内大臣平重盛。维盛之父。

[06] 镰田兵卫：名正清。藤原氏，镰田权守通清之子。源氏家臣、源义朝乳母之子。义朝败于平治之乱后，在东奔东国路上被砍，镰田同时受戮。

[07] 恶源太：源义朝长男，名义平。平治之乱后，被捕受诛。

[08] 结髻：男子结发为髻，即元服，表示已成年。在日本元服之礼，可提早至八、九岁举行。

[09] 五代：嫡传第五代，当是维盛幼名。其子称六代。在重盛儿子中，有四人之名含有盛字（维盛、资盛、有盛、师盛）。

[10] 重景：取重盛之重字与其父景康之景字，合为重景。

[11] 任官仪式：原文除目，汉词，谓任官诏书。古大臣以外官位晋级之公事。在日本则加以制度化，每年春秋二度（或偶尔临时），在宫廷举行除目仪式，为年度重要行事之一。

[12] 少将殿：三位中将平维盛于其父重盛过世时（一一七九），仍官居右少将，故称少将殿。可参卷第五《十一、富士川》章，注1。

言。在主公成神成佛之后，即使荣华富贵，其能享受千年否？纵令长寿万年，终究必有了局。善知识之善者，莫若此时。”随即动手剪断发髻绳结，垂下头发，流着眼泪，恳请泷口入道加以剃度。石童丸见此情状，也剪断了髻绳。石童丸从八岁起便跟在维盛身边，受宠的程度不下于重景，同样接受了泷口入道的削发。

眼看两人都已相继出家，维盛只觉得神魂不宁、心乱如麻。但既不能长此犹豫不决，只得勉强开口唱道：“流转三界中，恩爱不能断。弃恩入无为，真实报恩者[13]。”唱了三遍之后，终于落发出家了。却又道：“唉，出家前，倘能让所爱之人再看一次本来面貌，则可了无遗恨矣。”刚出家入道的人，便如此说话，似乎有悔恨之意，实在罪孽深重。三位中将维盛与兵卫入道重景同龄，今年二十七岁。石童丸十八岁。

维盛召见舍人武里，嘱咐道：“汝当早日返回屋岛。不可进京。有事终难隐瞒，若夫人闻知我出家模样，必将随之落发为尼。

“返抵屋岛后，可告诸人云：‘众所周知，世事堪忧，日益险恶。但觉人间无味，万事皆休。不及奉告各位，即便出家。左中将溺身西国[14]，备中守阵亡一谷[15]。维盛自己又改装变样。遥想诸位身处无计可施、不知所从之境，则忧思忡忡、心如刀割。

---

[13] 语出《诸经要集》第四引《清信士度人经》等经注，唯其第二句“断”字，多作“脱”。或称《出家功德偈》。三界：指欲界、色界、无色界，即众生轮回之娑婆世界，喻现世今生。无为：谓不生不灭、不依因缘之存在。亦即超越生死轮回、常住绝对之涅槃境界。

[14] 左中将：平清经。维盛之弟。平家为避绪方三郎之来袭，自九州撤退时，投水自溺。事见卷第八《四、撤退大宰府》章。

[15] 备中守：平师盛。维盛之弟。在一谷会战为本田次郎所杀。事见卷第九《十八、东逃西窜》章。

“‘至于平家唐皮铠甲[16]与宝刀小乌[17]，自平将军贞盛以来便嫡代相传，至维盛为第九代[18]。万一平家幸而有转败为胜之日，可传与六代[19]。’”舍人武里回道：“在下欲等将军事事定下之后，再回屋岛。”维盛道：“既然如此。”觉得让他随行也无不可。泷口入道是一位无上的善善知识。一副山伏修验者的装扮，带头离开了高野，走向同国的山东[20]方面而去。

从藤代王子[21]起，沿路一拜再拜王子，到了千里滨[22]北岩代王子之前时，遇见了七八骑猎装的武士。维盛一行觉得或将被擒，不禁手把腰刀之柄，准备随时切腹自尽。然而武士们靠近过来，不但并无杀意，反而下了马，恭恭敬敬地徒步走过。维盛疑惑道：“一定是相识。不知是谁。”更加紧脚步向前赶去。其实此人是纪伊国汤浅权守宗重[23]之子，名叫汤浅七郎兵卫宗光[24]。随从武士问道：“此人是何方神圣？”七郎兵卫泫然泪下，哽咽道：“说起来不胜惶恐之至。此人是小松大臣殿大公子三位中将殿，不知如何从屋岛逃到此处，似乎已

---

[16] 唐皮铠甲：以外国（中国）所产虎皮缝缀铁片而成。已见卷第五《十一、富士川》章，注3。

[17] 宝刀小乌：指无文佩刀。事见卷第三《十二、无文佩刀》章，参注5—6。

[18] 九代：自平贞盛〔年代不详。天庆三年（九四〇）灭平将门〕第一代起算，嫡传至平维盛为第九代。

[19] 六代（一一七四？——一一九九）：平维盛嫡子。自平正盛起算，为嫡传第六代，故称六代。法名妙觉。参卷第七《十四、维盛出奔》章，注2。为卷第十二之主要人物。按：平正盛，平安后期武将，生卒年不详，为伊势平氏中兴之祖。

[20] 山东：纪伊国名草郡山东庄，今和歌山市内东部。

[21] 藤代王子：藤代若一王子之略，即藤代神社。在纪伊国名草郡藤代浦，今和歌山县海南市藤白。王子即神社。自京都往熊野之参拜路程中，沿路设有熊野权现寺祠，供参拜者遥拜与休息。共九十九所，号称九十九王子。

[22] 千里滨：在日高郡岩代（今和歌山县日高郡南部町）海岸。

[23] 汤浅权守宗重：以纪伊国有田郡汤浅庄为基地之豪族。汤浅党之祖。生卒年不详。平治之乱时，助平清盛进京，有功。以后为平氏家臣，直至坛浦会战。晚年归服源赖朝。

[24] 宗光：宗重七男。生卒年不详。文觉弟子上觉房行慈为其兄弟。明惠上人为其妹之子。

经改装皈佛。与三兵卫、石童丸亦出家相随。原想上前叩见，却恐对方担惊受怕，只好匆匆闪过。看样子何其可怜。”说着以袖掩面，泪如泉涌。随从们也陪着流泪。

十一　参拜熊野

行行重行行，日数渐增，终于来到了岩田川畔[01]。记得有人说，能渡过此河一次者，可以消除一切恶业烦恼、无始[02]罪障。行抵本宫[03]，在证诚殿[04]前跪下，诵了一回经。然后巡礼山中诸殿，但觉肃穆庄严，神摇意夺，难以言宣。大悲拥护之云霞[05]，飘荡在熊野山上；灵验无双之神明，垂迹于音无川边[06]。一乘修行[07]之岸，感应之月普照；六根忏悔[08]之庭，妄想之露不凝。万事大吉，无不可乐。

夜渐深人已静，维盛走到神前，想起先父曾在此发愿道："请折重盛之寿，以

[01]　岩田川：今称富田川。发源安堵山中，流经西牟娄郡，在白滨町富田注入纪伊水道。自纪伊半岛西岸南下参拜熊野本宫之路程，在田边东折，沿富田川进入山道。

[02]　无始：梵语之汉译，或译无始时来。意谓不知始于何时之遥远过去。有无始罪障、无始旷劫之说。《高野山御幸御出记》："一度参诣高野山，无始罪障道中灭。"

[03]　本宫：熊野本宫大社。即在和歌山县田边市本宫町之熊野坐神社。与新宫、那智合称熊野三山、三社或三权现。

[04]　证诚殿：本宫四殿之一。已见卷第二《十四、康赖祝文》章，注20、43与卷第三《十一、医师问答》章，注1。本尊家都御子神（素盏鸣尊）为阿弥陀如来之垂迹。

[05]　云霞：以云霞之深厚喻大慈大悲观音菩萨拥抱呵护众生之德。

[06]　音无川：流经本宫旧社殿前之后，与熊野川合流。

[07]　一乘修行：成佛唯一之道，即大乘之教，指《法华经》。

[08]　六根忏悔：针对六根（眼、耳、鼻、舌、身、意）所生罪障加以忏悔。

济来世轮回之苦[09]。”不禁感慨万千。祈道：“熊野权现之本地[10]阿弥陀如来，请勿放弃摄取不舍之本愿[11]，引导众生前往净土。”但又不忘附带祈道：“请保佑留在故里之妻小平安。”厌离秽世、受戒皈佛之人，妄执[12]依然，诚可哀怜。

翌日清晨，自本宫乘船赴新宫[13]。礼拜神藏山[14]，但见岩松高耸，岚破妄想之梦；流水清澈，浪濯尘埃之垢。伏拜明日社后[15]，绕过佐野松原[16]，到那智神社。瀑布有三重[17]，倾泻而下，高可数千丈。山顶岩上安着观音灵像[18]，仿佛便在补陀落山[19]。云霞弥漫处传来法华诵声，恍若身处灵鹫山上[20]。

且说，自权现垂迹熊野以来，我朝贵贱上下，无不继踵而至，合掌膜拜，沾其利生[21]。僧坊并甍，道俗联袂。宽和之夏，花山法皇让十善之帝位[22]，祈九品

[09] 内大臣平重盛生前参拜熊野之行，事见卷第三《十一、医师问答》章。

[10] 本地：缘于日本人神佛同体思想，佛菩萨在其本地之本尊称本地。其在日本为济众而化为日本神祇（权现）者，谓垂迹。

[11] 《观无量寿经》第九观：“无量寿佛，一一光明，遍照十方世界。念佛众生，摄取不舍。”

[12] 妄执：迷妄执着。妄习执见。《法华经·方便品》：“深著虚妄法，坚受不可舍。”

[13] 新宫：在今新宫市。熊野速玉神社，熊野三山之一。

[14] 神藏：神仓山，在新宫之南。熊野速玉大神迁移新宫之前坐落于此。山顶有巨岩曰神座。

[15] 明日社：飞鸟神社，或以当字作阿须贺（あすか）社。在新宫附近之上熊野。

[16] 佐野松原：新宫西南（今新宫市佐野）三轮崎沿岸之松林。

[17] 三重：那智泷（瀑布）分三段，各隔四五百米。自下向上，称一泷、二泷、三泷。

[18] 指位于山顶之泷本千手堂观音。后被移往他处，今已废绝。

[19] 补陀落山：南印度海岸灵山，观世音菩萨所住。传为南方净土。有补陀落渡海往生信仰。

[20] 灵鹫山：古印度王舍城东北之山。释迦曾在此说《法华经》。

[21] 利生：使众生得利也。《法苑珠林》卷第十六：“逐要利生，无过见佛。”诸多注者或以利益二字释之，亦佛家语。韩愈《与孟尚书书》：“乃人之情，非崇信其法，求福田利益也。”

[22] 宽和二年（九八六），第六十五代花山天皇（九六八—一〇〇八，在位九八四—九八六）让位，在花山寺出家。十善：谓不犯十恶。前已数见，初见于卷第一《七、二代皇后》章，注8。

之净土[23]。其庵室旧迹有老樱盛开，引人思古之幽情。

那智僧侣中似有熟悉此三位中将者，告其同修曰："正想此位修行者究为何方人氏，竟是小松内大臣殿嫡子三位中将维盛。听说，安元二年[24]春，仍是四位少将时，在法住寺殿庆贺后白河法皇五十华诞之际，父亲小松殿重盛是内大臣兼左大将，叔父宗盛卿为大纳言兼右大将，皆列坐阶下。其他，如三位中将知盛、头中将重衡等平氏一门，人人盛装，得意洋洋，则充任伴奏乐队。于是，维盛头插樱花，出现场中，跳《青海波》舞[25]。其舞姿也，如媚露之花，风翻衣袖。艳丽夺目，天地为之灿然增光。

"建春门院乃命关白殿[26]赏赐御衣一袭。为父者内大臣起坐而受之，披在嫡子右肩之上，然后拜谢女院[27]。受宠之隆，前所罕见。在座殿上人不知有多羡慕。内里诸多女官中，甚至有人称之为深山木旁之樱梅者[28]。

"本来期待如今应已升为大臣兼左大将之人，现在却落魄潦倒，面貌变得如此憔悴。真是始料所未及。可悲之至。"说着以袖掩面，泪滴滴下。在当场的许多同修也都陪着沾湿了僧衣之袖。

---

[23] 九品净土：净土分为九级（品），已见本卷《五、受戒》章，注8。

[24] 安元二年（一一七六）春：当年三月四日，在法住寺殿举行后白河法皇五十华诞庆典。法住寺殿：即后白河法皇御所。

[25] 《青海波》：雅乐舞曲。唐乐。舞者戴凤凰兜，穿波纹绘鸟长袍，舞大刀，二人对舞。

[26] 关白殿：在此指藤原基房。

[27] 女院：指建春门院。前已数见。平滋子（一一四二——一一七六），后白河天皇女御、高仓天皇之母。

[28] 在《源氏物语·红叶贺》中，与源氏对舞《青海波》之头中将被喻为"深山樱花旁之树而已"。按：樱梅，或以为杨梅之误，盖在日文书写中，樱梅并举为一词者，甚为罕见也。

十二 维盛投水

顺利地参拜了熊野三山之后，便在滨宫王子神社[01]之前坐上了船，逐波划向万里沧海。在遥远的海上有一小岛。划船靠岸登陆，找到一棵大松树，刮平树皮，书其家世，曰："祖父太政大臣平朝臣清盛公，法名净海。亲父内大臣左大将重盛公，法名净莲。三位中将维盛，法名净圆，年二十七岁。寿永三年[02]三月二十八日，那智海上投水。"然后又乘船向海上划去。虽然早有觉悟，但是一旦面临死亡，却不免心虚胆怯，难忍悲哀。

时值春末三月二十八日，海面烟雾蒙蒙，前路渺茫无垠。触景生悲，不能自拔。即使平常时日，暮春花开花谢，已够恼人，况乎今日是此生最后一日，魂飞魄散，情何以堪。海上钓舟，或隐或显，逐浪上下，却不沉没。反顾自身，是否也要与渔舟一样随波逐流？

仰望列阵成行而啼叫北归的鸿雁，似能体谅苏武羁留胡国的悲愤[03]。维盛也想模仿雁足传书，寄语家人。忽然警告自己："何以有此想法？依然执迷不悟。"随即望西合十念佛，但心中却又想道："今日虽然是最后一日，在京城之人反正无由得知。连想也不会想到。只能凭风传言，望眼欲穿而已。然而，投水之事迟早总会传开，到时闻知消息，不知将如何悲叹。"一想至此，立刻停

[01] 滨宫：位于那智川河口之滨宫王子权现。又名渚宫。

[02] 安德天皇寿永三年，即后鸟羽天皇元历元年（一一八四）。

[03] 苏武故事，见卷第二《十六、苏武》章。

止念佛，放开合掌，对泷口入道说道："此身可悲呀。生而为人，更不宜娶妻生子。不但徒增相思之苦，又且妨碍大觉大悟、往生净土之路。何必呢？便在当今目前，亦仍念念不忘妻小。心中牵肠挂肚，罪孽深重，只有忏悔而已。"

泷口入道也不能漠然无动于衷，但觉得自己不可示弱，便拭去眼泪，一本正经地说道："心中有此挂念，情有可原。人间无论贵贱，有恩有爱，的确无可奈何。尤其夫妻能并一夜之枕，缘由五百生[04]之因，前世因缘非浅。所谓生者必灭，会者定离[05]，实乃苦海浮生之常。叶梢凝露与根上水珠，虽有先后之别，迟早必将消失[06]。

"骊山宫秋夕之誓，竟成绵绵长恨[07]；甘泉殿生前之恩，终归有时而尽[08]。松子与梅生，不免性命有涯之叹[09]。等觉共十地，犹遵生死无常之理[10]。足下即或得享长寿之誉，毕竟难逃此憾；即或保有百年之龄，其可憾者岂有不同？

---

[04] 生：今生今世之生。五百生，即五百世，生死轮回五百次也。

[05] 佛教之无常观。《法句经・无常品第一》："合会有离，生者有死。"《涅槃经》："夫盛必有衰，合会有别离。"

[06] 僧正遍昭《题不知》："树梢凝繁露，结为根上珠。世间惟先后，未尝有不徂。"（《和汉朗咏集・无常》卷下）

[07] 指唐玄宗与杨贵妃故事。白居易《长恨歌》："七月七日长生殿，夜半无人私语时。在天愿作比翼鸟，在地愿为连理枝。天长地久有时尽，此恨绵绵无绝期。"

[08] 指汉武帝与李夫人的故事。白居易《新乐府・李夫人》："汉武帝，初丧李夫人。夫人病时不肯别，死后留得生前恩。君恩不尽念未已，甘泉殿里令写真。丹青画出竟何益，不言不笑愁杀人。……生亦惑，死亦惑，尤物惑人忘不得。人非木石皆有情，不如不遇倾城色。"

[09] 松子：赤松子，古仙人。神农时雨师，能入火自烧，在昆仑山上随风雨上下。梅生：梅福，汉寿春人。弃官家居，读书养性。王莽专政，离家出游，传化为仙。《汉书》有传。纪长谷雄《白箸翁诗序》："梅生不死，松子犹生。古既有之，难可全责。"（《本朝文粹》九）

[10] 等觉、十地：菩萨五十二位（阶）中，修行圆满、佛果已达妙觉（正觉）者，排序在第五十一位，称等觉。从四十一位至五十位，则称十地。

“第六天外道魔王占据欲界六天[11]为己有，尤于欲界众生，不愿见其脱离生死轮回，是以或娶之为妻，或嫁之为夫，想方设法，阻其皈依佛道。反之，三世诸佛待一切众生如一子[12]，极力导之以入极乐永住之乐土，却因有娶妻养子之事，自无始旷劫以来[13]，每每牵累生死流转[14]之机，释尊故而引以为重戒。

“尽管如此，亦不必自觉心虚。源氏之先祖伊豫入道赖义[15]，奉命追剿奥州匪徒安倍贞任、宗任兄弟[16]，十二年间，斩人之首一万六千，所杀野兽与河鱼之命不知几千万。然而，听说在其临终之时，因起一念菩提心[17]，终能遂其夙愿而往生极乐。出家是无上功德，足下前生罪障应已全数注销矣。

“经中有言，即使有人建造七宝之塔[18]，其高三十三天[19]，亦难比出家一

---

[11] 第六天魔王：欲界六天中第六之他化自在天王。欲界为三界之一，指食欲、色欲、财欲、淫欲等有情世界。六天是四天王、忉利天、夜摩天、兜率天、化乐天、他化自在天。

[12] 三世诸佛：过去、现在、未来三世之一切佛菩萨。如一子：《南本涅槃经》：“一子者谓一切众生。如来等视一切众生犹如一子。”

[13] 无始旷劫：始，初也。无始者，不知其初，自无限过去永远存在之意。旷劫者，谓过去极长之无限时间。（未来之无限时间谓之永劫。）故俗称有始以来，佛家称无始（旷劫）以来。

[14] 流转：即轮回，在六道迷界中，生生死死，转变不已，永劫难逃。

[15] 伊豫入道源赖义（九八八—一〇七五）：官至陆奥守兼镇守府将军、伊豫守等。承保二年（一〇七五）出家，同年殁，八十八岁。镇定前九年之役。《古事谈》第四：“伊豫入道赖义壮年时，心无惭愧，以杀生为业。况十二年征战间，杀人之罪不可胜计。因果所报，必不免地狱之业者也。然出家入道遁世后，建堂造佛，灭罪生善之志显然。于所建之堂，悔过悲泣之泪，自板床流经边廊而落地。其后谓曰，我往生极乐之望必然有果。其能遂勇猛强盛之心，不异昔日攻陷衣河馆之时。果然终遂正念往生。”

[16] 安倍贞任、宗任：均安倍赖时（？—一〇五七）之子。父子于永承六年（一〇五一）在陆奥叛变，至康平五年（一〇六二）贞任被杀为止，前后十二年，叛乱始平。史称前九年之役。

[17] 菩提心：即道心、对生死大觉大悟之心。《无量寿经》：“发菩提心，一心专念无量寿佛。”

[18] 《贤愚经》四：“假使有人起七宝之塔，高至三十三天，所得功德不如出家。”七宝之塔：以金、银、琉璃、玻璃、珊瑚、玛瑙、砗磲七种宝石所饰宝塔。按：各经所举七宝，略有不同。

[19] 三十三天：即忉利天。属欲界第二天，在须弥山顶。以帝释天在中央，四方各有八天，合计共三十三天。

日之功德。即使供养百罗汉[20]至百千岁之久，功德亦不如一日之出家。源赖义虽然罪孽深重，却因信心坚定而得遂往生。足下并非罪大恶极之人，岂有被拒于净土门外之理?

“况且熊野权现之本地为阿弥陀如来。在其四十八愿中，自第一无三恶趣之愿[21]至第四十八得三法忍之愿[22]，无一非化度[23]众生之愿。其中，第十八愿云:‘设我得佛，十方众生，至心信乐，欲生我国，乃至十念，若不生者，不取正觉[24]。’无论念佛一次或十次，只需坚信不移，皆有往生极乐之望。

“若能以无上虔诚之心，念佛一遍或十遍，阿弥陀如来将缩其六十万亿那由多恒河沙之佛身，变成一丈六尺大小[25]。身边有观世音菩萨与势至菩萨陪侍，并被无数圣众、化佛菩萨[26]，百重千重包围其中。接着，奏乐咏歌之声大作，徐徐走出极乐东门[27]，前来此世迎接。足下贵体虽然沉入沧海之底，但必

---

[20] 百罗汉:罗汉为阿罗汉之略，小乘佛教最高悟道者之称。《摩诃僧祇律》二十九:“若人百千岁供养百罗汉，不如一夜中出家修梵行。”

[21] 无三恶趣之愿:阿弥陀佛四十八愿第一，即从极乐净土消除地狱、饿鬼、畜生三恶道。

[22] 得三法忍之愿:四十八愿之最后一愿。使诸菩萨得三种法忍(开悟)之愿。三种法忍谓音响忍、柔顺忍、无生法忍。

[23] 化度:教化济度也。

[24] 语出《无量寿经》。信乐谓信而乐之。我国:指阿弥陀佛之极乐净土。正觉:谓诸佛所得完全、无上、不偏之悟。引文大意谓:即使自己成佛，众生皆信而乐之，欲往生我极乐国土，但尽管唱佛名号十遍，仍不能生于净土者，则表示我为佛修行不全，尚未获得无上之正觉开悟也。

[25] 那由多:梵文，数之单位。一千亿。恒河沙:如恒河沙之数，均喻其佛体之庞然无限大也。一丈六尺:原文作丈六八尺。常人身高八尺(约一百六十公分)，阿弥陀佛则其二倍，即一丈六尺。《观无量寿经》:“阿弥陀佛神通如意，于十方之国变现自在。或现大身满虚空中，或现小身丈六八尺。”

[26] 化佛菩萨:又称变化佛、应化佛。为教化济度众生，佛菩萨依其神通，应众生之机根而化现之身姿状态。

[27] 东门:极乐净土在西方，故往娑婆(众生)世界，需经东门。

将升于紫云之上[28]。成佛之后，得以解脱烦恼生死之苦，大开大悟，便可折回娑婆故乡，引导妻小。所谓还来秽国度人天也[29]，绝不可存有些许疑问。”于是敲钟念佛。维盛觉悟此乃无上善知识，立刻去除迷执之念，望西合十，大声念佛百遍。然后，在口念“南无”声中，倏地投身入海。兵卫入道与石童丸也念着佛，随着跳进了海中。

[28] 紫云：极乐往生之际，来迎之佛菩萨所乘之云。

[29] 往生极乐净土者，可再转生秽土，化度人间与天界。

十三 三日平氏

舍人武里也要跟着跳海，无奈为泷口入道所制止，未能如愿。泷口入道含泪劝道："无论如何难过，岂可违背主人遗言？为人部属者当然难受。如今唯有一心祈其后世冥福而已。"武里殉身不成，独自存活下来，悲痛之余，浑忘供养之事，只管趴在船底哭喊哀嚎。古昔悉达太子[01]入檀特山时，车匿舍人[02]奉命牵马返宫之悲，大概也不过如此。

泷口入道叫人将船划来划去，绕了好久，巡视有无遗体浮上海面。但三人都已深沉海底，不见踪影。于是开始念佛，吊慰死者之魂道："过去诸圣灵，偕同往生一佛净土[03]。"听其祷声，令人心碎。

不知不觉间，日已西斜，海上垂暮。虽然依依不舍，还是划着少了三人的船回去了。船桨溅起的水珠与泷口入道的泪滴，混在袖口，分不清是水是泪。泷口入道回高野山去了。武里回到屋岛后，掏出书信，交给维盛之弟新三位中将资盛殿[04]。资盛悲痛欲绝，叹道："可恨呀。一向所仰望依赖的长兄，却忍心

---

[01] 悉达太子：古印度迦毗罗城净饭王之子，出家往檀特山苦修，即佛教祖师释迦牟尼。

[02] 车匿舍人：悉达太子仆夫。太子骑白马名犍陟出王城，至檀特山麓，命车匿牵马回城。其后车匿亦出家，师事阿难，成为悟道者。

[03] 一佛净土：阿弥陀佛之极乐世界。一般认为一佛即多佛，同时存在于无数世界中。日本天台宗则以一佛为大日如来一身，故有一佛即一切佛之说。

[04] 平资盛：重盛次男。维盛为长男。

舍弃诸弟而不顾，何其残酷也。大臣殿与二位殿皆怀疑长兄，以为亦如池大纳言之心向赖朝，谅已投奔京都，故而对我兄弟恒存戒心，有意疏远。而今所闻，却居然在那智海上投水。原以为兄弟可在同处相伴沉海，现在却非得各死异地不可。何胜忿恨。另有口信否？”武里答道：“是。有口信[05]云：‘左中将溺身西国，备中守阵亡一谷。自己又改装变样。遥想诸位身处无计可施、不知所从之境，则忧心忡忡、心如刀割。’”继又禀告有关唐皮铠甲、宝刀小乌等事之遗言，巨细靡遗。资盛泫然泪下，以袖掩面，哭道：“如今余已无苟全性命于世之愿矣。”情见乎言，教人同情。因为与故三位中将殿维盛容貌极为相似，见者莫不洒下同情之泪。诸多武士聚在一处，尽管哭泣。大臣殿与二位殿互道：“原以为此人与池大纳言乃一丘之貉，心向赖朝，所以逃往京都。事实并非如此。”而愧恨交加、悲叹不已。

寿永三年四月一日，镰仓前兵卫佐源赖朝晋阶正四位下。自原来的从五位下一跃跳过五阶[06]，前所罕见。据说是追讨木曾左马头义仲的勋功恩赏。

同月三日，有钦命：奉祀崇德上皇为神祇[07]，且着在昔日的保元战场大炊御门大路底河原[08]，建造神社，举行迁宫。此事纯出于后白河上皇一人的指示，听说宫中上下并不知情。

五月四日，池大纳言赖盛动身前赴关东。兵卫佐赖朝已曾几次遣使前来

---

[05] 口信文字，已见本卷《十、维盛出家》章。参注14—15。又唐皮铠甲、宝刀小乌事，参同章注16—19。

[06] 自从五位下一次升至正四位下，必须跃过从五位上、正五位下、正五位上、从四位下、从四位上共五阶，始达正四位下。

[07] 第七十五代崇德天皇：败于保元之乱（一一五六），被流赞岐国，削其帝号，称赞岐院。殁于谪地。已见卷第三《一、赦书》章，参注20。其后复其帝号，祀为神祇。

[08] 大炊御门：大路名，春日小路之南、冷泉小路之北，平安京东西大路。从大炊御门大路底东渡贺茂川，即大炊御门河原。

致意道："绝不敢怠慢足下。当如接待已故尊堂池禅尼[09]大人，欲将其大恩报于大纳言身上。"因此平氏一门逃离京都时，池大纳言并未同行，独自留了下来。然而总觉得焦虑不安，想道："兵卫佐一人话虽如此，其他源氏不知有何想法。"正在忧心如焚之际，镰仓信使又来，催道："谨以仰望故禅尼殿容颜之心，恭候大驾光临。"到此才终于决定动身了。

池大纳言身边有个武士，名叫弥平兵卫宗清[10]，是先祖以来代代世袭的家臣之首，却拒绝同行。问其原因，答道："此次敢求赐准不必随从伺候。原因？因为主公虽然安稳无事，但想起其他平氏一家之人，仍然浪迹西海波上，便焦灼万分，难于释怀。如今心烦意乱，等情绪稍安后，再来随侍左右。"大纳言觉得既难过又惭愧，说道："离开一家之人而留在京都，本人并不自以为荣。然而舍身不易，丧命可惜，便无可无不可而留下。既然留下，便不得不听人指使。此次关东之行，路程遥远，汝竟不肯相陪同行。既然对于此行不以为然，何以当初滞留京师时，一话不说？无论大事小事，一向与汝相商而后定。难道忘了？"

宗清正襟危坐，毕恭毕敬，回道："无论贵贱，人身性命最可珍惜。俗云世可遁，身不可舍。滞留京都之举并无不妥。想兵卫佐赖朝之命危在旦夕而侥幸被救，方有今日这般荣幸。当其流放之时，在下曾奉故禅尼殿之命，护送至近江国筱原驿站。据闻，至今兵卫佐仍然一再向人说：'当时之事，至今不能忘。'因此，如果愿意相陪至关东，一定可获不少礼物，而且必定大受款待。话虽如此，总觉得不堪其忧、难忍其辱。现今平氏诸公子或武士们，虽然漂泊西国海上，终必辗转得知此事，将使在下羞愧难当而无地自容。所以此次，仅此一次，万请准予留下。

---

[09] 池禅尼：原文作故池殿、故尼御前。前已数见。平忠盛继室、清盛后母。生家盛、赖盛。夫忠盛死后削发为尼，住六波罗池殿。参卷第五《四、快马》章，注15。

[10] 宗清：桓武平氏。池禅尼侍卫、平贞能堂兄弟。平治之乱生擒源赖朝，并押送至近江国筱原。

“主公既然滞留京城，形势如此，关东之行恐怕欲罢不能，难于推却。旅途迢迢，固然不无顾虑，但若为攻击敌人而出，则愿当前驱，身先士卒。而此次留而不往，却无关主公安危。倘蒙兵卫佐过问，请告以‘正在病中’即可。”有心的武士们听了，都感动得落下了眼泪。池大纳言觉得脸上无光。但定则定矣，而且事不宜迟，没几日便出发了。

同月十六日，抵达了镰仓。兵卫佐立即召见。先问道：“宗清同来否？”答道：“因病未能同行。”兵卫佐道：“喔，是何病痛？怕是意气用事。犹忆当年承宗清护送，事事关照，至今难忘。原以为一定会陪同前来，便可见面，以慰思慕之情。而竟不肯来，不胜遗憾之至。”本来已准备了许多赏赐，诸如领地授权公文、马匹、马鞍，以及种种武器等。不少重要的大名也争先恐后提供了礼物。然而宗清却没有来，上下都以为是莫大的憾事。

六月九日，池大纳言离开关东返回京都。兵卫佐试加挽留道：“欢迎多停留数日。”答曰：“怕京中有人担忧。”便匆匆告别而去了。兵卫佐于是向法皇上奏：归还池大纳言所有庄园与领地，并恢复其大纳言的官职。此外，又赠送鞍马三十匹、无鞍马三十匹、长方形衣箱三十个，内装鹫羽、沙金、染物、绢卷等贵重物品。眼看兵卫佐如此慷慨，各大名小名也竞相送礼。仅计马数，便多达三百匹。结果，池大纳言不但保全了性命，还满载财富而归。

同月十八日，肥后守平贞能的伯父平田入道定次[11]为大将，率领伊贺、伊势两国住民，出击近江国。源氏后代[12]汇聚起来迎战。两国住民一个不留，全被歼灭。平家历代相传的家臣，其不忘昔日恩典，固然可悯，但如此僭越名分，

[11] 平贞能：前已数见，参其初出卷第二《三、西光被斩》章，注5。平田入道定次：据各家注释，皆以为非贞能之伯，而是贞能之兄。

[12] 此处所谓源氏后代（原文末叶），盖指近江国源氏一族。

贸然起事，不足为训。所谓三日平氏[13]是也。

且说小松三位中将维盛卿的夫人，好久以来，连仿佛风吹一般虚幻的音问再也没收到。究竟何以中断，心中焦躁难安。过去每月至少互通一次音信。但耐心等着，阳春去了，盛夏也过了，依然渺无消息。听到有人说，目前三位中将已不在屋岛，更是挂虑重重，乃设法派一使者前往探询。使者并未立刻回来。夏去秋至。到了七月下旬，使者终于回来了。夫人问道："如何？如何？"答道："承其随从舍人武里相告，维盛殿于今春三月十五日清晨，离开屋岛，登上高野山，受戒剃度出家。继之，参拜熊野三山，交代后事，祈祷来生之后，在那智海上投海往生。"夫人道："果然不出所料。久无通信，正感不解。"便全身崩溃，掩面抽泣。少爷与公主也放声恸哭起来。

少爷的乳母哭道："此事并非突如其来，久在意料之中，应该早有觉悟。若像本三位中将殿[14]一般，被生擒而押回京城，甚至游街示众，其耻辱怨尤，必更难堪。而主公在高野出家，参拜了熊野，交代了后事来生，临终正念[15]而去。是乃悲痛中之大幸。所以最好静下心来。今后即使是在岩洞或在树下，也一定要将儿女养大成人，责无旁贷。"种种的安慰或鼓励，终究难于抚平夫人丧偶之痛，好似一刻也活不下去。没过多久，便削发为尼，照例诵经念佛，为亡夫祈求冥福，愿其后世安乐。

[13] 三日平氏：此次叛乱，始于寿永三年（元历元年，一一八四）六月七日，止于同月二十一日，长约半月，而谓之三日者，盖因地方小乱，不足以影响大局，故以三日喻其短暂也。

[14] 本三位中将：平重衡。其被俘游街示众，事见本卷《二、宫中女官》章。

[15] 临终正念：临死时，一心念佛，舍弃一切妄念，以平静心，等待佛菩萨来迎。《续本朝往生传》二十三："临终时，安住正念，一心念佛，向西迁化。"

十四 藤户

镰仓兵卫佐辗转闻知平维盛投海之事，叹道："唉，如果不存异心，前来相见，一定保全其命。小松内大臣之事，岂可怠慢。彼曾为池禅尼之使，居中劝说，乃改赖朝之死刑为流罪，全系内大臣之功。如此大恩岂能忘怀？既不能遗忘，对其子孙自然也不敢怠慢。而且既然已经出家，更无须说三道四矣。"

且说平家自一谷惨败，逃回赞岐屋岛后，有时听说东国现有生力军数万骑，已在京都会师，准备攻打下来。有时又听说镇西有臼杵[01]、户次[02]、松浦[03]诸党，将与源氏同心协力，渡海突袭而至。处处流言蜚语，人人捕风捉影，无不耸动耳目，教人牵肠挂肚，无时或已。

此次在一谷会战，平氏一门损失惨重，主要武士死亡过半。当今可说力穷势孤，唯有阿波民部大夫重能[04]兄弟，表示愿意结合四国武士，前来援助，盼能打开僵局。祈其可恃也，如山之高，似海之深[05]。随军女眷则聚在一处哭泣

[01] 臼杵：丰后国（今大分县）海部郡臼杵庄之豪族臼杵二郎惟隆。绪方三郎维义之兄。

[02] 户次：居住丰后国大分郡户次庄（今大分市户次）之绪方氏一支族。

[03] 松浦：以肥前国松浦郡为中心，分布于九州西北部之武士团。

[04] 田口重能：纪氏。四国地方豪族。已见卷第六《八、筑岛》章，注7，卷第八《四、撤退大宰府》章，参注24。其后在坛浦之战时倒戈，投向源氏。

[05] 山高海深：海深或作水深、水长。喻路途险阻。傅玄《拟四愁诗》："牵牛织女期在秋，山高水深路无由。"又喻人品高洁。范仲淹《严先生祠堂记》："云水苍苍，江水泱泱，先生之风，山高水长。"此处或兼二义，盖以喻依赖之切与感恩之深也。

之外，无所事事，亦无所适从。

到了七月二十五日。互道："去年今日离开京都。日月如梭，已满周年矣。"回想当时慌张尴尬的情形，有哭有笑，嚷成一团。

同月二十八日，新帝后鸟羽天皇登基大典[06]。无八咫镜、神玺、宝剑三种神器而登基者，自神武天皇以来八十二代，此为首例。

八月六日，行拜官授阶之礼。蒲冠者范赖为三河守。九郎冠者义经任左卫门尉，另有宣旨授检非违使尉，是以有九郎判官之称[07]。

不知不觉间已入深秋。荻上风寒，阵阵袭人[08]；萩下露浓，滴滴落土[09]。秋虫唧唧，如泣如诉。稻穗迎风摇曳，树叶凝霜凋零。纵使无忧无愁的人，对着日益浓厚的秋色，也会触景伤情，何况平家人人心内，其哀痛怨怼自在意料之中。

当年赏春花于九重云上；今日悲秋月于八岛海边[10]。尽管在此亦可吟咏澄清之月，但总会怀想京中今宵种种，往往悲不自胜，总是过着泪水难干的日子。左马头行盛[11]有歌云：

天子在行宫，月同宫中月。所望月虽同，最念京城夜。

同年九月十二日，三河守源范赖为了讨伐平家，率军前进西国。随行者

---

[06] 登基大典：后鸟羽天皇于去年，寿永二年（一一八三）八月践祚，四岁，为皇统第八十二代（在位一一八三——一九八）。此次为其正式即位典礼。翌年改元元历。时八十一代安德天皇仍在，年号寿永，与平氏流落在赞岐国屋岛。翌年（一一八五）三月，在坛浦投海，年仅七岁。

[07] 检非违使尉级官职者（三等官），通称判官。

[08] 大藏卿行宗之歌："秋气满天地，万物变其容。最先送寒者，当是荻叶风。"（《千载和歌集·秋上》）

[09] 新左卫门《咏睡萩沾露》："夜幕初垂后，萩花伴月眠。枝枝互依靠，不觉露华寒。"（《后拾遗集·秋上》）

[10] 九重云上：喻宫中、内里。八岛：此处沿用原文，屋岛之异写。八岛与九重对仗。

[11] 平行盛：清盛二男基盛之子。歌人。有歌见于《新敕撰和歌集》《玉叶和歌集》等歌集。

有足利藏人义兼、加贺美小次郎长清、北条小四郎义时、斋院次官亲能。武士大将有土肥次郎实平、其子弥太郎远平、三浦介义澄、其子平六义村、畠山庄司次郎重忠、畠山长野三郎重清、稻毛三郎重成、榛谷四郎重朝、榛谷五郎行重、小山小四郎朝政、小山长沼五郎宗政、土屋三郎宗远、佐佐木三郎盛纲、八田四郎武者朝家[12]、安西三郎秋益、大胡三郎实秀、天野藤内远景、比企藤内朝宗、比企藤四郎能员[13]、中条藤次家长、一品房章玄、土佐房昌俊[14]等,总计三万余骑。从京都出发,浩浩荡荡,开抵了播磨国室津[15]。

平家方面,由小松新三位中将资盛、小松少将有盛与丹后侍从忠房[16]担任大将军。武士大将则有飞骅三郎左卫门景经、越中次郎兵卫盛嗣、上总五郎兵卫忠光、恶七兵卫景清。乘军船共五百余艘,抵达了备前国儿岛[17]。源氏闻讯,即从室津出动,到备前国西河尻藤户[18],布好了阵势。

源平二军隔海对峙,相距约五町[19]。源氏军势虽大,但无船渡海,只好在对面山上扎营,徒费时日。平家方面有血气方刚的年轻人,划出小舟,举扇示意引诱道:“由此骑马过来。”源氏武士纷纷道:“气死人也。如何是好?”同月

---

[12] 朝家:源义朝庶子、宇都宫宗纲养子。居常陆国真壁郡河间村八田(今茨城县下馆市内)。

[13] 能员:源赖朝乳母比企尼之甥、比企尼养子。其女若狭局得宠于源赖家(镰仓幕府二代将军),权倾一时。后与北条氏对立,遭谋杀。

[14] 昌俊(正俊):此后受源赖朝之命,当刺客入京谋杀源义经,被捕受死。事见卷第十二《四、土佐房被斩》章。

[15] 室津:播磨国揖保郡室津(今兵库县淡路市御津町室津),为濑户内海重要港口。

[16] 资盛、有盛、忠房,皆平重盛之子,与去世之维盛、清经、师盛为兄弟。

[17] 儿岛:今属冈山县仓敷市之儿岛半岛,以前为隔海小岛。卷第二《八、大纳言流刑》章,新大纳言成亲死前曾流配至此,参注11。

[18] 西河尻:备前、备中两国交界之西河河口。一说西大川河口。藤户:备前国儿岛郡(今冈山县仓敷市藤户町)。当时为海峡,称藤户渡。

[19] 五町:他本作廿五町或三十余町。一町约一〇九公尺。

二十五日，入夜，佐佐木三郎盛纲拐了一个住在海边的男子，给他白小袖、大口裤、银鞘短刀等物，诳骗上手，问道："在此海道中，有无骑马可渡之处？"男子答道："海边住民虽多，但详于海道者极少。唯有在下知之甚详。海中有类似河滩之处，每月上旬出现在东，下旬出现在西。东西浅滩之间，相距约有十町。利用浅滩，骑马可轻易渡到对岸。"佐佐木大悦，也不告知自家随从人等，便与此男子悄悄地溜出了营房，脱掉衣服，裸着身子，试探浅滩，果然并不太深。水深可及膝，没腰，淹肩，或可沾湿鬓边。遇到深处，稍事游泳，便可踩到浅处。男子又道："自此向南，比北边更浅，是敌人随时拉弓射箭的好靶场。光着身子最为危险。最好立刻转回去。"佐佐木也觉得言之有理，但想道："此类小人心中无立场，恐怕又会被别人诓骗，说出海道实情。我自己一人知之即可。"于是将男子刺死，砍下其头，抛在一旁。

同月二十六日辰时，平家又划出小舟，打手势诱引源氏渡海。佐佐木三郎心中有底，身穿白纹染绢直垂，上披黑色丝缀铠甲，骑白苇毛马，带随从七骑，突然跃入海中。大将军三河守范赖急道："不准过去。快加以阻止。"土肥次郎实平扬鞭踢镫，追了上去，叫道："喂，佐佐木将军，是鬼魂附体，发疯了？无大将军命令，竟如此乱来。站住。"佐佐木听而不闻。土肥次郎无奈，却随其后也渡过了海。水深可到马胸、颔缰、腹部，或淹过鞍心。更深处便让马游泳，浅处便可踩在水底行走。大将军三河守见此情状，又气又喜，喊道："为佐佐木所骗矣。原来水并不深。渡过去，渡过去。"渡海命令一下，三万余骑大军个个争先恐后，蜂拥渡过了海道。

平家方面猝不及防，大喊"糟了！"将船只尽数浮到海上，搭箭引弓、引弓搭箭，集中连连发射。源氏士兵不以为意，斜着头盔护颈，一个接一个跳到平家船上，喊杀之声震天撼地。源平陷于乱战。有跳船失足而溺毙者。有翻船落水而喊救命者。混战终日。到了晚上，平家船只远远浮到海上。源氏登上儿岛，让人马休息。平家航回屋岛。源氏杀气未消，只因无船可乘，欲追击而不能。

事后，镰仓殿源赖朝上奏云："自古至今，骑马渡海之事，不知天竺、震旦如何，在我朝则为稀世之创举。"且将备前国儿岛赐予佐佐木以为奖赏。

十五 大尝会

同月二十七日，在京城，九郎判官义经晋升检非违使五位尉，故又称九郎大夫判官[01]。

转瞬到了十月。在屋岛，海风凛冽，巨浪拍岸。虽无敌军来袭之虑，却少商贾交往之便。京都的消息几乎断绝。不知不觉间，阴霾满天，霜霰遍地。触目神伤，倍感寂寥。

且说京中将办大尝会[02]，所以先有祓禊行幸[03]的仪式。节下[04]由当时的内大臣德大寺左大将实定[05]公担任。前年安德天皇祓禊行幸时[06]，平家内大

---

[01] 检非违使五位尉：检非违使尉而叙五位者。五位称大夫。尉为三等官，称判官。

[02] 大尝会：天皇即位后初次新尝祭。天皇以新谷供奉皇祖天照大神等天神地祇，历代天皇一代只行一度。如即位在七月前，则于同年举行；如在八月以后，则在翌年十月中卯日行之。已初见于卷第一《十、立东宫》章，参注1。

[03] 祓禊：原文御禊。天皇即位大典之前，十月下旬，先行祓禊，即天皇以水净身除邪之仪式。场所不定，唯多在二条、三条贺茂河原行之。

[04] 节下：在节旗之下主持典礼之大臣。按：节旗，纛之一种，顶垂黑色牛尾或马尾为饰，旗上画龙、鹫等物。古时日本，在即位、大尝会、祓禊等重要仪式时竖之。

[05] 藤原实定：自卷第一《十二、鹿谷》章（参注5）之后屡见此人。卷第二《十一、德大寺》章中，有其参拜严岛神社故事。

[06] 寿永元年（一一八二）十月二十一日，安德天皇有祓禊行幸仪式。

臣宗盛公任节下大臣，来到帷屋[07]中坐下，前面竖着龙旗[08]。峨冠阔袖，装束笔挺。威风凛凛，相貌堂堂。其他平氏一门如三位中将知盛、头中将重衡等，还有近卫府官员，牵引凤辇络带。仪态万方，无与伦比。此次由九郎判官领头奉驾。虽然与木曾义仲等人不同，相当熟悉京城的繁文缛节，但较之平家之下下者，仍差了一大截。

同年十一月十八日举行大尝会。自治承、养和年间[09]以来，七道诸国[10]人民百姓等辈，或为源氏所苦，或为平家所灭，背井离乡，遁入山林之中。春忘东作[11]之思，秋无西成[12]之劳。值此乱世，何以行此大典，令人不解。但既欲行之，便不顾一切，草草行之如仪了。

三河守范赖如果乘胜追击，平家恐已灭亡，而今却在室津、高砂[13]，驻军休息，召集歌伎游女，只顾寻欢作乐，浪掷日月。东国大名小名虽多，但毕竟不得不听大将军的命令，实在也无可奈何。在虚费公帑之际，在人民叫苦声中，看看今年也要消失而去了。

---

[07] 帷屋：原文幄屋。屋形帷幕也。在此指有神事、佛事、祭仪时，为参列者在庭院中所架设之临时帐幕。

[08] 龙旗：节旗幡上绘有飞龙者。参上注4。

[09] 治承年间（一一七七——一一八一），养和年间（一一八一——一一八二）。二者均安德天皇年号。

[10] 七道诸国：已前出。指日本全国。日本全土，除畿内五国外，分为七道（东海道、东山道、北陆道、山阴道、山阳道、南海道、西海道），各道治下有六国至十五国不等。

[11] 东作：春耕也。《书・尧典》："平秩东作。"传："岁起于东而始就耕，谓之东作。"

[12] 西成：秋收也。《书・尧典》："平秩西成。"疏："秋位在西，于时万物成熟。"

[13] 室津：见本卷《十四、藤户》章，注15。高砂：播磨国名歌枕，今兵库县高砂市。

卷第十一

『坛浦会战』

逆橹

元历二年正月十日，九郎大夫判官义经晋谒后白河法皇御所，经由大藏卿泰经朝臣[01]上奏曰："平家已为神佛所抛，为圣上所弃。离开帝都，漂泊浪上，形同亡命之徒。唯此三年来[02]，既未能加以剿绝，反使其阻断多国往来，莫不引以为憾。此次义经发誓，即使远至鬼界、高丽、天竺、震旦，平家一日不灭，绝不返回王城。"信誓旦旦，法皇大受感动，下旨道："着即兼程迈进，务必一决胜负。"回到判官官邸，对东国将士宣道："义经忝为镰仓殿代官，顷承院宣，奉命追讨平家。在陆地，则至马蹄能蹈之岸；在海洋，则达桨橹可划之涯，有进无退。若稍有二心之人，请速即离开回去。"

却说在屋岛，光阴如白驹过隙[03]，正月早逝，已到二月。春草谢而惊秋风，秋风去而迎春草。送往迎来，刹那间进入了第三年。有时听说[04]东国现有生力军数万骑，已在京都会师，准备攻打下来。有时又听说镇西有臼杵、户次、松浦诸党，将与源氏同心协力，渡海突袭而至。处处流言蜚语，人人捕风捉影，无不耸动耳目，教人牵肠挂肚，无时或已。

---

[01] 泰经：高阶泰经，若狭守泰重嫡子，后白河法皇近臣。建仁元年（一二〇一）殁，七十二岁。大藏卿：大藏省长官，主掌诸国租税、年贡、出纳、度量衡、物价、财政等事务。

[02] 自寿永二年（一一八三）七月平氏出奔，至元历二年（寿永四年，一一八五）是第三年。

[03] 白驹过隙：《庄子・知北游》："人生天地之间，若白驹之过隙。忽然而已。"喻日月消逝之速。

[04] 自此句至"无时或已"，与卷第十《十四、藤户》章第二段文字重复。

建礼门院、二位殿等女眷，聚在一处，相互哀痛道："不知又要遭到何等苦难，又要听到何等惨事？"新中纳言知盛卿愤懑道："东国北国诸人曾蒙我平家大恩，而今却背信弃义，不顾主从关系，反而臣服赖朝、义仲等人。兼之，西国各地恐怕亦将随之而叛归源氏。当时觉得留在京城，或尚有可为，并非纯为一己之私。但众意难犯，一筹莫展，且因懦弱成性，只得糊里糊涂离开京都。如今浪迹海上，苟延忧患余生，有苦难言。"言出肺腑，听来似乎不无道理。

同年二月三日，九郎大夫判官义经发自京都，在摄津国渡边[05]集结船舶，准备进攻屋岛。同日，三河守范赖亦从京都出发，在摄津国神崎[06]集结船只，准备开往山阳道。

同月十三日，朝廷派遣官币使前往伊势大神宫、石清水八幡宫、贺茂、春日等神社，并命令神祇官[07]官员、诸神社神官，各在本宫本社祈祷，愿安德天皇与三种神器平安返回宫中。

同月十六日，近日来集结在渡边、神崎两地的船只，即将解缆开航。但天有不测风云，忽然刮起强烈的北风，吹折树木、掀起巨浪，船只损毁泰半，无法出海。为了修船，当日暂停出动。在渡边，大名小名集会讨论道："说实话，对于水战毫无训练，如何去打？"梶原景时道："此次会战，建议装配逆橹。"判官问道："何谓逆橹？"梶原答道："骑马驰骋，可左可右，转向容易。而船却不然。可在船首船尾皆设橹，船之两侧皆置桨，则前后左右，回转自如矣[08]。"判官道："面临战场，即使发誓有进无退，难免仍有万不得已非退不可之时。此乃

---

[05] 渡边：今大阪市淀川沿岸。当时为海陆交通要冲。渡边党据点。

[06] 神崎：今兵库县尼崎市神崎町，神崎川河口。

[07] 神祇官：与太政官并列之最高机关，掌祭祀、大尝会、镇魂、占卜、神户户籍等宗教事务。

[08] 赖山阳（一七八〇—一八三二）撰《日本外史・源氏正记》："梶原景时曰：'请为逆橹。'义经曰：'何谓逆橹？'曰：'舳（船尾）舻（船首）皆设橹，进以舳，退以橹。'"

兵家常事。但若从一开始便准备脱逃之道，有何益处？尤其即将出战之际，发此言论，实为不祥之兆。贵队船上，无论是逆橹或是回橹，欲装不装，不管百只千只，悉听尊便。我义经则原船原橹已足。”梶原道：“身为大将军，可进则进，该退则退。先保己身，方能灭敌。是乃良将模范。倘若偏执一方，只知进而不知退，谓之猪武士，不敢恭维。”判官道：“不管是猪是鹿，但求进攻而能制胜，便是一大快事。”武士们害怕梶原，不敢笑出声来，但互相挤眉弄眼，低声悄语说，判官与大书特书原要演内讧的戏码了。

日已昏，夜幕渐垂。判官宣告曰：“各位，船已全数修理完毕。来，每人肴一碟、酒一壶，大大庆祝一番。”说着，假装若有其事，一面却叫人将装备、军粮等物堆入船中，牵上战马拴好，下令道：“立刻出动。”舵手、船夫道：“此风虽是顺风，却极为猛烈。海上风势必然更凶。怎能出海？”判官大怒，训道：“无论是陈尸野外，或丧命水底，莫非缘由前世宿业。划船出海而不巧遇到强风，该当如何？若是逆风而行，或有困难，但现在是顺风，却只因过于强烈，竟不顾大局，拒绝出海。如有不肯开船者，可一概射杀之。”奥州佐藤三郎兵卫嗣信、伊势三郎义盛[09]听到命令，便各将一箭搭上弓弦，走到前面，说道：“有何歪理可讲？此是大将军命令，快快划船出海。拒不出海者，将一一射杀，决不宽待。”舵手与船夫听了，苦道：“诸位，射杀而死与出船而死均是一死。只好在狂风巨浪下，拼命前冲，一死了之便是。”但在二百余艘船中，仅有五艘愿意出海。其他的船，不是怕风浪，便是怕梶原，都按船不动。判官道：“勿因别人不动，便以为亦可留下。风平浪静时，敌方防备更严。趁此惊涛骇浪，攻其不意，方可

[09] 嗣信：岩代国信夫庄（今福岛市内）庄司元治之子。义盛：伊势人，后迁居上野国（今群马县）。

克敌制胜[10]。”五艘船属谁？首先是判官之船。其他属于田代冠者[11]、后藤兵卫父子[12]、金子兄弟[13]，以及船奉行淀江内忠俊[14]。判官下令道：“各船不得起篝火。以义经之船为主船，随其舻舳篝火而前。如果火光过多，敌人见到，必起戒心而有所防备。”通宵催赶。平时的三日航程，只费了三时[15]便到。二月十六日丑时离开渡边，翌日卯时便被大风吹抵了阿波国[16]。

[10] 《孙子兵法·计篇》：“攻其不备，出其不意。此兵家之胜，不可先传也。”

[11] 田代冠者：伊豆国前国司为纲之子田代信纲。伊豆国田方郡田代（今静冈县田方郡函南町田代）住民。

[12] 后藤兵卫父子：后藤实基及其子（养子）基清。平治之乱时，实基从属源义朝。

[13] 金子兄弟：金子十郎家忠及其弟与一亲范。属武藏七党之一村山党。

[14] 船奉行：统筹管理军船、水军、航路之官。江内忠俊：传不详。疑是山城国（今京都府）淀人，世袭船奉行之大江氏一族。

[15] 三时：三个时辰，即今之六小时。下面所出之丑时是夜一至三点间；卯时是晨五至七点间。

[16] 阿波国：南海道六国之一，今四国德岛县。

二 胜浦大坂越

天已大亮，有几面红旗在岸上迎风飘扬。判官看了说道："哈哈，原来对方已有防备。如果让船靠岸，倾斜船舷卸马，则必成敌人箭靶而遭射。因此，诸位听着，在抵达岸滩之前，将马一一赶下水去，一一牵在船边使其游泳。待马蹄踩到海底，马鞍浮出水面时，尽快骑上马去。"五艘船上，因为堆积着装备、军粮等物，所以只能载马五十匹。船一靠近海滩，人人便跃上马背，呐喊着向前驰去。本来守卫海边的一百余骑，一瞬间也支撑不住，刹那间后退了二町[01]左右。判官驻马水边，让马喘气，召来伊势三郎义盛，嘱咐道："对方军中或有适当武士，可去找一人过来，有事请教。"义盛恭敬从命，单枪匹马驰进敌阵，果然带回了一个年约四十，身穿黑革丝缀铠甲，脱去头盔，除下弓弦。判官问道："何人？"回道："本国住民坂西近藤六亲家[02]。"判官下令道："谁家无所谓。不必脱盔卸甲，可携带弓箭。即刻充任向导，同往屋岛。诸位，盯住此人。若是想逃走，可射杀之。"然后又问道："此地何名？"答："名叫胜浦。"道："不用阿谀奉承。"应道："的确称之为胜浦。一般人省其一音而称之为贺津浪[03]，但写成文字时，的确是胜浦。"判官大悦，道："诸位听着。义经前来征战，居然先到胜浦，岂不可喜可贺？"回头问近藤六道："此地有无效忠于平家而誓与源

[01] 一町为六十间，约一〇九公尺。

[02] 近藤六亲家：阿波国（今德岛县）板野郡板西人。近藤六，一本作近藤七。

[03] 胜浦：地名，读かつうら。省其う而成かつら，在此姑以万叶假名"贺津浪"当之。

氏为敌者？”“有阿波民部重能之弟樱间介能远[04]。”“甚好。可践踏其地而过之。”判官于是从近藤六所率约一百骑中挑出三十骑，编入自己的队伍，旋即麾军前往能远的城堡。

一到城堡，只见三面泥沼、一面壕沟。决定渡沟攻城，顿时喊声大作。城中士兵搭箭引弓、引弓搭箭，集中连连发射。源氏武士不以为意，斜着头盔护颈，呐喊进攻。樱间介眼看抵挡不住，便教部下射箭掩护，自己则骑着剽悍无比的骏马，好不容易保住了性命，逃之夭夭了。判官抓了掩护兵士二十余人，砍其首级以祭军神。欢声雷动，大呼：“旗开得胜，马到成功。”

判官召见近藤六亲家，问道：“在屋岛，平家兵马有多少？”“大概不到一千骑。”“何其少也？”“因为四国诸多海滨与岛屿，必须各派五十或百骑驻防。加以河野四郎[05]拒绝受命、屡召不来，所以阿波民部重能之子田内左卫门教能，率领三千余骑，正驰往伊豫国讨伐。”“是天佑我也，莫失良机。自此往屋岛，多少时日可达？”“二日路程。”“然则可在敌人闻风之前突袭之。”于是下令立刻动身。或快马加鞭，或缓缰慢行，或驻足休息，通宵赶路，摸黑越过了阿波与赞岐国界的大坂越[06]山道。

夜半时分，判官遇到一个传递文书的男子，结伴而行，交谈起来。因为是夜间，此人做梦也想不到对方是敌人，只以为是前往屋岛的平家武士，因而随便大谈特谈，有问必答。判官问道：“此封信札给谁？”答道：“屋岛大臣殿。”“托带者谁？”“京中女眷。”“所写何事？”“并无特别要事。大概是说源氏已出淀川河口，浮船海上。传此信息而已。”判官道：“消息或许可靠。我等

[04] 樱间介能远：阿波国名方西郡樱间乡（今德岛县名西郡石井町）豪族。

[05] 河野四郎：名通信。通清之子。伊豫国风早郡河野乡（今爱媛县松山市河野地区）豪族，举兵反平氏。已见卷第九《六、六度交战》章，参注6。

[06] 大坂越：今德岛县板野郡板野町大坂岭，阿波国通往赞岐国之山道。

亦正奔赴屋岛，但路况不熟，请当向导，可否？”答道：“此路经常来往，并不陌生。愿相伴同行。”判官忽然变脸，命随从道：“取其所带信件来。”夺到信札后，又曰：“捆绑起来。不可砍其头，以免造孽。”便将此人绑在山中树干上，回头带着人马，扬长而去了。

且说判官打开信札一看，果然是女人的手笔，写道：“九郎之为人，锐不可当，勇猛而多谋。其将无视大风大浪，直捣我营，殆无可疑。军势不可分散，用心防备为是。”判官读完，喜道：“此信乃天赐义经之礼也。可呈镰仓公一览。”便当宝贝，小心翼翼地收藏起来。

翌十八日，寅时，从大坂岭下山至赞岐国引田[07]，让人马休息。其后相继经过丹生屋、白鸟[08]等地，看看屋岛即在眼前。判官又召来近藤六亲家，问道：“屋岛馆舍地形如何？”答道：“各位有所不知，其实海滩甚浅。退潮时，陆地与屋岛之间水深不及马腹。”判官道：“然则，此时便可立即进攻。”于是在高松民家放起火来，攻向屋岛。

在屋岛方面，阿波民部重能嫡子田内左卫门教能，率了三千余骑赴伊豫国，讨伐拒不受命的河野四郎，却被河野漏网逃走，只砍其家臣随从等一百五十余首级，携回屋岛行宫。人云：“在宫中验收贼人首级，不吉不妥。”乃改在大臣殿官邸进行验收。总计一百五十六颗头颅。正在验收首级时，有人大声惊叫道：“高松[09]方面烧起火来了。”顿时一阵骚动。“正值白昼，大概不是过失起火。应该是敌人攻将过来。一定是大军。不能被包围。赶快坐上船去。”命令一下，大门前渡头泊着许多船只，人人争先上船，唯恐落后。天皇御船上，坐着建礼门

[07] 引田：今香川县东香川市引田，在大坂岭西北。

[08] 丹生屋：今东香川市町田。白鸟：东香川市白鸟。

[09] 高松：今高松市之东、屋岛之南。

院、摄政近卫夫人[10]、二位殿[11]等女眷。大臣殿父子[12]同乘一船。其他的人各随所好，分开坐上不同的船。当船划出一町或七八段[13]、五六段时，看到有七八十骑源氏武士，全副盔甲装束，忽然出现在大门前的海滩上。由于正值退潮时分，水深只到马腿膝盖，或到腹部，或有更浅之处。马蹄溅起的水花，映着霞光，但见一片茫茫。从一片茫茫中，突然处处飘起了源氏的白旗。平家以为敌军压境，大势已去。判官兵马有限，所以设法以五六骑、七八骑，或十骑左右编成一队，分头进攻，让平家误以为处处是敌，声势浩大无边。

---

[10] 夫人：原文北政所，摄政关白正妻之敬称，后来亦用以称大纳言、中纳言之妻。在此则指平清盛之女、摄政近卫基通之正室。

[11] 二位殿：又称二位尼，平清盛之妻时子。

[12] 大臣殿父子：内大臣平宗盛及其子清宗。

[13] 一段为六间，一说约十一公尺。

三 嗣信之死

九郎大夫判官当日装束是：赤地锦直垂，外披上淡下浓紫色铠甲，腰佩金柄大刀，背负黑白相间鹰翎箭，手执黑漆缠藤大弓。眼瞪敌船，大声自报姓名道："后白河法皇钦使检非违使五位尉源义经。"继之报名者有伊豆国人田代冠者信纲、武藏国人金子十郎家忠、金子与一亲范、伊势三郎义盛。接着有后藤兵卫实基、其子新兵卫基清、奥州佐藤三郎兵卫嗣信、佐藤四郎兵卫忠信、江田源三、熊井太郎、武藏坊弁庆。一边各报姓名，一边驰马前来。

平家方面大喊"射杀之"。有瞄近处连射近箭之船，亦有朝远处发射远箭之船。源氏则或从船左，或从船右，奔东驰西，来回夹射，自由自在。搁置在海滨的船只成了战马休息的掩护。士兵们叫战之声响彻云霄。

后藤兵卫实基是个历练丰富的老兵，并不忙着打仗，先闯进行宫，有房屋便放火，片时间灰飞烟灭。大臣殿召见武士，问道："源氏军势到底有多少？""目前仅有七八十骑。""哎呀，气死我也。即使将敌军头发一根根拔下，亦比不过我平家兵马之数。既不围住敌人，迎头加以痛击，反而慌慌张张逃到船上，以致行宫惨遭焚毁，悔之无及矣。能登殿[01]在否？速到岸上，迎战一番。"能登守教经道："遵命。"便带着越中次郎兵卫盛嗣[02]，乘小船到已被焚毁的大门前浅滩布好

[01] 能登殿：能登守平教经。前已数见。平清盛弟教盛之子。平氏名将。

[02] 盛嗣：初见于卷第四《十、桥头之战》章，参注11。以后又数见。

了阵。判官所率八十余骑，则在弓箭射程外的沙滨驻马对峙。

越中次郎兵卫盛嗣现身船上，大声喊道："虽然贵方已报过名号，但海上遥隔，通称或本名均听不分明。今日源氏大将军到底姓甚名谁？"伊势三郎义盛引马上前，回道："不用多说，乃清和天皇第十代御裔、镰仓殿令弟九郎大夫判官殿便是。"盛嗣道："的确听过其名。多年前平治之乱时，有一小冠者[03]父亲战败被杀，变成孤儿，先在鞍马寺当童仆；后来追随某金商，背负粮食，迢迢流浪到奥州。岂非此人？"义盛反唇相讥道："别逞三寸之舌，搬弄主公是非。贵方人等败于砥浪山之战[04]，侥幸活命，浪迹北陆道，哀哭乞食，连滚带爬，狼狈逃回京城。是也不是？"盛嗣重又说道："我等皇恩浩荡，一家锦衣玉食，何须行乞？但闻源氏上下在伊势铃鹿山[05]沦为山贼，以养妻小，以保身命。"此时金子十郎家忠插嘴道："两位各以恶言相向，既无益又无聊。如若连声谎言，难判谁输谁赢。去年春，在一谷肯定领教过我方武藏、相模两国年轻武士之本领。"其弟与一亲范不等话说完，便搭上了十二束二伏[06]的箭，用力拉开弓，嗖的一声射了出去。此一射，射穿了盛嗣的胸甲，也打断了双方的唇枪舌剑。

能登守教经道："船战应有船战模样。"说着脱掉铠下所穿的直垂，改穿小袖，上披唐绫叠缀铠甲，身后挂着堂堂长刀[07]，背着插有二十四支白尾鹰翎箭

---

[03] 小冠者：行过元服加冠礼之年轻人通称冠者。小冠者指源义经，含有轻视之意。

[04] 砥浪山之战：指火打城、俱利迦罗谷等会战，详见卷第七《四、火打城之战》、《六、俱利迦罗谷》等章。

[05] 铃鹿山：在今三重县与滋贺县境，古交通要冲，有铃鹿关。

[06] 束：箭长单位，拇指以外四指之宽度为一束。一般箭长为十二束。伏：亦箭长单位，一指之宽度为一伏。十二束二伏之箭，较通常之箭多二伏长。

[07] 长刀：原文大太刀。按：一般太刀长约一公尺，本译本以腰刀或大刀译之。长刀（大太刀）连柄长六尺（约一点八公尺），不佩在腰上，通常挂在身后。日文长刀，又名薙刀，则如中国长柄偃月刀之类。

的箭壶，手执黑漆缠藤大弓。皇城射箭第一高手，只要瞄准对象，百发百中，无人能躲其箭。当前只想射倒九郎大夫判官，但源氏方面亦心知其意，所以奥州佐藤三郎兵卫嗣信、佐藤四郎兵卫忠信、伊势三郎义盛、源八广纲、江田源三、熊井太郎、武藏坊弁庆等一以当千之士，各个争着列马挡箭，掩护大将军于后。教经无奈，急道："挡在前面的杂兵人等，赶快退开。"于是搭箭引弓，引弓搭箭，连连发射。转瞬间，铠甲武士十余骑中箭落地。

其中，率先站在前头的奥州佐藤三郎兵卫嗣信，箭从左肩贯穿到右腋下，痛苦不堪，片刻难忍，从马上栽了下去。能登守有个童仆名菊王丸，力大胆大，英勇无比，身披黄绿丝缀腹甲，头戴三枚护颈盔，手执出鞘白柄偃月刀，冲了过去，想取三郎兵卫的首级。佐藤四郎兵卫岂能让人砍取胞兄首级，拉弓嗖地射出了一箭，穿过童仆菊王的腹甲片隙，深深射进体中，屁股朝天摔倒。能登守一见，急忙跳下了船，左手执弓，以右手拖回菊王丸，抛到船上。干净利落，一气呵成。但是虽然免于被砍头颅，毕竟伤势过重，终于回天乏术。菊王丸原先是越前三位通盛的家童，通盛在一谷阵亡后，改来伺候为弟的能登守。今年十八岁。菊王丸受伤而死，能登守悲不自胜，其后也无心继续打仗了。

判官叫人将三郎兵卫嗣信抬到阵后，下马来，握住其手道："三郎兵卫，感觉何如？"嗣信只剩奄奄一息，小声答道："看看快玩完了。""有何交代？"断断续续应道："毫无留恋，并无交代。只是不能亲见主公飞黄腾达，就此死去，觉得最为遗憾。固然，执弓矢之人死于敌箭，原在意料之中。不过在后代物语中，盼有故事流传说：'在一次源平会战时，有奥州佐藤三郎兵卫嗣信者，于赞岐国屋岛海滨，为保护主公而舍身成仁。'如此，乃身为执弓矢者今生之荣誉，冥途之慰藉也。"说着说着，声音越来越小。判官泫然泪下，询问道："此边有高僧否？"找来一位，吩咐道："负伤者弥留之际，请写经一日以吊之。"便将一匹黑毛肥壮骏马，配以金饰马鞍，赠予该僧。此马于判官晋爵五位尉时，因五位官通称大夫[08]，故命其名为大夫黑。在一谷之战役时，即骑此马驰下鹎越悬崖[09]。嗣信之弟四郎兵卫忠信，以及所有目睹此事的武士，莫不感激流泪，皆道："能为如此主公舍命，应了无遗憾。"

---

[08] 卷第十《十五、大尝会》章："〔寿永三年（一一八四）九〕月二十七日，在京城，九郎判官义经晋升检非违使五位尉，故又称九郎大夫判官。"

[09] 鹎越：地名，已见卷第九《九、老马》章，参注4。骑马下悬崖事，见卷第九《十二、驰马悬崖》章。但该章并未提源义经所骑之马名。

四 那须与一

且说阿波、赞岐两国背叛平家而等待源氏的人，从彼峰顶或由此山洞，或十四五骑，或二十骑，陆续结伴前来投奔。不久，判官的人马便增加到了三百余骑。判官曰："今日已暮，不能决胜负矣。"刚要收兵时，却见海上有一艘华丽的小船，朝岸边划来。划到距岸七八段[01]处，将船横摆浮在海上。人人正想"有何诡计"时，只见船上出现了一个十八九岁的姑娘，优婉娴雅，超尘拔俗。看其装扮，在柳色五重衣上，穿着红色裤裙。手里拿着长竿，上有一面红色扇子，扇面中央画有金色太阳，小心插在船头踏板上。然后朝海边陆地招手。

判官问后藤兵卫实基道："是何诡计？"答道："大概是请射之之意。但可能亦有射杀大将军之计：希望大将军站到前面欣赏美女，成为箭靶，即可命其善射者射之。总之，还是由我方射下其扇为宜。"于是判官问左右道："我方有善射者乎？""善射者甚多。其中尤以下野国人那须太郎资高[02]之子与一宗高[03]，体型虽小，本领却最高。"问道："有何证据？""在竞射空中飞鸟时，有三只必中其二。"下令："即刻召来。"

---

[01] 段：一段为六间，约十一公尺。

[02] 资高：或作资隆、助孝、助高等。武者所宗资之子。生卒年不详。须藤氏一族，住下野国（今栃木县）那须郡人。

[03] 与一宗高：那须资高第十一子。生卒年不详。与一读同余一，谓子已满足十之数，又得第十一子，即多余第一，故名余一（与一）。

与一宗高当时约二十岁。身穿赤地锦边褐布直垂，上披黄绿丝缀铠甲，腰佩银环刀鞘大刀，背上插着当日打仗所剩的黑白相间鹰翎箭，高出头上；还杂有几支淡黑鹰翎响箭。腋下挟着黑漆缠藤硬弓，脱下头盔挂在肩膀，恭恭敬敬地出现在判官面前。“如何宗高，可射中那扇子，让平家见识见识否？”

与一宗高谦让道：“能否射中，实不敢断言。万一射而不中，将长为我方之耻。可否另派每射必中之人，以免失误。”判官大怒，斥道：“自镰仓出发而远征西国之人，不许违背我义经之命令。若心存芥蒂，可立刻离开此地。”与一觉得如再推辞，恐怕不合时宜，便道：“能否射中，不得而知，既然受命，当尽力为之。”辞别出来后，牵出肥壮的黑毛骏马，系上饰有小穗子的鞧带，套好贝纹雕饰的马鞍，快速骑了上去。换手持弓，稳控缰绳，迈向海边。源氏士兵目送其背影，互道：“小壮士必能成其大功。”判官听了，心中也为之踏实起来。

距离标的的射程仍感稍远，与一便策马入海约一段远，但看看扇子还在约七段之外。时当二月二十八日傍晚酉时，北风阵阵吹来，矶岸浪潮起伏。小船上下随波而漂荡；扇面左右迎风而摇摆。海上有平家船队成排而观；陆上有源氏马团连辔而视。两方场面不可谓不盛大。与一闭上眼睛，心中祈道：“南无八幡大菩萨、我国[04]神明、日光权现[05]、宇都宫[06]大明神、那须汤泉大明神[07]，但愿射穿扇面正中。如有错失，愿折弓自尽，无颜再见于人。倘若有意再次迎我回归故国，请助我一箭中的。”祈祷后睁开眼睛，只觉风势稍静，扇子也显得较为稳定。

---

[04] 我国：指其所生之下野国，今栃木县。下面所举日光权现等，即其下野国诸神祇。

[05] 日光权现：指栃木县日光市二荒山三所权现，即本宫（男体）、中宫（女体）与新宫，祀大己贵命、田心姬命、味耜高彦根命。传僧胜道于延历七年（七八八）所建。

[06] 宇都宫：今宇都宫市二荒山神社，日光权现之别宫。

[07] 汤泉大明神：在今栃木县那须郡那须町汤本，祀大己贵命、少彦名命。

与一于是抽出响箭，搭上了弓，用力一拉，嗖的一声射了出去。与一短小精悍，弓是强弓，箭是十二束三伏的长箭。鸣镝远远响遍海滨，在众目睽睽下，不偏不倚，射断了扇轴一寸上方。箭镞落海，扇子飞舞上空。在春风中，飘呀飘的飘了两三下，倏地也落到水面去了。在夕阳的照耀下，画着太阳的红色扇子，浮在白浪间，或隐或现。在海上，平家拍着船舷连声赞叹。在岸上，源氏敲着箭壶喝彩叫好。

五 海上捞弓

或许兴奋过度，至于乐不可支，船上走出一个五十左右的男人，身穿黑革丝缀铠甲，手持白柄偃月刀，站在方才竖着扇子之处，忘乎所以地手舞足蹈起来。伊势三郎义盛从后面赶来，与与一并驾，说道："主公命令，射杀之。"与一随即抽出一支战箭，拉弓射出，中了男人的颈骨，倒栽到船底下去。平家方面沉默无言。源氏一方又大敲箭壶，欢声雷动。有人说："呀，射得好。"也有人说："真残忍，唉。"

平家不忿，见有武士三人：一人持盾，一人执弓，一人拿偃月刀，走到海滩上，竖起盾牌，以手招呼道："敌人过来。"判官见状，下令道："年轻人擅长骑射者，可去痛加击溃。"于是有武藏国人三保谷四郎、同藤七、同十郎[01]、上野国人丹生四郎[02]、信浓国人木曾中次[03]，一共五骑，自告奋勇，齐声呐喊，驰前攻击。

平家武士躲在盾牌后面，以涂漆长杆黑羽大箭伺候，瞄准跑在前头的三保谷十郎坐骑射去，射中左胸，深至箭尾。马中箭而倒，如大屏风之翻覆。十郎从马右边踩了一下马腿，跃到马的左侧，随即抽出腰刀。平家有人拿着长柄

[01] 三保谷：原文みをの屋。他本或以美尾屋、三尾谷、三穗屋等词当之，读音均同。四郎、藤七、十郎：家系、实名、生卒年皆不详。疑是武藏国比企郡（今埼玉县比企郡川岛町三保谷）住民。

[02] 丹生四郎：家系、传记不详。疑为上野国甘乐郡丹生（今群马县富冈市内）住民。

[03] 木曾中次：传不详。疑是木曾中三一族。

偃月刀，忽然从盾后冒了出来。十郎大概觉得腰刀难敌偃月长刀，低着身子企图逃开。但对方却穷追不舍。

原以为要用偃月刀来砍，仔细一看，却不然。对方将偃月刀挟在腋下，伸出右手，想抓十郎的头盔护颈片。小心被抓到。十郎东闪西躲。有三次对方近身出手却未得手，第四次终被抓到了护颈。起初护颈紧连着头盔，一时扯不开。十郎情急智生，干脆脱掉盔顶，转头便跑。其他四骑怕马受伤，一直在旁观看。

三保谷十郎躲到同伴的马后，累得直喘。敌人也没再追过来，却拿着偃月刀当长杖，将头盔护颈放在刀尖上，高高举起，大声宣道："过去一定早已听说，今日可以目睹。俺乃京中老少无人不知、大名鼎鼎，上总恶七兵卫景清，是也。"报完名号，便转身回去了。

平家回心转喜，士气为之大振，群道："别让恶七兵卫挨打。大家上去吧。"于是又有二百余人冲上沙滩，将盾牌左上右下交叉一字排开，招手喊道："敌人过来。"判官一见，怏怏道："气死我也。"便派后藤兵卫父子、金子兄弟为前锋，奥州佐藤四郎兵卫、伊势三郎各为左右翼，田代冠者殿后，一共八十余骑，齐声呐喊，向前猛冲。平家军中无马可骑，多属徒步武士，唯恐被马蹄践踏，都争先逃回船上。成排的盾牌丢在地上，群马践过，破烂零碎，不成其形。源氏武士乘胜追击，入海续攻，直至水淹马腹之处。

判官也亲自入海作战，到了水深处，敌人从船上伸出钉耙，企图钩住判官的头盔护颈，钩到了两三次，所幸都被己方武士用腰刀长刀挡开了。然而不知因何缘由，判官的弓却被钩走落在水中。判官弯下身子，试以马鞭捞回，捞来捞去捞不到，徒费气力。部下劝道："弃之可也。"判官一试再试，终于捞了上来，拿在手中，笑着回到阵中。

老武士们颇不以为然，说道："今日之所为，实有不妥。即使此弓有十贯百贯[04]之价，毕竟不抵主公性命。”判官道：“非也，非因珍惜此弓而为之。提起我义经之弓，若如叔父为朝之强弓，须有二人或三人之力始能拉开，则甚至可故意丢弃而使敌人得之。然而，万一敌人拾取此一弱弓，必曰：‘源氏大将九郎义经之弓也不过如此。’唯恐遭此讥笑，才冒死捞回。”众人听了，大受感动，再也不敢说三道四了。

不觉间日已垂暮，便撤至牟礼与高松[05]之间的野地扎营。三日来，源氏士兵未得片刻睡眠。前日自渡边、福岛出发。当夜狂风骇浪，难得合眼。昨日在阿波国胜浦一战之后，连夜越过中山[06]。今日又终日打仗。难怪人人筋疲力尽，有人枕着头盔，有人垫着铠袖或箭壶，都昏昏入睡，不省人事。只有判官与伊势三郎整夜未眠。

判官义经登上高处，远眺有无敌军来袭迹象；伊势三郎则隐在洼地，伺敌出现，先射其马腹。

平家方面，虽以能登守教经为大将，其势五百余骑，准备夜袭。只因越中次郎兵卫盛嗣与海老次郎盛方，互争欲为先锋，僵持不下，徒掷时光，直至东方之既白。当晚如果平家果敢进行夜袭，源氏恐已一败涂地。无端放弃了夜袭的良机，仔细一想，也是平家命数已尽的征兆。

---

[04] 十贯百贯：原文千疋万疋。一疋是十文钱，一千文是一贯，故千疋万疋为十贯百贯。

[05] 牟礼与高松：赞岐国木田郡牟礼（今香川县高松市牟礼町）与同郡古高松（今高松市高松町）。当时，牟礼西隔屋岛与高松相接，略成三角形。

[06] 中山：大坂岭别名，见本章《二、胜浦大坂越》章，注6。

六 志度之战

翌日，平家都坐上了船划向赞岐国志度浦[01]。判官义经从三百余骑中挑出八十余骑，麾军追击。平家见了，喊道："敌方人少，可围而攻之。"于是又有千余人上岸，大叫大嚷，向前冲杀。

且说，留在屋岛的二百余骑兵马稍后赶来。平家见了，惊道："源氏大军陆续拥来，怕有几十万骑。若被包围，我军惨矣。"又都回到船上，随浪上下，任风漂荡，不知何去何从。四国已为大夫判官所陷。九州拒不接应。简直像迷失于中有[02]之旅的众生一般。

判官在志度浦下了马，检视了首级，召来伊势三郎义盛，吩咐道："阿波民部重能嫡子田内左卫门教能，率三千余骑赴伊豫国，讨伐拒不受命之河野四郎通信，却被河野漏网逃走，只砍其家臣随从等一百五十余首级，于昨日携回屋岛行宫[03]。听说今日将至此地。汝可速去迎接，设法诱骗过来，加入我方。"义盛奉命唯谨，接过一面旗子，只带十六骑，一律白素装束，便驰马出去。

义盛遇见了教能。白旗与红旗相隔约二町，双方伫立对望。伊势三郎派

[01] 志度浦：赞岐国大内郡志度（今香川县赞岐市志度），当时为海滨。有真言宗道场，即补陀落山清净光院志度寺。

[02] 中有：又称中阴。众生死后，尚未转生之四十九日间，形体虽离，五阴（色、受、想、行、识）尚具，故称中阴。《往生十因》："形无常住，只有守尸之鬼；神无常家，独胼中有之旅。悲哉冥冥独逝。"

[03] 以上引号中判官所言，与本卷《二、胜浦大坂越》章中相关故事之字句完全重复。

使者过去传话道："在下是源氏大将军九郎大夫判官殿部下，名叫伊势三郎义盛，有事前来向大将报告。非为会战，无须厮杀，所以既不穿甲胄，亦未携带弓箭。请让路以便进入阵内。"三千余骑人马果然让出了一条路。义盛进入，与教能连辔徐行，告之曰："或已闻知矣。镰仓殿令弟九郎大夫判官殿，谨奉法皇院宣，征讨西国。前日在阿波国胜浦，令叔樱间介战败身亡[04]。昨日火攻屋岛，行宫等所有馆舍一概夷为平地。大臣殿父子已被俘，能登殿已自尽。其他平家公子少爷，或已战死或已投海。残兵败将，寥寥无几，亦已在志度浦全军覆没。令尊阿波民部殿业已投降，正在义盛妥善照顾之下，但整夜叹道：'唉，可怜田内左卫门对当今情况，一无所知，明日一旦出战，必定命丧沙场。'悲痛欲绝，令人同情。因此专程前来迎候大驾，特以此事奉闻。今后，或继续顽抗而曝尸沙场，或归顺源氏而再会令尊，只在足下一念之间。"

田内左卫门虽是颇享盛名的武士，然而眼见耳闻，总觉得大势已去，命该如此，无法挽回，因道："与本人前所听所闻者，并无不同。"便脱下头盔，解开弓弦，交与部下拿着。三千余骑士兵看主帅如此，也都一样做法。然后随在源氏十六骑之后，垂头丧气，变成了投降之人。

判官非常佩服，赞道："义盛之策略，神机妙算，高明之至。"随即接收了田内左卫门的甲胄等物，转手交给了伊势三郎义盛，顺便问道："然则对此平氏大军，如何处置方可得宜？"答曰："此辈边地远方之人，其实并不在乎谁是谁非。但能安邦治国者，便愿奉之为主。"判官道："理所当然。"便将三千余骑编入了自己的部队之中。

同月二十二日辰时，留在渡边的二百余艘战船，由梶原景时带领，终于抵

[04] 樱间介能远为阿波民部重能之弟，故原文之令伯当作令叔，译文径改之。樱间介并未战死，但命其部下掩护而逃命。事见本卷《二、胜浦大坂越》章。

达了屋岛海岸。有人笑道:“四国已全为九郎大夫判官所陷,现今我等尚有何用?有如法会迟到之花、五月六日之菖蒲、打架后之棍棒[05],无所用之。”

判官离京出征后,住吉神社[06]神主长盛[07]晋谒法皇御所,介由大藏卿泰经朝臣上奏曰:“本月十六日丑时[08],自本社第三神殿发出响箭之声,飞向西方。”法皇深受感动,取出御剑等神宝[09],着由长盛供养住吉大明神。古昔,神功皇后远征新罗时[10],伊势大神宫派遣二位勇猛战神为其先锋。二神分别站在皇后御船的船头与船尾,轻易地征服了新罗。凯旋归国之后,有一神坐镇摄津国住吉郡,便是住吉大明神。另一神垂迹信浓国诹访郡,便是诹访大明神[11]。法皇及其臣僚既不忘以古代远征故事为鉴,都看好今日之朝敌必将惨遭灭亡,迟早而已。

---

[05] 以上所举迟到之花、五月六日之菖蒲、打架后之棍棒,均喻过时而无所可用之物。

[06] 住吉神社:今大阪市住吉区之摄津国一宫住吉大社,所祀神祇有底筒男命、中筒男命、表筒男命、神功皇后等。

[07] 津守长盛:津守国盛之子。津守氏代代世袭住吉神社神主之职。长盛于治承二年(一一七八)补神主,承久二年(一二二〇)殁,八十二岁。

[08] 本卷《一、逆橹》章云:“(源义经仅以船五艘,冒惊涛骇浪),通宵催赶。平时的三日航程,只费了三时便到。二月十六日丑时离开渡边,翌日卯时便被大风吹抵了阿波国(胜浦)。”

[09] 神宝:受捐而供养于神社之神圣宝物。

[10] 神功皇后:《古事记》《日本书纪》所载传说人物,第十四代仲哀天皇(在位 九二 二〇〇)崩后,未正式登基而摄政达六十九年之久(二〇一—二六九)。其间,远征九州、新罗等地。

[11] 诹访大明神:信浓国一之宫。分为长野县诹访市之上社(本宫、前宫)与诹访郡下诹访町之下社(春宫、秋宫)。祀建御名方富命及其妃八坂刀卖命等神。

七 坛浦会战

且说九郎判官义经渡海到周防国[01]，与其兄三河守范赖会师。平家退至长门国引岛[02]。源氏继阿波国胜浦之后，屋岛之战也大获全胜。听到平家已引退到长门国的引岛，源氏便紧追到同国的追津[03]。一引一追，名副其实，妙不可言。

熊野别当湛增不知应该继续归顺平家，或改投源氏，举棋不定。乃在田边新熊野[04]献奏神乐，祈求熊野权现的神示。承示曰："追随白旗。"然而尚在犹疑两可之间。乃又抓出白鸡七只、红鸡七只，在权现御前举行斗鸡，以决胜负。结果红鸡无一得胜，皆败退而逃。如此这般，才终于决定投靠源氏。

熊野别当乃召集一门士兵，其势总共二千余人，分乘二百余艘。船上供着若一王子的神体[05]，旗端横木上写着金刚童子[06]四字，直往坛浦方向划去。源氏与平氏莫不遥拜。但其船队终于投靠源氏一方，平家大失所望，扫兴之至。又有伊豫国人河野四郎通信，带着一百五十艘战船来归源氏。判官看此

[01] 周防：山阳道八国之一，今山口县东部。

[02] 引岛：在山口县下关港西方，今称彦岛。

[03] 追津：今下关市长府东方海上之满珠岛（追津），与干珠岛（平津）并列。

[04] 田边新熊野：今和歌山县田边市鸟合宫（斗鸡神社）王子社。湛增迎请熊野权现而新建之神社。按：湛增已见卷第四《三、源氏名录》章，参注24。

[05] 神体：神之本体。按：日本神社不供雕像，以镜、剑、矛、石等物为神之灵体而崇祀之。若一王子为熊野三山本宫十二权现之一。或曰即天照大神，十一面观音之垂迹。

[06] 金刚童子：密教护法童子之一。童形怒相，左手握金刚杵（三钴），右足踩莲花。

情形，心中大感振奋。源氏战船三千余艘。平家战船一千余艘，包括几艘唐船[07]。源氏军势逐渐增强，平家军势便反而减弱。

元历二年三月二十四日卯时，在丰前国门司关与赤间关[08]之间，源平两军决定互射响镝，开始鏖战。当时，判官与梶原几乎又演出了同室操戈的戏码。梶原道："今日应由我景时来当先锋。"判官应道："若我义经不在，当然可以。"梶原："岂有此理？足下是大将军。"判官："非也。镰仓殿才是大将军。义经奉命行事，与各位并无不同。"梶原有志而难伸，忿忿不平，嘟囔道："此人天性如此霸道，难成武士之主。"判官听了，怒道："日本第一大混蛋。"说着紧握刀柄。梶原道："镰仓殿之外，并无其他主公。"也手握刀柄。不觉间，梶原的嫡子源太景季、次男平次景高、三郎景家，都与父亲站在一起。

奥州佐藤四郎兵卫忠信、伊势三郎义盛、源八广纲、江田源三、熊井太郎、武藏坊弁庆等一以当千的武士，目睹判官处境，不约而同冲了上来，将梶原围在中间，脸上杀气腾腾。幸而判官身边有三浦介[09]尽心劝解，梶原有土肥次郎极力阻挡。两人各搓着双掌，劝阻道："当今大敌当前，居然同室操戈，平家必将坐收渔人之利。尤其万一镰仓殿耳闻此事，更大大不妥。"判官恢复了平静。梶原也不便动手。自此之后，听说梶原对判官憎恨益深，终至进谗中伤，毁了判官的性命。

且说源平两军之间，相隔三十余町[10]。门司、赤间、坛浦[11]附近海上，浪潮

[07] 唐船：中国式大型海船。

[08] 后鸟羽天皇元历二年，即安德天皇文治元年（一一八五）。丰前国：当今福冈县东部与大分县北部。门司关：在福冈县北九州市门司区。赤间关：在山口县下关市，隔关门海峡与门司关相对。

[09] 三浦介：坂东平氏一族。已见卷第八《五、征夷大将军》章，参注7。

[10] 三十余町：约三点三公里。

[11] 坛浦：长门国地名，今山口县下关市坛浦，在关门海峡之东，早鞆濑户一带。

翻腾。源氏船队逆潮而行，不进反退。平家船队则顺潮而来。海湾上潮流湍急，梶原将船划到岸边，等到有敌船经过，便伸出钉耙钩住，父子主从十四五人跳入敌船，拔出刀来，从船头到船尾，来回砍杀。颇有斩获，为当日功名第一。

源平双方终于正面对峙，呐喊开战。上震梵天[12]，下惊龙神。新中纳言知盛卿走出舱房，大声训道："今日是最后一战。诸位，只许前进，不可稍有却退之心。无论在天竺、震旦，或在我朝日本，纵有绝代名将勇士，一旦运穷命尽，亦必无计奈何。唯有名誉不可不惜。在东国战士之前不得示弱。平时惜命，今日正是舍命之日。心中所想，仅此而已。"正在身边的飞驒三郎左卫门景经接着下令道："各位弟兄，记住这番话，别忘了。"上总恶七兵卫景清上前道："关东武士标榜马上战术，豪言壮语，自命不凡。至于船战，何尝受过训练？如鱼爬树，不自量力。何不一一抓来，抛入海底？"越中次郎兵卫盛嗣道："如愿决斗，可找大将军源九郎。听说九郎脸色白皙、身躯矮小、门牙突出，容易辨认。只因常常更换所穿直垂与铠甲，反而难于立刻认得出来。"上总恶七兵卫又道："尽管气焰嚣张，如此矮小冠者到底有何能耐？亟想挟之腋下，抛之海中。"

新中纳言训话之后，晋见大臣殿宗盛道："今日军中士气显然极为高昂。唯阿波民部重能似已变心。应斩其首级。"大臣殿曰："并无确凿证据，如何砍其头颅？何况是一向尽忠于我平家之人？即召重能来见。"不久重能进来，身穿褐染布直垂，上披薄红鹿革丝缀铠甲，正襟危坐。大臣殿道："如何呀，重能岂有二心乎？今日气色似乎不佳。宜令四国武士拼命作战，不可胆怯。"重能回道："绝不至于有胆怯之事。"便辞退出来。新中纳言蓄意砍其头，紧握刀柄，屡屡注意大臣殿的脸色，但一直等不到点头，只好作罢。

---

[12] 梵天：三界（欲界、色界、无色界）之色界中，最下位之初禅天。

平家将一千余艘分成三路。山鹿兵藤次秀远[13]率五百余艘为前阵。松浦党[14]以三百余艘为二阵。平家一门子弟有三百余艘,殿后为三阵。

兵藤次秀远是九州第一的悍将,选出五百个虽不如己但擅长弓箭的能手,排排站在各船的船头与船尾,一齐射出五百支箭。源氏船数虽有三千余艘,摆开阵势,浩浩荡荡,但平家之箭纷纷飞来,不知射自何方,源氏发觉难于反击。大将军九郎大夫判官领先冲锋,只见盾牌与铠甲上中箭无数。平家以为己方大胜,击鼓催战,欢声雷动。

[13] 兵藤次秀远:筑前国远贺郡山鹿乡(今福冈县远贺郡芦屋町)豪族。已见卷第八《四、撤退大宰府》章,参注19。

[14] 松浦党:以肥前国(今佐贺县)松浦郡为中心,割据九州西北部之同族武士集团。镇西九党之一。

八 远箭

源氏方面，和田小太郎义盛并不乘船，骑在马上，驻足岸边。脱下头盔叫人拿着，踩着马镫高高站起，强弓射箭，三町[01]之内无物不中。其中有一支箭射得特别远，便挥手招呼道："能将该箭射还否？"新中纳言取来该箭一看，是一支无漆竹杆箭，十三束二伏长[02]，箭尾杂以鹤羽与雁翎，箭镞下约一束处用漆写着"和田小太郎平义盛"。

平家方面虽然有不少擅斗好战之士，但似乎鲜有能射远箭之人。良久之后，才找来了伊豫国人新居纪四郎亲清[03]，着将此箭射回源氏。亲清一射，箭从海面直飞岸上三町有余，越过和田小太郎约一段[04]远，射进了三浦石左近太郎[05]的左手胳膊。三浦党人看了，笑道："和田小太郎自吹自擂，自以为远箭第一，无人能比。现在出丑了，看呀。"和田小太郎听了，大动肝火，一声"倒霉"，便划出一只小船，冲进平家船队之间，搭箭拉弓，拉弓搭箭，连连发射。许多人中箭而死，也有不少受伤倒下。

在判官所乘的船上，也从海上飞来了一支竹杆长箭，而且对方还模仿和

[01] 三町：约三百三十公尺。

[02] 束、伏：皆箭长单位。见本卷《三、嗣信之死》章，详注6。

[03] 亲清：本姓橘氏。生卒年不详。伊豫国新居郡新居（今爱媛县新居滨市）人。

[04] 一段：六间，约十一公尺。

[05] 石左近太郎：相模国（今神奈川县）三浦人。疑为三浦氏一族。

田小太郎，挥手招呼，要源氏将箭射还。判官拔箭一看，在无漆竹杆箭尾结着鹳雉尾翎，长十四束三伏，上书“伊豫国人新居纪四郎亲清”。判官召来后藤兵卫实基问道：“我方有谁能射此箭？”答道：“甲斐源氏有浅利与一义成殿[06]，是弓箭高手。”“然则召之。”浅利与一召之即来。判官曰：“海上射来此箭，挥手示意要我方原箭射回。汝能试为之否？”“敢借敌箭一观。”与一接过箭来，用手指一弯一扭后说道：“此箭竹杆稍弱。长度也嫌稍短。愿以义成之箭试射之。”于是取出缠藤涂漆九尺大弓，搭上涂漆竹杆十五束黑翎箭，拉满弓弦。只见一支长箭射出，飞过四町有余，正中了站在船头的新居纪四郎亲清腰身，栽倒下去。死生不明。原来浅利与一是极负盛名的强弓射手。据说射杀远在二町外奔跑之鹿，百发百中，绝无闪失。

互射远箭之后，源平两军正式全面开战。人人不顾生死，拼命喊叫厮杀。一时看不出谁胜谁负。平家拥有十善帝王[07]与三种神器，仿佛有恃无恐。源氏方面险象环生，正自狐疑不安，忽见一片白云飘在虚空之中；细看并非白云，而是一面无主的白色旗帜飞舞而下，几乎碰到了源氏船头的旗杆顶尖。

判官大喜，立刻洗手漱口[08]而拜之，曰：“是八幡大菩萨显灵也。”士兵们也都依样画葫芦。又有海豚一二千只，从源氏方面向平家方面游去。大臣殿召见阴阳道博士安倍晴信，使占卜道：“海豚虽然经常成群结队，然而如此之多却未尝见过。是吉是凶，请占断之。”断曰：“如果海豚开口呼吸，由此折回，则源氏必灭；如果不改方向，直游而来，则我军危殆矣。”话未说完，只见海豚正

[06] 甲斐源氏：源赖信后裔，甲斐国（今山梨县）豪族。浅利与一义成：甲斐国八代郡浅利（今山梨县中央市浅利）西北部住民。按：浅利或以阿佐利或阿佐里当之。

[07] 十善：谓不犯十恶，已见卷第一《七、二代皇后》章：“天子无父母。我以十善戒功而得万乘宝位。”参注8。

[08] 日本人参拜神社时，例在穿过鸟居后，先在神殿前洗手漱口，然后至殿前拜神祈祷。

由船底群游而过。晴信道:“平家之世已尽矣。”

阿波民部重能,在此三年间,对平家言听计从,尽其忠诚。屡次会战,都不惜性命,戮力参与攻防。不过自儿子田内左卫门被俘后,总是心灰意懒,茫然无所适从;万般无奈之余,却突然改变了心意,觉得也不妨投靠源氏。平家方面出于战术的考量,已将重要人物移至大小船只上,而将下贱杂役人等集在大型唐船中,让源氏误以为是旗舰而集中进攻;平家便可包围源氏船只,而痛加最后致命之一击。但自阿波民部倒戈之后,源氏已知平家谋略,所以对唐船理也不理,只顾寻找平家大将军的坐船而大举攻之。新中纳言道:“真是想不到。应该早断重能之头。”然而,千悔万悔,只能悔不当初了。

在此期间,四国、镇西的军队都背离平家而归顺源氏。现在可向原来之君引弓,向原来之主挥刀。平家想靠近彼岸,浪高而无能为力。想靠近此滩,敌在沙滨引弓以待。源平逐鹿天下,鹿死谁手,眼看便在今日了。

九 安德帝投海

源氏士兵陆续跳到平家船上，舵手、船夫不是中箭而死，便是遭刀砍杀，都已倒下，无人操控船的航行方向。新中纳言知盛卿坐了小船，登上权充临时行宫的船中，说道："看情形，平家之世今日气运已尽。所有肮脏难看之物皆应投入海中。"说着，从船尾到船头来回跑动，或拂或拭，或捡垃圾，亲自打扫起来。女眷们交口问道："中纳言殿，战事如何，如何啊？"应道："将可看到稀有之东国男子。"说着，哈哈狂笑。女眷们听了，大惊失色，齐声责道："值此危急存亡之际，还开什么玩笑。"

二位殿[01]目睹此情此景，只因平时早已觉悟有此一日，便将双重灰色襦袢套在头上，裙裤下摆高高卷起，神玺挟在腋下，宝剑[02]插在腰间，抱着皇上，曰："我虽身为女人，誓不落入敌人之手。愿追随皇上而逝。有忠君之心者，人人宜速随后而来。"说着走到舷边站住。皇上今年虽仅八岁，却显得比实际年龄成熟。仪态端庄可爱，面目照耀生辉。一头黑发垂至腰间，迎风摇曳。看着周边紧张的情状，觉得不安起来，问道："尼前[03]，将带我至何地何方？"二位殿乃对幼帝含泪说道："皇上有所不知。缘于前生十善戒功[04]之

[01] 二位殿：前已数出。亦称二位尼。平清盛之妻时子、建礼门院德子之母、安德天皇之外祖母。

[02] 神玺：即八尺琼曲玉。宝剑：即天丛云（草薙）剑。均属三种神器。

[03] 尼前：沿用原文。尼御前之略。前或御前为敬称。

[04] 十善戒功：见上《八、远箭》章，注7。

因，今世出生为万乘天子。不幸恶缘作祟，御运已尽。可先面向东方拜别伊势大神宫；然后面向西方称念佛号，祈愿佛菩萨来迎，同往西方净土。本国原是粟散边地[05]，可悲可厌，如今可除一切烦恼，相伴同住极乐净土。”一边且哭且说，一边替皇上穿好山鸠色御衣，在其两鬓结了角发。然后，仍然流着眼泪，捧着皇上小巧可爱的双手合十，先朝东方伏拜，向伊势大神宫辞行。然后朝着西方唱起佛号来。二位殿随即抱起皇上，安慰道：“海浪之下亦有皇都。”便投进了千寻海底。

悲哉。无常春风，忽忽吹散花容；分段[06]骇浪，深深吞没玉体。殿名长生以祈长生；门号不老以求不老[07]。然而未满十岁，已成海底之尘芥。十善帝位之果报，说来可悯。云上之龙竟化为海底之鱼。大梵高台阁[08]上，释提喜见宫[09]内，昔日九族[10]招展于槐门棘路[11]之间，今则苟且偷生于船上，或不免投身于浪下，而丧命于瞬间。悲夫。

---

[05] 粟散边地：边鄙远隔之地，如撒粟粒之小国，喻日本。

[06] 分段：分段生死之略。指六道轮回中众生之生死。分段谓寿命有其分限，形体有其段别。在此以骇浪喻众生现实之起伏无常。

[07] 长生殿：唐朝离宫之一。不老门：汉洛阳城门名。庆滋保胤《天子万年》：“长生殿里春秋富，不老门前日月迟。”（《和汉朗咏集·祝》卷下）

[08] 大梵：大梵天王。色界四禅天中初禅天第三天天王，与帝释天同为佛教护法之神。住初禅天梵辅天宫殿。《俱舍论·世间品》：“梵辅天处有高台阁，名大梵天。”

[09] 释提：释提桓因之略。即帝释天。六欲天中忉利天之主，住须弥山顶喜见城。

[10] 九族：一般指父族四、母族三、妻族二。在此盖泛指平家一门。

[11] 槐门棘路：指大臣（太政大臣、左大臣、右大臣）与诸公卿。已见卷第二《二、一行阿阇梨》章，注8，卷第四《七、牒状往来》章，注30，亦见卷第七《十四、维盛出奔》章，注14。

十 能登殿之死

建礼门院[01]目睹此情此景，便将温身石[02]与砚台塞入左右怀中，跳下海去。渡边党的源五右马允眤[03]看到，反正不知是谁，用钉耙钩到头发，拉了上来。女官们纷纷叫道："啊，好惨喔，是建礼门院。"判官听到报告之后，着即送至船上行宫安置。大纳言佐殿[04]抱着内装神镜的唐柜[05]，正欲跳海时，裤裾被箭射穿，钉在船板上，全身跌倒。士兵们加以劝阻。有几个武士扭开唐柜的锁，刚想掀起盖子时，忽然眼睛发黑，鼻孔流血。平大纳言时忠[06]当时已成战俘，在旁说道："其中装有神镜，凡夫俗子不得观之。"武士们都畏怯而退。其后，判官与平大纳言商量，将柜子盖好，恢复原状。

且说平中纳言教盛[07]、修理大夫经盛[08]兄弟，在铠甲上背着碇石，手牵手，

---

[01] 建礼门院：安德天皇之母。《平家物语》最后《灌顶卷》之主角。

[02] 温身石：原文烧石。以棉布包烧热之石置怀中以取暖温身者。

[03] 源五右马允眤：摄津国渡边（今大阪市内）嵯峨源氏一族，渡边纲子孙，一族皆单名。右马允为右马寮三等官，掌官马之养饲、调练、马具等事宜。

[04] 大纳言佐殿：平重衡之妻。五条大纳言藤原邦纲之三女辅子。内侍司典佐（侍）。因其父官名而称大纳言佐。

[05] 唐柜：中国式六角桧木柜子，置放衣类等物。

[06] 平时忠：时信之子，二位殿（清盛妻时子）之兄。

[07] 平教盛：清盛之弟门胁宰相。通盛、教经之父。

[08] 平经盛：清盛之弟。经正、敦盛之父。

跳进海里。小松新三位中将资盛、少将有盛兄弟，与堂兄弟左马头行盛[09]，也手牵着手，一齐沉下水中。人人如此自求灭亡，而大臣殿父子却无投水之意，站在舷边，环顾四方，茫然不知所措。平家武士实在看不过，心中有气，便假装走过身边，出其不意，将大臣殿推入海中。其子右卫门督清宗看到，也跳了下去。别人怕沉不下、溺不死，所以在笨重的铠甲之外，还都负着或怀着沉重之物。然而大臣殿父子既无此种准备，又且擅长游泳，因而总是浮在水上，沉不下去。

大臣殿忖道："我儿若沉，我亦沉下。我儿获救，我亦得救。"右卫门督亦忖道："父亲若沉，我亦沉下。父亲获救，我亦得救。"各自想着，互相观望，游来游去。不觉间，伊势三郎义盛划着小船过来，伸出钉耙，先将右卫门督钩了上来。大臣殿看在眼中，自己既然无意溺死，也同样被救而生擒。

大臣殿乳母之子飞弹三郎左卫门景经[10]见状，从所乘小船跃到义盛的船上，喊道："谁敢捉我主公？"挥起腰刀，冲了过去。义盛危如千钧一发，童仆护主心切，倏地跑出，站在两人中间。景经一刀砍其头盔，二刀取其头颅。义盛仍然险象环生。只见从旁边的船上，堀弥太郎亲经[11]拉弓射来一支强箭，射穿了景经的内甲。景经一愣，堀弥太郎早已蹿上船来，压住了景经。弥太郎的部下也随着主人跳上了船，掀开景经的腰甲，狠狠地捅了两刀。飞弹三郎左卫门景经虽是闻名的刚勇之士，只是运数已尽，身负重伤，寡不敌众，当场送了性命。大臣殿被俘，眼睁睁地瞧着乳母之子惨死刀下，不知有何感想。

能登守平教经[12]的弓箭，百发百中，无人能免。今日射完了所有的箭，觉得既无明日，更待何时。于是身穿赤地织锦直垂，上披唐绫叠缀铠甲，右手拔

---

[09] 资盛、有盛：均为平重盛之子，维盛之弟。行盛：重盛弟基盛之子。

[10] 景经：飞弹守藤原景家之子，其母为平宗盛之乳母。

[11] 亲经：传不详。一本作堀弥太郎景光。

[12] 平教经：前已数见，平家勇将。参卷九《六、六度交战》章，注2。

出堂堂白柄长刀，左手握住长刀刀鞘，挥舞前进。锋芒所向，无人能敌。或死或伤，不知其数。

新中纳言平知盛[13]使人告之曰："能登殿，勿再杀生多造孽。汝所杀者并非真正强敌。"教经心想："是示意要我杀其大将军也。"乃紧握刀柄，在源氏船队间一船跳过一船，来回厮拼砍杀。只因不知判官相貌，所以只要看到仪表堂堂的武士，便认定是判官而穷追不舍。判官猜到大概在寻找自己，也急欲与能登殿正面对打，一决胜负，却总是阴错阳差，等不到较量的机会。

然而，能登殿教经误打误撞，终于出现在判官的船上，飞奔直前而来。判官觉得以硬碰硬，定会吃亏，便将长刀挟在腋下，如箭离弦，说时迟那时快，早已跳到了泊在二丈[14]外的己方船上。能登殿或许不如判官手快脚轻，并未随后跳过船去。心想此乃今生最后一战，便将腰刀、长刀抛入海中，脱下头盔扔掉。除去腿甲，只剩胸板[15]。披散头发，摊开双手而立，凛然不可侵犯。恐怖二字不足以形容其威风。能登殿大声叫道："有自命不凡者，请过来活捉我教经，然后押送至镰仓。我心中有话，正想与赖朝谈一谈。过来呀，快过来。"但敢上前应战者竟无一人。

此时，有土佐国住民名安艺太郎实光者，是管辖安艺乡的安艺大领实康[16]之子，膂力惊人，可抵三十个大汉。有一个不下于己的随从。其弟次郎也非泛泛之辈。安艺太郎望着能登殿，说道："无论何等凶狠，只需我等三人联手，即使十丈高大之鬼，无有不能制伏之理。"于是主从三人乃坐上小船，靠到

[13] 平知盛：平清盛四男。前已屡见。平家将中，以尚武刚勇著称。

[14] 二丈：约六公尺。

[15] 胸板：保护胸腹部分之板形甲片。

[16] 安艺乡：土佐国安艺郡（今高知县安艺市内）。安艺氏本姓橘，或曰苏我氏。代代世袭安艺郡大领之职。实康、实光：传不详。大领为郡之长官。

能登守的船边，唉嘿一声跳了上去，斜着头盔护颈，拔出刀来，并肩冲向目标。能登殿毫不慌张，将跑在前头的随从一脚踢落海中。接着抓住安艺太郎挟在左腋下，其弟次郎挟在右腋下，勒紧双手，狠道："善哉善哉。可结伴同往死亡之山[17]。"便跳下水去了。英年二十六岁。

[17] 死亡之山：原文死途之山或死出之山。人在死后七日间，首先必须经过之冥途险山。参卷第六《七、入道死去》章，注15。

十一 神镜返京

新中纳言知盛心想："该看之事皆已看到。如今可以自尽矣。"于是召来乳母之子伊贺平内左卫门家长[01]，问道："如何，所发誓约仍可行否？"答曰："自不待言。"便帮新中纳言穿上两套铠甲，自己也穿上两套之后，两人臂膀交叉，跳进海中。武士们见状，唯恐落在人后，也有二十余人手拉手，追随主人沉入水底。其中也有越中次郎兵卫盛嗣[02]、上总五郎兵卫忠光[03]、恶七兵卫景清、飞骅四郎兵卫[04]等人，一直设法溜走，终于趁机逃掉了。

海上到处漂着丢弃的平家红旗与红色家徽，仿佛龙田河[05]的红叶在一阵狂风之后，吹落在水面浮荡一般。拍打上岸的白浪也带着淡淡的红色。无主的空船随波上下、任风左右，不知漂往何方。令人心酸。

此次战役，生擒者有前内大臣宗盛公、平大纳言时忠、右卫门督清宗、内

[01] 家长：平氏重臣。平知盛乳母之子。参卷第八《九、室山》章，注5。

[02] 盛嗣（盛继、盛次）：前已数见。参卷第四《十、桥头之战》章，注11。

[03] 忠光：上总介忠清之子。下举恶七兵卫景清之兄。

[04] 飞骅四郎兵卫：名不详。藤原氏。与上总介一门之飞骅守景家、飞骅太郎判官景高、飞骅三郎左卫门景经等人，应属同族。

[05] 龙田河：或作立田河。流经大和国生驹郡（今奈良县西北部）之河川。红叶胜地。在斑鸠町西南下，汇入大和川。

藏头信基[06]、赞岐中将时实[07]、兵部少辅尹明[08]、大臣殿之八岁公子。僧侣有二位僧都全真、法胜寺执行能圆、中纳言律师忠快、经诵房阿阇梨融圆[09]。武士有源大夫判官季贞[10]、摄津判官盛澄、橘内左卫门季康[11]、藤内左卫门信康、阿波民部重能父子等。以上三十八人。菊池次郎高直、原田大夫种直[12]，则在会战之前，已率部属前来归降。至于女眷女官，据说有建礼门院、摄政近卫基通夫人、花山院左大臣藤原兼雅夫人[13]、三位中将重衡妻大纳言佐殿、大纳言时忠妻帅典侍、新中纳言知盛夫人等四十三人。

元历二年暮春，不知是何种年月，时乖运蹇。一人[14]沉入海底，百官漂浮浪上。国母[15]女官，委命于东夷西戎[16]之手；臣下卿相，囚系在数万敌军之中。而今重返故里京城，或怀非朱买臣衣锦还乡[17]之叹，或感同王昭君含恨赴胡之悲。

---

[06] 信基：兵部卿平信范之子、时忠之堂兄弟。内藏头为中务省内藏寮长官，掌宫中财宝、贡品、皇室装束、神社奉币等事务。

[07] 时实：平时忠长男。晚年遇赦，叙从三位。建保元年（一二一三）殁，六十三岁。

[08] 尹明：藤原氏。知通长男。文治五年（一一八九）自谪所还都。兵部少辅：兵部省次官，统辖军务。

[09] 全真、能圆、忠快、融圆（佑圆）四僧，已见卷第七《十八、一门出奔》章，注11—14。

[10] 季贞：平清盛近侍。前已数见，参卷第二《五、求情》章，注3。

[11] 季康、信康：均平家近臣。传不详。

[12] 高直、种直：二人前已数见。参卷第八《二、名虎》章，注3、5等。

[13] 建礼门院（安德天皇之母）、基通夫人、兼雅夫人，均平清盛之女。

[14] 一人：天皇一人，在此指安德天皇投海事。

[15] 国母：安德天皇之母建礼门院。

[16] 东夷西戎：喻东国（关东）、西国（镇西）源氏与叛平家诸国之军队。

[17] 朱买臣衣锦还乡故事，参卷第七《八、实盛》章，注5。

同年四月三日，九郎大夫判官义经使源八广纲[18]上奏法皇曰："今年三月二十日，在丰前国田浦[19]、门司关，在长门国坛浦、赤间关，平家消亡殆尽。三种神器必可平安呈还。"御所中人人激奋。法皇召广纲至内庭，详细垂询会战情形，感动之余，赐以左兵卫尉之职。同月五日，派北面武士藤判官信盛[20]赶赴西国，嘱咐道："神器确能送还与否，前往看看。"信盛奉命，家也不回，便骑着法皇所赐御马，扬起鞭来，驰向西国而去了。

同月十四日，九郎大夫判官义经亲自押着生擒平家男女，在入京路上，来到播磨国的赏月胜地明石浦。夜色渐阑，月挂高空，虽是初夏，澄明皓洁，不让仲秋名月。女眷们聚在一起，互道："前年路过此地时，争知会有今日？"人人忍气吞声，暗自含泪饮泣。帅典侍凝望明月，泪如雨下。思绪千端，却也觉得万般无奈。歌道：

望月骋远怀，月照湿袖来。月诉宫中事，事事皆可哀。

昔时云上月，依旧照澄辉。今日又相见，人世已全非[21]。

大纳言佐殿亦歌云：

此身寄江海，今夜宿明石。波上月同卧，随风任所之。

判官虽身为武士，却也是个情义中人，心道："触景伤神，回忆往事，难怪悲从中来。"而为之感喟不置。

同月二十五日，神镜与神玺的箱匣即将送达鸟羽。通知一到之后，从宫

[18] 源八广纲：义经属下，传不详。已见于卷第九《七、三草点将》章名单中。

[19] 田浦：关门海峡西岸。今福冈县北九州市门司区田野浦。下关市坛浦在其对岸。

[20] 信盛：随身（法皇侍卫）矶部公春之子、大和守左卫门尉藤原盛景之犹子。从五位下石见国守。

[21] 云上月：喻在宫中所望之月。

中趋赴迎接者有勘解由小路中纳言经房[22]、高仓宰相中将泰通[23]、权右中弁兼忠[24]、左卫门权佐亲雅[25]、榎并中将公时[26]、但马少将范能[27]。武士有伊豆藏人大夫赖兼[28]、石川判官代义兼[29]、左卫门尉有纲[30]等人。当夜子时，神镜与神玺的箱匣进入了太政官的正厅。宝剑已经遗失。神玺则漂在海上，听说由片冈太郎经春[31]捞了回来。

---

[22] 藤原经房：已见卷第八《一、临幸山门》章，详注16。官至权中纳言、权大纳言。卷第十二有专章《六、吉田大纳言》叙其为人。

[23] 泰通：藤原为通之子、权大纳言藤原成通犹子。承安五年（一一七五）左中将。已见卷第四《一、临幸严岛》章，注6。

[24] 源兼忠：权中纳言源雅赖次男。承元三年（一二〇九）殁，四十九岁。

[25] 藤原亲雅：参议亲隆之子。安元三年（一一七七）右卫门权佐。已见卷第五《十四、奈良火灾》章，注2。

[26] 藤原公时：权大纳言藤原实国之子，官至从二位参议。时为左近卫权中将兼伊豫介。榎并：或以江浪、江波当之。

[27] 藤原范能：参议藤原修范之子、通宪（信西）之孙。寿永元年（一一八二）右近卫少将，翌年兼但马守。

[28] 源赖兼：源赖政之子。仲纲、兼纲之弟。

[29] 源义兼：源义基之子。河内国石川郡（今大阪府南河内郡）人。与其父暗通源赖朝。义基旋被平家杀死，而义兼被俘。事见卷第六《六、飞脚传书》章，参注4、5。

[30] 源有纲：源赖政嫡男仲纲之子。其官职应作右卫门尉。

[31] 片冈太郎经春：源义经部下。已见于卷第九《七、三草点将》章名单中。文治五年（一一八九）与义经为藤原泰衡所讨，不敌而同死于衣川。

十二 宝剑

本朝自神代以来所传灵剑有三。十握剑[01]、天蝇斫剑[02]、草薙剑是也。十握剑藏于大和国石上布留神社[03]。天蝇斫剑供在尾张国热田神宫[04]。草薙剑则安置皇宫之中,即今所称之宝剑。

且说此剑之由来。古昔素盏呜尊[05]在出云国曾我里[06]建造宫殿时,常见有八色云[07]缭绕其上。素盏呜尊见了,咏歌道:

出云起层云,筑为八重垣。重垣围我妻,犹筑八重垣[08]。

---

[01] 十握剑:传为伊奘诺尊、天照大神、火远理命、素盏呜尊等神所用或所铸之剑。握即束,古代长度单位,为四指(拇指除外)并排之长度。一束或可汉译为一把长(宽)。

[02] 天蝇斫剑:传即素盏呜尊斩杀大蛇时所用之剑。

[03] 石上布留神社:大和国山边郡布留(今奈良县天理市)之石上神宫。祀布都御魂大神。

[04] 热田神宫:在今名古屋市热田区。以热田大神为主神,神体为草薙剑。相殿(合祀二神以上之神殿)祀天照大神、素盏呜尊、日本武尊、宫簀媛命、建稻种命等神。

[05] 素盏呜尊:神话中,伊奘诺尊与伊奘冉尊所生之子、天照大神之弟。凶暴残忍,被天照大神逐出高天原,流放根国。为出云系神话主神大国主命之祖神。

[06] 出云国曾我里:今岛根县云南市大东町须贺附近。

[07] 八色云:多色彩云。按:日文之八常用以指数量之多。下出和歌中,层云(原文八云)、八重垣之八,均有重叠、多层之意。他如八重云、八重樱、八重浪、八重山、八重葺等之八皆是。

[08] 此歌传为素盏呜尊所作,见于《古事记》《日本书纪》。若以假名标其原歌而断句:"やぐもたつ・いづもやへがき・つまごめに・やへがきつくる・そのやへがきを",即成为"五・七・五・七・七",共三十一字(音节)。此即和歌(短歌)之原型,故曰和歌之始。其后,以八云之道指和歌之道或歌道,亦源于此歌首句。

此乃三十一字和歌之始。其国之名为出云，亦由此而来。

古时素盏呜尊降临出云国簸河[09]上游时，当地有一对名叫脚摩乳、手摩乳的夫妇国神[10]。有女儿端庄美丽，号稻田姬[11]。一家三口正在哭泣。素盏呜尊问其故，回答道："家中原有女儿八人，皆为大蛇所吞。而今只剩此一小女，又将惨遭吞食。大蛇有八首八尾，一身爬满八峰八谷。背上生长灵树异木，不知已几千年。眼如日月之光。年年吞人无数。父母被吞，子女哀之；子女被吞，父母悲之。是以村南村北，哭声不断。"

素盏呜尊怜而悯之。于是，将少女化为多齿的梳子，戴在自己的头发中隐藏起来。用八个酒槽装满了酒，造了美女的人形，竖在高高的高岗上。美女的影子映在酒槽中。大蛇误以为是真人，张口便大吞大喝，终至大醉。素盏呜尊抽出十握剑，猛砍大蛇，砍得支离破碎。最后只剩一条蛇尾，砍来砍去，总是砍不断。素盏呜尊感到讶异，顺着蛇身剖开一看，原来中有一把宝剑。取之呈献与天照大神。大神曰："此乃昔日我在高天原[12]所遗之剑也。"

原来此剑仍卡在蛇尾中时，常有云霭丛聚其上，故名之曰天丛云剑。大神得之，奉为天宫之宝。其后派其天孙降临为丰苇原中津国[13]之主时，除神镜外，同时赐以此剑。直至第九代开化天皇之世，宝剑与神镜都藏在天皇的宫殿中。到了第十代崇神天皇[14]，因为畏其灵威，便在迁祀天照大神于大和国笠缝

---

[09] 簸河：今斐伊川，流经岛根县东部而注入宍道湖。

[10] 国神：原文国津神，即天孙降临以前，治理地方（国）之神。按：所谓天孙降临，指天照大神派其孙琼琼杵命自天庭降临地上，统治日本之神话。但于神名、地点、经过等细节，异说纷纭，莫衷一是。

[11] 稻田姬：或作栉名田比卖、栉名田姬、奇稻田姬。

[12] 高天原：日本神话中，天照大神所治而诸神所居之天上神国。

[13] 丰苇原中津国：日本神话中，对日本之美称。

[14] 开化天皇：在位六十一年（前一五八一前九八）。崇神天皇：在位六十八年（前九七一前三〇）。

里矶城[15]神宫之际，将此剑同时移至天照大神的祭坛之内。当时，宫中则另铸新剑以代之，其灵威绝不逊于原剑云。

自崇神天皇至景行天皇三代间[16]，天丛云剑供在天照大神的祭坛上。但景行天皇御宇第四十年六月，东夷[17]叛乱。皇子日本武尊[18]心志难夺、膂力超群，特被选出，奉命远征东国。临行，参拜天照大神辞别时，大神藉由天皇御妹斋宫倭姬命[19]，嘱咐道："敬谨从事，不得怠忽。" 并以宝剑赐之。

且说日本武尊来到骏河国，当地贼寇谎称道："此国鹿多，何妨在此先游猎一场。" 骗上之后，便放了野火。看看即将烧到身边时，武尊拔出了宝剑，砍起野草来；刀刃所向，一里之内，野草全被砍倒。武尊也放了火，只见风向倏地倒转，转瞬间将凶徒悉数烧死。从此以后，天丛云剑又名草薙剑。

日本武尊继续深入东国，三年间，讨伐了各地贼寇，征服了诸国叛党。但在凯旋返京途中，患了重病，不幸于享年三十之七月，在尾张国热田近郊薨落。薨后魂魄化为白鸟，飞升天上而去，观者无不称奇。生擒的夷人由其子武彦尊献与天皇。至于草薙剑则供在热田的神社中。

天智天皇御宇第七年[20]，有新罗国沙门名道行[21]者，偷得此剑，意欲奉

[15] 笠缝里：位置不详。有奈良县矶城郡田原本町新木、樱井市笠笠山荒神社境内或同市三轮桧原神社境内诸说。矶城：大和国（今奈良县）矶城郡。

[16] 三代间：自崇神以后，有第十一代垂仁（在位前二九—七〇）、第十二代景行（在位七一——一三〇），共三代天皇，前后二百多年。景行天皇四十年，当西历一一〇年。

[17] 东夷：东国虾夷，盖指爱伊努族。

[18] 日本武尊：景行天皇皇子。身高丈余，容貌魁伟。原名小碓命或倭建命。征讨西国熊袭，平定东国虾夷。是神话传说中之英雄。

[19] 倭姬命：景行天皇之妹、日本武尊姑母。斋宫：为奉仕伊势神宫之未婚内亲王。

[20] 第三十八代天智天皇（称制六六一—六六八，在位六六八—六七一）御宇第七年，当西历六六八年。

[21] 道行：或作道庆。《日本书纪》天智天皇七年（六六八）条："是岁，沙门道行盗草薙剑，逃向新罗。而中路遇风雨，慌迷而归。"

为自国之宝，悄悄藏于船底。忽遇狂风巨浪，船将沉没。道行未能如愿，认为是宝剑之灵在作祟，惶恐之余，知过谢罪，归还原处。但到了天武天皇朱鸟元年[22]，敕令移至宫中。今之宝剑是也。灵效赫赫，神乎其神。阳成上皇[23]罹患疯癫症时，抽出此剑，寝殿中忽然闪闪发亮，无异电光四射。上皇大惊失色，放手丢弃。只见宝剑径自跃起，叭嗒一声回到了鞘内。上古时代有此神异，实在殊胜之至。人人皆道："固然二位殿投身入海时，腰插此剑，当不至于如此便消失不见。"于是召集不少老练的海女[24]潜水搜寻，同时敦请多位高僧至灵验卓著的佛寺神社，奉献种种神宝，虔诚祈祷。终究徒劳无功。

当时，有识之士互相言道："古昔，天照大神发誓保护历代天皇，其誓言未尝改变。石清水之水依然源源不绝[25]，天照大神日轮之光皦皦永耀。虽说正值末世浇季，皇运绝无中断之时。"有阴阳道博士某某占之，曰："昔时，素盏呜尊在出云国簸河上所杀大蛇之魂，心系宝剑，念念不忘。终在人王八十代之后，化为八岁天皇[26]，以象其八首八尾之体，取回宝剑，沉没海底。"既已变成千寻海底的神龙之宝，其不能重回人间，也是理所当然。

---

[22] 第四十代天武天皇（在位六七三—六八六）朱鸟元年，即在位第十四年（六八六）。《日本书纪》天武天皇同年六月十日条："天皇病，卜之，草薙剑祟。即日送至尾张国热田社。"与《平家》所述"移至宫中"，正好相反。

[23] 第五十七代阳成天皇（八六八—九四九，在位八七六—八八四），清和天皇第一皇子。践祚后，于元庆八年（八八四）因病被废。

[24] 海女：专门在近海潜水采收贝类、海藻等之渔人，以女性为主。

[25] 石清水：石清水八幡宫，主神为第十五代应神天皇（在位二七〇—三一〇）。石清水源源不绝，喻日本皇统万世一系、绵延不断也。

[26] 八岁天皇：指安德天皇，投海时八岁。

十三 游街示众

且说，二皇子[01]返回京都，后白河法皇特派御车前去迎接。三年来，身不由己，为平家所挟持，浪迹西海之上。亲母与监护人持明院宰相[02]都心痛不已。如今平安回来，重见聚首，莫不流下喜悦的眼泪。

同月二十六日，平氏俘囚被押入京。都坐在小八叶车上[03]。前后车帘卷起，左右览景车窗打开。大臣殿宗盛身穿白色狩衣。其子右卫门督穿着白净直垂，坐在后座。平大纳言时忠卿的车子随在其后，其子赞岐中将时实原应同车游街，当时正在病中而特准不必参与。内藏头平信基身受重伤，改由小路进京。

大臣殿本来眉目清秀、容光焕发，而今却瘦筋巴骨，仿佛他人。然而只顾环视四周，脸色木然，似无沉思默虑之意。其子右卫门督则垂头丧气，神情漠然，不敢正面对人。土肥次郎实平身穿木兰地直垂，上披简便铠甲，带领随从三十余骑，围在囚车前后护卫。

前来观看人等，不限京内，或自远国近地，或从诸山各寺，扶老携幼，咸集

[01] 二皇子：高仓天皇第二皇子、安德天皇异母弟。守贞亲王。生母七条院为藤原信隆之女殖子。卷第八《一、临幸山门》提及平家“携之同奔西国”事，参注20。其第三皇子（高仓天皇皇孙）为第八十六代后堀河天皇（在位一二二一——一二三二）。

[02] 持明院宰相：权中纳言藤原基家，今年（一一八五）五十四岁。寿永元年（一一八二）为参议（汉名宰相）。持明院为其父通基在邸内所设佛堂之名，因以为家号。

[03] 小八叶车：车厢顶上饰以小型八瓣莲花之牛车。已见卷十《二、宫中女官》章，注1。

京城。从鸟羽离宫南门，经造道[04]，至四冢[05]，人山人海，不知有几千几万。人不能回顾，车不能转轮[06]。经过治承、养和间的饥馑[07]，东国、西国间的战乱，尽管人口大减，濒于灭族，但看来大难不死者仍大有人在。

平家离京出奔还不满两年[08]，不算很久，其权势荣华犹历历在目。当年炙手可热、人人惧而远之的平氏一门，今日竟沦落到如此地步；不知是梦幻，还是真实。目睹此景，连不解情为何物的匹夫匹妇，也莫不为之泪湿衣袖。至于与平家素有交往的亲友，不知有何感想。尤其是自父祖辈便侍奉平家，长期蒙恩受惠的一群，有许多只因爱惜性命，不得不归顺源氏，然而昔日恩惠，山高水长，毕竟难于忘怀。心乱如麻，不言可知。因此抬不起头来，只能以袖掩面而已。

大臣殿的牛倌是木曾义仲晋谒法皇御所时，因为御车不慎而被杀的次郎丸[09]之弟三郎丸。在西国时，曾行非正式的元服之礼而成年。此时深盼有缘再次伺候大臣殿的牛车，便在鸟羽禀告判官道："舍人、牛倌之类，位在下属之下，尽管说不解人情道理，却记得大臣殿长年照顾下人的大恩大德。若无不便，敢请允许小人最后一次伺候大臣殿的座车。"判官觉得情有可原，答道："应无大碍。好好。"三郎丸大喜过望，立刻换上牛倌装束，从怀里取出牵绳套在牛上；泪眼汪汪，几乎看不见前路。只好以衣袖遮面，任牛自行自走，自己

[04] 造道：或书作道。从京都朱雀大路向南，过九条大路，经鸟羽，南接久我畷之路。

[05] 四冢：朱雀大路南端，古罗城门附近之地名。

[06] 班固《西都赋》："人不得顾，车不得旋。"

[07] 自治承四年（一一八〇）至养和二年（一一八二）间旱灾，饿死者无数。

[08] 不满两年：原文"中一年"。平家于寿永二年（一一八三）七月出奔，元历二年（一一八五）三月灭亡，四月平宗盛等俘囚入京，其间虽跨三年，但中间只隔寿永三年（元历元年）一整年，故原文谓之中一年。在此则径以"不满两年"译之。

[09] 事见卷第八《六、猫间》章，但未提次郎丸被杀。一本谓："牛倌终被斩杀。"

则手拉牛绳，哭哭啼啼，跟着牛步一步一步向前走动。

后白河法皇驾幸六条东洞院[10]，御览游街情形。诸公卿殿上人的车子也并排停着。法皇望着曾在身边伺候过的亲近之臣，落到如此模样，难堪之余，不由得悲从中来。随从的人们都觉得仿佛在梦中，忖道："亦曾想方设法，盼能获得此人[11]青睐，亲承謦欬，聆其一言半语之教。谁知今日竟落魄潦倒，一至于此，使人惨不忍睹。"人人忆往思今，莫不洒下同情之泪。

大前年，平宗盛荣升内大臣，举行庆贺之礼时[12]，有花山院大纳言[13]等十二位公卿为扈从，藏人头亲宗[14]等十六位殿上人为其前驱。当日所有公卿殿上人都华冠丽服，意气风发，自命不凡。其中，中纳言竟有四人、三位中将也有三人之多。尤其是平大纳言时忠，当时尚在左卫门督之职，竟也被法皇召见，赏赐礼物，备受优遇，令人艳羡。然而今日，公卿殿上人竟无一人相随。只有同在坛浦被俘的武士二十余人，身穿白色直垂，缚在马上，随在囚车后游街示众而已。

游街游到贺茂河原便折回了。大臣殿父子被押到六条堀川路口[15]，安置在九郎判官的住处。对着送来的饭菜，心中郁结，连筷子也没动过。父子两人不发一语，只是眼对着眼，不断流着泪水。到了晚上，也不松衣解带，卧在只铺

---

[10] 六条大路与东洞院大路交叉路口。

[11] 此人：指内大臣平宗盛。

[12] 平宗盛于寿永元年（一一八二）十月三日任内大臣，同月七日行庆贺之礼。事见卷第六《十二、横田河原之战》章。

[13] 花山院：藤原兼雅。已见卷第一《五、吾身荣华》章（注11）等处。养和二年（一一八二）除权大纳言。

[14] 平亲宗：平时信之子、时忠之弟。正治元年（一一九九）殁，五十六岁。

[15] 六条大路与堀川小路交叉口。

一只宽袖的床板上。负责监视的源八兵卫、江田源三、熊井太郎[16]，看到大臣殿将另一只袖子覆在儿子右卫门督的身上。各自想道："唉，人不分贵贱，父子之情最难割舍，动辄伤怀。为子覆袖，仅一举手之劳，却自然而然，真情流露。"勇悍的武士们也都感动得落下泪来。

[16] 此三人皆源义经直属部下，已见于卷第九《七、三草点将》章名单中。

十四 神镜故事

同月二十八日，镰仓前兵卫佐源赖朝改叙从二位。过去越级叙阶，如能跳过二级，便算朝恩逾恒、难能可贵了。何况此次是一跳三级[01]。听说起初原拟升之为三位，却因赖朝忌嫌平家前例[02]，只得提高了位阶。

当晚子时，神镜从太政官厅移至温明殿[03]。天皇临幸，举行三夜的临时神乐会[04]。右近将监多好方[05]特奉敕命，演奏家传《弓立》与《宫人》神乐秘曲，获赐奖赏，可喜可贺。此二歌曲，除其祖父伶人八条判官资忠[06]之外，无人能知其详。因为极度保密，并未传与子嗣近方[07]；但在死前，传与当时在位的堀

[01] 源赖朝于寿永三年（一一八四）叙正四位下。此次则越过三级（正四位上、从三位、正三位）而至从二位。

[02] 平清盛于永历元年（一一六〇）六月，由正四位升从三位，八月升正三位。平家另有赖盛叙从三位之前例。

[03] 温明殿：在内宫绫绮殿之东、紫宸殿东北，有安置神镜之贤所。又名内侍所。按：贤所或内侍所二词，在《平家》中，常用作神镜之代号。如本卷《十一、神镜返京》章，原题《内侍所入京》。内侍所即神镜也。唯本译本皆以神镜译之，以免混淆，以求直截了当。

[04] 自一条天皇（在位九八六—一〇一一）以后，每年十二月吉日在内侍所前庭之例行神乐之外，其他有关神镜之神乐仪式皆谓之临时神乐。

[05] 右近将监：右近卫府判官（三等官）。多好方：多近方之子，建历元年（一二一一）殁，八十二岁。多氏代代为神乐伶官。

[06] 八条判官资忠：多近方之父，官右近将监。康和二年（一一〇〇）为山村正贯所杀，五十五岁。

[07] 多近方：多好方之父，官右近将监。仁平二年（一一五二）殁，六十五岁。

河天皇[08]，再由堀河天皇授予近方。皇上保存音乐之道的苦心美意，教人难抑感动之泪。

且说神镜的故事。古昔天照大神在躲入天之岩户[09]之前，考虑如何留下自己的面貌身影，让后代神子神孙也能瞻仰，因而铸了一面镜子。但铸成了一看，并不合心意，所以又铸了一面。初铸的御镜供在纪伊国日前国悬神社[10]。再铸的御镜则授予子神天忍穗耳尊[11]，且告之曰："安之于所居同一宫殿中。"

然后，天照大神进入天之岩户躲藏起来。天上无日，天下一片漆黑。八百万群神[12]聚集在天之岩户前，演奏神乐，热闹非凡。天照大神在岩户之内，又感动又好奇，忍不住将岩户稍稍拉开，往外窥望，只见众神面色皆白。据云面白[13]一词由此而来。当时有一位大力之神，名叫儿屋根手力雄[14]，伺隙哎呀一声打开了岩户，听说从此岩户再也关不起来了。

言归神镜。直至第九代开化天皇之世[15]，神镜都藏在天皇的宫殿中。到了第十代崇神天皇御宇，因为畏其灵威，才移之于不同的宫殿之内。最近则供

[08] 第七十三代堀河天皇：白河天皇第三皇子。应德三年即位，在位二十一年（一〇八六—一一〇七）。

[09] 天之岩户：原文直译。天即天上之国，天照大神所治。岩户指岩窟而有门户可开关者。

[10] 日前国悬：在今和歌山市秋月之神社。同一神社境内有日前、国悬二宫，分别供祀天照大神之日矛与日镜。已见卷第十《八、横笛》章，参注10。

[11] 天忍穗耳尊：天照大神与素盏呜尊在天安河誓约之际，自八尺琼曲玉生出之子。琼琼杵尊之父神。《日本书纪》："天照大神手持宝镜，授天忍穗耳尊，祝曰：'吾儿，视此镜当如视吾。与汝同床共殿，以为斋镜。'"

[12] 八百万：或作八百万代、八万、八十万，喻其多也。千千万万、数不胜数、无数之意。

[13] 面白：眼前发亮、心中喜悦之谓。尤其对景色、音乐等视觉听觉之美而言。今则用为有趣、感兴趣、有意思、滑稽、愉快、新奇等意。

[14] 儿屋根手力雄：注家或以天儿屋根命与天手力男神二神混为一神。一本作岩根手力雄。按：天照大神自闭于岩户时，群神中，太玉命与天儿屋根命进行祈祷，天手力男神推开岩户。

[15] 第九代开化天皇之世：自此句至畏其灵威句，与本卷《十二、宝剑》章文字重复，参注14。

在温明殿里。

桓武天皇迁都平安京[16]后，经过一百六十年，到了村上天皇在位时，天德四年[17]九月二十三日午夜，大内的皇宫初次发生了火灾。火从左卫门府的守卫值班室[18]烧起，安置神镜的温明殿便在近边。时值夜半，内侍与女官均不在殿中，当然不可能抢救神镜。小野宫殿实赖[19]火速晋谒宫中，泫然流涕，哀道："神镜已遭烧毁。世界末日即在眼前矣。"便在此时，神镜却从火焰中自行飞出，挂在紫宸殿前的樱树梢头，闪闪发光，仿佛刚出山巅的朝阳。小野宫殿喜极而泣，心中忖道："世界尚未灭亡也。"于是右膝着地，张开左袖，泣求道："古昔天照大神发誓保护历代天皇，若其誓言未尝改变，请神镜进入实赖袖中来。"话未说完，神镜早已飞入实赖袖中。乃以衣袖包好，随即送到太政官厅保管。如今则供在温明殿里。当今之世应无欲占神镜为已有之人。即使有，神镜亦当不肯就范。上古确实是值得羡慕的时代。

---

[16] 第五十代桓武天皇（在位七八一—八〇六）于延历十三年（七九四）迁都平安京。

[17] 第六十二代村上天皇（在位九四六—九六七）：醍醐天皇皇子。天德为其改元四年号之第二。其四年当西历九六〇年。

[18] 左卫门值班室：原文左卫门阵。即左卫门府武官值班之处，在宣阳门边（或曰建春门）。温明殿即在其旁，与绫绮殿相连。

[19] 小野宫：藤原实赖。官至关白太政大臣、摄政。已见卷第一《五、吾身荣华》章，参注6；卷第五《十二、五节会》章，注15。

十五 文件箱

平大纳言时忠卿父子被押在九郎判官源义经的住处附近。世间既然大变，应有百般无奈、万事皆休的觉悟，而大纳言却似乎只顾爱惜性命，将儿子赞岐中将时实叫来，告之曰："有一箱书信等秘密文件被判官取去，万一镰仓源二位赖朝[01]看到，必将害死多人性命，我身亦难自保。如何乃可？"中将道："判官为人讲人情、重义理。据说每逢女眷有所哀求，事无大小，莫不应允。何必自怨自艾？家中有许多公主，可从其中选出一人送与判官，待得两人亲密之后，便可提起文件事宜。"

大纳言潸然泪下道："我显赫于世时，原想送女儿入宫为女御或皇后，从未想过嫁作一般俗人之妇。"中将劝道："事已至此，不宜有此想法。"又道："以当今夫人[02]所生十八岁公主嫁之，何如？"大纳言对此女儿怜爱有加，当然不肯答应；只好改以前妻所生的公主嫁给判官。此位公主芳龄二十三，尽管年纪稍大几岁，但容貌端丽、性情温柔，判官爱之日深。虽然已有正室河越太郎重赖[03]之女，却为公主另筑华屋，宠幸无日。于是，公主提起了该箱文件之事，判官竟原

[01] 源赖朝于元历二年（一一八五）四月，自四位下，一跃三级，改叙从二位，故称源二位。事见上章《十四、神镜故事》，参注1。

[02] 当今夫人：当时平时忠之妻为权中纳言大宰权帅藤原显时之女，号帅典侍。安德天皇乳母。已见卷第三《四、公卿会》章，详注1。

[03] 河越太郎重赖：坂东八平氏之秩父氏一脉。武藏国入间郡河越庄（今埼玉县川越市内）庄司。其女于元历元年（一一八四）九月嫁与义经。

封不动，立刻将箱子差人送还大纳言时忠卿。大纳言大喜过望，随即将文件全数烧成灰烬。究竟是何等文件，世上纷纷猜测。人人好奇，相当关心。

平家已亡，诸国平定。民间往来畅通无阻。京都也恢复平静。京中人人莫不赞道："论文治武功，九郎判官无人能及。镰仓源二位赖朝到底有何作为？当今天下应让判官治理才是。"赖朝有所风闻，辩解道："何其言之谬也。若无赖朝运筹帷幄之中，调遣将兵于外，平家岂能兵败如山倒，终至灭亡？仅靠九郎一人岂能镇定天下？只凭风言风语，便以为天下已入吾彀中，洋洋得意。世上女人处处皆有，却偏偏成为平大纳言之婿；事事迎合大纳言，万万难于接受。又大纳言不顾世人观感，草率招义经为婿以自重，毫无道理。如果准许义经到镰仓来，不定会闹出何等逾分之事来。"

十六 副将被斩

同年五月七日，九郎大夫判官源义经将押解平家俘虏至关东。大臣殿平宗盛使人往见判官，传话道："据闻明日将往关东。父子之情难舍难分。在俘虏名单中有八岁童子[01]一名，不知仍在否？亟盼能再见一面。"判官回答道："亲情恩爱难断乃世之常情。有此心意，谅必出于真诚。"乃命河越小太郎重房[02]，将所监护的小公子送至大臣殿处。重房向人借了车子，让乳母、女侍与小公子同车，往见大臣殿。

小公子看到父亲，久违重逢，高兴异常。大臣殿招呼道："到这边来。"听了立即坐到父亲的膝上去。大臣殿抚摸着小公子的头发，涕泗滂沱，对警卫武士们说道："各位请听着。此儿有父无母。此儿之母在生此儿时，虽然安产，但随后即卧病不起。有遗愿道：'无论与谁再生其他公子，请勿改变对此儿之爱，善加养育成人以为遗念。不可推故而完全托之于乳母之辈。'一想起来，便觉得可怜可悯。当时想，右卫门督[03]在讨伐朝敌时任大将军，此儿将来可当副将

---

[01] 八岁童子：平能宗，正五位下，号自害大夫，小名副将丸。在本卷《十一、神镜返京》章所列生擒者名单中，有"大臣殿之八岁公子"。其他相关资料作六岁或八岁。

[02] 河越小太郎重房：武藏国人。河越太郎重赖长子。在一谷会战时，捉到敌将平知盛所弃名马，呈献后白河法皇。事见卷第九《十七、知章之死》章，参注4。

[03] 右卫门督：初见于卷第四《十三、通乘》章："前右大将宗盛卿之子侍从清宗叙了三位，称三位侍从。今年才十二岁。……年纪轻轻便官至公卿，……前所未闻。"以后屡出。在卷第七《十二、平家连署》章中，署曰"正三位行右卫门督兼近江远江守平朝臣清宗"。

军，因而命名副将。其母显然非常满意，直到临终七日之间，疼爱此儿，不时叫唤副将之名。每见此儿，往事历历，难于忘怀。”说着，抑不住泪如泉涌。警卫武士也都泪湿衣袖。右卫门督也哭了。乳母等也泪痕满面。

良久，大臣殿道：“好吧，副将该早早回去。能见一面，非常高兴。”然而公子却无意离开。右卫门督看了，含泪劝道：“啊，副将。今夜尽早回去。现在还要接见客人。明日一早再来。”公子却抓住父亲的白色狩衣袖子，说道：“不要回去。”大哭起来。

又过了良久，日已垂暮。小公子赖着不肯走，总之非走不可。乳母忍心将他从父亲膝上抱起，放进车中。乳母、女侍以袖掩面，含泪告别，也同车离开。大臣殿目送着车子远去，哀痛欲绝，叹道：“平生之悲，莫悲于今日。”

此位公子因有生母遗言哀恳，并未放在乳母之处，朝夕留在父亲身边。三岁便行元服之礼，取名义宗[04]。日渐成长，容姿俊美、禀性优雅。大臣殿倍加爱怜，所以在西海漂泊期间，无论是浪上或船中，总是相依为命，未尝片刻分开。然而在战败被俘之后，今日是首次相见。

河越小太郎重房趋谒判官，问道：“小公子之事，如何处置？”答曰：“无须一同带到镰仓。汝等可在此就地解决。”重房旋即往告乳母、女侍道：“大臣殿将赴镰仓，小公子则留在京都。重房亦奉命随行，不在期间，将交由绪方三郎维义[05]代为照顾。好，请快快上车。”小公子不疑有他，坐了上去，喜道：“是否又如昨日，往见父亲大人？”显得天真无邪，令人喟然叹惋。车子由六条大

[04] 义宗：当作能宗，均读よしむね。详上注1。按：元服原为二十岁成人之礼，但在日本贵族或武家门第间，自平安时代起，则往往提早至十多岁，特别在十五六岁时行之。在三岁即行元服之礼，应属例外。

[05] 绪方三郎维义：九州豪族。本姓大神，传为大物主神（本体为蛇）之后裔。卷第八《三、麻线圈》章有其先祖出生神话，参注12。以后又已数见。

路朝东而去。乳母等惊讶道："唉，真奇怪。"正在满腹疑团之际，看见有武士五六十骑出现在附近，更加心惊胆战。车到贺茂河原便停住了。见地上铺了皮垫。重房道："请下车。"小公子下了车。迷惑不解，寻问道："到底将我带至何地何方？"乳母与女侍无言以对。有几个重房的部下，从左侧绕到小公子身后，腰刀掩在背后，简直便要举刀杀人。小公子看到，似乎要逃命求救一般，一头栽进乳母的怀抱中。武士们也难免心软，不忍强行夺人。乳母只管抱着小公子，呼天呼地。但天不应、地不理。其切骨悲痛之情，可想而知。

时刻飞逝，过了很久，河越小太郎重房含泪说道："事到如今，不管千言万语，已毫无用处，难于如愿。好，快快执行。"武士们于是从乳母怀中拉出小公子，使其俯首，一刀砍下，小头已滚落地上。勇猛的武士们身非木石，岂能无情？目睹惨状，莫不流泪。首级被取去让判官过目。乳母与女侍赤着脚紧追上去。哀求道："有何不便呢？至少请留下首级，以便祈其后世冥福。"判官觉得的确可怜，泫然泪下道："有此想法，诚属难得。理应归还，好好，赶快取去。"乳母接过首级，揣在怀里，哭着回京城方面去了。

五六日后，在桂川[06]有两个女人投水的事件。其中一人怀着一颗童子的头颅，沉在水中，是小公子的乳母。另一人抱着尸体，是伺候公子的女侍。乳母有其非殉死不可的大悲之愿，情有可原。但是连丫鬟般的女侍也陪着投水，世上难得一见，感人至深。

[06] 桂川：大堰川之下游。流经京都市西南，与贺茂川汇合，然后又与宇治川合流而成淀川。

十七 腰越

且说，大臣殿平宗盛在九郎大夫判官义经的陪同下，七日清晨过粟田口[01]。皇城好像已远在九霄云外。看到逢坂关的清水[02]，不由得落下泪来，咏道：

今日出帝京，坂关清水清；能否再逢坂，映我梦魂惊。

一路上大臣殿显得沮丧消沉，判官是性情中人，总是多方加以劝慰。大臣殿道："无论如何，此次万请救我一命。"判官道："也许流放远国或离岛。大概不至于丧失性命。万一如有意外，义经当以勋功奖赏换取足下之身。请安心。"大臣殿道："即使流放千岛[03]，与虾夷为伍，但愿能苟全于世。"直言不讳，实在不堪入耳。日数渐增。同月二十四日抵达了镰仓。

梶原平三景时赶在前面，禀告镰仓殿曰："如今日本全国无不臣服。唯有令弟九郎大夫判官殿恐将成为最后劲敌。何以故？一以知万[04]。一谷会战时，判官殿曾云：'一谷若非从后方悬崖俯冲而下，东西城门难破，岂能制胜？凡是

[01] 元历二年（一一八五）五月七日。粟田口：今京都市东山区，自山科通往大津之出入口，交通要冲。

[02] 逢坂关：在山城与近江国境之逢坂山。附近有涌泉，号清水。传在今大津市逢坂一町目处。

[03] 千岛：北海道以北之列岛，为虾夷族所居。

[04] 《荀子·非相篇》："以近知远，以一知万，以微知明。"

生擒者或死者首级，应先由我义经过目，却送与毫无战功之蒲殿[05]查验，是何道理？如果不将本三位中将平重衡[06]送过来，义经将亲自前往取之。’几乎闹成同室操戈。景时乃请土肥次郎实平监管三位中将殿，方得息事宁人。”镰仓殿频频点头，传令下去道：“今日九郎将到镰仓，各自做好准备。”大名小名得令，驰来聚集，不久，便达数千骑之多。

在金洗泽[07]设置关卡，接收了大臣殿父子后，便下令将判官赶回腰越[08]。镰仓殿自己则躲在护卫士兵七层八层的包围中，宣道：“九郎精悍过人、机灵无比，甚至能从此草席下钻出身来。但赖朝绝不让其得逞。”判官忖道：“自去年正月讨伐木曾义仲以来，又经一谷、坛浦之战，舍命消灭平家；且将神镜、神玺平安送还宫中；生擒平家大将军宗盛父子，押解至此献上。即使有任何疑虑，岂有拒见一面之理？若按常规，论功行赏，原以为至少可任九州总追捕使[09]或授予山阴、山阳、南海任何一道，以便固守地方，却仅奉命管领伊豫一国，又不许进入镰仓一步。实感意外，令人抱憾。何至于此？平定日本国者，岂非义仲、义经耶？且说同父兄弟之谊，先生者为兄，后生者为弟，仅此而已。欲治天下者，谁人不可治之？此次竟至吝于召见亲弟一面，而径欲逐之返京，何其可恨。不明不白，何苦乃尔？”

九郎大夫判官尽管牢骚满腹、唠叨终日，也无能为力。虽然屡次上书，力陈自己绝无二心，只因梶原景时的谗言，镰仓殿并不愿听信。判官无处申诉，

---

[05] 蒲殿：蒲冠者源范赖，一谷之战时担任正面军大将军。

[06] 平重衡：在一谷之战被俘，事见卷第九《十五、重衡被擒》章。

[07] 金洗泽：在镰仓市西、七里滨行合川西岸。

[08] 腰越：今镰仓市七里滨西端，在片濑东南，其南有江之岛。

[09] 总追捕使：朝廷所派，为追捕全九州各地盗贼、凶徒之最高官职。

乃含泪写了一封书信,使人送至大江广元[10]官邸。写道:

源义经惶恐敬白:

窃自承乏代官[11]之一,以敕命御使,消灭朝敌,终雪会稽之耻。方期论功行赏,不意竟遭恶言谗谤,莫大勋业,尽付东流。义经无辜而得咎,有功而受诬。罪莫须有,空洒血泪。不察谗言之曲直,甚而不许进入镰仓。披肝沥胆,无从申诉,徒费数日。此时既不准晤其一面,盖骨肉同胞之义已绝、宿缘已尽欤?抑或先世业因致之耶?悲哉。若非先父[12]尊灵再现,其可向谁诉此悲叹乎?其有人能哀而怜之乎?

再上此书,不无怨言。然义经身体发肤受之父母,不旋踵间,先严弃养,顿成孤儿[13]。寡母抱在怀中,投奔大和国宇多郡[14]以来,迄无一日有片刻心安之时。虽云此身得以苟存,而在京都,藏头露尾,出入危难,乃赴边疆远国[15]以为家,与土著百姓为伍。

然而时移物换、否极泰来。在讨伐平家一族而入京之前,先诛戮木曾义仲。而后为攻歼平家,或鞭骏马于峨峨悬崖,不顾性命以抗敌;或凌风浪于漫漫大海,不惜尸沉海底而喂鲸鲵。不仅

[10] 大江广元:大江匡房曾孙、惟光之子。元历元年(一一八四)镰仓幕府公文所别当兼因幡守。明法博士。参与幕府体制之建立,贡献良多。嘉禄元年(一二二五)殁,八十三岁(一说七十八岁)。

[11] 代官:此处指大将军源赖朝之代理职。

[12] 源义朝:官至左马头,故在此信原文中亦以“故头殿”(已故左马头殿)称之。

[13] 源义经之母为九条院杂仕常盘御前。义经出生后不到一年,父义朝便事败被杀(一一六〇年正月)。

[14] 大和国宇多郡:今奈良县宇陀市。

[15] 边疆远国:源义经逃出京都,接受奥州豪族藤原秀衡(?——一一八七)之庇护。按:秀衡官至镇守府将军、陆奥守。因收容义经而与源赖朝对立。

此也。所以枕甲胄而以弓箭为业者，无非为安抚父祖亡魂[16]之愤恨，完成长年消灭平家之夙愿。如此而已。何况义经补任五位尉，对本家而言实为要职，荣宗耀祖，可谓大矣。

然而如今却哀深悲切。若无佛神之助，何以传此泣诉？乃以诸寺诸社之牛王宝印[17]背面，书写祷文数通，向日本国中大小神佛表明并无异志、绝无二心。但犹未获谅察。

我国神国也。神不享非礼[18]。今所凭者无他，唯有足下广大之慈悲耳。若得吉便，转达家兄；设法宥我无辜，放我一命，则其积善之余庆及于家门，荣华得以永传子孙。义经则可展多年之愁眉，得一生之安宁。书不尽意，略表愚悃耳。义经惶恐谨言。

元历二年六月五日　　源义经谨上

因幡守殿[19]

---

[16] 源赖朝、义经兄弟祖父源为义于保元之乱，父源义朝于平治之变，皆败于平家而死。

[17] 牛王宝印：神社寺庙所发之除厄护符。牛王盖牛头大王之略；宝印：谓护符上印有梵文。平安末期以来，有以护符背面书写祷文之习。

[18] 二句已见卷第二《六、谏诤》章。参注25。

[19] 因幡守：大江广元（上注10）于元历元年（一一八四）九月十一日补山阴道因幡国守，翌年六月二十九日辞其国守职。

十八 大臣宗盛被斩

且说镰仓殿源赖朝与大臣殿平宗盛会面。隔着一个庭院，安排大臣殿坐在对面的屋子里，镰仓殿则垂帘遥对，着比企藤四郎能员[01]为使者，居间传话道："对平氏家人别无成见，更无恨意。况且，即使池禅尼殿[02]如何劝说，若无故入道殿[03]之允诺，赖朝岂能保住此命？死刑减为流罪，全赖入道殿之恩德。是以二十余年来安常处顺、无怨无尤。然而平家既成朝敌，法皇有旨，不得不奉命追讨。天下乃天子之天下，岂可抗旨不从？不得已也。今日终能相见，夙愿已偿矣。"能员过去传话，大臣殿正襟危坐，显得卑屈惶恐，极不光彩。在场的诸国大名小名之中，有不少京都人，也有平家族人。有人不屑地说："正襟危坐，一副诚惶诚恐模样，难道便能保命？在西国早该一死了之之人，竟被活活捉拿，押到此地，可谓自作自受。"

不过也有人为之流泪。其中有人道："'猛虎在深山，百兽震恐。及在槛之中，摇尾而求食[04]。'猛虎在深山时为百兽之王，无兽不敬畏而远之。一

[01] 能员（义员）：武藏国比企郡（今埼玉县比企郡）豪族。已见于卷第八《五、征夷大将军》章（注9）等处。

[02] 池禅尼：又称故尼御前、故池殿。平清盛后母。初见于卷第五《四、快马》章，参注15。

[03] 入道：平清盛。在《平家》中，清盛以入道殿、大纳言、太政大臣、净海、入道相国、禅门、平相国、六波罗殿等名称出现。

[04] 语出司马迁《报任安书》（《文选》四十一）。

旦被捕而关入槛中，则摇尾乞怜，威风扫地。同样，无论何等勇猛之大将军，一旦成为阶下之囚，其心必变。大臣殿亦不例外。”

且说，九郎大夫判官义经虽然屡屡申诉，却因梶原景时的谗言，一直得不到镰仓殿明确的答复，反而奉命“急速返京”。乃于同年六月九日，陪同大臣殿父子动身返回京城。大臣殿为处刑延期而稍感欣慰。一路上虽然觉得随时随地都可能行刑，但一国又一国、一宿又一宿地过去，却不见任何动静。尾张国有个地方名叫内海[05]。故左马头源义朝便在此伏诛，大臣殿战战兢兢，猜惧自己一定会在此受刑。但也安然通过了。于是信心稍增道：“由此看来，或可保住性命。”其妄想当然之心，可悲亦复可怜。其子右卫门督清宗忖道：“岂能妄想保全性命？因为天气炎热，只怕首级腐烂，必须等到京城附近，方可砍头而已。”但眼看大臣殿胆战魂惊模样，便觉心如刀割，不忍说出口来，只管自己唱经念佛。

日数渐增，京都渐近，终于抵达近江国筱原[06]驿站。判官为人极重情义，在离京尚有三日行程时，便派人先赶往大原，请来本性房湛豪法师担任善知识[07]。直至昨日，父子同行同止，而今晨却被强迫分开，不能再在一起。大臣殿心想：“难道今日是最后一日？”越想越惶悚不安，不禁泫然泪下，哽咽道：“右卫门督到底在何处？原想携手而死，即使头颅被砍，只剩尸骸，亦盼裹在同一席中。而今却生而离开，何其可悲。十七年来，未尝一日片刻分离。其所以不自沉海底而甘受污名之辱者，无他，亦为此儿。”

---

[05] 内海：今爱知县知多郡南知多町西北，在知多半岛西端。源赖朝之父义朝在逃难中被杀之地。

[06] 筱原：今滋贺县野洲市大筱原。

[07] 湛豪：传不详，当是大原来迎院念佛高僧。善知识：导人进入佛道之高僧或因缘。《摩诃般若经》：“一切种智，令人心入欢喜信乐，是名善知识。”《法华文句》四：“闻名为知，见形为识。是人益我菩提之道，名善知识。”

湛豪法师感喟不置，但怕自己心软，不肯示弱，强忍眼泪，开示道："如今不必担心令郎之事。纵使可以互见最后一面，亦将徒增彼此心中之悲而已。施主受生以来，纳福享乐，古今少见。贵为外戚而官至丞相[08]之位，今生荣华，一无所憾。今日有此劫数，亦缘由先世之宿业。不可怨时尤人。即如大梵王宫之深禅定乐，其乐并非无限[09]。何况是若电光如朝露之下界人命？忉利天之亿千岁[10]，仅如一梦。施主享年三十九，亦不过一时之间。谁尝不老不死之药？谁有东父西母之命[11]？以秦始皇之极奢，终埋骊山之墓[12]；虽汉武帝之惜寿，空朽杜陵之苔[13]。

"古人有言：'生者必灭，释尊未免栴檀之烟；乐尽哀来，天人犹逢五衰之日[14]。'

---

[08] 丞相：大臣之汉名。平宗盛为内大臣。

[09] 大梵王宫深禅定：大梵天王（色界十八天中之色界初禅天第三天）在其王宫进入深妙净寂之禅定境界。《往生要集》卷上：彼忉利天上亿千岁乐、大梵王宫深禅定乐，此等诸乐，未足为乐；轮转无际，不免三途。

[10] 忉利天：欲界六天之第二天。在须弥山顶，中有帝释天居处喜见城。四方有四峰，每峰各有八天，共三十三天（合忉利天）。住忉利天者可保寿一千年，其一昼夜等于人间界一百年，故谓"忉利天上亿千岁"。

[11] 东父西母：东父即东王公、东华地君。神仙领袖，与西王母并称，均长寿不死。俗传西王母领女仙，东王公领男仙。《神异经》："东荒山中有大石室，东王公居焉。长一丈，头发皓白，人形鸟面而虎尾。载一黑熊，左右顾望，恒与一玉女投壶。（下略）"西王母已见卷第十《八、横笛》章，详注15。

[12] 《史记·秦始皇本纪》三十七年"九月葬始皇郦山"。按：原文骊山为郦山或郦邑之误，今陕西省临潼县。

[13] 《汉书·武帝纪》：后元二年（前八七）"三月甲申葬茂陵"。按：原文杜陵为茂陵之误。白居易《海漫漫》："君看郦山顶上茂陵头，毕竟悲风吹蔓草。"《海漫漫》诗，见卷第七《三、竹生岛》章，注3所引。

[14] 语出大江朝纲《为重明亲王室家四十九日御愿文》，参卷第二《四、劝说》章，注31。栴檀之烟：释迦入灭之际，以栴檀、沉木为柴而火化之烟。天人五衰：欲界之天人（行善而得生天上之人）亦有五种衰相。详见卷第二《十、大纳言之死》章，注7。

所以佛祖云:'我心自空,罪福无主。观心无心,法不住法[15]。'倘能谛观善恶皆空,正合佛祖之意。何以故?弥陀如来历经五劫,思考如何救济众生,乃发无上殊胜之愿[16],我等何许人也?非在亿亿万劫之间,生死轮回、入宝山而空手回、恨中增恨、愚上加愚,不胜其伤叹者乎[17]?念佛往生之外,请勿存有他念。"说罢,为其授戒,劝其念佛。

大臣殿遇到如此善知识,庆幸之余,忽翻妄念[18],合十朝向西方,高声念起佛来。橘右马允公长[19]腰横大刀,从右侧绕到大臣殿身后。眼看便将一刀砍下,大臣殿忽然停止念佛,问道:"右卫门督已去否?"听来令人鼻酸。公长随即挥刀砍下,原以为头颅会落在背后,却滚到前面去了。善知识湛豪法师哽咽落泪。即使勇猛的武士也无不悲叹。至于行刑者公长是平家累代家臣,曾在新中纳言知盛家朝夕伺候。人人觉得不屑,纷道:"不管如何阿世取宠、奉迎新主,亦不必无情到此等地步。"而为之感到可耻。

其后,右卫门督也照例由湛豪法师授戒,劝其念佛。但问道:"大臣殿临终情形如何?"法师答道:"临终知命,从容伏法。请放心。"右卫门督含着感

---

[15] 语出《观普贤经》:"何者是罪,何者是福。我心自空,罪福无主。一切诸法,皆亦如是。无住不坏,如是忏悔。观心无心,法不住法中。诸法解脱,灭谛寂静。如是想者,名大忏悔。……行此忏悔者,身心清净,不住法中,犹如流水。念念之中,得见普贤菩萨及十方佛。"

[16] 《佛说无量寿经》上:"时彼比丘(弥陀如来),闻佛所说严净国土,皆悉睹见,起发无上殊胜之愿。其心寂静,志无所着。一切世间无能及者。具足五劫,思惟摄取庄严佛国清净之行。"按:劫为梵语劫波(劫簸)之略,意谓难于计算之极长时间,刹那之反义词。

[17] 《摩诃止观》卷四下:"徒生徒死,无一可获。如入宝山,空手而归,深可伤叹。"

[18] 妄念:指执着于生命、爱欲、财宝等俗念。

[19] 橘右马允公长:传不详。卷第九《十八、东逃西窜》章,有新中纳言平知盛家武士"清卫门公长",不知是否同一人。参该章注2。《吾妻镜》治承四年(一一八〇)十二月十九日条:"右马允公长抵镰仓,具于橘太公忠、橘次公成同行。是左兵卫督知盛卿家臣也。"

激之泪道："然则今已无可挂念。请速行之。"此次行刑者是堀弥太郎[20]。父子的首级由判官携往京都。两人的胴体则在公长的指示下，埋在同一墓穴。只因大臣殿生前有遗言说，虽然罪孽深重，死后盼能同穴，所以才有如此安排。

同月二十三日，大臣殿父子的首级抵达京都。检非违使等人前往三条河原验收，随即巡回大路，最后吊在狱门左边的樗木[21]上。自古以来，将三位以上的首级游街示众，或挂在狱门的做法，外国或有先例，我国则前所未闻。譬如平治之乱时，连恶名昭彰的藤原信赖[22]，虽然被砍了头，却也未在狱前枭首。到了平家，才首开其例。自西国押解返京之俘虏，沿六条大路向东游街；从东国运回入都之首级，在三条大路朝西示众。生者之辱、死者之耻。人之耻辱，莫此为甚。

[20] 堀弥太郎：名亲经。传不详。已见于本卷《十、能登殿之死》章，有其射杀飞驒三郎左卫门景经之场面叙述。

[21] 樗木：树名。散材。大而无用之树。在古日本则种在狱前，以悬吊死刑犯之头，作枭首示众之用。盖亦有所喻也。《庄子 · 逍遥游》：惠子谓庄子曰："吾有大树，人谓之樗。其大本拥肿而不中绳墨，其小枝卷曲而不中规矩。立之涂，匠者不顾。今子之言，大而无用，众所同去也。"

[22] 藤原信赖（一一三三——一一五九）：后白河天皇宠臣，官阶至正三位参议、权中纳言、检非违使别当。与源义朝联手发起平治之乱（一一五九），但败于平清盛，枭首于六条河原。

十九 重衡被斩

本三位中将重衡卿，去年便交由狩野介宗茂[01]监管，且已移至伊豆国。无奈奈良的僧众频频要求引渡。乃命源三位入道赖政之孙伊豆藏人大夫赖兼[02]，将重衡卿押解过去。押解路程并未进入京城，由大津经山科[03]，过醍醐路[04]后，日野[05]便在附近。重衡卿的夫人是鸟饲中纳言伊实[06]之女、五条大纳言邦纲卿养女[07]、先帝安德天皇乳母，号大纳言佐殿。三位中将在一谷被俘之后，夫人仍一直在先帝左右伺候。后来在坛浦投海，却被粗暴的武士救起，送回故里日野，投靠其姊大夫三位成子[08]。自从闻知中将譬如朝露的生命还挂在草叶之端，并未消失，便希望能再见一面。不要在梦中，而要实实在在的当面相见。然而始

---

[01] 狩野介宗茂监管平重衡，事见卷第十《七、千手姬》章，参注4。

[02] 源赖兼：赖政之子，非其孙。已见本卷《十一、神镜返京》章，参注28。

[03] 山科：今京都市山科区。东为醍醐山地，西有东山丘陵。

[04] 醍醐路：今京都市伏见区通往醍醐之道路。

[05] 日野：今京都市伏见区日野，醍醐在其南方。

[06] 藤原伊实：藤原伊通二男。正三位、皇太后宫大夫、权中纳言。永历元年（一一六〇）殁，三十七岁。并非平重衡夫人大纳言佐殿之父（参注7）。鸟饲为其邸宅所在地。

[07] 藤原邦纲：盛国之子。已见卷第三《三、皇子诞生》章（参注13）等处。卷第六《十、祇园女御》章叙其死（参注13）。重衡夫人为其亲女，非其养女。《尊卑分脉》："辅子，三位中将平重衡室、安德天皇御乳母，号大纳言典侍。"按：典侍即佐。

[08] 大夫三位：藤原邦纲长女成子，号大夫三位、从三位典侍。六条天皇乳母、参议成赖之妻。成赖已见卷第三《十九、城南离宫》章，注12，卷第五《三、怪物》章等处。即隐居高野山之宰相入道成赖。

终有愿难偿,除了哭泣,别无他法,只能含泪度日,过一日算一日而已。

中将重衡卿对押送的武士恳求道:“一路上,事事承蒙照顾,无微不至。非常难得,不胜感激。最后尚有一事相求,敢乞恩准。我无子女,故于此世并无后顾之忧。唯有妻室,多年来长相厮守,据说当下住在日野。盼能请假片刻,往见一面,以便交代身后来世之事。不知可否?”武士们不是木人石心,俱各陪着流泪道:“去去无妨。”立刻准其所请。中将大喜过望,便托人前去传话道:“大纳言佐殿住在此处否?本三位中将殿刻下经由此地,前往奈良,盼能进来一见。”夫人话未听完,急着问道:“何处,在何处?”便迫不及待,冲出了房间。只见一个身穿蓝布纹染直垂,戴折乌帽子的男人,又瘦又黑,靠在外廊站着。不是此人还有谁?夫人走近帘边,惊魂未定,道:“怎么,是梦是真?请快上来。”重衡听了,早已涕泗滂沱。夫人泪眼模糊、心慌意乱,一时说不出话来。

重衡掀起垂帘,伸头入内,如泣如诉地言道:“去年之春,理应在一谷之战阵亡之身,或因罪孽太重,反被生擒,游街示众,在京都与镰仓备受羞辱,已极难堪。现在又将交付于奈良僧众,自度难免受刑而死;如今最后竟然有缘再见芳容,朝露人生,已无所憾。原想奉送断发一束,出家修道,但无奈不获准许,亦无能为力。”边说边将一绺从额上垂下的头发,用牙咬断,送给夫人道:“姑且留此以为纪念。”夫人平时挂念丈夫,担惊受怕,已够悲苦;现在面对面,显得更加哀痛欲绝,说道:“自从别后,原想追随越前三位夫人榜样[09],投身海底。只因未尝有传闻说夫君已不在人世,不免妄想万一或可一如往常,再度见面。乃忍辱含垢、因循偷生,以至今日。不意今日一见竟是最后一面,何胜慨叹。亦曾一厢情愿,妄猜至今所以迟未行刑,或将罪降一等,可保性命。”如此这般,说从前话当下,但有流不尽者,唯有抑不住的盈眶泪水而已。

[09] 越前守三位平通盛夫人小宰相投海事,详见卷第九《十九、小宰相跳海》章。

夫人看了看夫君重衡的穿着，叹道："服装太过破旧，最好换一换。"说罢取出了窄袖夹衣与白色净衣。重衡换穿了，将换下的旧衣留下道："不妨留作纪念。"夫人随口应道："当然可以。不过若以偶然所书墨迹为纪念，更可传之久远。"便捧出笔砚来。中将重衡含着眼泪，写了一首歌：

难抑悲中泪，沾我旧衣裳。脱下当遗物，传世可久长。

夫人也随即写了一首：

换下旧衣物，岂有再穿时？今日当遗念，且遣别后思。

三位中将重衡道："后世有缘，必可再会。愿往生极乐净土同一莲叶上。天将垂暮矣。奈良离此尚远。武士枯等，谅已不耐其烦。"说罢便要起身离去。夫人紧紧抓住其袖，哀求道："别走，请多待片刻。"重衡道："请设身处地互相体谅。此身毕竟不是死里可以逃生之身。但愿来世再见。"说着便出去了。但一想到此别将成永诀，频频回头，恨不得再折回去。又觉得绝不可软弱，终于硬起心肠，头也不回地离开了。夫人匍匐在垂帘旁边，呼天唤地，声传门外。马步也迟迟不前。重衡泪眼盈眶、视线蒙眬，觉得此次贸然会面，徒增无谓的眷恋，反而后悔倒不如不见。夫人佐殿岂不想随后追上前去，但力有未逮，只管以袖掩面，俯首痛哭而已。

奈良的僧众接过囚犯后，聚会讨论。"提起重衡卿之为人，罪大恶极。所犯之罪不见于五刑之属三千[10]，须受修因感果之报[11]，乃理所当然。是佛法之

[10] 《尚书·吕刑》："墨罚之属千、劓罚之属千、剕罚之属五百、宫罚之属三百、大辟之罚其属二百。五刑之属三千。"《孝经·五刑章》："子曰：五刑之属三千，而罪莫大于不孝。"按：五刑之属列于先秦典籍时，佛教尚未传入中国。重冲之罪与寺庙僧侣有关，当然不在三千五刑之中。

[11] 修因感果：或曰修因得果。修善恶之因而感得苦乐之果也。

敌、叛国之臣，可先在东大寺、兴福寺外墙巡回示众，然后施之以锯刑，或加以埋身斩首[12]。”议论纷纭。老僧们则曰：“如此于僧徒之法恐有不妥。何不交与护卫武士，在木津附近砍之。”于是决定将重衡交还武士。武士便带着重衡来到木津[13]河边行刑。围观的僧俗大众竟有数千人，人山人海，难以估计。

三位中将重衡长年使用的武士中，有一个木工右马允，名叫知时，当时在八条女院供职[14]。为了想见证三位中将临终的情形，策马赶来。眼看行刑在即，只得挤开成千上万围观的人群，好不容易来到中将的身边，哭道：“在下知时想送主公最后一程，专诚赶来了。”中将道：“盛情诚然可感。只因罪孽深重，但愿拜佛伏诛，不知可以安排否？”知时道：“容易不过。”便与护卫武士商量，从附近的寺院中请来了一尊佛像。正好是阿弥陀如来。知时将佛像安置在河滩的沙地上，解下自己狩衣袖上的绳子，一端缠在佛像手上，一端让中将拿在手中。于是中将乃面向阿弥陀佛道：“如是我闻：提婆达多虽造三逆之罪，毁八万藏圣教经典，但释尊为其授记[15]，预言将成天王如来。其所造罪业固然深重，却幸遇圣教，因缘际会，逆缘[16]反成得道之因。重衡今生所犯逆罪，绝非出自本意，只为遵从世俗之规矩而已。欲保命者谁能蔑视王命？得受生者谁敢违背父意？王命父意皆无可辞。理之是非、事之善恶，但凭佛陀明鉴而已。

---

[12] 埋身斩首：原文掘颈，谓埋其身于土中，只露其头而砍之之刑。

[13] 木津：今京都府木津川市木津。已见卷第四《十一、高仓宫之死》章，注15。

[14] 此段至此句，文字与卷第十《二、宫中女官》章部分重复。关于知时与八条女院，参见该章注10、11。

[15] 提婆达多：梵文。又有地婆达兜、谛婆达兜、调婆达多等音译，简称调达。意译为授记，佛对修行者授其必能成佛之证言也。亦作记别或记莂。调达故事散见于《阿含经》《法华经・提婆品》《十诵律》等佛典。斛饭王之子、阿难之兄、释尊从弟。出家学神通，造三逆罪（出佛身血、杀阿罗汉、破和合僧），堕无间地狱中，痛苦不堪。阿难劝其皈依释尊。释尊为之授记，预言提婆达多善根已续，罪毕以后，当得成佛，号曰天王如来。

[16] 逆缘：违反佛法之恶业种种，反成皈依佛法之因缘也。

“有罪终归必有恶报，即在现下。我运我命，于今为止。悔恨无限，悲痛不已。唯三宝世界[17]以慈悲为心，济度良缘，所在多有。唯圆教意，逆即是顺[18]，此文铭诸肺腑。一念弥陀佛，即灭无量罪[19]。但愿化逆缘为顺缘，因今日最后之念佛，得以往生九品净土[20]。”说罢，高声十念[21]，引颈受斩。虽说从前罪恶昭彰、情理难容，但目睹当前行刑惨状，数千僧众或护卫武士无不落泪。重衡的首级由般若寺取去，悬在大鸟居前的钉子上；以其在治承会战时，在此督兵，烧毁寺中殿宇堂塔故也[22]。

重衡夫人大纳言佐殿悲伤之余，觉得尽管头颅已被砍去，至少也该设法取回胴骸，以便祭奠供养，所以派了一顶轿子出去找寻。原来胴骸仍然曝在原地，便放进轿中，抬回日野。夫人看了之后，哀痛欲绝，可想而知。直至昨日还是完好的遗体，因为天气炎热，不觉间开始腐化而变形。既不能长此搁置，便在附近的法界寺[23]，请来为数可观的僧侣，行了祭奠之礼。随后，大佛圣俊乘房[24]从中斡旋，征得奈良僧众同意，领回首级，送到日野。于是，将首级与胴体火化后，骨灰寄放高野山，在日野筑了坟墓。夫人从此出家为尼，为亡夫祈祷后世冥福，良可悲叹。

---

[17] 三宝：佛、法、僧，泛指佛法世界。

[18] 唯圆教意：天台宗圆满圆融之教，逆缘即是顺缘。语出《法华文句记》：“理顺即圆教。事逆即三教，唯圆教意，逆即是顺。自余三教，逆顺定故。”

[19] 二句语出《劝进往生论》。谓一称阿弥陀佛名号，一切罪业即可消灭也。

[20] 九品：净土分为九级（品）。见卷第十《五、受戒》章，注8。

[21] 十念：称念佛号十次。已见卷第四《十一、高仓宫之死》章，参注9，卷第十《五、受戒》，注12。

[22] 事见卷第五《十四、奈良火灾》章。般若寺在今奈良市般若寺町。

[23] 法界寺：真言宗。在今京都市伏见区日野西大道町。弘仁十三年（八二二）藤原家宗所创，以药师如来为本尊，号日野药师。

[24] 大佛圣俊乘房：名重源，法然弟子、右马允泷口季重之子，一说季重之孙。仁安二年（一一六七）渡宋，翌年归国。治承四年（一一八〇）东大寺大佛殿烧毁后，致力于其重建，人称大佛圣。建永元年（一二〇六）圆寂，八十六岁。按：日本称僧侣（特别是得道高僧）为圣。

卷第十二

『六代被斩』

大地震 一

平家覆亡，西国敉平。诸国由国司[01]统辖，庄园归领主管理，一仍旧惯。上下安堵。不意同年[02]七月九日午时，大地强震[03]，摇动良久。赤县之内，白河[04]之畔，六胜寺[05]皆震毁。九重塔[06]摇倒六层，得长寿院[07]三十三间堂坍塌者多至十七间。自皇宫以下，高门大户、处处神社寺院，甚至贫贱人家，无一幸免。崩塌之声如雷鸣，蹿升之尘似野烟。天暗不见日光。老少胆裂而魂飞，官民肠断而失神。远国近国莫不如是。

大地裂而涌水，磐石坍而落谷。山移填河而断流，海啸漫岸而冲地。海中行舟，浮沉无依；路上驰马，前后失据。洪水涨时，大可登山以保性命；猛火

[01] 国司：中央指派之各国长官，掌管户籍、财务、租税、征兵等地方事务。其下有守、介、掾、目等职。常与国守、受领等职称通用。

[02] 同年：后鸟羽天皇元历二年（一一八五）。

[03] 此次大地震，当时不乏记录。如《百练抄》："午时，地大震。其声如雷。……宫城之瓦、垣墙、并京中民屋，或破损或倒塌，无一所全好者。……法胜寺阿弥陀佛堂倒塌，九重塔破损。"

[04] 赤县：原指中国（赤县神州），唐宋时指京师直辖地区。在此喻当时日本之畿内。白河：贺茂川支流，白川流域一带。平安时代贵族邸宅区。

[05] 六胜寺：平安末期所建法胜寺、尊胜寺、最胜寺、圆胜寺、成胜寺、延胜寺之合称，在今京都市左京区冈崎一带。

[06] 九重塔：永保三年（一〇八三）建于法胜寺之八角九重塔。

[07] 得长寿院：平忠盛承鸟羽天皇敕愿所造，有三十三间堂。在今京都市左京区圣护院边。已见卷第一《二、宫中谋害》章，参注1、2。

起处，亦得渡河以避难。然而，最可悲者大地震也。既非鸟类，焉得翱翔而径入空中？不属龙种，岂能扶摇而直上云端？在白河、六波罗、京中埋死者，不计其数。

四大种[08]之中，水火风最常为害人间。大地则鲜有异变。到底何至于此，人人疑惑不解。无论上下贵贱，皆紧闭窗户。每遇天摇地动，便以为今日必死，声声念佛，哀天叫地，不忍卒闻。七老八十，甚而九十岁者，未尝想到世界末日即在今朝或明日，惶恐之余，不知所措。年幼者听了，吓得镇日哭个不停。

此时，后白河法皇正行幸新熊野[09]。因为伤亡惨重，已经触秽[10]，所以急速返回六条殿[11]。返回途中，法皇与臣下悲痛莫名。后鸟羽天皇乘着凤辇，停在池塘水边。法皇则住在立于南庭的帷屋[12]之中。后妃与诸皇子亲王，因为宫殿全面倒塌，或乘御舆，或坐御车，皆已离开他往。天文博士[13]赶来启奏道："今晚亥时至子时[14]，大地必再震动。"人人大惊失色，非恐怖二字所能形容。

古昔文德天皇之世，齐衡[15]三年三月八日有大地震，据说摇断了东大寺

---

[08] 四大种：佛教宇宙观中，以地、水、火、风为构成万物之基本要素，略称四大。《圆觉经》："我今此身四大和合。所谓发毛、爪齿、皮肉、筋骨、髓脑、垢色，皆归于地。唾涕、脓血、津液、涎沫、痰泪、精气、大小便利，皆归于水。暖气归火。动转归风。"

[09] 新熊野：后白河法皇迎祀熊野权现，以为镇守御所法住寺殿之熊野分社。已见卷第三《三、皇子诞生》章，详注34。

[10] 触秽：触及死秽、吊秽、产秽、月经等不洁而不适合祭神拜佛。在此指死秽。因地震而丧命者不计其数故也。

[11] 六条殿：原文六波罗殿，诸注皆以为六条殿之误。卷第九《一、生食与拓墨》谓后白河法皇行宫，"设在六条西洞院大膳大夫业忠的府邸"。

[12] 帷屋：屋形帐幕。见卷第十《十五、大尝会》章，注7。

[13] 天文博士：属阴阳寮，主司天文、历数。有异变则占卜上奏。当时天文博士为安部广基。

[14] 亥时至子时：今之下午九时起至翌日上午一时，共四小时之间。

[15] 文德天皇：第五十五代天皇（在位八五〇—八五八）。齐衡为其三年号之二（八五四—八五七）。

大佛的头部。又朱雀天皇天庆[16]二年四月五日大地震，皇上离开皇宫，在常宁殿[17]前立了五丈高的帷屋，暂住其中。此皆古代之事，无须赘言。此次大地震之惨象，不但空前，而且恐将绝后。何则？十善帝王蒙尘出奔，投身海底；大臣公卿游街示众，枭首狱门。自古迄今，怨灵作祟，祸害人间，至为可怖。此次异变因何而起，通情达理者心中有数，莫不痛心疾首。

[16] 朱雀天皇：第六十一代天皇（在位九三〇—九四六）。天庆为其两年号之二（九三八—九四七）。

[17] 常宁殿：后宫七殿之一，在承香殿北，贞观殿南，前有大庭院。

二 印染师

同年八月二十二日，高雄文觉上人[01]与弟子来到镰仓，胸前分别挂着源二位赖朝卿亡父左马头义朝与镰田兵卫[02]的骷髅。以前在治承四年，文觉上人所献者并非真正的左马头骷髅，只因急于怂恿谋反，随便找到一颗无名的古老头骨，以白布包着，权当策动的工具而已。如今，谋反大功告成，天下权势在握；文觉上人又来，才知道一直信以为真的竟然不是亡父的遗骨。

原来，往年有一个源义朝使唤过的印染师傅，看到义朝的首级一直悬在狱门之前，长久无人领回吊祭，乃往见当时的检非违使别当[03]，恳求获准收其首级。心想道："现在兵卫佐殿虽是流人，将来必然大有可为。发迹之后，或许会设法寻找。"便将首级藏匿在东山圆觉寺中[04]。文觉闻知其事，取得骷髅，也

---

[01] 高雄：指高雄山神护寺，在今京都市右京区梅畑清泷川右岸。文觉上人（一一三九—一二〇三）：远藤氏，俗名盛远。其策动源赖朝谋反、重建神护寺、庇护平维盛之子（六代）等事迹，详见卷第五《七、文觉苦修》《八、募化状》《九、文觉被流》《十、福原院宣》与本卷《七、六代公子》《八、泊濑六代》《九、六代被斩》等章。

[02] 镰田兵卫：名正清，源氏家臣。平治之乱后，与其主人源义朝在奔亡东国路上，同被杀害。已见卷第十《十、维盛出家》章，注6。

[03] 检非违使别当：原文用汉名大理，掌刑法之官。《礼记·月令》："命理瞻伤，察创视折。"注："理，治狱官也。有虞氏曰士，夏曰大理，周曰大司寇。"北齐以后，称大理卿。

[04] 圆觉寺：迹在京都市左京区北白川下池田町附近。原称粟田院，为藤原基经之山庄。第五十六代清和天皇（在位八五八—八七六）出家后，改为道场，号圆觉寺。现移右京区嵯峨水尾宫胁町。

请印染师傅相陪前来。

听说今日将抵达镰仓，源二位赖朝赶到片濑河[05]去迎候。在此换穿了灰色丧服，陪着灵，哭着回来。然后请文觉上人立在檐廊上，自己则站在庭院中，伸手接过父亲的头骨。场面哀凄。在场大名小名莫不潸然。

于是凿岩开山，新造道场，供祀父灵，号胜长寿院[06]。朝廷亦颇受感动，追赠故左马头义朝墓为内大臣正二位。此次敕使听说是左大弁源兼忠[07]。赖朝卿以武勇扬名于世，不但立功兴家，而且荣耀及于亡父，以至追赠官位。诚属难能可贵之至，可喜可贺。

[05] 片濑河：流经镰仓之西，在藤泽市片濑注入相模湾。

[06] 胜长寿院：祭祀源义朝之庙。其遗迹在镰仓市阿弥陀山。

[07] 左大弁源兼忠：权中纳言正二位源雅赖次子。此时官职应为权右中弁。已见卷第十一《十一、神镜返京》章趋迎神镜者名单中。

三 平大纳言被流

同年九月二十三日，镰仓殿向朝廷建议，宜将平家留在京城的余党，悉数流放诸国。结果是：平大纳言时忠卿流至能登国、其子赞岐中将时实流上总国、内藏头信基流安艺国、兵部少辅尹明流隐岐国、二位僧都全真流阿波国、法胜寺执行能圆流备后国、中纳言律师忠快流武藏国等[01]。或将浪迹于西海波上，或将飘摇乎东国云端。此去无所适从，后会不知有期[02]，茫无头绪。人人含泪而别。心中悲酸可想而知。

其中，平大纳言走访刻下住在吉田的建礼门院[03]，边哭边说道："时忠身负重罪，今将远赴谪地。同在京城之中，时想前来探望，并候起居，盼有所臂助，却未能如愿，颇以为憾。此去之后，风云难测，实在不敢想象。"建礼门院道："的确，平家残余唯有大纳言一人。如今同情而来访者尚有阿谁？"言罢，掩不住盈眶的泪水。

且说，此位平大纳言是出羽前国司知信之孙、兵部权大辅追赠左大臣时信

[01] 时实、信基、尹明、全真、能圆、忠快等人，已见于卷第十一《十一、神镜返京》章平家被生擒者名单中，参注6—9。

[02] 大江朝纲《鸿胪馆饯北客诗序》："前途程远，驰思于雁山之暮云；后会期遥，沾缨于鸿胪之晓泪。"已见引于卷第七《十五、忠度出奔》章，注3。

[03] 吉田：在今京都市左京区吉田本町。建礼门院：平清盛之女平德子、安德天皇之母。前已屡见。参卷第一《五、吾身荣华》章，注15。为《平家物语》灌顶卷之中心人物。

之子、故建春门院[04]之兄、高仓天皇之外戚。曾经享尽世上荣华与权势，炙手可热的人。其姊八条二位殿[05]又是入道相国平清盛的夫人，所以兼官兼职，如囊中取物，有愿必偿。职是之故，不到几年，便官至正二位大纳言[06]，三次出任检非违使别当。在检非违使厅期间，捉到窃盗强盗时，不管有无罪证，一律砍其右肘后加以放逐。因此人称恶别当[07]。去年法皇降旨西国，要求平家奉还天皇与三种神器时，在院宣御使花方脸颊烙上浪方二字者，便是此位大纳言[08]。

平大纳言是故建春门院的胞兄，法皇由于想念女院，有意让他留在京城以便时相见面，但因其种种恶劣行径，人所共愤，只好作罢。九郎判官义经与平大纳言有翁婿之缘[09]，虽然想尽办法，盼能免其流罪，也未能如愿。大纳言之子侍从时家[10]，今年十六岁，免受流刑，住在舅父时光[11]卿家；与其母帅典侍殿拼命抓住父亲的衣袖，觉得从此一别，将成永诀，极端不舍。大纳言道："人生在世，最后必有别离之日。"虽然故作镇定，但心中的悲伤不言而喻。

到了垂暮之年，终于不得不离开亲睦的妻子。一路上频频回顾久已住惯

[04] 建春门院：或简称女院。后白河法皇后妃之一，高仓天皇之母、平时信之女平滋子。安元二年(一一七六)崩，三十五岁。前已数见。参卷第一《十、立东宫》章，注2。

[05] 二位殿：平清盛之妻，名时子。建礼门院之母。又称二位尼。

[06] 平时忠于治承三年(一一七九)正二位，寿永二年(一一八三)任权大纳言。

[07] 恶：有严苛、粗暴、残酷、刚猛之意。据《百练抄》治承三年五月十九日条："别当时忠卿，切强盗十二人右手，悬之狱门。"按：检非违使长官曰别当。

[08] 天皇：指安德天皇。当时院宣御使是御坪召次花方(花形)，见卷第十《二、宫中女官》章，注8。平大纳言烙其颊事，见卷第十《四、复文》章。

[09] 翁婿之缘：平大纳言时忠曾以女儿嫁与源义经，事见卷十一《十五、文件箱》章。

[10] 侍从：在天皇之侧，负责提醒过失、遗忘之官，类似唐朝之拾遗。时家：时忠之子、时宗之弟。据《尊卑分脉》，为侍从者是时宗，非时家。

[11] 藤原时光：中山中纳言藤原显时之子、行隆之弟。时忠之妻帅典侍为时光之妹。

的京城，逐渐隐没在天边，踏上了从前只闻其名的越路[12]之旅。有人相告曰，彼处是志贺、唐崎[13]，此边是真野河口、坚田浦[14]。大纳言泣涕涟涟，咏歌道：

此去成永诀，坚田愁郁结。泪如网中水，漏眼流不绝[15]。

昨日浪迹西海波上，怨憎会苦[16]之恨郁积扁舟之内；今日埋没北国雪下，爱别离苦[17]之悲交付故乡之云。

[12] 越路：北陆道之古称，亦指前往北陆道之路。按：平时忠之谪地能登国为北陆道七国之一，位于能登半岛，今属石川县。时忠流放时五十六岁，四年后文治五年（一一八九）死于谪地。

[13] 志贺：琵琶湖西岸，今滋贺县大津市滋贺里。唐崎：今大津市下阪本，在志贺之北。

[14] 真野：今大津市真野，真野川注入琵琶湖之河口一带。坚田浦：在琵琶湖西岸，真野之南。

[15] 按：坚田之坚与艰难之艰双关，谓别后难于再见也。渔网漏眼之水与眼泪不止双关。

[16] 怨憎会苦：八苦之一。不得不与可怨可憎之人聚会之苦。《涅槃经·圣行品上》："怨憎会苦，所不爱者而共聚集。"按：八苦指生苦、老苦、病苦、死苦、爱别离苦、怨憎会苦、求不得苦、五阴盛苦。

[17] 爱别离苦：八苦之一。指父子、兄弟、夫妇等相爱之人不得不分离之苦。《四谛论·分别苦谛论》："复次若众生疑、闻见、忆念、亲爱别离、忧悲苦生，是故名爱别离苦。"

四 土佐房被斩

且说九郎判官义经在京都，属下有大名[01]十人，原是镰仓殿赖朝所派任，私下风闻义经蒙受猜疑，便暗中商量，一个接一个都回镰仓去了。义经与赖朝不但是亲弟兄，又有谊同父子之约。而且自去年正月追杀木曾义仲以来，屡次战胜平家，今春终于全加消灭。天下安定，海内平稳。原应论功行赏，不知缘何有此传闻；上自法皇，下至万民，莫不疑团满腹。追根究底，盖因今年二月，船队集结在摄津国渡边，即将渡海攻击屋岛之前，为了要不要装设逆橹而引发争辩[02]；梶原景时感到自己不受尊重，怀恨在心，屡进谗言之故。赖朝觉得抑或实有谋反之意，如果派遣大批大名进京，对方可能犯疑，必将拆除宇治、势田等处的桥板，甚而引起京城的骚动，反而坏事。于是召见土佐房昌俊[03]，嘱道："和僧[04]，可进京假装参拜寺社模样，伺机而杀之。"昌俊唯唯诺诺，也不回住处，向赖朝告辞后，径奔京都而去。

同年九月二十九日，土佐房抵达了京都，但当日并未立刻晋见九郎判官。昌俊上京之事义经已有所闻，乃使武藏坊弁庆前往招呼，不久便相伴而来。判官问道："如何，无镰仓殿之书信乎？"答道："既非有甚大事，所以并无书信。

---

[01] 大名：前已数见。领有广大土地之地方豪族武士。此处他本或仅作"侍"（武士）。

[02] 逆橹之辩，事见卷第十一《一、逆橹》章。

[03] 土佐房昌俊：或作正俊。系谱不详。其名已见卷第十《十四、藤户》章，参注14。

[04] 和僧：亦作我僧（わそう），当时高位者对僧侣之昵称代词。

仅嘱贫衲传话云：'至今京都所以安稳平静，全靠判官殿在此驻防。尔后亦宜不改初衷，妥善守护，不得有误。' 如此口头交代而已。"判官道："不止是如此交代吧。汝乃奉命来京谋害我义经之使者，是也不是？镰仓殿大概下令说：'如果派遣众多大名进京，对方可能犯疑，必将拆除宇治、势田等处桥板，甚而引起京中京郊骚动，反而坏事。和僧，汝可进京，假装参拜寺社，伺机而杀之。'一定是这般吩咐无疑。"昌俊大惊，回道："当今争有此事，何以言之？贫衲素有参拜熊野之愿，所以前来京都。"

此时判官说道："只因梶原景时之谗言，镰仓殿既不准义经进入镰仓，亦不肯与义经会面，藉以聊表兄弟之情。何以故？"昌俊道："关于此事贫衲一无所知，问心无愧。愿呈誓文[05]以表清白。"判官道："无论如何，镰仓殿显然心存芥蒂，不怀好意。"语气严厉，怒形于色。昌俊为了当场保命，立即写了七份誓文，或烧成灰而拌水饮之，或奉纳于神社之内。乞准回到宿所后，火速通知大番众[06]武士，准备当晚便进行攻击。

判官最宠爱的女子名阿静，是白拍子矶禅师的女儿[07]。阿静从未片刻离开过判官身边。阿静道："听说大路上到处都是大番众武士。此处不曾下过召集令，而竟有众多武士啸聚街头，大不寻常。可能与今日写誓文的法师不无干连。应该派人伺探为是。"判官手下有六波罗故入道相国使用过的秃童[08]

---

[05] 誓文：原文起请文。向神佛发誓自己言行清白，如有虚伪，愿受惩罚之文书。

[06] 大番众：或称大番役或大番组。由诸国轮流上京维护御所与京城治安之武士。任期原为三年。镰仓时代以后，改为六个月或三个月。

[07] 白拍子：平安后期流行之歌舞种类，见卷第一《六、祇王》章，并参注1。矶禅师母女：传不详。吉田兼好《徒然草》(一三三一) 二二五段："通宪入道从舞者中选出有兴趣者，着由矶禅师教之舞。……禅师之女名阿静，继承其艺。"

[08] 秃童：平清盛生前用以侦探与压制异议者之年轻情报人员，恶名昭彰，形同混混。见卷第一《四、秃童》章，参注6、7。

三四人，便从其中派了两人出去查看。然而过了许久也不见回来。估计或许女人反而比较安全可靠，于是又派了一个女仆出去。不久女仆跑回来禀告道："有似秃童者二人在土佐房住所门外被杀，倒在地上。住所旁边挤满套鞍的战马。大帐篷内武士人人戴盔披甲，持弓负箭，准备出发作战。了无参拜佛寺神社之状。"判官一听，立刻站起身来。阿静取出铠甲。判官急忙披上，仅系了双肩纽带。手持腰刀，冲到中门。骑上备好的马，喊了声"开门"，便在门口等着敌人来袭。少顷，果然有四五十骑，全副武装，出现在门口，呐喊叫阵。判官踩镫站起，大声道："不管夜袭或昼战，在日本国中，能轻易打败我义经者从未遇过一人。"仅只一骑向前驰出。敌方约五十骑无人迎战，都快速闪开，让出一条路来。

便在此时，伊势三郎义盛、奥州佐藤四郎兵卫忠信、江田源三、熊井太郎[09]、武藏坊弁庆等一以当千的勇士，前后赶来助阵。随后听见有人大喊道："官邸遭到夜袭了。"于是武士们从彼营房、由此宿舍，一个接一个火速出现。转瞬间聚集了六七十骑之多。土佐房昌俊方面虽然勇猛喊战，但刀枪都尚未正面接触，便已逃散四方。活命者少，死亡者多。昌俊侥幸死里逃生，躲进鞍马山中。只是鞍马山是判官曾居之地[10]，所以当地的法师捉了土佐房，次日送到了判官住处。听说土佐房被捉时，躲在僧正谷中[11]。

土佐房被安置在中门内大庭中。身穿褐色布直垂，头缠首丁头巾[12]。判

[09] 江田源三、熊井太郎：二人均为源义经忠实部下。传不详。在卷第九《七、三草点将》章同时出现后，已数见其名。

[10] 卷第十一《三、嗣信之死》章："平治之乱时，有一小冠者（指义经）父亲战败被杀，变成孤儿，先在鞍马寺当童仆。"

[11] 僧正谷：位于鞍马山西北、鞍马寺与贵船神社之间。有魔王堂，传为鞍马天狗太郎房之家。

[12] 首丁头巾：他本作繻张头巾或出张头巾，皆不同当字。僧兵或法师武者出阵时所缠头巾。多为黑色，巾尾幅宽，垂脑后。

官笑道:“如何和僧,呈了誓文,反受神谴?”土佐房心如止水,毫不慌张,正襟危坐,苦笑道:“无事生非,谎言连篇,是以受罚。”判官:“重主公命令而轻一己之性命。忠心耿耿,诚然可嘉。和僧,万一性命难舍,可放回镰仓,若何?”土佐房:“何言之大谬也,岂有此理?若说不舍,难道有意相救?虽然身为法师,既承镰仓殿以为能除判官殿者,非贫僧莫属,故而已将性命献与镰仓殿矣。如何能再取回?但请速速砍下此头,感恩不尽。”判官曰:“既然如此。”便着将土佐房押到六条河原斩决。人人对其纯忠无不感叹赞赏。

五 判官出奔

且说源赖朝有一个杂役，名叫足立新三郎[01]，送给了九郎判官义经道："此人身份虽低，但绝顶聪明，无人能及。可以使用。"而私下却嘱咐道："窥探九郎言行，随时回报。"新三郎看见土佐房昌俊被斩，便夜以继日，驰回报告。镰仓殿赖朝另派舍弟三河守源范赖上京讨伐。范赖再三推辞。不果。只得穿甲戴盔，前来道别。不意赖朝竟出言警告道："勿学义经之所为。"一听之下仿佛晴天霹雳，惊恐之余，脱掉盔甲，停止上京。然后，为了表示自己绝无二心，每日昼间起草誓文十张，夜间在中庭一再朗读。百日中写了千张誓文，但徒费时日，毫无灵效，毕竟还是被杀了。

其后，听说镰仓方面以北条四郎时政为大将，将派杀手进京谋害。判官得到消息后，计划逃往九州地区，因而想起了绪方三郎维义[02]。此人在九州具有抗拒平家，甚至加以驱逐出境的势力。判官谓之曰："请助我所愿。"维义道："既然如此，贵部属中有菊池二郎高直[03]者，是在下多年来之仇敌。但愿得其人而砍其头，然后甘为牛马走。"判官二话不说，便将高直交给维义，拉到六

---

[01] 足立新三郎：生卒年不详。一本作安立新三郎清经。亲父为近江国浅井北郡一老翁，曾隐藏逃亡中之源赖朝。赖朝以老翁子为足立家养子，取名足立新三郎。

[02] 绪方维义：丰后国大野郡绪方庄豪族。有关其家世，见卷第八《三、麻线圈》章，参注12。其驱逐平家出九州，事见同卷《四、撤退大宰府》章。

[03] 菊池高直（隆直）：肥后国菊池郡豪族。前已数见。参卷第七《十三、圣上出奔》章，注2，卷第八《二、名虎》章，注3等。

条河原砍了首级。此后维义对判官唯命是从，不遗余力。

同年十一月二日，九郎大夫判官义经晋谒法皇御所，由大藏卿泰经[04]朝臣居中上奏道："臣义经事君，一向忠贞不渝。事到如今，已毋庸赘述。然而赖朝听信部下谗言，必欲置义经于死地而后快。臣以为或宜暂时前往九州避难。是故敢乞院厅赐一公文。诚惶诚恐，不胜感激之至。"法皇不置可否，回头与诸公卿商议道："赖朝若知此事，不知将有何反应？"诸公卿众口一词道："若义经留在京都，关东大军必借题进来，京都兵乱将无已时。如果放之远国，则可暂保无此忧虑。"旋即下达法皇院旨：自绪方三郎以下，臼杵、户次、松浦党等所有镇西武士，皆应奉义经为大将，听其指挥，不得有违。于是，义经于翌日卯时带领五百余骑兵马，悄悄离了京城。人不知鬼不觉，并未引起任何骚动。

摄津国源氏太田太郎赖基[05]道："既然路经我国门前，岂有不放一箭之理？"乃追到川原津[06]进行攻击。判官有五百余骑。太田太郎只有六十余骑，被包围在当中。义经道："一个不剩，不得有人漏网。"杀得落花流水。太田太郎自己负了伤，家臣部下多数战死，马腹中箭，不得不退却。判官取下敌人首级，供祭战神，认为"出门大吉"，喜出望外，即从大物浦[07]乘船出海。然而天意难测，西风忽起，竟被惊涛骇浪漂至住吉浦[08]，便顺势躲入了吉野山中。吉

[04] 高阶泰经：后白河法皇近臣。初见于卷第三《十六、大臣流罪》章，注33；又见于卷第十一《一、逆橹》章，注1等处。

[05] 太田赖基（赖元）：其名已见卷第四《三、源氏名录》章。大和源氏。太田太郎赖资之子。

[06] 川原津：地点不详。盖摄津国河边郡大河尻边地名。在今大阪市东淀川区。

[07] 大物浦：摄津国尼崎海岸，今兵库县尼崎市大物町淀川河口古时要港，现已内陆化。

[08] 住吉浦：今大阪市住吉区海岸。

野僧兵[09]来攻，便退至奈良。奈良僧兵[10]来袭，便逃回京都。然后辗转北国，最后来到奥州[11]。离京时随行的女子十多人，都在住吉浦被抛弃不顾。落得在松树下、沙滩上，或乱踩衣服出气，或伏在长袖上哭泣。住吉神社的几位神官觉得怜悯之余，设法将她们全都送到京城去了。

至于判官所倚重的叔父信太三郎先生义宪[12]、十郎藏人行家、绪方三郎维义等人的船只，都被狂风巨浪冲上此小岛或彼海岸，互相失去了联系。许多人认为此次忽然刮起西风，也是平家怨灵作祟所致。

同年十一月七日，北条四郎时政[13]以镰仓源二位赖朝卿代官衔，率领六万余骑入京；上奏请旨追讨伊豫守源义经、备前守源行家、信太三郎先生源义宪事，旋即院宣如奏。本月二日才依义经之所请，院厅降旨准其抗拒赖朝；而今同月八日又因赖朝之呈文，颁下院宣以追讨义经。朝令夕改，反复无常。世事变幻莫测，良可悲叹。

---

[09] 吉野僧兵：指吉野金峰山藏王堂、如意轮寺等处之武装修验道僧侣。

[10] 奈良僧兵：指奈良兴福寺、东大寺等处之武装僧兵。

[11] 奥州：指源义经往平泉，投奔陆奥国豪族藤原秀衡。

[12] 义宪：其名已见卷第四《三、源氏名录》中。源为义之子、义经父义朝之弟。行家：义宪之弟，均为义经叔父。先生：带刀先生之略，指在东宫保护皇太子之带刀长官。

[13] 北条时政：源赖朝岳父。已见卷第五《四、快马》章，详注2。

六 吉田大纳言

且说，镰仓殿源赖朝又兼任日本国总追捕使[01]，便上奏朝廷，请求订定按段上缴军粮之法[02]。《无量义经》中，虽有消灭朝敌者可赐半国之说[03]，但我朝尚无其例。法皇道："此一请求显然过分。"诸公卿则开会决议："赖朝卿所请不无一半道理。"而准其所请。于是赖朝便在诸国设置守护[04]，在庄园派任地头[05]。从此管理严格，连一毫田地也无法隐瞒。

镰仓殿提出此等措施时，尽管公卿所在多有，还是商请吉田大纳言经房[06]卿居中上奏。此位大纳言为人有严正公允之誉。过去一心攀附讨好平家之辈，在源氏发迹之后，或投递书信，或遣来使者，极尽阿谀逢迎之能事，经房

[01] 总追捕使：源赖朝奏请所设专司一国或数国警备、租贡、守护之职。后改称守护。全日本之总追捕使则由征夷大将军兼任之，有任免、指挥地方守护之权。

[02] 段：原文（或古籍）作反（たん）。田地面积单位。一段约九九二平方公尺。当初规定，每段需缴粮米五升（约九公升）。

[03] 《无量义经·功德品》："譬如健人为王除怨。怨既灭已，王大欢喜，赏赐半国之封，皆悉与之。"

[04] 守护：源赖朝在诸国所设武官职，与国司并立，管理兵马、警卫、治安、刑事等事务。

[05] 地头：与守护同时设置，掌诸国公领与庄园年贡岁收、土地管理、警察裁判等权。

[06] 吉田大纳言经房：藤原氏北家。官至权大纳言（一一九八），此时犹在中纳言之职。已以勘解由小路中纳言经房之名见于卷第八《一、临幸山门》章，详注16，卷第十一《十一、神镜返京》章，参注22。

卿却一概不加理会。怪不得当年平家幽禁法皇于鸟羽殿[07]，设置后院别当[08]时，便由勘解由小路中纳言[09]出任其职。经房者何许人耶？权右中弁光房朝臣[10]之子是也。十二岁丧父，成为孤儿，然而官运亨通，步步高升：兼任五位藏人、右卫门权佐、弁官[11]三要职后，经藏人头，晋升参议大弁[12]、大宰帅[13]，终至正二位大纳言。一路越人而升，从未落在人后。谚云：人之善恶，譬如锥处囊中，其末立见[14]，岂能久隐？诚可谓难得一见之人物。

---

[07] 幽禁法皇事：见卷第三《十八、幽禁法皇》章、同卷《十九、城南离宫》章。

[08] 后院别当：上皇、太上皇、太皇太后、皇太后之御所，通称后院，各置长官曰别当。按：在此所提后院，是指幽禁法皇之鸟羽殿或指法皇原住御所法住寺殿，译注者间互有不同认定。

[09] 勘解由小路中纳言：即经房。按：底本原文作“勘解由小路中纳言此经房卿二人”。他本作“八条中纳言长方卿与此经房卿二人为别当”。注家多以为将二人混为一人所致，盖长方曾任新院别当，未尝任后院别当也。岩波书店《平家物语》（日本古典文学大系33）建议删除底本原文中“此”与“二人”三字。兹从其说而径译之。经房于法皇被幽禁鸟羽殿后，不到二旬，即于治承三年（一一七九）十二月出任后院别当。

[10] 权右中弁光房朝臣：左大弁参议藤原为隆之子。久安六年（一一五〇）权右中弁，久寿元年（一一五四）殁，四十六岁。

[11] 弁官：太政官之事务官。处理宫内庶务、宣旨、官府等文书之类。经房当时兼任左少弁。

[12] 参议：太政官所置令外要职，仅次于大中纳言。大弁：弁官局长官，分置左右。

[13] 大宰帅：大宰府长官，置筑前国（今福冈县）筑紫郡，主司西海道（九州）诸国行政、外国使节接待、海边防卫等事务。

[14] 《史记・平原君列传》：“夫贤士之处世也，譬若锥之处囊中，其末立见。”

七 六代公子

北条四郎时政心生一计，宣布道："凡搜出平家子孙者，通通有奖，必能如愿以偿。" 京城中有熟悉街坊内情者，为了奖赏，穿街转巷，拼命搜寻，看来很不光彩，但也因而搜出了不少所谓的平家子孙。有的虽是下人的孩子，只因长得面貌清秀，便被指称是某中将的少爷，或是某少将的公子。孩子们的父母虽然极力否认，却听见说：此儿有监护人作证；此儿有乳母承认了。在争吵不休中，其较年幼者或被溺毙或遭活埋；儿童稍大者或被刺死或遭砍杀。母亲悲泣，乳母哀鸣。惨绝人寰，难以言喻。北条时政自己是子孙满堂之人，目睹如此惨状并不以为然。然而识时务者为俊杰，只好视若无睹了。

其中有小松三位中将维盛殿的公子，昵称六代[01]，是平家嫡系嫡子。听说年龄也已长大成人。无论如何非找到不可，乃派人分头暗中寻觅，却徒劳而毫无结果。便在时政即将启程赶赴镰仓复命前，有一女人出现在六波罗[02]，报告道："由此往西，在遍照寺[03]后方有山寺，寺名大觉寺[04]；其北有菖

---

[01] 六代：平维盛嫡子。维盛幼名五代，故以六代昵称其长男。文觉上人弟子，法号妙觉。已见卷第七《十四、维盛出奔》章，参注2。此时十二岁。

[02] 六波罗：原是平家一族聚居地区，北条时政在京都时亦设其官邸于此。

[03] 遍照寺：在今京都市右京区广泽池之南、大觉寺之东。始创于第六十六代一条天皇永祚元年(九八九)。初代住持为宽朝僧正。

[04] 大觉寺：在今京都市右京区嵯峨大泽町。古义真言宗大本山。原为第五十二代嵯峨天皇(在位八〇九—八二三)之离宫，于清和天皇贞观十八年(八七六)改为佛寺。

蒲谷[05]，小松三位中将殿之夫人、公子、公主，皆住在该处。”时政立刻派人随着报案女子，前往菖蒲谷中搜索。果不其然，在一所僧坊发现许多女人与幼童住在其中。透过篱笆缝隙向内窥望，恰巧看到一只白色小狗跑了出来，后面跟着一个眉清目秀的少年。接着出现了一个像是乳母的女人，急道：“哎呀不行。糟了。不定有人瞧见了。”便将少年拉了进去。时政派来的人断定此乃公子无疑，赶忙回去报告。翌日，时政率队前往菖蒲谷，团团包围了该所僧坊，使人前去宣道：“据说平家小松三位中将殿少爷六代公子在此，镰仓殿代官北条四郎时政专程前来迎接。请尽快将公子交出来。”母亲听了，吓得惶然茫然，几乎昏了过去。

斋藤五、斋藤六[06]到屋外环视一周，只见许多武士密密围住了四方，想逃也无处可逃。乳母伏在公子面前放声大哭。自从来此隐居，忍辱偷生，平日连说话都不敢出声，现在却全家一齐嚎啕大哭起来。北条听在耳中，怀着愧疚，拭着眼泪，耐心等着。良久之后，才又派人转告道：“世上仍甚不平静，唯恐有人骚扰滋事，是以前来迎接。别无用意。请快送人出来。”公子于是禀告母亲道：“反正终究想逃也逃不了，即请立刻将孩儿交出去。若待武士强行进来搜捕，动粗施暴，必更难堪。孩儿虽然离开，如能暂保性命，当可获准回来探望。请勿太过伤心。”其恳切劝慰之状，实在可爱又可怜。

既不能长此僵持下去，母亲只得边哭边替公子梳了头发，换穿了衣服。正要送公子出门时，却又回头取出了一串美丽的黑檀小念珠，交于公子道：“持此念珠唱佛，直至最后，当可往生极乐。”公子接过念珠，道：“今日拜别母亲大人之后。无论如何，发誓寻访父亲所在之地。”语气中真情流露，可悲可悯。

---

[05] 菖蒲谷：在北嵯峨大觉寺北方，与高雄神护寺之间，有菖蒲谷池。又称菖蒲泽。

[06] 斋藤五、斋藤六：斋藤别当实盛之子。维盛出奔时，曾托付二兄弟留京照顾六代。事见卷第七《十四、维盛出奔》章，注8。

十岁的妹妹公主听到了，哭道："我也要去父亲所住的地方。"嚷着跑了出去，乳母适时将她拉了回来。

六代公子今年虽仅十二岁，但比一般十四五岁的成人更像成人。而且秉性优雅，相貌出众。因怕敌人看到自己的懦弱，赶紧以袖掩面，只是抑不住泉涌也似的泪水。终于坐上了轿子。起轿了，武士们围护在前后左右。斋藤五、斋藤六跟随轿子，一左一右。北条叫人让出两匹备马给两人骑。两人婉拒。从大觉寺一直徒步跟着跑到了六波罗。

母亲与乳母呼天抢地，哭得死去活来。哀恸道："听说近几日来，平家子孙被搜捕者不少，或遭溺毙或活埋，或遭刺死或砍杀。不知我儿将受何种刑法？已经稍有大人模样，难道说会被斩首？有人将小孩托付于乳母养育，虽然只能偶尔相聚，母子之情却依然难舍难分。何况此儿自呱呱坠地以来，未尝一时片刻离开身边；我夫妇二人仿佛拥有他人所无之宝，朝朝暮暮，亲自抚养长大。至于夫婿离去之后，顿失依靠；所剩慰藉唯有一男一女，恒在左右。如今一女犹在，一男已离身边。而今而后，不知如何是好。此三年间[07]，夙夜提心吊胆，自分迟早必将有事，岂知竟然近在昨今。几年来虔诚深信长谷观音[08]，而爱子仍被逮捕，岂不可悲？恐怕今已丧命矣。"喃喃自语，只闻吞声饮泣而已。

夜已深。夫人胸次郁结，怨恨交加，不能入睡，对乳母说道："方才睡意迷糊中做了一场梦，看到小儿骑着白马，说：'眷眷之念，无时或已。所以乞假回来探望阿母。'便紧靠在身边，面容憔悴，哽咽泣诉，双眼潸然。但不一会惊醒

---

[07] 三年间：指自其夫平维盛出奔之寿永二年（一一八三）七月至文治元年（一一八五）十二月，大约三个年头（超过二年，不满三年）。

[08] 长谷观音：在今奈良县樱井市初濑长谷寺。原为法相宗，以十一面观音为本尊。创于第四十代天武天皇（在位六七三—六八六）之世。其后成为圣武天皇敕愿寺。天正年间（一五七三—一五九二）再兴，自法相宗变成真言宗丰山派总本山。

过来，觉得如真似幻，急在身边寻找，却空空如也，渺无人影。尽管是梦，也稍纵即逝，不得不醒。可恨可悲，莫过于此。”乳母也陪着流泪。秋夜迟迟，东方渐白。泪落如雨水，几可浮床。

秋夜固长，亦有其限。鸡人报晓[09]，天色大白。斋藤六回来了。夫人问道：“如何如何？”答道：“至今平安，别无大事。有书信在此。”说着拿出信札来。打开一看，只见写道：“辱承牵挂，深堪歉疚。迄今别无大事。唯颇以家中诸人为念。”口气仿佛大人。母亲看了，一言不发。将信揣进怀中，俯首掩泣。心中之悲恸可想而知。时刻推移，不觉间已过良久。斋藤六道：“无时无刻不在惦念公子安危，最好还是回去探看。”夫人于是边哭边写了回信。斋藤六带着信便告辞而去了。

乳母坐立难安，焦躁之余跑到外面，流着眼泪，在附近信步来回走动。偶然遇见一陌生人，承告之曰：“在此高雄山中有山寺[10]。住持上人文觉房是镰仓殿最为倚重之人，正欲寻得一贵胄为弟子。”乳母喜出望外，也不通知夫人，径自寻访高雄山，求见上人道：“有不情之请。有一贵公子生后即由老身乳养，今年十二岁。昨日被武士抓去了。能否救其一命，收为弟子？”说着，俯伏在上人面前，放声大哭。简直是一副濒临绝境、无计奈何的样子。上人极为同情，乃询问个中细节。乳母直起身来，哭道：“是平家小松三位中将夫人所收养某亲戚之后，大概有人密告，以为是中将的公子，所以昨日有武士前来逮走。”问道：“武士是谁？”答道：“自称是北条。”上人道：“好，好。此刻便去探问内情。”说罢立即出门去了。上人之言虽然未必可靠，但既然如此说了，宁愿信以为真，心里稍感踏实，便赶回菖蒲谷大觉寺，向夫人禀报此事。夫人道：“原以为你出去投水了。

[09] 鸡人：夜间报时之吏。已见卷第六《二、红叶》章，参注8。

[10] 山寺：指山城国葛野郡高雄（今京都市右京区梅畑高雄町）之神护寺。为文觉上人募款所重建，事见卷第五《八、募化状》章。

我也正想找一处深渊，一跳了之。”接着详问事之原委。乳母如实复述上人所言。夫人道：“但愿能接回我儿，再度相见。”双手合十，两眼含泪。

文觉房上人前往六波罗打听详情。北条道：“镰仓殿有言：‘听说尚有不少平家子孙匿居京中。其中有小松三位中将之子，乃中御门新大纳言[11]之女所生。是平家嫡系嫡子，大概快长大成人矣。宜速设法搜出而杀之。’近日虽然寻得若干平家后代幼儿，至于此位公子，因不知在何方，始终未能搜出。前日正想赶赴镰仓汇报之际，意外有人密告，昨日才前去迎接过来。公子面貌俊秀，非常讨人喜欢，值得怜悯。至今不知如何处置，故仍收留于此。”上人道：“可往一见之否？”于是来到公子所在。只见公子身穿二重织纹绫直垂，掌下垂着黑檀念珠。长发垂肩。仪静体闲，眉清目秀，疑非此世之人。昨夜似乎不能安眠，所以面容稍显憔悴，使人看了又难过又不舍。公子望着上人，不知为何居然流下了眼泪。上人看了，也无端沾湿了缁衣袖口，不禁觉得，即使此人将来变成世仇大敌，也不忍现在便让人加以杀害。怜惜之余，向北条求道：“一见此公子，或有前世因缘，爱怜之情油然而生。可否延其性命二十日，以便贫衲往谒镰仓殿请命监护。犹忆当年为敦促镰仓殿起义，虽说自己亦是流人之身，只因急欲代为取得法皇院宣；在进京路上，夜渡富士川下游时，人地两生，几乎被浪冲走；又在经过高师山[12]时，遇到拦路剪径，合十哀求，方得保住一命；终于抵达福原牢笼御所[13]，请托前右兵卫督光能卿侥幸取得院宣[14]；回去

---

[11] 中御门新大纳言：藤原成亲。府邸在中御门东洞院，故号中御门。卷第一《十二、鹿谷》章初出，参注6。其后屡见。为平家所杀，见卷第二《十、大纳言之死》章。

[12] 高师山：或作高市山。在三河、远江两国之境，今爱知县丰桥市内。

[13] 卷第五《一、迁都》章：“法皇行幸福原。〔平清盛〕盖了一间小板屋，……加以幽禁。……不许任何人随便进出，所以侍童们称之为牢笼御所。”

[14] 按：文觉房经由光能取得院宣事，见卷第五《十、福原院宣》章。

转呈院宣时，镰仓殿曾有誓言：‘有何要事尽管提出无妨。赖朝有生之年，上人所求必使如愿以偿。’其后贫衲亦屡次为其效命，尽人皆知，无须赘述。重然诺而轻性命。镰仓殿现任日本总追捕使，如不傲睨得志，当不至于忘其诺言。”翌日清晨便离开京都，赶往镰仓去了。

斋藤五、斋藤六听了之后，觉得上人有如生身之佛[15]，不由得合十落泪。赶快回到大觉寺报告其中委细。为人母者听到此事，心中不知有多宽慰。固然一切有待镰仓裁决，结果如何仍不能无所顾忌，只是上人离京时，言之凿凿，似可信赖，况且至少可延长二十日性命。母亲与乳母稍稍松了一口气，都以为出于观音的保佑，心底感到相当踏实。

然而光阴之逝不舍昼夜，二十日的期限梦幻一般消逝了。上人尚未出现。何以至此，无由捉摸，反而令人起疑，徒增烦恼，苦闷不堪。北条道："文觉房所约日数已满。在京城过年亦有不妥。即刻动身前往镰仓，欲待何时？"人人骚动起来。斋藤五、斋藤六紧握双拳，肝肠寸断、心乱如麻。仍然不见上人出现。也未派使者来京通消息。两人于是回大觉寺道："上人至今尚未还京，而北条将于天明动身赴镰仓矣。"说罢以左右两袖遮住了脸，涕泪交流。母亲听了，心中不知有多悲伤，说道："唉，请转告当局，只盼有老成持重之人护送我儿，直至与上人路中相遇为止。否则，万一请命获准，而在上人返抵京城前便行斩首，怨恨无极，必将引为大憾。再说，不知有尽早杀之而后快之意否？""可能在今宵报晓时分。因为近日来值宿的诸位北条家臣与侍从，或勤念佛号，或不停洒泪。显然有依依不舍之情。""然则，我儿何以自处？"答道："有人来看时，便装出一副满不在乎的神气，专心数着念珠；

[15] 生身之佛：诸佛菩萨各有法身、生身二身。所证理体谓法身；为济度众生而托父母胎生者谓生身。又以通力暂时化现为肉身者亦谓之生身。

无人在看时，便以衣袖掩面，泪流不止。”“想当如此。此儿虽然尚幼，但是已有大人胸襟。只是一想到仅剩今宵之命，必定心胆俱裂、魂飞魄散。虽在梦中曾说，一有闲空，便乞假来看阿母。然而，如今已过二十余日，我不能去看他，也不见他来。而今而后，不知何日何时始能重聚。汝等心中有数否？”二人道：“誓将永远伴其左右。如若公子亡故，当领其遗骨，供奉高野山中。然后出家入道，祈其后世冥福。”夫人道：“好好。想起我儿便担忧不已。赶快回去探看。”两人哭着告别出去了。

且说同年十二月十六日，北条四郎带着公子从京都出发。斋藤五、斋藤六泪眼模糊，看不清前路，但为了陪伴公子最后一程，还是边拭着眼泪边向前走。北条腾出马来让二人骑。二人婉谢道：“最后陪伴公子，走路并不以为苦。”脸上血泪交流，任凭双腿信步前行。

六代公子不得不离开最难离开的母亲与乳母，踏上今日此生最后一次通往东国之路，频频回顾久已住惯的京城逐渐隐没天边。心中的悲哀可想而知。遇到有武士驰马过来，便以为要取其首级而惊心吊胆。看到有人交头接耳，便觉得此生休矣而失魂落魄。也猜想或许会在四宫河原[16]被斩，却有惊无险；不但安然通过，而且续渡关山，抵达了大津浦[17]。难道会在粟津原[18]行刑？却也不见任何动静，今日又昼往而夜来。经过一国又一国、一驿又一驿，终于来到了骏河国。听说公子朝露一般的性命，今日便是最后一日。

武士们都在千本松原[19]下了马，放下轿子，请公子端坐在铺好的皮垫上。

[16] 四宫河原：今京都市山科区四宫，在逢山西口边。

[17] 大津浦：琵琶湖岸，今滋贺县大津市边。

[18] 粟津原：在今大津市膳所边之松林。已不存。木曾义仲战死于此，详见卷第九《四、木曾之死》章。

[19] 千本松原：静冈县沼津市西南部沿海松林。

北条四郎走过来告诉公子道："其所以日以继夜相伴至此，并无特别缘由。无非期盼或可在途中遇到文觉上人。本人对公子之用心无可置疑，应已一目了然。如果越过足柄山，不知镰仓殿将采取何种处置，是以决定在此近江国请得首级，再向上汇报。事到如今，即使有谁为公子请命，只因此乃有关平家之共业共果[20]，必难如愿。"说着泫然泪下。公子不答一语，叫斋藤五、斋藤六过来，说道："我死之后，汝等返回京城，不可说在途中被斩。此事固然不能久瞒，但如直接闻知此事真相，必然痛不欲生；使我在草荫之下[21]亦左右为难，甚而妨碍我往生极乐之路。回京之后不必多言，只说相伴至镰仓即可。"两人只觉魂飞天外，嗒然若失、无言以对。良久，斋藤五才开口道："送走公子之后，也不想苟延残生，安返京城。"说罢，低头含泪，悲不自胜。

终于到了最后时刻。公子伸出细嫩的双手，将垂在肩上的长发捋到脸前。守护的武士见了，皆道："唉，真可怜见。居然还能如此从容不迫。"见者莫不泪湿衣袖。

公子于是面朝西方，双手合十，静静地念着佛号。同时伸颈以待。狩野工藤三亲俊[22]奉命当刽子手，手挟大长刀，从左侧绕到公子身后。正欲举刀砍下时，忽然目眩心荡，天旋地转，难辨前后，竟不知从何处下刀。只听道："抱歉，无法达成任务。请另请高明吧。"便抛下长刀退了出来。于是开始另找执刑的替代杀手。人人正在你推我让之际，远远望见一个身穿墨染缁衣的和尚，骑着月毛[23]马，挥鞭奔驰过来。当地有许多居民，听说北条殿将在千本松原斩杀一位英俊年轻的贵公子，都争先恐后赶来围观。场面相当拥挤。和尚一看，

[20] 共业共果：原文一业所感，义同。在此谓平家共造同一业因，故得同一果报也。

[21] 草荫之下：喻坟墓，即汉语所谓九泉之下或黄泉之下。

[22] 狩野工藤三亲俊：传不详。狩野为伊豆国田方郡地名，工藤为居住该地之武士姓氏。

[23] 月毛：马毛色。赤褐色与白色相杂之马毛。

心想迟到了，祸哉，拼命招手示意；又想单凭手势恐有不足，干脆脱下斗笠，高高举在手上。北条觉得个中必有缘由，决定暂时中止执刑。和尚来到眼前，飞快下马，歇了一口气道："公子获救了。有镰仓殿手谕在此。"北条接过，打开一看，只见写道：

闻小松三位中将维盛卿之子确已寻获，着即交与高雄山文觉上人监护，不得有误。

此致

北条四郎殿　　赖朝

还有花押。北条反复看了两遍三遍才放下，赞道："绝妙绝妙。"斋藤五、斋藤六不用说，连北条的家臣侍从们也都落了喜悦之泪。

八 泊濑六代

且说，不久文觉房也赶到，倏而在当场出现。此次为公子请命而获准，面有得意之色，扬扬道："镰仓殿说，公子父亲三位中将是首次会战之大将[01]，无论是谁求情，不管如何，绝不宽待。贫衲反驳说，如果违拗文觉心意，争能获得神佛加护？甚至口出不逊。镰仓殿仍然坚持'不准'，丢下贫衲，便往那须野[02]狩猎而去。贫衲故意随从到猎场，继续好说歹说，终于承蒙首肯。姗姗来迟，想将军已不耐久候矣。"北条道："所订二十日之约已过，以为镰仓殿不准所请，所以伴随公子离开京都。幸喜在此相遇，否则可能已犯下大错矣。"于是下令牵来两匹备鞍马，让斋藤五、斋藤六骑着上京。北条自己也陪着远远送了一程，才驻马说道："虽然很想多送一会，只因另有要事在身，急需向镰仓殿报告。就此告别。"实在是一个有情有义的人。

文觉上人请到了公子后，便日夜兼程，动身赶回京都。赶到尾张国热田[03]地方时，恰是今年年暮除夕。翌年正月五日暮色中返抵京城。先回二条熊[04]住处稍事休息，然后于夜半登上大觉寺。敲了半天门，无声无息。却见公

[01] 首次会战：指治承四年（一一八〇）十月下旬，源平两军隔富士川对峙。平维盛为平家大将军。平家军不战而退。事见卷第五《十一、富士川》章。

[02] 那须野：今栃木县北部、那珂川上流、那须岳南方原野。

[03] 热田：今爱知县名古屋市热田区。

[04] 二条猪熊：指京都猪熊小路与二条大路交叉口处。

子所养的小白狗，从篱笆缺口钻了出来，使劲摇着尾巴。公子问狗道："阿母在何处？"总算在哽咽中冒出了声音。斋藤六跳过篱笆，从里面打开了大门。进去一看，空空荡荡，看不出最近有人住过的痕迹。公子叹道："之所以苟存无谓之性命，以至今日，无非期望能与亲人重聚。而今究竟发生何事？"孺慕之情溢于言表。终宵不寐，悲泣不已。虽说人情之常，实在令人鼻酸。

等到天明，询问近邻，答曰："听说，年底前往奈良参拜大佛；正月以来便隐居长谷寺[05]。其后不见有人进出此门。"斋藤五听了，立刻跑到长谷去找，果然见了面，便一五一十禀告了事之委细。母亲与乳母不敢信以为真，只道："到底是梦，不是梦？"立刻赶到大觉寺，终于看到了公子。高兴之余，早已哭得变成泪人了。母亲道："早早出家为是。事不宜迟。"但上人并不以为然。怜而惜之，不让出家，便带公子回高雄去了。据闻上人也很关心夫人的隐居生活，常往探望，及时雪中送炭。观音菩萨大慈大悲，普度众生，不分有罪无罪，一视同仁。古来不乏其例，神奇殊胜，的确难能而可贵。

却说北条四郎押解六代公子东下时，在镜宿[06]遇见了镰仓殿所派的使者。问有何大事。答曰："世上传言，十郎藏人行家[07]殿、信太三郎先生义宪[08]殿，已与九郎判官殿同心合流。镰仓殿有出兵追讨之意。"北条道："只是本

---

[05] 长谷寺：祀观音菩萨（参本卷《七、六代公子》章，注8），长谷与其所在地初濑同音（はせ，亦读はつせ）。初濑或写作泊濑。大和国歌枕，今奈良县樱井市初濑。はつ与快速、停泊双关。故本章题目"泊濑六代"，盖谓居住泊濑，在长谷观音保佑下，快速长大之六代公子也。

[06] 镜宿：在今滋贺县蒲生郡龙王町之东山道古驿站。

[07] 源行家：原名义盛。源赖朝叔父。初见于卷第四《三、源氏名录》（参注18）后，屡次出现。先属以仁王，起兵讨伐平氏；败后依赖朝，不和而归木曾义仲，胜利入京，补从五位下备前守；与义仲不和而造反，据河内、和泉等国；平氏灭亡后，又与义经结合而为赖朝所追杀。

[08] 源义宪：源行家之兄。见本卷《五、判官出奔》章，注12。

人正在押送重要囚犯。”乃命前来送行的侄子北条平六时贞[09]道:“汝到老苏森[10],便可立刻折回京都,寻出此辈人等所在,格杀勿论。”平六回到京城搜索时,有一个寺僧[11]出来,自称知道十郎藏人殿的住处。问之,则曰:“贫衲自己不知其处。但认识某一僧人知之甚详。”于是蜂拥前去,加以逮捕。僧道:“何故逮我?”“听说法师知道十郎藏人殿住所。故来逮捕。”“既然如此,只需开口请教即可。而竟动粗逮捕,是何道理? 听说在天王寺[12]。”“然则请为前导。”便以平六女婿笠原十郎国久、殖原九郎、桑原次郎、服部平六[13]为先驱,率兵三十余骑,向天王寺出发。十郎藏人住处有二:一在谷学头伶人兼春[14]之邸,一在秦六、秦七[15]之家。兵分两路前进。十郎藏人当时正在兼春家中,看到武装战士攻将进来,赶快从后门溜了出去。兼春有两个女儿,都是藏人所心爱的情人。服部平六捉住了姊妹俩,探问藏人的去处。姊姊道:“去问妹妹吧。”妹妹道:“去问姊姊吧。”因为事出突然、藏人仓皇而逃,未必来得及说出自己将逃往何方。不过,两姊妹还是被带回京都去了。

十郎藏人往熊野方面逃去。唯一跟随的武士患了脚疾,只好暂时滞留在和泉国八木乡[16]。住处房东认得藏人的样貌,连夜赶到京都,向北条平六报告。

---

[09] 时贞:北条时兼之子、时政之侄(一说堂弟)。建久四年(一一九三)殁,四十二岁(一说四十九岁)。

[10] 老苏森:今滋贺县近江八幡市安土町东老苏奥石神社之森林。

[11] 寺僧(寺法师):特指三井寺(园城寺)之僧侣,与延历寺(比睿山)之山僧(山法师)对称。

[12] 天王寺:今大阪市天王寺区之四大天王寺。

[13] 以上四人,系谱、传记均不详,当是北条氏部下。

[14] 谷学头伶人兼春:系谱、传记不详。他本作洼乐头兼春或伶人洼津学头兼春。按:谷为地名,今大阪市中央区谷町边。学头为僧职,在别当、三纲之下(或以为非僧职,而是寺社伶人之长,故又作乐头)。伶人谓奏雅乐之人。此学头伶人当是在四天王寺兼任学头与乐人之僧官。

[15] 秦六、秦七:传不详。当是天王寺雅乐伶人。

[16] 八木乡:今大阪府岸和田市池尻町一带。

平六犹疑道:“前往天王寺之人手尚未归来。该派谁去才好?”乃叫来部下大源次宗春[17],问道:“汝所熟知之山僧仍在否?”“是,仍在。”“传来一见。”于是找来了此位山僧。平六告之曰:“已知十郎藏人所在。可往杀之以献镰仓殿,必有恩赏。”“承命。请派下人来。”“大源次可随去。已无其他闲员。”另外凑集了舍人、杂役等十四五人,使随之而去。此僧名常陆房正明[18]。到了和泉国,进入藏人住处搜查,不见踪影。撬开地板、翻遍仓房,亦无其人。常陆房站在大路上,见到一个百姓模样的老妇人走过,抓住问道:“在此附近,见过形迹可疑之陌生旅客否?寄住何处?说。不说便砍头。”老妇道:“刚才法师所搜之家,直到昨日晚上,还住着两个相当体面的旅客。大概今早离开了,现在好像移到前面看得见的那户人家中。”常陆房缠着腹甲,套着铠袖,佩着大长刀;冲进去一看,只见一个年约五十的男人,身穿褐布直垂,头戴折乌帽子,正在安排唐式瓶子与果核之类的下酒物,而且拿起酒壶在做劝酒状。看到有武装法师进来,倏地俯身而逃。法师随后紧追。藏人叫道:“喂,秃驴,追错人了。行家在此。”法师掉头跑了回来,看到一人身穿白小袖、大口裤;左手拿着黄金打造小腰刀,右手握着特大号大长刀。常陆房道:“放下大刀。”藏人听了,大笑不止。常陆房走上前去,刷的一刀砍下。铿锵一声,刀碰刀,各自后退。又上前互砍,刀碰刀,双方跳开。如此这般,两人你进我也进、我退你也退,厮杀了将近一个时辰。藏人正想乘隙躲入背后的仓房,常陆房急道:“不得怯阵。不许逃走。”藏人应道:“行家亦有同感。”便又上前继续杀将起来。

常陆房干脆抛掉大刀,赤手空拳,冲向对方。双双倒地,上下翻滚,揪成一团。此时大源次赶到,由于过度紧张,竟忘了拔刀,顺手捡起一块石头,猛往

[17] 大源次宗春:系谱、传记不详。他本或作宗康、宗安等。

[18] 常陆房正明:系谱、传记不详。他本或作昌明、昌命等。

藏人额上砸下。藏人大笑道:“原来阁下只是卑贱杂役。武士应该用腰刀或长刀杀敌。居然有人只会用石头,真正匪夷所思。”常陆房命道:“捆绑腿脚。”常陆房的意思是“捆绑敌人腿脚”,但大源次一着慌,竟将两人[19]的四条腿捆绑在一起。其后以绳圈套住藏人的颈项,以便拉高使起立,拉低使坐下。藏人道:“拿水来。”便送来泡水干饭。藏人只喝了水,常陆房便将剩余的饭吃了。

藏人问道:“法师是比睿山僧?”答道:“确是山僧。”“如何称呼?”“西塔北谷[20]法师常陆房正明是也。”“然则,乃曾求我行家雇用者耶?”“然。”“是赖朝所派或平六所派?”“是镰仓殿所派之使。难道确有谋杀镰仓殿之意?”“既成俘虏之身,若说并无此意,将如何?若说确有此意,又将如何?此问已甚无谓也。总之,本人能耐如何?”常陆房道:“在比睿山上屡经多次交战,尚未遇过如此强劲对手。仿佛以一敌三,锐不可当。棘手之至。”接着反问道:“以为贫衲正明本事如何?”藏人道:“败军之将,夫复何言?”常陆房:“取其大刀来。”两相比较,只见藏人大刀一无刃伤,常陆房自己的大刀则有四十二处。

于是,牵来驿马让藏人乘着上京。当晚行至江口[21],住驿站长者[22]宿舍。另派使者连夜驰京报告。翌日午时时分,常陆房一行抵达淀川赤井河原[23],只见北条平六率领百余骑,旗帜飘扬,正面迎来,告曰:“法皇有院宣,囚虏不得入京。镰仓殿亦有此意。快快取其首级,呈献镰仓殿验明正身,当可蒙受恩赏。”既然如此,便在赤井河原砍了十郎藏人的头颅。

---

[19] 两人:指十郎藏人与常陆房正明。

[20] 西塔:比睿山三塔(东塔、西塔、横川)之一。北谷:西塔山谷之一,正明修道之处。

[21] 江口:今大阪市东淀川区南江口。当时交通要冲。

[22] 长者:在此指驿站妓院女主人。游女之长。

[23] 赤井河原:在今京都市伏见区下鸟羽西南,当时为桂川流域沙滩。

至于信太三郎先生义宪，有人通风说，还躲藏在醍醐山中[24]，便派兵上山搜寻，却落得空手而还。又有人报信说，已经逃向伊贺国方面，便以服部平六[25]为首，进军伊贺国。听说刻在千户[26]的一所山寺，便驰往逮捕。到达山寺时，只见一人身上仅穿小袖夹衣与大口裤，已以金鞘小腰刀切腹身亡，伏在血泊中。服部平六取其首级，立刻回京。北条平六过了目，催促道："可即刻携之东下，镰仓公验看之后，必有恩赏。"常陆房与服部平六乃各携所斩首级，东下镰仓。镰仓殿看了，大喜曰："妙极，甚好。"却着将常陆房流配笠井[27]。常陆房怨道："原以为可得奖赏，岂知不然，反而被处以流罪。大出意料。早知如此，当初何必舍身为人？"悔不当初，不由得感慨系之。然而不到二年，便被召回。镰仓殿道："杀害大将军者神佛不予加护[28]，故须先罚而后赏之。"果然赏之以但马国多田[29]、摄津国叶室[30]二处庄园。服部平六出仕过平家，所领服部乡[31]因而曾遭没官，今则庄园归还原主，皆大欢喜。

---

[24] 醍醐山：京都市伏见区东部之小山，海拔四五〇公尺。山麓有醍醐寺。

[25] 服部平六：一本谓其名时定，初见于本章（注13），传不详。与本章前出北条时政之侄平六时贞（注9）非同一人。

[26] 千户：或作千渡，今三重县伊贺市千户，传有天台宗佛光寺与义宪墓，查无其迹。

[27] 笠井：葛西之同音当字。武藏国葛饰郡，今东京都江户川区葛西。

[28] 按：源行家曾任源氏之大将军，对抗平家，但连战连败。见卷第六《十、祇园女御》章。

[29] 多田庄：在今兵库县丰冈市但东町太田。一说丰冈市日高町太田。

[30] 叶室庄：或作羽室庄。摄津国岛上郡阿武野（今大阪府高槻市土室町）之土室庄。

[31] 服部乡：在伊贺国阿山郡，今三重县伊贺市服部町。

九 六代被斩

且说六代公子逐渐长大，不觉间已到十四五岁。容光焕发、仪态万千，灿然夺目。夫人看在眼里，叹道："唉，只怨生不逢辰。如果世界未变，现在早该出任近卫司矣[01]。"言过其实，不合时宜之至。

镰仓殿总是不放心。一有机会，便询问高雄文觉上人道："维盛卿之公子如何？其如昔日赖朝命相，将灭朝廷怨敌以雪会稽之耻者乎[02]？"上人答道："此位公子胆小如鼠，软弱无比。请放心。"然而镰仓殿还是放心不下，严厉道："公子一旦谋反，预料上人必然立即驰往支援。但在赖朝有生之年，任谁也别想斗垮我源氏，虽然子孙后代如何，不得而知。"听来毛骨悚然。

夫人辗转闻知此事，劝道："看来对方绝对不肯善罢甘休。因此，还是尽快出家为是。"于是，在文治五年[03]之春，六代公子十六岁时，终于齐肩剪断了

[01] 近卫司：近卫府官员。六代之父维盛生逢平家全盛之世，十一岁任右近卫权少将。以此类推，六代如生逢其辰，至少已任近卫少将或中将矣。

[02] 卷第五《十、福原院宣》章中，文觉有："当今源、平两家之中，具有将军相者唯有足下（指赖朝），别无他人。请早日兴师谋反，征服日本全国为是。"与"早诛平氏之族类，以退朝廷之怨敌"等语。

[03] 文治五年：当西历一一八九年。文治为第八十二代后鸟羽天皇（在位一一八三——一一九八）三年号之一（一一八五——一一九〇）。

秀丽的长发[04],换上柿漆[05]无纹麻布衣裤,负着背笈[06],向文觉上人告辞后,便出家修行去了。斋藤五、斋藤六也改了装,陪伴同行。

六代公子先到高野山,寻访父亲的善知识泷口入道[07],承告父亲出家的经过与临终的细节;一方面又想亲自追寻先父的踪迹,决定前往参拜熊野。站在滨宫之前[08],眺望父亲去过的弧形小岛,急欲过去看看,却因逆风迎面,波涛汹涌,无船可渡,只好作罢。但仍想请问由海上冲来的白浪:我父亲到底沉在何处?海滩的沙砾仿佛便是父亲的遗骨,聊寄哀思,不禁泪下沾袖;虽然不像渔夫浪溅而湿之衣,恐亦永无拧干之时。在海边住了一宿,念经唱佛;又用手指甲在沙上画了佛像[09]。翌日请来高僧,为父亲举行供养法会,将作善功德回向亡灵[10]。然后告别先父,哭哭啼啼踏上回京之路。

小松殿平重盛之子丹后侍从忠房[11],在屋岛会战时逃遁后,行踪成谜。其实是到纪伊国投奔汤浅权守宗重[12],隐身在汤浅城中。一向忠于平家的越

---

[04] 长发:谓仅将头发齐肩剪断,非全部剃光,为修验道行者(山伏)之发型。

[05] 柿漆:原文柿涩。在纸衣或布料上,涂以取自柿核之涩汁,可防腐防寒,僧侣与平民穿用。

[06] 背笈:原文笈。竹编箱型背具,僧侣或修验道者用以携带经卷、佛具、衣类、食物等日常所需。

[07] 泷口入道:俗名斋藤时赖。关于其家庭背景、出家原委及成为平维盛善知识之经过,详见卷第十《八、横笛》至《十三、三日平氏》各章。

[08] 滨宫:那智川河口之滨宫王子权现,又名渚宫。平维盛由此乘船出海投水。见卷第十《十二、维盛投水》章。

[09] 《法华经·方便品》:"乃至童子戏,若草木及笔,或以指爪甲,而画作佛像。如是诸人等渐渐积功德,具足大悲心,皆已成佛道,但化诸菩萨,度脱无量众。"

[10] 作善功德:行供养佛事,或雕刻佛像,书写佛经等,以积善根功德。《无量寿经·下》:"作善得善,为道得道。"以作善功德转给亡者或众生,谓之回向。慧远《大乘义章·九》:"言回向者,回己善法,有所趣向。"亡灵:在此指六代之父平维盛之灵。

[11] 平忠房:重盛之子、维盛之弟。在卷第十一有关屋岛会战之叙述中,并未提及忠房逃遁之事。

[12] 宗重:纪伊国有田郡汤浅庄(今和歌山县有田郡汤浅町内)之豪族。初见于卷第二《十二、山门灭亡》章,参注14;再见于卷第十《十、维盛出家》章,参注23。

中次郎兵卫盛嗣[13]、上总五郎兵卫忠光、恶七兵卫景清、飞驒四郎兵卫等武士，皆已归其麾下。消息一传开，伊贺、伊势两国的住民也争先恐后赶来会合。听说已聚集了能征惯战的武士数百骑。熊野别当湛增[14]奉镰仓殿之命，两三月间攻击了八次。但城内的士兵舍命防守，每次攻坚作战，己方不但无法克敌，反而被打得落花流水。熊野僧兵死亡殆尽。熊野别当乃派飞脚驰往晋谒镰仓殿，乞告道："本国汤浅之战，两三月间已达八次之多。然而，城内兵士誓死抵抗，每次我方反而惨败收场，遑论克敌制胜。倘蒙赐予邻近二三国之军以援之，必能攻陷敌城。"镰仓公却道："如此则不免浪费国帑，骚扰住民。躲在城内之凶徒不外是山贼海盗之类。可严格监视此辈盗贼，固守城门，不准有人进入。"依其计而行之，果然城内有出无进，几乎变成了空城。

镰仓殿又想出一计，传话道："如有小松殿之公子尚存于世者，无论一人或二人，皆宜善加救助。何以故？因为小松殿内大臣曾为池禅尼之使，居中劝说，乃改赖朝之死刑为流罪。如此大恩岂能忘怀？"丹后侍从忠房信以为真，亲自到六波罗出面报名。不久被送到关东。镰仓殿加以接见，假仁假义道："请立刻上京去。京中偏僻处有备用房屋可供居住。"忠房不疑有诈，便告辞进京。到了势田桥边，终于为奉命追随的人所杀害。

小松殿的公子，在六人[15]之外，另有一人曰土佐守宗实[16]。三岁时大炊御

---

[13] 盛嗣、忠光、景清、飞驒四郎四人，同时出现，已不止一次。见卷第十一《十一、神镜返京》章，参注2—4等处。

[14] 湛增：俗姓藤原，世袭熊野本宫别当之职。原本忠于平家，平清盛死后叛归源氏。见卷第四《三、源氏名录》章，注24，卷第六《七、入道死去》章，注1等处。

[15] 六人：维盛、资盛、清经、有盛、师盛、忠房。

[16] 宗实：生卒年不详。一本谓于建久八年（一一九七）绝食而死，年二十三。

门左大臣经宗[17]公收为养子，变成异姓他人。放弃武艺，爱好文墨。今年十八岁。虽然镰仓殿尚未派人搜查，但家人不无顾忌，终被扫地出门。一时失魂落魄，无以为生，乃往见大佛圣俊乘房[18]，诉屈道："小人是小松内大臣之末子，名曰土佐守宗实。三岁时承大炊御门左大臣经宗公收为养子，变成异姓他人。自小放弃武艺，爱好文墨。今年十八岁。虽然镰仓殿尚未派人搜查，但家人不无顾忌，终被扫地出门。恳请大师收为弟子。"说罢，随即自行剪断发髻。又道："即便如此，若仍认为罪大恶极，怀有疑虑，可向镰仓报告。如何处置，悉听尊便。"大佛圣慈悲为怀，答应收为弟子。暂时安置于东大寺油仓[19]，同时向关东报告此事。不久接获指令道："如何处置，见面之后再从长计议。先将此人送来。"大佛圣无计奈何，只得陪同下关东。此人离开奈良后，便断绝食物，汤水不入。经过足柄，到了关本[20]驿站，喃喃喘气道："天网恢恢，毕竟无路求生。"终于咽下了最后一口气。其断然走上死路之心，既可敬又可畏。

且说建久[21]元年十一月七日，镰仓殿上京都；同月九日晋升正二位大纳言；同月十一日兼大纳言右大将。不久辞去二职。十二月四日下关东。

建久三年三月十三日，后白河法皇驾崩，享年六十有六。瑜伽[22]振铃之响，绝于当夜；一乘[23]暗诵之声，止于翌晓。

---

[17] 经宗：大纳言藤原经实之四男。文治五年（一一八九）殁，七十一岁。仁安元年（一一六六）左大臣。已见卷第一《十三、鹈川之役》章，注1，卷第二《六、谏诤》章，注7。

[18] 俊乘房：重建东大寺大佛殿有功，人称大佛圣。详见卷第十一《十九、重衡被斩》章，注24。

[19] 油仓：大佛殿储藏灯油之处。

[20] 关本：足柄山中古驿站。今神奈川县南足柄市关本。

[21] 建久：第八十二代后鸟羽天皇年号之一（一一九〇——一一九九）。其元年当西历一一九〇年。

[22] 瑜伽：指真言密教。

[23] 一乘：指一乘妙典，即《法华经》。

建久六年三月十三日，因有大佛供养法会，镰仓殿又于二月中上京城。三月十二日参拜大佛殿。召来梶原景时，吩咐道："碾硙门[24]南边，在几十个僧众之外，站着一个可疑陌生人。速去捉来。"梶原奉命出去请来。此人刮了胡须，却未剪掉发髻。问道："何许人？"应道："气数已尽，多说无益。本人乃平家武士萨摩中务家资[25]是也。""何以出现在此？""或可伺隙狙击。""用心良苦，可敬可佩。"大佛供养之后，便着将家资带回京城，在六条河原加以砍杀。

到了文治[26]元年之冬，平家的子孙，小至一岁两岁，一个不留，全被搜出而惨遭杀害。只是不到剖孕妇之腹而验其胎的地步。现在应该无人幸存了。却还有新中纳言知盛之子伊贺大夫知忠[27]尚在。原来平家举族出奔时，知忠才三岁，被留在京都，形同弃儿。监护人纪伊次郎兵卫为教[28]加以收养。因怕世人耳目，东躲西藏，终于逃到备后国太田[29]去隐居起来。光阴荏苒，不觉已快成人，难免引起当地郡乡地头与守护[30]的猜疑。于是又迁回京都，悄悄地住在法性寺一桥[31]附近。此地是其祖父入道相国清盛所营建，曾说一旦有事，可当城堡；周围挖有双重壕沟，四面遍栽绿竹，广设鹿寨。昼间渺无人迹、

[24] 碾硙门：在东大寺西垣，自南算起第三门。又称转害门、手招门。已见卷第五《十四、奈良火灾》章，注11。

[25] 家资：传不详。《吾妻镜》建久六年（一一九五）四月一日条："于勘解由小路京极……逮平氏家人等，是前中务丞宗资父子也。晦迹十余年。"不知是否同一人。

[26] 文治：后鸟羽天皇文治元年，亦为安德天皇寿永四年（一一八五）。此年三月安德在坛浦投海。

[27] 知忠：平知盛之子、知章之弟。伊贺守，从五位下。

[28] 为教：系谱、传不详。他本作为成或为范入道。

[29] 备后国太田：今广岛县世罗郡世罗町。

[30] 地头、守护：源赖朝于文治元年（一一八五）奏准在诸国与庄园所设官职，以便主导控制地方各项事务。参本卷《六、吉田大纳言》章，注4、5。

[31] 法性寺：藤原忠平于延长三年（九二五）所创，在今京都市东山区本町贺茂川东侧。一桥：在法性寺之南，今东福寺西北，伏见街道跨越熊野川之桥。自北而南，称一桥、二桥、三桥。

悄无人声。入夜则骚人雅客来此相会，或作诗，或咏歌，或奏管弦。欢聚一堂，其乐也融融。但不知如何传到世上去。当时最可怕的人物是一条二位入道能保[32]。其属下有武士后藤兵卫基清之子新兵卫基纲[33]，听人说“一桥有钦犯”，便于建久七年十月七日辰时一刻，率兵马一百四五十骑，冲向一桥，呐喊攻击。城内有三十余人，裸露上半身，从竹丛后面连连放箭，射死了不少人马，使对方不敢正面进攻。

且说京中无所事事的武士，风闻一桥方面正在围捕违背敕命的钦犯，也都争先恐后驰马前去。不久聚集了一二千骑。于是合力拆除了邻近的民间小屋，以其建材填平了壕沟。喊声震耳，大举进攻。城内士兵拿出武器，冲外厮杀。有被杀而死亡者，有受伤而自尽者。惨不忍睹。

伊贺大夫知忠，今年十六岁，负了重伤而自戕。监护人纪伊次郎兵卫入道抱在膝上，泫然泪下，大声念佛十遍，自己也切腹而死。其子兵卫太郎、兵卫次郎都已阵亡。城内的三十余人，不是战死便是自杀。有人放火烧馆。武士们争先冲进馆中，摘下死者首级，插在大长刀尖上，驰往入道能保的馆邸。入道能保乘车到一条大路，一一验看了首级。纪伊次郎兵卫入道的首级还有人看得出来。至于伊贺大夫，不知有谁能够辨认？此人生母是一位女官，人称治部卿局[34]，正在八条女院[35]身边伺候，便派人前去迎接出来辨认。“此儿三岁

[32] 一条二位入道能保：藤原通重之子。源赖朝妹夫。其邸在一条室町，建久四年（一一九三）从二位，不久出家，故称一条二位入道。

[33] 基清：后藤右兵卫尉实基养子，曾与源义经活跃于屋岛会战，事见卷第十一《三、嗣信之死》章。承久三年（一二二一）承久之乱，从属后鸟羽上皇，败绩，为其子基纲所杀。基纲：袭其父之衔，故称新兵卫。康元元年（一二五六）卒。其余不详。

[34] 治部卿局：平知盛之妻。

[35] 八条女院：鸟羽天皇皇女，暲子内亲王。二条天皇准母。建历元年（一二一一）殁。

时，我自己追随其父故中纳言[36]奔至西国后，便不知此儿是生是死，或落在何方。但观其相貌，多处仿佛故中纳言，应是我儿无疑。”边说边哭，总算有人确认了伊贺大夫的首级。

平家武士越中次郎兵卫盛嗣[37]逃至但马国，居然变成了气比四郎道弘[38]的女婿。道弘并不知女婿便是越中次郎兵卫。然而，锥处囊中，难隐其尖[39]。每到入夜之后，便牵出岳父的马，练习马上射靶；或骑马潜入海底，长达十四町、十五町，甚至二十町。地头、守护开始见疑。个中消息不知如何泄露出去。不久，镰仓殿有手谕下来：

> 致但马国住人朝仓太郎大夫高清[40]：据报平家武士越中次郎兵卫盛嗣住在但马国。着即逮捕送来。

气比四郎是朝仓大夫的女婿，也被叫来共商捉拿之计。一致议决：“在浴室中捉之。”于是，等盛嗣入浴时，派了五六个膂力过人的大汉冲进浴室。但一想动手抱住，便被摔倒；一想站起，又被踢翻。人人身体全湿，滑溜溜，抓也抓不住。然而毕竟难敌势众，又有二三十人一齐冲了进来，或用腰刀刀背，或以大长刀柄，劈撞敲打，直到无力还手，才捆绑起来。随即押解至东国，被拉到镰仓殿前跪下，只听质问道：“汝身为平家武士，何不与一族老幼同归于尽？”答

---

[36] 故中纳言：指平知盛，生前官至三位新中纳言。

[37] 平盛嗣（盛次、盛继）：越中守平盛俊之子。自卷第四《十、桥头之战》（参注11）以来，即任平家武士大将，活跃于各大会战。

[38] 气比道弘：系谱、传不详。或作气比权守道弘。气比在但马国城崎郡，今兵库县日本海侧之丰冈市。

[39] 《史记·平原君列传》：“夫贤士之处世也，譬若锥之处囊中，其末立见。”已见本卷《六、吉田大纳言》章，参注14。

[40] 高清：日下部氏。但马国养父郡朝仓（今兵库县养父市之北）住人，余三大夫宗高之子。

曰:“只为平家武士叹平家时运不济，一败如水；家破人亡，情何以堪？而以为或有报仇之时。所有大刀之锋快者、铁质矢镞之尖锐者，均为狙击镰仓殿而备。只恨命数已绝，多言无益。”曰:“赤心忠胆，其志可嘉。若愿归顺赖朝，可免一死而用之。如何？”答道:“勇士不事二主。万一宽待如盛嗣之人，必将后悔无穷。倘蒙恩赐，请即斩我头颅。”镰仓殿曰:“既然如此。”便将盛嗣押至由井滨[41]砍了首级。闻知此事者莫不肃然起敬，赞不绝口。

当此之际，今上后鸟羽天皇[42]耽于游乐，一切政务任由卿局[43]处理。人民为之愁苦无限、悲叹不已。“吴王好剑客，百姓多创瘢；楚王好细腰，宫中多饿死[44]。”上有好者，下必从之。世局危殆，有志者无不痛心疾首。

且说，文觉上人自来便是个天不怕地不怕的莽僧，难免又说出了不该说出的话，介入了不该介入的事。第二皇子[45]勤学好问，以正道为先。文觉上人多方策划，非要扶之登上大位不可，只是在前右大将赖朝卿在世期间，碍难进行。建久十年正月十三日赖朝卿逝世后，立刻蠢蠢欲动。但不旋踵间阴谋泄漏，在二条猪熊住处为官员所捕；年过八十而流放隐岐国[46]。

文觉上人离京时，放话道:“当此垂老之年，今日不知明日之人，纵使出于

---

[41] 由井(由比)滨：在今神奈川县镰仓市南，西有稻村崎，东有饭岛崎。行刑地。

[42] 后鸟羽天皇：第八十二代。高仓天皇第四皇子，名尊成。寿永二年(一一八三)即位，其原委见卷第八《一、临幸山门》章。建久九年(一一九八)退位，开始院政。承久三年(一二二一)举兵反对镰仓幕府，败绩，被流隐岐国。延应元年(一二三九)崩于谪所，享年六十岁。

[43] 卿局：指刑部卿藤原范兼之女，名兼子。后鸟羽天皇乳母。或以为其姊范子(同为后鸟羽天皇乳母)。父为刑部卿，故人称卿局。按：局为宫中高位女官起居处，亦用为对女官之敬称。

[44] 语出《后汉书·马廖传》。

[45] 第二皇子：高仓天皇第二皇子守贞亲王。平家出奔时，携之往西国，见卷第八《一、临幸山门》章。平家灭亡后，安返京都。见卷第十一《十三、游街示众》章，参注1。

[46] 隐岐国：旧国名，山阴道八国之一。今岛根县隐岐诸岛。古来政治犯远流之地。

敕断，亦当谪居京城近郊，而今竟裁决远流隐岐国。如此球杖冠者[47]实在令人气愤，是可忍孰不可忍？文觉当在流放之国迎接大驾光临。”听起来恐怖之至。由于后鸟羽天皇打球成迷，文觉才口出如此恶言。后来在承久年间，此位天皇策动政变，失败，在许多地方之中，竟被迁谪到隐岐国，实在不可思议。据说文觉的亡灵在当地不甘寂寞，经常出现在天皇御前，谈天说地，讲古论今。

且说六代公子，人称三位禅师[48]，在高雄山中专心修行。无奈镰仓殿却三番五次上奏道：“有其父必有其子；有其师必有其徒。虽断其发，唯恐未断其心。”朝廷乃诏谕安判官资兼[49]加以逮捕，押解来到关东；镰仓殿则命令骏河国住人冈边权守泰纲[50]，在田越川[51]加以处决。

六代之所以能从十二岁继续活到年过三十，据说全靠长谷观音的保佑。从此以后，平家的子孙便永远断绝了。

---

[47] 球杖冠者：打球小子。按：球杖或作球打，同汉语打球。以长柄槌形杖头分组争打木球之戏。通常于正月行之。冠者：指元服加冠之年轻人。在此用以指称后鸟羽天皇，有轻蔑之意。

[48] 三位禅师：其父平维盛官阶三位，六代公子身为僧侣，故称三位禅师。

[49] 安判官资兼：系谱、传不详。安为安藤之略。他本作检非违使资兼、安藤右卫门大夫资兼或官人资兼。在此判官或指卫门府、兵卫府或检非违使之尉级官员。

[50] 冈边权守泰纲：藤原氏。冈边权守清纲之子。一本作冈部三郎大夫。住骏河国志太郡冈部（今静冈县藤枝市冈部町）。冈部即冈边。

[51] 田越川：流经相模国三浦郡，在今神奈川县逗子市注入相模湾。

灌顶卷

『女院出家』

女院出家

建礼门院进入东山之麓的吉田[01]附近，住在奈良法师中纳言法印庆惠[02]的僧坊中。因为多年失修，庭院荒芜杂乱，屋檐忍草[03]丛生。帘栊破损，寝室外露，不避风雨。群花飘香，可惜护花无主；明月漏光，只叹咏月乏人[04]。

昔日所住楼台，处处雕栏玉砌，锦帐银屏，犹历历在目。今则一家亲人皆生死永诀，独自遁世索居，寄身于破旧僧坊之中。凄凉悲苦，可想而知。如鱼之上陆，似鸟之离巢。想起海上船中的生活，固然辛苦，反而值得怀想。苍波路远，思寄西海千里之云；白屋苔深，泪落东山一庭之月[05]。悲夫痛哉。

文治元年[06]五月一日，女院削发出家。据说授戒法师是长乐寺[07]阿证房

[01] 吉田：今京都市左京区贺茂川之东、神乐冈之西。已见卷第十二《三、平大纳言被流》章，参注3。

[02] 中纳言法印庆惠：系谱、传不详。一本作中纳言法桥庆惠。

[03] 忍草：亦名忘忧草，汉名萱草。日文使用忍字，至少有“隐”与“忍”二义，故沿用原文，以喻建礼门院当前之处境与心情。

[04] 菅原文时《为谦德公报恩修善愿文》：“金谷醉花地，花每春匂主不归；南楼嘲月人，月期秋至身何去？”（《和汉朗咏集 · 怀旧》）按：此汉文句已有和化现象。匂，日本国字，意谓香气或散发香气。

[05] 橘直干：“苍波日远云千里，白雾山深鸟一声。”（《和汉朗咏集 · 行旅》）

[06] 文治元年：元历二年（一一八五）八月十四日改元文治，故此年五月一日仍在元历二年。

[07] 长乐寺：在京都市东山区圆山町。延历年间（七八二—八〇六）最澄所创，为延历寺别院。日本南北朝时代（一三三六——三九二）改属时宗。按：时宗，日本净土宗之一派，一遍上人所创六时往生宗之略。

上人印西[08]。布施物是先帝的直衣[09]。原来先帝身穿此衣，直至最后一刻，所以遗香犹在，依稀可闻。此是先帝所留唯一遗物，乃从西国迢迢携回京都，以为可以随时睹物思人。然而，现在既无其他值得布施之物，又且祈愿先帝能入菩提之道，往生极乐净土，再舍不得也只得含泪取出献上了。上人接过，一言不发，只见泪湿墨染衣袖，哽哽咽咽地退了出去。听说此套御衣后来缝成幡幢，一直悬挂在长乐寺的佛龛之前。

女院年十五而敕封女御，十六而备后妃之位[10]。恒在君王之侧，朝则规劝朝政，夜则专承夜宠[11]。二十二岁皇子诞生，立为太子。太子即位后，受封院号曰建礼门院[12]。既是入道相国的女儿，又贵为皇上的母后；世人敬之仰之，无以复加。今年二十九岁。尽管桃李之姿犹俏，芙蓉之貌未衰[13]，无奈命中注定，纵有翡翠一般的青丝，又有何用？终究削发易容，改装为尼了。虽说厌离秽土，欣求佛道，但其悲叹却有增无已。

忘不了平家族人濒于绝境而从容沉海的情形。先帝、二位殿[14]的音容宛在，也将永世难于忘怀。而自己譬如朝露的性命，不知何以竟然苟延至今，还

---

[08] 印西：法然弟子。传不详。一本作长乐寺别当阿证上人。

[09] 先帝：安德天皇，在坛浦投水而崩。直衣：平安时代天皇或贵族所穿之便服宽长外袍。

[10] 女御、后妃：承安元年（一一七一）十二月为女御，同二年二月为中宫。按：女御为侍寝女官，地位在皇后、中宫之下，更衣之上。后妃泛指皇后或中宫。

[11] 君王：在此指高仓天皇。白居易《长恨歌》："春宵苦短日高起，从此君王不早朝。承欢侍宴无闲暇，春从春游夜专夜。"所谓规劝朝政，盖反用白诗，以显女院后妃之德。

[12] 按：治承二年（一一七八）十一月十二日，高仓天皇第一皇子安德天皇诞生。事见卷第三《三、皇子诞生》章。养和元年（一一八一）十一月二十五日（卷第六《十二、横田河原之战》章，作十二月二十四日），敕封建礼门院。

[13] 曹植《杂诗六首其四》："南国有佳人，容华若桃李。"白居易《长恨歌》："芙蓉如面柳如眉。"

[14] 二位殿：二位尼。建礼门院之母、平清盛之妻。坛浦之战败后，抱幼帝投海而亡。事见卷第十一《九、安德帝投海》章。

要目睹一再发生的惨剧？思前想后，千端万绪，往往禁不住潸然泪下。五月之夜虽短，却迟迟难明，仿佛长夜。终宵不寐，眼明心亮，想打盹片刻，以为便可入梦追寻往事，亦不可得。壁上残灯摇晃欲灭，彻夜暗雨敲窗淅沥[15]，徒增寂寥。上阳白发人之独宿上阳宫[16]，其哀怨悲苦，恐怕也不过如此。

原来的僧坊主人雅爱思古之幽情，其在屋檐旁边移植的橘花，正飘浮着淡淡的暗香，引人怀思。忽然，一只山杜鹃啼叫两三声，匆匆飞了过去。女院因而想起了一首古歌，便写在砚盒盖子上：

离群一啼鹃，飞过橘花边。哀哀何凄切，恋恋觅旧欢[17]？

想起从前在身边伺候的女官们，刚毅不如二位殿或越前三位夫人[18]，大都不敢投身海底；却为粗暴的武士所捕，送归故里；无论老幼，人人易容改装，躲在从未想到的谷底或岩间，过着生不如死的惨苦日子。过去住过的房子皆因战火而化为灰烬；只见惨迹处处，杂草丛生，几成荒原。一无亲故寻来探问。古代有人自神仙家回来，居然遇到自己的七世子孙[19]。此情此景，差可比拟。

---

[15] 白居易《上阳白发人》："宿空房，秋夜长，夜长无寐天不明。耿耿残灯背壁影，萧萧暗雨打窗声。……莺归燕去长悄然，春往秋来不记年。"

[16] 白居易《上阳白发人》序："天宝五载已后，杨贵妃专宠，后宫人无复进幸矣。六宫有美色者辄置别所，上阳是其一也。"部分歌词云："上阳人，红颜暗老白发新。绿衣监使守宫门，一闭上阳多少春。玄宗末岁初选入，入时十六今六十。……上阳人，苦最多。少亦苦，老亦苦，少苦老苦两如何？"

[17] 此歌见于《新古今集·下》，亦引于《和汉朗咏集·夏·花橘》卷上。

[18] 越前三位夫人：越前三位平通盛之妻，即小宰相。其投水情形，见卷第九《十九、小宰相跳海》章。

[19] 大江朝纲《落花乱舞衣》序："谬入仙家，虽为半日之客；恐归故里，才逢七世之孙。"（《和汉朗咏集·仙家》卷下引）按：汉明帝时，剡县刘晨与阮肇二人共入天台山采药，迷不得返。幸得仙女相救，盘桓半年。既出，亲旧零落，邑屋改易，无复相识。闻讯得七世孙。详见南朝宋刘义庆《幽明录》等。

且说，经过七月九日的大地震后[20]，女院所住的地方墙垣倒塌。本已失修的坊舍形同废屋，愈益不堪居住。更谈不上有所谓守门的绿衣监使[21]。在任其荒芜的篱笆上，凝露之浓甚于杂草丛生的原野。自以为敏于时令的唧唧虫声，如怨如慕，似在泣诉着失群的悲哀。

黑夜渐长，女院依然目不交睫，总是迟迟盼到天亮。忘不了说不尽的惨痛往事，回肠九转；何况秋声凄切，更加悲不自胜，每每为之潸然泪下。在此世殊事异、万劫不复之际，偶尔踵门探望的亲旧都已失其踪迹。如今再也没有前来问候致意之人。

[20] 大地震：详见卷第十二《一、大地震》章。

[21] 绿衣监使：汉名。守护宫门之卫士。其名见于白居易《上阳白发人》，见本章注16所引："绿衣监使守宫门。"

二 迁居大原

尽管如此，冷泉大纳言隆房卿与七条修理大夫信隆卿的夫人[01]，为了表示关切，却常常避人耳目，偷偷前来探望。女院感愧交加，忖道："从未想到，必须依赖彼等度此残生。"说着泪痕满面。身旁的女伴们也都湿了衣袖。

女院现在的住处离京城不远，路上往来杂踏，难于避人耳目。此生无常如朝露，但愿在随风而逝之前，隐入深山深深之处，不必再听世间难堪之事。然而却无此机缘。偶有一女官上前禀道："大原山[02]深山中有寂光院[03]，极为清静。"女院道："山村固然寂寞，但住在其中，总胜于忧患人间[04]。"于是决定迁居。肩舆之类，据说均由隆房卿夫人协助安排。

文治元年长月[05]下旬，女院终于迁入了寂光院。一路上观赏树杪霜叶，四面八方，色样缤纷。山阴道上不觉日已垂暮。野寺晚钟响彻空山。披草而

---

[01] 隆房、信隆之妻：均为平清盛之女、建礼门院之妹。母为时子，人称八条二位尼或二位殿。已见卷第一《五、吾身荣华》章，参注 19、20 等处。

[02] 大原山：山城国爱宕郡八濑村（今京都市左京区）以北之山。

[03] 寂光院：在山城国爱宕郡大原（今京都市左京区大原草生町）。属延历寺之天台宗尼寺。推古天皇二年（五九四）圣德太子始创，以太子乳母玉照姬为首代住持。一说承德年间（一〇九七—一〇九九）融通念佛宗始祖圣应大师良忍开基。

[04] 佚名《无题》："山村固寂寞，岂不感空虚。人间多忧患，山村更易居。"（《古今和歌集·杂歌下》卷第十八）

[05] 长月：日本雅称阴历九月为长月。

行，浓露沾袖，与泪同湿。山风猛烈，落叶乱飞。忽然天空阴霾密布，秋雨潇潇而下。远处传来呦呦鹿鸣，隐隐约约；近边响起唧唧虫声，断断续续。凄风苦雨，触目伤神；惨惨戚戚，情何以堪。回想沿着海滨与岛屿漂泊的日子，也未尝感到如此孤苦无依，又不禁悲从中来。

女院来到寂光院，只见岩石生苔，幽邃闲寂；觉得可以在此安安静静度完余生。对着庭中凝露结霜的萩枝[06]，篱下枯槁憔悴的菊花，总不免睹物思人，反躬自省，而怅怏无极。每次在佛前祈祷"天子圣灵，成等正觉，顿证菩提[07]"时，先帝的音容便紧紧挨在身边，永生永世，岂能或忘？于是，在寂光院近旁筑了一丈见方的尼庵，一间当寝室，一间当佛堂。从此昼夜勤修不倦，长时不断念佛[08]。日居月诸，过着遁世修道的生活。

转瞬间，到了神无月中旬五日[09]的黄昏。从静寂的庭院中，忽然传来好像有人踩过满地楢叶的细碎脚步声。女院惊讶道："在此厌世者隐居之处，竟有人进来寻访。不知是谁。若须回避，最好立刻躲开。"说着叫人出去看了一下，原来是一只小鹿。女院问道："是何人？"大纳言佐殿[10]含泪吟道：

深山岩谷间，阿谁来探路。飒飒楢叶声，争知是小鹿？

女院听了，悲从中来，将此歌写在小障子上以为纪念。

---

[06] 萩：汉名胡枝子。开红紫色或白色小花，为日本古歌中秋七草之一。

[07] 天子圣灵：指安德天皇之灵。成等正觉：完全开悟、成就诸佛无上智慧。顿证菩提：不经阶段修行（渐悟），而顿悟菩提、立地成佛。按：一本此处作："天子圣灵、一门亡魂，成等正觉，出离生死，顿证菩提。"

[08] 长时不断念佛：谓永续念佛，从不间断，相对于定时念佛之"别时不断"而言。

[09] 神无月：阴历十月之雅称。中旬五日即当月之十五日。

[10] 大纳言佐殿：五条大纳言藤原邦纲之女、平重衡之妻。佐为内侍司典侍。已见卷第十《二、宫中女官》章，注9；卷第十一《十九、重衡被斩》章，参注7。

不过在与世隔绝、百无聊赖的生活中，却也不免触景生情，睹物寓怀。将排在檐下的盆栽比作七重宝树[11]；将蓄在岩间的山泉当成八功德水[12]。春花无常，随风飘零；秋月有涯，伴云隐没。朝玩花乎昭阳殿[13]，风来香散；夕咏月兮长秋宫[14]，云掩光晦。昔者，铺锦褥于玉楼金殿，妙哉宫室；今则，结柴荆为小庵陋屋，人见人悲，无不落泪。

[11] 七重宝树：阿弥陀佛极乐净土有七宝树。《阿弥陀经》："极乐国土有七重栏盾、七重罗网、七重行树，皆是七宝周匝围绕。"七宝是：黄金、紫金、白银、玛瑙、珊瑚、白玉、珍珠。

[12] 八功德水：指西方极乐净土之池水。《阿弥陀经》："极乐国土有七宝池。八功德水充满其中。"八功德是：甘、冷、软、轻、清净、不臭、饮时不损喉、饮已不伤肠，又简称功德水。

[13] 昭阳殿：汉武帝所建后宫之名，成帝时皇后赵飞燕及其妹昭仪之所居。

[14] 长秋宫：后汉宫殿，明德马皇后尝居之，又称秋宫。按：长者久也，秋者万物成熟之初也，故以名之。

三 行幸大原

日月如梭。文治二年春，后白河法皇静极思动，起意探望隐居大原的建礼门院。但二月三月间，春风凄厉，余寒犹烈；峰顶积雪尚存，谷底结冰未融。春往夏来，北祭[01]已过，法皇才在东方发白前，动身行幸大原山中。虽然说是微行暗访，随行者却有德大寺、花山院、土御门[02]等公卿六人、殿上人八人。还有北门侍卫数人。

行幸经过了鞍马街道[03]，便顺路参观了清原深养父[04]所创的补陀落寺[05]，以及小野皇太后宫[06]的遗址。然后坐上了御舆。远山飘白云，形似落英之缤纷；树梢变绿叶，意若惜春之恋慕。时值卯月[07]二十日，夏草繁茂，拨开前行。

[01] 北祭：阴历四月中旬酉日（今定在阳历五月十五日），在上贺茂、下贺茂神社之例行祭典。冠、牛车、看台帘幕，皆饰以二叶葵，故又称葵祭。与石清水八幡宫之南祭（临时祭、放生会）相对，故称北祭。

[02] 德大寺：内大臣藤原（德大寺）实定。初现于卷第一《十二、鹿谷》章，参注5，后屡见。卷第二有专章《十一、德大寺》叙其参拜严岛神社事。花山院：前权大纳言藤原兼雅。以花山院中纳言兼雅之名出现在卷第三《四、公卿会》章。土御门：权中纳言源通亲。邸在土御门万里小路，故号土御门。

[03] 鞍马街道：从静原通往大原之道路。按：日本前近代所谓街道，指联系诸国各地之主要通道。

[04] 清原深养父：丰前介清原房则之子。《古今和歌集》歌人。有歌集《深养父集》。平安中期名女流作家清少纳言之曾祖父。《后撰和歌集》撰者元辅为其孙。

[05] 补陀落寺：第六十二代村上天皇天德年间（九五七—九六一），依天台座主延昌本愿，深养父在其山庄所建。原址在山城国爱宕郡大原，镰仓时代废寺，已无遗迹可寻。

[06] 小野皇太后宫：第七十代后冷泉天皇（在位一〇四五——〇六八）皇后（后为皇太后），藤原教通三女，名欢子。出家后隐栖小野。康和四年（一一〇二）殁，八十二岁。

[07] 卯月：阴历四月之雅称。四月二十日，时当孟夏。

首次行幸山区，所见所闻无不陌生。山路不见人迹。悲悯之情油然而生。

西山之麓有一佛寺。寂光院是也。古池古树，古趣盎然。所谓：

甍破雾焚不断香，枢落月悬常住灯[08]。

盖指此种景致而言。

庭中嫩草密密匝匝。青柳垂条，迎风狂舞。池上浮萍，随波上下，如濯染锦缎然。池中假岛有古松，紫色藤花缠绕其上，摇摆成浪。晚樱同绿叶并放，其可珍爱甚于春樱。池边的棣棠铧铧盛开，若飘乱雪。远从层层云间传来杜鹃一声，好像在恭候法皇的莅临。法皇看在眼里，听在耳中，即兴咏歌一首：

池边樱花落，飞入古池中。漂漂花成浪，又开几多重？

从岩洞冒出的淙淙泉声，好像在倾诉着古老的故事。绿色的茑萝墙外，一抹翠黛的山峦遥遥可望。景色之妙恐非笔墨所能尽之。

法皇来到女院的庵室。只见檐下爬满茑萝与木槿。忘忧杂在忍草[09]之间。正如古人所云：

瓢箪屡空，草滋颜渊之巷；藜藿深锁，雨湿原宪之枢[10]。

杉皮所葺的庵顶已开始疏落，霜露雨雪不甘落在月光之后，也争先从间隙泄漏

---

[08] 此联出处不明。不断香：佛前昼夜不停所烧之烟。常住灯：即长夜灯。

[09] 木槿：原文槿，注家多训为朝颜，即牵牛花。唯槿亦训むくげ，即木槿。夏秋间，开淡红或紫色五瓣花，通常植为树篱。忘忧：忘忧草，汉名萱草。忍草：亦萱草之一种。参本卷《一、女院出家》章，注3。在此忘与忍并举，盖欲藉以隐喻女院之心情也。

[10] 语出平安中期学官橘直干《申民部大辅状》（引自《和汉朗咏集·草》卷下）。按：颜渊即颜回，孔子弟子。《论语·雍也》："子曰：'贤哉回也。一箪食、一瓢饮，在陋巷，人不堪其忧，回也不改其乐。'"藜藿：穷人所食野菜。原宪：亦孔子弟子。《庄子·让王》："原宪居鲁，环堵之室，茨以生草。蓬户不完，桑以为枢。而瓮牖二室，褐以为塞。上漏下湿，匡坐而弦歌。"

进庵来。显然，主人有意任其腐坏，无心加以修补。庵后是山林，庵前是田原。清风掠过矮竹林，沙沙作响。身为遁世弃俗之人，依然时有悲感愁绪，多如陋屋竹柱之节，一节又一节。从京城传来的信息，稀比柴门竹篱之疏，稀稀疏疏。偶有来访者，无非山上跳树的猿啼、卑贱樵夫的斧声而已。除此之外，只见遍地紫藤与青葛，不见前来探望之人。

法皇叫道："有人否？有人在乎？"但无人应门。过了许久，有一老尼走了过来。法皇问道："女院何在？"答道："在此山上，采花去了。""诸如此等小事，无人代劳乎？虽是厌离秽世之身，实在可悯。"老尼却道："因为前世五戒十善[11]之果报已尽，今日方有如此悲苦之遭际。《因果经》[12]云：'欲知过去因，见其现在果。欲知未来果，见其现在因。'若能了悟过去未来之因果，便不至于如此大惊小怪。悉达太子十九岁出伽耶城[13]，在檀特山麓[14]，缀树叶以遮肌肤。上山采薪，下谷汲水。历经苦修难行之功，终于成等正觉，开悟成佛。"

细细端详老尼，身上所穿不知是绢是布，缝连补靪，褴褛不堪；而居然大谈道理，颇不寻常。因问道："到底汝是何方人氏？"老尼泣不成声。良久，才勉强含泪答道："承问自家姓氏，惶恐之至。老身是故少纳言信西[15]之女，人称

---

[11] 五戒：不杀生、不偷盗、不邪淫、不妄语、不饮酒。十善：不犯身口意三业所生十恶：杀生、偷盗、邪淫、妄语、绮语、恶口、两舌、贪欲、瞋恚、邪见。

[12] 《因果经》：《过去现在因果经》之略。但所引文句并不见于该经之中。

[13] 悉达太子：释迦出家前为王子，名悉达。伽耶城：释迦成道之地，在此与其出生地迦毗卫国混淆。

[14] 檀特山：或译弹多落迦山。古印度犍驮罗国之山。释迦前生（须大拿太子）苦修之地。俗传以为释迦苦行六年之山。

[15] 信西：俗名藤原通宪。以博学闻。后白河天皇近臣，死于平治之乱（一一五九）。初见于卷第一《十二、鹿谷》章，参注20。

阿波内侍[16]。家母是纪伊二位[17]。从前曾蒙关切，宠爱有加，而今竟认不出来，可见自家有多衰老矣。多言无益。”说罢，以袖掩面，悲不自胜；使人不忍多看一眼。法皇抑不住泪水盈眶，叹道：“原来，汝乃阿波内侍。时至今日，不忘也难。仿佛在梦中。”随从的公卿、殿上人互道：“起初只觉得老尼不同寻常，原来这般身世，也难怪。”而为之一洒同情之泪。

法皇到处观览。庭中草卉千种，叶上朝露犹浓，叶叶倾向篱笆。篱外水淹小田，鹬鸟不辨塍陌。进入庵室，拉开障子一看，有佛堂一间，供奉来迎三尊佛菩萨[18]。中尊阿弥陀佛手挂五色丝线[19]。左边是普贤菩萨的画像，右边是善导和尚[20]以及先帝的遗影，还放着《妙法莲华经》八卷、善导和尚的著作五部九卷[21]。虽无兰麝之香，却有香火之烟。传说净名居士[22]在方丈居室之内，安放三万二千座位以迎接十方诸佛，盖可比拟。

在障子拉门上，处处贴着录有经典重要文句的色纸[23]。其中有定基法

[16] 阿波内侍：注家多以为应是信西之孙女。父为藤原入道贞宪。

[17] 纪伊二位：信西之妻、后白河天皇乳母。从二位。纪伊守藤原兼永之女，名朝子。已见卷第三《十八、幽禁法皇》，参注5。

[18] 来迎三尊：众生临终时，前来迎接往生极乐净土之三尊：阿弥陀佛、观世音菩萨、势至菩萨。

[19] 五色丝：青、黄、赤、白、黑，五色丝线，临终时握之，一端系在佛手，象征佛菩萨之引摄。

[20] 善导和尚（六一三—六八一）：唐代僧人。中国净土宗之集大成者、净土五祖第三、日本净土真宗七高僧第五。人称光明寺和尚、终南大师。对日本佛教之影响极为深远。

[21] 善导之著作，有《观无量寿经疏》四卷、《法事赞》二卷、《观念法门》一卷、《往生礼赞》一卷、《般舟赞》一卷，计五部九卷。

[22] 净名居士：维摩诘。释迦在世时，印度毗耶离国长者，协助释迦传教。大乘经典《维摩经》之主人公。在家方丈居室修菩萨道者谓居士。《维摩经·不思议品》：“此辨以大入小，彼明以小宛大。……即时彼佛遣三万二千狮子之座（佛高僧座位）。高广严净，来入维摩诘室。”

[23] 色纸：平安时代用以书写和歌或信札之纸，有各种颜色。后来则专指书写和歌、俳句或绘画之方形或长条硬厚纸笺，亦有各种颜色，且有洒以金箔银箔者。

师[24]在宋清凉山所咏诗句：

笙歌遥闻孤云上，圣众来迎落日前[25]。

又在稍微隔开处，看到一首和歌，应为女院所作：

犹忆赏月夜，澄辉照玉宫，今望云间月，争在深山中？

法皇接着看了看隔壁，好像是一间寝室。在一根竹竿上挂着麻布衣裳与纸布被褥。从前是绫罗锦绣衣饰，本朝汉土之名贵者，无所不备；而今往者已矣，只如一场春梦。随侍的公卿殿上人，大都见过华衣丽服的女院。今非昔比，人人不禁以衣袖拭起泪水来。

且说便在此时，山上出现了两个身穿缁衣的尼姑，正沿着曲折突兀的小径慢慢走了下来。法皇看见了，急问道："彼是何人？"老尼含泪答道："臂上垂挂花篮、手持杜鹃花者正是女院。背负柴薪、前抱野蕨[26]者，不是别人，乃是鸟饲中纳言伊实女儿、五条大纳言邦纲卿养女、先帝乳母大纳言典侍[27]。"话未说完，便禁不住涕零如雨。法皇也觉得可怜，悲从中来，泪水不由得夺眶而出。女院自忖道："虽说已是遁世之身，唯以如此装扮相见，岂不丢人现眼？但愿从此销声匿迹。"想来想去，不知如何是好。

[24] 定基法师：参议大江齐光之子。从五位下三河守。永延二年（九八八）出家，法名寂照、寂心。长保五年（一〇〇三）入宋，长元七年（一〇三四）在清凉山圆寂。

[25] 定基法师绝笔。其前一联为："荒屋无人扶病起，香炉有火向西眠。"圣众指阿弥陀佛、观音、势至等净土诸菩萨。

[26] 野蕨：羊齿科，多年生草本、复叶。春长嫩叶，卷曲如拳状，可食用。根茎可取淀粉。又名拳菜、鳖菜。

[27] 自"鸟饲中纳言"起至此，在卷第十一《十九、重衡被斩》章中，有雷同文句。

或许惯于夜夜汲取阏伽[28]水供佛，时时溅湿法衣；朝朝拨草上下山路，常常露沾衣袖，永无拧干之时。现在，既不愿转回山上，亦不肯进入庵中。只见泪如泉涌，站着动也不动。内侍老尼趁机走上前来，接过了女院手上的花篮。

[28] 阏伽：梵语。供佛之水，又称阏伽水、阏伽香水。在密教信仰中，阏伽与涂香、华鬘、烧香、饭食、灯明，合称六供养。

四 六道

内侍老尼劝道："此乃厌离秽世者之常，以此装扮见人有何不妥？请干脆快快进去见面，可让客人早早离开。"女院终于进入了庵室，含泪说道："念佛一度，每期摄取之光明于窗前；唱佛十次，更待圣众之来迎于陋庵[01]。而今圣驾光临，诚感意外。"说着说着，泣下沾襟。

法皇见此情状，言道："非想八万劫[02]，犹逢必灭之愁。欲界六天[03]，未免五衰之悲[04]。善见城[05]胜妙之乐、中间禅[06]高台之阁，又梦里果报、幻中欢乐，恒久流转无穷，如车轮之回旋。天人五衰之悲，人亦不能免。"接着问道："话虽如此，有人前来探访否？抑恐触物伤情，因事忆往，无时或已也。"女院道："并无来访之人。唯有隆房夫人与信隆夫人，偶尔派人前来传话关

[01] 摄取、来迎：二词均为圣众（阿弥陀佛、观音菩萨、势至菩萨）前来迎接，往生极乐净土之意。

[02] 非想八万劫：非想是三界（欲界、色界、无色界）中无色界第四天"非想非非想天"之略。劫为古印度时间最长之单位。八万劫喻无限之时间。

[03] 六天：欲界之六欲天，指仍在欲望束缚中之六种天：四大王众天、三十三天（忉利天）、夜摩天（焰摩天）、睹史多天（兜率天）、乐变化天（化乐天）、他化自在天（第六天）。六欲天之上有非想非非想天，下有九山、八海、龙宫、奈落之底。

[04] 五衰：即天人五衰。凡人行善，得生天上，享其福报，谓之天人。福报已尽，便呈现五种（五段）衰相，谓之五衰。说法不一，详参卷第二《十、大纳言之死》章，注7。

[05] 善见城：又作喜见城。忉利天之主帝释天之居城，在须弥山顶。

[06] 中间禅：大梵天王所居之地，在色界四禅天中，位于初禅天与二禅天之间。

切。从未想到[07]，必须依赖彼等度此残生。”说着泪流满面。身旁的女伴们也都湿了衣袖。

女院忍住眼泪，又道：“今日有如此遭际，一时固然觉得可悲可叹，但为后生菩提，来世成佛，应该庆幸才是。立地成为释迦之身后门弟，仰赖阿弥陀救济众生之本愿，脱离五障三从[08]之苦。三时[09]勤修而除灭六根烦恼[10]，一心祈愿以待往生九品净土[11]。专求一门之菩提，常期三尊之来迎。先帝之音容宛在，永世悲悼；欲忘之而不能忘，欲忍之而不能忍。人情之悲莫悲乎母子之情。故而朝夕勤修以祈先帝冥福。亦可为导我入佛之善知识。”法皇曰：“日本虽属粟散边土[12]，但有子承十善余薰[13]而成万乘之君，贵为母后，宜其身名俱泰，事事如意，无往而不利。何况生于佛光普照之世，又具修佛学道之志，来世必能往生极乐，殆无可疑。人间之虚幻无常，不值惊讶，无须再提。然而观看尊容，似有百般无奈、悲痛欲绝之气。”

女院接道：“我乃平相国之女，天皇母后。一天之下、四海之内，万事皆在掌中，无不如愿。始自新春拜贺之礼，中经花样百出之更衣节[14]，以至年暮佛

---

[07] 以下四句，重复本卷《二、迁居大原》章第一段中之文句。隆房、信隆二夫人关切女院事，见本卷《二、迁居大原》章。

[08] 五障：《法华经·提婆品》：“又女人身，犹有五障。一者不得作梵天王、二者帝释、三者魔王、四者转轮圣王、五者佛身。”三从：《仪礼·丧服·子夏传》：“未嫁从父，既嫁从夫，夫死从子。”

[09] 三时：昼三时（晨朝、日中、日没）与夜三时（初夜、中夜、后夜）。

[10] 六根：指眼、耳、鼻、舌、身、意。即感觉、知觉诸器官，为所有烦恼之根源。

[11] 九品净土：净土分为九级（品）。依生前功德往生不同品级。参卷第十《五、受戒》章，注8。

[12] 粟散边土：偏僻远隔之地，如撒粟粒之小国。喻日本。前已数出。

[13] 十善余薰：十善戒功之善因。前已数见。参卷第一《七、二代皇后》章，注8。按：此处“承十善余薰”者，注家或以为法皇自道，或以为指女院之子安德天皇，兹取后者，故加“贵为母后”等字以译之。

[14] 更衣节：每年四月一日、十月一日为换季更衣之日，称更衣，日文“衣替”。

名会[15]；一年之间，摄政关白以下，诸公卿殿上人，竞相逢迎伺候；好比处于六欲天、四禅天上[16]，围在八万天部之中，文武百官无不尊崇仰止。在清凉殿、紫宸殿玉帘内，备受礼遇。阳春则赏南殿左近之樱花以度日，九夏三伏[17]则汲泉水而去暑凉心。仲秋则不许单独观赏云上明月[18]，玄冬素雪之夜则加衣以御寒。愿得长生不老之术，乃寻蓬莱不死之药，只思延年益寿而已。日日夜夜享受荣华，永无尽时。天上果报之隆，恐无过于此者。

"然而，寿永初秋，因受某木曾义仲威胁，一门流亡。回顾久已住惯之京都于云边，眺望福原故里化成焦原；从过去只闻其名之须磨，沿其海边漂往明石之浦，何其可哀。昼则乘浪冲向漫漫大海，泪沾衣袖；夜则与沙洲黄鹂相惜相怜，悲啼终宵。虽在海浦与岛上，经过不少名胜古迹，但最难忘怀者终究是故乡。居处如此漂泊不定，似可体会天人五衰、生者必灭之悲。人间之爱别离苦、怨憎会苦[19]，感同身受。四苦八苦[20]，无一不备。

"其后在筑前国大宰府，为绪方维义所逐，逃出九州[21]。山野虽广，竟无栖

[15] 佛名会：简称佛名。或称佛名忏悔。十二月中旬（十五日或十九日起）三日之间，在内里清凉殿称念过去、现在、未来诸佛之名，以祈愿当年忏悔灭罪之法会。

[16] 六欲：欲界六天，详见本章前注3。四禅：又称四静虑。象征由四段禅定而到达之超欲境界。初禅离生喜悦、二禅定生喜悦、三禅离喜妙乐、四禅非苦非乐。四禅所达境界合称四禅天。

[17] 九夏：夏九十日之谓。三伏：初伏（夏至后第三庚日）、中伏（第四庚日）、末伏（立秋后第一庚日）。源顺（九一一—九八三）《奉同源澄才子河原院赋》："九夏三伏之暑月，竹含错午之风；玄冬素雪之寒朝，松彰君子之德。"（《本朝文粹·赋》卷第一，又《和汉朗咏集·松》卷下引）按：据五行之说，四季之色：春青、夏赤、秋白、冬黑（玄）。

[18] 盖谓必须参加宫中赏月之宴，热热闹闹，无暇独自静中赏月也。

[19] 爱别离苦、怨憎会苦：均人生八苦之一。详见卷第十二《三、平大纳言被流》章，注16、17。

[20] 四苦八苦：人间界生、老、病、死为四苦。加以爱别离苦、怨憎会苦、求不得苦、五阴盛苦为八苦。按：五阴又译五蕴，指色、受、想、行、识五种，一切身心苦恼，皆由此而生。

[21] 有关绪方维义之出身与平家撤出九州事，见卷第八《三、麻线圈》、《四、撤退大宰府》章。

身之地。同年秋末，昔在宫中殿上观赏明月，今则远在天涯海角望月兴叹。而在神无月[22]中，清经中将想道：'京都已被源氏占据，在九州又被维义赶走。身如网中之鱼，欲逃而不得其门。苟且以延一时之命，亦不长久矣[23]。'乃在月光下跳海自沉，实为一连悲剧之始。

"浪上度日，船内过夜。既无贡物[24]，又无御厨。偶尔准备御膳，却因缺水而难咽。浮在大海之上，虽有潮水而不能饮。谓之饿鬼道之苦，当无不可。

"然后，在室山、水岛等处，平家屡次制胜，人人似乎稍稍恢复信心[25]。但在一谷之役[26]，一门死亡泰半。于是脱下直衣束带，换上盔甲。朝朝暮暮，杀声不断。阿修罗与帝释天之战[27]，恐亦不过如此。

"一谷陷落后，子先父母而死，夫离妻子而去。遇到海上渔舟，误为敌人之船而破胆；远望松梢白鹭，看成源氏之旗而惊心。退至门司关、赤间关[28]，已知今日是最后一战。当时二位尼曾留言道：'男人欲保性命者，千难万难。纵有远亲幸存，亦难为我辈祈求后世冥福。自古惯例，战争不杀女人。因此宜其苟全性命，祈愿皇上[29]往生极乐，并助我辈来生果报。'谆谆嘱咐，恍如梦中。忽然狂风卷起恶浪，阴霾低垂密布。军心惶惶，以为天命已尽，非人力所

[22] 神无月：阴历十月。

[23] 此处所引清经"想道"诸句，已见卷第八《四、撤退大宰府》章中。

[24] 贡物：地方诸国每年依例向朝廷缴交之年贡与租税。

[25] 寿永二年（一一八三）冬，"平家在室山、水岛两次战役中，大获全胜，气势也因而旺盛起来"（卷第八《九、室山》章）。详见同卷《七、水岛之战》与《九、室山》等章。

[26] 一谷之役：详见卷第九《七、三草点将》至《十九、小宰相跳海》诸章。

[27] 阿修罗：好斗鬼神，住六道之一修罗道。常与帝释天为敌，战争不已。帝释：护法善神，欲界第二天忉利天之主。制阿修罗恶行而降之。

[28] 门司关与赤间关，隔关门海峡相对。见卷第十一《七、坛浦会战》章，注8。

[29] 皇上：指安德天皇。此时二位尼与安德尚未投海。崩后则或以先帝称之。

能挽回。二位尼[30]眼见大势已去，便抱皇上走到舷边。皇上不明所以，问道：'尼前，将带我至何地何方？'二位尼乃对幼帝含泪说道：'皇上有所不知。缘于前生十善戒功之因，今世得生为万乘天子。不幸恶缘作祟，御运已尽。可先面向东方拜别伊势大神宫；然后面向西方称念佛号，祈愿佛菩萨来迎，同往西方净土。本国原是粟散边地，可悲可厌，如今可除一切烦恼，相伴同往极乐净土。'一边且哭且说，一边替皇上穿好山鸠色御衣，在其两鬓结了角发。仍然不住流泪。皇上举起可爱双手合十，先朝东方伏拜，向伊势大神宫辞行。然后朝向西方唱起佛号。二位尼随即抱起皇上，跳进海中。此情此景，令人目眩心碎，至今欲忘之而不能忘，欲忍之而不能忍。当时苟存者之惊呼哀号，惨不忍闻，可比在叫唤地狱、大叫唤地狱中[31]，听到罪人在火焰烧烤下发出之悲鸣。

"其后为源氏武士所捕，在押解上京途中，抵达播磨国明石浦。闭目养神片刻，倦极入梦。迷糊中来到一处宫殿，富丽堂皇，远胜昔日内里。只见先帝坐在前面，平家一门公卿殿上人，冠冕堂堂、威仪凛凛，在御前伺候。自从离开京城之后，未尝见过如此豪华场面，不免问道：'是何处？'有一老妇仿佛二位尼者曰：'是龙宫。'又问道：'令人羡慕之至。处在其中，必然无忧无苦，是否？'答曰：'岂能无苦哉？其苦见于《龙畜经》[32]中。所以，仍请专诚祈愿我等顿证菩提，救此龙宫之苦。'听到此处，忽然梦醒。尔后，更加专心诵经念佛，为先帝以下，平家一门，祈求冥福。以上种种，似皆合乎六道[33]之旨。"

---

[30] 二位尼：人或称二位殿。前已数出。平清盛之妻时子、建礼门院之母。

[31] 叫唤、大叫唤：八热（八大）地狱（等活、黑绳、众合、叫唤、大叫唤、焦热、大焦热、无间）中之第四与第五层。罪人因猛火与滚水之苦而呼号。

[32] 《龙畜经》：不在《大藏经》中，当是出于虚构。龙虽为鬼神，亦属虫畜之类，故虚拟《龙畜经》，以示在龙宫所见所闻之苦，亦不外畜生道也。至此，六道乃全。

[33] 六道：众生因其自作业因，而生死轮回之六种世界：地狱、饿鬼、畜生、阿修罗、人间、天上。在本章中，建礼门院则依天上、人间、饿鬼、阿修罗、地狱、畜生之序而述之。

法皇道:“据云,异国玄奘三藏在开悟之前见过六道;吾朝日藏上人[34]藉藏王权现[35]法力,亦见过六道。女院有缘经历六道种种,身临其境,诚然难堪,良可慨叹。”说着潸然泪下。随从的公卿殿上人都陪着两眼泫然。女院也不禁泪流满面,身旁的女伴们也都湿了衣袖。

---

[34] 日藏上人:法名道贤,淡路守三善氏吉之子、清行之弟。《十训抄·中》:“御岳(金峰山)日藏上人,自承平四年(九三四)四月十六日隐居窟中,八月一日午时顿死。同月十三日复苏。其间非梦非真,因金刚藏王善巧方便,遍观三界六道。”

[35] 藏王:金刚藏王菩萨。吉野金峰山寺藏王堂本尊。

五 女院逝世

且说不知不觉间，寂光院之钟声响起，告以夕阳西下，日将垂暮[01]。法皇固然依依不舍，也只得眼中含泪，起驾返回京城。女院依然沉浸在过去的回忆中，衣袖也掩不住泪水簌簌落下[02]。目送法皇一行，直到背影远去，才返身进入庵室佛堂，哽噎着向本尊祈道："先帝圣灵、一门亡魂，成等正觉，顿证菩提。"以前是面向东方发愿："伊势大神宫、正八幡大菩萨，天子宝算，千秋万岁。"现在则双手合十，面向西方祈祷："亡故圣灵，同往弥陀净土。"听来堪怜。在寝室的障子上看到和歌二首：

一入佛门后，繁华便成空，宫苑人难忘，来回方寸中。

往事成一梦，繁华不复来。柴门草庵里，何必再久待？

随驾而来的德大寺左大臣实定公[03]，在庵室的柴柱上题了一首：

---

[01] 佚名："忽闻山寺钟，声声催日暮。今天看又过，犹然未了悟。"（《拾遗和歌集·哀伤》）

[02] 纪贯之："泪滴泪河里，流向水栅栏。栅栏挡不住，何况袖长衫。"（《拾遗和歌集·恋四》）

[03] 德大寺左大臣实定：藤原实定（一一三九——一一九一），保元元年（一一五六）从三位左近卫中将兼中宫权亮，永历元年（一一六〇）中纳言，寿永二年（一一八三）内大臣，文治五年（一一八九）左大臣。已见卷第一《十二、鹿谷》，注5，卷第二《十一、德大寺》章等。

昔日赛月貌，明媚照四方。今在深山里，黯淡失容光[04]。

女院正在缅怀过去，思量未来，心烦意乱，不由得泪下如雨。忽然一只山杜鹃叫了一声，匆匆飞了过去。女院触景生情，感慨系之，咏道：

杜鹃兮啼血，飞向半山坡，同在忧患里，泣下谁最多[05]？

且说在坛浦被生擒者，在京城游街示众后，或伏诛或远流，各与妻子生离或死别。只有池大纳言[06]一人保住了性命，留在京都。至于烽火孑遗的女眷四十余人，并无任何专案处置，因此各别依靠亲戚或投奔故旧而去。其上焉者住在垂帘宅邸之内，却非安身之处；下焉者栖于柴门陋屋之中，亦非无垢之居。从前并枕而眠的夫妇，各在天涯与海角；父母与子女离散，互相不知下落。思念之情永无绝期，只能默默隐忍度日。

追根究底，盖因入道相国专权一天之下、独霸四海之内，上不畏一人[07]，下不顾万民；死罪流刑，任意行之；对世对人，肆无忌惮之所致。父祖罪业，报在子孙，显然无可置疑。

岁月如流。女院玉体终有欠安之日，乃牵住中尊阿弥陀手上之五色丝

[04] 《建礼门院右京大夫集》有歌，以高仓天皇比日，以建礼门院比月。歌云："天上云端边，遥望日与月。默默各辉光，互道两相悦。"其后，右京大夫访女院于大原，又有歌云："仰望天上月，依然挂云端。如今深山里，但觉月光寒。"按：作者右京大夫（一一五七—？），平安后期、镰仓前期女歌人。年轻时，曾为建礼门院（当时为高仓天皇中宫）女官，并与平资盛相恋。平家灭亡后，仍与建礼门院时相往来，保持密切关系。故有建礼门院右京大夫之称。

[05] 此歌盖改作自雅成亲王（后鸟羽天皇皇子）之歌："杜鹃兮啼血，飞入半山坡，同在忧患中，日日泪痕多。"（《续古今和歌集》杂上）

[06] 池大纳言：平赖盛。平清盛异母弟。其母池禅尼在平治之乱后，关说救助源赖朝有功。赖盛望其报恩。故在卷七《十八、一门出奔》时，独自折回京都，未随平家一门逃奔西国。后来果然被源赖朝召见，备受礼遇。事见卷第十《十三、三日平氏》章。

[07] 一人：指天皇。在此当指后白河法皇（形式上应指高仓天皇或安德天皇）。

线，称念佛号道："南无西方极乐世界教主弥陀如来，请来引摄[08]。"大纳言典侍、阿波内侍仍在左右伺候。当女院弥留之际，不禁大声恸哭起来。女院念佛之声逐渐转弱，却见紫云自西方飘来，异香满庵室，音乐响自空中。生命毕竟有限，女院在建久二年如月[09]中旬终其一生。

大纳言典侍与阿婆内侍两人，自女院初为中宫，便片刻不离，一直在其身边伺候。女院临终时，不免心慌意乱；死别之恸，历久而弥新。两人已是无亲无故无告之身，然而仍时时为女院举办法事，其情可悯。两位终能追随龙女正觉[10]之迹，如同韦提希[11]夫人，遂其夙愿，往生净土。

[08] 永观撰《往生讲式》作："南无西方极乐化主阿弥陀如来，不误本愿，必垂引接。"化主同教主，亦即教祖。引接与引摄，音读同（いんぜふ），义亦同。谓菩萨来迎往生极乐也。

[09] 如月：阴历二月雅称。建久二年当西历一一九一年。按：建礼门院往生年月与享年，各本说法不一。或以为贞应二年（一二二三）春，六十一岁；贞应三年春，六十八岁；建历三年（一二一三）六月，五十九岁；建保元年（十二月改元，一二一三）十二月，五十七岁。

[10] 龙女：八大龙王之一娑竭罗龙王之女，年始八岁，智慧利根。以垢秽女身，克服五障，修得成等正觉，具菩萨行，坐宝莲华，演说妙法。详见《法华经·提婆品》。

[11] 韦提希：古印度摩诃陀国频婆娑罗王之妃，为其子阿阇世所幽禁。后来因听释尊说法，"应时即见极乐世界广长之相，得见佛身及二菩萨，心生欢喜，叹未曾有，霍然人悟"。详见《观无量寿经》。

附录

《平家物语》年表

一、本年表所列年号、事项等，大致依据觉一本《平家物语》所述内容，偶亦插入其他相关史料以助了解故事背景。

二、表中“公元”与“月”栏数字均依阴历，其围以圆圈○者为闰月。“事项”栏以年为单位，依月份各列该月所发生之重要事件。

三、本年表在编造过程中，曾参考多种前人所作同类年表。助益良多，附志于此，并表谢忱。

天皇	上皇	年号	公元	月	事项
75崇德	鸟羽	天承元	一一三一	3	得长寿院落庆供养法会；平忠盛获准升“殿上之间”
				11	丰明节会谋害平忠盛，未果
76近卫		久安二	一一四六	2	平清盛补安艺守、叙正四位下
		仁平三	一一五三	1	平忠盛殁（五十八岁）
		久寿二	一一五五	7	近卫帝崩；后白河帝践祚
				8	木曾义仲之父源义贤为恶源太义平所杀
77后白河		保元元	一一五六	4	平清盛修建高野山金刚峰寺根本大塔落成供养
				7	鸟羽法皇崩；保元之乱藤原赖长、源为义死之；崇德上皇流赞岐；平清盛补播磨守；源义朝为左马头
78二条	后白河	保元三	一一五八	8	二条帝即位；后白河上皇院政；平清盛为大宰大贰

续表

天皇	上皇	年号	公元	月	事项
78二条	后白河	平治元	一一五九	12	平治之乱信西伏诛、藤原信赖死、源义朝败逃
		永历元	一一六〇	1	源义朝死；太皇太后藤原多子再度入宫为“二代皇后”
				2	源赖朝被捕
				3	源赖朝流伊豆
				8	平清盛补参议、叙正三位
		永历二	一一六一	4	后白河上皇移入法住寺殿御所
		长宽二	一一六四	8	崇德上皇崩
				9	平家严岛奉纳写经与愿文
		永万元	一一六五	6	二条帝让位、次月崩，引发立匾争议
				8	山门僧众火烧清水寺；德大寺实定辞权大纳言
79六条		仁安元	一一六六	2	明云任天台座主
				10	宪仁亲王立东宫
				11	平清盛为内大臣
		仁安二	一一六七	2	平清盛叙从一位、补太政大臣
80高仓		仁安三	一一六八	3	高仓帝即位
				11	平清盛因病出家，法名净海，又名清莲
		嘉应元	一一六九	7	后白河上皇出家，称法皇
		嘉应二	一一七〇	10	平清盛之孙资盛与摄政藤原基房发生争路冲突；平清盛派人袭击摄政基房，替孙资盛报争路之仇
		嘉应三	一一七一	1	高仓帝元服、临幸法住寺殿行朝觐之礼
		承安元		12	平清盛之女德子入宫为女御、不久升中宫

续表

天皇	上皇	年号	公元	月	事项
80高仓	后白河	承安二	一一七二	3	平清盛在福原行千僧供养
				10	平清盛在福原田滨行千坛阿弥陀供养
		安元二	一一七六	3	法皇五十大寿
				7	建春门院逝世；六条上皇驾崩
		安元三	一一七七	1	藤原师长辞左大将；平重盛补左大将；平宗盛右大将
				3	藤原师长除太政大臣；平重盛内大臣；比睿山僧众控加贺守藤原师高
				4	神舆控诉；师高流尾张；京都大火，大内大极殿烧毁
				5	天台座主明云解任；觉快法亲王任第五十六代座主；明云在流放路上为比睿山僧众夺回；源行纲向平清盛密告鹿谷阴谋
				6	鹿谷首谋藤原成亲、西光等被捕；成亲流罪；西光处死；明云召还；鹿谷连坐者藤原成经、俊宽、康赖三人流鬼界岛
		治承元		8	藤原成亲被杀
				9	比睿山反对法皇在园城寺（三井寺）灌顶，僧众蜂起
				12	德大寺实定除左大将
		治承二	一一七八	1	彗星现于东方
				7	为祈中宫平德子安产，行大赦；藤原成经、康赖获释准离鬼界岛；追赠藤原赖长太政大臣
				11	高仓帝第一皇子诞生，次月封言仁亲王、立为东宫（后之安德天皇）
		治承三	一一七九	3	平重盛辞内大臣、参拜熊野；善光寺失火
				4	文觉上人为重建神护寺募款，在法住寺殿被捕，流伊豆

续表

天　皇	上　皇	年　号	公　元	月	事　　　项
80高仓	后白河	治承三	一一七九	5	京都旋风;〔在此前后〕重盛出家、病殁(四十三岁)
				11	比睿山堂众放火烧西塔；大地震；平清盛自福原率军入京，免去关白、太政大臣等公卿殿上人四十三人之职；基房、师长等流罪；藤原行隆补五位藏人左少弁；法皇被幽禁鸟羽殿；藤原基房出家；天台前座主明云回任;〔冬〕藤原成范之女小督出家
81安德		治承四	一一八〇	2	高仓帝让位；东宫（安德天皇）践祚
				3	高仓上皇临幸安艺国严岛神宫、同月回銮
				4	安德帝即位；源赖政游说以仁王传檄诸国源氏，举兵讨伐平家
				5	法皇迁至八条乌丸美福门院御所；以仁王至园城寺避难；信连留守以仁王御所，力战被捕；园城寺致牒兴福寺与延历寺；源赖政在宇治与平家交战，伤重自刃；以仁王遭射杀；平家烧毁园城寺
				6	迁都福原；平清盛、时子夫妇准三后
				8	源赖朝举兵，袭伊豆目代平兼高；赖朝军大败，逃至安房、上总
				9	高仓上皇再度临幸安艺国严岛；法皇院宣追讨源赖朝；大将军平维盛率军出关东；源（木曾）义仲举兵信浓国
				10	高仓上皇回銮；平维盛与源赖朝两军隔富士川对峙；平家军夜半为鸟声所吓，不战而走；源义经加入源氏军
				11	平家军逃回京都；美浓、尾张源氏蜂起
				12	迁还旧都；平知盛等讨伐近江源氏；南都（奈良）僧兵蜂起；平重衡奉命征伐南都，烧毁东大寺、兴福寺；河野通清叛

续表

天　皇	上　皇	年　号	公　元	月	事　　　项
81安德	后白河	治承五	一一八一	1	宫中无例行仪式；南都僧纲等被解僧职；宫中仅行简单御斋会；高仓上皇崩；平清盛以女儿献给法皇
				2	源义基枭首；九州反叛，平宗盛为追讨使
				②	平清盛病逝；平宗盛上奏还政于法皇；西八条殿失火；藤原邦纲殁；法皇临幸法住寺殿；平清盛火化于爱宕
				3	南都僧官复职；平知盛等破源行家于尾张、三河国；东大寺大佛殿重建计划，以藏人藤原行隆为奉行
				5	平重衡补左近卫中将从三位；平维盛右近卫中将
				6	越后国守城太郎助长病逝
		养和元		7	〔近年来饥馑成灾，死者无数〕改元养和；行非常大赦；藤原师长等人自谪地归京；平通盛、平经正等率大军北伐源义仲；源赖朝奏请源平和谈之议，平宗盛拒之；平贞能率军下镇西讨伐菊池高直
				8	大仁王会；法皇院宣追讨源赖朝、源义仲
				9	奉纳铁盔铁甲于伊势神宫；敕使大中臣定隆猝死
				10	平氏调伏祈祷之高僧觉赞法印猝死于日吉社
				11	安德帝母后平德子封建礼门院
		养和二	一一八二	2	金星犯昴宿
				4	比睿山僧众不稳，平重衡护送临幸日吉神社之法皇回御所
		寿永元		5	改元寿永
				9	越后国守城四郎助茂（改名长茂）发兵信浓国讨伐义仲，败于横田河原之战；平宗盛回任大纳言，次月补内大臣

续表

天　皇	上　皇	年　号	公　元	月	事　　　项
81安德	后白河	寿永二	一一八三	1	安德帝朝覲行幸
				2	平宗盛叙从一位，辞内大臣；藤原俊成奉命撰《千载和歌集》
				3	源赖朝与义仲失和
				4	平维盛、经正等出兵讨义仲；义仲败于越前国火打城之战
				5	义仲大败平家十万大军于俱利迦罗谷；筱原开战，源义仲、源行家大破北陆平家军；斋藤实盛战死
				6	在伊势大神宫等十大神社祈祷国泰民安；义仲致牒比睿山请求合作，如愿以偿
				7	平家连署致牒比睿山劝其相助，遭拒；源义仲入比睿山；平贞能自镇西归；平知盛率军向近江；源行家、矢田义清、摄津源氏等逼京；法皇入比睿山；平氏一门奉安德帝、建礼门院等与三种神器离京出奔；平赖盛与摄政藤原基通未同行；平氏一门至福原，烧毁宫室后航向西海；义仲、行家护送法皇自比睿山还京，旋受追讨平氏院宣；义仲任京都守护职
82后鸟羽		寿永二		8	平氏一门解官；义仲左马头兼越后守、行家备后守；改义仲伊豫守、行家备前守；平氏所领全部没官；新帝后鸟羽天皇践祚，形成二天皇并立；藤原成经除右少将；平氏至筑前国大宰府
				9	法皇派藤原修范为敕使赴伊势神宫；京中不稳；义仲奉命讨伐平氏；平家在大宰府感怀去岁宫中赏月情景
				10	院使中原康定下镰仓封赖朝为征夷大将军；绪方维义等攻击平氏；平氏撤退大宰府，辗转至赞岐国屋岛（八岛）设行宫
				⑩	义仲军矢田义清、海野行广等败于水岛之战；平氏在西国士气大振；义仲讨濑尾兼康于备中；义仲返京，受追讨平氏之命；义仲与行家貌合神离

续表

天　皇	上　皇	年　号	公　元	月	事　　项
82后鸟羽	后白河	寿永二	一一八三	11	院使中原康定返京；义仲烧毁法住寺御所，幽禁法皇；明云大僧正、圆惠法亲王死之；义仲以藤原师家为内大臣摄政；源行家在室山败于平教盛、重衡；义仲有意联合平家以对镰仓，被拒不成；义仲解除大臣公卿殿上人四十九人官职，数日后收回成命
				12	法皇移至六条西洞院；法皇命源义仲与藤原秀衡讨伐源赖朝；源赖朝令源范赖与义经讨伐源义仲
81安德 82后鸟羽		寿永三 元历元	一一八四	1	正月例行仪式不全；源范赖、义经军入京；源义仲、今井兼平战死于粟津；樋口兼光被捕；摄政藤原师家罢免；前摄政基通、前内大臣实定还任；义仲、今井兼平枭首；源赖朝奉旨追讨平氏；范赖、义经军下西国；平氏统辖四国，返回福原
				2	樋口兼光枭首；平氏在三草山、一谷会战大败，逃回屋岛；俘虏平重衡以及平通盛等人首级同时入京；通盛等枭首；重衡依法皇命向屋岛建议归还三种神器，平家拒之；小宰相投海
				3	平重衡离京被押送镰仓；平维盛离开屋岛，在高野出家，参拜熊野三山后，在那智海上跳水
				4	源赖朝叙正四位下；平重衡入镰仓；始建崇德院、藤原赖长庙于春日河原；千手姬奉赖朝命款待重衡；源义仲遗子清水冠者义重为赖朝所杀
				5	平赖盛下关东；赖朝款待赖盛
				6	平田入道定次等伊贺、伊势平氏举兵反，力战败亡
				7	新帝后鸟羽天皇正式登基（仍无三种神器）
				8	源范赖为三河守、源义经补左卫门少尉检非违使

续表

天　皇	上　皇	年　号	公　元	月	事　　项
81安德 82后鸟羽	后白河	寿永三 元历元	一一八四	9	源范赖率军往西国追讨平家，在备前国藤户打败平家军；义经补检非违使五位尉
				11	大尝会
		寿永四 元历二	一一八五	2	源义经率军下西国追讨平氏；义经冒惊涛骇浪登陆阿波国胜浦，破其守军樱间介能远；继攻平氏于志度、屋岛；那须与一射扇中的；平家败逃海上
				3	坛浦会战；阿波民部重能叛归源氏；平清盛妻二位尼抱幼帝安德天皇（八岁）投海；建礼门院入海被救；平知盛、教经力战而死；平宗盛、时忠等被俘；平家覆灭
				4	神镜、神玺返京；平家被俘者入京游街示众；源赖朝升从二位
				5	建礼门院出家；源义经押送平宗盛父子至镰仓；赖朝拒见义经
				6	赖朝接见宗盛；义经押解宗盛父子返京；宗盛父子在近江国被砍，枭首京城；重衡引渡奈良受斩，枭首般若寺门口
				7	京都大地震
		文治元		8	文觉上人将源义朝遗骨交与其子赖朝
				9	平时忠流能登
				10	吉田经房升大宰帅；源赖朝派土佐房昌俊入京谋杀义经，失败；义经斩土佐房于六条河原；法皇下旨义经对抗赖朝
				11	义经、行家离京出奔；太田赖基袭义经于摄津河尻；义经等在大物浦遇大风浪，一行离散；源赖朝代官北条时政入京；院宣颁诸国追捕义经；赖朝获准在诸国置守护、在庄园设地头、在西国征收兵粮以巩固其统治；赖朝兼总追捕使
				12	北条时政搜捕平氏残党，无论老幼真假皆杀之；逮捕平维盛公子六代；文觉上人往见赖朝为六代请命，获准；平忠房被诱杀

续表

天皇	上皇	年号	公元	月	事项
82后鸟羽	后白河	文治二	一一八六	1	文觉伴六代返京；六代随文觉赴高雄，其母留住长谷寺
				4	法皇访建礼门院于大原寂光院
				5	源十郎行家在和泉国被捕受斩；信太三郎先生义宪在伊贺国切腹自杀
				6	平赖盛卒
				7	平盛国绝食而死
		文治三	一一八七	2	义经入陆奥投奔藤原秀衡
				9	藤原俊成撰《千载和歌集》
				10	藤原秀衡卒
		文治五	一一八九	4	源义经为藤原泰衡所攻，自杀于衣川；六代出家，参拜高野、熊野
				8	陆奥平泉降赖朝军
		文治六 建久元	一一九〇	1	后鸟羽元服（十一岁）
				11	源赖朝入京，除权大纳言兼右大将
				12	赖朝辞去二职，返镰仓
		建久二	一一九一	2	建礼门院平德子逝世（或曰建历三年一二一三、贞应二年一二二三）
	〔阙〕	建久三	一一九二	3	后白河法皇崩（六十六岁）；〔将军源赖朝当权〕
		建久四	一一九三	8	源赖朝疑源范赖有叛意，杀之
		建久六	一一九五	3	源赖朝入京，出席东大寺供养；有平家武士萨摩中务家资意图谋刺，不果，反被砍杀
		建久七	一一九六	10	平知盛之子知忠被围攻，伤重自戕；平盛嗣在但马国被捕，受斩于油井滨
83土御门	后鸟羽	建久九	一一九八	1	后鸟羽帝让位于土御门天皇
				2	六代被斩于田越川（三十多岁）
		建久十 正治元	一一九九	1	源赖朝因病出家，不久薨（五十三岁）文觉上人谋反不成，流隐岐国（承久年间后鸟羽上皇政变失败，亦流隐岐国）

重要官职位阶表

本表以久保田淳等编《角川全译古语辞典 · 附录》为基础，并参考其他相关资料，增益而成。特此声明，并致谢意。

官府名	职　掌	官　职 · 位　阶			
		长　官	次　官	判　官	主　典
神祇官	掌祭祀、卜兆等，统辖全国寺社	伯 从四位下	大副 从五位下 少副 正六位上	大佑 从六位上 少佑 从六位下	大史 正八位下 少史 从八位上
太政官	国政最高机关。统辖八省、执行全国政务。下设左、右弁官局，各置大、中、少弁一人。左弁官统辖中务、式部、治部、民部四省；右弁官统辖兵部、刑部、大藏、宫内四省	太政大臣 正、从一位 左大臣 正、从二位 右大臣 正、从二位 内大臣 正、从二位	大纳言 正三位 中纳言 从三位 参议 正四位下	少纳言 从五位下 大弁 从四位上 中弁 正五位上 少弁 正五位下	大外记 正六位上 少外记 正七位上 大史 正六位上 少史 正七位上
中务省	侍从任免、诏敕宣达、转呈奏书、管理后宫事务、监修国史等。统辖中宫职，大舍人、图书、内藏、缝殿、阴阳、内匠六寮及画工、内药、内礼等三司	卿 正四位上	大辅 正五位上 少辅 从五位上	大丞 正六位上 少丞 从六位上	大录 正七位上 少录 正八位上

续表

官府名	职　掌	官　职·位　阶			
		长　官	次　官	判　官	主　典
		四等官以外有：侍从（从五位下）、大内记（正六位上）、少内记（正七位上）、大监物（从五位下）、中监物（从六位上）、少监物（正七位下）等			
式部省	掌文官人事、朝仪、学校等。辖大学寮、散位寮	卿 正四位下	大辅 正五位下 少辅 从五位下	大丞 正六位下 少丞 从六位上	大录 正七位上 少录 正八位上
治部省	掌五位以上人事、外交。辖雅乐寮、玄蕃寮及诸陵、丧仪二司				
民部省	掌户籍、租税、财政。辖主计、主税二寮				
兵部省	宫中护卫、军事、国防。辖兵马司等六司				
刑部省	掌司法诉讼。辖囚狱、赃赎二司				
大藏省	掌财政、出纳、度量衡。辖典铸、织部、扫部、漆部、缝部五司				
宫内省	宫中事务。辖大膳职、大炊、木工、主殿、典药、扫部五寮及正亲、内膳、造酒等司				
藏人所	天皇近侍。掌传宣、进奏、节会仪式，并伺候天皇衣食起居杂事	头（多由中弁与近卫中将任之） 四位	五位	六位	

续表

<table>
<tr><th rowspan="2" colspan="2">官府名</th><th rowspan="2">职　掌</th><th colspan="4">官　职·位　阶</th></tr>
<tr><th>长　官</th><th>次　官</th><th>判　官</th><th>主　典</th></tr>
<tr><td rowspan="2" colspan="2">春宫坊
中宫职</td><td rowspan="2">春宫坊与中宫职分掌皇太子与皇后相关事务。春宫坊置东宫傅、学士</td><td>大夫
从四位下</td><td>亮
从五位下</td><td rowspan="2">大进
从六位上
少进
从六位下</td><td rowspan="2">大属
正八位下
少属
从八位上</td></tr>
<tr><td colspan="2">东宫傅（正四位上）、学士（从五位下）</td></tr>
<tr><td colspan="2">内侍司</td><td>后宫十二司之一。居天皇与官员之间负责传递。监督下级女官</td><td>尚侍
从三位</td><td>典侍
从四位上、下</td><td>掌侍
从五位上、下</td><td></td></tr>
<tr><td colspan="2">职</td><td>大膳职专司宫中膳食。左京职与右京职分别管辖京城</td><td>大夫
正五位上</td><td>亮
从五位下</td><td>大进
从六位下
少进
正七位上</td><td>大属
正八位上
少属
从八位上</td></tr>
<tr><td rowspan="3">寮</td><td>大寮</td><td>大舍人、大学、图书、内藏、左马、右马、玄蕃、诸陵、主计、主税、雅乐、木工、兵库等各寮</td><td>头
从五位上</td><td>助
正六位下</td><td>大允
正七位下
少允
从七位上</td><td>大属
从八位上
少属
从八位下</td></tr>
<tr><td>小寮</td><td>阴阳、大炊、主殿、典药、扫部、斋宫等各寮</td><td>头
从五位下</td><td>助
从六位上</td><td>允
从七位上</td><td>大属
从八位下
少属
大初位上</td></tr>
<tr><td></td><td></td><td colspan="4">博士：文章（从五位下）、明经（正六位下）、阴阳·天文（正七位下）、算·历（从七位上）</td></tr>
<tr><td colspan="2">司</td><td>分大中小下四司。（下以大司为例）</td><td>正
正六位上</td><td></td><td>佑
从七位下</td><td>令史
大初位上</td></tr>
<tr><td colspan="2">弹正台</td><td>取缔官员之恶行，纠察民间风俗</td><td>尹
从三位下</td><td>大弼
从四位下
少弼
正五位下</td><td>大忠
正六位上
少忠
正六位下</td><td>大疏
正七位上
少疏
正八位上</td></tr>
<tr><td colspan="2">左·右近大卫府</td><td>大内里内郭诸门警备、行幸及皇族高官之护卫</td><td>大将
从三位</td><td>中将
从四位下
少将
从五位下</td><td>将监
从六位上</td><td>将曹
从七位下</td></tr>
</table>

续表

<table>
<tr><th rowspan="2">官府名</th><th rowspan="2" colspan="2">职　掌</th><th colspan="4">官　职·位　阶</th></tr>
<tr><th>长　官</th><th>次　官</th><th>判　官</th><th>主　典</th></tr>
<tr><td>左·右卫
大门府</td><td colspan="2">大内里外郭诸门之警备</td><td rowspan="2">督
从四位下</td><td rowspan="2">佐
从五位下</td><td rowspan="2">大尉
从六位下
少尉
正七位上</td><td rowspan="2">大志
正八位下
少志
从八位上</td></tr>
<tr><td>左·右
兵卫府</td><td colspan="2">宫中内部警备、行幸护卫等</td></tr>
<tr><td>检非
违使</td><td colspan="2">维持京中治安。(别当由卫门督或兵卫督兼任)</td><td>别当
从四位上</td><td>佐
从五位上</td><td>大尉
从六位上
少尉
正七位上</td><td>大志
正八位下
少志
从八位上</td></tr>
<tr><td>勘解
由使</td><td colspan="2">内官及地方行政之监察、审核</td><td>正五位下</td><td>从五位下</td><td>从六位下</td><td>从七位下</td></tr>
<tr><td>大宰府</td><td colspan="2">设于筑前国，管辖九州、壹岐、对马。负责当地边防、外交事务</td><td>帅
从三位</td><td>大贰
从四位下
少贰
从五位下</td><td>大监
正六位下
少监
从六位上</td><td>大典
正七位上
少典
正八位上</td></tr>
<tr><td rowspan="2">国司</td><td rowspan="2">朝廷派驻地方处理诸国事务之官员，或指其官署</td><td>大国</td><td>守
从五位上</td><td>介
正六位下</td><td>大掾
正七位下
少掾
从七位上</td><td>大目
从八位上
少目
从八位下</td></tr>
<tr><td>上、中、下国</td><td>守 上国
从五位下
中国
正六位下
下国
从六位下</td><td>介上国
从六位上</td><td>掾 上国
从七位上
中国
正八位上</td><td>目 上国
从八位下
中国
大初位下
下国
少初位上</td></tr>
</table>

位阶序列

正一位	正二位	正三位	上	上	上	上	上	上	上	上	上	上	上	上
			正四位	从四位	正五位	从五位	正六位	从六位	正七位	从七位	正八位	从八位	大初位	少初位
从一位	从二位	从三位	下	下	下	下	下	下	下	下	下	下	下	下

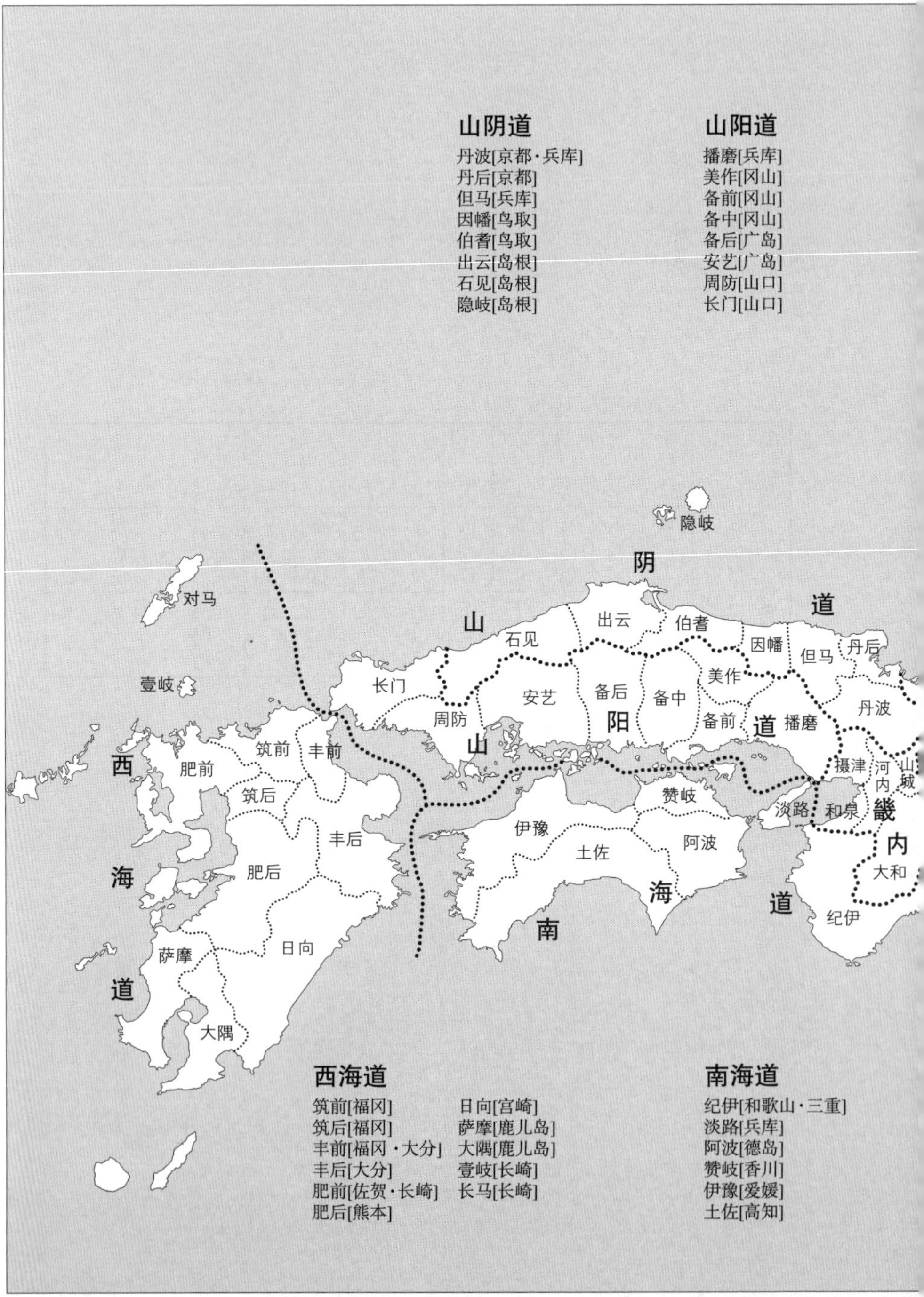
山阴道
丹波[京都·兵库]
丹后[京都]
但马[兵库]
因幡[鸟取]
伯耆[鸟取]
出云[岛根]
石见[岛根]
隐岐[岛根]
山阳道
播磨[兵库]
美作[冈山]
备前[冈山]
备中[冈山]
备后[广岛]
安艺[广岛]
周防[山口]
长门[山口]
隐岐
对马
壹岐
山阴道
山阳道
西海道
南海道
畿内
石见
出云
伯耆
因幡
但马
丹后
长门
安艺
备后
备中
美作
丹波
周防
备前
播磨
肥前
筑前
丰前
摄津
河内
山城
筑后
赞岐
淡路
和泉
伊豫
丰后
阿波
土佐
肥后
大和
纪伊
日向
萨摩
大隅
西海道
筑前[福冈]
筑后[福冈]
丰前[福冈·大分]
丰后[大分]
肥前[佐贺·长崎]
肥后[熊本]
日向[宫崎]
萨摩[鹿儿岛]
大隅[鹿儿岛]
壹岐[长崎]
长马[长崎]
南海道
纪伊[和歌山·三重]
淡路[兵库]
阿波[德岛]
赞岐[香川]
伊豫[爱媛]
土佐[高知]

平安时代国名地图
北陆道
若狭[福井]
越前[福井]
加贺[石川]
能登[石川]
越中[富山]
越后[新潟]
佐渡[新潟]
东山道
近江[滋贺]
美浓[岐阜]
飞驒[岐阜]
信浓[长野]
上野[群马]
下野[栃木]
陆奥[福岛·宫城·岩手·青森]
出羽[山形·秋田]
出羽
东
陆奥
北
佐渡
陆
能登
道
越后
山
越中
加贺
越前
飞驒
信浓
上野
下野
若狭
美浓
道
常陆
东
近江
尾张
甲斐
武藏
下总
伊贺
三河
骏河
相模
伊势
远江
海
上总
志摩
道
伊豆
安房
畿内
山城[京都]
大和[奈良]
河内[大阪]
和泉[大阪]
摄津[大阪·兵库]
东海道
相模[神奈川]
武藏[东京·神奈川·埼玉]
安房[千世]
上总[千世]
下总[千世·茨城]
常陆[茨城]
甲斐[山梨]
骏河[静冈]
伊豆[静冈]
远江[静冈]
三河[爱知]
尾张[爱知]
伊势[三重]
伊贺[三重]
志摩[三重]

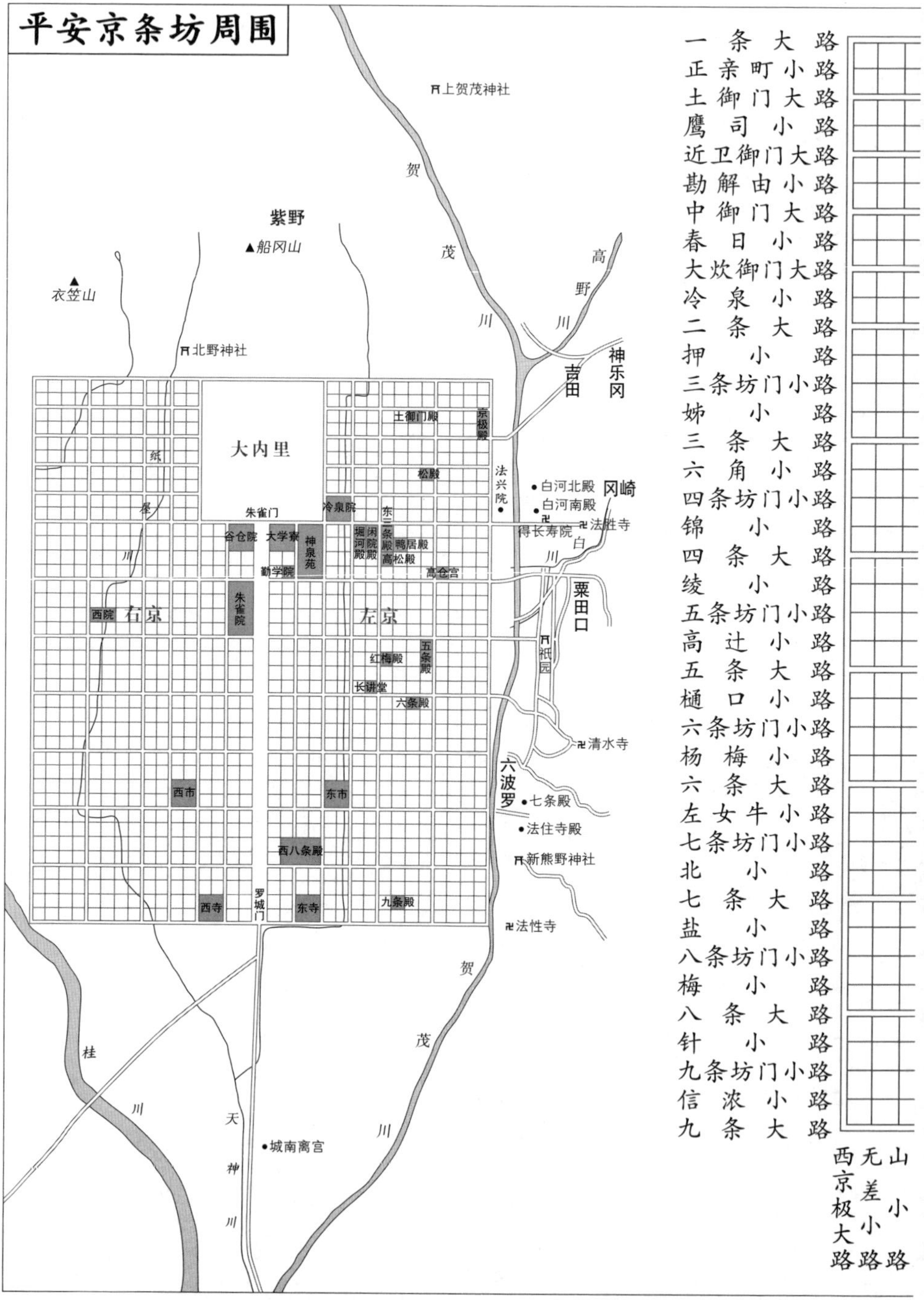

平安京条坊周围
上贺茂神社
贺茂川
紫野
船冈山
衣笠山
高野川
北野神社
吉田
神乐冈
大内里
土御门殿
京极殿
纸屋川
松殿
法兴院
白河北殿
白河南殿
冈崎
朱雀门
冷泉院
东三条殿
法胜寺
得长寿院
谷仓院
大学寮
神泉苑
堀河殿
闲院殿
鸭居殿
高松殿
白川
勧学院
高仓宫
粟田口
西院
右京
朱雀院
左京
祇园
红梅殿
五条殿
长讲堂
六条殿
清水寺
六波罗
西市
东市
七条殿
法住寺殿
西八条殿
新熊野神社
西寺
罗城门
东寺
九条殿
法性寺
桂川
天神川
城南离宫
一条大路
正亲町小路
土御门大路
鹰司小路
近卫御门大路
勘解由小路
中御门大路
春日小路
大炊御门大路
冷泉小路
二条大路
押小路
三条坊门小路
姉小路
三条大路
六角小路
四条坊门小路
锦小路
四条大路
绫小路
五条坊门小路
高辻小路
五条大路
樋口小路
六条坊门小路
杨梅小路
六条大路
左女牛小路
七条坊门小路
北小路
七条大路
盐小路
八条坊门小路
梅小路
八条大路
针小路
九条坊门小路
信浓小路
九条大路
西京极大路
无差小路
山小路

平安京条坊图

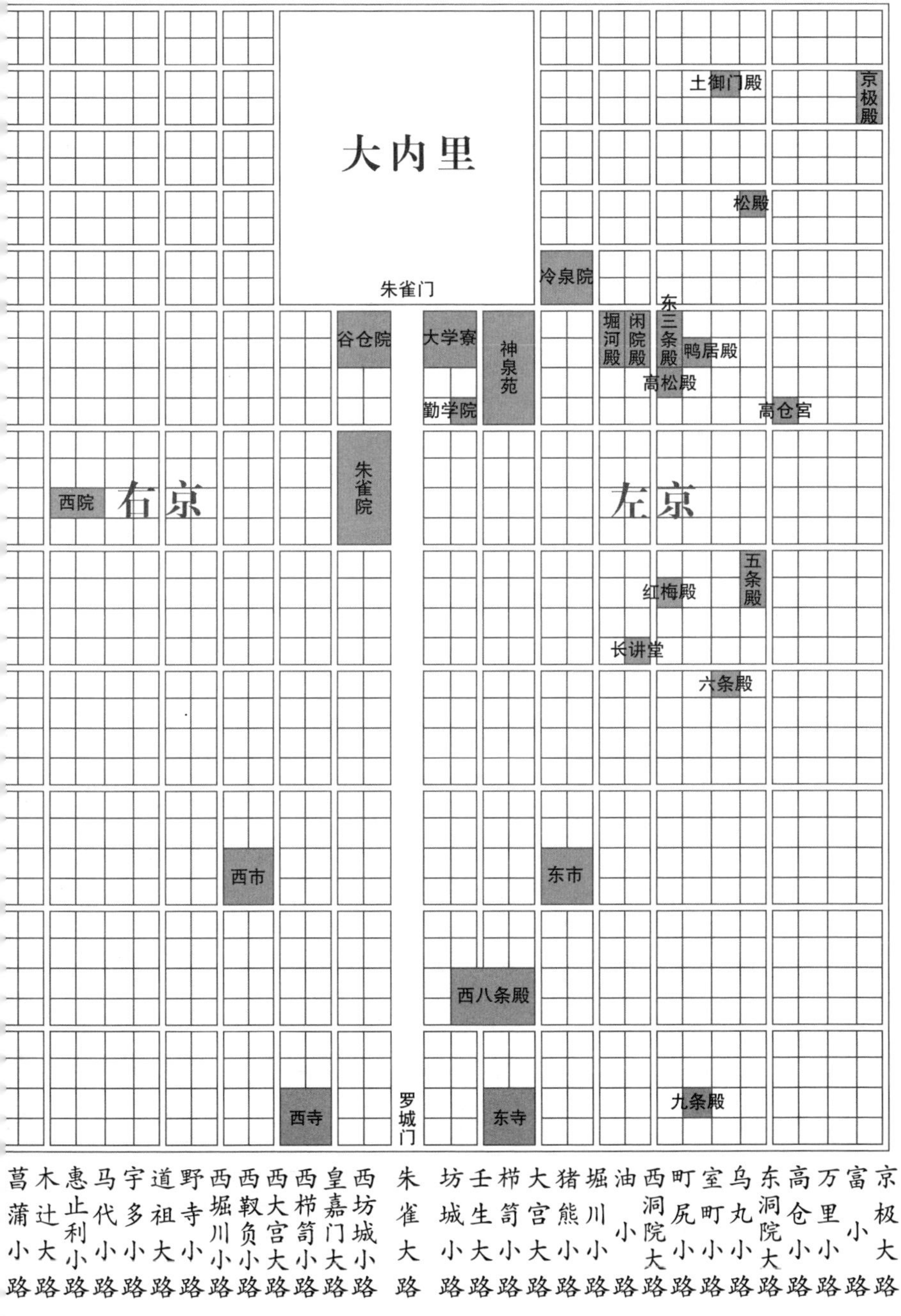
大内里
朱雀门
土御门殿
京极殿
松殿
冷泉院
谷仓院
大学寮
神泉苑
堀河殿
闲院殿
东三条殿
鸭居殿
高松殿
勧学院
高仓宫
朱雀院
西院
右京
左京
五条殿
红梅殿
长讲堂
六条殿
西市
东市
西八条殿
西寺
东寺
九条殿
罗城门
菖蒲小路
木辻大路
惠止利小路
马代小路
宇多小路
道祖大路
野寺小路
西堀川小路
西靫负小路
西大宫大路
西栉笥小路
皇嘉门大路
西坊城小路
朱雀大路
坊城小路
壬生大路
栉笥小路
大宫大路
猪熊小路
堀川小路
油小路
西洞院大路
町尻小路
室町小路
乌丸小路
东洞院大路
高仓小路
万里小路
富小路
京极大路

平安京大内里图

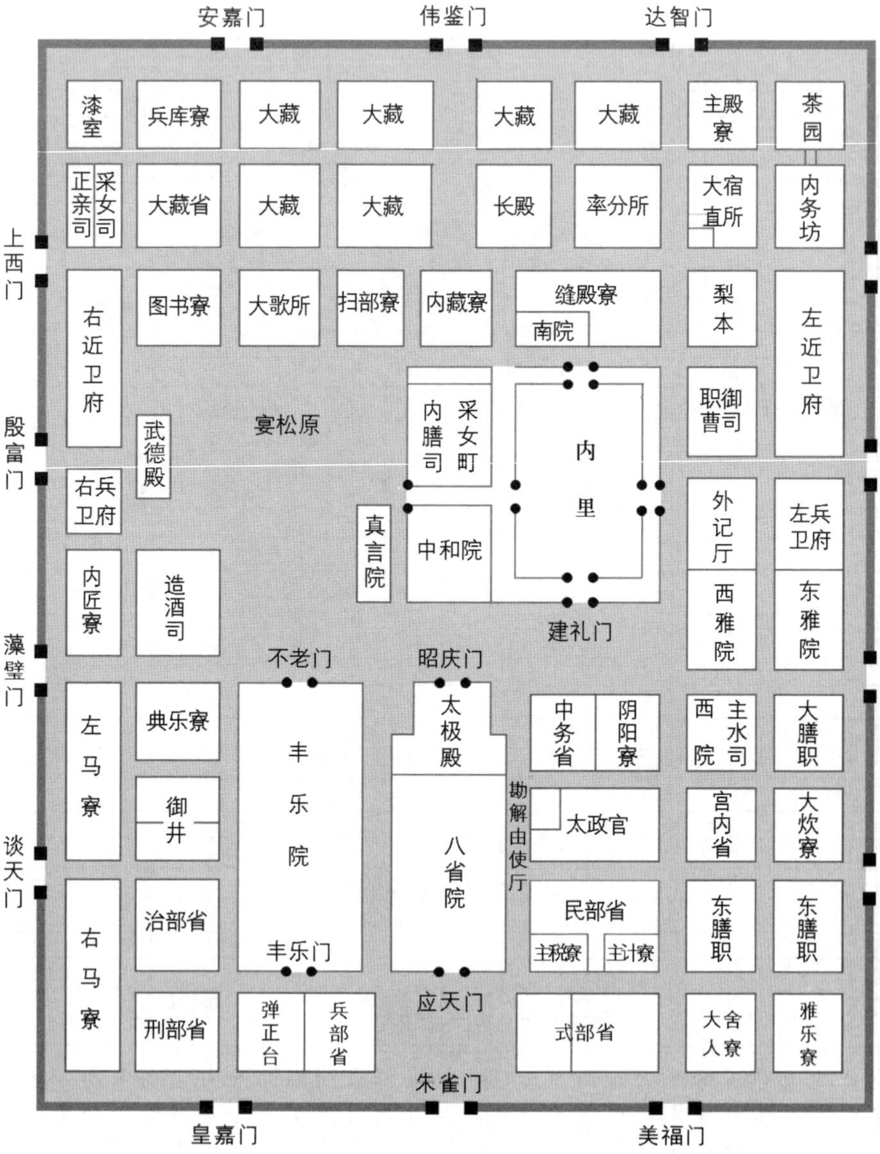

安嘉门
伟鉴门
达智门
漆室
兵库寮
大藏
大藏
大藏
大藏
主殿寮
茶园
正亲司
采女司
大藏省
大藏
大藏
长殿
率分所
大宿直所
内务坊
上西门
右近卫府
图书寮
大歌所
扫部寮
内藏寮
缝殿寮
南院
梨本
左近卫府
殷富门
武德殿
宴松原
内膳司
采女町
内里
职御曹司
右兵卫府
真言院
中和院
外记厅
左兵卫府
内匠寮
造酒司
建礼门
西雅院
东雅院
藻壁门
不老门
昭庆门
左马寮
典乐寮
丰乐院
太极殿
中务省
阴阳寮
西院
主水司
大膳职
御井
勘解由使厅
八省院
太政官
宫内省
大炊寮
谈天门
右马寮
治部省
丰乐门
民部省
主税寮
主计寮
东膳职
东膳职
刑部省
弹正台
兵部省
应天门
式部省
大舍人寮
雅乐寮
朱雀门
皇嘉门
美福门

平安京内里图

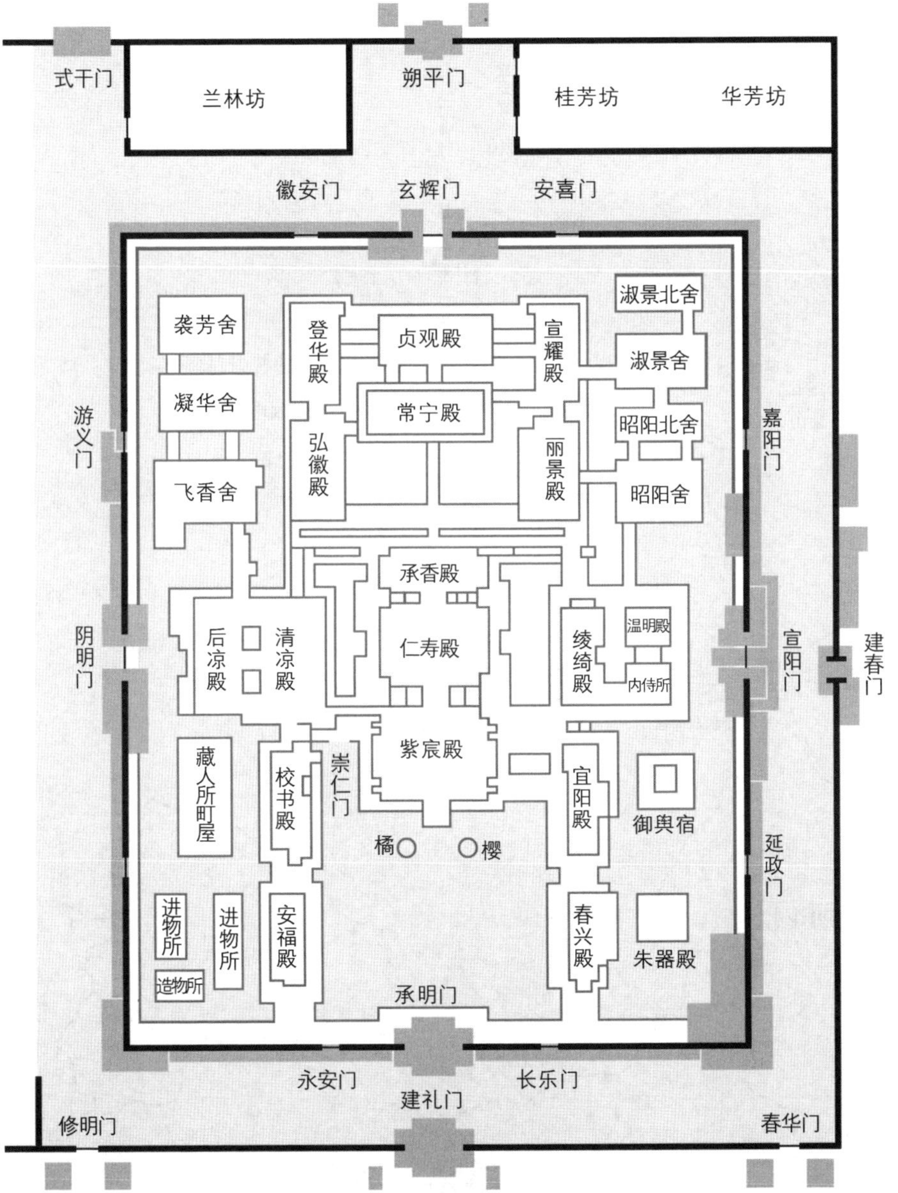

式干门
朔平门
兰林坊
桂芳坊
华芳坊
徽安门
玄辉门
安喜门
淑景北舍
袭芳舍
登华殿
贞观殿
宣耀殿
淑景舍
凝华舍
常宁殿
昭阳北舍
游义门
弘徽殿
丽景殿
嘉阳门
飞香舍
昭阳舍
承香殿
阴明门
后凉殿
清凉殿
仁寿殿
温明殿
绫绮殿
内侍所
宣阳门
建春门
紫宸殿
藏人所町屋
校书殿
崇仁门
宜阳殿
御舆宿
橘
樱
延政门
进物所
进物所
安福殿
春兴殿
朱器殿
造物所
承明门
永安门
长乐门
建礼门
修明门
春华门

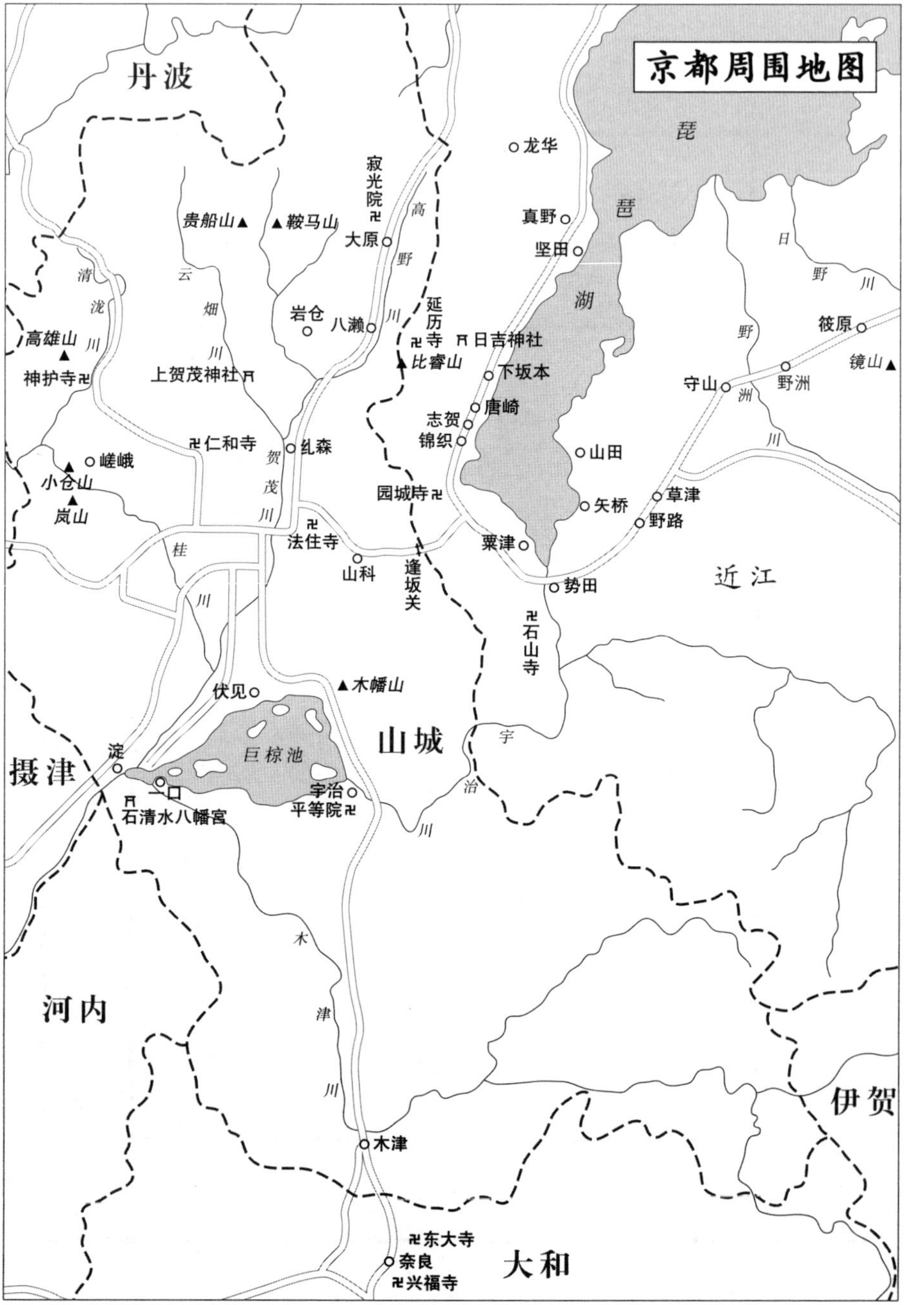
京都周围地图
丹波
琵
琶
湖
龙华
真野
坚田
寂光院
大原
高
野
川
贵船山
鞍马山
云
畑
川
岩仓
八瀬
延历寺
日吉神社
比睿山
下坂本
唐崎
志贺
锦织
山田
清
泷
川
高雄山
神护寺
上贺茂神社
仁和寺
纠森
贺
茂
川
嵯峨
小仓山
岚山
园城寺
矢桥
草津
野路
法住寺
粟津
桂
川
山科
逢坂关
势田
近江
石山寺
日
野
川
筱原
野
洲
川
守山
野洲
镜山
伏见
木幡山
宇
治
川
山城
巨椋池
淀
一口
石清水八幡宫
宇治
平等院
摄津
木
津
川
河内
伊贺
木津
东大寺
奈良
兴福寺
大和

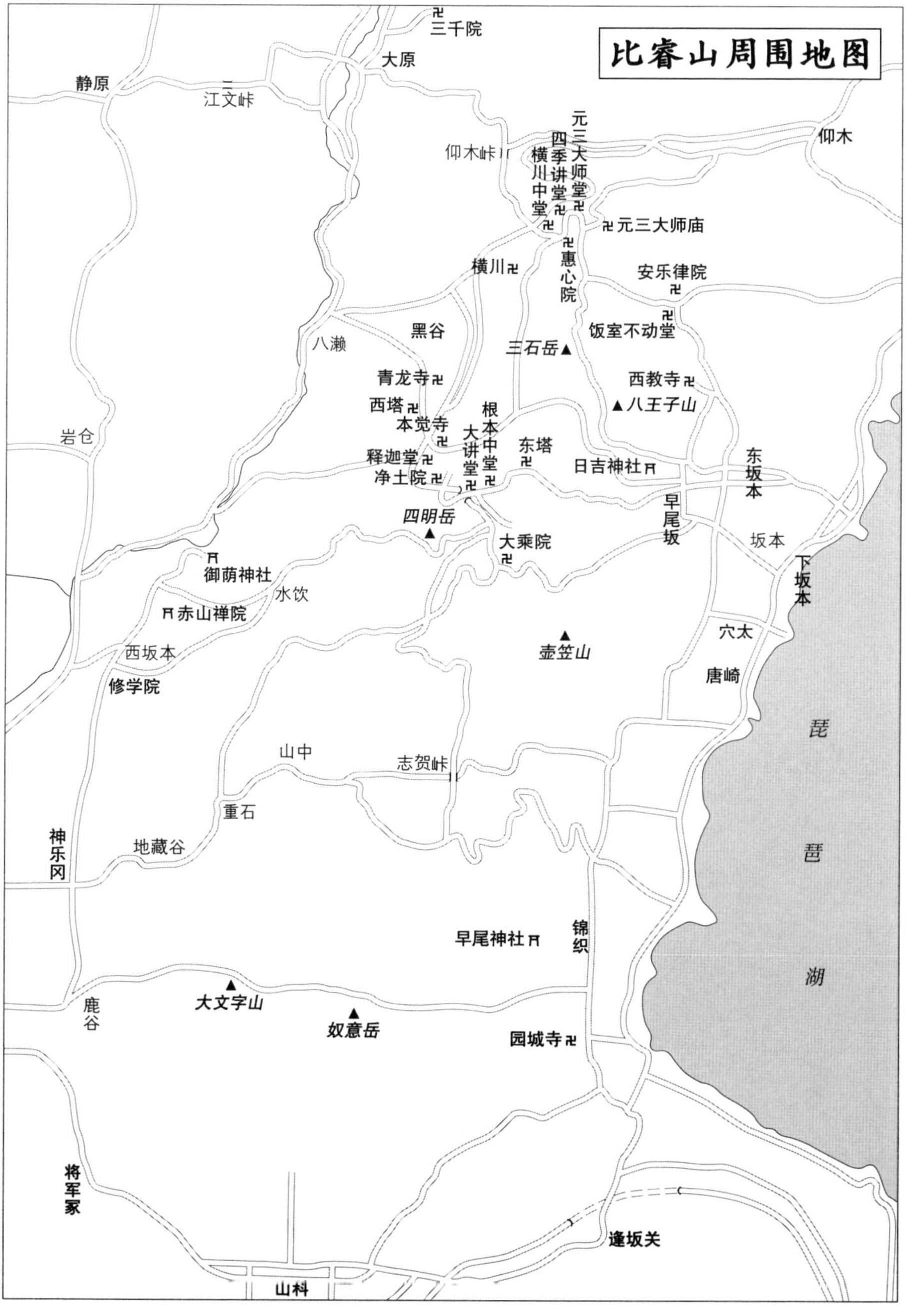

比睿山周围地图
三千院
大原
静原
江文峠
仰木峠
元三大师堂
四季讲堂
横川中堂
元三大师庙
仰木
横川
惠心院
安乐律院
饭室不动堂
黑谷
八濑
三石岳
青龙寺
西教寺
八王子山
西塔
本觉寺
根本中堂
大讲堂
东塔
释迦堂
净土院
日吉神社
东坂本
岩仓
四明岳
早尾坂
大乘院
坂本
御荫神社
水饮
赤山禅院
下坂本
穴太
壶笠山
西坂本
修学院
唐崎
琵琶湖
山中
志贺峠
重石
神乐冈
地藏谷
早尾神社
锦织
大文字山
鹿谷
奴意岳
园城寺
将军冢
逢坂关
山科

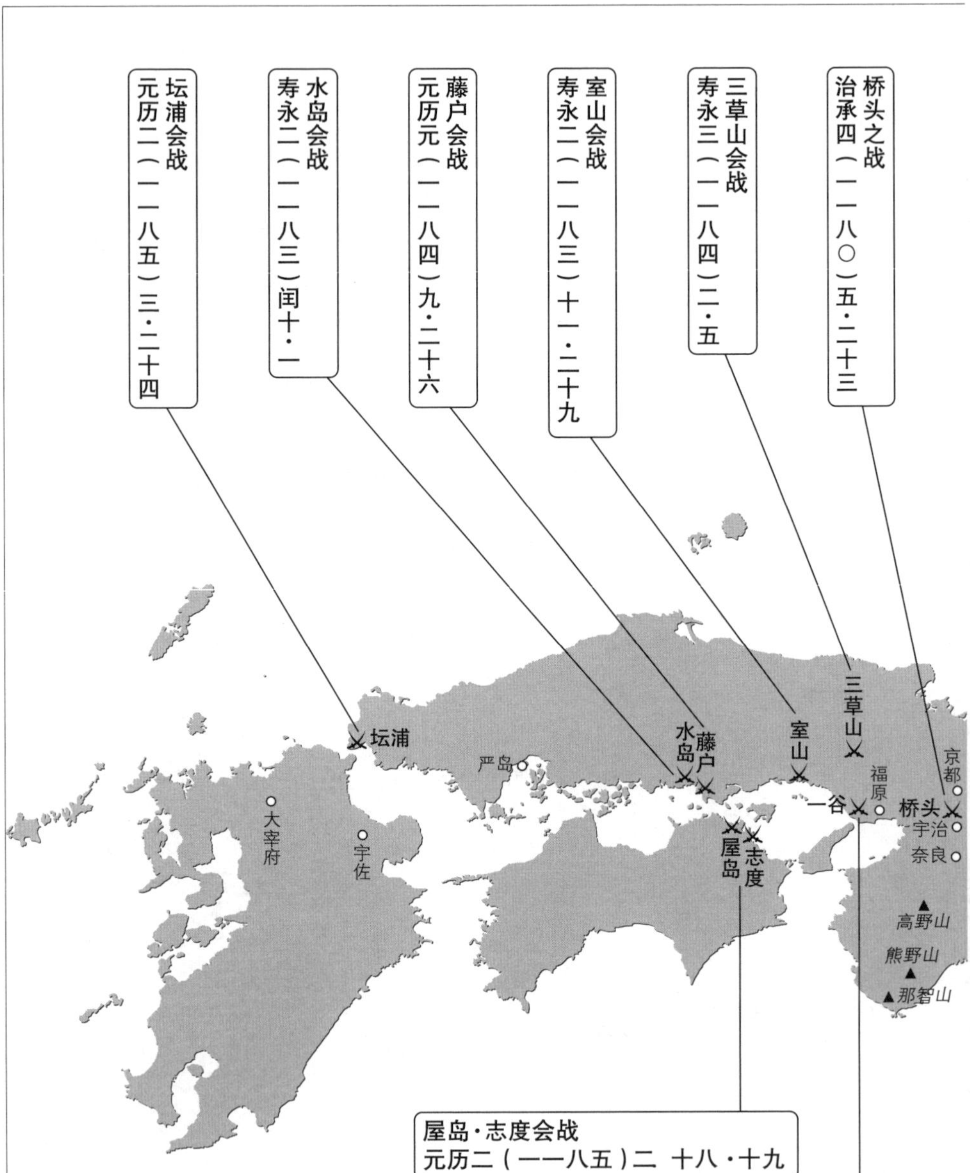

桥头之战
治承四（一一八〇）五・二十三
三草山会战
寿永三（一一八四）二・五
室山会战
寿永二（一一八三）十一・二十九
藤户会战
元历元（一一八四）九・二十六
水岛会战
寿永二（一一八三）闰十・一
坛浦会战
元历二（一一八五）三・二十四
坛浦
严岛
水岛
藤户
室山
三草山
福原
一谷
京都
桥头
宇治
奈良
大宰府
宇佐
屋岛
志度
高野山
熊野山
那智山
屋岛・志度会战
元历二（一一八五）二 十八・十九
一谷会战
寿永三（一一八四）二・七
硫磺岛(鬼界岛)

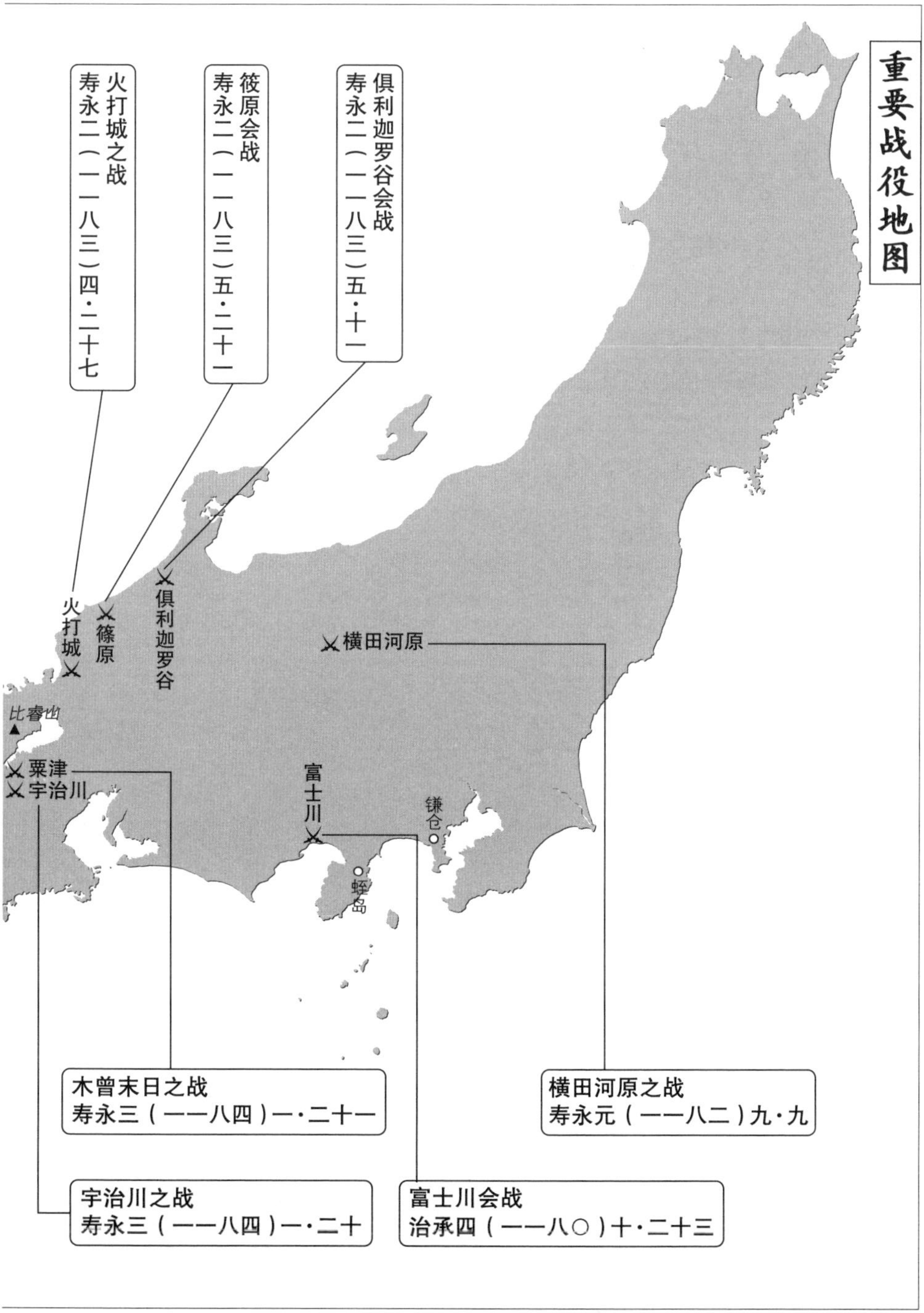
重要战役地图
火打城之战
寿永二（一一八三）四·二十七
篠原会战
寿永二（一一八三）五·二十一
俱利迦罗谷会战
寿永二（一一八三）五·十一
火打城
篠原
俱利迦罗谷
横田河原
比睿山
粟津
宇治川
富士川
镰仓
蛭岛
木曾末日之战
寿永三（一一八四）一·二十一
横田河原之战
寿永元（一一八二）九·九
宇治川之战
寿永三（一一八四）一·二十
富士川会战
治承四（一一八〇）十·二十三

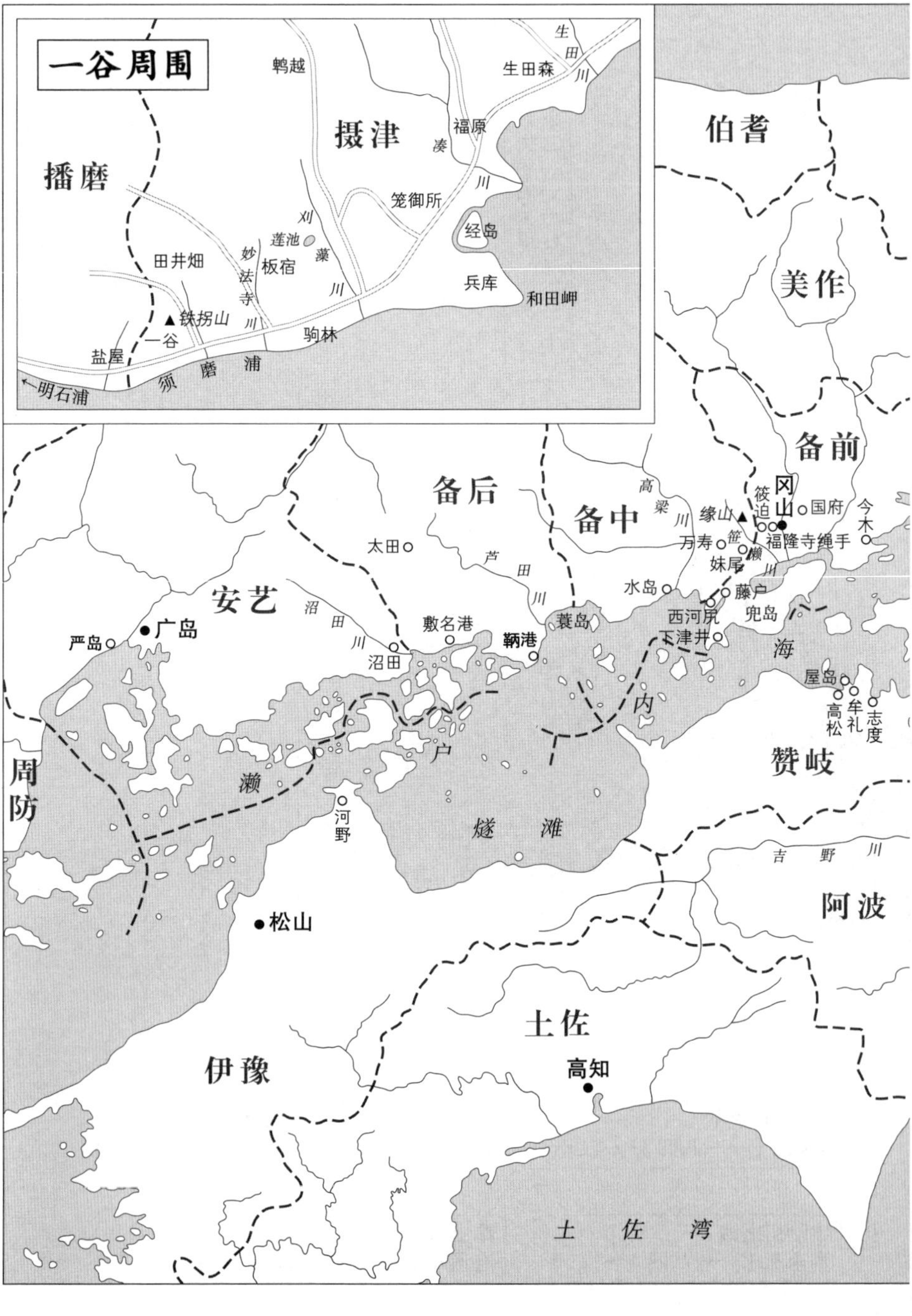
一谷周围
播磨
摄津
鸭越
生田森
生田川
福原
凑川
笼御所
经岛
刈藻川
莲池
妙法寺川
板宿
田井畑
铁拐山
一谷
盐屋
须磨浦
驹林
兵库
和田岬
←明石浦
伯耆
美作
备前
备后
备中
高梁川
冈山
笹迫
国府
今木
缘山
福隆寺绳手
万寿
笹濑川
妹尾
太田
芦田川
安艺
沼田川
水岛
藤户
西河尻
兜岛
下津井
敷名港
鞆港
蓑岛
广岛
严岛
沼田
屋岛
高松
牟礼
志度
海
内
户
濑
赞岐
周防
河野
燧滩
吉野川
阿波
松山
土佐
伊豫
高知
土佐湾

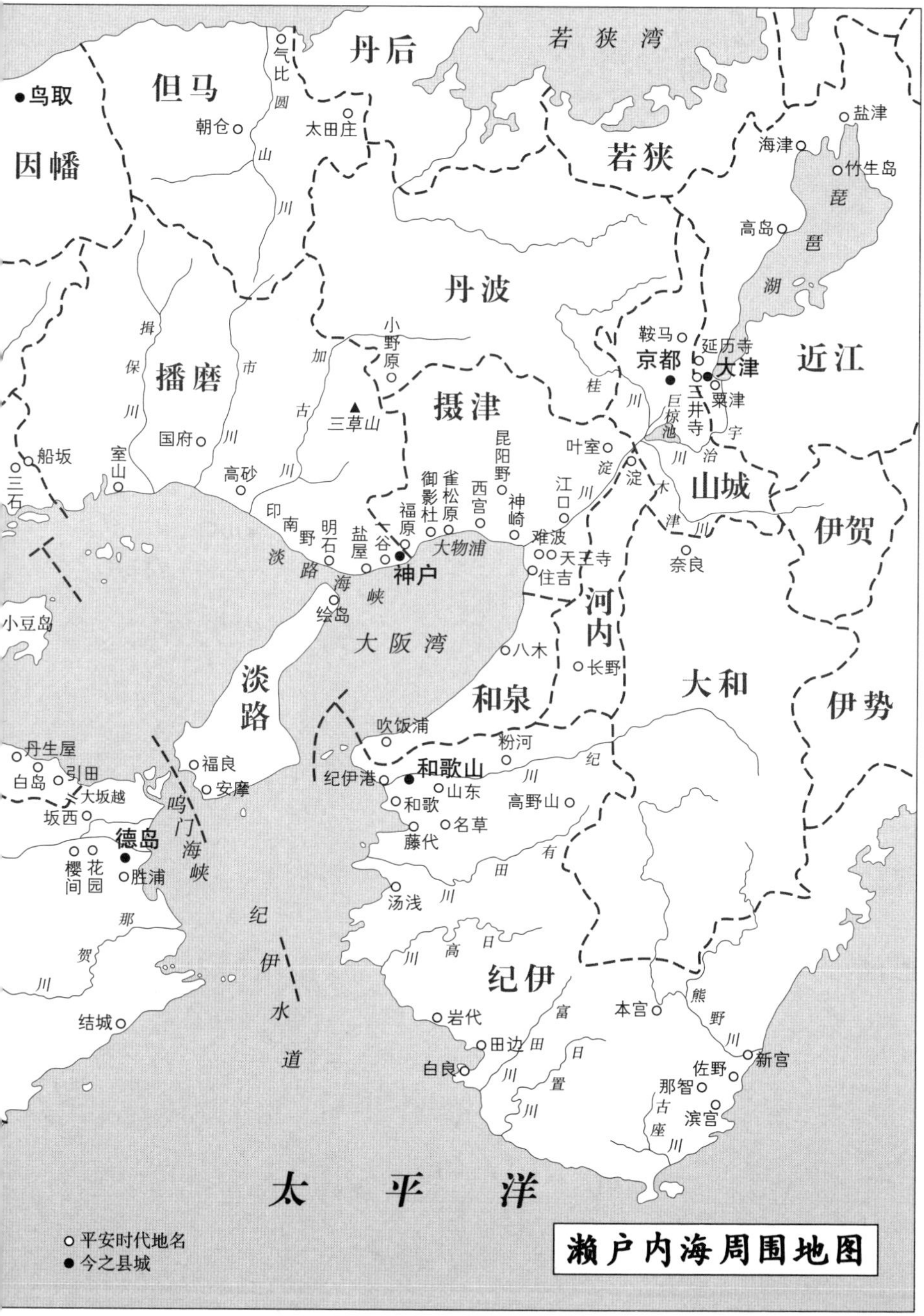
若狭湾
丹后
但马
鸟取
气比
圆
山
川
朝仓
太田庄
因幡
若狭
盐津
海津
竹生岛
琵
琶
湖
高岛
丹波
揖
保
川
播磨
市
川
加
古
川
小野原
三草山
摄津
鞍马
延历寺
京都
大津
近江
桂
川
巨椋池
三井寺
粟津
宇
治
川
国府
高砂
船坂
室山
三石
昆阳野
叶室
淀
淀
川
雀松原
御影杜
西宫
神崎
江口
山城
木
津
川
伊贺
印南野
明石
盐屋
福原
一谷
神户
大物浦
难波
天王寺
住吉
奈良
淡
路
海
峡
绘岛
小豆岛
大阪湾
河内
八木
长野
大和
淡路
和泉
伊势
吹饭浦
粉河
纪
川
丹生屋
白岛
引田
大坂越
坂西
福良
安摩
鸣门海峡
纪伊港
和歌山
山东
和歌
高野山
名草
藤代
德岛
樱间
花园
胜浦
有
田
川
汤浅
那
贺
川
纪
伊
水
道
高
日
川
纪伊
岩代
田边
田
富
本宫
熊
野
川
新宫
佐野
那智
滨宫
白良
日
置
川
古
座
川
结城
太平洋
○平安时代地名
●今之县城
濑户内海周围地图

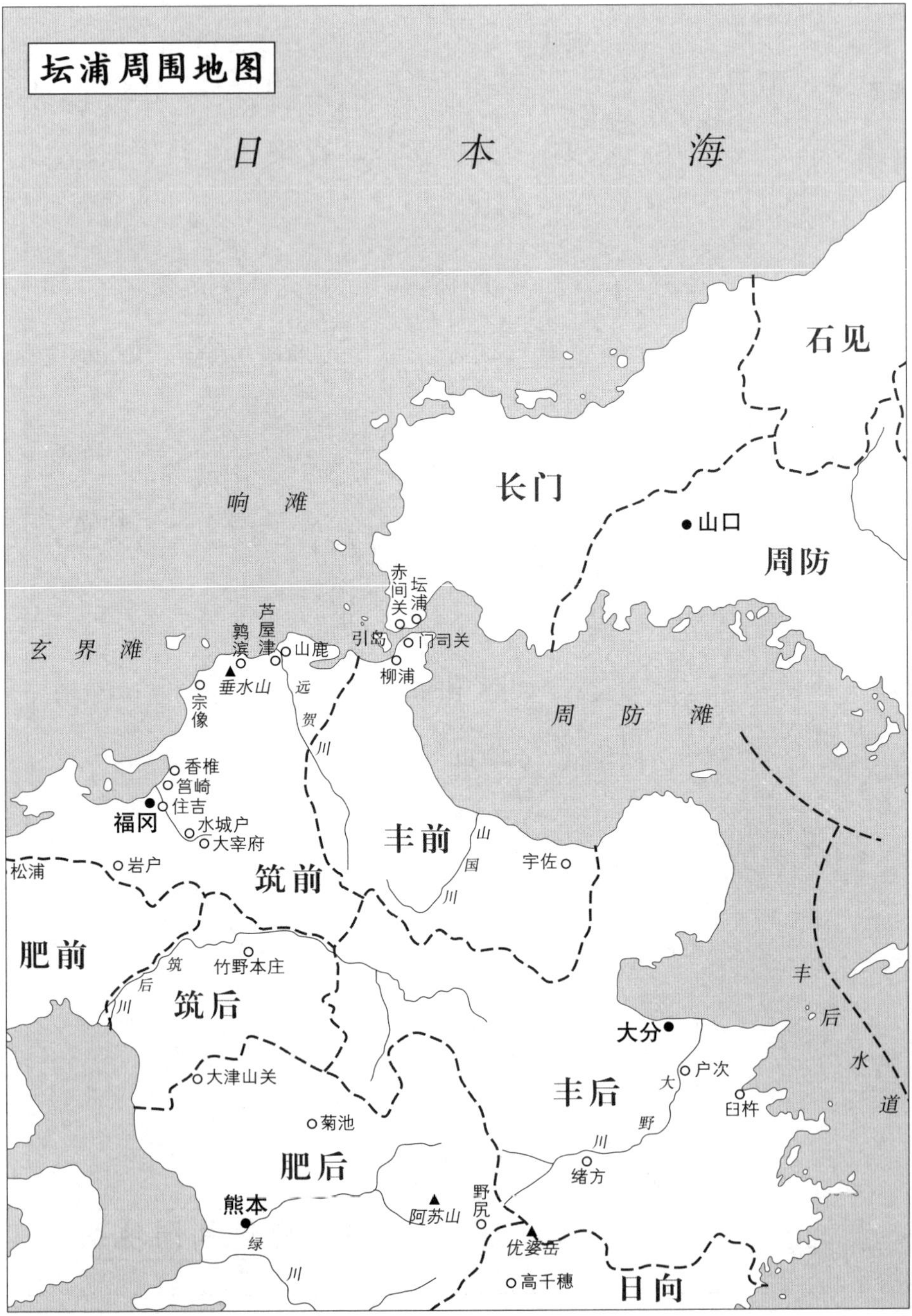
坛浦周围地图
日本海
石见
长门
山口
周防
响滩
赤间关
坛浦
芦屋津
鹑滨
山鹿
引岛
门司关
柳浦
玄界滩
垂水山
宗像
远贺川
周防滩
香椎
筥崎
住吉
福冈
水城户
大宰府
丰前
山国川
宇佐
松浦
岩户
筑前
肥前
筑后川
竹野本庄
筑后
丰后水道
大分
户次
臼杵
大野川
丰后
大津山关
菊池
肥后
缉方
熊本
阿苏山
野尻
优婆岳
绿川
高千穗
日向

皇室系图

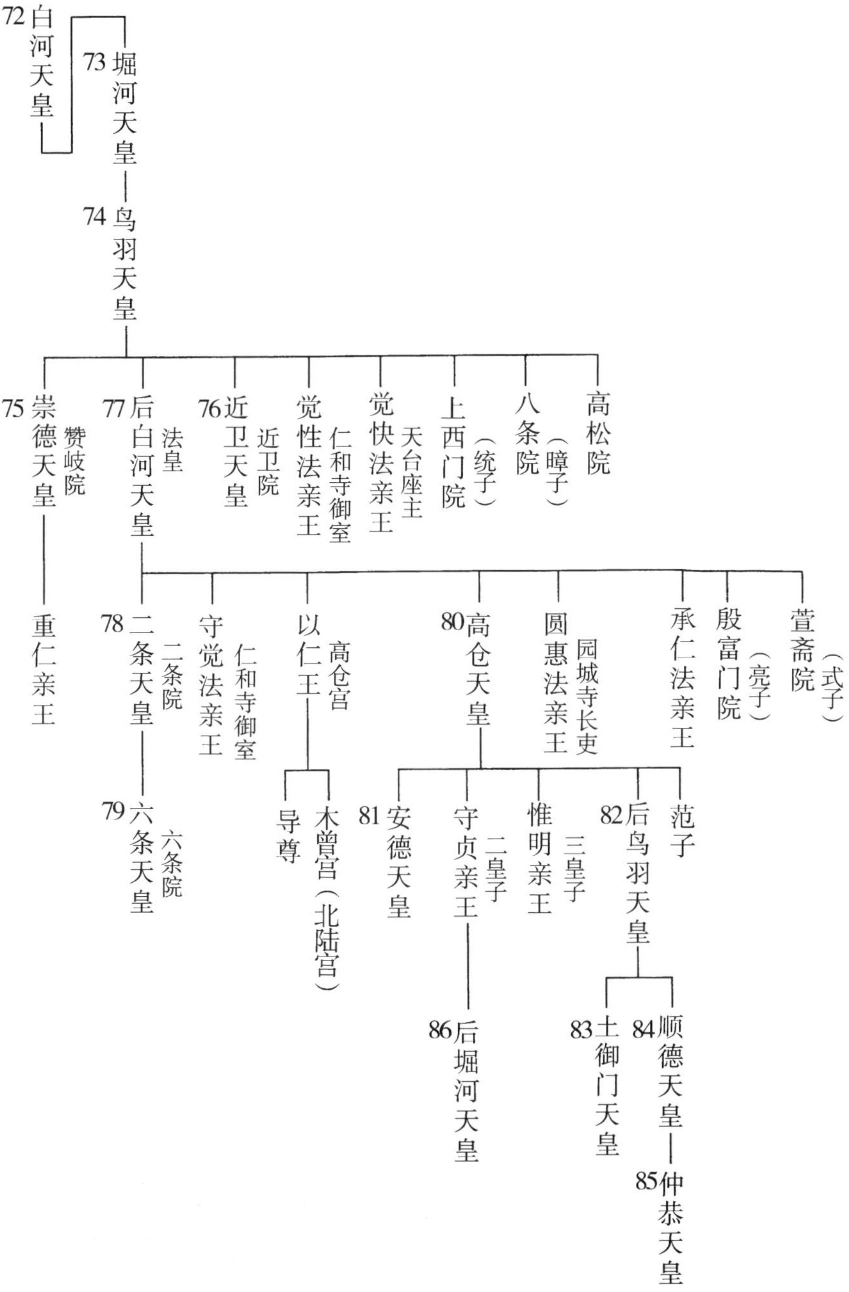

72白河天皇
73堀河天皇
74鸟羽天皇
75崇德天皇 赞岐院
77后白河天皇 法皇
76近卫天皇 近卫院
觉性法亲王 仁和寺御室
觉快法亲王 天台座主
上西门院（统子）
八条院（暲子）
高松院
重仁亲王
78二条天皇 二条院
守觉法亲王 仁和寺御室
以仁王 高仓宫
80高仓天皇
圆惠法亲王 园城寺长吏
承仁法亲王
殷富门院（亮子）
萱斋院（式子）
79六条天皇 六条院
导尊
木曾宫（北陆宫）
81安德天皇
守贞亲王 二皇子
惟明亲王 三皇子
82后鸟羽天皇
范子
86后堀河天皇
83土御门天皇
84顺德天皇
85仲恭天皇

平氏系图

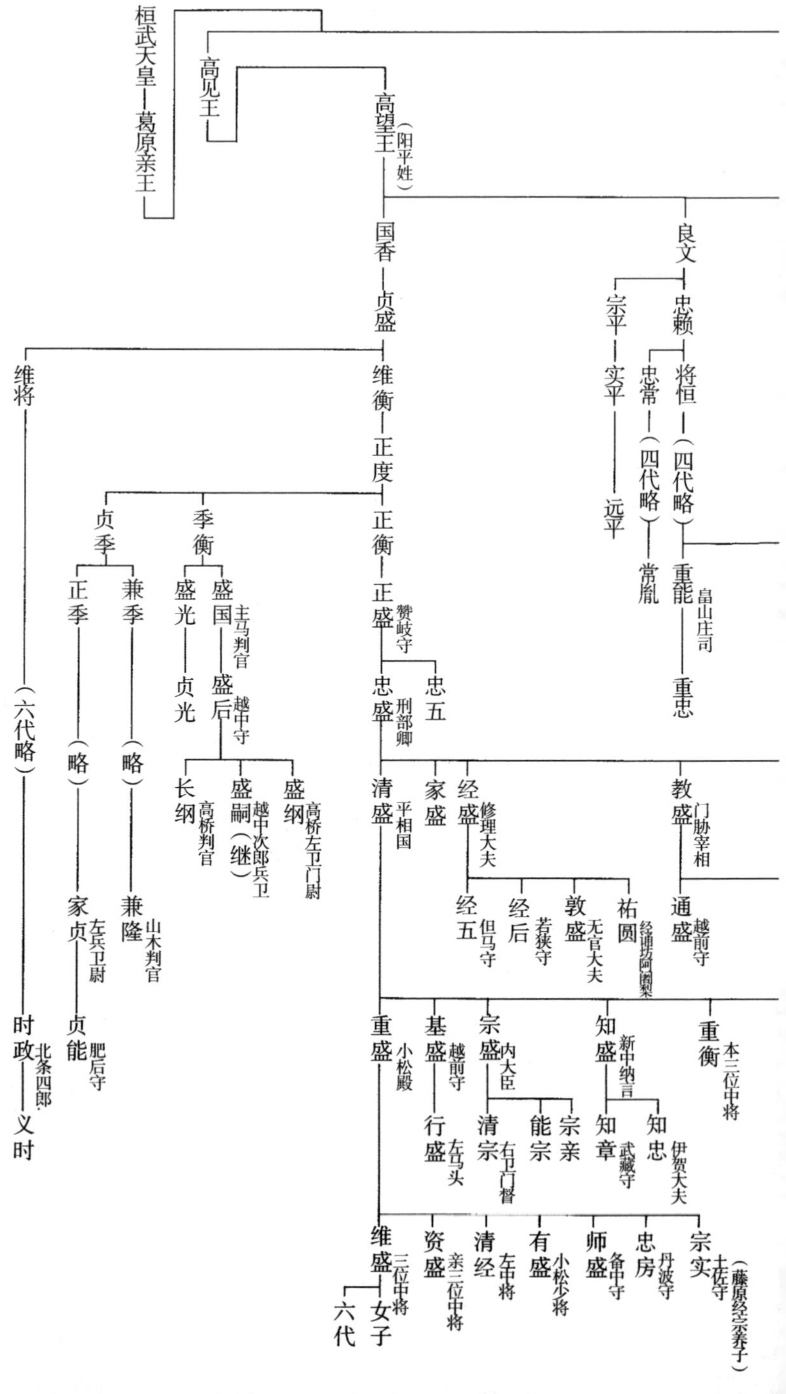

桓武天皇
葛原亲王
高见王
高望王（阳平姓）
国香
贞盛
维将
（六代略）
时政 北条四郎
义时
维衡
正度
贞季
正季
（略）
家贞 左兵卫尉
贞能 肥后守
兼季
（略）
兼隆 山木判官
季衡
盛光
贞光
盛国 主马判官
盛后 越中守
长纲 高桥判官
盛嗣 越中次郎兵卫（继）
盛纲 高桥左卫门尉
正衡
正盛 赞岐守
忠盛 刑部卿
忠五
清盛 平相国
家盛
经盛 修理大夫
经五 但马守
经后 若狭守
敦盛 无官大夫
祐圆 经珊阿阇梨
教盛 门胁宰相
通盛 越前守
重盛 小松殿
基盛 越前守
行盛 左马头
宗盛 内大臣
清宗 右卫门督
能宗
宗亲
知盛 新中纳言
知章 武藏守
知忠 伊贺大夫
重衡 本三位中将
维盛 三位中将
女子
六代
资盛 亲三位中将
清经 左中将
有盛 小松少将
师盛 备中守
忠房 丹波守
宗实 土佐守（藤原经宗养子）
良文
宗平
实平
远平
忠赖
忠常
（四代略）
常胤
将恒
（四代略）
重能 畠山庄司
重忠

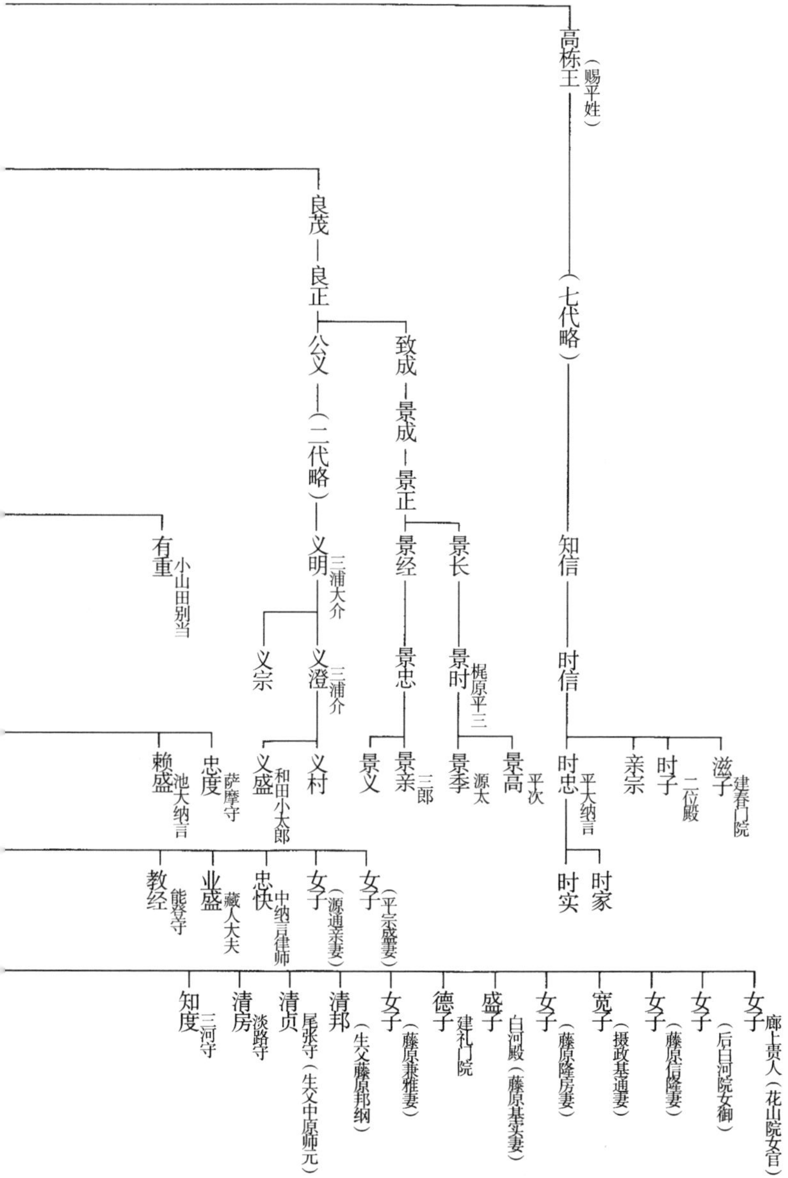

高栋王（赐平姓）
良茂
良正
公义
（二代略）
义明 三浦大介
致成
景成
景正
景经
景长
（七代略）
知信
时信
有重 小山田别当
义宗
义澄 三浦介
景忠
景时 梶原平三
赖盛 池大纳言
忠度 萨摩守
义盛 和田小太郎
义村
景义
景亲 三郎
景季 源太
景高 平次
时忠 平大纳言
亲宗
时子 二位殿
滋子 建春门院
教经 能登守
业盛 藏人大夫
忠快 中纳言律师
女子（源通亲妻）
女子（平宗盛妻）
时实
时家
知度 三河守
清房 淡路守
清贞 尾张守（生父中原师元）
清邦（生父藤原邦纲）
女子（藤原兼雅妻）
德子 建礼门院
盛子 白河殿（藤原基实妻）
女子（藤原隆房妻）
宽子（摄政基通妻）
女子（藤原信隆妻）
女子（后白河院女御）
女子 廊上贵人（花山院女官）

源氏系图

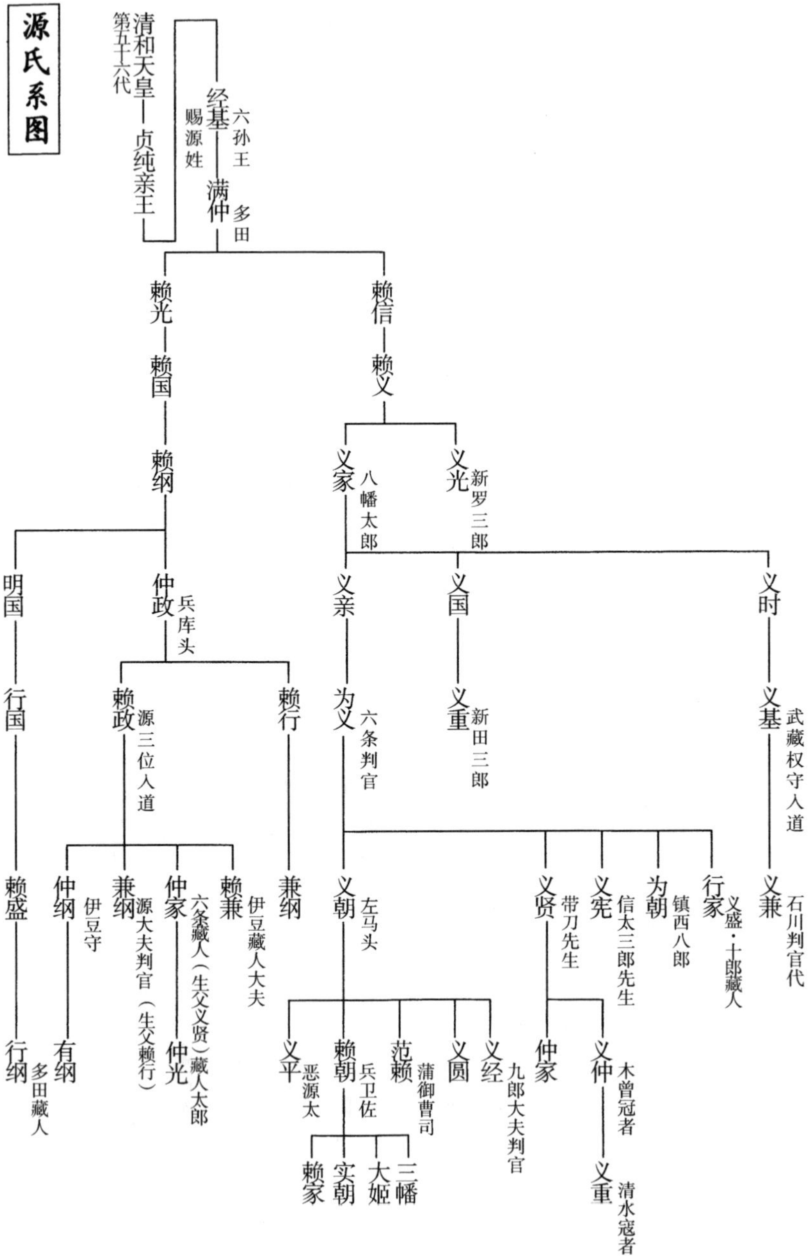
清和天皇
第五十六代
贞纯亲王
经基
六孙王
赐源姓
满仲
多田
赖光
赖信
赖国
赖义
赖纲
义家
八幡太郎
义光
新罗三郎
明国
仲政
兵库头
义亲
义国
义时
行国
赖政
源三位入道
赖行
为义
六条判官
义重
新田三郎
义基
武藏权守入道
赖盛
仲纲
伊豆守
兼纲
源大夫判官（生父赖行）
仲家
六条藏人（生父义贤）藏人太郎
赖兼
伊豆藏人大夫
兼纲
义朝
左马头
义贤
带刀先生
义宪
信太三郎先生
为朝
镇西八郎
行家
义盛·十郎藏人
义兼
石川判官代
行纲
多田藏人
有纲
仲光
义平
恶源太
赖朝
兵卫佐
范赖
蒲御曹司
义圆
义经
九郎大夫判官
仲家
义仲
木曾冠者
赖家
实朝
大姬
三幡
义重
清水冠者

主要参考书目

（依初版年列出）

一、佐藤谦三校注：《平家物语》二册（东京：角川书店，一九五九）。

二、高木市之助、小泽正夫、渥美かをる、金田一春彦校注：《平家物语》二册〔日本古典文学大系32—33〕（东京：岩波书店，一九五九—一九六〇）。

三、富仓德次郎：《平家物语全注释》四册（东京：角川书店，一九六六—一九六八）。

四、市古贞次校注：《平家物语》二册〔新编日本古典文学全集45—46〕（东京：小学馆，一九七三—一九七五）。

五、杉本圭三郎校注：《全译注平家物语》十二册〔讲谈社学术文库〕（东京：讲谈社，一九七九—一九九一）。

* * *

六、小西甚一：《日本文艺史Ⅲ》（东京：讲谈社，一九八六）。

七、杉本秀太郎：《平家物语》一册（东京：讲谈社，二〇〇二）。

图书在版编目(CIP)数据

平家物语／(日)佚名著；郑清茂译．—南京：
译林出版社，2017.3 (2024.9重印)
ISBN 978-7-5447-6205-2

Ⅰ.①平… Ⅱ.①佚… ②郑… Ⅲ.①长篇历史小说
—日本—中世纪 Ⅳ.① I313.43

中国版本图书馆CIP数据核字(2016)第035719号
本译作由台湾洪范书店有限公司授权，限在中国大陆地区发行。
著作权合同登记号 图字:10-2015-077号

平家物语 ［日本］佚名／著 郑清茂／译

责任编辑 张远帆 张紫毫
装帧设计 合和工作室
责任校对 张 萍
责任印制 颜 亮

出版发行 译林出版社
地 址 南京市湖南路1号A楼
邮 箱 yilin@yilin.com
网 址 www.yilin.com
市场热线 025-86633278
排 版 南京展望文化发展有限公司
印 刷 南京爱德印刷有限公司
开 本 880毫米×1230毫米 1/32
印 张 26
版 次 2017年3月第1版
印 次 2024年9月第4次印刷
书 号 ISBN 978-7-5447-6205-2
定 价 118.00元